D1140570

DE LIEFDE VAN HAAR LEVEN

Harriet Evans

De liefde van haar leven

H&W

VAN HOLKEMA & WARENDORF
Unieboek BV, Houten/Antwerpen

Oorspronkelijke titel: The Love of Her Life
Vertaling: Parma van Loon
Omslagontwerp: Wil Immink
Omslagfoto: Getty Images
Opmaak: ZetSpiegel, Best

www.unieboek.nl

ISBN 978 90 475 0873 1 / NUR 302

Het is geen liefde. Het is slechts de plaats waar ik woon.
Nora Ephron, Moving On

Leg mij als een zegel aan uw hart
als een zegel aan uw arm.
Want sterk als de dood is de liefde.
— Hooglied van Salomo 8:6

M'n lieve Kate,

Het spijt me.
Misschien zul je eens, als je volwassen bent, begrijpen waarom ik het heb gedaan. Relaties zijn gecompliceerd, het is niet anders. Schat, ik hou van je en je
vader houdt van je. Je moet jezelf niet de schuld geven. Je bent onze kleine meid,
en we zijn heel erg trots op je.
Kom me gauw opzoeken.
Heel veel liefs,
Mammie
xxx

PS Een beetje laat, maar nog gefeliciteerd met je veertiende verjaardag, lieverd.
Ik hoop dat je de telescoop mooi vindt, is het wat je wilde?
Zoe heeft me geholpen hem uit te zoeken, dus ik hoop het. Heel veel liefs xxxxx

Deel I

1

New York, 2007

Het ging niet goed met haar vader. Ze zeiden voortdurend dat ze zich niet te veel zorgen moest maken, maar dat ze toch maar terug moest komen naar Londen. Hij had een niertransplantatie gehad – een spoedoperatie. Hij bofte dat hij een nier kreeg, met zijn levensstijl, zijn leeftijd, alles. Ook dat kreeg ze steeds weer te horen. Al veel eerder, voordat de nood aan de man kwam, hadden ze Kate zelfs getest om te zien of zij geschikt was om een nier af te staan. Maar dat was niet het geval, wat haar het gevoel gaf dat ze een slechte dochter was.

Het was allemaal zo snel gegaan. Maandagmiddag kreeg ze een telefoontje dat hij de vorige dag geopereerd was, toen er als door een wonder een nier beschikbaar kwam. Hij was er al een paar jaar slecht aan toe geweest, de diabetes en de drank en de stress van zijn nieuwe leven – hij had het drukker dan ooit – hadden hun tol geëist. Maar hoe had het zover kunnen komen? Blijkbaar was hij plotseling ingestort; de volgende dag stond Daniel boven aan de transplantatielijst en diezelfde middag kreeg hij een nieuwe nier. Kates stiefmoeder Lisa had haar de volgende dag gebeld om het nieuws te vertellen.

'Ik denk dat hij je graag zal willen zien.' Lisa's nogal nasale stem werd er niet beter op door de blikkerige telefoonlijn.

'Na... natuurlijk,' stotterde Kate. Ze zocht vertwijfeld naar woorden. 'O, god. Hoe... hoe gaat het nu met hem?'

'Hij leeft nog, Kate. Het ging allemaal zo overhaast. Maar zijn gezondheid werd de laatste paar maanden steeds slechter, dus echt goed gaat het niet met hem. En hij wil je graag zien. Zoals ik al zei. Hij mist je.'

'Ja,' zei Kate met droge keel en bonzend hart. 'Ja. Ja, natuurlijk.'

'Hij moet een paar dagen op de intensive care blijven. Kun je volgende week komen? Ik neem aan dat je hiervoor vrij kunt krijgen van je werk.' Lisa zei verder niets, maar de diverse opmerkingen die ze had kunnen maken hingen in de lucht, samen met miljoenen andere schuldbewuste gedachten die ze niet van zich af kon zetten, tot het Kate begon te duizelen. Ze wreef zich in haar ogen en klemde de telefoon tegen haar schouder. Haar schat van een vader... Ze had hem al

11

achttien maanden niet gezien, was in bijna drie jaar niet meer in Londen geweest. Hoe had dit kunnen gebeuren, die snelle aftakeling, was het haar schuld? Nee, natuurlijk niet, maar toch, Kate kon de gedachte niet van zich afzetten dat zij degene was die hem ziek had gemaakt, alsof ze een mes in zijn lichaam had gestoken.

Vanuit het raam gezien maakte Manhattan een kalme, vredige indruk; de grijze steenkolossen verrieden niets van de ijzige kou, het lawaai, het rumoer, de zoete, bizarre geur van geroosterde suiker en teer, die op je afkwamen zodra je je buiten de deur waagde, de stad waaraan ze gewend was geraakt, waarvan ze was gaan houden, de stad die haar liefde voor Londen al lang geleden had vervangen. Kate keek om zich heen in het literaire agentschap waar ze werkte. Het was een klein kantoor met niet meer dan vier man fulltime personeel. Bruce Perry, de baas, voerde een telefoongesprek in zijn kamer. Kate kon zien dat hij fanatiek zijn hoofd op en neer bewoog als hij het met de ander eens was. Doris, de krengerige boekhoudster uit Queens, die haar intense afkeer voor Kate niet onder stoelen of banken stak, deed net alsof ze typte, maar zat gespannen te luisteren naar Kates verhaal, om te proberen erachter te komen wat er aan de hand was. In de verste hoek tikte Megan, de jongste van het viertal, met een potlood tegen haar toetsenbord.

'Kate?' verbrak Lisa Kates gedachtegang. 'Hoor eens, ik kan je niet dwingen om terug te komen, maar...' Ze schraapte haar keel. Kate hoorde het geluid weerkaatsen in de donkere keuken in het souterrain van het protserige huis van haar vader en Lisa in Notting Hill.

'Natuurlijk kom ik,' hoorde Kate zichzelf zeggen, met gebogen hoofd en blozend van schaamte. Ze hoopte dat Doris haar niet gehoord had.

'Heus?' vroeg Lisa. Haar stem klonk ongelovig, en ook... ja, bijna smekend. Kate schrok van zichzelf, dat ze zo kil kon zijn tegen Lisa. Mijn god, haar vader was ziek. Papa.

Het werd tijd om de dingen onder ogen te zien en naar huis te gaan. En dus hing ze op, boekte een vlucht voor zaterdagavond, die haar zondag naar Londen zou brengen. Daarna ging ze naar Bruce Perry's kantoor en vroeg twee weken vrij. Meer niet. Ze zou daar niet langer blijven dan strikt noodzakelijk was.

Bruce had een lelijk gezicht getrokken, maar was toch zo aardig geweest haar vrij te geven. Perry & Co was niet echt het voortvarende, actieve bedrijf dat het had kunnen zijn, een omstandigheid waaraan

Kate haar baan als assistente voornamelijk te danken had. Voor een buitenstaander moest het een raadsel zijn hoe ze er al jarenlang, dankzij één auteur, in slaagden op de markt te blijven, met vijf mensen in dienst, blijkbaar zonder boeken te verkopen aan een belangrijke uitgever of scripts aan een studio.

Maar op een goede dag, zeventien jaar geleden, kwam een dame van middelbare leeftijd, Anne Graves geheten, Bruce' kantoor binnengestapt met het idee voor een misdaadserie die zich afspeelde in haar woonplaats in Ohio. Die dag bracht Bruce geluk, veel geluk. Anne Graves hield hen op de been. Anne Graves betaalde hun salarissen, lunches, de kantoren in het centrum vlak bij Rockefeller Plaza. Anne Graves, en haar creatie Jimmy Potomac en zijn hond Thomas. Jimmy en Thomas woonden in Ravenna, Ohio, en losten samen misdaden op. Een vlaggenmast wordt vermist. De plaatselijke sheriff verliest het cadeau voor zijn gouden huwelijk. Een paar kinderen schoppen een relletje. Dat soort dingen. Van het boek waren honderd miljoen exemplaren verkocht, en de NBC-serie, *Jimmy Potomac*, nu al in zijn derde seizoen, trok zestien miljoen kijkers per week. Bij het overlijden van de hond die Thomas speelde, had de studio vijfduizend condoleancebrieven ontvangen.

Kate werkte al meer dan twee jaar voor Perry & Co. Ze moest nog steeds iemand tegenkomen die een Jimmy Potomac-boek had gelezen.

'Waar neem je je intrek?' vroeg Bruce. 'Bij je vader?'

'Nee,' zei Kate vastberaden. 'Ik... ik heb daar een flat.' Bruce trok zijn wenkbrauwen op en Doris legde haar grootboek neer en keek nieuwsgierig op.

'Een eigen flat?'

'Eh... min of meer,' antwoordde Kate. Ze schraapte haar keel. 'Ik ben gedeeltelijk eigenaar. Ik had hem verhuurd, maar de huurders zijn vorige maand vertrokken.'

'Goed getimed,' zei Bruce tevreden. 'Geweldig toch!'

'Ja,' zei Kate. Of het samenvallen van Gemma's vertrek en de niertransplantatie van haar vader wel zo'n goede timing was, wist ze niet zeker, maar je moest positief denken, zoals haar moeder altijd zei. Ze schudde haar hoofd, deed nog steeds haar best het tot zich te laten doordringen. 'Wauw,' zei ze hardop. 'Ik ga terug naar Londen. Wauw.' Ze beet op haar duim. 'Ik moet zien dat ik mijn vader te pakken krijg. Lisa zei dat hij snel weer bij bewustzijn zou komen...'

'Ik weet niet wat we zonder jou moeten beginnen,' zei Bruce. Het klonk alsof hij het meer uit beleefdheid zei dan dat hij het echt meende. Hij stond op van zijn stoel. 'Zorg dat je gauw terugkomt!'

'Ik beloof het,' zei Kate, al was ze ervan overtuigd dat ze rustig weg kon blijven en hij na een paar weken makkelijk een uitzendkracht kon huren om de fanmail aan Anne Graves door te kijken. 'Het spijt me dat ik je op deze manier in de steek laat...'

'O, lieverd.' Doris stond op en kwam naar haar toe. Ze gaf een klopje op Kates arm. Kate deinsde ontsteld achteruit, want Doris keek haar altijd vol haat aan zodra ze bij haar in de buurt kwam. 'Maak je daar geen zorgen over. Mijn nichtje Lorraine kan voor je invallen. En ze zal haar werk goed doen, dat weet je, Bruce.'

'Een puik idee!' zei Bruce opgewekt.

Kate knikte. Logisch, ja. Lorraine was al eerder voor haar ingevallen toen Kate en haar vriendin Betty vorige zomer een reis door Amerika maakten. Ze had alle dossiers op de raarste plaatsen opgeborgen, Kates berichten niet gecheckt, net zomin als haar e-mails, maar tijdens het overdragen van het werk was ze achter Bruce langsgelopen, had in zijn oor gemompeld: 'O, sorry, meneer Perry,' en met haar enorme borsten over zijn rug geaaid, en dát, niet haar vaardigheid als stenotypiste, was de reden dat ze altijd welkom zou zijn bij Perry & Co. En omdat ze het soort meisje was dat poeslief wist over te komen, vragen stelde over familieleden, en stralend lachte naar mensen, zelfs aan de telefoon.

'Oké?' vroeg Bruce aan Kate, alsof zij er iets over te zeggen had en hij onmiddellijk een uitzendbureau zou bellen als ze haar veto uitsprak over Lorraine. Hij wreef in zijn handen.

'O, ja, prima,' zei Kate. 'Cool. En je weet dat ik...'

'Ik zal haar meteen bellen,' zei Doris en ze trippelde terug naar haar bureau, terwijl ze met een stralend lachje naar haar monstrueuze nagels keek. 'O, Bruce! Ik moest je trouwens nog de groeten van haar doen. Ze zal het geweldig vinden, weet je!'

'Ik vind het ook geweldig, Doris,' zei Bruce ernstig. 'Kon niet beter.' Fluitend ging hij weer achter zijn bureau zitten, terwijl Kate zich omdraaide naar haar computer. Ze beet op haar lip; ze wist niet of ze moest lachen of huilen.

Toen Kate die avond naar huis liep, de twintig-en-nog-wat blokken die haar terugvoerden naar het appartement van haar moeder en Oscar, voelde ze zich niet helemaal op haar gemak met de taak die haar te wachten stond en het onontkoombare gesprek met haar moeder en stiefvader. Het weer in maart was zachter dan tot dusver in dat jaar, en al was het donker en zou de klok pas zondag worden verzet. Toch hing het voorjaar al in de lucht. Ze liep over Broadway, de weg die haar geliefde Manhattan doorsneed. Ze probeerde haar gedachten van zich af te zetten, aan helemaal niets te denken, gewoon haar gebruikelijke wandeling te maken en alles in zich op te nemen. Dit was haar thuis. Hier kon ze door de straten zwerven en zich één voelen met de elkaar verdringende mensen in de menigte, hier kon ze zelfs met een roze pruik op, rijdend op een giraf, anoniem blijven. Hier bekommerde niemand zich om haar, kende, herkende niemand haar. Hier botste ze niet op tegen oude schoolvrienden, ex-collega's, hier vielen geen geesten uit het verleden haar lastig. Wat haar het meest aantrok in New York was de brede, rechte weg als ze het centrum achter zich liet, voorbij Lincoln Center, als de lichten gedempter, gezelliger werden en mensen op straat liepen om hun hond uit te laten, mensen die leefden te midden van het geroezemoes en de drukte van de stad.

Ze wist dat ze bijna thuis was toen ze bij Zabar's kwam. Het was druk als altijd in de reusachtige, sfeervolle, beroemde deli, met gezinnen die laat op de avond gingen winkelen, met eenzame koffiedrinkers die in het café over hun krant gebogen zaten. Warmte, licht, kleur stroomden naar buiten door elk raam, elke deur. Kate tuurde de winkel in. Een aanbieding van gefilte fisj voor het joodse paasfeest. Over een paar weken al, half april. Een paar weken. Meer niet.

Natuurlijk wordt hij beter, prentte ze zich in, terwijl het verkeer langs haar heen suisde en ze even verward om zich heen keek, zich een secondelang afvroeg waar ze zich bevond. Een beetje gespannen vroeg ze zich af hoe het zou zijn om hem weer terug te zien. Haar knappe, charismatische vader, die lange, imponerende verschijning, die altijd in het middelpunt van de aandacht stond – hoe zou hij er nu uitzien, hoe zou zijn leven zijn na deze operatie? Als de nier eens werd afgestoten? Hoe had het zover kunnen komen dat ze haar liefde voor hem had verdrongen en een tijdlang net deed of alles in orde was?

Maar ze wist het antwoord. Ze was een expert geworden in het beantwoorden van die vraag sinds ze uit Londen was vertrokken.

Ze voelde een stekende pijn boven in haar borst. Zachtjes wreef Kate over haar sleutelbeen; de tranen sprongen in haar ogen. Maar ze mocht niet huilen, niet hier, niet nu. Als ze begon zou ze misschien nooit meer kunnen stoppen. Kom op, zei ze tegen zichzelf. Ze liep door, sloeg de hoek om.

15

Ik ga naar papa om zeker te weten dat alles goed gaat, ik controleer de flat en probeer een nieuwe huurder te vinden.

En ik ga Zoe opzoeken.

Bij de gedachte dat ze na al die tijd haar beste vriendin terug zou zien, kreeg ze kippenvel. Maar ondanks de pijnlijke herinnering aan wat er gebeurd was, glimlachte ze, een vluchtig lachje, tot ze zich realiseerde dat ze door het raam stond te grijnzen naar een verbaasd opkijkende oude man met een dikke bos wit haar, die probeerde rustig zijn krantje te lezen. Kate bloosde en liep haastig door.

Over een paar weken werd Oscar zestig, en Venetia had hem al heel vroeg, in januari, zijn verjaarscadeau gegeven – een splinternieuwe piano. Toen Kate bij het flatgebouw op de hoek van Riverside Drive kwam, stond het raam van Venetia en Oscars flat open en de klanken van de piano zweefden omlaag naar het trottoir.

'Hallo, Kate!' begroette Maurice haar vrolijk, terwijl hij de deur van de kleine marmeren hal voor haar openhield. Hij drukte op de knop voor de lift. Kate lachte een beetje vermoeid naar hem.

'Hoe gaat het, Maurice?' vroeg ze.

'Prima,' zei Maurice. 'Ik voel me best. De spray die je me aanraadde voor mijn rug – die heb ik gisteren gekocht, en hij heeft goed geholpen.'

'Heus?' vroeg Kate verheugd. 'Fijn, Maurice. Daar ben ik blij om.'

'Je hebt wat van me te goed. Zonder meer. De pijn verdween bijna direct nadat ik die spray had gebruikt.'

Kate stapte in de lift. 'Goed zo. Super.'

'Hou de lift vast!' klonk een kribbige stem. Mevrouw Cohen, chic als altijd, lang en gedistingeerd in een grijsblauw pakje, kwam de hal binnengeschuifeld. 'Kate, lieverd, hou die lift vast! Hallo, Maurice. Wil je zo vriendelijk zijn...'

'Ik haal de tassen voor u uit de taxi,' zei Maurice knikkend. 'Wacht u maar even.'

Soms maakte het bejaarde straattheater van het flatgebouw Kates hele dag goed, maar andere keren zou ze er vijftig dollar voor over hebben gehad iemand van haar eigen leeftijd in de lift te zien. Al was het maar één keer. Nadat ze met tassen en al in de lift hadden gestaan, en Kate mevrouw Cohen naar de deur van haar flat had gebracht en haar tassen binnen had gezet, liep ze de trap op naar de flat van haar moeder op de zesde verdieping en hoorde weer de pianomuziek.

Venetia was geboren om een New Yorkse te zijn; het was moeilijk te geloven dat ze ooit ergens anders had gewoond. Natuurlijk kon Kate zich haar nog herinneren uit Londen, maar dat leek nu wat onwerkelijk. De moeder die ze tot haar veertiende jaar bij zich had gehad, tot Venetia de dag na Kates verjaardag was vertrokken, leek iemand uit een film die ze gezien had, niet haar echte, eigen moeder. Ze moest haar geheugen opfrissen om te bedenken dat het Venetia was die haar elke dag van school had gehaald, Venetia die over haar bol had gestreken toen ze op haar achtste misselijk was geworden van roereieren, Venetia die haar voortijdig uit het padvinderskamp in New Forest had gehaald toen Kate de hele nacht om haar had liggen huilen. Dat zij en Kates vader niet langer samenleefden deed er niet meer toe. Het was díe Venetia die Kate had meegenomen naar het Proms-concert om Daniel te zien spelen, tientallen vrienden van Daniel had beziggehouden in het rommelige souterrain van het grote huis in Kentish Town, tafels had schoongemaakt, wijnflessen opgeraapt, telefoontjes had afgehandeld van agenten en journalisten en recensenten en jonge, aanstormende musici: die Venetia was lang geleden verdwenen. Ze was nu een New Yorkse, en wat belangrijker was, dacht Kate, ze was nu de ster van haar éígen show.

De flat van Venetia en Oscar kwam regelrecht uit Annie Hall; van de ingelijste prenten van Saul Steinberg en posters van de heropvoering van Guys and Dolls, die Oscar een paar jaar geleden op het toneel had gebracht, tot de exemplaren van The New Yorker op de salontafel en het uitzicht op Riverside Drive door de ramen van de grote, lage kamer die dienstdeed als huiskamer, eetkamer, zitkamer en Oscars kantoor (hij werkte meestal thuis; hij was arrangeur, componist en dirigent).

Er stonden ook foto's van Kate in zilveren lijsten, waarvoor ze zich altijd erg geneerde: als baby, sabbelend op haar tenen, zittend op een of ander grasveld (Kate wist niet meer waar, het huis in Kentish Town had geen grasveld); met een nogal geforceerd lachje staande voor de universiteit toen ze haar diploma had behaald; samen met haar moeder toen Kate vijftien was en voor het eerst in New York was om haar moeder te bezoeken, kort nadat Venetia met Oscar was getrouwd. En één foto die ze altijd zonder aanwijsbare reden had willen wegnemen: een stralende Kate met het eerste nummer van Venus, het tijdschrift waarvoor ze in Londen had gewerkt. Er waren nog andere foto's geweest, andere momenten uit Kates leven. Die waren van de muur gehaald – niemand wilde die nu nog zien.

17

Kate opende de deur van de flat en snoof de geur op van uien, van iets wat op het vuur stond te pruttelen. Haar moeder stond in het kleine keukentje te zingen; in de grote kamer klonk de muziek van 'Some Enchanted Evening'.

'Hoi!' riep ze met een jolige klank in haar stem. 'Ruikt lekker.'

'Hallo, lieverd!' Venetia verscheen in de gang en veegde haar handen af aan haar schort. 'Ik maak risotto, hij wordt heerlijk. Fijn dat je er bent. Ik ben over een kwartier klaar. Fijne dag gehad? Heb je Betty nog te pakken kunnen krijgen? Ze heeft net gebeld. Ze vroeg of je vrijdag misschien een borrel met haar wilde gaan drinken.'

Kate maakte zich los uit haar sjaal en haar moeders omhelzing, en liep achteruit naar de deur om haar spullen op te hangen. Ze schudde haar haar naar achteren na haar jas te hebben uitgetrokken en keek kauwend op een haarlok naar haar moeder.

'Ik rammel van de honger,' zei ze. 'Ik zal haar straks even bellen. Mam...'

Oscar riep uit de zitkamer. 'Hallo, Katy! Kom me even gedag zeggen!'

Kate stak haar hoofd om de hoek van de deur. 'Hallo, Oscar. Hoe heb je het vandaag gehad?'

'Schat, ik was thuis!' zei Oscar vrolijk en hij gaf een versie ten beste van 'Luck Be A Lady'. 'Ik ben de hele dag thuis geweest!'

Oscar maakte dat grapje zeker drie keer per week. Kate keek hem met een warme glimlach aan.

'Wat een heerlijke avond,' zei ze, starend over de Hudson naar de paarsgrijze zonsondergang.

Oscar luisterde maar met een half oor. 'Dat is fijn, kind,' zei hij. 'Wil je wat drinken? Venetia, kan ik voor jou nog wat inschenken?'

Venetia stond met haar glas gin-tonic in de deuropening. 'Ik heb nog, dank je, schat,' zei ze en ze streelde in het voorbijgaan met een achteloos gebaar de hals van haar man. 'Ik ga de tafel dekken. Schat, heb ik je verteld dat ik Kathy vandaag heb gesproken? En dat zij en Don niet op je feest kunnen komen?'

'Papa is ziek,' zei Kate plotseling. Haar stem klonk luider dan haar bedoeling was. Er viel een doodse stilte.

'Wát?' Venetia draaide zich om naar haar dochter. 'Wát zei je?'

Kate klampte zich vast aan de armleuning van de bank. 'Papa is ziek, erg ziek. Hij heeft een niertransplantatie gehad. Hij ligt op de intensive care.'

'O, mijn god,' zei Oscar met een snelle blik op zijn vrouw. 'Dat is... dat is heel erg.'

'Ik ga naar huis,' zei Kate. 'Zaterdag. Om hem te bezoeken.'

'Terug naar Londen?' vroeg haar moeder. Ze zag doodsbleek.

'Ja,' zei Kate. Ze schudde bijna onmerkbaar haar hoofd, wilde haar moeder in gedachten dwingen het juiste antwoord te geven.

'Mijn god,' zei Oscar weer. Hij kauwde zenuwachtig op een nagelriem. 'Denk je dat hij... erbovenop komt?'

'Ja, ja,' zei Kate, die hen gerust wilde stellen. 'Ik bedoel... Het is gevaarlijk, maar hij is een geluksvogel. Ik hoop het maar...' Ze slikte. Zwarte stipjes dansten voor haar ogen en een golf van paniek ging door haar heen bij de gedachte aan haar arme lieve vader. 'Ja, Lisa denkt dat hij...'

Lisa's naam viel als een baksteen tussen hen in. Het was Venetia die het zwijgen verbrak. 'Je vertrekt zaterdag? Hoe laat gaat je vliegtuig?'

'Negen uur. 's Avonds.'

'Mooi.' Venetia zette haar glas neer; ze klopte op haar sleutelbeen en streek met haar slanke witte vingers over haar huid. 'We brengen je weg. O, lieverd, hoe lang ben je van plan daar te blijven?'

'Twee weken, denk ik,' zei Kate terwijl ze naar haar toe liep. Ze wilde dat haar moeder haar zou geruststellen, haar zou zeggen dat alles in orde kwam, niet alleen haar vader maar alles wat ermee samenhing. 'Ik ben terug voor Oscars feest, natuurlijk... Ik wil alleen zeker weten dat het goed met hem gaat.'

Weer werd het stil in de kamer. Oscar keek van zijn vrouw naar zijn stiefdochter. Kate staarde uit het raam. De zon was bijna onder; het begon al donker te worden.

'Ja,' zei Kate. 'Het zal niet meevallen.' Ze kreeg plotseling een vreemde gewaarwording, voelde zich een buitenstaander. Ze haatte dat gevoel. 'Ik moest toch weer eens een keer terug,' ging ze verder. Oscar knikte en ging weer achter de piano zitten. 'Ik wilde alleen dat het niet om deze reden was.'

2

Kate woonde al bij Oscar en Venetia sinds ze in New York was aangekomen. Ze was voortdurend van plan een eigen flat te zoeken – of een studio, wat waarschijnlijker was, want de huurprijzen in New York gingen nog steeds haar begroting te boven, zelfs al had ze haar flat in Londen verhuurd. Toch vond ze het belachelijk dat ze op haar dertigste nog bij haar moeder en stiefvader woonde. Toen ze naar New York verhuisde had ze gedacht dat het maar tijdelijk zou zijn, dat ze gauw zelf onderdak zou vinden. Maar het juiste moment leek zich nooit voor te doen.

Zij en Betty hadden het er vaak over dat ze samen een flat wilden huren, maar Betty's liefdesleven was op zijn zachtst gezegd nogal grillig. Als Kate wanhopig verlangde naar een eigen plek, niets liever wilde dan verhuizen, een eind maken aan de huidige situatie, bevond Betty zich juist weer in een euforische relatie met haar laatste grote liefde, en zei dan: '... ik denk dat we gaan trouwen... of tenminste gaan samenwonen... ik denk over een paar maanden, dus nee, Kate, sorry... het kan niet!' En dan raakte het uit, en was Betty zo overmand door verdriet, dat ze aan niets anders kon denken en moest Kate haar troosten en tot rust brengen met diverse cocktails in de bars in SoHo, waarna Betty langzaam weer opkikkerde en zei: 'We moeten nu heel gauw een flat gaan zoeken!' Waarop Kate 'Ja!' zei. Maar de volgende dag ging Betty dan naar de opening van een galerie, waar ze kennismaakte met Charles (leerling van een particuliere school met een luierfixatie) of Johan (Noorse fietskoerier) of Elrond (dichter met lang haar), en het hele idee van een flat werd weer in de ijskast gezet... en Kate nam zich voor nog even langer te wachten.

En zo werden de weken maanden, en de maanden jaren. Tot haar verbazing. En nog steeds verhuisde ze niet, nog steeds woonde ze op Riverside Drive.

Vrijdagavond gaven Venetia en Oscar een afscheidsetentje voor Kate. Ze aten vroeg, want Kate had afgesproken met Betty, en Venetia en

Oscar gingen naar een borrel bij Alvin en Carol op de derde verdieping. Venetia bakte een quiche, Oscar maakte een mooie granaatappelsalade. Ze brachten een toost uit op Daniel, wensten Kate goede reis. De laatste paar dagen leken voorbij te zijn gevlogen; hoe was het mogelijk dat het nu al vrijdag was? vroeg Kate zich af. Om te ontsnappen aan hun goede raadgevingen – 'Denk eraan dat je een adaptor meeneemt.' 'Heb je je kleren bij de stomerij opgehaald?' – excuseerde ze zich, deed langzaam de deur van haar slaapkamer dicht en liet zich op bed vallen, zich afvragend wanneer ze eens zou gaan pakken.

Nu was ze alleen en wenste, zoals ze de afgelopen dagen herhaaldelijk had gedaan, dat ze vanavond al weg kon, hoewel Lisa had gezegd dat het geen zin had om te komen voordat Daniel uit de intensive care ontslagen was. Maar toch wilde Kate dat ze er al was, zelfs al zou dat niet tot hem doordringen. 'Dan heb je de tijd om je spullen te sorteren voordat je komt,' had Lisa gezegd. Kate nam aan dat ze het vriendelijk bedoelde.

Zoveel spullen had ze trouwens niet. Kleren, ja, maar al haar boeken, al haar spulletjes van vroeger, lagen opgeslagen in het souterrain van haar flat in Londen, net als haar vroegere ik, terwijl haar nieuwe ik verlangend tuurde in de etalage van Pottery Barn of Bed Bath and Beyond, overtrekken uitkoos voor denkbeeldige kussens, handdoeken om op te hangen aan denkbeeldige rekken. Ze had dit jaar een nieuw dekbed en nieuwe hoofdkussens gekocht in de uitverkoop en ze was er nog steeds blij mee.

Kate schudde glimlachend haar hoofd. Ze besefte plotseling met een schok dat ze al bijna drie jaar bij haar moeder en Oscar woonde – omdat ze het naar haar zin had. Niet alleen omdat ze zo prettig in de omgang waren, maar omdat Oscar wílde dat mensen zich gelukkig voelden in zijn gezelschap, en omdat hij wilde dat met name Venetia zich gelukkig zou voelen, en derhalve ook haar dochter. Het was zonder meer een feit dat het plezierig was om bij hen te wonen, vooral voor een meisje als Kate dat, zoals Zoe eens had opgemerkt, oud was vóór haar tijd en liever een avond rond de piano liedjes uit musicals zong, dan eindeloos lang in de rij te staan voor een luide, zweterige, dure club (dat was althans hoe zij over zulke gelegenheden dacht).

Maar het was ook prettig omdat Kate haar moeder weer had leren kennen, na haar jaren praktisch niet meer te hebben gezien, jaren waarin zij persona non grata was bij vrijwel alle vrienden en familie van haar vader. Zelfs Venetia's zus Jane, die veel koppiger was dan zij en een keurig Engels middenklassenbestaan leidde in Marlow, wilde niets over haar horen. Het was leuk om weer bij haar moeder te wonen. Vooral bij deze gelukkige versie van haar moeder. Ze zette Kate nooit onder druk om iets te doen wat ze niet wilde – ze was gewoon blij haar bij zich te hebben.

Maar misschien was het daarom wel goed dat ze terugging, dacht Kate, terwijl ze op een kruk klom om haar grote koffer van de kast te halen. Hij was stoffig – wanneer had ze hem voor het laatst gebruikt? Ze kon het zich niet herinneren. Vaag hoorde ze auto's buiten toeteren. Kate keek op haar horloge. Tijd om te gaan. Ze trok een paar soepele laarzen aan over haar strakke spijkerbroek en holde de gang op.

'Je ziet er goed uit, liever,' riep Oscar, die door de open deur naar haar keek.

'Dank je. Ik kom niet laat thuis.'

'Blijf weg zo lang je wilt! Veel plezier!' riep haar moeder. 'Waar ga je naartoe?'

'Naar het centrum, West Village,' zei Kate weinig enthousiast. Ze wilde Betty natuurlijk graag zien, maar ze was op de koppeltoer en Kate vreesde het ergste die avond. De laatste man aan wie Betty haar had willen koppelen bleek een homo te zijn, die alleen maar met Betty was meegegaan omdat hij hoopte dat haar galerie zijn werk zou exposeren. Kate zag het niet zo zitten.

'Jij blijft dus in Londen.' Betty veegde haar vingers af aan haar servet en staarde naar Kate, die verstarde, met een kop soep halverwege haar mond. 'Vast wel.'

'Daar blijven?' vroeg ze verbaasd. 'Goeie god, nee, Bets. Ben je helemaal gek geworden? Ik ga mijn vader opzoeken nu hij die operatie heeft gehad, ik ga naar Zoe en de kinderen, en ik kom terug met het eerste het beste vliegtuig dat plaats voor me heeft. Bovendien wordt Oscar over drie weken zestig. Dat mag ik niet missen, dat kun je je toch wel voorstellen?' Betty zei niets. 'Kom nou!'

'Hm,' zei Betty. 'Nou ja, ik zeg het maar. Het zal vreemd voor je zijn. Drie jaar!' Ze draaide zich om naar Andrew, die naast haar zat en gebaarde naar hem. 'Wat vind jij?'

Kate en Betty waren bevriend sinds de universiteit, dus had Kate aan haar gedrag gewend moeten zijn. Nu bedacht ze, terwijl ze een verstolen blik op Andrew wierp, dat Betty – en eigenlijk ook

Francesca, dus goddank dat zij er vanavond niet bij was – altijd hardop zeiden wat ze dachten. Dat deden ze gewoon altijd. Meestal vond ze het wel grappig. Ze bloosde toen ze plotseling Andrews blik opving.

'Ik hoop dat ze terugkomt,' zei Andrew. Hij kuchte verlegen en zweeg weer. Betty rolde veelbetekenend met haar ogen en deed of ze Kate een zachte por wilde geven. Kate negeerde haar. Ze was veel te verbaasd, en verheugd, over wat Andrew gezegd had, want gewoonlijk zei hij niets, laat staan iets wat voor Kate van belang was.

Kate kende Andrew nu al een paar maanden, zuiver en alleen omdat Betty hem, sinds hij in haar flatgebouw was komen wonen, voortdurend naar Kate had meegesleept. Dat kostte niet zoveel moeite, omdat Andrew Kate maar al te graag wilde ontmoeten toen hij hoorde dat ze voor een literair agentschap werkte. Want Andrew behoorde tot dat niet-zo-zeldzame ras: de jongen met een boek in zijn hoofd. Kate had genoeg van die mensen leren kennen, zowel in Londen toen ze voor diverse tijdschriften werkte, als in New York bij Perry & Co, om te beseffen dat hij beantwoordde aan het standaardtype: hij maakte zich kwaad over een hoop dingen, met name over de beroerde situatie van de Grote Amerikaanse Roman, en zijn roman was bijzonder moeilijk, zowel wat onderwerp als leesbaarheid betrof. Hij had dik haar dat hij vaak – meestal verontwaardigd – naar achteren streek. Hij had geen woord meer geschreven sinds hij er met Kate over was gaan praten. Hij 'speelde met verschillende ideeën' had hij haar verteld toen ze hem ernaar vroeg.

'Ik begrijp het,' had Kate beleefd gezegd toen ze het de eerste keer hoorde. Ze had even naar Betty gekeken, die hoopvol had geknikt, alsof ze verwachtte dat Kate en Andrew al een paar minuten na hun kennismaking onder tafel zouden duiken om seks te hebben.

'Eerlijk gezegd is dat niet helemaal waar,' had Andrew er met een quasizielig lachje aan toegevoegd. Hij krabde over zijn wang. 'Ik denk dat het gewoon zo is dat ik na mijn werk liever een biertje ga drinken dan aan het werk te gaan.' Hij glimlachte naar haar en Kate vond hem onmiddellijk weer aardig.

In de weken daarna veranderde ze steeds weer van mening; ze wist niet of ze hem nu aardig vond of niet. Soms was hij echt geestig, heerlijk ongegeneerd of charmant. Andere keren – te vaak – was hij humeurig, zei bijna geen woord, alsof hij gebukt ging onder het gewicht van alles wat hij aan zijn hoofd had. Betty wist bijna geen excuses of uitstapjes meer te bedenken om hem mee te vragen. Kate

23

zou gewoon iets moeten doen, zei ze. Hem uitnodigen voor een kop koffie.

Toen Andrew opstond om naar de wc te gaan, zei Betty het tegen Kate zonder er doekjes om te winden.

Kate keek vol afschuw op.

'Hem mee uit vragen? Ik denk er niet aan, Bets. Dat zou ik nooit kunnen. Om hem zover te krijgen.'

'Híj zal het niet doen,' zei Betty op besliste toon. Ze keek rond, om zich ervan te overtuigen dat Andrew niet op weg was naar hun tafeltje, en siste: 'Jij zult het moeten doen. Toe dan. Grijp het moment. Anders is het voorbij en... en dan wat? Je zou de kans mis kunnen lopen om te trouwen. Voorgoed. Hoe zou je je dan voelen?'

'O,' zei Kate. 'Opgelucht?'

Betty schudde haar hoofd. 'Je bent een rare, weet je dat?'

'Nee, dat ben ik niet.'

'Je bent een schoolvoorbeeld van... eh... onverzettelijkheid.'

Betty werkte in een kunstgalerie in SoHo en had een voorliefde voor dit soort uitdrukkingen. Kate onderdrukte een glimlach.

'Verdomme!' zei ze.

'Wíl je niet trouwen?' vroeg Betty. Ze prikte met een eetstokje in een meelballetje. 'Is het dat? Zou je mij dat willen aandoen? Of je moeder?'

Kate staarde haar verbluft aan. 'Je komt uit West Norwood, Betty. Hou op met zo te praten. Bovendien wil ik inderdaad niet trouwen.'

'Waarom niet?' Maar nog terwijl ze het zei verscheen er een begrijpende uitdrukking in haar ogen. 'O, god. Kate, het spijt me.'

Kate stak glimlachend haar hand op, maar onder de tafel roffelde ze met haar voet tegen de aluminium tafelpoot. 'Geeft niet. Niks aan de hand. Tja' – toen Andrew terugkwam – 'Ik moet een beetje bijtijds naar bed vanavond, en ik moet mijn koffer nog pakken. Kan ik weg voordat je weer gaat zitten?' Ze sprong overeind en schoof over de plastic bank.

'Kate...' zei Betty.

Kate keek op.

'Natuurlijk.' Betty knikte. 'Ik snap het.'

'Dag, Andrew,' zei Kate. Ze draaide zich naar hem om toen hij naast haar kwam staan. Ze stonden aan één kant van de tafel toen een kleine Japanse serveerster langskwam met een groot blad sushi, en Kate voelde de druk van zijn arm tegen de hare.

'Sorry,' zei hij.

'Het is oké.' Kate hing haar tas om haar schouder. 'Ik zie je als ik terugkom...'

'Ik breng je naar buiten,' zei Andrew luid en op enigszins onnatuurlijke toon. Hij schraapte zijn keel.

Buiten, op het drukke trottoir in het hartje van de kleine Japanse wijk in East 12th Street, keek Kate om zich heen, op zoek naar een taxi.

'Ik moet je wat vragen,' zei Andrew, die haar doordringend aanstaarde in de avondschemering.

'Nou, bedankt,' zei ze. 'Ik zie je als ik terug ben...'

'Kate, Kate,' zei Andrew haastig. 'Ik moet het je nu zeggen.'

'O,' zei Kate met een afgrijselijk voorgevoel. 'Nee, ik moet nu naar...'

Hij greep haar beide armen vast. 'Kate, laat me uitpraten.'

'Nee, heus,' zei Kate wanhopig, in de naïeve verwachting dat als ze hem nu afweerde, datgene wat ze vreesde niet zou gebeuren.

Andrew deed een stap achteruit. 'Hoor eens,' zei hij, beteuterd door haar duidelijke ontsteltenis. 'Ik wilde je alleen maar vragen of je een keer met me uit wilt als je terug bent. Misschien voor een kop koffie, of een film. Maar ik denk... Ik neem aan dat dit niet het juiste moment is. Met je vader en zo. Het spijt me.'

'O,' zei Kate, die een rotgevoel had omdat ze zich verschool achter de niertransplantatie van haar vader om onder een afspraakje uit te komen waar ze niets voor voelde. 'Je hebt gelijk. Het is nu niet zo'n gelukkig moment voor me.'

God, wat klink ik Amerikaans, dacht ze. Ik moet echt weer eens naar huis.

'Natuurlijk niet.' Andrew knikte. 'Als je terugkomt, en je vindt een geschikt moment, bel me dan, wil je?'

'Ik zal het doen,' zei Kate.

'Ik beloof je dat ik niet over het boek zal praten. Niet vaak.'

Ze keek in zijn grote bruine ogen, terwijl hij naar haar glimlachte in het schijnsel van de lantaarns van de bar achter hen, die hingen te zwaaien in de wind.

'Ik vind je gewoon erg aardig, Kate,' zei hij. 'Je... je hébt iets. Je bent cool. Ik... vind ik.'

Hij schuifelde met zijn teen over het plaveisel en ze staarde hem met bonzend hart aan. Het was zo lang geleden dat iemand zoiets tegen haar gezegd had, en om eerlijk te zijn had ze niet gedacht dat ooit weer te zullen horen.

'O,' zei ze. Een lok van haar donkerblonde haar viel voor haar gezicht. Hij keek haar aan en streek de lok haar van haar wang, liet zijn vingers strelend over haar huid gaan. Ze ving zijn blik op en schudde haar hoofd. Er was iets mis.

'Andrew,' zei ze. 'Ik...'

Hij boog zijn hoofd en zoende haar. Zijn aanraking, zijn warme lippen op de hare, zijn handen op haar ribben. Misschien...

Maar ze kon het niet. Haar heftige reactie verbaasde haar, want ze duwde hem van zich af en zei ademloos: 'Nee. Het spijt me, nee.'

Ze slaakte een diepe, beverige zucht.

Andrew deed een stap achteruit en knipperde onzeker met zijn ogen. Hij keek verward.

'Ik... O, god, het spijt me.'

'Nee.' Ze deinsde achteruit, besefte ze, in een poging te ontsnappen, als een dier dat in de val zit. 'Het ligt niet aan jou. Het ligt aan mij.'

Hij veegde zijn mond af met zijn hand, bijna afkerig. Ze glimlachte. 'Nee, echt. Ik meen het. Het is het oudste cliché ter wereld – maar in mijn geval is het volkomen waar... het ligt echt aan mij.'

'In orde,' zei Andrew formeel. Hij borstelde iets van zijn shirt. 'Ik wilde alleen... Het spijt me als ik je beledigd heb. Ik dacht...'

Kate stak haar beide handen uit, hield hem nog steeds op een afstand. Een stel liep over het trottoir, wilde hun tempo niet onderbreken, botste tegen haar aan en ze struikelde.

'Hoor eens,' zei ze zwaar ademhalend, 'nogmaals, het spijt me. Het is echt mijn schuld, Andrew, en ik wilde dat het niet zo was.' Ze keek verwilderd om zich heen. Hij sloeg haar nauwlettend gade.

'Ja,' zei hij na een tijdje. 'Betty zei zoiets.'

'Wát zei ze?' vroeg Kate.

Andrew knikte en staarde naar zijn voeten. 'Laat maar, niets belangrijks. Ze zei dat een of andere vent je belazerd heeft. Dat je een slechte ervaring hebt opgedaan in Londen.'

Ze hield van de manier waarop sommige Amerikanen het woord 'Londen' uitspraken, met een zekere eerbied. 'Dat zou je wel kunnen zeggen,' zei ze. Ze kromp even ineen en keek hem aan, onzeker hoe hij dit alles zou opnemen. 'Hé...' begon ze.

'Niet belangrijk,' zei hij weer. 'Echt niet.' Hij streek met zijn handen door zijn haar. 'Wil je een taxi?'

'Graag. Dat zou...'

Andrew floot en vrijwel onmiddellijk, alsof hij de Batmobiel had opgeroepen, zoefde er een taxi de hoek om. 'Zo,' zei hij. Hij hield het portier voor haar open. 'Tot ziens, zal ik maar zeggen.'

'Ja,' zei Kate. 'Ja. Upper West Side, 80th Street en Broadway. Dank je.'

De taxi reed weg; door het groezelige raam keek ze Andrew na, die zich omdraaide en wegliep. Kate raakte met haar vingers haar lippen aan terwijl de taxi snel door het centrum reed. Ze beefde en wist niet waarom.

Wonderbaarlijk genoeg was er weinig verkeer. Ga alsjeblieft via Times Square, probeerde ze de taxichauffeur in gedachten te dwingen. Alsjeblieft. Door het raam zag ze de lichten van Broadway dichterbij komen; ze reden langs Macy's. Een gevoel van afkeer overviel haar. Waarom had ze die scène met Andrew niet voorkomen? Waarom had ze hem niet gewoon een zoen gegeven en was ze een taxi in gesprongen? En misschien had ze met hem af moeten spreken om met hem uit te gaan als ze terugkwam? Waarom moest ze zich zo idioot gedragen? Wat moest ze tegen hem zeggen, tegen Betty?

Ik ben te goed in weglopen, mompelde ze in zichzelf. Ze leunde met haar hoofd tegen het glas en keek naar haar weerspiegeling in de ruit, terwijl de straten voorbijgleden tot ze bij Times Square waren. Kate hield van Times Square, tot afschuw van haar moeder en Oscar. Ze kon hun niet goed duidelijk maken waaróm ze ervan hield, op de een of andere manier leek het irrationeel. Maar ze hield van de anonimiteit ervan, de adrenaline die het bij haar opwekte. Je kon volledig jezelf zijn als je over dat stenen, door neon verlichte toneel liep. Je kon de hele dag midden in het verkeer blijven staan en ronddraaien – en niemand die naar je zou kijken. Ze hield van het gebrek aan logica ervan – toen ze voor het eerst bij haar moeder op bezoek ging en naar Times Square wilde, had ze een eeuwigheid gezocht naar een echt plein. Ze wist niet wat ze precies voor ogen had gehad: een deftig plein met Londense huizen, en een park in het midden, misschien een ijzeren hek eromheen. En toen het tot haar was doorgedrongen dat dit toch echt Times Square was, dit grijze kruispunt van straten die zich over drie of meer huizenblokken uitstrekten, had ze gelachen. Het leek op niets wat ze ooit eerder gezien had, het was zo totaal anders dan Londen.

Nog vierentwintig uur, en ze zou in het vliegtuig zitten. Nog eens vierentwintig uur en haar vader zou bijna uit het ziekenhuis ontslagen worden. Over minder dan achtenveertig uur zou ze hem weer zien. Zou ze weer terug zijn... De lichten van Manhattan flitsten en

flakkerden door Kates taxi; de neonreclames van de theaters, de borden met de namen van straten, bars, restaurants en clubs, al die aan
en uit floepende lichten hielden haar aandacht gespannen, maar plotseling voelde ze zich doodmoe.

3

Omdat het te druk was op vliegveld Heathrow bleef Kates toestel even boven Londen cirkelen. Het kwam uit oostelijke richting en vloog recht over het centrum van de stad. Ze had een schitterend panoramisch uitzicht op Londen. Kate schoof heen en weer op haar stoel bij het raam, met haar handen lichtjes rustend op de stapel tijdschriften die ze had zitten lezen, en staarde omlaag, rekte gespannen haar hals uit. De reusachtige jet volgde de loop van de Theems en wierp een kleine zwarte schaduw op de straten en huizen. De rivier was blauwer dan ze zich herinnerde. Ze was vergeten hoe groen het er was, hoeveel open ruimte Londen had. Ze vlogen over de Houses of Parliament, goudglanzend in het vroege ochtendlicht; het centrum van de stad strekte zich voor hen uit. Kate draaide zich om op haar stoel toen ze naar het westen vlogen, volgde Regent Street tot aan Regent's Park, zag de Telecom Tower, en opzij daarvan King's Cross.

Londen zag eruit als een speelgoedstad, Legoland – ze kon het moeilijk associëren met alles wat daar gebeurd was. In die kleine straten onder haar, in dat park daar, in dat hoge gebouw vlak achter de rivier – ja, het was er allemaal nog.

Het wieltje van Kates bagagekarretje werkte niet goed. Natuurlijk niet, die dingen deugden nooit. Het bleef vastzitten, draaide op eigen kracht rond, waardoor het karretje een luid, ratelend geluid voortbracht, als een goederentrein die door de nacht dendert. Passagiers en afhalers keken met afkeurende blikken naar Kate, alsof zij persoonlijk verantwoordelijk was voor dat geluid, herhaaldelijk met een grote hamer op het wieltje had getimmerd om anderen zoveel mogelijk overlast te bezorgen.

Kate had nooit begrepen waarom mensen beweerden dat luchthavens zo vol waren van romantiek en liefde. Niet alleen had niemand haar ooit van een vliegveld gehaald (behalve haar moeder, en dat telde niet mee), ze zou het niet willen. Herenigd worden met je grote liefde onder plastic plafondtegels, tl-buizen en grijze stoffering? Nee, dank je wel. Ze worstelde met haar kar, manoeuvreerde met haar ellebogen en deed haar best om niet gestrest te raken door de hopeloze, bizarre situatie. Taxi. Ze moest een taxi hebben. Een goeie, oude, zwarte Londense taxi. Ze baande zich een weg door de menigte naar de aankomsthal, terwijl ze vaag de verwachtingsvolle blikken zag van de mensen die stonden te wachten. Kate had het inmiddels wel geleerd. Ze nam zelfs de moeite niet om rond te kijken. Dat gedachtespelletje had ze al lang geleden opgegeven.

Het was een zonnige dag, warm maar met een koel briesje. Het voorjaar hing in de lucht, zelfs hier op de luchthaven. De lente had zijn intrede gedaan in Londen; ze kon het voelen toen ze over het asfalt naar de taxistandplaats liep, toen ze naar een taxi gebracht werd door een man met een zuidwester, die beleefd knikte toen ze 'dank u' zei en haar hielp met haar koffers. De taxichauffeur mompelde betuttelend: 'Pas op je hoofd, kind,' toen ze samen de zwaarste koffer op de achterbank tilden. Ze dacht aan het vliegveld JFK, waar alles zo gehaast was, waar de opzichter van de taxi's je snauwend vroeg waar je naartoe wilde, de chauffeurs te snel reden en als maniakken van de ene rijbaan naar de andere slingerden, druk pratend met hun vrienden door een oortelefoon.

Maar al bleef ze verwachten dat er iets dramatisch zou gebeuren, dat iemand op haar af zou springen en haar zou tegenhouden, of tegen haar zou schreeuwen, er gebeurde niets, en de taxi reed weg, in een vlot, keurig tempo. Ze kwamen bij de rotonde van Heathrow, waar de narcissen wiegden in de zon en de wind, en de snelweg zich voor haar uitstrekte. Ze reed naar Londen.

Over een grauwe snelweg, heel prozaïsch, maar dat kon niet anders. Toen de straten met de bakstenen huizen voorbijgleden, keek ze uit naar de oude bekende borden, zoals het oude Lucozade-bord, maar dat was verdwenen, naar de blauw-met-gouden koepel van de Russisch-orthodoxe kerk, Fuller's Brewery aan de rotonde. Ze probeerde niet langer te denken en bleef domweg zitten, nam alles in zich op, vroeg zich af hoe ze hier was gekomen en vooral hoe het met haar vader ging, en wat er nu zou gebeuren.

En plotseling waren ze er, reden ze van Maida Vale de lange met bomen omzoomde boulevard op, waar de knoppen van de iepen net zichtbaar waren. Ze stopten voor het gebouw van rode baksteen, waar de vuilnisbak met het op het deksel geschilderde gezicht nog buiten stond. Ze draaide zich pas om toen de taxichauffeur haar koffers op het trottoir zette en hijgend vroeg: 'Alles goed, kind?'

Hij opende het portier en keek haar nieuwsgierig aan. Ze wist dat

hij waarschijnlijk dacht: is ze soms een beetje... getikt? Kate knipperde even met haar ogen toen ze hem aankeek, alsof hij van Mars
kwam.

'Wilde u hiernaartoe?'

'Ja,' zei Kate, terwijl ze uitstapte, al had ze eigenlijk willen zeggen:
Ik ben van gedachten veranderd. Kunt u me terugrijden naar de luchthaven? 'Ja, hier is het.'

Ze betaalde hem en bedankte hem; hij reed weg, zwaaiend uit het
raam. Ze voelde zich als een buitenaards wezen, ze kon zich niet herinneren hoe ze zich hoorde te gedragen. Ze keek omlaag naar de platte
straatstenen. Rechthoekig, bekrast donkergrijs, hier en daar gebarsten.
Vreemd – ze was vergeten hoe ze eruitzagen hier.

Kate trok haar schouders recht, pakte haar koffers op en bleef staan
aan de voet van de trap die naar de ingang van de flats leidde. Een
vogel zong in een naburige boom, een grote zwarte auto zoemde
naast haar, met draaiende motor, maar verder was het stil.

Gek, al die dingen die zich hebben opgehoopt in je hoofd, maar
waaraan je jaren niet gedacht hebt. De zwarte voordeur van het oude
gebouw was heel zwaar, hij werkte op een krachtige veer. Je moest
stevig tegen de deur duwen om te voorkomen dat hij voor je neus
dichtviel. Dat was ze helemaal vergeten. Hij sloeg achter Kate dicht,
zette haar bijna klem toen ze haar koffers de hal in sjouwde en verdwaasd om zich heen keek in de grote, beige, zonnige hal, stil en
stoffig en koel.

Hoe moest ze die enorme koffer van haar boven krijgen? De gedachte dat ze hem naar de eerste verdieping moest slepen, terwijl ze
nu al doodmoe was, deprimeerde haar. Ze dacht eraan hoe het geweest was die dag, drie jaar geleden, toen ze midden in de winter
hier hun intrek hadden genomen. Toen waren de postkastjes aan die
kant, nu waren ze verhuisd naar de andere kant. Kate tuurde in het
vakje van flat 4; twee catalogi, vijf reclamefolders van pizzabezorgers,
vier folders van minitaxi's, drie Chinese afhaalmenu's en een over-
vloed van willekeurige brieven geadresseerd aan diverse haar onbekende namen. Een paar rekeningen die aan haar geadresseerd waren,
blonken haar tegemoet. Het postkastje van flat 4 was kennelijk de ver-
zamelplaats geworden van ieders ongewenste post. En Gemma, de
huurster, was pas verleden week verhuisd. Leuk, hoor.

Kate keek naar haar koffers en besloot de post tot later te bewaren.
Ze stopte de brieven weer in het kastje en sleurde haar koffers de hal

31

door. Gewoonlijk deed ze niet aan momenten van vrouwelijke zwakte, maar de vermoeidheid werd haar te veel. Tot nu toe was haar terugkeer naar Londen anoniem, onpersoonlijk geweest. De taxichauffeur, de douanebeambte, de vrouw van de paspoortcontrole kenden haar niet. Maar nu bevond ze zich hier in de flat waar iedereen wist wie ze was. Hier was het begonnen... Hier was het... smerig geworden. Ergens boven haar ging een deur open; ze hoorde stemmen. Kate drukte zich plat tegen de muur, als een gevangene die probeert te ontsnappen. Misschien was dit verkeerd, maakte ze een grote fout, misschien moest ze zich gewoon omdraaien en...

Plotseling klonk er een luid lawaai, het harde gebons van laarzen die door de gang stampten en naar beneden gingen, verschillende paren voeten, leek het. Kate duwde haar koffer in de nis onder de trapleuning en keek omhoog. Ze hoorde een gesmoord gevloek, blijkbaar droegen ze iets zwaars, en ze hoorde een oude, vertrouwde stem zeggen: 'Dank je. Heel erg bedankt. Tot straks dan.'

Kate tuurde door de spijlen van de trapleuning en zag een doodskist de trap af komen. Een doodskist. Ze knipperde met haar ogen en tot haar schrik borrelde er een hysterische, afgrijselijke lachbui in haar op. Vertwijfeld duwde ze tegen haar koffer om hem opzij te schuiven.

'Kun je de deur opendoen, Fred?'

'Nee, jongen,' antwoordde Fred. 'Jij loopt voorop, doe jij het maar.'

'Hij is zwaar, weet je!'

Ze kwamen de laatste bocht om, bij haar eigen flat, en stonden boven aan de trap. Kate riep omhoog: 'Ik sta beneden. Ik hou de deur wel open.'

'Dank je, meid,' zei Fred. 'We hebben een doodskist hier, zie je.'

'Ja, een doodskist,' viel de andere man hem bij.

'Ja,' zei Kate ernstig, en ze vroeg zich af of ze soms als figurant gefilmd werd voor een verborgencameraprogramma. 'Wees maar niet bang. Ik blijf hier.'

Ze leunde tegen de deur, hield hem wijd open en keek fronsend naar de bestuurder van de auto, die de motor had laten draaien, iets wat haar altijd stoorde. De vragen tolden door haar hoofd. Wie was het? Wat zei je bij wijze van beleefdheid tegen begrafenisondernemers? En hoe vertelde je iemand dat hij de motor af moest zetten zonder intolerant te lijken? Ze betrapte zich erop dat de gedachte in haar achterhoofd spookte dat zoiets in New York nooit bij haar opkwam.

Het was inderdaad een doodskist, glanzend bruin, door de beide mannen voorzichtig, enigszins diagonaal naar beneden gedragen. Ze staarde naar hen toen ze bij de onderste tree kwamen en behoedzaam het gewicht van de kist verplaatsten.

'Met vakantie geweest?' vroeg Fred beleefd, met een knikje naar haar koffer terwijl ze naar de deur liepen.

'Ik ben weggeweest,' antwoordde Kate vaag. 'Ben net terug, ja. Dit is... eh... heel triest.' Ze maakte een gevoelvol gebaar naar de kist. 'Wie... wie is het?'

'Oude vrouw die boven woonde. Was getrouwd. Aardige man.' Hij hief met een ruk zijn hoofd op om aan te geven waar ze ergens in dit doolhof gewoond had. Kate volgde zijn blik.

Ze liepen naar buiten en lieten haar op de drempel staan.

'Tweede verdieping?' vroeg Kate zachtjes.

'Ja,' zei Fred, en knikte haar vriendelijk toe.

'Mevrouw... toch niet mevrouw Allan?'

'Ja, meid,' antwoordde hij. 'Sorry. Niet zo'n prettig welkom voor je, hè?'

Kate vond het lief van hem dat hij zich excuseerde, alsof hij persoonlijk verantwoordelijk was voor mevrouw Allans overlijden. Ze glimlachte naar hem en schudde haar hoofd, als om te laten weten dat hij zich om haar geen zorgen hoefde te maken. Ze volgde hen de weg op, waar ze de kist voorzichtig in de lijkwagen schoven – ze had zich niet gerealiseerd dat het een lijkwagen was.

'Daar is hij,' fluisterde een van hen.

'Ach.' Ze keken allebei omhoog. Achter het raam, twee verdiepingen boven de flat van Kate, staarde een oud gezicht door het glas. Ze herkende hem, natuurlijk – het was meneer Allan. Hij drukte een hand tegen het glas en keek onbewogen naar de straat onder hem. Hij was veel ouder dan ze zich herinnerde.

De auto reed weg. Kate stak groetend haar hand op naar meneer Allan, onzeker of ze moest glimlachen of niet. Alweer wist ze niet goed wat ze moest doen of hoe ze zich moest gedragen. Wat riep je onder deze omstandigheden naar een buurman? 'Hoi! Hoe gaat het? Heb u in eeuwen niet gezien. Ik weet het, ik ben naar New York verhuisd. Wat is er voor nieuws? Behalve dat uw vrouw is gestorven?'

Ze had hen niet meer gesproken sinds haar vertrek. Ze hadden haar geschreven toen ze in New York was. De lieve, attente mevrouw Allan had haar krantenknipsels gestuurd, artikelen waarvan ze dacht dat zij ze zou willen lezen, maar Kate had niet teruggeschreven, en het contact was verwaterd. Het gezicht van meneer Allan keek nu op haar neer, grijs en geel door de zon op de ruit. Ze zwaaide weer. Ze voelde zich niet erg op haar gemak, en toen ze om zich heen keek besefte ze dat ze in haar eentje op de weg stond. Ze wees naar binnen, naar de flats, alsof ze duidelijk wilde maken dat ze terug was, en keek op – maar hij was verdwenen.

'Ik...' begon ze met luide stem. Ik kom later even bij u langs, had ze willen zeggen. Ze beklom de treden naar de voordeur, trok die achter zich dicht, tilde haar zware koffer op en zeulde hem naar boven.

4

Het slot dat dicht klikte, de plank in het halletje met het grote gat erin, zodat je de Victoriaanse buizen eronder kon zien, de zonnige kleine zitkamer met de erkerramen aan het eind van de gang, de radiator in een houten omkleding met figuurzaagwerk. De boekenplanken waarop haar boeken nog stonden, lege plekken waar hij zijn boeken had weggehaald – al die dingen, die ergens in haar geheugen waren opgeslagen en tot nu toe vergeten. Ze kon zich niet herinneren hoe ze haar flat die laatste keer had verlaten. Maar ze herinnerde zich alles wat zich hier had afgespeeld. Ze herinnerde zich hoe ze hier voor het eerst binnenkwam met Sean, de eerste kerst hier... Hoe ze zondagochtend wakker werden, samen in bed, de kranten, vrienden die kwamen lunchen... Kate stond in de zitkamer met de sleutels in haar hand en keek met een grimmig lachje om zich heen. Elk verdomd cliché van verliefde stelletjes dat maar bestond, zoals in advertenties voor bankstellen of keukenapparatuur.

De laatste huurster, Gemma, was ongeveer net zo oud als zij, en hoewel ze alles onveranderd had achtergelaten in de gehuurde gemeubileerde flat, had ze toch de fauteils verplaatst. Fronsend zette Kate ze terug op de plaats waar ze hadden gestaan, één naast de bank, de andere voor het raam. Ze leunde tegen de vensterbank en haalde diep adem. Een stroom herinneringen welde in haar op toen ze de geur opsnoof van hout, lavendel en van iets ondefinieerbaars, stoffig, aards, gezellig – de geur van haar flat.

Gek, dat het zo troostvol was om hier terug te komen. Zachtjes legde ze de sleutels op de tafel, bijna alsof ze bang was iemand te storen, en trok haar jas uit, die ze behoedzaam over een stoel drapeerde. Ze liep naar de keuken, waar ze verheugd constateerde dat de potten en pannen aan de haken, die ze tijden geleden, voordat ze vertrokken was, had opgehangen, nog aanwezig waren. Ze zag dat op het piepkleine balkonnetje voor de deur van de keuken, niet veel groter dan een deurmat, de tijm en rozemarijn nog weelderig groeiden. Ze deed de deur open, trok er even aan – ze wist nog dat hij vroeger altijd klemde.

Buiten liepen mensen; gezinnen achter kinderwagens, babbelende groepjes voor het rijtje winkels verderop in de straat. Kate rekte zich uit om naar hen te kijken, omlaag naar de brede boulevard met de bakstenen huizen en de bomen erlangs die pronkten met dikke, groene knoppen. Achter de winkels lag Lord's cricketveld, een wandeling van tien minuten, daarna kwam Regent's Park, de dierentuin, het kanaal... voorbij Maida Vale, dat ze net kon zien, lag Edgware Road, die naar het park leidde, naar Mayfair, de stad in. Alles vlakbij. Ze zou nu naar buiten kunnen gaan, naar al die plekjes waarvan ze in de afgelopen drie jaar steeds vaker had gedroomd. Nu kon het, ze was terug.

Ze schrok op van een luide bons in de slaapkamer. Ze holde erheen, genietend van de ruimte die nu helemaal van haarzelf was, en zag dat haar koffer, die ze schuin tegen de muur gezet had, was omgevallen en haar telescoop in zijn val had meegesleept. Ze glimlachte toen ze die zag, ging in gedachten terug naar het verleden. Haar telescoop! Haastig liep ze naar de hoek van de kamer en zette hem weer overeind. Wat had ze als tiener van dat verdomde ding gehouden. Terwijl Zoe en haar meeste andere vriendinnen 's avonds bij de ingang van de metro stonden met opgerolde en omgeslagen taillebanden, om hun rok korter te maken, paardenstaarten hoog op het hoofd, meestal naar één kant, en met afgebladderde nagellak Silk Cut Menthols rookten, was Kate... waar? Ja, thuis, turend door haar telescoop, in haar slaapkamer op zolder, of opgekruld op haar oude lappendeken, lezend in *Gejaagd door de wind* of *Forever Amber* of een of andere vergeelde roman van Victoria Holt.

'Hallo, ouwe jongen,' zei ze tegen de telescoop, en veegde zacht het dunne laagje stof van het omhulsel. Het was zo lang geleden dat ze erdoor had gekeken. Ze zag zichzelf weer als tiener en grinnikte toen ze bedacht wat een ontroerende en onbedoeld komische indruk ze moest hebben gemaakt. Ze staarde voor zich uit. Arme papa, peinsde ze. Wat had hij allemaal moeten meemaken, in zijn eentje, met de zorg voor die vreemde, eenzelvige puber, die niet begreep waarom haar moeder was weggegaan, die zichzelf, meer dan iemand anders, de schuld daarvan gaf. En die dat min of meer nog deed, al was het meer dan de helft van haar leven geleden. Kate legde haar hand tegen haar keel.

De trillingen van de dreun die haar koffer had gemaakt hadden een paar foto's op de planken van haar slaapkamer doen omvallen. Een zwart-witte foto van haar ouders op hun trouwdag, haar moeder in een donker fluwelen mini-jurkje, bijna pijnlijk jong en tenger, met haar mooie schouderlange haar; haar vader, intens blij met zichzelf – en met zijn vrouw. Ze hielden elkaars hand vast, zo stevig dat je ondanks de jaren het wit van haar moeders knokkels kon zien.

Het waren dit soort dingen die je dwarszaten, dacht Kate, toen ze de foto zorgvuldig weer op zijn plaats zette. Aardig van Gemma om hem voor haar te laten staan, al kon hij beter worden weggeborgen, samen met het huwelijk zelf en met de foto's ernaast – haar eenentwintigste verjaardag, de foto die Zoe had genomen, een foto van haar en Steve en Sean, grappig en onbeholpen in hun om de een of andere reden keurige pakken – en een eerbetoon aan haar nieuwe familie. Haar stiefmoeder en Dani, toen Dani gedoopt werd, bijna vier jaar geleden, haar halfzusje stralend in een lange jurk en een met stoffen bloemen geborduurde hoed, waarin ze eruitzag of ze deelnam aan een Esther Williams-lookalike competitie.

Met gefronste wenkbrauwen wendde Kate zich af van de foto's. Ze voelde zich weer in de war, herinnerde zich waarom ze hier was. Ze liep naar de zitkamer, pakte de telefoon op en belde Lisa weer.

'Ja?' antwoordde Lisa onmiddellijk. 'Hoi, Kate.' Iets hartelijker ging ze verder. 'Hoe gaat het met je? Goede vlucht gehad? Alles... oké?'

'Prima. Hoe gaat het met papa?' vroeg Kate. Ze gleed met haar vinger langs de boekenkast die in de hoek van de kamer stond en keek uit het raam.

'Goed. Hij slaapt nu,' zei Lisa. 'Hij verlangt naar je komst.'

'O...' Kate tuitte haar lippen, schudde haar hoofd en tuurde naar de grond. 'O. Ik popel van ongeduld om naar hem toe te gaan. Lisa, wil je hem de groeten van me doen? Is het goed als ik nu kom?'

'Wacht nog een uurtje, als je wilt,' zei Lisa. 'Hij is nog erg zwak, Kate.'

Kate draaide haar hoofd om naar de foto van haar ouders op de plank achter haar en bleef doodstil staan. Ze had de laatste drie jaar doorgebracht met haar moeder, om de verloren tijd in te halen, maar ze had altijd geweten dat, als ze eenmaal hier terug was, alles wat ze al die tijd genegeerd had met een klap op haar af zou komen. Het drong nu tot haar door dat ze bijna te goed was geworden in wat ze steeds had geprobeerd: een heel tijdperk van haar leven uitschakelen. Ze was de oceaan overgestoken en had domweg de deur van haar leven in Londen achter zich dichtgeslagen. Alsof het grootste deel van dat leven nooit had bestaan. Alsof dat mogelijk was.

Ze moest in beweging blijven, bezig blijven. Ze zou meneer Allan bloemen gaan brengen. Ja. Ze keerde de telescoop en de foto's de rug toe en ging weer naar de zitkamer. Met haar tas verliet ze de flat, ze liep haastig naar de winkels op de hoek van de straat, en verbaasde zich over de prijs van een pak melk. Ze kocht bloemen, narcissen, kranten en wat Marmite en paté en chips. De oude winkel op de hoek verkocht nu dure boter en had een eigen sinaasappelpers.

Toen ze terugkwam en de voordeur van het flatgebouw opendeed, besefte ze ineens hoe stil het er was. Langzaam liep ze de trap op en luisterde of ze iets hoorde. Boven was het doodstil, en ze wist niet of ze nu naar boven zou gaan of zou wachten tot later. Wanneer was mevrouw Allan gestorven? Was het te snel?

De telefoon ging toen ze de deur van haar flat opende; ze holde erheen maar was te laat en ze wist niet wie het geweest kon zijn. Maar het herinnerde haar eraan te bedenken wie ze hier nog meer wilde zien, alsof ze dat had kunnen vergeten. Kate pakte haar mobiel, liet haar vingers over de toetsen glijden en schudde een minuut later haar hoofd. Nee, het zou te bizar zijn om nu met Zoe te praten, na zo'n lange tijd haar stem weer te horen horen, als ze haar binnenkort toch zou zien. In plaats daarvan sms'te ze:

HOI. BEN TERUG. WIL JE DOLGRAAG ZIEN. ZAL IK OM EEN UUR OF ZEVEN KOMEN? KX

Bijna onmiddellijk, zodat ze voor haar gevoel het bericht nauwelijks beëindigd had, kwam het antwoord.

ZEVEN IS PERFECT. KAN GEWOON NIET GELOVEN DAT JE TERUG BENT! POPEL VAN ONGEDULD! HEEL VEEL LIEFS. ZXXX

Ze pakte haar koffers uit, scharrelde wat rond in de keuken, luisterde naar de radio in een poging zichzelf wat op te vrolijken, ging toen op de bank zitten en las een uur lang de kranten met het gevoel dat ze van een andere planeet kwam. Van sommige mensen vroeg ze zich af wie ze waren, van anderen was ze verbaasd dat ze nog steeds het nieuws haalden. Er reed een enkele auto langs en nu en dan klonk het geritsel van zeildoek op het balkon van een flat aan de overkant; een kind joelde op straat, maar verder was het griezelig, onheilspellend stil. Normaal, onopvallend, gewoon. Heel vreemd, alsof ze nooit was weggeweest.

Toen Kate haar hand uitstak naar haar toilettafel om een haarband te pakken, zag ze zichzelf in de spiegel. Ze had zich jarenlang niet meer in deze spiegel bekeken; het was net of je terugkwam van vakantie en in de spiegel waarin je iedere dag keek, zag hoe bruin je na twee weken was geworden. Ze zag er... anders uit. Ouder waarschijnlijk. Slanker, maar niet op een goede manier. Voornamelijk moe. Ze had kringen onder haar donkerbruine ogen, haar donkerblonde haar was langer. Had ze er altijd zo serieus uitgezien? De haarborstel die ze in haar hand hield, glipte langzaam door haar vingers. Kate staarde naar zichzelf, de stilte hing om haar heen.

Toen ze haar flatdeur achter zich dichtdeed, herinnerde ze zich meneer Allan. Ze keek op haar horloge – ze werd bij haar vader verwacht. Vanavond had ze Zoe. Dan maar morgen naar meneer Allan. Terwijl ze de tas over haar schouder hing en de trap af liep, schoot de gedachte door haar heen: wat kon ze morgen verder nog doen, buiten de bezoekjes aan haar vader en meneer Allan? In de afgelopen jaren had Kate goed geleerd hoe ze haar dagen moest vullen – zonder veel te doen, door zich rustig te houden, op de achtergrond te blijven.

Het werd al laat. Ze keek weer in haar postkastje en herinnerde zich dat ze van plan was geweest haar post door te nemen. De stapel brieven lag er nog, onaangeroerd, maar toen ze wat nauwkeuriger keek viel haar iets op en op dat moment zag ze de brief.

Een nieuwe brief, boven op de stapel.

In een handschrift dat ze haar leven lang niet zou vergeten.

Kate Miller
Flat 4
Howard Mansions
London W9

Kates hand verstarde in de lucht, de brief tussen haar vingers geklemd. De adem stokte in haar keel; ze had het heet, zweet parelde op haar voorhoofd. Hoe wist Charly dat ze terug was? En wat belangrijker was, wat was in hemelsnaam de reden waarom ze haar schreef?

5

Daniel Miller was in veel opzichten geen ideale vader geweest voor een meisje in de puberteit. Toen Venetia was vertrokken, raakte zijn carrière snel in verval: in 1990 schreef The Times dat zijn interpretatie van Beethovens vioolconcert waarschijnlijk de beste was die ooit ten gehore was gebracht, maar toen Kate vier jaar later eindexamen deed, had hij al in geen maanden meer een behoorlijk solorecital gegeven. De aanbiedingen voor concerten werden steeds minder toen Daniel te laat kwam op repetities, ruziemaakte met dirigenten, in zijn kleedkamer zat te huilen, dronken werd in de lunchpauze en soms helemaal niet kwam opdagen. Toen hij nog de reputatie had dat hij een van de besten, zo niet dé beste was, had hij er – voor een musicus – altijd bescheiden over gedaan. Toen het bergafwaarts ging, gedroeg hij zich als een prima donna, zat te mokken in het huis in Kentish Town, hield zich nijdig schuil, werd een kettingroker en praatte aan één stuk door, tegen vrienden, aan de telefoon en rond de keukentafel.

Niet dat Venetia nu zo'n gedisciplineerde moeder was, maar zolang zij in huis was, had er tenminste een schijn van ordelijkheid geheerst en kon je verwachten dat er iets te eten was in de koelkast en warm water in de boiler. Toen zij weg was, raakten Kate en Daniel eraan gewend maar wat aan te modderen. Op tijd eten gebeurde sporadisch, en meestal op aandringen van Kate; ouderavonden op school werden niet bijgewoond. Daniel wist nooit waar hij op een bepaalde dag zou zijn of waar zijn dochter zich bevond; hij bofte dat Kate een verlegen meisje was, dat liever in haar kamer Jean Plaidy zat te lezen dan ergens in Londen de boel op stelten te zetten. Soms, als Kate thuiskwam, hoorde ze hem op verontwaardigde toon praten tegen de postbode over bezuinigingen op het budget, over de hedendaagse maatschappij. (De postbode las de Socialist Worker en wond zich ook over een hoop dingen op.) Daniel sloeg Kates verjaardag nooit over, maar hij moest er wel eerst door anderen aan herinnerd worden. Wel vergat hij te informeren naar de meeste andere dingen: wanneer ze haar toelatingsgesprek had voor de universiteit, wanneer haar examens begonnen, hoe ze zich voelde.

In andere opzichten was hij echter de perfecte vader voor Kate. Kate was vanaf haar puberteit lang en slungelig, met lange, dunne benen die zelden deden wat ze wilde. Ze was graatmager en had een platte borst, ze leek een beetje op een sprieterige tekening van een kind. Later zou ze natuurlijk tot het inzicht komen dat lang en dun nog zo slecht niet was, dat veel andere meisjes niets liever zouden willen. Maar lang en dun als ze was, met een altijd te lange pony en te korte nagels, afgebeten nagelriemen, en geen enkele sociale vaardigheid, zou het heel lang duren voor ze dat inzag. Ze was niet bepaald van zichzelf overtuigd, al wilde ze dat nog zo graag, ze verlangde wanhopig net zo te zijn als haar charismatische vader of haar fascinerende moeder, die ze zo intens miste, of als de zelfverzekerde, lachende meiden op school, die rondhingen bij het metrostation. Ze keek hen van onder haar pony schuw aan als ze langsliep, de trap af naar het perron, terug naar een avond vol huiswerk en muziek. En gesprekken aan de keukentafel met Russische componisten, Italiaanse zangers, domme Duitse dirigenten... en Daniel, die de avond regisseerde, zijn slaphangende haar naar achteren streek als hij zich opwond, terwijl de jonge Kate de borden oppakte, in de gootsteen zette, stilletjes achter hun rug de restjes van de wijn opdronk, beurtelings gefascineerd en verveeld door hun conversatie, zoals alleen een melancholieke buitenstaander kan zijn.

Ze wilde dat ze een van hen was. Niet zozeer van de groep rond haar vader, als wel van de groep meiden bij de metro, druk pratend over *EastEnders*, wie Jon Walker het aardigst vond, of Angie zaterdag op Christa's feest werkelijk door Paul betast was en of haar vader dat wist, die heel streng was? Of Dr. Martens werkelijk totaal uit de mode waren en wie naar Wet Wet Wet ging in Wembley? Maar ze wist dat dat nooit zou gebeuren.

Kate dacht aan vroeger en hoe alles veranderd was, toen ze uit het metrostation kwam en naar het nieuwe huis van haar vader liep. Nieuw – nou ja, niet nieuw meer, bedacht ze. De dagen van het huis in Kentish Town lagen ver achter haar. En het was jaren geleden dat Daniel Miller niet alleen een nieuwe vrouw had gevonden, maar ook een nieuwe carrière, met opnamen van ABBA en Barbers 'Adagio for Strings', artistiek poserend met een geleende Stradivarius (alleen voor de foto), in zwart-wit, staande op een heuveltop. Hij was zelfs genomineerd voor een Classic FM Award (Kate wist niet zeker of hij verontwaardigd was omdat hij niet had gewonnen, of heimelijk opgelucht.) Kort voordat een paar maanden geleden zijn gezondheid achteruit begon te gaan, had hij Kate een e-mail gestuurd dat zijn volgende project een album was met Barry Manilows grootste hits.

Ze was trots op hem – hoe kon het anders, ze was zijn dochter, en ze had hem meegemaakt op zijn dieptepunt en gezien hoe hij weer omhoog was gekrabbeld. Maar de ommezwaai in Daniel Millers carrière had grote verontwaardiging gewekt in de meer traditionele muziekwereld: een open brief aan hem in de *Telegraph*, ondertekend door de zes grootste muziekrecensenten, die hem smeekten zijn ABBA-album terug te trekken, met een aanbod voor 'serieus' werk, als derde violist in het Bournemouth Symphony Orchestra. Het was een brief die overal in het land werd gepubliceerd en die van Daniel een zondebok maakte; het werd bijna beschouwd als een verspilling van puur talent in ruil voor het grote geld. Maar Daniel had voet bij stuk gehouden, en zijn bankdirecteur was hem er dankbaar voor; er kwamen interviews in *Hello!* en tv-gesprekken op de bank van GMTV, georganiseerd door zijn vrouw Lisa, die zelf in public relations werkzaam was. Want het was Lisa die achter dit alles zat, Lisa die, zoals Kate – met tegenzin – moest toegeven een ommekeer had veroorzaakt in het leven van haar vader, ook al hield Kate niet van haar zoals ze misschien hoorde te doen.

Nu woonde Daniel met zijn nieuwe vrouw en dochter in Notting Hill, in een crèmekleurig huis bij Ladbroke Grove, met een reusachtige, in neutrale kleuren geschilderde keuken in het souterrain (een chaotische eclectische souterrainkeuken) die toegang gaf tot een perfect ontworpen en verzorgde tuin, met een enorme gemeenschappelijke tuin erachter. Een kunstmatig verouderde kroonluchter hing in de gang; aluminium plantenbakken met varens sierden de vensterbanken; de terreinwagen stond buiten. Qua stijl was het bijna niet te onderscheiden van de andere huizen aan de exlusieve, korte weg. Ja, de tijden waren veranderd voor Daniel Miller: tot nu toe in gunstige zin, zoals hij zijn oudste dochter geregeld voorhield, alsof hij haar bijna wilde uitdagen hem tegen te spreken.

Enigszins bevend belde Kate die zondagavond even na zes uur aan bij het huis van haar vader, al probeerde ze haar nervositeit te verbergen. Ze had narcissen bij zich – ze wist niet goed wat ze voor haar vader mee moest brengen, omdat ze geen idee had wat hij wel of niet mocht hebben. En ze kon zich hem niet herinneren, kon zich niet herinneren van welke kleuren hij hield, met welk cadeautje ze hem een plezier zou doen, welke boeken hij tegenwoordig graag las, wie hij mocht en wie niet – al wist ze daarentegen nu al die dingen wel over haar moeder.

Plotseling vloog de deur open. Als een heldin uit een actiefilm en haar bijpassende kleine pop stonden Lisa, haar stiefmoeder, en Dani, haar kleine zusje, voor haar, alsof ze achter de deur hadden gewacht tot ze zou komen.

Lisa, in een duur bruin velours joggingpak en koffiebruine Uggs, stond met haar handen in haar zij op de drempel en rammelde met de sleutel in haar hand. Kate staarde haar nogal dom aan, ze wist niet wat ze moest zeggen. Ze keek naar Lisa's mooie, gave gezicht, haar vochtige, gebruinde, volkomen gladde huid, waarschijnlijk verzorgd door een team uitstekende schoonheidsspecialisten, en bracht er niet meer uit dan: 'Lisa!'

'Hallo, Kate,' zei Lisa. Haar gezicht was volkomen uitdrukkingsloos. Ze duwde Dani naar voren. 'Dani, dit is je zus Kate. Zeg haar maar gedag.'

'Hoi,' zei Dani luid.

'Hoi,' zei Kate. Ze bukte zich en gaf haar een zoen.

'Hé, jij! Hi!' zei Dani, en ze ontblootte haar kleine tandjes.

'Waar heb je dat Amerikaanse accent vandaan?' vroeg Kate. Ze tuurde naar haar halfzusje alsof ze een buitenaards wezen was. Dani staarde onverstoorbaar terug en zoog op haar duim; haar blonde krullen bewogen zachtjes door de tocht bij de deur.

'Kate, ze heeft geen Amerikaans accent,' zei Lisa met een strak glimlachje. 'Dani, ik ga je zo uitkleden om naar bed te gaan, oké? Daarna kun je terugkomen en wat met Kate babbelen.' Ze draaide zich om naar haar stiefdochter. 'Leuk je te zien.'

'O, en...' Kate stak de narcissen naar voren, en Lisa stak haar hand uit om ze aan te pakken. 'Eh, deze zijn voor papa,' ging Kate verder, en Lisa's hand viel als een baksteen omlaag. 'Ik bedoel, je weet wel. Zal ik ze hem geven?'

Lisa staarde haar min of meer geërgerd aan. 'Doe wat je wilt,' zei ze. 'Hij is daar.'

Ze legde haar hand op Kates elleboog en duwde haar zo over het crèmekleurige tapijt in de gang naar de zitkamer, waar ze zei: 'Dan, lieverd? Kate is hier. Ik kom zó terug.'

Kate stond midden in de enorme ruimte en keek naar de gestalte aan de andere kant van de kamer.

'Kate?' klonk een zachte, schorre stem op de bank onder het raam, en Kate liep naar haar vader toe.

'Hallo, meisjelief,' zei hij en strekte zijn armen naar haar uit. Kate boog zich over hem heen en liggend op de bank sloeg hij zijn arm om haar hals en trok haar omlaag. 'Hoe gaat het met mijn Katya? Moet je je ouwe vader eens zien. Wat een wrak, hè?'

Kate omhelsde haar vader en gaf hem onhandig een zoen, de bloemen nog steeds in haar hand. Ze stak haar onderlip naar voren waardoor ze ongewild liet zien dat ze schrok van haar vaders uiterlijk. Ze was volkomen van slag. Zijn gezicht zag geel, zijn haar was kleurloos, zijn wangen vertoonden diepe plooien, en zijn handen lagen nu meelijwekkend slap gekruist op zijn buik, als bij een oud vrouwtje dat op de bus wacht. Die handen, die eens hemelse tonen toverden uit een driehonderd jaar oude viool, handen die voor een miljoen dollar verzekerd waren toen Kate tien was, leken bloedeloos, gekrompen, net als de rest van zijn lichaam. Waar hij vroeger donkerblond, wild en onhandelbaar haar had, net als zijn dochter, zijn grijze ogen vuur schoten als hij met zijn vork zwaaide naar een vriend met wie hij het hartstochtelijk oneens was over iets, waar eens zijn gebruinde, gezonde gezicht enthousiast lachend neerkeek op een bewonderend gehoor, glimlachte hij nu mat naar zijn dochter en klopte naast zich op de bank.

'Kom hier zitten, dame, en vertel eens hoe het met je gaat.'

'Papa,' zei Kate. 'Ik vind het zo erg...'

Haar stem stierf weg en ze beet op haar lip. Een traan rolde over haar wang. Daniel keek haar aan.

'O, lieverd,' zei hij. 'Toe nou.' Hij trok aan haar arm tot ze naast hem zat. 'Het is een beetje een schok, hè? Maar ik heb een slechte dag vandaag, omdat ik net uit het ziekenhuis kom en zo. Ik ben er veel beter aan toe geweest. Je hebt me gewoon een tijdje niet gezien, Kate, dat is alles. Geeft niet, het is nu achter de rug, toch? Ik moet me er alleen op concentreren om beter te worden.'

'Het drong niet tot me door,' zei Kate. Ze was bijna duizelig, overmand door haar gevoelens. Hoe kon dit gebeurd zijn, hoe kon ze hebben geweten dat dit aan de hand was met haar vader en niet eerder zijn gekomen? Ze was erg gesteld op haar vage, grillige moeder, maar hij was zonder enige twijfel degene van wie ze het meest ter wereld hield. Hoe kon ze dat zo volledig zijn vergeten? Ze staarde met een wanhopige blik naar hem, en hij keek haar oplettend aan.

Alsof hij haar gedachten kon lezen, zei hij: 'Lisa is geweldig, weet je. Ik weet niet wat ik had moeten beginnen als zij niet...'

'Ik weet het, pap,' zei Kate. 'Het spijt me dat ik niet eerder ben gekomen.'

'Ze is fantastisch geweest,' hield haar vader vol. Hij ging weer achteroverliggen. 'En Dani – hemel, ze is heel anders dan jij toen je zo oud was. Erg druk!'

'Dat geloof ik graag,' zei Kate lachend, terwijl ze zijn handen vasthield.

'Maar het is prettig om weer een jong kind in huis te hebben. Een kleine Katya.' Hij knipperde met zijn ogen. 'Ah, daar is ze.'

Danielle holde de kamer in. 'Pappieee!' gilde ze. 'Ik ben er!'

Ze droeg een roze pyama en pantoffels in de vorm van konijntjes en hield een glanzende, reusachtige teddybeer onder haar arm geklemd. Ze zag er heel klein en onschuldig uit terwijl ze met haar mollige beentjes over het tapijt stapte.

Kate beet op haar lip, de pijn schoot door haar heen, kalmeerde haar, en ze keek van haar vader naar haar halfzusje.

'Mooie pyjama, Dani,' zei ze. 'Een roze pyjama, net als in het liedje.'

'Wat voor liedje?' vroeg Dani met een Amerikaans accent.

'She'll Be Coming Round the Mountain,' zei Kate. 'Ken je het?'

'Nee, en het is niet waar, hoor,' zei Dani.

'Het is wel waar,' zei Kate. Ze zong.

She'll be wearing pink pyjamas when she comes,
She'll be wearing pink pyjamas when she comes.
Wearing pink pyjamas,
Wearing pink pyjamas,
Wearing pink pyjamas when she comes.'

'*Singing aye-aye ippy-ippy aye,*' viel haar vader haar plotseling vanaf de bank met dreunende stem bij, en Kate maakte bijna een luchtsprong. Dani lachte. '*Singing aya-aye ippy-ippy aye,*' zongen ze samen.

'*Aye-aye ippy,*
Aye-aye ippy,
Aye-aye ippy-ippy aye.'

Dani lachte weer. 'Dat vind ik leuk,' zei ze en ze sprong op de bank. Ze wurmde zich tussen haar vader en Kate in, haar warme lijfje kronkelde van opwinding. Kate sloeg haar arm om haar heen en knuffelde haar, ademde de geur van haar vochtige haar in. Ze zag dat haar vader met een tedere glimlach naar zijn kleine dochtertje keek en toen naar haar, en ze trok Dani wat dichter tegen zich aan.

'Zing het nog eens,' zei Dani.

'Ik ben nu moe, lieverd,' zei Daniel. 'Morgen.'

'Daniel,' klonk een heldere stem in de deuropening. 'Heb je last van Dani? Is ze ondeugend?'

'Dat ben ik niet, mama!' gilde Dani met een hoog, traag stemmetje. 'Kate wilde niet nog een liedje voor me zingen en ze had het beloofd!'

'Ik weet zeker dat ze het niet zo bedoelde,' zei Lisa.

'Nee, dat deed ik niet,' zei Kate. Haar stem klonk niet overtuigend. Lisa liep naar het midden van de kamer. Dani holde naar haar toe en klampte zich vast aan haar been, met de wanhoop van iemand die een laatste reddingsboei vindt op de Titanic. Lisa keek naar haar dochtertje.

'Ah, mama's schatje,' zei ze. 'Ben je zo moe?'

'Ja,' zei Dani, en ze zoog zo hard op haar duim dat het geluid weerkaatste tegen de lichtgrijze Frans ogende kledingkast aan de andere kant van de kamer. 'Echies, echies moe. Nacht, pappie.'

'Zeg Kate welterusten, liefje,' zei Daniel, en hij ging verliggen op de bank. 'Ze is hier ook voor jou, weet je.'

'Ze had eerder moeten komen. Dat heeft mammie gezegd.'

Stilte daalde als een verstikkende deken neer over de kamer, slechts verbroken door het geluid van Dani, die weer op haar duim zoog.

'Onzin!' riep Lisa uit, die voor het eerst in haar leven in verwarring raakte. Ze streek met haar hand over haar voorhoofd en liet haar andere hand op het hoofd van haar dochtertje rusten. Kate dacht dat ze er even heel moe uitzag.

'Sst, lieverd,' zei Lisa, met een blik op Daniel, die zijn jongste dochter negeerde.

'Lisa.' De stem van haar man klonk kalm maar gebiedend. 'Breng jij Dani naar bed, dan kunnen Kate en ik bijpraten.'

'Tot straks, Kate,' zei Lisa en ze liep met Dani de kamer uit.

'Dag, dag, pink pyjamas,' riep Dani, die de kamer uit huppelde, niet in het minst uit het veld geslagen door de verwarring die ze gesticht had. Ze was als enige in de kamer verwant met iedereen die aanwezig was.

'Ze meende het niet,' zei Kates vader. 'Ze heeft het heel moeilijk op het ogenblik.'

'Dani?' vroeg Kate met een flauwe glimlach.

'Ha!' zei Daniel. 'Nee, Lisa. Ik ben niet erg gemakkelijk op het ogenblik. Ze is erg... efficiënt.'

Ze bekeek hem nu aandachtig in zijn nieuwe omgeving, zag hoe zijn hand over het oppervlak van de koffietafel schraapte, alsof hij iets zocht om zich aan vast te klampen. Kate vond het bijzonder deprimerend dat dit het beste was wat hij wist te zeggen over de vrouw voor wie hij z'n dochter bijna de deur uit had moeten zetten, voor wie hij zich te pletter had gewerkt, verhuisd was, nieuwe vrienden had gemaakt, dure, luxe vakanties had geboekt om te 'netwerken' met dure, poenige mensen die hij eigenlijk helemaal niet aardig vond, en voor wie hij zijn persoonlijkheid leek te hebben veranderd. Maar ze zei: 'Ik weet het. Ja. Het moet geweldig zijn om haar in een tijd als deze om je heen te hebben.'

'O ja,' zei haar vader. Beiden zwegen en zaten weinig op hun gemak in de onberispelijke zitkamer. Kate schoof heen en weer op de bank.

De brief van Charly zat in haar tas. Ze kon hem voelen, bijna gonzend om haar aandacht te trekken. Ze had hem niet opengemaakt, ze wilde hem niet openmaken, wist dat ze dat niet kon. Ze wist niet waarom ze hem niet had weggegooid. Maar dat had ze niet gedaan. Nu ze zwijgend naast haar vader zat, gleed ze weer met haar hand in haar tas, raakte hem voor de honderdste keer aan sinds ze de flat had verlaten.

Het was een stevige envelop; er zat iets in, iets meer dan alleen maar een vel papier. Wat kon het zijn? Wat was het? Het poststempel was van Mount Pleasant, het voornaamste Londense postkantoor; dat zei niets.

'Wat is dat?' vroeg haar vader nieuwsgierig. Zijn stem resoneerde in de stilte van de grote kamer.

'Niks.' Kate stopte de envelop haastig diep onder in haar tas, ver uit het gezicht. 'Iets wat op me lag te wachten. Post.'

'Je zult wel veel te doen hebben,' zei haar vader. Hij schoof een klein eindje omhoog op de bank en trok even een pijnlijk gezicht. 'Je flat opruimen, en zo.'

'Ja,' zei Kate.

Daniel keek naar het plafond en toen naar de grond. 'Eh, nu we het daar toch over hebben,' zei hij achteloos, 'ga je een nieuwe huurder zoeken terwijl je hier bent? Ga je zelf iemand uitkiezen?'

Voordat ze uit New York was vertrokken, had haar vader de helft van de flat gekocht en had hij als zodanig recht op de helft van de huur. Kate schraapte met haar voet over het kleed. 'Ik weet het nog niet,' zei ze. 'Misschien wacht ik wel tot ik terugga, laat ik het weer over aan het agentschap. Ik moet er nog over nadenken. Ik bedoel... dat Gemma

wegging en ik terugkwam... het is allemaal zo plotseling gegaan.'
'Ja,' zei Daniel. 'Maar toch.' Hij hoestte, een beetje verlegen, dacht
Kate. 'We willen de huur toch niet mislopen, hè? Jij niet, bedoel ik.'
Hij schraapte langdurig zijn keel.
'Ik blijf hier twee weken, pap,' zei Kate zacht. 'Je zult die huur niet
mislopen, dat beloof ik je. Het spijt me...' Ze wist niet wat ze moest
zeggen. 'Ik zal ermee aan de slag gaan,' ging ze verder. 'Het spijt me,'
herhaalde ze, zich afvragend wat ze nog meer moest zeggen. Een vage
gedachte kwam bij haar op; ze zette die van zich af, natuurlijk was
dat niet zo. 'In ieder geval moet je je daar op het ogenblik geen zorgen over maken. Het is niet belangrijk.'
'Dat kun jij makkelijk zeggen,' zei haar vader snel en hard. 'Toch?'
'Ja,' zei Kate, die besefte dat ze hem gerust moest stellen, niet ergeren. 'Natuurlijk, pap. Ik zal het doen.'
'Hm,' zei haar vader. Luid liet hij zijn adem ontsnappen, het klonk
als een soort gekreun. 'We moeten die flat niet leeg laten staan. Dat
is alles.'
'Morgen ga ik met de makelaar praten,' zei Kate, en ze voegde het
in gedachten toe aan het lijstje van dingen die ze moest doen. Haar
vader kreunde weer. 'Pap, gaat het goed met je?' Ze legde haar hand
op de zijne, die beefde.
'Ja, ja,' zei Daniel, bijna ongeduldig. Hij ging even verliggen.
'Hoe lang duurt het... voor ze het weten?' vroeg Kate. 'Of hij niet
wordt afgestoten?'
'Niet afgestoten?' Hij schudde niet-begrijpend zijn hoofd.
'De nier.' Het klonk als een scheldwoord.
'O, ik snap het. Ik weet het niet. Als hij me haat, zal hij het me
gauw genoeg laten weten; dan werkt hij niet meer en ga ik dood,
denk ik,' zei hij met een ironisch lachje. 'Maar ze geven me pillen
genoeg; ik zou verdomme wel een apotheek kunnen openen.'
'Pap.' Ze hield zijn bevende hand vast.
'O, Kate. Ik ben zo blij je te zien, liever. Ik mis je.'
Ze keek op hem neer; zijn blauwe, doordringende ogen, waarin
weer iets van zijn oude energie blonk, keken in de hare.
'Het spijt me,' zei Kate, en ze meende het. 'Het spijt me verschrikkelijk.'
'Hoeft niet,' zei Daniel verzoenend. 'Ik had jou ook vaker kunnen
opzoeken. Maar je had terug moeten komen. Dani weet nauwelijks
wie je bent. En ze is je zusje. Je hebt haar maar één keer gezien in
de afgelopen drie jaar.'

Kate voelde plotseling een kinderachtige, stomme opwelling om net als Dani te gaan gillen, maar ze klemde slechts zijn hand steviger vast.

'Je weet waarom ik hier weg moest,' zei ze in plaats daarvan.

'Je hebt er goed aan gedaan,' zei Daniel. 'Het was een juiste beslissing om weg te gaan. Ik vind alleen dat je te lang bent weggebleven. Dat meisje,' voegde hij er achteloos aan toe. 'Charly. Het was toch Charly, hè, die je tijdens je eerste baan leerde kennen?'

'Ja.'

'Ik moet bekennen dat ik haar nooit aardig heb gevonden.'

Wat overduidelijk niet waar was, want Daniel was altijd dol geweest op de langbenige Charly met haar wilde haren, die nooit een blad voor de mond nam. Kate zei niets maar glimlachte naar hem, en hij keek met pretogen terug. 'Nou ja,' zei hij na een tijdje, 'een beetje misschien.' Hij zweeg even. 'En hoe gaat het met je moeder?'

'Goed. Ik... ik moest je de groeten doen,' zei Kate, zichzelf vervloekend om de slecht overgebrachte boodschap. Wat Venetia werkelijk had gezegd op de luchthaven, met haar handen tegen haar borst geslagen, terwijl Oscar worstelde met de koffers, was: 'O, mijn god. Die lieve Daniel. Zeg tegen hem... ja, god, wát? Weet je, hij is een klootzak, maar ik kan er niks aan doen, ik hou toch van hem.'

'Hoe gaat het met die homoman van haar?'

'Hij is geen homo. Hij maakt het goed,' zei Kate werktuigelijk.

'Hmm,' zei Daniel en hij streek in een onbewust gebaar zijn haar naar achteren. 'Herinner je je nog je verlovingsfeest, of weet je dat niet meer? Toen hij me vertelde dat hij speciaal voor het feest zijn nagels had laten manicuren? Mijn hemel!' Hij schudde zijn hoofd.

'Sommige mannen houden van een manicure,' verdedigde Kate hem.

'Niet de mannen die ik ken,' zei Daniel.

'Pap!' Kate tikte hem zachtjes op zijn arm. 'Jij droeg in de zomer handschoenen om je handen te beschermen!'

'Dat is heel wat anders,' zei Daniel pissig. 'Die waren mijn gereedschap.'

'De handen van Oscar ook. Hij is musicus.'

'Nee, hij is zelf een stuk gereedschap,' zei Daniel. Hij grinnikte zachtjes, hoestte even, maar herstelde zich weer. 'En hij is geen musicus. Het arrangeren van stomme liedjes over boeren en cowboys maakt nog geen musicus van je.'

'Nee, hij...' Kate was niet van plan met Daniel te discussiëren over de goede en slechte kanten van *Oklahoma!* of hem erop te wijzen dat het misschien wel de beste musical aller tijden was. Zij en haar vader waren het daarover al vaak oneens geweest. Dus keek ze hem fronsend, maar tegelijk glimlachend aan. Haar frons ging echter snel over in ongerustheid.

'Pap, gaat het wel goed met je?'

'Ik voel me prima. Nou ja, niet prima. Pfff.'

Paniek maakte zich van haar meester; het zweet parelde op zijn voorhoofd en hij zag ontstellend bleek.

'Lisa!' riep ze, terwijl ze opstond. 'Pap, ik ga Lisa halen.' Ze maakte zich los uit zijn krampachtige greep.

'Nee, niet doen,' zei hij, met een afschuwelijke, van pijn vertrokken grijns. 'Het gaat alweer. Wanneer moet je weg, lieverd?'

Kate keek op haar horloge, ze wilde niet naar hem kijken. 'Ik heb met Zoe afgesproken, maar ik hoef niet op tijd te komen.'

Lisa verscheen in de deuropening. 'Dan? Alles oké?' vroeg ze, haastig naar voren komend. 'Wat is er aan de hand met hem?'

'Hij raakte een beetje... van slag,' zei Kate. Ze keek naar haar vader terwijl Lisa een hand op zijn voorhoofd legde en zijn pols voelde.

'Raakte een beetje van slag,' herhaalde Daniel. 'Dat zal de medische uitdrukking er wel voor zijn.' Hij deed zijn ogen dicht. 'God, wat ben ik moe. Je krijgt wel een flinke klap van dat gedoe. En ik verveel me zo. Ik verveel me een ongeluk.'

Hij was een man van actie, gewend om dingen te doen, te praten, te denken, rond te banjeren en te schreeuwen. Kate kon zien dat hij het haatte om zo in zijn bewegingen beperkt te zijn. Hij had afleiding nodig, aandacht, om hem stabiel te houden, anders... Dat herinnerde ze zich nog wel uit haar jeugd. De gevolgen waren vervelend.

'Dat geloof ik graag,' zei Kate. Ze bleef staan en keek hem aan. Haar blik kruiste die van Lisa. 'Hoor eens, pap,' zei ze en ze boog zich over hem heen. 'Ik ga ervandoor en laat je even rusten, oké? Maar ik kom morgen terug.'

'Dat is fijn!' zei Lisa met een vaag glimlachje. 'Dat is fijn voor je, hè, Dan?'

'Ik verheug me erop,' zei Daniel en hij boog even spottend formeel zijn hoofd. Hij pakte de hand van zijn dochter en drukte er een kus op. 'Tot morgen, lieverd.'

'Ja,' zei Kate, over zijn haar strijkend. 'Dag, pap, ik hou van je.'

'Het is heerlijk om je weer te zien.' Hij sloeg met een dramatisch gebaar zijn hand tegen zijn hart; een flits van de oude Daniel Miller, het theatrale gedrag dat het publiek zo prachtig vond. 'Fantastisch je weer terug te hebben.'

Ze kon geen woord uitbrengen; glimlachend schudde ze haar hoofd en haar ogen vulden zich met tranen toen ze Lisa volgde naar de gang. Beleefd overhandigde Lisa haar haar jasje.

'En... wil je een baan zoeken voor de tijd dat je hier bent?' vroeg Lisa plotseling. 'Hoe heb je ze daar achtergelaten?'

'In New York? Ik heb gezegd dat ik niet precies wist wanneer ik terug zou zijn. Ze hebben iemand die voor me invalt. Maak je maar niet ongerust. Ze is goed.'

'Zo moeilijk is het niet om dat vak te leren, hè?'

Aha, dacht Kate. Ze bereidde zich voor op de volgende klap.

'Hoe bedoel je?' vroeg ze, en ze deed haar best om vriendelijk en beleefd over te komen.

'Je bent toch de assistente?' Lisa's stem klonk kortaf.

'Eh... ik...' Kate wist niet wat ze moest zeggen.

'Ik ben alleen nogal verbaasd,' zei Lisa. Ze trommelde met haar vingers op de leikleurige muur. 'Ik had nooit gedacht dat je zo zou eindigen.'

'Oké,' zei Kate kordaat. 'Nou, bedankt dan, ik zal...'

Ze legde haar hand op de deurpost en wees vaag naar de straat, maar Lisa liet zich niet afschepen. Luchtig streek ze met haar wijsvinger over de smetteloos gave huid van haar wang.

'Het is zo jammer wat er gebeurd is, hè?' zei ze spraakzaam. 'Want je deed het zo goed bij *Venus*. Je vader dacht dat je over een paar jaar hoofdredacteur zou zijn. Of een boek zou schrijven of zoiets. Hij had het er altijd over. Hij is een beetje verbaasd, denk ik...'

Lisa's ogen leken een beetje uit te puilen; met een schok besefte Kate dat ze blijkbaar al een tijdlang gehunkerd had naar dit gesprek met haar stiefdochter. Haar gezicht bevond zich vlak bij dat van Kate, toen Daniel in de andere kamer begon te hoesten.

'Oké,' zei Kate weer, heftig knikkend. 'Lisa, dit is echt niet het moment om...'

Lisa stak even haar hand op. 'Ik moet je iets zeggen...' begon ze. Kates hart zonk in haar schoenen. 'Alles goed en wel, maar ik geloof niet dat je goed begrijpt hoe bezorgd je vader zich over je maakt.'

'Ik weet dat hij dat doet.'

'Hij voelt zich erg teleurgesteld.' Lisa staarde naar de grond.

Kate voelde zich plotseling kwaad worden. Kwaad op zichzelf omdat ze de situatie verkeerd aanpakte, kwaad op Lisa vanwege haar insinuaties, haar valse, hatelijke opmerkingen.

'Hoor eens, ik ben doodmoe, en dat ben jij ook, nog veel meer dan ik. Ik heb je achttien maanden niet gezien, en Dani en papa ook niet. Doe me een plezier, Lisa,' ging ze verder, verbaasd dat ze zo streng klonk. 'Laten we hier niet op doorgaan.' Ze voelde zich sterker nu ze kwaad was, besefte ze. Ze was niet bang meer voor Lisa. 'Ik zie je morgen, goed?'

Lisa staarde haar aan. 'Ja, ja, natuurlijk. Weet je, ik ben echt moe,' fluisterde ze. 'Sorry.'

'Het spijt me, Lisa.' Kate voelde zich niet op haar gemak. 'Ik had vaker terug moeten komen. Om hem en Dani op te zoeken. Ongelooflijk, zoals ze gegroeid is.'

Als ze een wat meer emotioneel moment verwachtte bij het afscheid, zou ze dat van Lisa in ieder geval niet krijgen. Lisa knikte, alsof ze op die verontschuldiging gewacht had en deed toen de deur open. 'Ja,' zei ze, 'het is een geweldig kind,' alsof Dani het dochtertje van een van de buren was. 'Tot morgen dus, en... ja.'

Zo zou Kate het niet hebben uitgedrukt, maar het was duidelijk een wenk om te vertrekken, dus deed ze dat. Ze liep de voortuin in en klopte op het raam van de zitkamer, tuurde naar binnen zodat ze haar vader op de bank kon zien liggen. Hij zwaaide naar haar, zijn gezicht klaarde op en toen gebaarde hij dat ze weg moest gaan en blies haar een kus toe. Lisa kwam terug in de kamer en keek op een afstand naar haar. Kate haastte zich over het pad de frisse maartse avond in.

6

'Ik ben onderweg.'

'O mijn hemel.'

'Ik weet het. Zoe, ik heb behoefte aan een borrel. Zet vast een fles witte wijn koud.'

'Staat al in de ijskast, lieverd. En ik heb ook Twiglets.'

'Twiglets! Jee, wanneer was de laatste keer dat ik...'

'Ik weet het. Ik weet het. En hou nu op met dat gepraat en stap in de metro. Ik zie wel wanneer je komt.'

'Dag, Zoe...'

'Ja, schat. Dag.'

Kate ging sneller lopen. Ze zou Zoe zien! Haar echt zien, haar gezicht zien, in haar nabijheid zijn, aan haar keukentafel zitten, Harry zien, Flora voor het eerst ontmoeten! Ze was doodsbenauwd, maar ze kon geen seconde langer wachten. Nu ze haar vader had bezocht, was ze overal tegen opgewassen, en opmerkelijk lichtvoetig stapte ze van het trottoir en keek om zich heen in de schemering.

Zoe, Harry en Flora woonden in Kilburn. Destijds, toen ze pas verloofd waren, hadden Zoe en Steve een benedenflat met een tuin gekocht en waren verhuisd uit een ruime, lichte flat in Muswell Hill, omdat, zoals Zoe steeds weer zei, Kilburn de buurt van de toekomst was. De Buurt in Opkomst zou omhoogschieten, het nieuwe Notting Hill/Clapham/Shoreditch worden. Aan het eind van het jaar zouden wegwerkzaamheden en rommel, oude groene afvalbakken van de gemeente met witte poppetjes erop die mimeden 'Afval hierin', kooplieden en een winkel met oude kleding plaats hebben gemaakt voor bakken met planten, verbrede trottoirs en tapasrestaurants, en alle winkels behalve de Primark en het Tricycle Theater zouden verdwenen zijn en vervangen door Space NK, Carluccio en Strada. Zoe en Steve zouden 's avonds naar buiten gaan en het verrukkelijke nieuwe Italiaanse restaurant uitproberen, en vrienden zouden bewonderend zeggen: 'Woon je in Kílburn?' zoals iemand zou kunnen zeggen: 'Woon je in Máyfair?'

Drie jaar later was alles veranderd. Ze hadden de flat erboven gekocht toen Harry werd geboren. Maar Steve was er niet meer. Nu waren Harry en Flora er, en Kilburn werd nog steeds meer geassocieerd met Soweto en South Central LA dan met Fulham en Battersea. Maar andere dingen waren toen ook domweg veel en veel belangrijker.

Voortstrompelend in het donker realiseerde Kate zich dat ze de weg van de metro naar Zoes huis zo goed kende dat ze blindelings ernaartoe had kunnen lopen. De barsten in het plaveisel, daar was de parkeerautomaat, en daar het hek dat half uit zijn voegen hing. Het leek in helemaal niets op het huis van Daniel en Lisa; het leek meer op Kentish Town, waar ze was opgegroeid. Ze negeerde de jongen die rondhing op een muurtje twee huizen voorbij Zoe, die haar dreigend aanstaarde; ze glimlachte zelfs vriendelijk naar hem terwijl ze ongeduldig op de deur klopte, elke gedachte aan vermoeidheid verdwenen.

En toen deed Zoe open. Ze zeiden niets. Zoe lachte slechts naar Kate en stak haar armen uit, en Kate herinnerde zich weer wat ze vergeten was, dat het huis van Zoe en Steve meer een thuis voor haar was dan enige andere plek die ze ooit gekend had en dat zij waarschijnlijk meer van Zoe hield dan van wie dan ook. Zoe zag er nog precies hetzelfde uit, als een klein, bruinharig ondeugend meisje, en toen ze naar voren kwam om haar beste vriendin te omhelzen, voelde Kate een pijn in haar hart, een reële, fysieke pijn.

'Ik heb je gemist.' Zoes zijdeachtige bruine haar smoorde Kates stem; na ongeveer een minuut lachten ze en deden ze een stap achteruit. Zoe hield Kate nog steeds aan haar ellebogen vast.

'Laat me je eens bekijken, mooierd. Je bent zo volwassen. Wat is er met mijn Kate gebeurd?'

'Niets,' antwoordde Kate lachend, en ze maakte zich los uit Zoes greep. Ze sloeg haar armen over elkaar. 'Waar zijn de kinderen?'

'In bed,' zei Zoe. 'Sorry,' voegde ze eraan toe. 'Ik wist dat als ik ze op zou laten blijven tot jij kwam, we ze nooit kwijt zouden raken. Ik heb ze verteld dat áls je al kwam, het heel, heel erg laat zou zijn. En ik heb ze ook verteld dat je nog geen tijd zou hebben gehad om cadeautjes voor ze te kopen, omdat die er niet zijn in Amerika.'

'O.' Kate volgde haar naar binnen en deed de deur achter zich dicht. Tevreden keek ze om zich heen in de lange gang, die bezaaid was met kleine rubberlaarzen, een fiets met zijwieltjes, en jassen die aan diverse dingen waren opgehangen. Aan de paraplubak hing een vogelkooi.

Ze had het gevoel dat ze weer thuis was. Ze had niet beseft hoe erg ze dit huis gemist had. Zoe keek een beetje hulpeloos om zich heen, klapte toen in haar handen en zei: 'Goed. Eerst een glas wijn. Hang je jas... eh, daar. Precies, ja.'

'Dank je.' Kate volgde haar naar de zitkamer, die vol lag met stapels kleurige video's, boeken, speelgoed, kussens en nog meer kussens. Kate was vergeten dat Zoe niet in een van haar geliefde Cath Kidson-lifestylewinkels kon komen – het soort waar afgebladderde emaillen kruiken en prachtige kop-en-schotels verkocht werden voor het moderne vintage huis – zonder naar buiten te gaan met een kussen onder haar arm. Ze moest er zeker twintig hebben. Het maakte het zitten op banken in Zoes huis problematisch.

'En hoe ging het met...'

'En hoe gaat het met...'

Plotseling hing er een zekere gedwongenheid in de lucht. Ze zwegen en lachten. 'Jij eerst,' zei Kate.

'Hoe gaat het met je vader?'

'Goed. Zwak, een beetje beverig, maar au fond goed, voorlopig tenminste. Ze weten pas na een tijdje of de transplantatie een succes is.'

'Je vond het fijn hem weer te zien, hè?'

'Ja.' Kate kon het niet goed onder woorden brengen. Ze trok haar neus op en knikte, en Zoe knikte terug. Ze begreep het.

'Hoe was je vlucht?' vroeg Zoe, terwijl ze de versleten rand van de grote blauwe bank afborstelde.

'Goed, goed, dank je.'

'En hoe is New York? Ik wil alles erover horen. Hoe gaat het?'

Hoe gaat het is een van de irritantste vragen ter wereld. Het is geen verzoek om specifieke informatie, meer een algemeen *breng me op de hoogte*-bevel. Kate wist niet waar ze moest beginnen. Ze wilde niet onaardig lijken, en vroeg: 'Wat wil je precies weten?'

'Je weet wel!' zei Zoe met luid enthousiasme – te luid. 'Hoe gaat alles, hoe is het in New York City, vind je het leuk om daar te wonen? Wat is er voor nieuws?'

'Eh. Tja, ik sprak Betty vrijdag...'

'O ja? Hoe gaat het met haar?'

'Ze zei dat ze net met jou had gesproken.' Betty was een oude vriendin van hen beiden.

'Ja. Ze belde vorige week.' Zoe schraapte haar keel. 'Wie is Andrew?'

'Andrew?' Even wist Kate niet over wie ze het had, toen herinnerde ze het zich weer. Het leek jaren geleden. De drankjes, de kus, hoe ze was weggelopen... Andrew. Ze probeerde zich zijn gezicht voor de geest te halen, gekwetst, in het donker. Ze voelde dat ze een vuurrode kleur kreeg en legde haar hand tegen haar gezicht. Het was een ander leven.

'Hij is... niemand, eerlijk gezegd,' zei ze. 'Betty probeert me altijd aan iemand te koppelen.'

'O,' zei Zoe, weer te luid, alsof dit een gewoon, gezellig gesprek was tussen twee gewone vriendinnen. 'O, o!'

'Nee,' zei Kate toonloos. 'Als je de waarheid wilt weten: ik heb hem gezoend en toen voelde ik me misselijk en moest ik gauw in een taxi stappen om ervandoor te gaan.'

Zoe fronste haar voorhoofd. 'Oké.'

'Het is echt niet belangrijk,' zei Kate. 'Echt niet.'

Zoe accepteerde de hint. 'Goed dan. Dat is... prima. En hoe is het met de flat? Heeft de huurder een puinhoop achtergelaten?'

'O, nee, heel netjes,' zei Kate. 'Ik heb mijn koffer uitgepakt. Het is leuk om daar weer terug te zijn.'

'Ja, dat zal wel.' Zoe liep snel naar de keuken, pakte de wijn uit de koelkast. 'Staat er nog veel in? Van... vroeger?'

'Ja.' Kate pakte het glas van Zoe aan. 'Het meeste staat in de bergruimte in het souterrain. Maar toch ook nog veel in de gangkasten. Spullen zoals... je weet wel. Boeken. Foto's. Kleren die ik jaren geleden weg had moeten gooien. Dingen van ons samen.'

'Ik ben net zo,' zei Zoe. Ze zwaaide rond met haar handen. 'Er zijn nog te veel dingen van Steve achtergebleven. Het is nu toch al een tijd geleden. Waarom kan die hufter het niet komen ophalen, hè?' Ze lachte, met ogen vol tranen.

'Ik weet het,' zei Kate hulpeloos. Haar hart klopte in haar keel. Nu kwam het. 'Luister, Zoe...'

'Mag ik wat zeggen?' viel Zoe haar met een hoge, nerveuze stem in de rede. 'Lieverd, kunnen we gewoon... bijpraten, je weet wel? Niet zo'n lang, afschuwelijk, deprimerend gesprek dat ons allebei aan het huilen maakt en waarna we ons hartstikke schuldig voelen?'

'Maar...' Kate had het verwacht; ze verdiende het, ze wás schuldig. Maar Zoe legde haar hand op de hare.

'Hoor eens, Kate.' Haar ogen glinsterden vochtig. 'Besef je wel hoe erg ik je mis?'

'Zoe...' zei Kate, terwijl de tranen in haar ogen sprongen. 'Ik...'

Zoe viel haar opnieuw in de rede. 'Ik meen het. Ik mis je zo erg.

56

We hebben elkaar zoveel te vertellen en ik wil zoveel weten. Ik wil geen huilerig gesprek over alle shit die is gebeurd. Het is gebeurd. Je bent weggelopen.'

'Ja.'

'Maar ík heb je deur uit gezet.'

'Nee, dat is niet waar.'

Ze keken elkaar in de ogen.

Na een paar ogenblikken zuchtte Zoe ontmoedigd. 'Het doet er niet toe. O, Kate, ik was woedend op je, maar nu ben je terug, dus laten we alsjeblieft geen tijd verspillen met ons voor alles te verontschuldigen en ons ongemakkelijk te voelen. Ik wil weten hoe het nu met je gaat!'

Ze leunde achterover op de bank en knikte plechtig.

'Maar...' Er was zoveel wat Kate hierop kon zeggen en ze zocht vertwijfeld naar woorden.

'Ik meen het,' zei Zoe, bijna agressief, en Kate zag dat ze vocht tegen haar emotie, een emotie die dreigde haar te veel te worden. Kate knikte terug.

'Goed. Natuurlijk,' zei ze.

'Ja,' zei Zoe, die zich snel vermande. 'Proost, lieverd. Proost. Welkom terug.' Ze stond op en Kate volgde haar voorbeeld. 'God, wat ben ik blij je weer te zien.'

Hun glazen, die tegen elkaar tikten, gaven een hard, tinkelend geluid. Toen ze allebei een flinke slok hadden genomen, gingen ze weer op de bank zitten en keken elkaar aan.

'Dus, hoe gaat het nu echt met je vader?' vroeg Zoe als eerste.

'Tja,' zei Kate. 'Hij is vanmorgen uit het ziekenhuis gekomen. Hm, het gaat wel redelijk. Maar niet florissant, eerlijk gezegd.'

'Hoe is het met Loosa?'

Het was de kinderlijke naam die zij en Kate aan Lisa hadden gegeven toen die meer dan zes jaar geleden op het toneel was verschenen. Ze kwebbelden urenlang over Loosa, in de pub, in Kates flat, en overal. Zelfs Charly deed eraan mee. Het was niet zo grappig meer toen Loosa na negen maanden met haar vader te hebben samengeleefd, aankondigde dat ze een kind verwachtten en verloofd waren. Daarna werd ze Lisa.

'Eh... goed,' zei Kate. 'Je weet hoe ze kan zijn.'

'Was ze vals?'

'Neeee...' Kates gezicht vertrok even toen ze terugdacht aan hun gesprek. Ze lachte, het was ook zo stom geweest. 'Hm, ze vertelde me dat ik mijn leven vergooid had en dat mijn vader teleurgesteld was.' Ze knikte toen ze Zoes verontwaardigde gezicht zag. 'O, en toen informeerde ze naar de huur, wilde weten wanneer ik op zoek ging naar een andere huurder voor de flat en dat ik er haast achter moest zetten.'

'Wat een kreng.' Zoes donkere ogen schoten vuur. 'Maak je maar niet druk over haar. Ze is altijd een kreng geweest, Kate. Ze is een cliché – ik dacht dat ze niet meer zo gemaakt werden. Boze stief-moeders, bedoel ik.'

'Toch...' Kate probeerde eerlijk te zijn. Ze wist dat Lisa het behoor-lijk moeilijk had. En toen ze dacht aan het reusachtige, onberispelijke huis, dat vanbuiten en vanbinnen perfect was, had ze vreemd genoeg een klein beetje medelijden met Lisa en Dani, en wanhopig veel met haar vader.

Er viel een stilte, weer een pijnlijke stilte. Zoe klemde het glas wijn in haar hand; boven klonk geluid, een gekraak, maar toen was het weer stil, en ze keken elkaar weer glimlachend aan.

'O, tussen haakjes, dat had ik je eerder moeten zeggen,' zei Zoe. 'Mac is terug.'

Kate hief met een ruk haar hoofd op. 'Ik dacht dat hij weer in Edinburgh woonde?'

'Nee, hij is teruggekomen. Hij zoekt een plek om te wonen. Hij wil hiernaartoe verhuizen, een flat zoeken die dichter bij ons in de buurt is.' Ze keek Kate belangstellend aan. 'Weet je, misschien kan hij jouw flat huren als je teruggaat!'

'Goed idee,' zei Kate. Ze zocht iets denkbeeldigs in haar tas, zodat Zoe haar gezicht niet kon zien.

'Ik denk dat hij graag in jouw flat zal willen wonen. Ik heb altijd gedacht dat hij een beetje verliefd op je was.'

'Je meent het!' Kate schudde met haar hoofd alsof ze het een be-lachelijk idee vond.

Zoe knikte. Haar bruine pony danste op en neer. 'Ja, echt waar, Steve en ik hadden het er vaak over.' Nieuwsgierig keek ze haar vrien-din aan. 'Maar... Nou ja, het is niks geworden, hè?'

'Kennelijk niet.' Kate knikte schijnbaar geïnteresseerd. 'En hoe gaat het met zijn werk?'

'Goed, goed. Hij werkt nu in een ziekenhuis hier in de buurt. Het gaat hem goed, geloof ik. Het is alleen... sinds dat alles gebeurd is, vind ik het prettig hem om me heen te hebben,' zei ze met een som-ber gezicht. 'En leuk voor Harry en Flora om hun oom te zien. Hij kan heel goed met ze overweg.' Zoe glimlachte. 'Hij is een schat, een vriendelijke reus, weet je.'

'Ja,' zei Kate met een glimlach. 'Hij is een schat. Ik kan het me heel goed voorstellen.'

'In ieder geval,' Zoe schudde haar hoofd en vermande zich, 'toen hij hoorde dat je terug was en hierheen kwam, zei hij dat hij morgen pas langs zou komen. Hij wilde niet storen. Omdat wij moesten bijpraten.'

'Natuurlijk,' zei Kate. 'Erg aardig van hem. Toch zou ik het leuk vinden hem weer te zien.'

Dus Mac kón onderweg zijn hiernaartoe, terwijl zij hier op de bank zat. Maar hij zou niet komen, dat wist Kate. Nu hij wist dat ze hier was, zou hij liever een glas opeten dan op bezoek gaan bij Zoe. En ze kon het hem niet kwalijk nemen.

'En hoe gaat het met jouw werk?' vroeg Kate even later, nadat ze nog twee glazen hadden gedronken.

'Oké.' Zoe nam nog een slok wijn. 'Oké. Ze waren echt geweldig wat de kinderen betrof en zo. En het is een gezellige werkplek. Ik ga er echt met plezier naartoe.'

Zoe werkte als tuinarchitect voor een prachtige kleine kwekerij in de buurt van Primrose Hill. Na als advocaat bij een van de beste advocatenkantoren in Londen drie jaar lang gemiddeld tachtig uur per week te hebben gewerkt en enorme bedragen te hebben verdiend, had ze er plotseling de brui aan gegeven. Memorabel – althans volgens Steve – was haar opmerking tegen een partner van het kantoor dat ze niet zo wenste te eindigen als hij.

Ze had een opleiding gevolgd voor tuinarchitect, omdat ze het zich kon veroorloven – Steve was een managementconsultant, die lange uren maakte en het geld verdiende – en toen ze Harry kregen had ze flexibele werktijden. Het was perfect – tot Steve hen in de steek liet. Toen moest ze haar best doen om rond te komen. Maar zoals ze zei, ze had het liever financieel moeilijk, om in de open lucht te kunnen werken met bloemen en zaadjes, en de mogelijkheid haar kinderen van school te halen, dan de godganse dag te werken om vijfsterrenvakanties te kunnen houden in Dubai.

'Je moet een keer met me komen lunchen als ik in de kwekerij ben,' zei Zoe. Ze sloeg met haar platte hand op tafel. 'Wat zijn je plannen voor volgende week?'

'Ik weet het eigenlijk nog niet,' bekende Kate. 'Ik moet de spullen in de flat uitzoeken. Bij mijn vader op bezoek gaan. En wat tijd met hem doorbrengen, en ook met Dani, neem ik aan. En oude bekenden opzoeken, Francesca en zo.'

'Hoe gaat het met je baan?' Zoe schonk de fles leeg in Kates glas.

'Prima,' zei Kate. 'Iemand neemt voor me waar zolang ik er niet ben. Ze zijn erg inschikkelijk geweest.'

'En... sta je al op het punt literair agent te worden? Handel je al zaken zelfstandig af?'

Kate nam nog een slok wijn terwijl Zoe haar aandachtig opnam, wachtend op haar antwoord.

'Eh, nee, eigenlijk niet,' zei ze eerlijk. 'En het bevalt me zo wel. Ik weet dat het afgrijselijk is, maar ik vond het heerlijk. Heerlijk om niet mijzelf te zijn.'

Zoe knikte.

'Ik dacht dat je op een goeie dag hoofdredacteur van een of ander belangrijk tijdschrift zou zijn,' zei ze. 'The Devil Wears Prada, zoiets. Of een bestseller zou schrijven.' Ze schudde haar hoofd. 'Zoiets.'

'Je lijkt Lisa wel,' merkte Kate op. 'Ik dacht dat jij inmiddels wel een topadvocaat zou zijn.'

'Je dacht dat er een hoop dingen zouden gebeuren,' zei Zoe. 'Ik ook. En moet je ons nu zien.'

Het was stil in de rommelige keuken; in huis was alles rustig. Kate probeerde zich voor te stellen hoe het voor Zoe moest zijn, elke avond alleen, terwijl de kinderen boven sliepen. Tranen prikten in haar ogen, er zat een brok in haar keel.

'Hé,' zei ze, in een poging een luchtiger stemming te creëren. 'Herinner je je nog je housewarming hier, jaren geleden?'

'Hemel,' antwoordde Zoe, 'dat is lang geleden. Ik was het helemaal vergeten. We hadden toen alleen de flat beneden. Gek, hè, hoe anders het toen was.'

'Ja, dat mogen we wel zeggen.' Kate knikte. 'Maar het was een mooi feest.'

'Jij droeg die blauw met gouden jurk.'

'Jij stond op een stoel en zong "Cabaret".'

'O, verrek,' zei Zoe. 'En lag Francesca niet te vrijen met die Finse vent uit de flat boven ons?'

'Ja, dat is zo!' Kate sloeg op de tafel toen ze zich plotseling alles weer herinnerde.

'En... o, god, was dat niet de avond dat jij het met Sean aanlegde?' ging Zoe verder.

Ze schraapte haar keel, terwijl Kate zweeg en zich liet meeslepen door de golf van herinneringen. Toen zei ze: 'Nee, dat was een paar weken later.'

'Maar jullie waren toch flatgenoten?'

'Ja, we waren...' Kate kneep een stuk brood fijn tussen haar vingers. 'Ja. Een vreemde avond. Ik was het vergeten.' En gek genoeg was dat ook zo. Het was een van die gedenkwaardige avonden geweest die een nieuw begin betekenen in iemands leven en dus het einde van een vroeger leven, besefte ze nu. 'Zes jaar geleden,' vervolgde ze. 'Gewoon niet te geloven. Het lijkt allemaal... zo vreemd.'

'Zo dichtbij nog en toch zo ver weg,' merkte Zoe op, en Kate knikte.

Kate pakte een chocolaatje uit en streek het papiertje zorgvuldig glad op tafel. 'Wanneer hebben jullie de flat boven gekocht?' vroeg ze. 'Dat herinner ik me niet meer. Was het na jullie huwelijk?'

'Ja, erna,' zei Zoe toonloos. 'Steve flirtte vreselijk met de vrouwelijke makelaar en ik weigerde twee dagen met hem te praten. Maar hij wist vijfduizend van de prijs af te krijgen, dus kon ik niet langer kwaad op hem zijn.'

Kate herinnerde zich Steves geflirt nog maar al te goed. Ze kon er niets tegenin brengen.

'Echt iets voor Steve,' ging Zoe verder. 'Typerend voor hem.' Ze knipperde snel met haar ogen. 'Nou ja, waar had ik het ook weer over? O, ja, Mac. Mac!' Kate knikte. 'Weet je, ik dacht eigenlijk altijd dat hij gek op je was. Die avond van onze housewarming... Hij was een tijdlang echt zwaar verliefd op je, dat weet je, hè?'

Kate zweeg even en zei toen: 'Dat is lang geleden.'

'Ja,' zei Zoe. 'Maar toch is het jammer. We moeten jullie tweeën bij elkaar brengen voordat je teruggaat.' Ze taxeerde Kate vol belangstelling. 'Hoe lang heb je hem al niet meer gezien?

'Ik zou het niet weten,' zei Kate. Hou het luchtig, vermaande ze zichzelf. 'Maar gaat het...' Ze sperde haar ogen open. 'Gaat het wel goed met hem?'

'Ja.' Zoe knikte. 'Prima. Heeft een paar grijze haren. Werkt te hard. Is nogal zwijgzaam. Maar het gaat goed. Ik weet dat hij je graag zou willen zien.'

Kate keek om zich heen in de heldere, gezellige kamer en voelde zich plotseling rillerig, en heel erg moe.

'Het is zo vreemd om hierover te praten,' zei Zoe met een zucht. 'Ik praat er nooit meer over, over ons allemaal. Ik moet zoveel mogelijk van je aanwezigheid hier profiteren. Je blijft toch nog wel even, hè? Misschien vind je het zo fijn om weer hier te zijn dat je niet meer teruggaat. Joehoe!'

'Ik ga terug,' zei Kate. 'Serieus. Ik vind het daar heerlijk. Ik heb nu een ander leven, zie je.'

'Dat weet ik,' zei Zoe. Ze trok haar neus op. 'Je had het nodig. In gedachten zie ik je graag in je superglamoureuze New Yorkse leven, cocktails drinkend met Betty, rondhuppelend als Sarah Jessica Parker. Ik bedoel dus dat ik niet de pest aan je kan hebben omdat je niet hier bent, Kate.'

Omdat ze op haar laatste verjaardagsfeest haar moeder, stiefvader en de Cohens (de benedenburen) als enige gasten had, terwijl Maurice, de portier, een taartpunt at op het trottoir, wist Kate niet wat ze hierop moest antwoorden. Ze glimlachte, knikte wijs, alsof ze wilde suggereren dat een opwindend en veelbewogen leven haar wachtte aan de andere kant van de oceaan.

Om elf uur ging Kate weg, in een beetje een labiele toestand door de wijn. Terwijl ze haar jas aantrok, deed Zoe de deur voor haar open. 'Dag, lieverd,' zei ze. 'Ik hou van je. Heerlijk dat je terug bent.'

'Heerlijk om terug te zijn,' zei Kate, en op dat moment, toen ze Zoe omhelsde, meende ze dat ook.

Toen Kate thuiskwam, zat de brief van Charly nog in haar tas. Ze wachtte tot ze in bed lag, met een glimmend schoon gezicht en de warme dikke slaapsokken, die ze afgelopen Kerstmis van haar moeder had gekregen. Haar oude slaapkamer rook vaag naar vertrouwde dingen, Coco-parfum en pioenen. Buiten schreeuwde iemand iets tegen iemand anders, of misschien tegen niemand, en achter haar glinsterden de lichten, die langzamerhand een voor een doofden, van een stad die nooit helemaal sliep. Kate streek met haar handen over het dekbed en knipperde met haar ogen. De vermoeidheid van die dag deed zich eindelijk gelden toen haar vingers trillend de envelop openmaakten.

Ze haalde er een brief uit. Een brief en een foto. Een foto van Charly en Kate, opgetut voor het kerstfeest van kantoor, hun eerste jaar bij het tijdschrift. Kate kromp ineen bij het zien van de onflatteuze laarzen uit het tijdperk van de Spice Girls, zwarte minirok, vest en haren in een hoog opgebonden paardenstaart, en nam toen, bijna gretig, de beeltenis van Charly in zich op, mooi en stralend als altijd: de warrige haren losvallend op haar gebruinde schouders, het simpele zwarte jurkje met de spaghettibandjes, de prachtige, nog steeds begerenswaardige zwartsuède laarzen. Het was zo lang geleden dat ze haar voor het laatst had gezien, dat ze vergeten was hoe mooi ze was, hoe krankzinnig veel ze van elkaar verschilden.

Krankzinnig, ja. Dat ze vriendinnen waren geweest, zo close dat er geen vinger tussen te krijgen was, zo geobsedeerd door elkaar dat het bijna een relatie leek. Het was adembenemend bedroevend dat ze Charly in jaren niet gezien had. Kate moest wankelend steun zoeken bij de boekenplank, alsof ze door een plotselinge bliksemstraal was getroffen. Dat was het effect dat Charly nog steeds op haar had na bijna acht jaar – zoveel jaar was het al geleden dat ze elkaar voor het eerst hadden ontmoet.

Beste Kate,

Het is alweer een tijdje geleden, hè? Hoe gaat het ermee?
Ik vond deze foto van jou en mij tijdens het kerstfeest, je eerste jaar bij Woman's World. *Ik dacht dat je hem misschien wel zou willen zien. Wat zagen we er toen uit!!!*
Kate, ik schrijf je om 'hallo' te zeggen. En ook om je eraan te herinneren dat ik nog leef. Ik vraag me af of dat je nog iets kan schelen.
Het valt me moeilijk om je te schrijven, je weet dat ik nooit een groot brieven-schrijfster ben geweest. Ik wilde mijn excuses aanbieden. Voor alles, denk ik. Nou ja, ik dacht dat ik het in ieder geval kon proberen. Ook schrijf ik je omdat ik je wil vertellen dat ik een baby verwacht. We weten nog niet of het een jongen of een meisje is.

Kate las niet verder. Ze frommelde alles in elkaar, sprong uit bed en rilde van de kou. Ze holde naar de keuken, opende de kleine, smalle openslaande deuren, en gooide brief, foto en envelop naar buiten. Terwijl ze het gevoel had dat ze zichzelf van bovenaf zag, vroeg ze zich af waarom ze niet gewoon het raam van haar slaapkamer had geopend of het in de vuilnisbak had gegooid. Maar dat zou niet ver genoeg zijn geweest.

Pas toen ze iets op haar borst voelde druppen, besefte ze dat de tranen over haar wangen rolden. In de donkere gang was het dood-stil. Vermoeid kroop ze weer in bed, deed het licht uit en bad om een verdovende slaap.

Maar de gedachten die haar bewustzijn binnendrongen dansten daar de hele nacht door. Ze had zich moeten realiseren dat die scènes de hele nacht door haar hoofd zouden spoken, dat ze alles weer in haar dromen zou beleven. Toen ze haar leven als volwassene was begonnen, waren ze er allemaal geweest. En kijk eens waar het op uit was gelopen. Ze had tegen Zoe gezegd dat ze er nooit aan dacht, dat ze alles praktisch vergeten was.

Maar dat was een leugen. Ook al wilde ze het niet, het was voorgoed in haar herinneringen verankerd. Hoe kon het ook anders? En de dromen eindigden altijd op dezelfde manier: dat Kate zich bewust werd van wat ze diep in haar hart, elke dag in New York met zich meedroeg. Dat ze hier niet hoorde te zijn. Dat ze het niet verdiende hier te zijn. Daarom stond ze zich die herinneringen niet toe.

7

Oktober 1999

'Hoi. Een nieuw meisje. Ik ga naar Anita's om te lunchen. Ga je mee?'

Kate keek knipperend naar degene die voor haar stond en schoof de bril met het schildpadmontuur iets verder omhoog op haar neus.

'Eh, ja, graag,' zei ze geschrokken. 'Dank je.'

'Ik ga nú,' zei de collega. 'Ik verveel me dood, en Catherine en Sue blijven natuurlijk nog ééuwen in die verdomde bespreking. Laten we maken dat we wegkomen.'

Kate werkte nu al bijna drie weken in haar opwindende nieuwe baan bij *Woman's World*, en ze had nog steeds met niemand geluncht; ze was veel te bang. Ze at elke dag tijdens de lunchpauze haar sandwich op een bank bij Lincoln's Inn en verschool zich achter een boek als ze iemand van het tijdschrift zag. De kantoren waren vlak bij Holborn, een groot glazen gebouw waarin alle tijdschriften uit de stal van Broadgate UK waren ondergebracht, en elke dag zogen de draaideuren die lange, prachtige, hyperslanke vrouwen op, die met wapperende haren, ongenaakbaar en cool langs Kate liepen. Elke avond werden ze door diezelfde deuren weer uitgespuwd, terwijl Kate zich platdrukte tegen de muur en probeerde niet in de weg te lopen. Ze sprak met haar baas Sue en met Gary, de jongen van de postkamer, met wie ze belachelijk vrolijk en praterig was, zoals nieuwe werknemers altijd meer op hun gemak zijn met de man van de kopieerafdeling, de jongen van de postkamer, de bewakers. Dat komt doordat het mannen zijn. Zij zijn niet hatelijk of geneigd nieuwe mensen uit principe te negeren.

Bij alle anderen had ze het ellendige gevoel dat ze zo goed als onzichtbaar was. Als bij toeval een van de lange godinnen die bedrijvig rond Catherine, de geduchte hoofdredactrice, draaiden, genoodzaakt was zich tot Kate te richten met een redactionele vraag die alleen zij kon beantwoorden, hoorde Kate zichzelf hun achteloze vraag beantwoorden met een stem die hees klonk door te weinig gebruik, en op een toon die hopeloos kruiperig en onnozel klonk.

'Hoi!' zei ze dan schril. 'Hallo daar! Nee, Sue is er niet. Ze is lunchen! Sorry, sorry.' Schor en bijna buigend, terwijl Georgina, Jo of

65

Sophie verveeld en niet zo'n klein beetje minachtend op haar neerkeek.

Omdat het nu oktober was, vertoonde de nieuwe baan een merkwaardige gelijkenis met het teruggaan naar school of de universiteit. De dagen nog droog en betrekkelijk warm, de bladeren stoffig en knisperend aan de bomen, de straten in de stad plotseling weer druk na de hondsdagen van augustus en september. Ze speelden nog steeds 'Everybody's Free (To Wear Sunscreen)' en 'Livin' La Vida Loca' op de radio, maar het klonk onbenullig, zomers, maf, tegenstrijdig. De eerste kerstadvertenties waren zelfs al te zien op de tv. Als Kate en haar nieuwe flatgenoot Sean 's ochtends naar station Rotherhithe liepen, scheen de net opgekomen zon in hun ogen, en 's avonds, al probeerden ze het te ontkennen, was het te koud om buiten te zitten bij de pub.

Kate en Sean waren vrienden geweest op de universiteit, maar meer vrienden in-een-groep dan vrienden die samen een borrel gingen drinken. Sean, lang, laconiek, met een Texaans accent, was Steves beste vriend. Steve was ook een goede vriend van Kate. In het tweede semester van hun eerste jaar op de universiteit had Kate Steve voorgesteld aan haar beste vriendin, Zoe, en sindsdien waren Steve en Zoe met elkaar uitgegaan. Dus hadden Kate en Sean de laatste paar jaar veel tijd samen doorgebracht.

Toch verbaasde het Kate eigenlijk nog steeds dat ze een flat deelde met Sean, maar veel van haar huidige leven verbaasde haar: het feit dat ze ten zuiden van de rivier woonde, was bijvoorbeeld schokkend, evenals het feit dat ze niet meer van zoete alcoholdrankjes hield; ze dronk liever een glas Chardonnay. Ze had bij TopShop een zwart-grijs geruite minirok gekocht, die ze droeg met een zwarte polotrui en een zwarte legging, niet helemaal passend bij het warme, droge herfstweer, maar het maakte dat ze zich supervolwassen voelde. Ze deed haar eigen boodschappen in de supermarkt, kocht de ingrediënten voor Things to Cook uit Jamie Olivers nieuwe kookboek. Elke avond op weg naar huis kocht ze de Evening Standard en voelde zich meer dan volwassen als ze die geconcentreerd in de metro zat te lezen.

Na drie weken van deze nieuwe levenswijze ging alles van een leien dakje – te veel zelfs, want Kate begon ertegen op te zien elke ochtend afscheid te nemen van Sean. Hij liet haar soms perplex staan met zijn constant flirtende gedrag en optimistische 'alles-kan'-houding, en intimideerde haar bovendien omdat hij gewoonlijk de knapste man van het gezelschap was. Nu was hij het vriendelijkste gezicht dat Kate de meeste dagen zag en ze klampte zich aan hem vast bij de draaihekjes op het metrostation.

'Ik heb vandaag geen zin om naar mijn werk te gaan,' zei ze dan, zijn arm vasthoudend.

'Hé, doe niet zo mal,' was Seans antwoord terwijl hij zich met zijn grote, klauwachtige hand zachtjes uit haar greep losmaakte. 'Je bent er pas tien dagen. Je zult er gauw genoeg vrienden krijgen, Katy. Je bent verlegen, dat is alles.'

'Ze zijn afschuwelijk,' mompelde Kate, op haar lip bijtend. 'Ik vind er niks aan. Ik wil niet naar mijn werk en volwassen zijn.'

In zekere zin was het waar. Deels wenste ze dat het niet zo was, dat ze weer thuis was bij haar vader, waar ze vrolijk een stoofpot klaarmaakten, elkaar plaagden en naar muziek luisterden. Warm, artistiek – maar een beetje te veel aan de veilige kant, saai. Zou het niet gemakkelijker zijn als ze gewoon weer bij haar vader ging wonen? En als ze nooit het huis verliet, nooit geconfronteerd hoefde te worden met de reële wereld, met al zijn afschrikwekkende complicaties waar ze helemaal niet zo goed in was? Gisteren had ze koffie gemorst op de jurk van een van de meisjes op haar werk – George. George had haar aangekeken met wat Kate alleen maar kon beschrijven als een dodelijke blik, en gezegd: 'Dat topje was verdomme nog nieuw,' al was het maar een druppeltje koffie geweest, niet groter dan een traan. Kate dacht over plastische chirurgie om haar uiterlijk onherkenbaar te veranderen.

'Hoor eens,' zei Sean, met een speelse duw tegen haar arm. 'Je bent Kate Miller, toch? Sinds ik je ken was het enige wat je ooit wilde, voor een tijdschrift werken. Ja toch?'

'Ik ben niet de juiste medewerkster voor ze. Ik hoor er niet bij.'

'In Oxford was je de beste in Engels, Kate,' zei Sean weer. 'Jij kunt bij iedereen terecht. Dat moet je goed beseffen. Je bent jong, je bent cool! Man! Ze boffen met je, oké?'

Kate ging liever dood dan dat ze haar universitaire opleiding zou gebruiken om mensen te imponeren, en ze vertikte het om te zeggen dat zij op de universiteit alleen maar gewérkt had, terwijl alle anderen plezier maakten, dronken, toneel speelden, dronken, vrijden, naar dansavonden gingen, naar maffe feesten gingen en nog meer dronken en vrijden. Ze was niet cool, ze was het tegenovergestelde van cool, ze was... lauwwarm. Ze was voorbestemd om in de schaduw te blijven, vanaf de zijlijn toe te kijken, nooit het middelpunt te zijn. Oef! Maar Sean, wiens karakter even zonnig was als zijn haar, zag dat anders, en dat irriteerde haar.

'Je vindt heus wel een paar vrienden,' zei hij op een donderdag, bijna drie weken nadat ze in haar baan was begonnen. Hij gaf een klopje op haar schouder en duwde haar voorzichtig weg van de draaihekjes. 'Straks vind je het er heerlijk. Je tijd is gekomen! Je bevindt je nu in de grote wijde wereld, en je zult je plekje daar vinden. Ik beloof het je.'

Sean werd niet geplaagd door minderwaardigheidsgevoelens. 'Jij hebt makkelijk praten,' zei ze kinderachtig, wetend dat ze zich stom gedroeg; ze voelde zich weer elf, alsof ze naar school moest en probeerde haar moeder over te halen haar thuis te laten blijven. Sean legde zijn vinger onder haar kin en ze hief haar gezicht naar hem op.

'Hé,' zei hij zachtjes en hij keek haar recht in de ogen. Hij glimlachte en rimpelde zijn gebruinde, vriendelijke gezicht. 'Het zal makkelijk zijn voor jóú, Katy. Je bent geweldig. Dat weten we allemaal, alleen jij moet het nog ontdekken.'

Een beetje ontdaan pakte ze zijn pols vast. 'O, Sean.' Ze was in de war, maar wist niet waarom, en ze glimlachte schuchter terug. 'Dat zeg je maar.'

Dat zeg je maar. Ze klonk als een kind van vijf. Ze kreunde inwendig en vroeg zich toen af waarom ze het zo belangrijk vond. Ze voelden zich nu allebei enigszins in de war. Ze greep zijn pols nog steviger vast, ging óp haar tenen staan en gaf hem een zoen op zijn wang.

'Dank je,' zei ze met een blij lachje; ze voelde zich plotseling gelukkig. 'Je hebt gelijk, Sean. Bedankt.'

'Ik weet dat ik gelijk heb,' zei hij. Hij bleef haar aankijken. 'Straks kom je nog te laat. Fijne dag. Ik ben er als je terugkomt, na een lange dag zwoegen op een of ander moeilijk artikel. Oké?'

'Oké. Dag. Bedankt.'

Zijn mondhoeken gingen even omhoog. 'Nee, jij bedankt.'

Hij was een flirt, een vreselijke flirt, hield ze zich voor, toen Sean wegliep. Kate zag dat hij zijn hoofd naar haar schudde, terwijl de stroom forensen haastig voorbijliep, druk met hun eigen leven, vol beloftes en inspanningen en interactie en... O, al die verrekte dingen waar zij helemaal niet goed in was. Het was lief van hem het te proberen, dacht ze. Ze staarde hem na. Hij zou er vanavond zijn als ze thuiskwam, tv-kijkend, en ze zouden samen op de bank zitten en kletsen over hun belevenissen van die dag en er zou weer een dag voorbij zijn gegaan waarin ze door iedereen genegeerd was. Ze zou iets voor hem koken en hij zou haar leren haar fiets te repareren of het leertje van een kraan te vervangen, of zoiets, en ze zouden de avond samen doorbrengen, zoals altijd. Het was een goed leven als je zo thuis kon komen. Een prima leven. Wie zei dat je van je werk moest houden? Maar Sean had gelijk. Want nog diezelfde dag liet Charly haar oog op Kate vallen.

Ze gingen naar Anita's, een traditionele Italiaan om de hoek bij hun kantoor. Er waren geen Broadgate-medewerksters, dankzij het feit dat ze er echt voedsel serveerden, met name voedsel dat niet alleen uit bladgroen bestond. Charly leek iedereen daar te kennen, de kelners applaudisseerden bijna toen ze naar binnen schreed en haar lange benen uitstrekte onder een tafel bij het raam.

'God, wat is die Sue een kreng!' zei ze toen ze zaten. Ze schoof haar kleine randloze bril op haar hoofd en knikte naar een ober. Haar honingkleurige haar viel los omlaag; ze glimlachte naar Kate, en de sproetjes op de punt van haar neus rimpelden. 'Ja, we kunnen bestellen,' zei ze tegen de ober, die bewonderend naast hen stond. 'Wat wil jij? Salade niçoise voor mij. Geen dressing. Met extra olijven. En een cola. Dank je.'

Ze stak het menu naar hem uit zonder hem aan te kijken. Kate zei: 'Eh... hetzelfde voor mij.'

'Hetzelfde?' vroeg de ober, die zijn wenkbrauwen optrok.

'Ja,' zei Kate, die niet wilde opvallen. Ze gaf hem het menu terug.

'U wilt ook geen dressing? Hetzelfde?'

'Ja!' zei Kate, en deed een poging tot een ongelovig glimlachje.

'Wilt u ook extra olijven?'

'O, schiet toch op,' zei Charly en ze wuifde de ober weg. 'Breng haar gewoon een normale salade. Laat ons met rust. Zo. Vind je Catherine aardig? Hoe vind je Sue?' vroeg ze. Ze boog zich naar voren en plukte met haar lange, slanke vingers een oudbakken broodje uit de mand die op tafel stond.

Kate keek enigszins verward op bij die rechtstreekse vragen, en ook een beetje bevreesd. Ze had niet gedacht dat ze zou moeten praten, eerder dat ze rustig kon zitten luisteren naar Charly. Ze had haar op kantoor gezien, glamoreus zonder er enige moeite voor te doen. Ze scheen zich nooit te bemoeien met de Georgina's, de Jo's, de Pippa's en de Sophie's, ze hield zich afzijdig. Mooier dan de anderen, cooler (ze droeg al afgeknipte broeken en hoge hakken lang vóór Madonna in de clip van 'Beautiful Stranger', zoals ze iedereen verkondigde die maar wilde luisteren) – ze was minder opgetut, minder nep dan de anderen. Ze wist het, en het leek haar allemaal niet te kunnen schelen.

'Toe dan,' zei Charly ongeduldig, en Kate schrok wakker uit haar overpeinzingen. 'Is Sue een goeie baas? Ik had vandaag echt de pest in, weet je, toen ze zei dat ik dat stuk over handschoenen voor de herfst nog eens moest nakijken.'

'Eh... aah,' zei Kate en ze vervloekte haar gebrekkige spraakvermogen sinds ze in dienst was gekomen bij *Woman's World*. Wat zou Sean zeggen als hij haar nu kon zien? Ze dacht er even over na en glimlachte. 'Ik mág haar. Ze is aardig. Niet erg mededeelzaam – ik bedoel, ik wou dat ze me wat meer vertelde over de gang van zaken.'

'Ja,' zei Charly knikkend. 'Ze schijnt te denken dat je er maar naar moet raden. Ze is oké, maar ik weet wat je bedoelt. Ik heb voor haar gewerkt.'

'O, ja?' zei Kate. 'Hoe lang... Hoe lang werk je hier al?'

'Niet zo lang,' antwoordde Charly. 'Te lang, zou je kunnen zeggen. Een jaar. Ik was haar assistente, maar nu werk ik met Catherine en Georgina...' Kate knikte, dat wist ze, '...en soms schrijf ik het hoofdartikel, als niemand anders zich daartoe geroepen voelt, en ik schrijf artikelen over speciale onderwerpen.'

'Jij doet de Brievenpagina, hè?'

Een frons gleed over Charly's mooie gezicht. 'Ja, en ik vind het een verschrikking. Idioten die schrijven om je te vertellen hoe je speelgoeddieren kunt maken van het pluis uit de wasmachine, of die willen dat je een foto afdrukt van hun kleinzoon, alleen omdat hij een shittekening heeft gemaakt die lijkt op Alma Cogan.'

'Echt waar?' vroeg Kate gefascineerd.

'Dat laatste niet, nee.' Charly schudde haar hoofd. 'Meer Barbara Windsor.'

Gelukkig werd de salade gebracht, wat Kate verder commentaar bespaarde. Charly at als een razende, stopte eten in haar mond, kwam tussendoor met opmerkingen, lokte antwoorden uit van Kate, maakte grapjes over kantoor en bracht haar op de hoogte van dingen die ze niet wist. Barbara van de afdeling Verkoop was een paar jaar geleden naar bed geweest met Fry Donovan, de nieuwe uitgever van Broadgate, en het gerucht ging dat hij haar een baan had gegeven om haar rustig te houden; dat was de reden waarom Barbara zo stom giechelde als Fry binnenkwam. Claire Cobain van de Klantenservice had de dag na het kerstfeest overgegeven in Phils yuccaplant; ze was het vergeten en hij had het drie dagen lang niet gemerkt, al liep iedereen te kokhalzen van de stank. En Jo en Sophie spraken niet meer met elkaar sinds Sophie Jo in de wc tegen Georgina had horen zeggen dat ze er ordinair uitzag in haar nieuwe, zwarte lakleren laarzen met sleehak.

Kate hoefde slechts nu en dan een vraag te stellen en op het juiste moment haar wenkbrauwen op te trekken. Maar Charly was verrukkelijk gezelschap, en binnen de kortste keren werd Kate spraakzaam, vertelde over haar flatgenoot Sean, over haar beste vriendin Zoe, hoe ze ertegen op was gaan zien om naar haar werk te gaan, hoe ze de afgelopen twee weken haar lunch had gegeten op een bank in het park...

'In je eentje?' vroeg Charly. 'Je zat in Lincoln's Inn in je eentje een broodje te eten van Prêt à Manger? Hemel, wat triest. Wat deed je als er iemand langskwam die je kende?'

'Dan keek ik in mijn boek of draaide mijn hoofd om zodat ze me niet zouden zien,' zei Kate, en terwijl ze het zei besefte ze hoe belachelijk het klonk. Charly lachte, sperde verbaasd haar ogen open, en Kate lachte met haar mee.

'Dat is wel het droefste wat ik in lange tijd gehoord heb,' zei Charly.

'Ik weet het,' gaf Kate toe. Ze keek op haar horloge. 'We moeten terug.'

'Ja, direct.' Charly raadpleegde onverschillig haar horloge en tuitte toen haar lippen. 'Eerst koffie. Dus... vertel eens, waar was je voordat je hier kwam?'

'Hier?' Kate gebaarde naar het gebouw achter hen. 'Nergens. Dit is mijn eerste baan.'

'Je eerste – jeetje,' zei Charly. 'Hoe oud ben je?'

'Tweeëntwintig. Ik ben deze zomer van de universiteit gekomen.'

'O, mijn god.' Charly staarde haar aan alsof ze een exotisch wezen was. 'En je bent meteen aan het werk gegaan? Je hebt niet eerst vakantie gehouden?'

Kate schudde haar hoofd, niet op haar gemak. Ze wilde Charly in de waan laten dat ze na de universiteit meteen een baan had aangenomen, terwijl ze in feite een eenzame, stoffige zomer had doorgebracht in Kentish Town, waar ze zichzelf gek had gemaakt met ideeën over de toekomst. Haar toch al vaak afwezige moeder en stiefvader waren die zomer in de Hamptons en onbereikbaar, Daniel had een nieuwe vriendin en was zelden thuis; Zoe had een zomerbaantje aangenomen bij een Magic Circle, net als Steve, en Francesca en Betty, twee van haar beste vriendinnen, waren samen zes maanden op reis gegaan en kwamen pas met Kerstmis terug. Iedereen deed iets bijzonders. Een paar weken geleden had Kate bijna wanhopig de tele-

71

foon neergelegd toen Zoe belde om haar te vertellen dat Mac, Steves oudste broer, een speciale opleiding voor de beste chirurgen van het land volgde.

Mensen die ze zelfs nog nooit ontmóét had, verdrongen zich om elkaar de loef af te steken, terwijl zij de zomerse hondsdagen had gelanterfanterd en haar uitstapjes had beperkt tot een dagelijkse gang naar de krantenkiosk. Maar dat was nu voorbij, hoopte ze. Oké, het was *Woman's World* en geen *Vogue*, maar het was een begin.

'Wat wil jij het liefst gaan doen?' vroeg Charly. Het was een vreemd kinderlijke zin, die Kate ontroerde, al wist ze niet precies wat ze erop moest antwoorden. Ze rimpelde haar neus. Charly hield vol. 'Wat wil je gaan doen, wat is jouw droom, bedoel ik?'

Dat had Sue Jordan, haar nieuwe baas, haar een maand geleden ook gevraagd tijdens het sollicitatiegesprek, en Kate gaf nu hetzelfde antwoord als toen. Ze keek over Charly heen naar de planken achter de toog in het kleine restaurant, die vol stonden met sauzen, oude potten, blikken. 'Ik wil voor een tijdschrift werken, meer niet,' zei ze. 'Dat vind ik leuk.'

'Heus?' Charly's stem klonk ongelovig. Maar dat had Kate al vaker gehoord.

'Ja,' zei ze, terwijl ze glimlachend haar hoofd schudde. 'Ik was een nerd tijdens mijn hele schooltijd, en het enige waar ik van hield en wat niet nerderig was, was *Vogue*. Ik weet niet waarom, het was gewoon zo.' Maar ze wist wel degelijk waarom; het was de kennismaking met een wereld waarvan ze geen deel uitmaakte, een wereld waar ze alleen maar naar kon verlangen: glamour, stijl, elegantie, mooie kleren. Het waren niet de chique mensen in wie ze geïnteresseerd was, het was iets veel ongrijpbaarders – ze had bedacht dat het meer het idee was van hoe je je leven hoorde in te richten. Stijlvol, met flair, doelbewust en georganiseerd. De koele, mooie vrouwen in die tijdschriften werden niet genegeerd door mannen, of door hun collega's, ze hadden geen moeder die hen in de steek liet, geen vader die slordig en irritant was. Allemaal – auteurs, modellen, vrouwen uit de jetset – hadden simpele zwarte jurkjes, geurkaarsen en fris linnengoed. Lange takken appelbloesem in hoge glazen vazen, zwartfluwelen avondmantels – dat soort dingen. Ze hield gewoon van glossy's; van de geur van de nieuwe pagina's, de glans van de foto's, een glimp van een ander leven, de antwoorden op haar nieuwsgierige vragen over dingen, de gedragingen van andere mensen, hun reacties, alles. Ze voelde zich gelukkig met het domweg observeren van dingen, ook dat wist ze.

'Goed van je,' zei Charly. Haar stem klonk onzeker. 'Dus over een jaar wil je Sues baan? Ik zou haar maar waarschuwen dat ze uit moet kijken.'

'O, nee,' zei Kate ontsteld. 'Dat is niet...'

'Rustig maar,' zei Charly. 'Maak je niet zo dik. Het is maar een baan, oké? Als je hier langer bent, zul je beseffen dat het niet de moeite waard is om je erover op te winden. Ik ben al blij als ik genoeg verdien voor een paar glazen wijn en om de paar maanden nieuwe laarzen.'

'Heus? Wat wil jij dan graag doen?' vroeg Kate nieuwsgierig.

'Niks,' antwoordde Charly. 'Ik wil met een rijke man trouwen en in Spanje gaan wonen. En ik wil hier ook een huis hebben, in Bishop's Avenue. Met een verwarmd binnenzwembad, en een heleboel van die vrienden zoals Sophie heeft.' Ze moesten allebei lachen. Sophie had die ochtend een artikel goedgekeurd over de miljonairshuizen in Noord-Londen, en toen langdurig en op heel luide toon verkondigd dat ze iemand kende die daar woonde. 'Ik denk dat ze zich vergist. Waarschijnlijk is het Bishop's Avenue in Acton,' had Charly hardop gezegd, en Kate had een glimlach niet kunnen onderdrukken toen Sophie zich met een ruk omdraaide en driftig terugliep naar haar bureau.

'Zeg,' ging Charly verder terwijl ze allebei hun geld op tafel legden, 'ben je wel eens in de Atlas Club geweest? Om de hoek, vlak bij kantoor?'

'Nee.'

'Een heel leuke kroeg. Zin om er vanavond even een slokje te drinken?'

'Echt?' zei Kate en ze verbeterde zich toen onmiddellijk. 'Lijkt me geweldig.' Ze keek de vrouw tegenover haar aan. 'Dank je, Charly.'

'Waarvoor?' Charly hing haar tas over haar schouder en trok haar haren onder de riem vandaan. Ze schudde haar hoofd en de kelners keken vol bewondering toe. Net een shampooreclame, dacht Kate geamuseerd.

'Gewoon... Bedankt omdat je me gevraagd hebt mee te gaan lunchen en zo,' zei Kate toen ze naar buiten liepen. 'Het is gek als je in een nieuwe omgeving komt werken. Waar je niemand kent, weet je.'

'Natuurlijk weet ik dat,' zei Charly. Ze keek Kate niet aan. 'Toen ik hier verleden jaar kwam, zei niemand een woord tegen me, drie weken lang niet. Hé.' Ze streek haar haar uit haar gezicht. 'We zouden best een team kunnen vormen, vind je niet? Sophie en Jo en

Georgina, al die krengen, eens wat laten zien, tonen dat we ze niet nodig hebben. Oké?'

'Ik maak me niet druk om ze,' zei Kate tot haar eigen verbazing.

'Best, ook goed,' zei Charly op sombere toon, en Kate vroeg zich af wie van hen zich Charly's woede op haar hals had gehaald. 'Maar toch blijven wij bij elkaar. Ik heb een besluit genomen. Dus, ben je in voor een drankje?'

'Absoluut.'

'Ik zal zien wie er nog meer mee wil. Ik zal je aan een paar mensen voorstellen. Het wordt vast heel gezellig.'

De zon scheen warm op Kates haar; voor het eerst sinds ze hier werkte voelde ze zich ontspannen. 'Fijn,' zei ze toen ze de hoek omsloegen en naar hun gebouw liepen.

'Moet je die oen daar eens zien, met dat Beckham-kapsel,' zei Charly. Ze zwaaide zo wild met haar arm dat ze een uit de kluiten geschoten tiener bijna omverstootte. 'Wat een eikel.'

De eikel met het Beckham-kapsel kwam naar buiten door de draaideur. Hij schoof zijn zonnebril omhoog en glimlachte naar hen. Hij was opvallend knap.

'Hallo,' zei hij.

'Hallo,' zei Kate en ze wilde toen dat ze dat niet gedaan had.

'Je hebt nooit teruggebeld, Charly,' zei hij met een hoopvolle blik. 'Wanneer gaan we weer eens uit?'

'Donder op, Ian,' zei Charly. 'Je droomt. Kate, ik moet iets uit de postkamer halen. Tot straks, oké? Atlas, meteen na het werk? Ik kom je ophalen.'

'Geweldig,' zei Kate, en Ian staarde haar aan met een geërgerde uitdrukking op zijn verder zo perfecte gezicht.

Toen Kate die avond om twaalf uur thuiskwam, zwaaiend en zachtjes zingend als een matroos met verlof, zat Sean in de zitkamer naar American football op de tv te kijken. Kate kwam wankelend binnen, zwaaide nonchalant naar hem, om te bewijzen dat ze nuchter was. Haar hand viel met een luide smak tegen de deurpost. Sean glimlachte heimelijk, maar zei slechts: 'Dus je hebt een leuke avond gehad?'

Kates gedachten tolden door haar hoofd, de witte wijn klotste in haar maag, in haar keel, in haar hoofd. Leuke avond? De leukste avond die ze ooit gehad had. Zij en Charly, en Claire en Phil die waren meegegaan naar de Atlas, hadden een paar glazen gedronken, en toen nog een paar, en toen was Sophie er ook bij gekomen, en met z'n vijven hadden ze gespeeld op de quizmachine in de pub, gillend van plezier als ze een van de vragen goed hadden. Kate had geweten dat Mao in 1976 was gestorven. Ze wist niet hoe ze het wist, ze wist het gewoon, en toen ze zich naar voren boog en op het grote plastic vierkant van de machine drukte en 'Yesss!' gilde, had ze, enigszins hysterisch, het gevoel dat al die jaren dat ze de uitsloofster van de klas was geweest, degene die altijd haar huiswerk af had, die nooit iets verkeerd deed, eindelijk hun vruchten afwierpen. Charly had gekrijst, op en neer gedanst en Kate een high five gegeven. Toen kwam 'Spice Up Your Life' op de jukebox, en ze waren opgesprongen van hun kruk en hadden als gekken gedanst.

'Ik haat de Spice Girls,' had Charly geroepen. 'Ik vind ze zó slecht!' 'Ik ben dol op ze!' zei Kate. 'Nou ja, min of meer...' ging ze verder, toen Charly haar ontsteld aankeek, waarna ze weer lachten.

De knappe Ian was komen opdagen – Kate wist niet hoe hij erachter was gekomen waar ze zouden zijn. Charly negeerde hem de hele avond, dronk bier uit de fles, spoorde Kate aan in de quiz, en toen, terwijl ze buiten voor de pub stonden na met sluitingstijd eruit te zijn gegooid, liep ze plotseling met hem de straat uit, haar hand achteloos om de achterkant van zijn hals geslagen. Kate voelde zich bijna geschokt, onder de indruk van haar totale onverschilligheid, zo helemaal Charly, en had er toen om moeten lachen.

Toen ze in de nachtbus zat op weg naar huis en haar best deed om niet toe te geven dat ze zich echt wel een beetje misselijk voelde, bedacht ze hoe heerlijk het leven was, hoe alle gebruikelijke dingen die haar zorgen baarden – haar vader, haar moeder, haar trieste leventje, haar angst dat ze, sinds het uit was met Tony, haar vriendje van de universiteit bijna twee jaar geleden, nooit meer de liefde zou kennen, haar angst voor haar baan, voor het besef dat ze gewoon één grote mislukking was – hoe al die dingen leken te verdwijnen met het optimisme van de jeugd. Wat ze zich daarentegen herinnerde was het gezicht van Charly toen ze een rondje gaf van de winst van de quizmachine, de geamuseerde uitdrukking toen ze zei: 'Je bent apart, Kate, weet je dat?'

'Dank je, Charly,' had Kate gezegd. 'Dit is geweldig.' Ze gaf haar een klopje op haar arm.

Charly had haar schouders opgehaald. 'Het genoegen is geheel aan mijn kant,' had ze lachend gezegd, met een nogal vreemd verheugd gezicht.

Kate plofte neer op de bank naast Sean, legde haar hoofd onder zijn oksel en lachte een beetje dom.

'Je hebt dus een paar vrienden gevonden?' vroeg Sean. 'Of heb je weer in je eentje zitten drinken?'

'Houj'mond,' mompelde Kate, haar stem gesmoord door Seans mouw. 'Vrienden van mijn werk, leuk.'

Het was zo gezellig op de bank naast hem; ze hield van Sean. 'Waar ben je geweest?' vroeg hij, en hij zette de tv af. Hij draaide zich naar haar om en stak zijn armen uit, geeuwde en trok haar naar zich toe. Tevreden nestelde ze zich tegen hem aan.

'Alleen in de pub vlak bij mijn werk, in het gebouw ernaast.' Even lagen ze zwijgend tegen elkaar aan; ze kon zijn ademhaling horen, voelde het rijzen en dalen van zijn borst.

'O, Kate,' zei hij zacht.

Kate ging langzaam rechtop zitten, voelde zich plotseling niet zo dronken meer, in de wetenschap dat hij haar aankeek, en hun blikken kruisten elkaar.

Sean was in zoveel opzichten een gesloten boek voor haar; ze kende hem al jaren, al waren ze nooit intieme vrienden geweest, nooit samen op stap gegaan. Hij was een aardige, all-American soort man. Dat was de eerste indruk die je van hem kreeg, maar dan besefte je dat hij, op zijn kalme, ingehouden manier, Britser was dan dat. Achter zijn verzorgde, sportieve uiterlijk school een rustig, consciëntieus karakter, en al kende ze hem goed, toch wist Kate nooit precies wat hij dacht. Door de nevel van goedkope witte wijn, sterkedrank en uitputting heen keek ze hem nu oplettend aan, knipperde met haar ogen en wenste dat hij als eerste iets zou zeggen, niet wetend wat er plotseling tussen hen gebeurde. Iemand die wat wereldwijzer was zou hebben geweten wat haar nu te doen stond – op dit moment, op de bank met haar flatgenoot. Ze zou zich naar hem toe hebben gebogen en hem hebben gezoend, of ze zou zijn opgestaan en koffie gaan zetten.

Toen Kate naar hem keek, naar zijn zacht trillende lippen, wilde ze hem plotseling zoenen, wilde dat hartstochtelijk graag. Maar ze kon het niet. Het was Séan. Haar flatgenoot. En ze was dronken. Nee.

'Pff,' zei ze nogal hulpeloos en ze streek haar rok glad.

Het verbrak de spanning en Sean glimlachte naar haar. 'O, meisje,' zei hij vriendelijk en gaf haar een klopje op haar arm. 'Je bent apart.'

'Dat zei Charly ook!' zei Kate, weer enthousiast terugdenkend aan de avond.

'Dus al die onaardige meiden zijn niet onaardig meer tegen je?' zei Sean luchtig. Hij leunde achterover en nam nog een slok bier.

Kate zakte onderuit op de bank. 'O,' zei ze, blij dat het moment voorbij was en alles weer normaal was. 'Nee, dat hoop ik niet.'

Sean knikte en keek naar het lege scherm van de tv. Na ongeveer een minuut besefte hij dat het hoofd naast zijn arm zachtjes op- en neerging; zijn flatgenote sliep.

Het laatste wat Kate zich van die avond herinnerde was dat Sean haar zachtjes op haar bed legde. De volgende ochtend werd ze vroeg wakker, toen de late herfstzon al de kamer in scheen. Ze bleef liggen, haalde zich langzaam de avond weer voor de geest, van het onverwachte begin tot het nogal vreemde einde – was iets ervan echt gebeurd? Had ze zich de lunch met Charly verbeeld, de drankjes, de quiz? De nachtbus – en dat moment met Sean gisteravond, was het niet meer dan verbeelding? Ze tastte op het nachtkastje naast haar, zocht voorzichtig naar haar glas water en kwam toen langzaam overeind. Haar mond was droog, haar hoofd bonsde, ze voelde zich verschrikkelijk, maar voor het eerst in wat een heel lange tijd leek, besefte Kate dat ze zich op de komende dag verheugde.

8

Maart 2001

Meer dan een jaar nadat ze begonnen was bij *Woman's World* waren de kaarten geschud wat Kates vriendschappen betrof. Charly was haar beste vriendin. Zoe was haar pas verloofde, andere beste vriendin. Haar overige vriendinnen Betty en Francesca waren veilig geborgen in hun chaotische flat in Clapham; Betty werkte in een galerie en bond linten in haar korte geverfde lokken, terwijl Francesca, die bankier was en met wie Kate het intiemst was omgegaan op de universiteit, nu enorm volwassen was, grijze broekpakken droeg en in Canary Wharf werkte, de plek waar plotseling iedereen scheen te werken.

Charly en Kate waren nog steeds assistentes van de hoofdredactie, zaten tegenover elkaar en hielpen elkaar, gingen lunchen bij dezelfde Italiaanse deli om de hoek (waar Kate zich opgewekt volstopte met koolhydraten en vetten en Charly voorzichtig de tomaten uit haar sandwich pikte en die opat) en gingen nu en dan met de metro naar TopShop op Oxford Circus. Daar paste Kate kleren die haar niet stonden maar die ze wel kocht, en Charly paste kleren die haar langbenige lijf nog magnifieker deden uitkomen, en klaagde dat niets haar paste, waarna ze de winkel verliet zonder iets te kopen. 's Avonds gingen ze naar de pub, waar ze praatten en hatelijke opmerkingen maakten over hun werkdag, hun soms excentrieke collega's en de fascinerende microkosmos van het kantoor.

Kate veranderde. Ze besefte het pas toen andere mensen er opmerkingen over maakten. 'Goed gedaan, Kate,' had Sue een paar maanden geleden kortaf gezegd toe ze een stukje had geschreven over Alma van *Coronation Street*. 'Je begint echt uit je schulp te kruipen, hè?'

De waarheid was dat ze genoot, ze genoot van haar leven zoals het nu was. Ze voelde zich als een vis in het water. Nu liep Kate 's morgens op haar lange benen naar het station van de metro, haar haren wapperend in de wind. Ze lachte met de jongens van de postkamer, begroette Catherine de hoofdredactrice met een stralende lach, niet met een gemompeld, half bevreesd gebrom, uit angst dat ze een gesprek met haar zou beginnen. Zé had er plezier in telefoontjes te beantwoorden van willekeurige lezers, die vroegen of *The Darling Buds of*

May nog terugkwamen op de televisie of waar ze het recept konden krijgen voor een bepaald gerecht. En ze keek ernaar uit zich 's avonds te ontspannen, te borrelen, kletsen, lachen, zoals ze nooit eerder had gedaan.

Op een vrijdagmiddag in maart zat Kate achter haar bureau en probeerde zich te concentreren op de brief die ze bezig was te schrijven. Ze probeerde zich te verzetten tegen de verleiding wat met haar nieuwe mobiele telefoon te spelen, haar eerste, die ze diezelfde dag in de lunchpauze had gekocht. Ze had er weliswaar nog niemand mee gebeld, maar ze had de nummers van iedereen op kantoor langzaam en zorgvuldig in haar adressenbestand opgenomen. Het was vier uur en het kantoor leek uitgeblust. Zo voelde zij zichzelf ook – ze waren de vorige avond een borrel gaan drinken voor Sophies verjaardag en het was een lange, rommelige avond geworden, die ermee eindigde dat Kate pas om twee uur thuiskwam, dankzij het onregelmatige schema van de nachtbus. Charly was om middernacht verdwenen met een gemompeld excuus terwijl ze Kates arm vasthield. Ze was in een vreemde, afstandelijke stemming geweest, en Kate had gevoeld dat er storm op komst was.

Kate kauwde op haar ballpoint en keek op van haar bureau, waar ze doelloos op toetsen van haar mobiel had zitten drukken. 'En, ben je teruggegaan naar zijn huis?' vroeg ze.

Charly bladerde met een overdreven pruillip in een tijdschrift. Ze werd geacht de tekst in de zetproef van de recepten te controleren.

'Ik hou van Britney Spears,' zei ze. 'Het is onmogelijk dat ze nog maagd is. Echt. Kijk.'

Ze wapperde met het tijdschrift voor Kates gezicht.

'Neptieten,' zei Kate, met een blik op het tijdschrift.

'Nee,' zei Charly. 'Ze zijn echt.'

'Ze zijn vals!' zei Kate. 'Kom nou! Waar zijn die vandaan gekomen? Ze had vroeger helemaal geen tieten.'

'Ze zijn gegroeid, ze is pas negentien,' zei Charly, toen Kates baas Sue kwam aangezoefd. Haar hakken tikten luid op het dunne linoleum. Charly bleef in het tijdschrift bladeren en Kate draaide zich weer om naar haar computerscherm.

'Ben je er volgende week?' vroeg Sue, zonder vaart te minderen of oogcontact te maken met Kate.

'Ja,' zei Kate, die aan haar baas gewend was. 'Waarom, wat heb je nodig?'

'Volgende week ga ik met vakantie. Verdomde voorjaarsvakantie. Die verdomde Malcolm heeft dat stomme Riyad geboekt in Marokko. Kun jij de hoofdredactie voor me waarnemen? Ik dacht dat je het misschien leuk zou vinden.'

'Natuurlijk,' zei Kate, half overeind komend als een kapitein in de kantine tijdens een bezoek van de generaal. 'Natuurlijk, Sue. Wauw. Geweldig! Dank je – heel erg bedankt.'

Sue bleef staan, een paar passen voorbij Kate, op weg naar de liften. 'Mooi. Goed van je. Laat het dinsdagochtend aan Catherine zien. Oké?'

'Dank je... Heel erg bedankt,' aapte Charly haar na toen Sue wegliep. 'Slijmbal!'

'Ik weet het,' zei Kate gegeneerd. Charly rolde met haar ogen.

'Goed gedaan,' zei ze na een korte stilte. 'Goed zo. Ik zal lief zijn en je vanavond meenemen voor een borrel om het te vieren. Er is een nieuwe club in Soho, Virus, die net geopend is. Daar zouden we later heen kunnen.'

Kate beet op haar lip. 'Ik kan niet, sorry. Steve en Zoe geven een housewarming. Tegelijk een beetje een verlovingsfeest. Feestkleding. En zeker niet na gisteravond.'

'Ooo la la,' zei Charly. 'Sorry dat ik het gevraagd heb. Wat denk je van één borrel na het werk?'

'Oké,' zei Kate. 'Prima.' Ze draaide vrolijk rond op haar stoel. 'Ik ga de Column van de Hoofdredactie schrijven! Hoera!'

'Waar zullen we naartoe gaan?' vroeg Kate, toen ze een uur later uit kantoor kwamen en samen door de maartse schemering liepen. 'The Crown?'

'Nee,' zei Charly vastberaden. 'Alles wat je wilt, maar niet The Crown.'

'O, god,' zei Kate. 'Met wie heb je het daar gedaan?'

'Hou je mond!' zei Charly kwaad maar met een glimlach. 'Ik heb het met niemand daar "gedaan". Het is alleen dat Phil en Claire...' Haar stem stierf weg, ze kauwde op een haarlok.

'Wat is daarmee?'

'Zij zijn er vanavond, ik hoorde het ze zeggen toen ze weggingen.'

'Nou, en?' Kate hield van The Crown. Ze hadden lekkere snacks en gemengde noten, en er was een jukebox, wat een zeldzaamheid was in een bar in het centrum. En het was dicht bij de Inns of Court, weggestopt in een zijstraatje – ze vond het leuk, iets uit een roman van Dickens. Er kwamen advocaten, soms in toga. 'Ach, kom nou. Ik vind het er leuk.'

'Nee, kom, we gaan naar de Atlas.'

'Alwéér,' kermde Kate, als een onwillig kind dat gedwongen wordt op zaterdag mee te gaan winkelen. 'Wat mankeert er aan Phil en Claire?'

'Er mankeert niets aan Claire,' zei Charly grimmig. Ze drukte energiek op de knop voor de oversteekplaats. 'Claire is een geweldige meid. Tegen Claire heb ik helemaal niets.'

'Jij... en Phil?' Kate was verbijsterd, niet omdat ze verbaasd was dat Charly met iemand flirtte, maar omdat ze het niet gemerkt had. 'Wanneer?'

Het licht sprong op groen en Charly stak in een ijltempo de weg over. Kate holde achter haar aan. 'Hé, kalm aan. Wanneer? Wist je niet dat hij en Claire...'

Natuurlijk wist ze dat hij en Claire een stel waren, het was het slechtst bewaarde geheim op kantoor, twee heel goede vrienden op het werk, die ook een relatie hadden. Het zou ook niet zo belangrijk zijn geweest, behalve dat het overduidelijk was dat Claire gek was op Phil en Kate wel merkte dat het van zijn kant niet zo heel erg diep zat. Hij was een beetje een playboy, best aardig, maar hij was zevenentwintig en wilde zich nog niet binden.

Maar Charly gaf geen antwoord, en ze waren inmiddels bij de pub. De aangename rokerige sfeer van de Atlas lokte hen naar binnen en toen ze waren gaan zitten met hun drankjes (dubbele gin-tonic voor Charly en wijn met sodawater voor Kate) zei Kate aarzelend: 'Luister, Charly, het spijt me. Ik wist het niet. Wat is er gaande?'

'Er is niets gaande,' zei Charly. Er lag een klank in haar stem die Kate er niet eerder in gehoord had, somber en verbitterd. Ze glimlachte, een vaag, droevig glimlachje. 'Het ligt aan mij. Ik maak er een puinhoop van, zoals gewoonlijk. Oké?'

'Dus je...?' Kate gebaarde met haar bierviltje, zwaaide ermee in het rond, in de hoop dat het de zin zou overbrengen *Dus je bent met Phil naar bed geweest?*

Charly tuitte ongeduldig haar lippen. 'Ja.'

'Hoe vaak?'

'Hemel, Kate, wil je de score bijhouden?'

'O.' Kate knikte begrijpend. 'Dus meer dan één keer?'

'Ja,' zei Charly en ze slaakte een diepe zucht. 'Het is een paar weken geleden begonnen, nou ja, op het kerstfeest. Ik ben met hem

81

naar huis gegaan en we hebben elkaar tijdens de kerstdagen gezien, je weet dat ik er alles voor overheb om aan Leigh te ontsnappen.' Kate knikte. 'Dus ging ik naar Londen en bleef bij hem slapen, we zwierven rond in de stad, niemand in de buurt, wat wil je nog meer. Het was... geweldig.' Haar stem brak.

'O, mijn god.' Zo praatte Charly nooit. Als iemand die emotioneel was. Kate nam haar vriendin aandachtig op, gaf een klopje op haar arm. 'Je bent verliefd op hem, hè?'

'Nee,' viel Charly uit. 'Hij is een klootzak, oké? Verleden week hadden we een afspraak en hij belde op en zei dat Claire achterdochtig begon te worden! Hij zei dat het leuk was geweest, maar dat we er een streep onder moesten zetten, hij kon niet twee geheime relaties tegelijk hebben op kantoor! Wat een...'

Ze balde haar vuist en haar gezicht vertrok. 'O, Charly,' zei Kate triest. Ze wist niet wat ze moest zeggen. Ze vond Phil aardig, maar ze begreep niet waarom hij zo geheimzinnig deed over zijn relatie met Claire. Was het zo belangrijk? Was het naïef van haar om niet te begrijpen waarom hij zich zo vreemd gedroeg ten opzichte van Claire? Ze sloeg haar arm om Charly's knokige schouders onder de gladde oesterkleurige zijde. Charly snufte luid en pakte Kates hand vast.

'Daarom wilde ik vanavond niet naar The Crown, snap je?'

'Ja, ik snap het,' zei Kate en ze gaf een zoen op haar haar. 'Het is goed. Nu moeten we onze volgende zet plannen. Hem laten weten dat hij dit niet ongestraft kan doen.'

Charly keek haar verbaasd aan. 'Meen je dat echt?'

'Ja,' zei Kate, met de innige wens Charly te beschermen, die het zichzelf altijd zo moeilijk maakte. 'Ik maak me nu zorgen over Claire, jij niet? Hij zal haar net zo rottig behandelen als jou.' Ze pakte haar nieuwe mobiel, haar grote trots.

'Wat ga je doen?' vroeg Charly.

'Ik,' antwoordde Kate trots, 'ga nu mijn eerste sms versturen.' Een minuut lang was ze moeizaam bezig. 'God, wat een karwei! Om je dood te ergeren. Zo!' zei ze ten slotte. Charly tuurde over haar schouder.

Ik weet wat je gedaan hebt met charlx. Als je Claire nog eens belazed vetellen we het haar. KLx

'Hm,' zei Charly. 'Er zitten nogal wat typefouten in.'

'Nou, en?' zei Kate en ze drukte op VERZENDEN.

'Nou, Kate Miller,' zei Charly bewonderend. Ze schraapte haar keel en ging rechtop zitten. 'Je bent bezig een slechte meid te worden, weet je dat?'

82

'Welnee,' zei Kate.

'Ben je al naar bed geweest met je opwindende huisgenoot?'

Iedereen dacht altijd dat ze een hartstochtelijke verhouding had met Sean. 'Nee!' zei Kate blozend. 'Het is niet... Er is niks aan de hand. Hou je mond!'

'Hm,' zei Carly, en ze dronk haar glas leeg. 'In je gedachten wél. Ik kan het je niet kwalijk nemen, hij is een stuk! Maar een saaie piet.'

'Dat is hij niet,' protesteerde Kate, al had Sean haar die ochtend in de keuken vijf minuten doorgezaagd over de nieuwe Microsoft-functies, terwijl Kate, geplaagd door een kater, haar hoofd in haar handen hield en hoopte op een snelle dood. 'Hij gaat gewoon op in zijn werk.'

'Saai.'

Kate dacht aan het weekend hiervoor, toen Sean haar had geleerd hoe ze haar nieuwe laptop moest gebruiken, en hij een hotmailaccount en al het andere voor haar had geïnstalleerd. Ze hadden urenlang naast elkaar achter de computer gezeten, zij had geluisterd, hij had uitgelegd, en hun benen hadden elkaar geraakt zonder dat een van hen iets had laten merken. 'Nee,' zei ze kalm. 'Niet altijd.'

'Hij is niet de juiste man voor je,' zei Charly. 'Ga niet met je huisgenoot naar bed, alleen omdat hij beschikbaar is en jullie voor echtpaar spelen. Vuistregel. Ik meen het.'

Kate zweeg. Ze voelde zich plotseling niet op haar gemak. Ze keek op haar horloge. 'Laten we nog één slokje nemen, en dan moet ik ervandoor,' zei ze na een korte stilte.

Charly sprong overeind, plotseling weer een en al leven. 'Dat bied ík aan, lieverd,' zei ze. 'Dank je. Heel erg bedankt.' Heupwiegend liep ze naar de bar, door alle mannen nagekeken.

9

Het was al over achten toen Kate thuiskwam. Ze had twee glazen witte wijn gedronken, wat wilde zeggen dat ze niet helemaal nuchter meer was maar ook niet echt dronken. Sean zat tv te kijken toen ze de zitkamer binnenstommelde.

'Ik ben te laat,' riep ze luid, in de hoop dat als ze het overdreef ze snel over haar schuldgevoelens heen zou zijn. Sean vond het verschrikkelijk om te laat te komen, het was het enige in hun leven als huisgenoten waarover ze een totaal andere mening hadden. Als Kate afsprak om op zondag om één uur te lunchen, verwachtte ze dat de mensen om twee uur kwamen opdagen en dat er om drie uur geluncht werd. Sean daarentegen vond dat het eten om één uur op tafel hoorde te staan.

Sean wendde zijn blik niet af van de tv. Om een onverklaarbare reden (Kate zei dat het was omdat ze zich zo volwassen voelde) had Zoe bepaald dat ze vanavond in avondtoilet moesten verschijnen, en Sean was onberispelijk gekleed in een smoking. Zo was Sean: altijd keurig gepoetste schoenen en een eigen smoking.

'Ben je kwaad?' vroeg Kate. Ze wikkelde haar sjaal los en gooide haar jas op de grond. 'Sean, ik heb maar twee minuten nodig om me te verkleden. Het spijt me...'

Hij keek op en ze zag zijn gezicht.

'Wat is er?' vroeg ze.

Zijn grote blauwe ogen waren merkwaardig uitdrukkingsloos, maar Kate kende hem langzamerhand goed genoeg om te weten dat er iets mis was. 'Jenna is verloofd,' zei hij.

'O.' Kate ging naast hem zitten en pakte de afstandsbediening uit zijn hand. Ze zette de tv af. 'O, Sean... wat erg.'

Jenna was Seans vriendin geweest op highschool in Texas en tijdens het grootste deel van zijn studietijd aan de universiteit, tot ze het uit hadden gemaakt voordat hij terugging naar Engeland voor zijn derde en laatste jaar. Voorzover Kate wist, was zij de enige vrouw van wie hij ooit gehouden had, en waarom ze uit elkaar waren gegaan was een mysterie. Sean was diep ongelukkig geweest. Kate had haar maar één keer ontmoet, in hun tweede jaar, toen ze op bezoek was gekomen. Ze deed haar denken aan een meisje uit een parfumadvertentie uit de jaren zeventig: lang, golvend bruin haar, zacht krullend aan de zijkanten, eindeloos lange benen, een heel kort minirokje en een stralende glimlach. En ze was aardig, wat het allerergste was. Kate en Francesca haatten haar.

Ze gaf een klopje op Seans been, dat niet reageerde; ze voelde de harde spier onder de zwarte stof. 'Hoe heb je het gehoord?'

Sean schraapte zijn keel, sperde zijn ogen open en deed ze toen snel weer dicht. Dat herhaalde hij een paar keer. 'Ze belde me, ik wilde net weggaan van mijn werk, en ze belde me.'

'Trek je je het echt heel erg aan?' vroeg Kate behoedzaam.

'Nee.' Sean ging rechtop zitten en schudde zijn hoofd. 'Verdomme, nee!'

Onzin, dacht Kate. Hij deed haar even denken aan Charly en haar bravoure van zoëven.

'Het is alleen... Ach, Jenna was mijn eerste echte vriendin, en ik was echt verliefd op haar, weet je. Ze trouwt met een plattelandsjongen die Todd heet. Bah! Hij verbouwt maïs, bezit duizenden hectares grond. Het is zó klassiek!'

Kate keek om zich heen in de gezellige, kleine flat, vol bewijzen van hun prettige leventje samen. Sean volgde haar blik en ze stootte hem aan, verlangde niets liever dan dat hij zich weer wat opgewekter zou voelen. Ze vond het afschuwelijk hem zo te zien, het deed ook haar verdriet, en op dat moment realiseerde ze zich hoe close ze waren geworden. 'Ik weet het,' zei ze bijna wanhopig. 'O, lieverd.' Ze drukte zijn hand, en hij draaide zich met iets van verbazing naar haar om.

'Kate...'

'Wie wil er nou zo'n verdomde maïsboer zijn! Ben je niet blij dat jij dat niet bent? Ben je niet blij dat je in plaats daarvan hiér bent?'

Het bleef even stil terwijl ze samen weer om zich heen keken in de flat. Op de grond stond een Kentucky Fried Chicken-doos, vijf dozen wodka vormden een piramide op een plank, een paar prullige mannenbladen, een paar al even prullige roddelbladen, en willekeurig op de muur geprikt waren een poster van The Graduate, een panoramafoto van New York, van Kates laatste bezoek aan haar moeder, en een serie foto's van Sean, Kate en hun vrienden op kurken prikborden bevestigd. Ze keken elkaar aan en barstten in lachen uit.

'Weet je,' zei Sean, zich langzaam naar haar omdraaiend, 'je hebt gelijk. Ik ben blij dat ik hier ben, Katy.' Hij pakte haar hand en drukte er een kus op.

'Niet bedroefd zijn,' zei Kate, en ze gaf hem een knuffel.

'Dat ben ik niet.' Hij trok haar dicht tegen zich aan en legde zijn hand om de achterkant van haar hoofd. 'Je bent een schat. Het is alleen dat ik dacht dat zij misschien de ware zou zijn... weet je? Ik dacht dat ze de grote liefde van mijn leven was. Dus denk je daar onwillekeurig aan.'

'Ik weet het,' zei Kate, al was dat niet zo. Ze had nooit gedacht dat Jenna de ware was voor Sean. Hij had iemand nodig die... Nou ja, iemand die niet zo was als Jenna, en eerlijk gezegd was ze erg blij geweest toen hij zonder haar terugkwam voor zijn laatste studiejaar. Ze ergerde zich plotseling, alsof het gesprek bezig was uit de hand te lopen. Ze liet haar hoofd op zijn schouder rusten en haalde zachtjes adem.

'Dank je, liefje,' zei hij, en ze kon zijn stem horen weerkaatsen tegen haar rug. 'Ik voel me prima, god, het is nu al jaren geleden, maar je kunt er niks aan doen dat je er even bij stilstaat als je dergelijk nieuws krijgt, toch?'

'Nee,' zei Kate, en ze streek weer over zijn rug. Ze voelde zich een beetje als een soort Florence Nightingale, gedoemd om eeuwig voor romantisch beschadigde mensen te zorgen. 'Nee, dat kun je niet.' Energiek stond ze op. 'Ik ga me verkleden, oké? We gaan ons optutten voor het feest, we zullen er piekfijn uitzien, en jij zult een geweldige avond hebben, daar zal ik voor zorgen. Neem nog een biertje. Ik ben over vijf minuten terug.'

'Klinkt perfect.' Sean maakte het zich weer behaaglijk op de bank. 'Wat trek je aan?'

'De blauw met gouden jurk,' riep Kate terwijl ze door de gang naar haar kamer holde. 'Het is een speciale avond.'

'Dat is het zeker,' zei Sean. Kate hoorde hem een flesje bier openmaken toen ze de blauw met gouden jurk van de haak aan haar slaapkamerdeur pakte. Blij streek ze langs de stof.

Kate was als tiener geen meisjesachtig type, ze voelde meer voor ouderwetse vintage kleding van jaren geleden. Ze had haar oude stapel *Vogue*-bladen uit de jaren vijftig en zestig, die ze in tweedehandsboekwinkels en op schoolmarkten bijeen had gescharreld, en ze vond het nog steeds leuk om ze door te bladeren, met een jaloerse blik op de jonge vrouwen in hun achteloos elegante cocktailjurken, gefotografeerd in een volkomen ongeschikte omgeving, poserend met een tak kersenbloesem, of uit een verdacht lege, schone bus stappend.

Op haar negentiende verjaardag liepen zij en haar vader door Hampstead. Toen Venetia vertrokken was maakten ze vaak lange wandelingen door Londen, meestal op zondagmiddag, doelloos dwalend door de verlaten City of langs de rivier of door een park. Op een keer kwamen ze net uit de Heath en waren op zoek naar een gelegenheid waar ze thee konden drinken. Toen ze over een bekend pleintje liepen, in een druk gesprek gewikkeld over die hufters van Daniels platenmaatschappij, die hem zojuist de deur hadden gewezen, viel Kates oog op een jurk in de etalage van een vervallen oude winkel. Het was een jurk uit de jaren vijftig, blauwe zijde, van onder tot boven geborduurd met rozen van zijden gouddraad. Kate staarde er hulpeloos naar. Haar vader draaide zich om en zag zijn bleke, slungelige dochter verlegen naar de etalage staren. Hij keek haar nieuwsgierig aan, alsof hij probeerde erachter te komen waarom ze naar die jurk keek, waarom ze daar belangstelling voor zou hebben. Het was maar een jurk... Daniel had zich nooit goed kunnen inleven in anderen. Toen veranderde de uitdrukking op zijn gezicht.

'Hemel, ik heb je toch wel al een behoorlijk verjaardagscadeau gegeven?' zei hij. Een herinnering kwam plotseling bij hem op en hij raakte even in paniek bij de gedachte aan een herhaling van De Verjaardag Waarover Nooit Gesproken Werd, toen Kate de volgende dag naar school ging en 's avonds terugkwam om te ontdekken dat Venetia weg was.

'Ja, dat heb je,' zei Kate eerlijk. 'Ik heb de nieuwe lens voor mijn telescoop gekregen en een verrukkelijke doos chocola. Het is oké, heus, pap.'

(In feite had ze de lens zelf gekocht en had hij haar het geld ervoor gegeven, maar Daniel had wel zelf de chocola gekocht.)

Daniel haalde diep adem en tuitte peinzend zijn lippen.

'Wil je die jurk graag hebben, kind?'

Kate keek verbluft op. 'Pap! Hij kost honderd pond!'

Daniel keek snel op zijn horloge en sloeg zijn arm om haar heen. 'Wat doet het ertoe! Je bent jarig, lieverd. Kom, dan gaan we hem passen...'

Vijf jaar later was het Kates meest geliefde bezit. Als ze de vragen beantwoordde op de achterpagina van de zondagskranten, was het antwoord op: 'Wat zou je als eerste redden als het huis in brand stond?'

altijd, altijd de blauw met gouden jurk. Vroeger was het haar telescoop, maar die was nu een beetje op de achtergrond geraakt en lag stof te vergaren in haar kast in de flat in Rotherhithe.

Ze droeg de jurk alleen bij speciale gelegenheden. Ze had hem gedragen op het huwelijk van haar moeder, op het bal van de universiteit, en ze zou hem vanavond aantrekken om geen enkele andere reden dan dat ze zich plotseling gelukkig voelde. Eerst had Sue haar gevraagd de Column van de Hoofdredactie te schrijven, en nu ging ze naar de housewarming van Zoe en Steve, en iedereen zou daar zijn, en... je wist nooit wat er kon gebeuren.

Kate was die avond op haar mooist, al was ze zich dat natuurlijk zelf niet bewust. Ze was drieëntwintig, nog jong, maar zelfverzekerder, relaxter dan ze zelfs een jaar geleden was geweest, met een gladde, gave huid, donkerbruine, stralende ogen en wangen die bloosden van opwinding. Lachend kwam ze drie kwartier later de zitkamer binnen, en toen ze haar keel schraapte, ging Sean, die geprobeerd had net te doen alsof hij sliep, rechtop zitten. Ze grijnsde naar hem, hield in de ene hand haar avondtasje en met de andere hand de rok van haar blauw met gouden jurk vast, en Sean floot zachtjes.

'Wauw, Kate,' zei hij. Hij wreef in zijn ogen en stond op. 'Je ziet er verdomd mooi uit, weet je dat?'

'O...' Kate rolde met haar ogen. 'Hou toch op, jij!'

'Ik meen het,' zei Sean. Hij bleef haar aanstaren. Toen maakte hij een buiging en bood haar zijn arm aan. 'De avond kan beginnen. Je slaat vanavond iemand aan de haak, ik weet het. Ik zal ervoor moeten zorgen dat niemand misbruik van je maakt.'

Statig liepen ze naar de voordeur, die hij voor haar openhield.

'Bedankt.' Kate keek hem even van opzij aan. 'Meneer, u vleit me.'

'Met alle soorten van genoegen, dame.'

'De mensen kijken naar ons,' zei Kate toen ze langzaam door de hoofdstraat naar de bushalte wandelden. Kates hoge hakken maakten haar het lopen moeilijk. Rotherhithe High Street op een vrijdagavond was niet bepaald gewend aan mannen in smoking en dames in vintage zijde en gouddraad.

'Ik weet het,' zei Sean luid. 'Laat ze maar kijken. Ik heb een gebroken hart en jij ziet er beeldschoon uit. Hallo!' zei hij opgewekt tegen een oude dame in een dikke paarse jas die hen met open mond aanstaarde. 'Goedenavond.'

'Goedenavond,' antwoordde ze. 'O, jullie laten die goede oude tijd herleven. Toen ik twintig was...'

'Madam,' antwoordde Sean met zijn mooiste Amerikaanse accent, 'die tijd kan niet veel meer dan een paar weken geleden zijn.' Hij grijnsde verleidelijk naar haar, en ze lachte vrolijk.

Kate lachte ook en gaf hem weer een arm, waarop ze hun wankele tocht heuvelopwaarts voortzetten naar de bus die hen naar de noordkant van de rivier zou brengen.

'En, Kate,' zei Sean toen ze meer dan een uur later in Zoe en Steves straat liepen, die er verlaten bij lag. 'Ga je op zoek naar liefde vanavond?'

Kate keek naar de grond. 'Misschien. Ik doe het in ieder geval kalm aan vanavond.'

'Nog steeds een kater?'

Ze onderdrukte een geeuw. 'Een beetje.'

'Die Charly heeft een slechte invloed op je,' zei Sean. 'Voel je je wel goed?'

'Ik moet bekennen dat ik me niet geweldig voel,' antwoordde Kate. De opwinding na het gebeuren op kantoor, de drankjes met Charly, het troosten van Sean, het haastige verkleden – alles had haar opgepept, en nu, bijna aan het eind van de lange tocht door de stad, begon ze in te zakken. Ze had tenslotte maar vier uur geslapen vannacht.

Sean sloeg haar gade, terwijl ze over haar gezicht wreef.

'Malle meid,' zei hij. 'Waar is de Kate die ik ken van de universiteit, die haar haar altijd in een paardenstaart droeg en de hele avond in haar kamer zat te studeren?'

Ze keek hem recht in de ogen.

'Ze is volwassen geworden.'

Sean glimlachte loom en nam haar van hoofd tot voeten op. 'Dat mag je wel zeggen.'

Hij flirtte met haar; dat deed hij altijd; het had niets te betekenen.

'En jij?' bracht ze het gesprek weer op het onderwerp terug. 'Ga je op de versiertoer vanavond? Om over je verdriet heen te komen?'

'Reken maar. Ik hoop het record te breken van mijn eindexamenfeest van '98.'

Op een memorabele avond na zijn eindexamen had Sean het mooiste meisje aan de bar verleid, en met tien anderen gezoend – inclusief het barmeisje, in de pub waar de avond was begonnen.

'Je bent een sloerie,' zei Kate. Haar gouden hoge hakken klikten op de stenen. 'Maar goed, veel succes. We zijn er.'

Ze stonden bij het tuinhek. Sean stak plechtig zijn hand uit. 'Jij ook, schat. Moge de beste feestganger winnen. Wie is Jenna trouwens?'

'Zo mag ik het horen!' Kate schudde enthousiast zijn hand.

'En we delen een taxi naar huis, wat er ook gebeurt,' zei Sean. 'Ik ben niet van plan om drie uur 's nachts met de bus te gaan en zonder het te beseffen misschien in Manchester terecht te komen.'

Ook al woonde hij nu al langer dan vier jaar in het Verenigd Koninkrijk, toch was Seans kennis van de geografie van zijn geadopteerde land nog niet geweldig. Omdat het zoveel kleiner was dan de Verenigde Staten dacht hij dat alles op vijf minuten afstand lag van waar dan ook.

Hij liet haar hand los. 'Laten we naar binnen gaan, Kay-Kay.'

Ze was een beetje nerveus en frutselde aan haar tas, maar hij pakte haar bij haar elleboog, en toen ze bij de voordeur waren, vloog die open. Zoe, in een met lovertjes bestikte jurk uit de jaren twintig en haar glanzende donkere haar in lange krullen, stond voor hen.

'Hoera! Jullie zijn er!' riep ze uit. 'Nu kan het feest echt beginnen!' Ze gilde naar Steve. 'Steve, Kate en Sean zijn er. Zet de muziek harder! Ik zal een cocktail voor jullie halen. Er liggen flesjes bier in het bad. Hoera, jullie zijn er! Kom binnen!'

Steve verscheen achter zijn verloofde, zijn donkere ogen stralend van pret. 'Nou, nou, nou!' zei hij en hij klapte in zijn handen. 'Kerel!' Hij sloeg tegen Seans hand. 'Kate, je ziet eruit als... als een droom.' Hij gaf haar een zoen. 'Om op te vreten.' Hij lachte vrolijk. 'Serieus, jullie tweeën. Ik zei net nog tegen Zoe dat het feest pas echt kon beginnen als jullie er waren. En nu zijn jullie er! Geweldig.'

Sean en Kate stonden op de stoep en lachten naar elkaar, trots op hun status van feestbeest, die in Seans geval absoluut verdiend was. Sean wreef in zijn handen en Kate lachte, ze zagen er goed uit en ze wisten het.

'We zien jullie straks,' zei Kate. Ze gaf Sean weer een duw naar de deur, want ze wilde naar binnen. Toen ze naar voren liep, hem achterna, kwam er iemand van de andere kant. Ze struikelde over de drempel en viel bijna in zijn armen.

'Dus dit is de befaamde Kate,' zei die iemand en hij hield haar arm vast om haar te steunen. Ze keek hulpeloos naar hem op, in het zwakke licht van de zwaaiende gloeilamp aan het plafond van de gang, naar zijn openhartige, knappe gezicht, zijn donkere ogen, zijn spontane, hartelijke lach... Hij zag er vreemd vertrouwd uit en toch... ze kende hem maar ze kende hem niet.

'Dit is mijn broer Mac,' zei Steve grijnzend. 'Eindelijk! Jullie hebben elkaar nog nooit ontmoet. Gek eigenlijk.'

Mac. Natuurlijk. Hij leek op Steve, maar was toch heel anders. Steve was vlot, openhartig, lachte veel, was rusteloos. Mac was langer, breder gebouwd, zijn haar had dezelfde lichtbruine kleur als dat van zijn broer, maar het was kort geknipt. Hij had rimpels in zijn voorhoofd, lachrimpeltjes rond zijn mond. Kate voelde plotseling een onweerstaanbare neiging haar hand uit te steken en hem met haar wijsvinger aan te raken. Ze staarde hem aan. Ze was blij dat Zoe naar de keuken was gegaan.

'Nee, we hebben elkaar nog nooit ontmoet,' zei Mac, die haar nog steeds aankeek. Hij gaf haar een hand. 'Maar ik weet veel over je. Héél veel,' zei hij.

'O,' zei Kate. 'Ik weet ook veel over jou.' Ze had zichzelf weer onder controle, maar hield haar blik strak op hem gericht. Zijn ogen waren groen, een merkwaardige, zeegroene kleur. Als ze zenuwachtig was, praatte ze te veel. 'Je bent een medisch genie en je woont in Cricklewood, wat vreemd is, want ik had nooit gedacht dat die twee dingen samen konden gaan, al heeft er kort geleden een artikel in ons blad gestaan over mensen die uit onwaarschijnlijke plaatsen komen. Wist je dat Cary Grant in Bristol werd geboren en als acrobaat in het Bristol Hippodrome werkte?'

Er viel een stilte. Kate staarde naar haar voeten, haatte haar hoge hakken, die haar beletten halsoverkop weg te vluchten, de duisternis in. Ze beet op haar lip, schold zichzelf inwendig uit. O god, was ze gestóórd? Dít was nou de reden waarom ze al zes maanden geen date meer had gehad, dacht ze.

'Dat wist ik niet,' zei Mac gemoedelijk. 'Maar wist jij dat er tien miljoen stenen nodig waren voor de bouw van het Chrysler Building in New York?'

'Nee,' zei Kate opgelucht. 'Dat is... dat is ongelooflijk.'

Ze keken elkaar in de ogen. Hij glimlachte, en zij glimlachte, en dat was alles.

'Kate! Kom je?' riep Sean uit de keuken. Zijn stem klonk bijna geërgerd.

'Ik zou maar naar binnen gaan,' zei Mac. En dat deed ze dus.

10

Twee uur later. Het was na middernacht, en de housewarming van Zoe en Steve was een daverend succes. Zoe had Wodka Jellies gemaakt, en Kate had er vier op. Steve zorgde voor de muziek, wisselde met het grootste gemak de cd's af met zijn lp's. Ze dansten als gekken op Michael Jackson, deden hun best op de *Moonwalk* in de kleine keuken. Op een gegeven moment dansten dertig mensen de conga op Perez Prado door de smalle flat, door de zijdeur de tuin in en door de voordeur weer naar binnen. Daarna begon Steve – een fantastische gastheer, die alleen maar wilde dat zijn gasten zich goed amuseerden, zonder zich te bekommeren om de puinhoop die ze aanrichtten in zijn nieuwe flat – supersterke cocktails te mixen en Zoe ging op een stoel staan en zong 'Rescue Me' met een haarborstel als microfoon, tot ze viel en Steve haar moest oprapen. Hij gooide haar over zijn schouder, gaf haar een klap op haar billen en droeg haar de kamer uit, terwijl zij gilde en de anderen applaudisseerden.

Nu en dan ving ze een glimp op van Sean, die gestaag aan het drinken was, en wuifde naar hem of gaf hem een klopje op zijn arm, om zich ervan te vergewissen dat het goed met hem ging. Maar verder ging ze verloren in een draaikolk van drank, gelach, gepraat. Ze bleef achterom kijken om te zien waar Mac was, dacht voortdurend dat ze hem zag – had ze het zich maar verbeeld? – terwijl het feest steeds wilder werd. Het was zelfs zo'n geweldig feest dat toen de nieuwe buren boven hen – een echtpaar van in de dertig – naar beneden kwam om te klagen over het lawaai, Steve hen een Moscow Mule in de hand stopte en hen binnen vijf minuten met Betty aan het dansen had op Britney Spears.

Betty zat vanavond achter Sean aan. Kate merkte het, en keek geamuseerd toe wanneer Betty met haar valse wimpers naar hem knipperde, geïmponeerd door de manier waarop ze zo geraffineerd en tegelijk zo doorzichtig kon zijn. Kate was er vrij zeker van dat Betty en Sean tijdens hun studietijd aan de universiteit met elkaar naar bed waren geweest, en toen ze hen zo zag was ze er plotseling van overtuigd dat het vanavond ook zo zou eindigen. Ze stond in de hoek van de zitkamer om even uit te rusten van het dansen, met haar glas in de hand, en zag hoe Betty haar bovenlip met haar tong aanraakte als ze tegen hem sprak, haar blonde haren heen en weer zwaaide, hoe Sean naar haar mond keek als hij antwoord gaf, en hoe ze elkaar glimlachend in de ogen keken terwijl ze steeds dichter bij elkaar kwamen. Plotseling leek de Sean van een paar uur geleden, die zo diepbedroefd was over Jenna's verloofde, heel ver weg. Hij wilde scoren vanavond, dat was duidelijk. Kate beet op haar lip, proefde bloed op haar tong, en draaide zich om, verbaasd over haar intense reactie.

'Geweldig feest, Zoe,' zei ze.

Zoe leunde tegen de deurpost om zich staande te houden, haar handen klampten zich bijna vertwijfeld vast aan het hout. 'Dank je,' zei ze. 'Die verdomde flat, je weet wat een toestand het was om hem te krijgen, ik kan gewoon niet geloven dat we hier nu echt wonen.' Ze bonkte zachtjes met haar hoofd tegen het hout. 'Maar ik denk dat ik morgen iets goed heb te maken met de buren,' ging ze nerveus verder. Ze keek door de gang de keuken in, waar Kate door de glazen deuren Francesca en Steve op het kleine grasveldje kon zien liggen, waar ze luid aan het zingen waren.

'Maar je bent een schat,' zei Kate. 'Ze zullen dol op je zijn. We hadden verleden week nog een artikel over de omgang met buren. Accepteer je verantwoordelijkheid, ga morgen met een doos chocola naar iedereen toe en zeg gewoon dat het je spijt. Het zal best meevallen.'

'Heb je Mac nog ontmoet?' vroeg Zoe plotseling.

'Ja,' zei Kate. 'Nou ja, in het begin...' Ze keek om zich heen. 'Ik weet niet waar hij gebleven is.'

Zoe haalde haar schouders op. 'Ik zou het niet weten,' zei ze. 'Hij werkt te hard. Hij ziet er uitgeput uit. Vind je niet?'

Kate had niets gezien, behalve dat hij er aantrekkelijk uitzag. En ze had hem nooit eerder ontmoet, dus kon ze er moeilijk over oordelen.

'Zoe! Zoe!' gilde Steve uit de keuken. 'Zoe! Kom eens kijken! Als je scheerzeep in een tupperwaredoosje doet en die aansteekt − moet je zien wat er gebeurt!'

'Jee!' zei Zoe. 'Wat ben je toch nog een kínd, Steve!' gilde ze terug. Ze keek de gang in. 'Dat is echt...' Er klonk een harde knal.

'Ga maar,' zei Kate, en dronk haar glas leeg. 'Ik haal nog een glaasje...' Ze keek naar het glas in haar hand. 'Ik weet niet wat het was. Maar ik ga het in ieder geval halen.'

Ze draaide zich om in het kleine halletje toen Zoe wegliep.

'Hallo,' zei een stem achter haar, en Kate draaide zich met een ruk om. Het was Mac. Hij deed de deur van de logeerkamer dicht.

'Hallo,' zei ze aarzelend. 'Ik heb je een tijd niet gezien.'

Hij krabde op zijn hoofd. 'Ik weet het. Ik ben in slaap gevallen.'

'Je bent in slaap gevallen? In de logeerkamer?' Kate snapte er niets van. 'Het moet dus niet zo'n goed feest zijn als ik dacht.'

'O, vast wel,' zei hij 'Ik heb Zoe 'Cabaret' horen zingen.'

'O,' zei Kate. 'Nou ja, er is meer gebeurd, maar misschien dat je...'

'Mooie jurk,' zei hij, haar in de rede vallend. 'Hij past bij je.' Hij beheerste zich. 'Natuurlijk heb ik je nooit eerder gezien, dus hoe zou ik dat kunnen weten. Maar je ziet er lief uit.' Hij draaide zich om naar de muur en prevelde iets binnensmonds voordat hij zich weer naar haar omdraaide. 'Jezus. Hoe...'

Kate glimlachte verward. 'Maar toch, bedankt. Dat is erg... lief van je.' Onbewust herhaalde ze het woord en besefte het toen; ze grinnikten allebei, ontspanden zich wat. 'Het was een cadeau van mijn vader. Het is een vintage jurk, uit de jaren vijftig, denk ik.'

'Natuurlijk, je vader is Daniel Miller, hè?'

'Ja,' zei Kate, heimelijk blij dat hij dat wist, dat ze al dingen over elkaar wisten dankzij Zoe en Steve, ook al hadden ze elkaar nooit leren kennen. Het maakte dat ze zich meer op haar gemak voelde.

'Ik heb hem laatst op de radio gehoord; hij sprak over zijn nieuwe album. Interpretaties van songs van ABBA?'

'Ja,' zei Kate weer. 'Schijnt erg goed te zijn. Het is net uit, ik heb het nog niet gehoord.'

'Ik heb alleen maar stukjes gehoord. Hij werd geïnterviewd voor de radio. En hij was overdag op de tv, een of ander programma dat ik zag toen ik op patiëntenbezoek was.'

Daniel had een nieuwe agent die Lisa heette en die hem al die publiciteit bezorgde. Zij was verantwoordelijk voor Daniels nieuwe korte kapsel, zijn Ralph Lauren-pakken, de peinzende foto's van hem, starend uit ramen in vervallen oude landhuizen. En ze noemde hem 'Danny'. Ze leek niet te houden van dingen als lange avonden in keukens in souterrains, goedkope rode wijn drinkend (rode wijn verkleurt je tanden), van wandelingen over de Heath op koude dagen, of van dochters die in leeftijd niet veel met haar scheelden. Kate kende haar. Ze was niet bepaald dol op haar.

'Ja,' zei Kate. 'Het is mooi, hij heeft zich daarvoor een hele tijd erg kalm gehouden.' Ze schraapte haar keel en wilde van onderwerp veranderen toen er een gil klonk uit de andere kamer. 'Hemel,' zei ze lachend. 'Zoe is door het dolle heen.'

Mac keek spottend-serieus. 'Hoe waren jullie toen jullie klein waren?'

Kate lachte. 'Zoe was heel pienter en uitgelaten en luidruchtig. Heel luidruchtig. En ik was... een stuntel. En een beetje bozig. Niet zo aardig als Zoe.'

Hij boog zijn hoofd en liet zijn stem dalen. 'Kate! Ik weet zeker dat dat niet waar is.'

'Dank je,' zei ze langzaam. 'Maar dat is het wel. Althans zo ongeveer.' Even zwegen ze. 'En jullie tweeën?'

'Wie? Steve en ik?' Hij schudde zijn hoofd en sloeg zijn armen over elkaar, verborg zijn handen onder zijn oksels. 'Hij was het typische lastige kleine broertje, altijd even vrolijk en brutaal en grappig en luidruchtig. Net als Zoe blijkbaar.' Kate schudde haar hoofd en schoof dichter naar hem toe. Ze wilde hem aanraken.

'En jij?'

'Ik? Ik was...' Hij keek haar glimlachend aan. 'Ik was erg onbeholpen en bleef graag in mijn kamer, waar ik boeken las en vreselijke gedichten schreef. En naar dingen keek onder mijn microscoop. God, wat is dit gênant.' Zijn gezicht vertrok even. 'Ik kan gewoon niet geloven dat ik jou dat allemaal vertel.'

'Een microscoop?' Ze lachte ongelovig en hij leek even van zijn stuk gebracht, tot ze haar hand op zijn arm legde en hem geruststelde: 'Mac, wat toevallig! Ik had een telescoop.' Kate dacht aan haar arme telescoop, die verbannen was naar ergens onder in haar kast. 'Je hebt net een beschrijving gegeven van mij als tiener. Nou zie je maar weer!'

'Gelijkgestemde zielen, dat zie je vaak bij briljante mensen,' zei Mac knikkend. 'Of misschien ook niet.'

Weer viel er een stilte – ontspannen, prettig. Hij geeuwde plotseling. 'Sorry, onhebbelijk van me.' Hij wreef over zijn gezicht; het drong tot haar door dat hij net wakker was geworden. 'Ik heb... ik heb het druk gehad, zie je.'

Ze herinnerde zich dat Zoe gezegd had dat hij er zo moe uitzag. 'Je werk?'

'Zoiets, ja.' Hij aarzelde even en keek op haar neer; zij was lang, maar hij was langer. 'Laten we wat gaan drinken, oké?'

'Goed,' zei ze en ze keek hem aan. Ze kon haar blik niet van hem afhouden, niet alleen omdat hij ongelooflijk aantrekkelijk was – maar omdat ze het gevoel had dat ze hem kende, hem ergens van herkende, en ze kon er niet achter komen waarvan.

'Goed geslapen?' riep Steve toen ze de keuken binnenkwamen. 'Voel je je weer wat beter?'

'Ja, broertje, bedankt,' zei Mac. 'Sorry, Kate. Wat wil je drinken?'

'Dat ziet er goed uit,' antwoordde Kate, wijzend naar een willekeurige fles waar nog iets vloeibaars in zat. 'Dank je.' Ze keek hem van opzij aan en zag dat hij haar gadesloeg terwijl hij wijn inschonk. Te gek, dacht ze, zo had ze zich nog nooit gevoeld. Dus... ze had het onder controle, vast en zeker. Ze wist niet wat er verder zou gebeuren, maar ja, het was niet anders... Ze twijfelde geen moment als ze in zijn sympathieke maar toch nieuwsgierige groene ogen keek.

Mac proostte met haar. Er waren bijna geen gasten in de keuken – sommigen waren in de tuin, huiverend in de koude voorjaarsnacht, de meesten waren teruggekeerd naar de zitkamer of stonden in de gang. De muziek drong door de muren heen tot hen door. Steve nam hen even op, streek over zijn gezicht en zei toen: 'Hé, Francesca, je kent Mac toch, hè?'

Francesca was Steves vriendin voordat Zoe op het toneel verscheen. Ze draaide zich met tegenzin af van haar ex-vriendje en keek Mac met een raadselachtig glimlachje aan.

'Natuurlijk, schat,' zei ze. 'Hallo, Mac, hoe gaat het?'

'Prima,' antwoordde hij. Ze zoende hem en klopte op zijn schouder.

'Wat is er gebeurd met die baan in Edinburgh?' vroeg ze, half nieuwsgierig. Kate sloeg haar aandachtig gade, heel nieuwsgierig.

Mac wipte van de ene voet op de andere. 'Het St. Giles-ziekenhuis? Dat...'

'Hé! Hé!' hoorden ze Zoe buiten roepen. 'O god, ik geloof dat hij moet overgeven. Jakkes! Steve! Steve, kun je...'

Francesca draaide zich om en keek door de glazen tuindeuren. 'Nee, hè?' zei ze op verveelde toon, toen Steve de tuin in holde.

'Heb je me nodig, broer?' riep Mac hem na.

'Nee, hoor,' zei Steve, die achter iemand op de grond knielde. 'Brrr! Afgrijselijk.'

'Kom,' zei Mac, en hij legde zijn hand op Kates elleboog. Zijn aanraking gaf haar een schok; zijn duim lag droog en warm op de binnenkant van haar arm. 'Ik wil je wat vragen.'

Kate volgde hem naar de gang en bleef toen plotseling staan. Sean en Betty stonden verstrengeld in elkaars armen, ze waren blijkbaar alles om zich heen vergeten. Ze merkten het zelfs niet dat iemand achter hen omhoogreikte om zijn jas van de kapstok te pakken. Kate keek naar Seans gezicht, wat ze ervan kon zien tenminste, want de helft was verscholen achter dat van Betty. Ze moest even bij zichzelf lachen. Waarom verbaasde het haar niet? Ze kende Sean toch. Hij zou nooit veranderen.

Mac merkte het niet, hij keek weer naar de tuin, om zich ervan te overtuigen dat met die arme ziel daarbuiten alles in orde was. Zijn kaak stond strak, zijn houding was gespannen. Maar toen ze een lichte zucht slaakte en haar hoofd schudde, keek hij weer naar haar en zei: 'Wat zou je ervan zeggen als we hier verdwenen?'

'Hè?' zei Kate verbluft.

Hij raakte luchtig haar schouder aan. 'Ga met mij mee. Laten we weggaan.'

'Maar het is...' Kate keek op haar horloge, onzeker wat ze moest zeggen: het was twee uur. 'O.' Toen keek ze weer naar Sean en Betty, en daarna naar Mac. Mac ving haar blik op en knikte.

Ze knikte terug.

'Ja, laten we gaan.'

Het was donker in de gang bij de keukendeur. Hij pakte haar hand en trok haar naar zich toe, en ze zoenden elkaar, hun handen ineen. Zijn stoppelbaard schuurde langs haar huid, zijn tong drong in haar mond, zijn lippen waren droog en warm, net zoals de rest van hem.

'Kate Miller,' zei hij, toen hij zich van haar losmaakte. 'De befaamde Kate Miller.'

Ze liepen langs Betty en Sean; Kate moest op zijn schouder tikken om te laten weten dat ze wegging, vooral omdat ze een afspraak had met Sean. 'Hoi,' zei ze en pakte een arm, in de hoop dat het Seans arm was. Mac hield haar andere hand vast, zijn vingers streelden de hare. Ze voelde zich zwak worden in zijn nabijheid, haar benen werden helemaal slap toen zijn heup de hare raakte.

Sean draaide zich om; zijn ogen stonden glazig en hij hijgde licht. 'Kate, hoi,' zei hij. Er lag een geïrriteerde klank in zijn stem, en Kate kon het hem niet kwalijk nemen. Achter hem probeerde Betty zich achteloos om te draaien, alsof ze erover dacht de flat te kopen en daarom de conditie van het plafond inspecteerde.

'Ik ga weg,' zei Kate. Ze maakte een hoofdbeweging naar Mac, alsof ze de situatie duidelijk wilde maken.

'Wat?' zei Sean snel. 'O, ja...' Hij keek van Kate naar Mac achter haar, die beleefd knikte en haar hand steviger vastpakte. Ze zwaaide op haar benen, leunde tegen hem aan, duizelig van verlangen naar

hem. Ze wilde met hem alleen zijn. Toen keek ze weer naar Sean.
'Ik zie je morgen, oké?' zei ze. 'Doe geen...'

'Het is goed, Kate,' zei Sean met een scherpe klank in zijn stem.
'Tot morgen.' Hij haalde zijn hand van Betty's achterste en kneep
even in Kates arm. 'Hou het netjes.'

Ze draaide zich om, en zij en Mac liepen naar buiten en deden de
voordeur achter zich dicht. En toen was er niets anders meer dan zij
beiden – alleen.

11

Buiten fonkelden de sterren aan de hemel, het was een koude, heldere avond. Mac en Kate keken elkaar aan, er was een voelbare spanning en een magnetische aantrekkingskracht tussen hen waardoor Kate steeds dichter naar hem toe werd getrokken.

'Luister. Ik moet je iets vertellen.' Mac keek Kate aan.

'O.' Kate stopte haar koude handen in haar zakken. Zelfs zij wist dat een gesprek dat op die manier begon nooit goed kon eindigen. 'Wat dan?'

'Weet je,' zei Mac en hij deed een stap in haar richting. 'Ik vond dat ik dit moest zeggen voordat dit...'

Kate hoorde zichzelf zeggen: 'O, nee. Je kunt me niet dumpen. We hebben zelfs nog niks gedaan. We hebben elkaar pas drie uur geleden ontmoet.'

Hij lachte. Ze hield van zijn lach. Het was een echte lach, die van binnenuit kwam, warm en spontaan. 'Nee, daar gaat het niet om. Doe niet zo gek. Waarom zou ik je dumpen?'

Ze negeerde het en zei: 'Dus, wat is het?'

'Eh, nou ja... Zo belangrijk is het niet, want, zoals je zei, we hebben elkaar pas drie uur geleden leren kennen. Maar... voordat dit verdergaat, vond ik dat ik het je moest zeggen.'

'Wát zeggen?'

Mac antwoordde kortaf: 'Ik vertrek morgenochtend. Naar Edinburgh.' Kate deed een stap achteruit. 'Daarom ben ik zo moe. Ik heb de hele dag gepakt. Mijn vlucht gaat in de middag.'

'Je...'

Zachtjes zei hij: 'Ik ga verhuizen. Ik heb een baan in het St. Giles als consulterend geneesheer, in de stad. Het is... Nou ja, ik moest die baan aannemen. En mijn ouders wonen daar ook, dat is prettig.'

'O, oké,' zei Kate, met opzet luchthartig. 'Fijn voor je.'

'Ja.' Mac wipte van de ene voet op de andere. 'Zoals ik al zei, Kate, ik vond dat ik het je moest vertellen.'

'Ja, natuurlijk.' Ze snapte niet waarom ze zo stom deed. Per slot hadden ze elkaar net ontmoet – het was niet... Ze lachte naar hem en deed weer een stap achteruit. 'Waarom vertel je het me eigenlijk? Wil je morgen soms een lift naar de luchthaven?'

'Ga met me mee,' zei hij nog zachter. 'Je kunt altijd terug.'

'Ik... Ik kan niet terug.'

'Waarom niet?' vroeg Mac met een ongeduldige klank in zijn stem.

'Omdat...' Ze maakte een vaag gebaar om zich heen. 'Het is anders.'

'Je hebt een heel bijzonder gezicht, weet je dat?' zei Mac.

'Gezicht?' vroeg Kate met een verward lachje.

'Ja. Het is perfect hartvormig, en als je bedroefd bent over iets, of over iets nadenkt, sluit je je volkomen af, en als je lacht – ben je mooi. Heel erg mooi. Weet je dat?' Hij zei het op achteloze toon, starend naar het muurtje rond Zoe en Steves voortuin.

'Mac, je bent gek. En een ontstellende flirt,' zei Kate zwakjes.

Zijn vage Schotse accent was geprononceerder toen hij grijnzend zei: 'Dat ben ik niet, dat is zo vreemd, liefje. Ik ben helemaal geen flirt. Normaal weet ik geen woord uit te brengen tegen een meisje dat ik aardig vind. Normaal ontmoet ik zelfs nooit een meisje dat ik aardig vind.'

'Ik...' Kate haalde hulpeloos haar schouders op.

'Je gaat niet mee, hè?' Het was een constatering, geen vraag. 'Nou ja, goed dan.'

'Het is... Hoor eens, Mac, ik weet niet...'

Hij lachte. 'Een heel welbespraakt antwoord. Kom mee. Heel even.'

Hij trok haar mee naar het midden van de straat, en daar, in de koude nachtlucht, legde hij zijn handen om haar gezicht, trok haar naar zich toe en zoende haar. Ze zoende hem spontaan terug, sloeg zachtjes lachend haar armen om hem heen, voelde zijn tong in haar mond en zijn harde, lange lijf tegen het hare, zo vreemd en toch zo vertrouwd. Ze zoenden elkaar minutenlang, tot Mac zich terugtrok en met hese stem zei: 'Ga je echt niet met me mee?'

Ze dacht aan Zoe en Steve, van wie ze niet eens afscheid genomen had, aan Sean en Betty, verstrengeld in elkaars armen, en bedacht dat, ook al veranderde ze voortdurend en begon ze steeds zelfbewuster te worden, het toch niets voor haar was om er op deze manier met iemand vandoor te gaan. Aan de andere kant was het niet de eerste keer dat ze met iemand weg was gegaan, dus waarom was ze zo bang? Bang – waarvoor? Bang zichzelf te kwetsen, Mac teleur te stellen; ze vroeg zich af waarom hij juist haar had meegevraagd, misschien omdat hij dronken was of gek. Of allebei.

100

'Pluk de dag,' zei Mac. 'Heb je die uitdrukking nooit gehoord?' Hij raakte haar voorhoofd aan met zijn vinger.

Kate moest onwillekeurig aan haar moeder denken toen ze die uitdrukking hoorde, het was bijna haar mantra. 'Ik heb nooit anders gehoord,' zei ze. 'Ik ben er alleen niet zo goed in.'

'Het is mijn laatste nacht in Londen,' zei Mac. Hij keek haar aan met die vreemde blik die ze zo verontrustend vertrouwd vond. 'En jij vindt mij aardig, en ik jou. Ik weet het, en jij weet het. Ja toch?'

'Ja,' zei ze eerlijk.

'Ben jij het soort meisje dat haar dronken vriendinnen meestal naar huis helpt? Ik wed van wél.'

'Eh,' zei Kate op sombere toon, denkend aan de vorige week toen ze met Jo na het werk een borrel had gedronken en in de nachtbus was geëindigd met een half bewusteloze Sophie hangend op haar schoot. 'Soms.'

'Kom dan.' Hij liep naar voren en hield een voorbijkomende taxi aan, wat Kate heel indrukwekkend vond, maar waar ze zichzelf toen stiekem om uitlachte. Ze legde plotseling haar hand op zijn arm.

'Ga je morgen echt weg?'

'Ja.' Hij hield het portier voor haar open. Ze stapte in.

'Laten we er dan maar het beste van maken.'

Kate was nooit eerder zomaar van vrienden weggelopen. Dat besefte ze de volgende dag toen ze in Macs armen lag en het vroege licht van de zomer naar binnen scheen in zijn groezelige, grauwe jongenskamer, die leeg was zonder alle spullen die al naar Edinburgh waren verstuurd. En het kon haar niet schelen. Niets kon haar schelen. Ze had zich volledig overgegeven aan het genot, zonder zich om iemand anders te bekommeren. En het was het absoluut waard geweest. Ze voelde zich overmand door geluk.

'Jij vindt het niet belangrijk,' zei ze. Ze ging rechtop zitten en rekte geeuwend haar armen uit.

'Wat niet?' Macs stem klonk gesmoord; hij streek haar haar van haar voorhoofd en trok haar weer omlaag op zijn behaarde borst. Hij streelde haar hoofd, en ze draaide haar gezicht naar hem toe.

'Dat we geen afscheid hebben genomen. Van Zoe en Steve. We zijn er gewoon vandoor gegaan.'

'O,' zei Mac. Ze liet haar hand over zijn lichaam glijden.

'Kan het je helemaal niets schelen?' vroeg ze half spottend. 'Je gaat vandaag weg.'

'Nee, helemaal niets,' mompelde hij en sloeg zijn arm om haar heen, zodat ze bijna boven op hem lag. Ze voelde hem weer hard worden. 'Ik bel Steve wel. Maak je maar niet ongerust.'

'Wanneer?' vroeg Kate, en ze gaf hem weer een zoen. Haar haren vormden een sluier om hen heen. Terwijl Mac haar schouder, haar borst, haar sleutelbeen zoende, streek ze haar haar uit haar ogen en keek op zijn kleine gebutste digitale klok. Het was zes uur. 'Je vlucht gaat over zes uur.'

'O,' zei hij. Hij draaide haar om en ging boven op haar liggen. Hij streek over haar haar en begon haar opnieuw te kussen. 'Dan hebben we niet veel tijd meer, Kate Miller.'

'Nee, maar...'

Meer kon ze niet zeggen. Ze voelde zich zo gelukkig bij hem dat ze de vreugde van deze nacht niet wilde verstoren. Bijvoorbeeld door te vragen: 'Dus, bel je me als je zeshonderd kilometer verderop zit en zeven dagen per week werkt en nooit naar Londen komt?' Mac trok het dekbed over hen heen. Kate lachte vrolijk. Ze was op een prettige manier verbijsterd als ze terugdacht aan de afgelopen twaalf uur – maar ze ervoer ook een vreemd gevoel van zekerheid, dat ze later nooit meer voelde.

Ze ging met hem mee naar de luchthaven. Tenslotte, zei ze, als hij Londen verliet, moest iemand hem uitzwaaien. Nog steeds met haar blauw met gouden jurk aan was ze blij dat ze een zwart vest had gekocht en dankbaar voor haar jas, waarin ze zich kon wikkelen om haar onuitgeslapen uiterlijk, met de make-upresten van gisteren er nog op, te camoufleren. Ze keek toe terwijl Mac zijn lege flat afsloot en zijn bagage in de kofferbak van de taxi legde. Met een zucht liep hij achteruit en wierp een laatste blik op het hoge bakstenen huis. Het was vreemd dit alles met hem te delen, een deel van zijn leven waarvan hij nu afscheid nam en dat ze nooit gekend had.

'Was je hier gelukkig?' vroeg ze.

'Ja,' zei hij, maar verder niets. Ze wist niet wat hij bedoelde, en plotseling heerste er een gedwongen sfeer tussen hen; hij ging weg, zij bleef hier, en ze kenden elkaar nauwelijks. Mac hield het portier voor haar open. Ze stapte achter in de taxi en hij kwam naast haar zitten. Hij maakte een beetje verdrietige indruk; zijn gezicht zag er moe uit in het nuchtere licht van de ochtend. Ze trok hem naar zich toe en hij liet zijn hoofd op haar schouder rusten en legde zijn hand op haar knie. Ze hield de hand stevig vast.

'Kate Miller,' zei Mac na een ogenblik. Zijn stem klonk serieus. 'God, ik wilde dat we elkaar eerder ontmoet hadden.' De taxi reed rustig door West Hampstead, lange grijze schaduwen tekenden zich af in de straten, waar de ochtendzon door de openingen tussen de gebouwen drong. Er was niemand te zien.

Ze zei niets, kneep slechts hard in zijn hand. Kate voelde zich soms nog steeds een kind in een wereld van volwassenen, iemand die niet op de hoogte was van de regels die alle anderen wél kenden. Hier, achter in de taxi, terwijl ze door de stad naar het vliegveld reden, had ze het gevoel dat ze wist wat ze deed.

'Ik wilde dat we nog één dag, nog één nacht hadden gehad,' zei hij met zijn mond tegen haar borst.

'Sst,' zei ze, en met haar andere arm trok ze hem nog dichter naar zich toe. Ze zoende zijn warrige, vreemd jongensachtige haar, zo in strijd met wie hij was... een echte man, vergeleken met de andere mannen die ze kende, studievrienden, opgroeiende jongens. Mac was... hij was volwassen.

Daarom ging hij weg, hield ze zich voor. Ze staarde uit het raam, rustte met haar kin op zijn haar. Hij was bezig zijn leven gestalte te geven, hij was drie jaar ouder dan zij en domweg volwassen, terwijl zij nog steeds niet goed wist wat ze precies met haar leven wilde doen.

'Ik wilde ook dat we elkaar eerder ontmoet hadden,' zei ze. Ze bedwong haar tranen en staarde strak voor zich uit. Ze wist niet hoe ze onder woorden moest brengen wat ze wilde zeggen. 'Het kwam zo onverwacht...' Ze maakte een vaag gebaar. 'Snap je?' Hij knikte. 'Ik kon gisteravond niet vermoeden dat dit zou gebeuren.' Ze haalde haar schouders op, glimlachte toen ze zich herinnerde hoe ze gedacht had dat de avond zou verlopen en lachte om haar eigen ijdelheid. 'Gek, hoe de dingen kunnen lopen,' zei ze.

Mac trommelde met zijn vingers op de hare. 'Jij en je huisgenoot, hè?'

Kate ging verbaasd rechtop zitten. Hij lachte geamuseerd om haar reactie. 'Wat bedoel je?' vroeg ze.

'Jij en... hoe heette hij ook weer? Sean? Steves vriend?' Kate knikte. 'Ik dacht dat jullie een koppel waren toen jullie gisteren kwamen en ik jullie samen op de stoep zag staan.'

'Ha!' zei Kate.

'Ik ving dezelfde gevoelens bij hem op.' Mac haalde zijn schouders op. 'Daarom heb ik je het grootste deel van de avond met rust gelaten. Ik wilde hem niet irriteren. Hij zag eruit als een kerel die je oor er afbijt als je hem dwarszit.'

Kate giechelde. 'Zo is hij helemaal niet!' verdedigde ze hem. 'Hij is een lieve grote pup als je hem eenmaal kent, echt waar.' Mac knikte somber. 'Hij is een schat,' zei ze. 'Heus.'

'Hm,' zei Mac, zonder enige rancune. 'Tja... misschien had je dan beter bij hem kunnen blijven vannacht.' Kate schrok op.

'Ik bedoelde niet...' protesteerde ze. Mac stak zijn handen op.

'Ik ben blij toe.' Hij pakte haar vingers weer vast. 'Ik wilde alleen maar zeggen dat ik blij ben dat je het niet gedaan hebt. Gisteravond in ieder geval.'

'Jullie zijn trouwens heel verschillend,' kaatste Kate terug. 'En... nou ja, ik denk trouwens dat hij vannacht met iemand anders is meegegaan. Met onze vriendin Betty. Niet dat ik dat wil trouwens.'

'... trouwens,' zei Mac vriendelijk. 'Hou eens op met dat trouwens. Je slaat wartaal uit als je zenuwachtig bent, weet je dat? En je hebt prachtige ogen, Kate, ze worden zwart als je kwaad bent. Ik hou van ze.' Hij kuste haar. 'En ik wil niet over Sean praten. Ik wil over ons praten. Dat jij hebt gemaakt dat ik niet weg wil, en dat na één nacht! Oké?'

'Ja, oké. Meer dan oké.' Ze klemde haar handen ineen. 'O, god!'

'Ik weet het.' Mac keek uit het raam.

'Kun je niet...?'

Hij kneep in haar hand. 'Misschien, wie weet?' Hij ging rechtop zitten. 'Maar, Kate, ik geloof gewoon niet dat het realistisch is. Nee toch?'

'Waarom niet? Ik zeg niet "o nee waarom niet", ik bedoel, vertel me gewoon waarom het absoluut onmogelijk is,' zei ze dapper.

'Misschien is het dat niet. Maar het grootste deel van de tijd zal ik vijf avonden achter elkaar werken, en ik kom zeker niet eerder dan over drie, vier maanden weer naar Londen... en ik moet een appartement vinden en jij hebt...' Hij glimlachte. 'Begrijp me niet verkeerd, maar uit wat jij en Zoe vertellen, leid ik af dat je het op het ogenblik aardig voor elkaar hebt in Londen.'

Ze draaiden van de hoofdweg af en volgden de route naar Terminal Eén.

'Nee...' wilde Kate protesteren, maar zweeg toen. Ze keek naar hun ineengestrengelde handen en dacht aan haar moeizaam veroverde baan, haar vrienden, Charly, haar flat. Sean... Sean – ze vroeg zich af waar hij was. Plotseling miste ze hem, de veiligheid van hun gezamenlijke flat. Dit... dit was nieuw en vreemd en... triest. Het was zo verdomde triest. Ze kon er niet achter komen wat Mac probeerde te zeggen, of het misschien een vriendelijke manier was om haar te laten vallen of dat het de waarheid was. Maar hoe dan ook, het was een feit. Hij verhuisde naar Edinburgh, en over twee uur vertrok zijn vliegtuig. Toen ze naar hem keek, zag ze dat hij strak en met opeengeklemde kaken voor zich uit staarde. Hij wendde zich van haar af en keek uit het raam. Toen zei hij kalm: 'We zijn er.'

Misschien had ze zich vergist. Waarschijnlijk. Ze bracht zijn hand naar haar lippen en drukte er een kus op. 'In ieder geval bedankt.'

'Nee,' zei hij. De taxichauffeur maakte de achterbak open en laadde de koffers op een bagagekar. Mac kneep zo hard in haar hand dat het pijn deed. 'Nee, Kate. Ik dank jou.'

Ze liep naar hem toe, verlangde wanhopig hem weer tegen zich aan te voelen. Hij sloeg zijn armen om haar heen. 'Dit is stom,' zei ze in zijn oor. 'Waarom moet het zo?'

Zijn adem voelde warm aan op haar huid; haar jas kriebelde in het lentezonnetje. 'Omdat onze timing niet deugt,' zei hij. 'Hoor eens, als ik daar ben, bel ik je.'

'Zeg niet dat je me zult bellen,' zei Kate en ze legde haar handen om zijn gezicht. 'Noteer mijn telefoonnummer, zeg niet dat je me een e-mail zult sturen, dat we een gezellig kletspraatje zullen houden over het weer of over de kater die we hebben, of wat dan ook. We moeten allebei niet proberen er meer van te maken dan het is. Laten we... laten we het er gewoon bij laten.' Er rolde een traan over haar wang, die hij met een teder gebaar wegveegde. Toen kuste hij zacht de huid eronder, alsof ze iets heel kostbaars was.

'Ja,' zei hij. 'Ik denk dat je gelijk hebt. Vandaag. Niet voorgoed. We zien elkaar terug, Kate. Dit is geen afscheid.' Ze schudde heftig haar hoofd en hij fluisterde: 'Wat het wél is, weet ik ook niet, maar het is geen afscheid.'

De taxichauffeur schraapte zijn keel en de spanning was gebroken. Mac draaide zich om en betaalde hem en nam het karretje van hem over.

'Ik had niet gedacht dat ik de zaterdagochtend op de luchthaven zou doorbrengen met Steves broer.' Kate stopte haar handen in haar zakken, ging achteruit en probeerde weer een normale sfeer te scheppen.

'Dat kan onze tweede date zijn,' zei Mac. Ze keken elkaar in de ogen en bleven nog een paar seconden doodstil staan. Toen draaide hij zich zonder iets te zeggen om en liep weg met het bagagekarretje. De automatische deuren van de terminal gingen open en weer dicht; hij was verdwenen.

Toen Kate thuiskwam in Rotherhithe na de hele rit in de metro te hebben gehuild, de nieuwsgierige blikken van haar medereizigers negerend, wachtte Sean op haar.

'Ze is terug,' riep hij, toen ze zacht de voordeur opende. 'De smerige deserteur is er weer. Joehoe!'

Het was nog een troep in de flat; de gang was bezaaid met sportschoenen, onderdelen van Kates fiets die Sean zogenaamd bezig was te repareren, en oude kranten. In de gang trok ze vermoeid haar jas uit en dacht aan de vorige avond toen ze thuiskwam uit de pub. Wat leek het allemaal lang geleden. Ze keek naar haar jurk en streek over de zijden stof.

'Hoi,' riep ze. 'Hoe gaat het?'

'Ik heb je gemist, lieverd,' zei Sean. Ze hoorde dat hij zich omdraaide op de bank. 'Ik heb gewacht tot je kwam zodat we kunnen gaan lunchen. Wat een nacht!'

'Dus niet langer getreurd om Jenna?' vroeg Kate half schertsend.

'Wie?' Seans stem klonk niet-begrijpend. 'Ha ha. Zal ik je eens wat zeggen?'

'Wat dan?' Kate verlangde naar een bad.

'Dat lijkt nu een eeuwigheid geleden. Daar denk ik niet meer aan.' Hij ging rechtop zitten, maar keek haar niet aan. 'Hé, wil je je gauw verkleden? We kunnen wat te eten halen en ik wilde je vragen wat ik met mijn verjaardag moet doen.'

Ze was totaal vergeten dat Sean de volgende zondag jarig was. 'We bedenken wel wat,' riep ze, terwijl ze haar schoen uittrok en over haar pijnlijke voet wreef.

Sean verscheen op de drempel van de zitkamer, zonder smoking, in zijn normale uniform van jeans, sportschoenen, T-shirt en een dunne trui met v-hals. 'Wauw,' zei hij. 'Je ziet er nog steeds geil uit, Katy.' Onrustig bleef ze staan. Hij bekeek haar van top tot teen en trommelde met zijn vingers op de deurpost. 'Dus ik neem aan dat je het gedaan hebt?'

'Wat gedaan?' Zonder hem aan te kijken trok ze haar andere schoen uit.

'Zo, zo,' zei Sean. Er viel een stilte. Toen zei hij zacht: 'Onfatsoenlijke meid.'

'Jij bent met Betty naar bed geweest,' kaatste Kate terug. Sean trok zijn wenkbrauwen op.

'Ik had niet door dat het een competitie was,' zei hij kil. Kate was in de war; ze was moe, hongerig en bedroefd. Ze wilde in haar bed kruipen en huilen om iemand die nooit meer terug zou komen, die ze sowieso nauwelijks kende. Het was belachelijk.

'O, laat maar,' zei ze en streek met een hand over haar ogen. 'Laten we een hapje gaan eten.' Ze keek naar Sean met haar meest innemende grijns, waardoor hij weer wat opkikkerde en zijn ogen weer begonnen te glinsteren.

12

De volgende paar dagen hoopte Kate eigenlijk tegen beter weten in dat Mac zou bellen. Het was gewoon zo. Maar hij deed het niet.

Het duurde bijna twee jaar voordat Kate Miller en Mac Hamilton elkaar terugzagen. In de daartussen liggende dagen, weken, maanden werd de nacht die ze met hem had doorgebracht bijna iets mythisch. Tot ze begon in te zien wat die nacht waarschijnlijk werkelijk was geweest: die nacht was de brug tussen haar oude en haar nieuwe leven. Deels begreep ze niet waaróm hij niet belde. Ook al hadden ze gezegd dat dit alles was en waren de redenen waarom ze het bij die ene nacht zouden laten haar nog zo duidelijk, toch wilde ze het eerst niet geloven of begrijpen. Uiteindelijk zou hij bellen, hield ze zich voor in de dagen daarna, toen ze hem zo ontzettend miste. Maar hij belde niet.

Een week later had Kate nog steeds niets van hem gehoord en wist ze al min of meer dat hij geen contact met haar zou zoeken. Het kwam nooit bij haar op hém te bellen – hij was net verhuisd! Het was verleden tijd! Ze waren het er allebei over eens geweest dat ze het hierbij zouden laten. Hij had een nieuw leven; zij moest verder met haar eigen leven. En dat deed ze dus. Kate was altijd goed in het opvolgen van instructies.

Die zaterdagavond gaf Sean zijn verjaardagsborrel en Kate wist zich eindelijk te bevrijden uit de stemming waar ze de hele week onder geleden had. Sean en Kate wisten allebei dat niemand naar Rotherhithe zou komen. Dus gingen ze met hun vrienden naar de Punch and Judy in Covent Garden, waar het stampvol was met een luidruchtig publiek. Vrolijk geschreeuw weerkaatste tegen de tegels en de gestuukte muren van de overdekte markt. Kate hield van Covent Garden, het was toeristisch en vol maffe winkeltjes en kramen die plastic broches verkochten die niemand ooit wilde hebben. Maar het deed haar denken aan haar jeugd, toen ze met Zoe de stad in ging, naar de kralenwinkel, waar ze exotische kralen kochten voor oorbellen die nooit gemaakt zouden worden, of buiten op de Piazza koffiedronken, naar de goochelaars keken, en zich erg volwassen en wereldwijs voelden.

Covent Garden leek net een filmset. Dat was het voor Kate altijd gebleven, ook al was ze nu volwassen en (betrekkelijk) wereldwijs.

Ze was blij dat ze er even tussenuit was, in gezelschap was van haar vrienden, en Steve en Sean een vriendschappelijk partijtje zag worstelen op het binnenplein. Ze was ook blij dat ze kon kletsen met Zoe en Francesca, staande in een volle, zweterige pub, met een glas in haar hand en Seans arm om haar schouders. Dat alleen al was meer dan genoeg om haar op te vrolijken. Hier hoorde ze thuis, dacht ze, in deze stad, met haar vrienden. En iedereen die probeerde haar daaraan te laten twijfelen kon verrekken.

'Alles oké, meisje?' vroeg Zoe toen Kate na de laatste bel voor sluitingstijd terugkwam met een drankje voor haar en Steve.

'Met mij? Prima,' zei Kate, die tegen Sean aanleunde in het gedrang van de menigte. 'Waarom?'

'Ik vroeg het me alleen maar af,' brulde Zoe in haar oor. 'Ik vond je een beetje depri deze week. Ik wilde weten of alles oké was.'

Steve boog zich vol belangstelling naar voren. 'Ja,' zei hij luid. Hij klemde zijn handen om zijn bierglas, zoals hij vroeger altijd deed op de universiteit, alsof het een kop thee was. Kate keek hem liefdevol aan. 'Zoe en ik vroegen het ons af. Ja toch?' Zoe keek hem geschrokken aan. 'Wat is er gebeurd tussen jou en M... Au! Verdomme!' Met een pijnlijk gezicht sprong Steve achteruit, waarbij hij verschillende mensen achter hem opzij duwde, onder wie Sean en Betty, die druk in gesprek waren, en gooide daarbij diverse glazen om.

'Wat is er?' vroeg Zoe onschuldig.

'Je trapte op mijn voet! Met die verdomde hakken van je!' kermde hij, vol afkeer aangestaard door de hem omringende pubgangers, die dachten dat hij dronken was. 'Hemel! Het ging als een messteek door me heen!'

'Wat ben je toch een klein kind!' Zoe rolde ongeduldig met haar ogen. 'Let maar niet op hem, lieverd.'

'Zoe, je... Au!'

Kate probeerde een grijns te onderdrukken. Ze klopte medelijdend op Steves rug toen een geïrriteerde ober aan kwam draven met een doek om de gemorste drank op te dweilen.

'De bel voor de laatste ronde, dus tijd om op te drinken. Kom, mensen, sluitingstijd.'

Steve zette de glazen terug op de bar.

'Arme Steve. Wat wilde je zeggen?' vroeg Kate met een onschuldig gezicht.

Zoe keek geschrokken en gaf Steve een arm. 'Gaat het, Steve?'

Ze wil niet dat ik het slechte nieuws over Mac hoor, dacht Kate. Daarom doet ze zo hysterisch. Alsof hij syfilis zou hebben, of een vriendin, of eigenlijk een vrouw is. Ze schudde haar hoofd en bedacht dat ze meer gedronken moest hebben dan ze zich realiseerde. Hij was beslist geen vrouw, dat wist ze zeker.

En het kon haar ook niet echt schelen wie het wist. Zo belangrijk was het niet. Het kon haar niet schelen... ze raadpleegde weer haar mobiel, deed net alsof ze keek hoe laat het was. Toen keek ze op en zag dat Sean naast haar stond en haar gadesloeg. Een hoopvolle Betty stond afwachtend achter hem. Hij raakte Kates schouder aan.

'Gaat het?'

'Ja,' zei ze. 'Gaan jullie nog verder?' Ze was moe, het was te horen in haar stem.

Sean zweeg even. 'Eh, ik weet het niet. Wat denk je, heb jij zin?'

'Ik ben békaf...' begon Kate.

'Ik ook,' zei Sean snel. 'Laten we maar gaan. Het is een lange week geweest.' Hij wendde zich tot de anderen. 'Ik ben afgepeigerd.'

'Wát?' zei Steve. 'Het is je verjaardag, man!! Wil je niet nog ergens naartoe? De Rock Garden?'

'O, nee,' zei Zoe. 'Ik pieker er niet over. De Rock Garden? Wat ben je, een Amerikaanse toerist uit 1983? Ik wil naar huis. Ik moet morgen vroeg op, we hebben afgesproken dat we de tegels rond de open haard zouden weghalen, weet je nog?'

'Hm,' zei Steve. 'Nee.'

'Liegbeest!' Zoe gaf hem weer een dreun.

'Je mishandelt me,' zei Steve en hij smoorde haar in een omhelzing. 'Blijf van me af, vrouwmens!'

Kate stond te wankelen op haar benen; ze voelde zich plotseling doodmoe. Sean legde zijn arm weer om haar schouders. 'Kom mee, Katy-Kay. Ik breng je naar huis. We kunnen een hapje eten en naar The Godfather kijken.'

'Da's een idee,' was Kate het met hem eens. De barman riep weer. Betty stond op het punt om weg te gaan, teleurstelling stond op haar gezicht geschreven. 'Goed plan.'

Ze zaten in hun pyjama op de bank, Kate met toast en Sean met een kom havervlokken. De lege hoes van The Godfather lag op het kussen tussen hen in en een verzameling bierflesjes stond op de grond. Het was laat.

'Ben je nu weer blij?' vroeg Sean tussen een paar happen door. 'Je bent de hele week erg stil geweest, Kate.'

'Ja.' Kate bleef met de toast in haar hand zitten. 'Ach, je weet wel. Van alles.'

Sean schudde zijn hoofd, hield zijn ogen op het scherm gericht. 'Van alles. Precies, ja. Heeft het... iets te maken met je desertie vorige week?'

Kate nam hem nieuwsgierig op. Onwillekeurig werd ze herinnerd aan Macs soepele, slanke handen, de handen van een chirurg, en hoe die hadden aangevoeld toen hij haar vasthield. 'Ja,' bekende ze, licht knarsend met haar tanden.

'Dacht ik al.' Hij zwaaide naar haar met zijn lepel en keek haar met een vreemde blik aan. 'Kate, ik wist niet dat je zo'n soort meisje was.'

'Ach, hou je mond.'

'Was hij goed?' Hij bleef haar strak aankijken. 'Was het de moeite waard?'

Ze wilde niet op details ingaan met Sean. 'Dat weet je best.'

'Dat weet ik niet.' Zijn kaakspieren waren weer aan het werk.

'Nou ja, het is uitzichtloos.' Keurig en vaag. 'Hé, zeg... en jij? Wat is er precies gebeurd tussen jou en Betty? Was jij ook zo'n smerige deserteur?'

Behoedzaam zette Sean de kom op de grond. 'Ik ben niet met haar naar huis gegaan, nee,' zei hij kortaf. 'Ik dacht dat het misschien...' Hij haalde zijn schouders op.

'Ja.' Kate begreep dat hij bedoelde dat het misschien een vreemde situatie zou zijn geworden. 'Jullie zijn vrienden...'

'Ach, het was laat en we waren allemaal behoorlijk dronken.'

'Is alles in orde? Ze leek een beetje... eigenaardig vanavond.'

'Ik hoop van wel.' Sean hield met een peinzend gebaar zijn hoofd schuin. 'Zij vroeg zich af of het oké was, dit alles.'

'Heel goed,' zei Kate verstandig. 'Vrienden horen niet met vrienden naar bed te gaan.' Ze klopte op haar dijen en maakte een beweging of ze op wilde staan. Maar Sean greep haar hand vast.

'Soms,' zei hij. 'Soms zouden ze dat wél moeten doen.'

'Wat?' Ze draaide zich om, wist niet zeker of ze hem goed had verstaan. Maar hij schudde zijn hoofd, glimlachte uitdagend, bijna plagend, en ze glimlachte terug, keek naar zijn ogen, zijn lippen. Wat kende ze hem toch goed.

Hij legde zijn hand tegen haar mond, streek met zijn wijsvinger over haar lippen en hield haar blik vast. 'Kate...' zei hij. 'God, Kate...'

Kate lag geknield op de grond en keerde zich naar hem toe. Zijn hand lag op haar dij; langzaam draaide hij zich ook om en duwde zijn knie tussen haar dijen. Zijn handen gleden omhoog onder het topje van haar pyjama. Zijn geur drong in haar neus; hij rook naar douchegel, naar bier, naar veilige, vertrouwde dingen. Maar zijn ogen glinsterden; dit was onverwacht, vreemd, bizar. Maar natuurlijk, dacht ze, kwam het niet als een verrassing, en toen Seans hand zich achter haar hals klemde en hij haar naar zich toe trok, en ze zich samen op de bank lieten zakken en ze elkaar hartstochtelijk zoenden, met klikkende tanden en stevig om elkaar heen gestrengelde armen, zeiden ze niets, helemaal niets... Wat viel er te zeggen?

Zondagochtend, toen Sean wakker werd in Kates kamer, armen en benen verstrengeld, uitgeput maar opgewekt, leek het hem eenvoudiger om maar niet terug te gaan naar zijn eigen kamer. Dus deed hij dat niet. Niet die avond, en niet de volgende avond, en niet de avond daarna.

Zoals Sean zei, die eerste ochtend, toen ze samen in bed lagen, verbaasd maar toch niet echt verbaasd: 'Dit zat erin, hè? Ik wist dat het zou gebeuren. Jij niet?'

'Eh... ja,' zei Kate. 'Dat vind ik juist zo vreemd.'

'Ik wist het,' zei Sean en hij liet zich weer boven op haar rollen. 'Ik wist het, afgelopen zaterdag, vooral toen ik hoorde dat dat kreng van een Jenna zich verloofd had. En zondag, na je neukpartij met Mac.' Kate klopte hem zachtjes op zijn arm, ze wilde niet dat hij zich zo grof uitdrukte. 'Ik wilde hem vermoorden. Toen wist ik het.'

'Dat is zinloos,' merkte Kate op en ze trok hem naar zich toe.

'Nee, dat is menselijk. En jij bént het voor mij, Katy. Ik weet niet wat je met me doet, maar ik moet voortdurend aan je denken. Ik verlang hier al zo lang naar.' Hij streek met één hand haar haar uit haar gezicht. 'Jij toch ook, hè?'

'Nou... ja. Ja.' Ze wist niet wat ze anders moest zeggen – het leek zo vanzelfsprekend. Ze keek naar hem met een bijna verlegen glimlach. Sean slaakte een kreet van verrukking, een schreeuw die weergalmde in de kleine zonnige slaapkamer.

'Jee, wat een fantastisch begin van mijn verjaardag!' Hij gaf haar een zoen. 'En feliciteer me nu maar op de juiste manier, dan zal ik daarna koffie zetten en de kranten halen.'

13

Kate was nooit veeleisend geweest: ze was geen prinses, niet het type dat met over elkaar geslagen armen in een restaurant zat en haar vriend negeerde omdat hij niet had gezien dat ze nieuwe schoenen aanhad. Ze was het soort meisje dat in een hoekje bleef zitten en haar vader gadesloeg als hij een verhaal vertelde, met omhooggeheven handen die als vogels over de tafel fladderden.

Ze herinnerde zich nog dat haar moeder 's avonds beneden kwam om na het concert met hem te gaan souperen, gehuld in wijnkleurig fluweel en heerlijk geurend naar rozen op een warme zomeravond, vriendelijk glimlachend naar haar dochter en hun kindermeisje Magda. De mensen applaudisseerden als haar ouders na een optreden een vertrek binnenkwamen, of een restaurant. Alle ogen waren op hen gericht, terwijl ze zachtjes met elkaar praatten en na al die jaren nog flirtten. Of tegen elkaar schreeuwden, met deuren smeten en met dingen gooiden.

Kate voelde zich nooit bij hen betrokken. Ze raakte eraan gewend om vanaf de zijlijn toe te kijken, door trapspijlen, stilletjes aan het andere eind van de tafel, eenzaam achter in de tuin, blij in haar kamer, altijd alleen. Ze was er gelukkig mee, het gaf haar de tijd om te denken, te dromen, met haar poppen te spelen, of toen ze ouder was, te lezen, te fantaseren, te bedenken wat ze zou gaan doen als ze volwassen was.

Toen ze acht was wilde ze in een groot huis wonen, met blauw geschilderde vensterbanken, ergens buiten. Blauweregen langs de muren, een rond raampje in de voordeur, een enorme tuin, met de rivier de Theems aan het eind ervan. Ze zou een man hebben, die meneer Brown heette, in de City werkte en een aktentas onder zijn arm droeg. En wanneer ze maar wilde, zou ze in een boot naar Londen varen.

Toen ze zestien was wilde ze een flat in de stad met een dakterras en een erker, en een cd-speler, ze verlangde hevig naar een eigen cd-speler. Behaaglijk genesteld op de vensterbank, met versluierde blik starend naar de skyline van Londen, zou ze luisteren naar Ella Fitzgerald. Een man die een beetje leek op Gregory Peck in *To Kill a Mockingbird* zou haar minnaar zijn; hij zou krankzinnig verliefd op haar zijn, eisen om te worden binnengelaten, en heel sexy roepen: 'Kate Miller, verdomme! Ik hou van je! Laat me binnen!' (Waarom Gregory Peck niet mocht binnenkomen was een detail waar ze zich niet druk over maakte.)

Nu was ze zo'n beetje volwassen, maar ze had nooit meer echt nagedacht over wat ze werkelijk met haar leven wilde doen. Ze was eraan gewend dat voor anderen alles altijd gemakkelijk was; naar feestjes gaan, met mensen kletsen, jongens zoenen, verliefd worden. Kate had het nooit gemakkelijk gevonden. Dus toen ze zich realiseerde dat ze van Sean hield, dat ze daarvoor op de wereld was gekomen en dat alles in de afgelopen paar jaar hiertoe geleid had – de gezamenlijke flat, het feit dat hij vriendschap had gesloten met Steve, en zelfs eerder nog zijn besluit om Texas te verlaten en in Engeland te gaan studeren, en zelfs Kates nacht met Mac, die alles in een stroomversnelling had gebracht – vond ze het volkomen logisch. Ze gaf zich er volledig aan over en de volgende paar maanden gingen gelukzalig voorbij.

'Water.'
  'Wotter.'
  'Nee. Water.'
  'Waaaater.'
  'Sean. Nee. Luister.'
  'Ik wil niet luisteren. Ik wil dit.'
  'Doe niet zo mal. Niet in het openbaar.'
  'In een park. In Battersea Park. Doet er niet toe. Kan ik mijn verrukkelijke vriendin niet betasten zonder dat iemand het merkt? Natuurlijk kan ik dat. Wotter. Mag ik wat wotter alsjeblieft?' Hij gaf haar een smachtende zoen terwijl ze zich naast elkaar uitstrekten op de plaid. Kate reikte achter zich en gooide de fles water naar hem toe.
  'Au! Mormel!' Hij rolde boven op haar en zo bleven ze een tijdje liggen, zachtjes giechelend als er mensen langskwamen. Kate keek op haar horloge. 'O.' Ze ging rechtop zitten. 'Ik moet terug.'
  'Dat moet je helemaal niet.' Hij duwde haar terug. 'Je moet blijven liggen en niet voortdurend aan de tijd denken. Het is zondag. Je hoeft helemaal niets vandaag.'
  'Maar ik moet dat artikel afmaken en Sue zei...'
  'Sue zei niks. Je maakt het heus wel af. En maak nu af waarmee je hier begonnen bent. Neem nog een biertje.'

114

Zijn vingers streelden haar kaak. Kate staarde naar hem, zijn gezicht afgetekend tegen de blauwe lucht, en keek hem diep in de ogen.

'Ik ben zo gelukkig,' zei ze rustig.

'Werkelijk?' vroeg Sean zogenaamd nieuwsgierig. 'Waarom?'

Ze voelde zich plotseling overmand door een behoefte aan eerlijkheid, een verlangen om te stoppen met die onverschilligheid en hem alles te vertellen wat ze voelde. Er waren trouwens geen obstakels tussen hen, die waren er nooit geweest toen ze vrienden waren en ook nu waren ze alleen maar eerlijk tegen elkaar. Ze waren zoveel mogelijk alleen, vanaf het moment dat ze in elkaar verstrengeld wakker werden tot ze na hun andere sociale verplichtingen – een borrel na het werk, met vrienden naar de bioscoop, een 'bijpraat'-maaltijd in een slonzige, goedkope pizzeria – gauw teruggingen naar hun verrukkelijke, rommelige flat, waar ze in elkaars armen vielen. Sean had sinds de nacht van zijn verjaardag niet meer in zijn eigen kamer geslapen. Hij kwam er nu uitsluitend nog om schone kleren te pakken of er wat vuile kleren uit Kates kamer op te bergen, vooral als er vrienden op bezoek kwamen.

Al was ze een droomster, in het dagelijks leven was Kate in het algemeen praktisch ingesteld. Haar gevoelens voor Sean zetten haar wereld op zijn kop. De lente ging over in de zomer, maar haar gevoelens gingen niet weg. Ze werden steeds sterker en hun beider zelfvertrouwen en geluksgevoel namen toe.

Ze begonnen hun vrienden er deelgenoot van te maken: Betty en Francesca waren verbaasd en een beetje onthutst, Steve en Zoe waren eerst met stomheid geslagen en toen heel erg blij voor hen. Seans vrienden op zijn werk reageerden nauwelijks: in de wereld van IT stond verliefd worden gelijk aan het doden van mensen: sociaal onacceptabel. De enige vriendin aan wie Kate het niet verteld had, de enige donkere wolk aan haar horizon – en het was zo idioot dat ze niet kon geloven dat ze zich er druk om maakte – was Charly. Ze wist niet waarom ze dat niet had gedaan. Ze wilde Charly's commentaar niet horen, ze had haar de laatste tijd ook niet zo vaak meer gezien, niet alleen omdat ze al haar vrije tijd met Sean doorbracht, maar als ze eerlijk was, ook omdat ze wist hoe Charly zich soms kon gedragen en ze daar geen getuige van wilde zijn. Ze voelde zich schuldig en vond het vreselijk om excuses te verzinnen tegenover Charly. Charly was Charly. Ze wist niet waarom het haar zo dwarszat.

Nu Kate er weer aan dacht, fronste ze haar wenkbrauwen en beet op haar lip.

'Ga je het je vader vertellen?' vroeg Sean. Hij hield van Kates vader. Hij vond hem een geweldige kerel. Ze konden goed met elkaar opschieten, de enkele keer dat Daniel Miller naar Rotherhithe kwam.

'Hij is op Jamaica voor zijn nieuwe album, met die afgrijselijke nieuwe vriendin van hem,' antwoordde Kate somber.

'Wie?' Sean klonk bijna vrolijk. Hij sloeg zich op zijn dij. 'Je vader! Man! Hij is gek! Hij heeft altijd wel weer een of andere nieuwe vrouw aan de haak, het lijkt wel een draaideur. Sorry,' verbeterde hij zich onmiddellijk toen Kate hem vernietigend aankeek. 'Nou... wie is het deze keer? Is ze een blijvertje?'

'Dat weet ik niet. Het is die pr-dame van de platenmaatschappij, Lisa. Ze was op het etentje voor je verjaardag.'

'Die kleine magere met de grote...' Sean maakte een veelbetekenend gebaar met zijn handen. 'Ja, ik herinner het me.'

'Pap is weg van haar,' zei Kate geïrriteerd. 'Hij heeft zelfs een horloge voor haar gekocht. Om haar te bedanken voor wat ze voor hem heeft gedaan.' Sean trok zijn wenkbrauwen op. Kate gaf hem een tik. 'Niet doen. Ach, nou ja, het is een vakantieflirt, meer niet. Ik geef ze een paar weken. Als hij terugkomt zal ik naar hem toe gaan en hem vertellen over ons. Dat zal hem opvrolijken als hij haar heeft gedumpt. Hij mag je graag.'

Sean grijnsde. 'Ik hem ook. Lisa! Hm.' Hij haalde zijn schouders op.

Ze zwegen weer. Kate lag met haar hoofd op Seans schoot en staarde naar de lucht, luisterde naar de mensen om hen heen in het park. Ze haalde langzaam adem, zoog alles in zich op, zich intens bewust van haar gevoelens.

'Wat zullen we vanavond eten?' vroeg ze loom.

'Mag ik je wat vragen?' Sean gaf haar een zoen op haar neus. Een bij zoemde gevaarlijk dicht bij Kates oor en ze kwam plotseling overeind en mepte naar het insect.

'Au,' zei Kate, en ze wreef over haar neus. 'Au. Wat?'

Sean wreef over zijn gezicht. Ze dacht dat het kwam omdat ze hem geraakt had. Pas later drong het tot haar door dat het kwam omdat hij zich niet op zijn gemak voelde.

'Ik denk... Hemel, ik weet niet hoe ik dit moet zeggen.'

'Wat?' Kate had het gevoel dat haar keel werd dichtgeknepen. Ze leunde tegen hem aan. Hij keek in de verte, naar Primrose Hill. Kate volgde zijn blik. Ze zag een vlieger in de lucht, de rood-gele staart wapperde in de wind.

'Je weet dat de huur van de flat volgende week afloopt?'

'Ja.' Kate knikte, een beetje te heftig. 'Eh, ja. Ze verhogen de huur, dat heb ik je verteld...'

'Ik heb eens nagedacht,' viel Sean haar onbeholpen in de rede. 'Ik vind dat we niet langer bij elkaar moeten wonen.' Hij haalde diep adem en liet een diepe zucht horen, alsof er een last van zijn schouders werd genomen. 'Ik vind dat we bij andere mensen moeten intrekken.'

'Waarom?' Kate probeerde te slikken, de paniek te bedwingen die zich van haar meester dreigde te maken. 'Hou je... Hou je niet meer van me?'

Het klonk zo zwak, vergeleken met wat ze voelde.

'Natuurlijk wel. Ik hou van je, en ik wil je vragen op zeker moment met me te gaan samenwonen.'

'O,' zei Kate. 'Ik begrijp het.' Wat ze dus niet deed.

'Kate.' Hij pakte plechtig haar hand vast en kuste haar vingertoppen. Zijn voorhoofd, onder het korte geelblonde haar, zag een beetje rood van de zon, net als zijn neus. Ze keek hem verbijsterd aan, ze kon nog steeds niet goed geloven dat dit alles zou kunnen eindigen. 'Ik hou van je. Dit is alles wat ik me wens. Maar ik wil dat we ons leven op de juiste manier beginnen. Alsof het iets heel speciaals is. Ik wil met je daten, met je gaan eten, soms de nacht bij je doorbrengen en dán met je samenwonen. Niet gewoon huisgenoten in een groezelige flat die op een avond dronken worden en seks hebben en nooit verder komen. Ik wil dat het... bijzonder is.'

Kate knipperde met haar ogen, een glimlach verspreidde zich langzaam over haar gezicht, alsof ze verwarmd werd door de zon.

'Snap je?' ging hij verder. 'Begrijp je wat ik bedoel? Echt?'

'Ja.'

'Vind je het niet verstandig? Dat we een tijdje uit elkaar moeten als we samen willen zijn?'

'Tja...' Ze bedacht hoe erg ze hem zou missen. Ze zag hem elke dag, was elke nacht bij hem, hij betekende alles voor haar. Paniek sloeg plotseling toe bij de gedachte dat ze zich er alleen doorheen zou moeten slaan. Zonder hem. Alsof hij haar gedachten kon lezen, zei Sean: 'Meisje, kijk me eens aan.' Hij hief haar kin met één vinger op en keek haar diep in de ogen. Ze omklemde de vinger, als een klein kind dat zich vastklampt aan de hand van een volwassene. 'Dit is een goed besluit, oké? We zullen later blij zijn dat we het gedaan hebben. Dat beloof ik je.'

Ze wist dat hij gelijk had, maar klampte zich aan hem vast, wilde hem niet laten gaan toen de schaduwen in het park langer werden. Pas na een tijdje kwam het idee bij haar op, toen ze duizelig van verlangen naar Sean, wankelend met hem naar huis liep, hun armen om elkaar heen geslagen. Charly. Charly zou bij haar intrekken! Ze rilde even.

'Oké, lief?' vroeg Sean. Hij sloeg zijn arm nog wat steviger om haar heen.

'O, ja,' zei ze zacht. 'Prima.'

'Je bent een rare, Katy-Kay.'

'Dat ben ik niet!'

Hij trok haar omhoog, zodat ze op zijn knieën zat. Ze sloeg haar armen om hem heen en hij zoende haar, haar gezicht, haar oren, haar hals, haar ogen, tot ze ophield met huilen en lachte, hem gillend smeekte haar los te laten. Het was dé manier om haar rustig te krijgen, haar steeds opnieuw verliefd te laten worden.

14

'Bij jou?' zei Charly de volgende dag toen Kate stralend het kantoor binnenkwam. 'Waarom denk je in godsnaam dat ik bij jou wil komen wonen?'

'O,' zei Kate langzaam. Ze zette haar tas op het bureau en haalde de diskettte eruit met de Column van de Hoofdredactie, die ze de vorige avond in allerijl had geschreven toen zij en Sean terug waren uit het park.

'Ik bedoel...' Charly ging op haar stoel zitten en duwde zich met een lang, welgevormd been weg van haar bureau. 'Je bent een beetje een loser, Kate.' Ze begon op haar vingers af te tellen. 'Je hebt het debuutalbum van Ace of Base én *Fields of Gold* van Sting.'

'Die heb ik met een cadeaubon gekocht...'

'Je denkt dat grijze vestjes de oplossing zijn voor alle modeproblemen,' ging Charly verder. Ze tilde de rand op van Kates geliefde grijze vest, momenteel het kostbaarste item in haar garderobe, dat ze gekocht had van het geld dat ze met Kerstmis van haar moeder had gekregen. 'Je houdt nota bene van *Coronation Street*. Als een ouwe opoe. En je houdt van tuincentra. Ik kan niet bij iemand wonen die in het weekend klimplanten koopt en dan naar huis rent voor weer een spannende aflevering van de belevenissen van Derek en Mavis.'

'Derek is in 1997 gestorven en Mavis is verhuisd naar het Lake District,' protesteerde Kate. 'Je moet wél weten wat je zegt. En tuincentra zijn... cool! Je kunt er van alles kopen.'

'Wauw.' Charly stond op. 'Hoor eens, als ik je daarmee kan helpen, trek ik wel bij je in.'

'Wát?'

'Goeie god.' Charly rolde met haar ogen en keek quasiverveeld. 'Ik kom bij je wonen, Miller. Oké?' Ze sloeg haar armen om Kate heen en gaf haar een knuffel. 'Je weet dat ik het graag wil.'

'Echt waar?'

Charly omhelsde haar stevig. 'Hoor eens,' haar stem klonk een beetje gegeneerd, 'je bent mijn beste vriendin. Ja toch?'

'Ja.' Kate was niet alleen blij omdat Charly bij haar in zou trekken, maar ook omdat ze haar haar beste vriendin had genoemd. 'Ja!' Ze beantwoordde Charly's omhelzing. 'O god, dit is fantastisch! Wil je echt...?' Ze keek ongerust naar Charly, die diep zuchtte.

'Jee, dat heb ik toch gezegd?' zei ze kriegelig. Charly hield niet van emotioneel gedoe.

'Geweldig! Echt geweldig! Ik zal dit even aan Sue geven...' Ze zwaaide met de Column van de Hoofdredactie naar Charly. '... en dan gaan we rondbellen voor een flat. Goed?'

'Toe dan,' zei Charly met een kinderlijk stemmetje, 'geef de column van onze slavenleider maar aan Sue. Hé... dat heb je me nooit verteld. Wat is er gebeurd met de Tex Mex Sex Machine? Waarom wonen jullie niet meer bij elkaar? Had je er eindelijk genoeg van om te wachten tot hij met je zou vrijen?'

'O, dat.' Kate kuchte nerveus en draaide Charly haar rug toe, frutselend aan het papier dat ze in haar hand hield. 'Eh...'

'Ja?' Charly keek haar achterdochtig aan. Ze kon een intrige op een kilometer afstand ruiken.

'Ja,' zei Kate. 'Weet je, ik moet je wat vertellen.'

'Nee, hè?' Charly stond met over elkaar geslagen armen achter haar bureau. 'Je doet het met je huisgenoot, Kate Miller. Hoe lang al?'

Kate slikte moeilijk. Ze had het gevoel dat haar ogen elk moment uit haar hoofd konden rollen. 'Hoe wist je dat in vredesnaam?'

'Ik ben niet achterlijk. Je hebt seks met Sean. Sean het schaap. Schapenscheerster! Hé! Je bent een schapenscheerstertje!' Charlie klapte in haar handen. 'Joehoe!'

'Charly!' zei Kate bits. 'Hou op!'

Sophie en George, die op korte afstand van Kate en Charly zaten, keken nieuwsgierig op, en probeerden erachter te komen wat er aan de hand was. Claire en Phil, die weer bij elkaar waren en aan de andere kant zaten, negeerden hen angstvallig. De verhouding met die kant van het kantoor hield niet over na zijn slippertje met Charly vorig jaar.

'Sorry,' zei Charly. Ze kneep haar ogen halfdicht en hield haar mond. 'Oké,' zei ze na een ogenblik stilte. 'Je hebt hem geneukt.'

'Charly.' Kate voelde zich ongemakkelijk. Ze was vergeten, dat vergat ze altijd, hoe Charly was als je je kwetsbaar toonde.

'O, mijn god.' Charly liep om haar bureau heen en kwam naast Kate staan. 'Heeft hij je gedumpt? Is dat de reden waarom...' Ze keek onderzoekend naar Kates gezicht, en Kate voelde de volle kracht van Charly's roofdierachtige ogen met de gouden vlekjes, die haar aandachtig opnamen. 'O, nee. O, nee. Wat is er aan de hand? Vertel me niet dat je hem aardig vindt, Kate.'

'Ik hou van hem.' Kate probeerde het kalm te zeggen alsof het iets heel normaals was en niets bijzonders. 'Hij houdt van mij. Ons huurcontract loopt af, dus gaan we eruit, zodat we op een goede manier opnieuw kunnen beginnen, met dates en zo. Hij gaat bij onze vriend Jem wonen. En ik wil samen met jou gaan wonen.'

'Aha.' Charly knikte. Ze zweeg en nam Kate weer aandachtig op.

'Dus dat is de stand van zaken,' zei Kate vastberaden.

'Dus je hebt een vriendje,' zei Charly. 'Wat een ellende. Je wordt natuurlijk strontvervelend, gaat koken uit Jamie Olivers kookboeken, en je praat met andere stelletjes over huizen en hypotheken. Mijn god.'

'Precies.'

'Als je dat maar niet in onze flat doet. Anders blijf ik liever in Leigh-on-Sea met mijn moeder. Gesnapt?'

'Beloofd.'

'En ook geen Radio 4 in de vroege ochtend. Ik ben 's morgens al gedeprimeerd genoeg. Ik wil geen John Humphrys horen die doorzeurt over Kosovo of de regenwouden voordat ik zelfs nog maar koffie heb gehad. Ook duidelijk?'

'Mij best.'

'En nog iets...' begon Charly, maar Sue verscheen in de deuropening van het kantoor, nerveuzer dan gewoonlijk.

'Kate! Heb je...' Ze maakte een vaag gebaar met haar handen. 'De Column van de Hoofdredactie?' Ze liep alweer weg, terwijl ze het jasje van haar hoofdredactionele pakje rechttrok. 'Ik heb hem nodig voor...'

'Ja, natuurlijk, ik kom zo.' Kate keek naar de verfomfaaide uitdraai die ze in haar bezwete hand hield. Ze keek naar Charly. 'Ja, is er nog iets?'

'Ik ben blij voor je,' zei Charly. 'Hij is een aardige gozer.' Ze draaide zich weer om naar haar bureau. 'En je boft. Ik had in december een avontuurtje met een makelaar. Ik zal hem een belletje geven. Ga jij nu maar een paar ochtendjassen met bij elkaar passende monogrammen kopen, oké?'

Kate negeerde haar en ging weer zitten om haar kopij nog een keer uit te printen, terwijl Charly de telefoon opnam. Een minuut later sprak ze met een ex-vriend die ze net de vorige maand had gedumpt en die toevallig als makelaar werkte voor een verhuurkantoor in Kilburn en West Hampstead. Tegen lunchtijd hadden ze vijf flats die ze

121

konden bezichtigen. Charly was, zoals ze Kate in herinnering bracht, erg goed in bed.

'Ga je samen met Charly wonen?' Sue keek niet op van haar bureau, maar draaide heen en weer met haar stoel terwijl ze Kates column las, kauwend op een potlood, haar korte blonde haar roerloos om haar knikkende hoofd. 'Goed, Kate. Uitstekend. Ik dacht dat je een jongen had met wie je een flat deelde? Is hij niet je vriend?'

Beduusd door die onsamenhangende toespraak antwoordde Kate: 'Dank je. Ja, nu wel, eerlijk gezegd. Eh...' Ze krabde op haar hoofd, probeerde het simpel te houden. 'Vóór die tijd waren we huisgeno-ten, maar het leek ons beter een tijdje gescheiden te wonen, om zeker te weten dat het goed zat tussen ons.'

Sues belangstelling was van korte duur. 'Hm, hm...' zei ze, en keek over de column heen naar Kate. 'Nogmaals bedankt. Weet je...' Ze staarde voor zich uit. 'Je bent een interessant meisje. Wist je dat? Je Bent Een Interessant Meisje.'

Kate wipte van de ene voet op de andere, onzeker wat ze moest antwoorden. Dat had ze altijd bij Sue, die een scherp inzicht had en tegelijk van een brute eerlijkheid kon zijn.

'Interessant,' zei Sue weer. Ze tikte met een potlood op de tafel en sloeg ritmisch de maat met haar slanke vingers. 'Hoe lang ben je hier nu al?'

'Bijna twee jaar.'

Sue knikte. 'Ik dacht aan iets. Vergeet het maar. Het is alleen... Jij, ja.'

Kate trok hoopvol haar wenkbrauwen op.

'Jij, Kate. Je bent zo'n grappige mix.'

'Hoezo?' Kate voelde zich plotseling ongeduldig.

'Hm. Van gereserveerdheid en openhartigheid. Je bent zo verlegen, je zegt nog geen "Boe!" tegen een gans...' het 'Boe!' klonk zo luid dat Kate een luchtsprong maakte, 'maar tegelijkertijd ben je intuïtief heel goed. Je snapt wat mensen willen lezen. Wat ze interesseert. Dat heb je altijd gehad. Ik was bang dat je misschien een klein excentriek ding was met haar hoofd vol boeken. Maar ik ben blij dat ik het mis had.' Sue nam haar van onder tot boven op. 'En je ziet er tegenwoor-dig ook goed uit, nu je zwart hebt ontdekt en niet langer experi-menteert met geruite minirokjes. Dat is alles. Dank je.'

'Eh...' begon Kate, maar ze zweeg abrupt. Sue gebaarde gebiedend dat ze moest gaan.

'Ik denk aan je, dat is alles,' zei ze. 'Wacht maar tot je meer hoort.'

'Wat bedoel je daarmee?' kon Kate niet nalaten te vragen. 'Sorry.'

'Oké.' Sue zuchtte en keek behoedzaam, als een samenzweerder om zich heen. Ze barstte kennelijk van verlangen om het te vertellen. 'Heb je gehoord over dat nieuwe tijdschrift dat Broadgate financiert? Heb je gehoord over... *Venus?*' Ze zei het fluisterend, alsof het een staatsgeheim betrof.

Kate schudde langzaam haar hoofd. 'O. Tja...'

Natuurlijk had ze veel over *Venus* gehoord, maar er werd zoveel geroddeld in de tijdschriftenwereld dat Kate haar best deed om het meeste van wat ze hoorde te negeren. Sophie, Jo en George waren de grootste roddelaars ter wereld, volkomen onbetrouwbaar en met een oneindige fantasie. Charly had een hekel aan roddels over het vak, omdat het impliceerde dat je belangstelling had voor je baan. Het was onmogelijk het kaf van het koren te scheiden. Bovendien had het haar de laatste paar maanden weinig geïnteresseerd; ze had gewoon zo hard mogelijk gewerkt om zo gauw mogelijk naar huis te kunnen, naar Sean.

Maar *Venus* was iets wat iedereen op kantoor bezighield. Het zou glossy en trendy worden, groter, hipper, jeugdiger en mooier dan alles wat ooit was uitgegeven, werd er gezegd. Er zouden nu al nieuwe kantoren aan de rivier worden ontworpen en het interieur zou verzorgd worden door Philippe Starck. *Venus* zou revolutionair worden, een tweewekelijkse glossy voor jonge vrouwen, met mode en *celebs* en roddels en ook interessante artikelen. Aan de lancering ervan zou meer geld worden uitgegeven dan de gezamenlijke jaaromzet van *Woman's World*, *Lovely Life* en zelfs het machtige *Great!*. Ze zeiden... Nou ja, ze zeiden zoveel, fluisterend achter hun hand, wat de toch al supergeheime onderneming nog fascinerender maakte.

'Je houdt van je werk, hè?' vroeg Sue na een ogenblik.

Het was een onverwachte vraag. Kate keek haar nieuwsgierig aan. 'Natuurlijk.'

'Hou je van tijdschriften? Werk je graag voor een tijdschrift?'

'Het allerliefst,' zei Kate simpel. 'Ik kan niets leukers bedenken.'

'Dus je wilt de rest van je leven bij *Woman's World* blijven?'

'Nee,' zei Kate eerlijk. Ze wilde dat Sue het begreep. 'Maar ik bedoel, ik vind het heerlijk. Weet je, ik vind het zalig om hier met iedereen samen te werken. Maar ik hou ook van het blad zelf. Ik vind het leuk om de brieven van lezers te beantwoorden, en erachter te komen waarover ze willen lezen, en met mensen te praten en over

123

een deel van hun leven te schrijven. Het goede deel, bedoel ik.' Ze besefte dat ze te veel praatte, ze begon altijd te ratelen als ze zenuwachtig was – ze wist het. Plotseling zag ze een flits van Macs gezicht die hetzelfde zei. Vreemd. Ze schudde haar hoofd, alsof ze het beeld wilde uitbannen, verjagen.

'Ja,' zei Sue langzaam, en Kate wist niet zeker of ze dacht dat ze gek was of niet. 'Dank je, Kate. Heel erg bedankt.' Ze tikte ongeduldig met haar potlood op het bureau. 'En succes met je huizenjacht. Ik denk wel dat je gek bent om met Charly te willen samenwonen. Na zes maanden heb je geen leven meer, geen vriend en geen geld. Ze zal alles van je stelen. Maar ieder zijn meug.'

'Je zou wel eens gelijk kunnen hebben,' zei Kate opgewekt, maar de telefoon ging en Sue luisterde al niet meer.

De volgende week vonden Kate en Charly hun flat, een kleine, maar zonnige driekamerwoning op de bovenste verdieping van een hoog, smal victoriaans huis, tussen Kilburn en Queen's Park, dicht bij Zoe en Steve. De makelaar zei dat ze nu meteen moesten beslissen of ze het wilden hebben. Het was een drukke tijd en de markt was gek geworden. Het ging allemaal heel snel, te snel voor Kate. Nauwelijks een week geleden had ze dit besloten en nu...? Maar Charly was niet meer te houden nu ze wist dat ze uit Leigh-on-Sea zou vertrekken en haar eigen flat zou krijgen, samen met Kate. 'Twee maffe meiden in de stad,' zei ze toen ze het huurcontract tekenden.

'Nee,' wilde Kate zeggen, 'dat zijn wij niet.' De dag van de verhuizing had Sean geholpen hun oude flat leeg te halen, haar naar haar nieuwe flat gebracht en de verhuisdozen de trap op gedragen. Spijtig en droevig had hij haar een afscheidszoen gegeven en was vertrokken naar de pub waar hij met zijn nieuwe huisgenoot Jem had afgesproken. Kate stond op de trap van het smalle bakstenen huis dat nu haar thuis was, en had geen idee hoe ze hier ooit terecht was gekomen.

Ze draaide zich om, maakte de voordeur open en liep lusteloos de trap op. Er klonk een harde knal op de bovenverdieping, op het dak, en Kate keek behoedzaam omhoog: wat had Charly nu weer gedaan? Zou het altijd zo blijven? Ze voelde zich eenzaam, en toen ze op de eerste verdieping was, dacht ze aan Zoe. Kate vroeg zich af of ze kon profiteren van het feit dat ze nu zo dichtbij woonde, door even naar haar huis, een echt thuis, te gaan. Maar zij en Steve waren die ochtend vertrokken om Mac in Edinburgh te bezoeken. Zoe had haar een paar dagen geleden verteld dat ze gingen, met een heel zachte stem, alsof ze bang was voor Kates reactie. Kate wist niet wat het was dat Zoe zorgen baarde: dat ze niet thuis zou zijn op Kates eerste avond in haar nieuwe flat, of dat Mac nog steeds een verboden onderwerp tussen hen was, zelfs nu nog? Ze haalde haar schouders op en dacht erover na terwijl ze de trap op liep. Kalm hield ze zich voor dat ze nog maar zelden aan hem dacht. Dat hoefde nu niet meer, zich hem herinneren, wat er gebeurd was en hoe ze zich gevoeld had...

Even knipperde ze met haar ogen. Dat alles lag nu achter haar – zij had haar leven en hij had zijn leven, en ze had geen beter bewijs nodig dat hun nacht samen in het verre verleden lag dan dit: haar nieuwe leven, wat ze nu deed, de trap op lopen naar haar nieuwe thuis.

Licht hijgend bereikte Kate eindelijk haar verdieping. Ze rechtte haar schouders en deed de deur open. Vooruit, ze moest doorzetten. Om haar mond lag een geforceerde glimlach, maar ze voelde zich niet opgewekt.

Whieeeeeeeeeeeeeeeeeeeeeeeeeee! Ze hoorde een hoog, fluitend geluid, en toen ze in de zitkamer kwam, niet wetend wat ze moest verwachten, vond ze Charly, met een kleine zilveren feestmuts op haar lichtbruine haar, blazend op een uitrollend feestfluitje, met een pas geopende fles champagne – de oorzaak van de harde knal, besefte Kate – in haar hand.

'Ik dacht dat je wel een oppepper kon gebruiken,' zei Charly lachend. Ze overhandigde haar een glas, schudde haar hoofd alsof ze heimelijk om iets lachte, en keek vrolijk, vrolijker dan Kate haar in tijden gezien had. 'Welkom in ons nieuw thuis, Kate.'

'Hé!' zei Kate verrukt. 'Wat... wat lief van je!' Ze proostten. 'Welkom!'

'Op een nieuw begin,' zei Charly. Ze knikte wijs naar Kate. 'Wie weet wat de toekomst voor ons in petto heeft, hè?'

Kate knikte. Ze namen allebei een slok, omlijst door het raam waarachter de ondergaande zon achter de daken wegzonk.

'Wie weet,' zei ze, maar ze dacht slechts aan Sean, aan het leven dat voor haar lag samen met hem, en kruiste haar vingers. 'Wie weet.'

Deel II

Deel II

15

Londen 2007

Kate werd wakker en voelde zich of ze een klap met een gummi-knuppel had gehad. De harde tik die ze gaf op de klokradio, in een poging de wekker af te zetten, werkte niet. Ze werd wakker uit het soort diepe slaap die je het gevoel geeft dat je lichaam is versmolten met de matras. Ze knipperde vermoeid met haar ogen en probeerde te achterhalen waar ze zich bevond. Fragmenten van dromen en herinneringen en actuele gebeurtenissen verdrongen zich in haar hoofd. De thuiskomst.

Haar vader – meneer Allan – de doodskist. Dani's roze pyjama. Ze was bij Zoe geweest. Zoe – Mac – Sean – Charly's brief.

Langzaam kwam Kate overeind en wreef in haar ogen. Haar lede-maten waren loodzwaar. Haar hoofd bonsde, haar keel deed zeer, en ze voelde zich absoluut niet uitgerust. Ze keek om zich heen en nam het interieur van de kamer in zich op. Het was bizar om hier weer terug te zijn. De grijsgeschilderde ladenkast, de hoge klerenkast van lichtgekleurd hout die haar en Seans volwassen zakelijke kleding had moeten bevatten. Hij had het crèmekleurige rolgordijn opgehangen; je kon de zwarte gaten in de houten raamlijst nog zien van het vorige rolgordijn dat hij eraf had gehaald.

Nee. Ophouden nu. Tot haar eigen verbazing kwam Kate wanke-lend haar bed uit, ze haalde het rolgordijn op en opende het raam. Buiten was een vogel enthousiast aan het zingen, luid tsjilpend tegen het vage gedreun van het verkeer. Toen drong het tot haar vermoeide hersens door: ze was daadwerkelijk terug in Londen. Ze kon het zelfs ruiken. Koffie. Ze had dringend koffie nodig. Op weg naar de keu-ken herinnerde ze zich nog precies hoe de vloerplanken kraakten, hoe zij en Sean hadden gediscussieerd over tapijten.

Hoofdschuddend ging Kate op zoek naar iets waaruit ze haar kof-fie kon drinken. Ze vond het heerlijk om de kasten in de keuken te openen, de oude mokken weer te ontdekken die ze had achtergela-ten: de oranjegestreepte Penguin-mok met het opschrift PRIDE AND PREJUDICE; de gestippelde set van Habitat die haar vader (of waarschijn-lijk Lisa) had gekocht voor haar verjaardag; de mokken met foto's van de Muppins, de oude mok met de versleten tekst CENTRAL PERK, een cadeau van Sean toen ze weer een maand bij elkaar waren en waarop ze zo trots was geweest. Ze opende de kleine deur naar het minuscule balkon, eigenlijk niet veel meer dan een brede vensterbank. De frisse lucht dreef haar de keuken in, en ze haalde diep adem.

'Dus je bent terug,' zei ze hardop. 'Oké, maar je moet...'

Moet wat? Ze liet haar blik ronddwalen in de keuken, snoof de vochtige, naar benzine en gras ruikende lucht op. Ze wist niet goed wát ze moest. Maar toen kreeg ze de Central Perk-mok weer in het vizier.

'Je moet zorgen dat het een succes wordt. Je moet de dingen op een rijtje zetten. Je moet niet heimelijk wegsluipen.'

De schakelaar van de elektrische ketel klikte: het water kookte. Ze vatte het op als een teken, negeerde de nieuwsgierige blik van de man in de flat tegenover haar en deed vastberaden het raam dicht, nu klaarwakker en plotseling heel doelbewust.

Later die dag zou ze haar vader bezoeken, maar ze moest het goed timen, ze wilde hem niet vermoeien – of kwaad maken. Hij was geen geduldige patiënt. Ook Lisa kende hem goed genoeg om Dani een groot deel van de dag bij hem vandaan te houden. Dat ging ze na de lunch doen. Wat moest ze nog meer doen in die tussentijd? Bedachtzaam schonk ze water in het koffiezetapparaat.

Ze kon weer naar Zoe gaan, of Francesca bellen. Ze had haar nog niet gesproken sinds ze terug was. Maar Francesca zou haar niet met rust laten, vragen stellen die Kate niet wilde beantwoorden. Ze wilde er liever niet mee geconfronteerd worden, nog niet. Bellen naar kantoor om te checken of alles goed ging, kon ook niet; ze zouden er pas over zes uur zijn. En ze was pas vrijdag vertrokken, dus wat had het voor zin? Toen drong het met een schok tot haar door dat ze, afgezien van al het andere, niets hóéfde te checken.

Jersey Lorraine kon het werk bijna blindelings doen. Beter dan Kate.

Omringd door een doodse stilte bleef ze staan in de keuken, zich pijnlijk bewust van de vreemde situatie, van haar eigen nutteloosheid. Daarbuiten was Londen, de stad waarvan ze hield, vrienden die ze kende, maar het leek Kate allemaal heel ver weg. En toen hoorde ze boven haar een geluid. Iemand schuifelde langzaam rond.

Plotseling voelde ze de aantrekkingskracht van de stad, alsof die tegen haar sprak, haar zei dat ze naar buiten moest, weer moest rondlopen in de stad. Ze rook het voorjaar in de frisse bries en hoorde iemand zingen op straat. Ze moest opschieten, naar buiten gaan, in beweging blijven, ze moest dit deel van haar leven in haar armen en hart sluiten, of het domweg erbij laten, stilletjes teruggaan naar New York en het opgeven. Met de koffiemok in haar handen keek ze uit het open raam, tot ze merkte dat ze rilde en dat haar blote armen ijskoud waren. Ze douchte, kleedde zich aan en deed de deur dicht. Ze wist waar ze naartoe zou gaan.

'Hallo, Kate,' zei hij.

'Hallo, meneer Allan.' Kate overhandigde hem de narcissen die ze de vorige dag gekocht had en omhelsde hem en kneep even in zijn arm. 'Hoe gaat het?'

Hij deed een stap opzij om haar door te laten. Ze liep naar binnen. Zijn flat leek op die van haar en was toch heel anders: de gang, het licht, de mooie zitkamer, boeken en dossiers langs de wanden, planken vol, en een andere wand met cd's. De muur tussen de zitkamer en de keuken was uitgebroken en op die plaats stond een ontbijtbar, met een paar krukken ervoor. Op de bar stond een oude gespikkelde blauwe fruitschaal met een half leeggeplukte tros druiven. Maar alles leek te netjes. Zwijgend bleven ze naast elkaar staan en keken beurtelings naar de grond of uit het raam. Kate wilde dat ze weer beneden was en dat ze niet geprobeerd had een goede buurvrouw te zijn.

Op alle lege plekjes van de wand zonder planken hingen albumcovers. Blauwe, rode, geometrische vormen, verschoten zwart-witfoto's van slungelige jongemannen. *Chappel Quartet Plays the Tin Pan Blues* verkondigde het ingelijste album vlak bij Kate.

'Bent u dat?' vroeg ze, wijzend naar de tweede in de rij slungelige jongemannen.

'Ja,' zei meneer Allan en stak zijn handen in zijn zakken. 'Dat ben ik. Die foto is in West-Berlijn genomen, geloof ik. Nou ja, toen was Jimmy al vertrokken, dus...'

Zijn stem stierf weg.

'Je komt vanwege Eileen, neem ik aan,' zei hij na een lange stilte.

Kate was van haar stuk gebracht. Ze keek naar de grond en zag dat ze met haar handen in haar zakken stond, in een onbewuste imitatie van haar gastheer. Meestal was mevrouw Allan degene die het gesprek op gang hield.

'Hm. Ik kwam even goedendag zeggen.'

'Juist, ja.' Meneer Allan knikte, maar zei verder niets. Hij vroeg Kate te gaan zitten.

'Ik vind het heel erg voor u,' zei Kate.

Meneer Allan knikte weer. Zonder haar aan te kijken, zei hij: 'Ik dacht wel dat je daarom was gekomen.'

Hij knipperde met zijn ogen, het witte haar op zijn kalende hoofd bewoog zacht toen hij even snel zijn voorhoofd fronste en daarna zijn ogen opensperde.

'Wanneer is de begrafenis?' vroeg Kate.

'Donderdag. Maar dat gebeurt in een kartonnen kist, niet die waarin ze hier is weggehaald. We hebben allebei voor een kartonnen doodskist gekozen, die zijn beter voor het milieu.' Hij zei het met toonloze stem. 'Je hebt haar gisteren gezien, hè? Toen je terugkwam.'

Kate moest weer onweerstaanbaar denken aan een toneelstuk van Harold Pinter. 'Ja, ik wist niet of u me gezien had. Gisteren had ik bijna aangeklopt...' Meneer Allan boog zijn hoofd.

'Ik wilde eigenlijk geen bezoek. Ik wilde alleen zijn. Eraan gewend raken.'

'Ja, natuurlijk. Het spijt me dat...'

Hij wuifde haar verontschuldiging weg met zijn hand. 'We zijn vijftig jaar samen geweest, zie je. Dus is het erg vreemd voor me. Maar we hebben altijd geweten dat een van ons alleen achter zou blijven.' Hij knipperde alweer met zijn ogen en keek om zich heen in de flat. 'Er komen na afloop mensen hier,' zei hij plotseling. 'Je bent Sue gisteren misgelopen.'

'Sue... Sue!' De stukjes vielen op hun plaats, haar hoofd tolde. Sue – natuurlijk. Allans neef was getrouwd met Sue Jordan, haar geliefde baas bij *Woman's World*. Zij was degene die had verteld dat de flat onder Alecs oom en tante te koop stond, en geveild zou worden, bijna vier jaar geleden... 'O, wat jammer dat ik haar ben misgelopen. Ik heb haar al... in eeuwen niet meer gezien.'

'Ja. En ze wil je graag ontmoeten, Kate. Ze wil weten hoe het met je gaat.'

Kate dacht aan Sue; Sue was kordaat, troostvol, hard als een spijker, bemoedigend, veeleisend. Ze vroeg zich af wat Sue zou zeggen als ze wist wat Kate de laatste week op haar werk had gedaan (paperclips gesorteerd en Anne Graves' vakantiereis naar Bermuda geboekt). Ze zou kwaad zijn op Kate, en terecht. Ze keek weer naar meneer Allan. 'Ik heb haar gemist.'

'Dat geloof ik graag. Ze zei dat jij me zou kunnen helpen.' Kate knikte. 'Zou je me iets willen vertellen?'

'Ja, natuurlijk.'

'Waar kan ik wat eten kopen?' Zijn gezicht vertrok nerveus. 'Zie je, Eileen deed dat soort dingen altijd. Ik was op weg, zij was thuis. Zo ging dat. De winkels aan het eind van de straat zullen wel het beste zijn, denk je niet? Ik weet het niet zeker.'

'Ja, en de supermarkt.' Ze sloeg haar armen over elkaar en wiebelde wat met haar voeten. 'Meneer Allan, dat kan ik toch wel voor u doen?'

Tot haar opluchting protesteerde hij niet en zocht hij niet naar excuses.

'Dank je, Kate. Dat zou een uitkomst zijn.' Hij keek uit het raam en zweeg even. 'Het is heerlijk weer, hè? Het is echt voorjaar.'

'Prachtig, ik weet het.' Kate volgde zijn blik. 'Dat is eigenlijk de reden waarom ik kwam. Behalve... nou ja, ik wilde ook... eh...' Ze schraapte haar keel. 'Hebt u zin om een eindje te gaan wandelen?'

'Wandelen?' Hij vroeg het zo peinzend, alsof ze hem had voorgesteld in een circus te gaan werken.

'Ja. Net zoals we vroeger deden, weet u nog? Ik moet weg uit die flat. Een helder hoofd krijgen. Ik dacht dat u dat misschien ook wel zou willen.'

'Eh, ja. Natuurlijk. Ik dacht er niet aan. Je bent pas terug, hè? Hoe lang is het geleden?'

'Een dag.'

'Nee, kind. Hoe lang is het geleden dat je uit Londen bent vertrokken?'

'O. Bijna drie jaar.'

'Echt waar? Je bent nooit terug geweest in die tijd, hè?'

'Ik ben nu terug.' Kate keek weer uit het raam.

'Eileen vond het altijd zo jammer. Ze vond je zo lief en mooi.'

'O,' zei Kate verlegen. 'Ze was een schat van een vrouw. Ik vind het vreselijk dat ze er niet meer is, meneer Allan.'

'Ja... tja.' Hij schudde zijn gebogen hoofd en een traan drupte op de grond. Kate wendde beleefd haar hoofd af, wilde zijn verdriet niet zien. Hij keek op. 'Ik ben nog niet zover dat ik over haar kan praten als... als iemand die dood is. Trek het je dus niet aan. Goed?'

'Nee, natuurlijk,' zei Kate haastig, en meneer Allan vervolgde alsof hij niet onderbroken was.

'Ze zal het jammer vinden dat ze je heeft misgelopen, weet je. We hebben ons vaak afgevraagd hoe het met je zou gaan.'

'Ik weet het, en ik heb haar nooit teruggeschreven.' Kate voelde zich immens schuldig. 'Ze stuurde me krantenknipsels en zo, weet u.'

'Ja, ik weet het.'

'En ik heb nooit geantwoord. Dat was heel onhebbelijk van me. Het spijt me.'

'Nee, het was heel logisch na alles wat er gebeurd was. We wilden alleen dat je gelukkig zou zijn.'

'U bent te aardig.' Kate glimlachte flauwtjes.

Meneer Allan liep naar de kapstok en pakte er een lange regenjas af. 'En hoe is het in New York? Ik wil alles erover horen.'

Kate rammelde met haar sleutels in haar zak. 'Er valt eigenlijk niet zoveel te vertellen.'

'Goed.' Hij liet zich door haar in zijn jas helpen. 'Laten we gaan, dan kun je me alles vertellen.'

Overal op weg naar het park bloeiden de narcissen, in bloembakken aan de ramen en balkons, en in de aarde in de bloemperken. Ze liepen door St John's Wood naar Lord's, door het hart van Londens flatgebouwenland, waar elke straat geflankeerd werd door charmante victoriaanse appartementen, met balkons, koperen platen met deurbellen, keurig onderhouden tuinen. Het gezoem van de eerste grasmaaiers klonk om hen heen toen ze door de brede, rustige straten liepen, langs de particuliere ziekenhuizen, de synagogen, de kleine rijen winkels met flats erboven, en door St John's Wood High Street. Het was maandag en de straten waren zo goed als leeg onder de lentezon; gepensioneerden en echtparen van middelbare leeftijd kwamen uit de flats tevoorschijn en liepen beleefd met elkaar pratend over straat.

Meneer Allan liep snel, wat Kate prettig vond; ze was geen slenteraarster. Voor een man van zijn leeftijd was hij uitzonderlijk fit; lang en gespierd. Ze praatten een tijdje. Hij vroeg hoe het haar gegaan was, zij antwoordde en stelde hem op haar beurt weer vragen, maar daarna vervielen ze in zwijgen. Hij zei niet veel en zij evenmin, maar het leek ook niet nodig. Na een minuut of twintig bleef hij abrupt staan.

'O, we zijn er. We hebben een heel eind gelopen. We zijn bij het park. Ik ben bang dat ik mijlenver weg was met mijn gedachten.'

Regent's Park. Het lag vóór haar. Links de dierentuin, rechts de rommelige struiken langs de rand van het park. Delen van het park strekten zich uit tot het centrum van de stad. Het luisterrijke, magnifieke Regent's Park. Plotseling kwam het haar zo vreemd voor, zo...

Engels. Ze had zich niet gerealiseerd hoe het haar aangreep, hoe over-weldigend het was om weer hier, weer thuis te zijn, en hoe vreemd het allemaal moest zijn voor meneer Allan. Verleden week had hij niet geweten, had hij zich in zijn ergste nachtmerries niet kunnen voorstellen dat dit zijn maandagochtend zou zijn, dat zijn vrouw er niet meer zou zijn. Ze zwegen beiden. Zonder het te willen zei Kate impulsief: 'Ik mis New York.'

Hij keek verbaasd op.

'Je mist New York? Na vierentwintig uur? Kom nou. Kijk hier eens!'

Hij zwaaide met zijn paraplu naar het tafereel voor hen, en toen naar haar. 'Kom, Kate, dit is Londen! Hoe kun je zoiets zeggen?'

'Eh...' Kate voelde zich een beetje beschaamd. 'Ik weet het niet. Het ís gewoon zo.'

'Onzin,' zei hij vastberaden en geanimeerd. 'Ik heb hier mijn leven lang gewoond, behalve als ik op tournee was. Ik ben overal geweest, Kate, ik ken de hele wereld. We speelden British Jazz toen die aan de top stond, het was de Gouden Eeuw. En zal ik je eens wat vertellen?'

Kate keek hem vragend aan.

'Ik heb dit altijd gemist. Altijd blij als ik terug was. Om Eileen te zien, samen naar de winkels te lopen, door Hyde Park te wan-delen, door Soho, mijn oude bandleden te ontmoeten, te luisteren naar Dankworth of Humph in concert. Dat deden Eileen en ik al-tijd toen we jonger waren, weet je, of we spraken af in een café in Soho, deden net alsof we een date hadden en niet een saai oud echtpaar waren. En we zagen jou toen ook soms, Kate. Ik herinner me nog dat ik je vader zag tijdens een concert in de Festival Hall, en dat zijn dochtertje na afloop samen met hem wegging. Jij dans-te op en neer en hield je vast aan zijn hand en die van je moeder. Tussen hen beiden in. Je moeder... ze was zo mooi. Rood haar?' Kate knikte en hij ging enthousiast verder. 'Herinner je je die avond nog?'

'Nee.' Kate glimlachte. 'Ik geloof het niet tenminste. Grappig. Dat heb ik nooit geweten.'

'Brahms' vioolconcert. Ah, hij was geweldig.'

Kate kon zich vaag het feestelijke van die avond herinneren, toen ze mee mocht om haar vader te zien en te horen spelen. Het was een zeldzaamheid, ze was er niet vaak naartoe geweest. Haar vader en moeder hadden er heftig over gediscussieerd. Ze bedacht dat ze toen niet erg van de South Bank gehouden had, het leek op een buiten-aards landschap, niet het Londen waaraan ze gewend was. Ze zoog haar onderlip naar binnen en beet erop, floot door haar tanden, die een beetje pijnlijk waren door de koude lucht.

'Het gaat niet goed met hem,' zei ze op ongeruste toon. 'Daarom ben ik teruggekomen.'

'O.' Hij staarde haar even aan. 'Wat is er dan?'

'Niertransplantatie. Hij was erg... Hij heeft enorm geluk gehad.' Een verdere uitleg vertrouwde ze zich niet toe.

Hij knikte en klopte even op haar arm, alsof ze nog een klein kind was. 'Het spijt me dat te horen. We hebben dus allebei ons verdriet. Laten we oversteken.'

Plotseling voelde Kate zich weer merkwaardig thuis, zoals ze daar stond op het trottoir, met uitzicht op het park, samen met haar buur-man, meneer Allan. Hij was een van de paar mensen die ze zich niet had toegestaan te missen sinds ze Engeland had verlaten. De bezorgd-heid voor hem kwam weer terug, op deze voor hem zo vreemde, af-schuwelijke dag, maar toen ze zich omdraaide om hem iets te vragen viel hij haar bruusk in de rede.

'New York missen,' mompelde hij. 'Ik zal je laten zien hoe bela-chelijk het is om dat te zeggen. Kijk. Daar. Het Regent's Canal...' Hij zwaaide met zijn paraplu in de richting van het struikgewas. '... dat is toch zeker iets wat je fantastisch moet vinden. Zullen we naar het jaagpad gaan om het te bekijken?'

Daar was het kanaal, daarachter was de London Zoo. Kate bleef staan en hoorde de vage maar schorre kreet van een of ander dier, een chimpansee misschien.

'Daar,' zei hij. 'Daar gaat een boot. Ach, hemeltje.'

Een kanaalboot voer naar een aanlegsteiger bij de dierentuin. Gek, dacht ze, dat ze dit nooit eerder had geweten of gezien. Meneer Allan maakte een geluid alsof hij hoestte en Kate draaide zich naar hem om.

'Sorry,' zei hij. 'Eileen hield zoveel van het kanaal. Met die boot gingen we naar Camden Lock, vanaf Little Venice. Minstens eens per maand. Ze vond het heerlijk.' Zijn stem trilde. 'Dit is... O, mijn god. Het is allemaal even verschrikkelijk.'

Kate wist niet wat ze moest zeggen. Ze pakte zijn arm vast en kneep erin. 'O, meneer Allan.' Aan de oever van het kanaal bleven ze zwijgend staan. De bomen waren in knop, de zon glinsterde op het water. Het was een prachtige dag.

Ze hoorden een man op de boot schreeuwen: 'Laatste oproep voor de boottocht!' Plotseling hoorde Kate de stem van haar kleine zusje. 'Ik wil een boottochtje maken!'

'Meneer Allan,' zei ze. 'Zullen we met de boot naar huis gaan?'

Ze zaten in gezelschap van toeristen, en een vreemde oude man met een camera die aantekeningen maakte, en een zuur kijkend meisje dat een boek las, terwijl de boot statig door het water gleed. Langs de witte, gestuukte huizen met privémotorboten en schitterende tuinen, door Lisson Grove, waar drie zwervers op een oude haveloze boot probeerden een barbecue aan de gang te krijgen, door de lange donkere tunnel onder Maida Vale die hen naar Little Venice bracht, langs het café en de plek waar Nancy Mitford vroeger woonde, tot ze bij het meer waren waar het Regent's Canal samenstroomde met het Grand Union Canal en ze uitstapten.

'Dit heet Brownings Pond,' zei Allan toen ze op de kleine brug over het kanaal stonden en naar de waterhoentjes keken die in het water zwommen en de Canadese ganzen die in de lucht erboven vlogen. 'Weet je waarom?'

'Nee.'

'Robert Browning. Hij heeft hier gewoond.' Hij wees naar de huizen die uitzicht hadden op het kanaal. 'Zie je die blauwe gedenkplaat daar? Die is voor hem. Het huis is nu afgebroken. Maar ze hebben het naar hem genoemd.'

'Dat wist ik niet.'

'Er zijn een hoop dingen die je niet weet.' Ze staken de weg over en liepen verder langs het kanaal. Kate keek omhoog naar de huizen. De zon weerkaatste op de roomwit gestuukte muren, de blauwe hyacinten en de narcissen die vrolijk wiegden in de tuinen, en ze voelde een soort rust over zich komen. Ze lachte zacht toen ze de hoek omsloegen en weer overstaken.

'Wat is er voor grappigs?'

'Niks eigenlijk. Alleen... Ik had niet verwacht dat ik dit op de eerste dag van mijn terugkomst zou doen. Ik denk u ook niet.'

'Nee, Kate, dat had ik inderdaad niet. Maar ik ben blij dat je hier bent. Dank je.'

Ze klopte op zijn arm. 'Ik ben ook blij dat ik hier ben.'

Zwijgend liepen ze verder, tot hij zei: 'Ben je iets aan het schrijven op het ogenblik?'

Kate rimpelde haar voorhoofd, een beetje onthutst door de vraag. Ze hadden een lange wandeling gemaakt, het verbaasde haar dat hij niet doodmoe was, maar hij leek volkomen fit. 'Eh... nee. Waarom?'

'Ik bedoel eigenlijk, wat doe je in New York? Heb je daar niet een of andere fantastische baan gekregen? Dat hoorden we tenminste van Sue.'

'Ha!' Ze moest oppassen, besefte ze. Dit was het scenario waarop ze geoefend had: terug in Londen en vragen beantwoorden over haar werk. 'Ik werk voor een literair agentschap.'

'Je werkt met schrijvers, bedoel je? Op het kantoor van het agentschap?'

'Zoiets.' Kate ontweek handig een gebarsten straatsteen. 'Voorzichtig.'

'Ja, ja.' Ze waren nu op Warrington Crescent en liepen terug naar Elgin Avenue. De zon was plotseling verdwenen. Kate keek omhoog. Grijze wolken waren uit het niets verschenen en dreven door de lucht. Ze huiverde.

'Dus dat was de moeite waard om voor te vertrekken. Eileen en ik dachten altijd dat je nog eens een Pulitzer Prize zou winnen. Zou je niet hoofdredacteur van een tijdschrift zijn geworden voor je wegging? Dat zei Sue tenminste.'

Dat maakte het zo moeilijk met oudere mensen, dacht Kate. Hun versie van het verleden was volkomen onbetrouwbaar.

'Nee. Ik hield van *Venus*, maar ik moest weg...' Hij nam haar aandachtig op. Tijd om voor de dag te komen met Deel Twee van haar verhaal. 'En, weet je, ik wilde mijn moeder zien – ze ging weg toen ik veertien was, en ik heb nooit echt veel tijd met haar doorgebracht... Het leek me toen een goed moment om te gaan...'

Dat was haar standaardantwoord, en het werkte altijd. Het was voldoende kwetsbaar om mensen een schuldgevoel te geven en het te accepteren, en het had tegelijkertijd het voordeel dat het ook waar was, al was dat natuurlijk allesbehalve het hele verhaal.

'Dat spijt me. Dus je bent terug om je vader op te zoeken en dat vinden je... je werkgevers goed, neem ik aan?'

'O, ja. Iemand neemt voor me waar zolang ik weg ben, zolang mijn vader ziek is. Ik blijf hier maar twee weken, dan ga ik weer terug.'

'Twee weken.' Hij liet zijn hoofd op zijn borst zakken. 'Tja.' Hij knipperde even met zijn ogen. 'Wat doe je met je flat?'

'Dat weet ik nog niet. Ik zal hem, denk ik, door een makelaar laten verhuren. Maar ik blijf niet. Ik woon hier niet echt meer, ziet u.'

'Natuurlijk, natuurlijk.' Toen zwegen ze allebei en liepen kalm verder tot ze bijna thuis waren.

'Dat was een hele wandeling,' zei hij en hij zette zijn jachtpet af terwijl Kate de deur openmaakte. Ze liepen de hal van het gebouw in. 'Poe!'

'Ik ben békaf,' zei Kate. 'We hebben wel een complimentje verdiend. We hebben zeker – hoeveel – vierenhalve kilometer gelopen?'

'Hemeltjelief,' zei meneer Allan. Hij rolde met zijn ogen en glimlachte toen naar haar. Ze liepen de trap op naar zijn flat en Kate moest lachen toen hij met veel gerammel zijn sleutels uit zijn zak haalde.

'Lieve Kate, heel erg bedankt.'

'Nee,' zei Kate en ze moest bijna lachen. 'Ik dank u. Ik vind het zo erg...'

Hij weerde haar medeleven af. 'Nee, nee. Bedankt, lievekind. Het was een heerlijke ochtend. En... eh... donderdag...?'

'Ik zorg voor het eten. U hoeft zich nergens zorgen over te maken. En,' ging ze bazig verder. 'Wat doet u de rest van de dag?'

'Alec komt, en Sue.' Alec was een nogal onwaarschijnlijke echtgenoot voor Sue. Een intellectuele, rustige man, die in de financiële branche van de tijdschriftenwereld werkte, zo heel anders dan zijn energieke, doortastende vrouw. 'Ze brengen een lunch mee, we moeten praten over... over regelingen, weet je.'

'O, ja, natuurlijk.' Kate wilde hem niet in de ogen kijken, voelde zich niet op haar gemak. Ze schoof met haar teen heen en weer over de grond, wilde hem niet alleen laten, wilde plotseling zelf niet alleen zijn.

'Je hebt zeker geen zin om later even boven te komen voor een kop thee? Ze zouden je erg graag zien, dat weet ik.'

'Ik kan niet,' zei ze haastig. 'Ik zou ze ook dolgraag zien... maar dan ben ik bij mijn vader.'

'Ja, dat begrijp ik. Om halfzeven gaan ze weg, ze hebben plaatsen voor het theater. Daarna misschien een glas wijn?' Hij maakte een gebaar als een gerant die haar welkom heette in zijn restaurant.

'Graag!' Kate glimlachte. Meneer Allan glimlachte terug. Haar gevoel van onbehagen was weer verdwenen en ze gaf hem een zoen op zijn wang. Ze ging naar beneden, naar haar gastvrije maar lege flat. Ze deed de deur open en neuriede een liedje dat meneer Allan had gezongen.

Maar toen ze haar jas uittrok, viel haar oog op iets wat op de grond lag. Een brief die iemand onder de deur door had geschoven. Geen adres deze keer. Alleen:

Kate Miller
Met de hand geschreven.
En in de brief had Charly geschreven:

Hier is mijn mobiele nummer, Kate. Bel alsjeblieft. Heb je de brief ontvangen die ik je gestuurd heb? Het wordt een meisje. Dat wilde ik je vertellen. Ik moet je spreken, neem alsjeblieft contact met me op.
Charly

16

Het was woensdagavond en Kate was nu vier dagen in Engeland. De eerste vierentwintig uur leken in een flits te zijn voorbijgegaan, en vanaf dat moment was het bijna griezelig hoe gemakkelijk ze verviel in een routine waaraan ze zich maanden zou kunnen houden. Het was net als de eerste paar dagen op een nieuwe school: na nog geen week geeft de behoefte aan een normaal leven je het gevoel dat je er al jaren in plaats van dagen bent. 's Morgens ging ze op bezoek bij haar vader, meestal als Lisa uit was met Danielle. Dinsdag had Lisa haar een sleutel gegeven, zodat Daniel niet open hoefde te doen. Daarna ging ze terug naar haar flat, scharrelde daar een tijdje rond, maakte een lijst van dingen die ze moest doen – *nieuwe potten kopen voor het balkon* en *extra theelepeltjes* – altijd onbelangrijke kleine dingen. Ze belde de makelaar niet, ze belde Zoe niet, al wist ze dat ze dat eigenlijk hoorde te doen. In de vroege avond van maandag, dinsdag en woensdag ging ze naar boven om thee te drinken met meneer Allan. Hij vertelde haar over Eileen, over hun leven samen, en ze bespraken dingen voor de begrafenis. Kate wist niet zeker of ze veel praktische hulp bood, maar hij zei dat het hem goed deed met haar te praten. Daarna sprak ze nog een keer met haar vader en ging vervolgens vroeg naar bed.

Ze ging niet de stad in, kwam niet verder dan haar wandeling met meneer Allan. Ze ging naar de supermarkt om eten in te slaan voor mevrouw Allans begrafenis, maar daar bleef het zo'n beetje bij. Ze was terug in Londen, maar ze had net zo goed nog in een ander land kunnen wonen. Ze belde geen oude vrienden en stuurde geen e-mails op de laptop die ze had meegebracht. Francesca belde een paar keer maar liet geen bericht achter, en Kate liet haar telefoon domweg rinkelen.

Maandagavond had ze haar moeder gebeld, maar dat bracht haar alleen maar nog meer van streek.

'En, schat, wat heb je allemaal gedaan?' had Venetia opgewekt gevraagd. 'Leuke dingen? Bijgepraat met je vrienden? Fijn!'

'O,' zei Kate onrustig. 'Eh, ja... Ik heb Zoe gesproken.'

Venetia klonk overdreven enthousiast. 'Super! Hoe gaat het met haar?'

'O.... Goed.'

Even bleef het stil. Kate had als zo vaak het gevoel dat het haar nooit lukte zich van haar beste kant te laten zien tegenover haar moeder.

'Hoe gaat het met de plannen voor Oscars feest?' vroeg ze na een tijdje.

'O, dodelijk vermoeiend. Ik heb voor ons beiden een afspraak gemaakt bij de kapper voor zaterdagochtend. Ik wil krullen, jij kunt laten doen wat je wilt – föhnen? Dat is waarschijnlijk het beste, hè?'

'Eh... Ik weet het nog niet zeker... Kan ik...'

'Ik hoef het ze voorlopig nog niet te laten weten, dus denk er maar over na.'

'Zal ik doen.' Kate beet op haar pink om niet te lachen, want haar moeder was amusant, vooral op een afstand. 'En het feest zelf? Alles onder controle?'

'Het wordt su-per!' zei Venetia enthousiast. 'Nog maar drie weken! O lieve hemel. Maar je bent vóór die tijd toch terug, hè?' Haar stem schoot uit.

'Natuurlijk, mam.' Kate probeerde niet te streng over te komen. 'Ik heb van begin af aan gezegd dat ik ruimschoots op tijd terug zou zijn. Ik zou Oscars feest toch zeker niet willen missen?'

'Ik weet het,' zei Venetia gekalmeerd. 'Het is alleen... Nou ja, je weet hoe ik over Londen denk.'

Ze sprak alsof Londen een ontsnapte oorlogsmisdadiger was, die het speciaal op haar voorzien had. 'Weet je, mam, ik ben echt blij dat ik ben teruggegaan.' Kate hoorde een overtuiging in haar stem die ze niet echt voelde. 'Het was zo geweldig papa weer te zien...'

'Precies ja. Hoe gaat het met die lieve Daniel?' viel Venetia haar vriendelijk in de rede, alsof Daniel haar favoriete oude vriend was, of haar lievelingshond, niet haar ex-man, van wie ze onder pijnlijke omstandigheden was gescheiden en die ze tijdens een dinertje met haar New Yorkse vrienden na een paar glazen wijn 'die klootzak van een Miller' noemde.

'Goed.' In werkelijkheid had Lisa haar die dag, met een quasiwanhopige zucht, verteld dat de artsen vonden dat hij minder goed vooruitging dan hij zou moeten doen. Hij was een lastige patiënt, dat was

142

het hele probleem. Niets om je zorgen over te maken, had de verpleegster die iedere dag bij hem kwam gezegd. Maar de transplantatie had hem een flinke knauw gegeven, en voorlopig wisten ze nog steeds niet of zijn lichaam de nieuwe nier zou afstoten of niet. Ze moesten afwachten, en hij was niet bepaald goed in wachten op iets waarover hij geen zeggenschap had, vooral niet als het om zijn eigen lichaam ging.

Dinsdag belde ze Perry & Co om zich te melden bij Bruce Perry. Om de een of andere reden wilde ze haar baas laten weten dat ze niet met vakantie was, maar voor een serieuze zaak in Londen was. Ze wilde hem laten weten dat ze van haar baan hield en zich bekommerde om haar werk. Toch?

'Is alles in orde?' vroeg ze.

'O, ja!' Zijn stem klonk opgewekt. 'We missen je, Kate! Maar we spelen het hier wel klaar. Maak je maar niet ongerust.'

'Gaat het goed met Lorraine? Is het niet nodig dat je...'

'Hé, hé, Kate.' Zijn stem klonk luider, alsof hij dichter bij de telefoon sprak. 'Lorraine kan niet wat jij kunt, laat daarover geen misverstand bestaan. Oké? Maar ze is geweldig!' Zijn stem klonk weer verder weg, alsof hij dit aan het personeel verkondigde. Kate kon iemand horen lachen op de achtergrond. 'Ze heeft vandaag voor iedereen donuts meegebracht! Die dure Krispy Kremes! Wat een supervrouw! Ze heeft een paar dingen veranderd die je leven een stuk gemakkelijker zullen maken.'

'Eh... Wat bijvoorbeeld?'

'Een paar verbeteringen in het opbergsysteem, en ze heeft een paar auteurs gebeld die ze zelf wil introduceren. Persoonlijk contact. Het was Doris' idee.'

Kate gaf een harde trap tegen de plint in de gang en maakte toen kermend van pijn een luchtsprong. Mijn god, dat onderkruipsel met dat gladgestreken haar, dat secreet van een Doris! Dat... serpent! Ze haalde diep adem.

'Geweldig,' zei ze. 'Uitstekend idee. Ik moet nu ophangen, Bruce, maar ik bel je vrijdag, oké?'

'Hoeft niet, Kate! Nergens voor nodig! Concentreer jij je maar op je vader. En we zien je later weer. Zo gauw je kunt.'

Ja, het ging prima zonder haar. Nee, zei ze tegen de stem in haar hoofd die luid zei: 'Ze missen je helemaal niet, hè?' Dat was de afspraak die ze met zichzelf had gemaakt toen ze naar New York ging.

Een rustig leven zonder zware verplichtingen. Een leven waarvan ze gemakkelijk afscheid kon nemen. Wanneer ze maar wilde.

Ze had zich alleen niet gerealiseerd hoe gemakkelijk dat kon. Hoe gemakkelijk je kon worden vergeten, op de achtergrond kon raken.

En zo ging het door. Woensdagochtend ging ze weer op bezoek bij haar vader en op de terugweg ging ze langs de winkels op Elgin Avenue, om een paar laatste dingen te kopen die ze nodig had voor de thee na mevrouw Allans begrafenis de volgende dag. Ze liep naar de kassa en deponeerde haar boodschappen op de toonbank.

'Hallo,' zei ze en ze besefte dat het bijna wanhopig klonk. Ze wilde praten met de man achter de toonbank, verlangde naar wat menselijk contact.

Maar hij knikte slechts en stopte alles in een lichtblauwe plastic tas, en toen Kate zei: 'Ik hoef geen tas,' keek hij haar met een ijskoude blik aan, alsof ze net had overgegeven op de vloer van de winkel.

Kate had het gevoel dat ze gek begon te worden. 'Hoe gaat het vandaag?'

In New York zouden ze nu haar naam kennen, verrukt glimlachen als ze binnenkwam, de boodschappen sorteren en in drie seconden in haar eigen tas stoppen, en een oppervlakkig, maar vriendelijk praatje aanknopen terwijl ze afrekende. De neonbuis boven de kassa zoemde. Buiten knarste de versnelling van een auto. Binnen heerste stilte. De man achter de toonbank knikte beleefd maar zei niets.

'Eh... Goedendag,' zei Kate. 'Tot ziens!'

Ze liep naar buiten, haar tas zwaaiend naast haar knieën. Ze voelde zich een imbeciel, wilde hoofdschuddend tegen zichzelf praten. Plotseling was de betovering van de afgelopen dagen verbroken. De woensdag strekte zich eindeloos lang voor haar uit, eenzame uren in de flat waarvan ze had gedacht dat die haar eerste thuis als getrouwde vrouw zou zijn, met als enig respijt de gesprekken met twee oude mannen, de een ziek, de ander in rouw, de een haar vader, de ander haar buurman. Met een bezwaard hart opende ze de voordeur.

En toen belde Francesca.

'Zo, vreemdeling,' zei de stem aan de telefoon, en Kate ging rechtop zitten op de bank, zo rechtop als ze maar kon. 'Hoe heb ik het nou? Je bent al praktisch een week terug en je hebt nog niet gebeld. Aardig van je, hoor! Wat is er aan de hand?'

'Ik denk dat ik bezig ben gek te worden, Francesca,' zei Kate. 'Ik heb een borrel nodig.' Ze zweeg even. 'Hoe is het met jou? Alles goed?'

'Prima,' zei de geruststellende stem, koel en beheerst. 'Ik ben nog aan het werk. Geef me een halfuur. Ik zie je bij Kettners, in de bar. Acht uur oké?'

'Eh...' zei Kate, die het plotseling benauwd kreeg. Dat was in het centrum. Ze had er niet op gerekend dat ze naar het centrum zou moeten.

'Nu of nooit,' zei Francesca. 'Ja of nee, wat je wilt. Ik ga niet helemaal naar jou toe. Ik zit in Clapham, weet je nog? Of ben je alles van Londen vergeten nu je een New Yorkse bent geworden?'

'Doe niet zo raar,' zei Kate verontwaardigd. 'Natuurlijk niet. Ja dus. Acht uur. Zie je straks. Dag...'

Maar Francesca had al opgehangen.

En daar was ze dan. In het centrum van de stad, het bonte, pulserende, door en door verwarrende centrum, vol bezienswaardigheden en geuren en geluiden. Ze was de pre-theaterchaos misgelopen; Kate moest bijna lachen toen ze uit de ondergrondse op Piccadilly Circus kwam – zo afgrijselijk vond ze dit centrum van haar geliefde geboortestad. Het Trocadero, Eros, Shaftesbury Avenue – ingesloten door stromen verkeer, toeristen, duiven en de hotdogkramen, en met de eeuwig aanwezige geur van gebraden varkensvlees, dampend naast ranzige uien. In New York waren de straten breed. Times Square mocht dan Disney-stijl zijn, het was schoon en vriendelijk en alles was 's nachts open, en de adrenalinestoot die je kreeg als je er liep was onvergelijkbaar. Daar heerste orde: ze had nooit begrepen dat er mensen waren die New York chaotisch vonden. Dit... dit, dacht ze, toen ze op Shaftesbury Avenue liep, langs karikaturisten, rondhangende mannen in goedkope leren jacks, scheldende blanke bestuurders van bestelwagens, groepen toeristen met rugzakken die groter waren dan zijzelf, richting Wardour Street... dit was chaos.

Toen ze in Soho kwam werd de verkeersdrukte minder. Ze passeerde het kleine schooltje en de kerk met het onverwachte kerkhof, liep door Old Compton Street, waar enkele dappere zielen 's avonds buiten zaten om de relatieve warmte te vieren van weer een zonnige dag in maart. Ze voelde iets van nostalgie. Herinneringen kwamen terug aan avonden in Pulcinella, of de tapasbar om de hoek, de Mayflower aan de overkant van de straat, of de Dog and Duck in Dean Street... ze had er in de jaren dat ze in de twintig was zoveel tijd doorgebracht. En in Kettners.

Tot haar opluchting zag ze dat Kettners niet veranderd was. Het

had nog steeds die oude, bijna huiselijke charme, een zekere ver-
bleekte elegantie vermengd met een roezemoezige sfeer, ouderwetse
kelners die echte kelners waren en geen werkloze acteurs die je zodra
ze maar even de kans kregen wilden laten weten hoe geweldig ze
waren. Nee, Kettners was van de oude school. Het was een van Kates
favoriete plekjes in Londen geweest. Ze lachte naar de meisjes van de
garderobe en ging naar rechts, een tree af naar de bar naast het restaurant, waar een oudere man achter een piano zat. Hij zong 'Someone to Watch Over Me' – het was altijd 'Someone to Watch Over
Me'. Herinneringen en emoties maakten zich van haar meester, en
even bleef ze verward staan.

'Hoi,' zei een stem in de hoek. Kate keek op en zag Francesca on-
deruitgezakt op een bank in de hoek zitten, het jasje van haar mantel-
pak omhooggekropen, de schoudervullingen centimeters hoger dan
zij. Haar lange donkere haar viel op haar schouders. Ze lachte naar
Kate en klopte op het leren kussen.

Kate plofte naast haar op de bank en knuffelde haar, herinnerde
zich weer hoe mager Francesca was.

'Heerlijk je te zien,' zei ze, 'ik heb je gemist.'

'Ik jou ook. En het werd verdomme tijd. Weet je dat het...'

'Twee jaar. Ik weet het. Het spijt me.'

Onverwacht zei Francesca: 'Dat weet ik. Laten we het daar maar
niet over hebben.' Ze schraapte haar keel en zei nuchter: 'Althans niet
voor we wat gedronken hebben. Er is een fles champagne onderweg.'

De huischampagne van Kettners was beroemd: goed en goedkoop.
Een gevaarlijke combinatie.

'Geweldig.' Kate wreef in haar handen. Het drong tot haar door
dat ze er eindelijk tussenuit was.

'En? Hoe gaat het met je?' vroeg Francesca terwijl de ober behoedzaam een ijsemmer en twee glazen op tafel zette.

'Nee,' zei Kate vastberaden. 'Hoe gaat het met jóú? Ik ben dood-
ziek van mijzelf, vertel me liever hoe het jou is vergaan. Je ziet er
fantastisch uit.'

'Schei uit, zeg. Onze raadselachtige Kate komt plotseling terug, en
ik zal de hele avond zitten kletsen over leenconstructies en dat ik de
pest heb aan London Bridge en dat mijn baas een doorgedraaide eikel
is? Nee dus. Hoe is het nou met je? Kom, Kate. Vertel op.'

Kate had het gevoel dat ze vanaf het plafond naar zichzelf keek en
luisterde naar haar eigen woorden: 'Ik geloof niet dat ik terug had
moeten komen.'

'Terug in die flat?' Francesca knikte en schonk champagne in. 'Het verbaasde me al dat je dat deed, weet je.'

'Meen je dat?'

'Natuurlijk. Ik zou het niet hebben gedaan, dat is zeker. Waarom kon je niet bij iemand anders logeren?'

'Zoe?'

'Eh, ja...'

'Ik weet het,' zei Kate zwakjes. 'Ze heeft zoveel aan haar hoofd. En ik wilde niet...'

'Hm, ja.' Ze overhandigde Kate een glas. Kate pakte het aan en nam een flinke slok. De bruisende drank prikte in haar neus; het deed haar aan iets denken, maar waaraan?

'Hoe gaat het met haar?' vroeg Kate, zonder het antwoord te willen horen.

'Je hebt haar toch opgezocht, hè?'

'Ja, ja. Ik mag dan een trut zijn, maar niet zó'n trut.'

'Hm.' Francesca trok haar wenkbrauwen op en glimlachte toen. Er lag een hartelijke glans in haar ernstige donkere ogen. 'Misschien niet, lieverd. Zoe...' Ze nam een slok champagne. 'Ze is oké. Je weet dat ze weer aan het werk is?'

'Dat heeft ze me verteld.'

'Het... het is tijd dat ze haar leven weer op de rails zet.'

'Twee jaar en negen maanden.'

'Natuurlijk,' zei Francesca. Ze streek met haar hand over haar voorhoofd en Kate herinnerde zich dat Francesca van Steve had gehouden, lang voordat Zoe op het toneel verscheen. Ze was zijn eerste vriendin geweest op de universiteit. Kate kneep haar ogen samen en knikte naar haar.

'Hé!' zei Francesca scherp en ze sloeg met haar hand op de tafel. De andere klanten keken verbaasd op. Zachtjes zei ze: 'Hoor eens, ik ken Steve. Ik heb hem gekend. Weet je nog? Ik ging verdomme al een jaar met hem toen jij hem voorstelde aan Zoe, die kleine sloerie...' Ze glimlachte. 'Het is gebeurd, oké? Het was niet jouw schuld.'

Kate schudde haar hoofd, de tranen prikten al pijnijk in haar ogen, haar neus. Ze grimlachte.

'Te serieus. Sorry.' Francesca liet een hol lachje horen. 'Leuk begin van de avond, hè? Ik kom uit mijn werk, heb een afspraak met jou, en ik trakteer je op een avondje drama.'

Ze boog zich naar Kate toe en klopte even op haar arm. 'Cheers, lieverd. Ik ben alleen zo blij je te zien. Je bent veranderd, weet je dat?'

'In welk opzicht?'

'Volwassen geworden.'

'Dat zei Zoe ook.' Ze vond het niet zo'n geweldig compliment. 'Zo voel ik het zelf niet. Maar goed, hoe gaat het nu met je? Je baan, je huis. Hoe gaat het met... alles?'

'Baan is klote. Te problematisch.' Francesca zuchtte. 'Onze afdeling staat onder druk. Reorganisatie. Ze doen het om de paar jaar. Ontslaan een hoop medewerkers, nemen nieuwe, betere mensen aan. Op die manier weten ze dat ze altijd de beste mensen hebben. We zitten er middenin.'

'Ben je...' begon Kate.

'Alsjeblieft, zeg. Ik heb verleden jaar miljoenen voor ze verdiend. Londen is hun meest winstgevende kantoor.'

'Wauw!'

'Het is alleen... weet je. Het valt niet mee.' Francesca blies haar adem omhoog langs haar bovenlip, zodat haar pony opdwarrelde, alsof ze probeerde af te koelen. Je hebt het gevoel dat er... dat er niets meer over is.'

'Na het werk?' Kate wist niet zeker wat ze bedoelde.

'Ja. Je kent dat.' Kate knikte een beetje weifelend; ze herinnerde zich maar vaag hoe dat was. Francesca ging door. 'Werk werk werk. En dan wat? Alle anderen hebben zich gesetteld, wonen in...' Ze gebaarde vaag met haar arm. '... Cheam. Weet ik veel. Ergens buiten. Dat wil ik niet. Alleen...' Ze dronk de rest van haar champagne op en schonk weer bij. 'Hier heb ik niet voor getekend. Toen we jonger waren – weet je, het is zelfs al deprimerend om te zeggen "toen we jonger waren" – goed, toen we jonger waren dus, dacht ik niet dat het zo zou gaan. Moet je ons nu zien. En onze vrienden. Herinner je je nog Zoe en Steves housewarming?'

'Natuurlijk.' Kate glimlachte. 'Gek, we hadden het er zondag nog over. Zoe en ik.'

'Ik herinner me die avond nog zo duidelijk,' zei Francesca. 'Voornamelijk omdat ik niet veel kon drinken. Ik slikte toen antibiotica. Ik herinner me dat ik naar ons keek en dacht hoe geweldig het allemaal was.' Ze lachte verbitterd. 'En kijk eens wat er sindsdien allemaal met ons gebeurd is. Zoe, Steve, Mac, jij, ik... zelfs Sean...' Ze liet de namen vallen als stenen, sloeg elke keer met haar vingers op haar handpalm en gebaarde toen om zich heen. Kate huiverde onwillekeurig, dacht aan Charly's brieven, waarop ze nog steeds niet gereageerd had. Ze haalde diep adem, knipperde met haar ogen en zette alles van zich af, stopte het heel ver in zich weg.

'We zijn nu allemaal naar alle windstreken verspreid, hè?' zei Francesca. Haar gezicht betrok, maar toen lachte ze. 'Moet je ons horen! Laten we ophouden met dat sentimentele gedoe. Je bent terug en het is fantastisch je weer te zien, meid. Vertel jij over New York, dan zal ik je over mijn nieuwe badkamer vertellen. Met vloerverwarming! Als we daar niet vrolijk van worden, dan weet ik het niet meer.'

'Lieve help!' Kate voelde zich weer wat opgewekter. 'Je hebt je droom waargemaakt.'

'Klopt. Ik ben de enige hospita in Londen die vloerverwarming biedt.'

'Hoe gaat het met je huisgenote?' Kate kon zich haar naam niet herinneren, een grijze muis met wie Francesca had gewerkt.

'Sara? Ze is een paar maanden geleden bij haar vriend ingetrokken. Ik moest iemand anders zoeken. O, lieve god, dat vergat ik je te vertellen, schat... Op het ogenblik bof ik omdat ik... O ja? Hallo. Dank je, nog een fles graag.'

Kate knikte enthousiast toen de serveerster wegliep.

'Waar was ik? Ja. Laten we Met Wie Zou Je Het Willen Doen? spelen,' zei Francesca. 'Het is veel te lang geleden.' Met een beslist gebaar schudde ze haar haren los. 'God, dit is leuk.'

'Met Wie Zou Jij Het Willen Doen?' vroeg Kate.

'Hm.' Francesca knikte naar de man naast hen, met een kalende kop, die zachtjes gromde terwijl hij een exotische cocktail zat te drinken.

'Mocht je willen,' zei Kate.

'Hij is jouw vriendje.'

'Van jou.'

'En jij dan?'

'Wie Zou Ik...' zei Kate peinzend. Ze keek stiekem om zich heen. 'Hem. Ik meen het serieus.'

Ze draaiden zich tegelijk om, en trokken weer de aandacht van de andere borrelaars. In de deuropening stond een opvallend knappe, breedgebouwde man, hij had iets van een rugbyspeler, met kortgeknipt donkerbruin haar, een openhartig, knap gezicht. Hij keek het vertrek rond en glimlachte vriendelijk naar hen, voor hij werd opgeëist door een nogal zuur kijkend meisje, dat opsprong en wuifde, haar vingers zwaaiend in de lucht.

149

'Dom! Dom! Hier! Dom!'

Kate en Francesca keken elkaar ontnuchterd aan.

'Oké, rustig maar,' mompelde Francesca kwaad. 'Straks raakt je slipje nog in de knoop, kindlief. Ah, tweede fles. Goed, mijn beurt.'

'Met Wie Zou Jij Het Willen Doen?'

'Met hem,' zei Francesca, wijzend naar de adembenemende Dom, en ze barstten allebei in lachen uit.

17

Na de tweede fles champagne werd alles nogal wazig. In het bestand dat Kate in haar hoofd had opgeslagen, genaamd Dingen Om Te Onthouden Wanneer Nuchter (een bestand waartoe haar op dit moment neurologisch de toegang ontzegd was, helaas) sloeg ze het feit op dat Francesca de rekening betaalde, iets wat ze per se had gewild, en het feit dat ze dacht dat het bedienend personeel waarschijnlijk aan hen allebei een hekel had, omdat ze steeds opvallender en vaker gingen giechelen. En het feit dat het geweldig was om eruit te zijn, terug te zijn, Francesca te ontmoeten, te lachen en te drinken en te roddelen en over dingen te praten: belangrijke dingen, malle dingen – gewoon praten. Dat herinnerde ze zich, al waren de bijzonderheden van hun gesprekken niet erg duidelijk.

Maar de volgende dingen herinnerde ze zich niet:

Waar ze nog meer over praatten.

Hoe laat ze weggingen.

Hoe ze thuiskwamen.

De volgende dag bedacht ze vermoeid dat het verschil tussen New York en Londen was dat het in New York onmogelijk was je zo te gedragen, terwijl het in Londen onmogelijk was een vriendin als Francesca te ontmoeten voor 'één' borrel en niet apezat, stomdronken, te worden. Het zou mogelijk moeten zijn. Alleen was het dat nooit.

Ze herinnerde zich dat ze besloten terug te gaan naar Francesca's flat, omdat Kate de warme vloertegels wilde zien, er plotseling naar hunkerde ze te zien. Dat herinnerde ze zich nog. Wat ze zich ook herinnerde:

Het pad naar de voordeur door Francesca's tuin had zwarte en witte tegels.

Op de terugweg stopten ze bij een geldautomaat. Die was blauw.

Ze had Francesca gevraagd of ze wist hoe ze erachter kon komen waar Charly nu was. Waar ze woonde.

Maar ze kon zich het antwoord niet herinneren.

De volgende ochtend toen Kate wakker werd, werd ze half gewurgd door haar eigen haar dat om haar nek verstrengeld zat. Haar mond voelde alsof ze die had gebruikt om azijn in te bewaren. Ze draaide zich om in haar bed en probeerde zich te herinneren waar ze was, wat ze de vorige avond had gedaan. Haar hoofd was volkomen leeg. Een door een kater veroorzaakt moment lang raakte ze in paniek bij de gedachte dat haar brein in de loop van de nacht was gewist, als een kapotte iPod.

Ze staarde naar de lichte, praktisch lege muren om haar heen, door het raam naar de kale uitbottende bomen buiten, en toen keek ze naar de muur naast haar. Daar hing een foto, en ze herkende zichzelf, Zoe, Betty en Francesca, allemaal in avondkleding, op de avond van Zoes housewarming al die jaren geleden... ze stond arm in arm met Zoe en Betty, voorovergebogen, lachend om iets wat Betty zei, de anderen uitgelaten mee omlaagtrekkend...

Kate knipperde met haar ogen en staarde weer naar de foto. Ja, dat was het. Ze was bij Francesca, in haar kamer, in een onbekend klein vestje en een wijde jongensonderbroek... maar waar was Francesca?

Beneden liep iemand rond in de keuken, en Kate wreef in haar ogen. Ze voelde zich ellendig. Eenmaal moeizaam uit bed gestapt, pakte ze een ochtendjas die aan de achterkant van de houten deur hing. Ze streek met haar handen door haar haar, greep haar schedel vast. Die voelde warm. Was haar bloed aan het koken geraakt dankzij de hoeveelheid alcohol die ze naar binnen had gekregen? Was dat het? Kate strompelde de trap af, hield haar hoofd, haar haren vast.

'God, wat voel ik me beroerd,' zei ze tegen iemand die luid, te luid ritselde met de krant.

De persoon in kwestie tuurde over de rand van het papier.

Het was niet Francesca.

'Mac?' fluisterde Kate.

'Kate.'

Mac hief zijn blik op van de krant, hij keek haar strak in de ogen. Hij verroerde zich niet. Hij staarde naar haar alsof hij een geest zag.

'Wat doe jij hier?' vroeg Kate zacht.

'Ik woon hier.' Zijn gezicht verstrakte en hij deed zijn mond open alsof hij iets wilde zeggen, maar deed hem toen weer dicht. Zijn stem klonk ijzig kalm. 'Ik zou kunnen vragen wat jij hier doet.'

'Je woont hier niet,' zei Kate verward. Haar door de champagne benevelde brein draaide op volle toeren; wanhopig probeerde ze zich te herinneren wat Francesca de vorige avond had gezegd.

Sara? Ze is een paar maanden geleden bij haar vriend ingetrokken. Ik moest iemand anders zoeken. O, lieve god, dat vergat ik je te vertellen, schat... Op het ogenblik bof ik omdat... Dank je, nog een fles graag.

Hij had haar niet vergeven wat ze had gedaan. Toch? Kate dwong zich hem aan te kijken. Ze keek eerst naar zijn handen. Eén hand klemde zich zo stevig om de rand van het papier dat het verfrommelde als een rozet, en hij smeet de krant op tafel en stond op. Hij was lang, ze vergat altijd hóé lang. Ze deed een stap naar hem toe, maar weigerde hem aan te kijken. Zwijgend stonden ze tegenover elkaar. Herinneringen aan de laatste keer dat ze hem had gezien kwamen op haar af... maar ze verjoeg ze. Nee, daar wilde ze niet meer aan denken.

Vaag hoorde ze het geluid van de douche, in een ander deel van het huis. Het bracht haar tot bezinning, en eindelijk keek ze Mac recht in de ogen. En toen voelde ze het. Ze voelde zich bijna verpletterd door het venijn in zijn ogen, zijn woede, zijn afkeer. Kate deinsde achteruit, geschokt door die intense blik.

'Ik woon hier wel degelijk,' zei hij. 'Tijdelijk. Ik zoek een huis.' Hij bedwong zich, alsof hij niet te veel aan haar kwijt wilde. 'Hoe dan ook: wat doe jij hier?'

Ze kon geen bevredigend antwoord bedenken. 'Ik wist niet dat jij hier woonde. Ik was gisteravond uit met Francesca...'

'Fijn voor je.' Hij keek uit het raam, beheerste zich toen. 'Francesca staat onder de douche. Wil je thee?'

'O, ja, dat zou...'

'Het water heeft net gekookt.' Hij richtte zijn aandacht weer op de krant.

'Dank... dank je.' Kate liep beduusd naar de keuken. Haar hoofd bonsde en haar hart ging als een gek tekeer. Overal geesten, dacht ze. Je kunt er niet aan ontkomen. Ze keek op de klok. Acht uur. Ze had meneer Allan beloofd dat ze om negen uur bij hem zou zijn.

'Shit,' zei ze.

Mac negeerde haar.

'Ik moet weg,' zei Kate en ze trok zich terug op de trap naar boven, naar de zitkamer. 'Iets... ik moet ergens te zijn.'

'Natuurlijk.' Hij keek even op. Zijn stem klonk achteloos, bijna gemoedelijk. 'Dan zou ik maar gaan. Daar ben je goed in, hè? In weglopen.'

Kate voelde iets in zich knappen.

'Het was niet mijn bedoeling,' zei ze, alle angst verdwenen.

'Hè?' zei hij verbaasd. Hij hief met een ruk zijn hoofd op en ze zag de grijze haren opzij van zijn hoofd, op zijn slapen.

'Het was niet mijn schuld, Mac.' Ze voelde zich kalm. 'Ik bedoel, het wás mijn schuld, maar... ik heb ervoor geboet. Ik weet dat je me haat. Ik weet dat ik het heb verknald.' Ze schraapte haar keel.

'Waar heb je het over?' vroeg hij.

Kate staarde hem met iets van ergernis aan. 'Mac! Je weet wat ik...'

'Nee, dat weet ik niet.' Zijn stem klonk bijna kwaadaardig. 'Want weet je, Kate, je hebt mijn leven niet één keer verknald, maar... Ja, eerlijk gezegd een paar keer. In alle opzichten. Dus als je hier binnenwandelt en zegt dat het je o zo spijt, weet ik niet goed voor welke van de diverse manieren waarop je alles hebt verpest, je je verontschuldigt.'

Ze probeerde te slikken maar kon het niet. 'Luister, het was niet mijn bedoeling...' begon ze, maar hij begon te lachen.

'O, dat is een hele troost.' Mac hield nog steeds de krant vast. Zijn groene ogen waren ijskoud en resoluut. 'Het was niet je bedoeling. Wauw. Moet dat alles goedmaken? Laat maar, Kate. Ik wens deze discussie niet met je. Oké?'

'Nee, niet oké. Jij... Ik... We... Dat wil zeggen... Alles wat er gebeurd is.' Ze rukte de krant snel uit zijn handen. Zo snel, dat hij een van zijn vingers opensneed aan de rand. Mac haalde diep adem en stond op. Hij liep naar haar toe, en heel even dacht Kate dat hij haar zou slaan. 'Alles wat er gebeurd is,' zei ze en ze boog zich naar hem toe. Vecht ertegen. Bestrijd angst met angst, hield ze zich voor. Ergens haalde ze nog wat kracht vandaan. Ze was zich plotseling bewust van haar ochtendjas, het korte broekje, het schamele topje. Ze stonden elkaar aan te kijken. De spanning was voelbaar.

'Ik zal nooit en te nimmer denken dat het niet jouw schuld is,' zei hij simpel. Hij drukte zijn vinger tegen zijn andere handpalm; ze zag bloed waar hij zich aan de krant had gesneden. 'Dat is alles. Jij was het, Kate. Na alles wat er gebeurd was, hadden we er iets van kunnen maken, jij en ik.' Een secondelang zag ze een tedere utidrukking in zijn ogen, en ze wist dat hij het zich net zoals zij herinnerde, en het deed haar zoveel meer verdriet dan ze voor mogelijk had gehouden. 'Maar je hebt alles opnieuw kapot gemaakt. En daarom zal ik nooit en te nimmer denken dat het niet jouw schuld was.'

Ze sloeg tegen de zijkant van een kast, haar hand bonkte pijnlijk hard tegen het hout. Ze rilde even en een onderdeel van een seconde rilde hij met haar mee.

'Je weet niet waar je over praat...'

Mac negeerde haar en sprak verder alsof ze niets had gezegd.

'Je liep weer weg,' zei hij met een geërgerde uitdrukking op zijn magere, vermoeide gezicht. 'Lieve god!' Hij keerde zich van haar af. 'Je hebt zelfs nooit geschreven.'

'Ik heb wél geschreven, Mac. Dat heb ik wél.' Ze wilde zich rechtvaardigen, maar het klonk zo zwak.

Hij wuifde het weg, en draaide zich weer naar haar om. In zijn ogen stond zoveel verdriet te lezen dat ze het bijna niet kon verdragen. 'Verdomme! Het lijkt wel een nachtmerrie. Dit alles is een nachtmerrie, en dat komt door...'

Francesca verscheen boven aan de trap naar de keuken. 'Ah,' zei ze, achteloos de knopen van haar zwarte blazer dichtknopend. 'Goeiemorgen, Kate. Ik ben afgrijselijk laat. Hemel, wat zie jij er bedonderd uit.'

'Francesca...' zei Kate, maar Francesca negeerde de interruptie.

'Wat een leuke verrassing, hè? Ik had je willen waarschuwen wie mijn...'

'Ze staat op het punt om weg te gaan, maak je geen zorgen.' Mac knipte laatdunkend met zijn vingers naar Kate. 'Ze heeft nog een paar dingen te doen.' Hij haalde diep adem en keek weer in zijn krant.

Dat was het moment waarop Kate afknapte. Ze deinsde achteruit en de tranen stroomden plotseling over haar wangen.

'Waarom begrijp je het niet?' riep ze. 'Dacht je dat het voor mij zo gemakkelijk was? Mac, ik kón niet anders!'

Ze holde de trap op, langs een verbijsterde Francesca, liep struikelend de slaapkamer in en trok haar kleren van de vorige avond aan. Nog geen minuut later holde ze de trap weer af. Francesca stond in de hal.

'Wat is er in godsnaam aan de hand?' vroeg ze.

'Ik moet...' Kate snufte, haar ogen zagen rood. Ze veegde haar neus af. 'Ik ga weg, zeg niks alsjeblieft... Sorry, lieverd.'

'Jij en Mac?' Francesca rimpelde haar voorhoofd. 'Wauw! Ik heb me altijd afgevraagd... Wanneer...?'

Mac verscheen in de gang, zijn lange lijf blokkeerde het licht uit de keuken. Hij tikte Francesca zacht op haar arm, maar wendde zijn ogen geen moment af van Kates gezicht.

'Laat haar gaan,' zei hij somber. 'Alsjeblieft, Francesca.'

'Wacht even, Kate, ik loop met je naar...'

'Nee, nee.' Kate haalde diep adem en glimlachte, alsof er geen vuiltje aan de lucht was. 'Ik moet ervandoor...'

Ze holde weg, smeet de deur luid achter zich dicht. Buiten was het koud en grauw, de lucht was bedekt met een aaneengesloten grijs wolkendek. Geesten. Overal in Londen waren de geesten.

18

Kate knipperde haar vermoeidheid en kater weg. In meneer Allans zitkamer was het warm en druk, en de inspanningen van die ochtend
– de terugreis uit Clapham, de race om alles klaar te hebben als de
rouwenden terugkwamen uit het crematorium, praten, drankjes inschenken, troosten, dingen aangeven, ze was aan één stuk door bezig
geweest sinds ze vier uur geleden bij Frances was weggegaan en nu
stond ze op het punt van instorten, verdrietig, katterig en ellendig.
Vooral nu, nadat die schat van een meneer Allan de kamer was binnengekomen, zijn zwarte hoed had afgezet, zijn pluizige haar uit zijn
van hartzeer vertrokken gezicht had gestreken. Verdriet, een afschuwelijk verdriet stond geëtst in elke rimpel, het was in zijn ogen te
lezen, en hij zag er plotseling veel en veel ouder uit. Hij had naar
haar geglimlacht, een heel vluchtig, flauw glimlachje.
    'Lieve Kate. Ah. Daar zijn we dus weer,' had hij gezegd.
    Ze had een glas wijn voor hem ingeschonken toen zijn familie bin-
nenstroomde, gevolgd door vrienden van de Allans, zijn oude jazzmaat-
jes, slordig uitziende musici in geruite overhemden en corduroy broeken, buren uit het gebouw... Met een schok realiseerde Kate zich hoe
weinig mensen ze hier ooit gekend had, dat zij en Sean nooit de moeite hadden genomen iemand anders te leren kennen buiten de Allans.
    Nu, een uur later, was de kamer vol mensen, benauwd en gonzend
van serieuze gesprekken en emoties. Kate voelde zich steeds beroerder.
Waarom had ze een wollen truitje aangetrokken? Ze wankelde even en
probeerde zich te concentreren op haar omgeving. Toen ze zich omdraaide zag ze dat een ernstige, lange man haar aanstaarde. Knipperend
met haar ogen bekeek ze hem nog eens goed. Ze kende hem... Waar
kende ze hem van?
    'Au!' Fred Michaels, zanger van het Chappell Quartet en Allans
oudste maatje, stond jammerend in de keuken. 'O! Ik heb mijn vinger gebrand!'
    'O, meneer M, het spijt me,' riep Kate, die zich door de menigte
heendrong en de keuken in holde. 'U moet ovenhandschoenen gebruiken.'

'Ik ben niet doof, verdomme. Het is een wake voor de overledene, geen concert voor de IJzeren Maagd,' ging hij verder, toen de oude man naast hem gniffelde.

'Da's een goeie, Fred,' zei hij.

'Dank je, Frank,' antwoordde Fred. 'Ho, ho.'

'Laat haar met rust,' zei meneer Allan, die de keuken binnenkwam. 'Ze doet fantastisch werk, echt fantastisch.'

'Eh, bedankt,' zei Kate. Enigszins verstrooid trok ze haar paardenstaart wat strakker aan.

'Waar zijn de plastic bekers?' vroeg meneer Allan.

Kate gaf ze aan hem. 'Gaat het een beetje?'

'Nee. Maar dat komt wel.' Hij blies lucht uit zijn wangen, wat een zacht, fluitend geluid gaf. 'O. Mijn zus vroeg me net of ik met haar op vakantie wilde.'

'Ze zei zoiets tegen me,' zei Kate, achteloos met een theedoek over het aanrecht vegend. 'En... hoe denkt u erover?'

Hij zwaaide naar het raam; het begon al donker te worden buiten. 'Misschien doe ik het wel, weet je. Een paar weken. Het enige probleem is...' Hij sloeg zijn arm steviger om haar heen. 'Gaat het goed met jou zonder mij?'

Ze voelde zijn troostende, knokige arm om haar heen en zijn vingers die in haar schouders drukten; het liefdevolle gebaar verraste haar.

'Nou,' zei Kate, en ze staarde strak naar de grond, zodat hij niet zou zien dat ze aan de rand van tranen was. 'Als dat uw enige probleem is, moet u natuurlijk gaan, vindt u ook niet?'

'Hm. Misschien.' Hij gaf haar een zoen boven op haar hoofd. 'Dank je, lieverd.' Hij knikte en gaf Fred toen een por. 'Ben je klaar om te gaan zingen?'

Fred knikte. 'Absoluut.'

'Ik ga even de sax halen.'

'Sst, alsjeblieft,' zei Fred vijf minuten later, en de opeengepakte mensen in het vertrek werden stil. Het enige geluid was het vage gedreun van het verkeer dat door de nog openstaande ramen drong.

'Dit is voor Eileen,' ging hij verder. 'Gram, wil jij een paar woorden zeggen?'

Maar meneer Allan schudde zijn hoofd.

'Dan wil ik jullie iets zeggen,' zei Fred, en zijn stem klonk heel zacht. Kate moest zich inspannen om hem te verstaan. 'Ik wil jullie vertellen dat ik erbij was toen ze elkaar leerden kennen, ik stond naast hen toen ze trouwden, en ik was getuige van al hun gelukkige jaren samen. En, Gram...' Hij richtte zich tot zijn vriend, die met gebogen hoofd stond, zijn saxofoon stevig tegen zich aan gedrukt. '... ik ben blij dat we nu allemaal bij je zijn. Dit is voor Eileen. Het is haar lievelingslied. Het was haar lievelingslied.'

Hij knikte naar de rest van de groep. Kate leunde tegen de keukendeur, met haar handen in de zakken van haar schort. Ze liet haar moede hoofd tegen de houten deurpost rusten, toen hij met hese stem begon te zingen. Het oude 'That's All'.

Toen Kate om een uur of zes naar beneden ging, was haar gezicht gezwollen en pijnlijk van de inspanning om niet te huilen, vriendelijk te glimlachen, troostende woorden te zeggen, en op armen te kloppen, terwijl ze tegelijkertijd wilde opruimen. Plotseling kwam haar zitkamer haar enorm groot voor met alleen zijzelf erin, terwijl die van hem tot aan de nok gevuld was met mensen, vrienden en geesten, en herinneringen. Hier was alles wit en veilig en schoon, en het was anders, vreemd. Terwijl ze om zich heen keek knoopte ze vermoeid haar schort los. Ze snufte luid.

'Hallo?' hoorde ze een stem dichtbij. Kate schrok op. Het kwam van de andere kant van haar voordeur.

'Hallo?' hoorde ze weer. 'Kate, ben je daar?'

Het was de stem van een vrouw. Van een vrouw die ze kende.

'Hoi. Kate?' zei de stem weer.

'Wie is daar?' vroeg ze behoedzaam.

'Kate, ik ben het, Sue. Sue Jordan.'

Sue Jordan... natuurlijk. Hoe had ze dat kunnen vergeten. Kate rukte de deur open.

Er verscheen een lach op Sues gezicht toen ze Kate zag, maar ze verroerde zich niet. Ze knikte slechts.

'Hier staat de reden waarom de oplaag van mijn tijdschrift een ramp is.'

'Hoezo?' Kate liep naar voren en omhelsde haar.

'Die ging omlaag toen mijn beste redactrice de benen nam.' Sue gaf haar een korte knuffel.

'Het spijt me vreselijk,' zei Kate.

'Wat spijt je?'

Het was werkelijk Sue Jordan die voor haar stond, als een afgezant uit het verleden. Ze was niet veel veranderd sinds Kate het sollicitatiegesprek met haar had gehad, zevenenhalf jaar geleden. Haar licht-blonde haar was in een bob geknipt, ze droeg een zakelijk grijs pakje en een grote schoudertas. Rond haar ogen had ze lachrimpeltjes. Dat was Kate altijd opgevallen, omdat Sue nooit lachte op haar werk, nou ja, nauwelijks. Ze dacht altijd dat het moest betekenen dat Sue thuis veel lachte.

Nu lachte Sue naar Kate. 'Je was me helemaal vergeten, hè?' zei ze.

'Nee... natuurlijk niet, maar...'

'De context. Ik weet het. Volledig buiten de context. Ik heb maan-dag op je deur geklopt nadat we bij Graham waren geweest, maar ik kreeg geen antwoord.'

'Ik zal wel bij mijn vader zijn geweest. Sorry.'

'Je hoeft je niet te excuseren, malle meid.' Sue kwam naar voren en gaf Kate een knuffel. Weliswaar een haastige, maar toch een knuf-fel. Ze kreeg een brok in haar keel. 'Wat jammer dat ik je daar niet heb gezien...' Sue wees met haar vinger omhoog, 'Ik was te laat, moest·in het crematorium blijven om een paar dingen te regelen. Ik zag je praten met mensen, en dat heerlijke eten ronddelen, je bent een geweldige meid. Maar ik liep je steeds weer mis omdat het zo druk was... Het leek me beter om beneden te komen als het rustig was geworden.'

'Kom binnen, kom binnen!'

'Nou, nee. Alec zit in de auto met Graham, we gaan in de stad met hem eten. In het French House. Dat was het lievelingsrestaurant van hem en Eileen. Zijn idee.'

'Aaah,' zei Kate. 'Eh... Het was...'

'Kate.' Sue deed een stap achteruit en keek haar onderzoekend aan. 'Je bent terug, hè?'

'Hè?'

'Voorgoed, bedoel ik. Deze keer blijf je toch?'

'Nee.' Kate schudde haar hoofd. 'Een paar weken maar, tot mijn vader beter is. Daarna moet ik terug naar New York.'

'Hm. Dus je voelt er niets voor om terug te keren naar de wereld van het tijdschrift?'

Kate keek op. 'Hoe bedoel je?'

'Hm, herinner je je Sophie nog?'

'Ja. Sophie. Natuurlijk.'

'Nou, ze schreef een column voor *Venus*. "Meisje in de stad." Moe-dig meisje dat zich een weg baant door de betonnen jungle, zoiets. Sophie was een joviale meid. Ze liep altijd op wandelschoenen. Maar

160

ze heeft net aangekondigd dat ze verliefd is op een of andere verrekte Marokkaanse knul uit Essaouira, en ze gaat daarheen, om op het strand te leven en schelpen te verkopen, of zoiets belachelijks.'

'Sophie?' vroeg Kate verheugd. Wat kon het leven van mensen toch onvoorspelbaar lopen, vooral als je iemand zo lang niet gezien had.

'Kate,' zei Sue. Ze schraapte haar keel en keek naar Kate. 'Hoor eens, schrijf vijfhonderd woorden voor me. Over wat je aantrekt in Londen. Vertel dat je net terug bent en hier komt wonen.' Haar ogen glinsterden. 'Dat is zelfs nog beter. Jonge vrouw komt terug in de Grote Smog na twee jaar in New York te hebben gewoond. Ja. En kom er dan met me over praten. Morgen. Nee, niet morgen. Hm, laat eens zien. Dinsdag.' Ze rolde met haar ogen. 'Hoor eens, ik wil dat jij die column schrijft.'

'Haar column?' Kates hersens werkten traag, besefte ze, ze was uitgedroogd, uitgeput. Ze kon Sues ideeën volgen, maar haar gedachten liepen een minuut achter; ze was vergeten hoe snel Sue dacht.

'Ja. Haar column. Zoals ik zei...' Sue herhaalde zichzelf langzaam. 'Schrijf vijfhonderd woorden, e-mail ze maandag naar me. Het is een voorteken, dit alles...' Ze zwaaide enthousiast met haar armen en schraapte weer haar keel. 'Ik heb jou altijd de beste gevonden. Je bént de beste, Ik wil je terug, Kate.'

Kate slikte; het brok in haar keel maakte plaats voor een pijnlijk gespannen gevoel in haar borst. 'Maar ik heb een baan,' zei ze, met een beleefde glimlach naar haar vroegere baas. 'Sue, het is... wauw, het is verbluffend, maar ik heb al een baan.'

Ze hoopte dat het daarmee over zou zijn. Maar Sue keek haar strak aan. Er viel een stilte.

'Nee, die heb je niet,' zei ze ten slotte. 'Ik weet niet wat je daar doet, maar noem het geen baan.'

'Om eerlijk te zijn is het...'

'Je bent een assistente, Kate.'

Het was een lange dag geweest... een langere nacht en dag. Kate hield zich vast aan de deurpost, tikte met haar vingers op het hout. 'Wat is er mis met een assistente, Sue! Het is vreselijk wat je daar zegt!'

Buiten toeterde een auto. Sue wikkelde haar sjaal om haar hals. 'Hoor eens,' zei ze, 'je bent van mij. Je bent van mij sinds je die jonge giraf was met lange benen en grote bruine ogen, die doodsbang leek tijdens ons gesprek. Hoe lang is dat geleden... acht jaar? Ik weet dat het klote was wat er met je gebeurd is, en het moet afschuwelijk zijn om hier terug te zijn. Maar je hoort hier, Kate. Je zult eraan moeten wennen. Snap je dat niet?'

'Ik hoor hier niet. En ik hoor zeker niet bij een tijdschrift.'

'Dat is grote nonsens,' zei Sue. 'Kijk eens naar jezelf, jouw leven komt regelrecht uit een tijdschrift. Het biedt je voldoende materiaal voor nog vijftig jaar kopij! Begrijp het dan toch, Kate, elke vrouw, elk meisje, is in wezen net zoals jij. Zeker elke lezeres van *Venus*.'

Kate lachte. 'Dat hoop ik niet voor ze!'

'Zo bedoel ik het niet.' Sue schudde haar hoofd, ongeduldig dat Kate het niet oppakte. 'Ze denken allemaal dat ze nutteloos zijn, hun leven verknald hebben, of dat de relatie met hun ouders rampzalig is, piekeren wanneer ze kinderen zullen krijgen, weten niet wat ze met hun leven moeten aanvangen. Ze hadden met X moeten trouwen. Ze hebben Y laten gaan. Ze hebben niet genoeg geld voor Z. We zijn allemaal hetzelfde, zie je, we zijn alleen allemaal een andere versie.' Ze nam Kate van top tot teen op. 'Behalve dat jij altijd superslank bent geweest. Dat haat ik van je.' Ze knoopte haar jas dicht. 'Goed. Dus je gaat aan de slag met die vijfhonderd woorden?'

'Ja. Ja, ik doe het. Ik zal het je maandag mailen.' Haar ogen schitterden. 'Dank je, Sue.'

'Dank me volgende week maar, poppedein. Nu moet ik weg. Maar bedankt voor vandaag. Je bent super!'

Kate deed de deur achter haar dicht en kon toen een lachbui niet bedwingen. Ze wist niet waarom, maar ze kon niet stoppen. En toen hield ze op met lachen en richtte zich peinzend in haar volle lengte op. Ze trok haar schouders recht en ging naar haar slaapkamer om haar stapel oude exemplaren van *Venus* tevoorschijn te halen. Ze waren er nog, onder haar geliefde telescoop, een stuk of vijftien, en boven op de eerste uitgave, met een foto in de klassieke stijl uit de jaren vijftig, de mooie, artistieke kleuren, het meisje op de cover, hollend om een bus te halen op Piccadilly, in een regenjas van TopShop's nieuwe voorjaarscollectie, in appelgroen linnen. Ze had van die cover gehouden, van alles wat ze probeerden te doen... Voorzichtig schoof Kate de telescoop opzij en hurkte op de grond. Ze bladerde de gladde, glanzende covers door, vol bewondering, trots op wat ze bij *Venus* had gedaan. Waar was die Kate gebleven?

19

Mei 2003

'Ik bedoel maar, hij is een stúk!' zei Juliet, de moderedactrice, met een aai over een truitje dat ze had meegebracht om de vergadering te bewijzen dat een noppenmotief weer in de mode kwam. 'Hij is een oudere Marco Pierre White. Behalve dat hij niet gek is. God, ik ben dol op hem.'

'Heb je gezien hoe hij die waardeloze fluitspeelster uit Italië gisteravond troostte?' zei Jo, de kunstredacteur.

'Ik weet het!'

'Wie is hij?' vroeg Sue Jordan, en Priscilla, de allerliefste nieuwsredacteur en plaatsvervangend hoofdredacteur, antwoordde onmiddellijk: 'Daniel Miller. Hij is van de tv-show *Maestro!* Het is net *Pop Stars.* Hij is fantastisch, Sue.'

'Daniel Miller?' zei Sue. Vanaf haar verheven plaats aan het hoofdeind van de tafel riep ze naar Kate. 'Wacht even. Ik wil onze allercharmantste columnist en features redacteur iets vragen. Kate, is dat niet jouw vader?'

Kate, die tijdens dat gesprek door de grote glazen ramen naar de rivier langs de South Bank had zitten staren, draaide zich weer om naar de groep. Ze veegde een denkbeeldig stofje van haar grijze Josephpakje, het duurste kledingstuk dat ze tot dusver gekocht had.

'Eh, ja.' Ze krabde met een potlood op haar hoofd en mompelde achteloos: 'Ik denk het wel.'

'Wát?' zei Tom Price, de uitgever van het tijdschrift. 'Daniel Miller is jouw vader? Lieve hemel!'

'Je houdt me toch niet voor de gek?' zei Juliet. 'Kate Miller. Daniel Miller. O, lieve help!'

'Wauw!' zei Priscilla, die zonder succes probeerde om verheugd te kijken voor Kate over haar genetische erfenis.

'Hij is je vader?' zei Nicola, de plaatsvervangend featuresredacteur. 'Waarom heb je dat niet gezegd?'

Kate dacht aan achttien maanden geleden, voordat de show het fiat had gekregen van de omroep, toen Daniel bijna zijn huis had moeten verkopen en had moeten verhuizen naar een flat in Acton. 'Het kwam gewoon niet ter sprake.'

'Waarom wil hij niet dat ze hem chocola sturen?' vroeg Nicola. 'Er stond een interview met hem in Good Housekeeping en hij zei dat hij het vreselijk vond als hij chocolaatjes toegestuurd kreeg. Gek, hoor! Maar wél sexy!'

'Hij is diabeticus,' zei Kate kortaf. 'Hij kan niet tegen suiker. Dat is echt heel slecht voor hem. De mensen sturen hem altijd cadeautjes na recitals. Goed, zullen we verdergaan?'

'Wauw,' zei Priscilla. Ze trommelde luid met haar vierkante nagels op het glazen tafelblad.

'Geweldig, Kate. Kun je zorgen voor een interview met hem? En hem zeggen dat hij met niemand anders moet praten? O!' Haar ogen begonnen te stralen. 'Hij is gescheiden, hè? Dat las ik verleden week in Hello,' zei ze tegen de anderen, die haar met open mond aanstaarden. 'Zijn vrouw is er met iemand vandoor gegaan. Ja toch?'

'Ze is mijn moeder,' zei Kate bits. 'En ze is er niet met iemand vandoor gegaan. Ze...' Ze was dankbaar dat Nicola haar in de rede viel.

'Nou, ik weet dat hij er kapot van was. Is hij op zoek naar liefde? Misschien is dát het! We zouden hem aan iemand kunnen koppelen.'

'Hm.' 'Mmm.' 'O, dat is een goed idee,' mompelden sommigen, niet zonder een wat spijtige klank, alsof Kate dit zo georganiseerd had om haar carrière te promoten.

Kate klemde haar grote aantekenboek tegen zich aan. Gek eigenlijk, hoe het fortuin van de familie Miller wisselde van slecht naar goed, en eindigde in dit volkomen belachelijke gesprek. Ze moest bijna lachen en wilde dat Charly of Zoe er was om het te horen. Sean zou het niet volgen, dacht ze, de schat. Hij zou verontwaardigd zijn. 'Oké,' zei ze; voor het eerst voelde ze sympathie voor beroemdheden die klagen dat ze in een verkeerd daglicht worden gesteld. 'Ten eerste hebben jullie het over mijn moeder en ze is er niet met een ander vandoor gegaan. Ze ging bij mijn vader weg omdat het niet werkte.'

'Waarom niet?' vroeg Priscilla gefascineerd.

'O.' Kate was van haar stuk gebracht. 'Eigenlijk weet ik dat niet precies. Het werkte gewoon niet.' Ze keken haar niet-begrijpend aan. 'Ik was veertien,' verdedigde ze zich. Ze zei niet: *het was de dag na mijn verjaardag, en ik heb haar daarna een jaar niet meer gezien.*

'Mmm.'

Bovendien is het dertien jaar geleden,' ging Kate verder. 'Verleden tijd. Ze zijn nu heel goede vrienden.'

Aangezien haar vader vorige week het verzoek van haar moeder om haar hun trouwalbum te sturen (ze was net begonnen met een plakboek) had afgedaan als 'weer een eis van dat duivelsmens' en toen luidkeels had gebruld 'GOD! Ik haat haar!!' was dit niet helemaal waar, maar nu, op deze redactievergadering zou het moeten volstaan. Ze was beslist niet van plan het hele drama met hen door te nemen.

'En die arme vader van je?' Juliets ogen waren zo groot als schoteltjes. 'Dat is toch triest voor hem. Is hij nog alleen?'

Kate dacht aan de sopranen, de vioolleerlingen en fans die zijn slaapkamer en de rest van het huis bevolkten toen Venetia vertrokken was. Kate had zich elke ochtend een weg langs hen moeten banen als ze 's morgens naar school ging. Het was elke dag spitsroeden lopen: je wist nooit of Natalia uit Moskou, of Briony uit Colorado, probeerden huiselijk te doen in de keuken, of ze koffie zetten voor hun held, of haar tegenhielden als ze naar buiten liep en haar met valse complimentjes overlaadden, in een poging haar uit te horen over de beste manier om haar vader te strikken. Kate moest beleefd tegen hen blijven, maar voelde zich niet op haar gemak. Ze had verreweg de voorkeur gegeven aan de constante stroom van goede vrienden, oude kameraden, die, zoals altijd, tot diep in de nacht het huis vulden met muziek en gelach en dure rode wijn. Het was sowieso een belachelijke vraag. Haar vader, alleen! Om je dood te lachen.

Toen dacht ze aan zijn leven sinds hij Lisa had leren kennen, hoe dat allemaal was verdwenen, hoe haar thuis, het smalle huis in Kentish Town, was verkocht, en hoe orde en beige kleuren hun intrede hadden gedaan. Een paar weken geleden had iemand in de *Observer* over Daniel Miller geschreven dat hij nu een marketing product was en niet langer een musicus, en heimelijk moest Kate hem gelijk geven. Lisa had er zes maanden over gedaan om bij hem in te trekken, nóg een paar maanden om zwanger te worden, tien maanden om haar oude vrienden van GMTV, waar ze gewerkt had, zover te krijgen dat ze hem leerden kennen. Een jaar later was hij terug in de studio en nam een album op: *Daniel Miller plays Glen Miller*. En nu kon hij zich een bruiloft veroorloven waarop zijn vrouw gekleed ging in Temperley Couture en de gasten elk als aandenken een klein zilveren bedeltje in de vorm van een viool kregen, met Lisa en Daniels initialen en de datum. Kate schudde haar hoofd.

'Nee, hij is niet alleen,' meldde ze de redactieleden. Ze kuchte even. 'Morgen gaat hij voor de tweede keer trouwen.'

Die keken verbaasd op. Dit was nieuws. 'Wauw,' zei Tom, nog steeds abnormaal gefascineerd. 'Hebben ze een fotograaf? Hebben ze een deal gesloten met een tijdschrift?'

'Nee,' zei Kate, met haar potlood in de hand. 'Ik hoop het niet tenminste. Anders zal ik een yashmak moeten dragen.'

'Je bedoelt zeker een burka?' vroeg Priscilla liefjes.

'Nee.' Kate legde haar potlood neer.

'Natuurlijk wel, Kate.'

'Een burka is een volledig kledingstuk. Een yashmak is een soort sluier die de ogen vrijlaat en die, eh... voornamelijk wordt gedragen door moslimvrouwen, meestal Turkse,' hoorde Kate zichzelf zeggen, inwendig kreunend.

'Hoe wéét je dat toch allemaal!' kirde Priscilla. 'Je bent net een dikke oude man bij een pubquiz! O, Kate. Wat ben je toch grappig.'

'Waarom? Omdat ze iets meer weet dan hoeveel de Spice Girls deze week gezamenlijk zijn afgevallen?' zei Juliet onverwacht. Kate keek haar verbaasd aan en glimlachte.

'Goed, goed.' Sue sloeg met een beslist gebaar op de glazen tafel. Ze knikte vriendelijk naar Kate. 'Dit is voorlopig alles. We komen zoals gewoonlijk maandag weer bijeen, en Kate... veel plezier bij de bruiloft.'

Toen Kate haar spullen bijeen had gepakt, haar filofax, haar ideeënboek, de laatste nummers van het tijdschrift, volgde Sue haar naar buiten, naar haar kantoor.

'Heb je een goed gevoel wat morgen betreft?' vroeg ze toen Kate bij haar bureau stond. 'Ik vroeg het me af.'

Sue was niet geneigd tot sentimentaliteit of openlijk vertoon van genegenheid, en Kate draaide zich met een dankbare glimlach naar haar om. Dankzij Sue was ze hoofd van de afdeling Features, wat ze onvoorstelbaar, spannend en opwindend vond.

Na de wekenlange gesprekken en de geheimhouding rond het hele project was ze eindelijk bij *Woman's World* vertrokken en vlak voor de lancering van *Venus* begin 2002 plaatsvervangend redactiechef Features geworden. Maar de oorspronkelijke redactiechef – die meer van de oude school was en ervan uitging dat elke taxi, en één keer zelfs het verjaardagsdiner van haar man, voor rekening van de zaak was – had het niet gered tot de lancering, en dus was Kate, kort voor Kerstmis 2001, gepromoveerd tot redactiechef.

Met dat in gedachten gaf Kate een klopje op Sues arm – beiden vormden een uitzondering bij *Venus* en deden niet mee aan alle openlijke betuigingen van genegenheid. Er waren altijd veel luchtzoenen; Sue hield daar niet van. En evenmin hield ze van anorectische modellen, waanzinnig dure fotoshoots in Miami voor een foto van een model tegen een witte muur en overbetaalde onbetekenende columnisten. Eigenlijk gaf ze sowieso niet veel om mode. Daarom had Broadgate haar aangenomen als hoofdredacteur. Ze wilden iemand met nieuwe opvattingen, die de kosten kon drukken, en die een team jonge mensen om zich heen kon verzamelen die dat allemaal goed beseften.

'Het wordt een geweldige gebeurtenis,' zei ze tegen Sue. 'Het is niet zo dat ik sta te trappelen van ongeduld en dat het de mooiste dag van mijn leven is, maar weet je... Ik ben erg blij voor mijn vader. Lisa heeft zijn leven volkomen veranderd.'

'Daar ben ik blij om,' zei Sue. Ze keek om zich heen in Kates kleine glazen kantoor. 'Het moet toch wel vreemd zijn.'

'Ja, een beetje wel.' Kate was altijd eerlijk tegen Sue. 'Maar Sean komt. En Zoe en Steve... Zij zijn onze beste vrienden, weet je. Ze zijn verleden jaar getrouwd. Herinner je je nog dat je voor de catering voor suikervrije gebrande amandelen hebt laten zorgen?'

'De kleine Zoe, met het zwarte haar.' Sue keek vergenoegd. 'Prima. Hoe gaat het met haar?'

'Heel goed. Ze is zwanger, dus het gaat echt goed met haar.'

'Nou, het zal prettig voor je zijn dat je je eigen groepje hebt op die dag.'

'En Charly komt,' voegde Kate er plagend aan toe.

Sue keek met geveinsde afschuw op. 'Juist. Een *gang* dus.'

'Ze komt in het zwart, en ze zei gisteravond aan de telefoon tegen mijn moeder dat ze tijdens de toespraken "Nee!" zal schreeuwen als mijn moeder dat wil.'

Nu was Sues afschuw ongeveinsd. 'O, mijn god. Dat is niet mis, hè? Wat heeft je arme moeder daarop gezegd?'

'Dat vertelt de geschiedenis niet,' zei Kate lachend. 'Maar mijn moeder kennende denk ik dat ze het prachtig zou vinden.'

Ze kon merken dat Sue niet goed wist of ze moest lachen of niet, want Sue maakte een gebaar ten afscheid en haastte zich naar haar eigen kantoor. Kate draaide zich weer om naar haar bureau en nam de telefoon op. Sean sliep de nacht vóór het huwelijk bij haar, en ze wilde zeker weten dat hij alles bij zich had. Hij had er een hekel aan om bij haar te blijven slapen, hij had veel liever dat ze bij hem kwam, en hij zou ongetwijfeld iets vergeten. Op haar bureau lagen de proeven voor de quiz van de volgende editie: WIE IS ER DE BAAS IN JE RELATIE? JIJ OF HIJ?

'Ha,' zei Kate en ze legde haar voeten op haar bureau toen Seans telefoon ging. Ze draaide rond om weer uit het raam te kijken en ving haar spiegelbeeld op in het glas. Dat was zij, dat meisje in het grijze pakje met het gladde kapsel en het kantoor. Gek, hoor. Ze zuchtte tevreden, wachtte tot Sean de telefoon zou beantwoorden en staarde naar de overkant van de rivier. Het uitzicht op de stad in het voorjaar was werkelijk schitterend.

20

De volgende ochtend, de dag van het huwelijk, stapte Kate weer in bed en zei opgewekt: 'Het wordt een prachtige dag. Geen wolkje aan de lucht. Het is nu al warm en het is nog niet eens acht uur!'

'Waarom zijn we dan al wakker?' mopperde Sean. Hij zette zijn thee op het nachtkastje, draaide zich om en trok het dekbed over zijn hoofd.

Kate zat rechtop in bed en dronk met kleine slokjes van de hete thee; ze liet haar koude voeten warm worden onder het dekbed. Ze haakte één voet over Seans been en nam nog een slok.

'Aaah,' hoorde ze zichzelf zeggen, alsof ze zestig was en niet zevenentwintig. 'Ah.'

Stilte.

'Sean, is je overhemd gestreken?' vroeg ze aarzelend.

'Ja,' bromde Sean van diep onder het dekbed.

'Want ik kan er makkelijk nog even met een ijzer overheen gaan.'

'Het ís gestreken. Sst.'

Kate wilde dat alles van haar kant perfect was. Ze was Daniels dochter, ze moest de eer van de familie Miller hooghouden. Ze wilde niet dat de mensen naar haar zouden kijken en glimlachen en tegen elkaar fluisteren: 'Zijn dochter, die vissen hield en geobsedeerd was door Sylvia Plath... Het is toch maar een rare meid gebleven, hè?' Nee, ze wilde dat haar vader en al zijn vele vrienden en collega's, en Lisa's hele familie trots op haar zouden zijn. Heel even ging het door haar hoofd: stel dat ze in haar eentje had moeten gaan, een single, of alleen met Charly, Zoe en Steve, als ze Sean eens niet had? Afschuwelijk om daar alleen naartoe te moeten, naar het glamoureuze tweede huwelijk van je vader met de moeder van zijn nieuwe kind. Goddank dat Sean er was, dacht ze weer. Ze zette haar thee neer en kroop dicht tegen hem aan.

'Sorry,' fluisterde ze en ze trok het dekbed om zich heen. 'Ik zal je laten slapen.' Ze was zelf ook moe, haar nieuwe baan was uitputtend, met alle andere dingen erbij. Ze sloeg haar arm om Sean heen, maar hij lag zachtjes te snurken. Ze kon niet meer in slaap komen, ook al was ze moe. Ze bleef veilig onder het dekbed nog een uur naar het plafond staren en nadenken.

Na een tijdje begon ze vreemde geluiden te horen, gebons, gekletter en verwoed gemompel. Het kwam uit de zitkamer en de keuken, en ze kromp ineen telkens als het harder werd, want ze wilde niet dat Sean wakker zou worden. De geluiden werden steeds luider naarmate het uur verstreek. Charly was op en maakte zich gereed. Het was een hele operatie, die met een hoop lawaai gepaard ging en waar veel hulpmiddelen bij te pas kwamen. Toch zag ze er uiteindelijk precies hetzelfde uit, alleen nog verbetener en minder aardig, als wanneer ze in haar pyjama toast naar binnen zat te schrokken en vloekte op de tv of hysterisch werd bij een video, of op de bank aan de telefoon hing. Dat dacht Katy tenminste altijd, maar ze durfde het nooit hardop te zeggen. Op die momenten was Charly op haar mooist, was Kates conclusie, maar Charly had geen idee.

Er klonk een luide bons en een gesmoorde tirade vol krachttermen volgde.

'Wat is dat?' vroeg Sean slaperig. Hij draaide zich om naar Kate. Ze drukte zich tegen hem aan, in de hoop op een stevige, warme ochtendomhelzing, maar zijn armen lagen gekruist op zijn borst en hij sliep nog half.

'Het is Charly maar, sorry,' zei Kate. 'Ze maakt een enorme herrie. Erger je niet. Je moet straks toch opstaan...'

'Ze doet het met opzet, dat stomme wijf,' zei Sean. Hij wreef over zijn gezicht. 'Poeh.' Hij viel weer in slaap en Kate zuchtte.

Charly kon Sean niet uitstaan. Kate deed haar best, maar na een tijdje gaf ze het op.

'Ik snap het gewoon niet,' zei Kate tegen Charly, later op ochtend, toen Sean weg was om Zoe en Steve op te halen, en de twee huisgenoten achterbleven om zich op te tutten. Anticipatie en irritatie maakten Kate stoutmoediger dan ze normaal zou zijn geweest. 'Vind je hem werkelijk zo verschrikkelijk?'

Charly lag languit op de bank, die bedekt was met een oude batikdoek. Ze was van top tot teen in het zwart, zelfs zwarte laarzen. Het was hartje zomer. Haar lange, warrige caramelkleurige haar hing over de armleuning van de bank. Kate keek naar haar in de spiegel, terwijl ze bezig was haar haar te drogen. Charly rimpelde haar perfecte wipneusje.

'Hoor eens, Kate,' zei ze met haar hese Cockney-stem, 'ik weet dat hij niet de duivel in eigen persoon is. Of een kinderlokker. Oké? Ik mág hem alleen niet. Gesnopen? Dat hoef ik toch ook niet, verdomme?'

'Maar waarom dan niet?' vroeg Kate benepen, met de haardroger in haar hand.

'Ik mag hem gewoon niet.' Charly liet haar adem ontsnappen en draaide zich naar Kate om. Haar stem klonk zachter. 'Lieverd, ik weet zeker dat hij geweldig is. Ik vind alleen... dat hij... Nou ja, hij is zo'n verrekte jongen.' Haar stem klonk minachtend.

'Een jongen?' vroeg Kate, die bedacht hoe groot en flink Sean was, hoe iedereen bij hem in het niet verzonk, hoe nietig zij zichzelf voelde als ze bij hem was. 'Ben je mal? Hij is zo groot als een huis, om te beginnen. Hij roeide in het team van zijn universiteit!'

'Geef ik onmiddellijk toe, meid,' zei Charly. 'Maar toch is hij nog een kleine jongen.' Ze zweeg even en keek Kate aan onder haar lange wimpers, blijkbaar overwegend hoever ze kon gaan, of ze misschien al te ver wás gegaan. 'Zo denk ik erover tenminste.'

'Dus je vindt hem een beetje kinderachtig,' hield Kate vol, hopend dat nu ze Charly eenmaal aan de praat had gekregen, ze meer te horen zou krijgen. 'Heeft hij je op de kast gejaagd? Was het toen hij als baby op ons gekostumeerde feest kwam?'

'Ja, precies,' zei Charly sarcastisch. 'Hij heeft me op de kast gekregen toen hij als baby op ons feest kwam. Nee, schat.' Ze ging rechtop zitten, blies haar pony uit haar ogen en vouwde haar lange, slanke benen onder zich. 'Ik ben gewoon pissig. Ik zal vast wel jaloers zijn of zo. Oké? Hij is aardig. Ik ben erg blij voor je.'

'Hij ís aardig,' herhaalde Kate.

'Hij is aardig,' zei Charly weer. 'Maar ik zie je niet eeuwig bij hem blijven.' Langzaam ging ze verder. 'Ik had gedacht dat jullie nu wel zouden samenwonen, maar dat doen jullie niet, hè?'

'Dat...' Kate schudde haar haar los. 'Daar moeten we over praten.'

'Juist. Het duurt nu al langer dan twee jaar, pop. Wat let jullie?'

'Hou op.' Kate weigerde zich vandaag door Charly van haar stuk te laten brengen. 'Ik vind het te leuk om jouw huisgenoot te zijn, dát let ons. Hij vraagt me steeds weer het te doen, maar ik ben gewoon niet opgewassen tegen een leven zonder jou.'

'O, haha.' Charley liet zich achterover vallen en fietste met haar benen in de lucht. Ze leek wat opgeruimder. 'Oké, ik zal hem een kans geven, ik beloof het je. Ik hoop dat jullie binnenkort een of ander gruwelijk huis in een buitenwijk kopen. Goed?'

'Oké.' Kate wilde niet hardop zeggen wat ze dacht, namelijk dat ze eigenlijk medelijden had met Charly omdat ze het niet begreep. Ze wist niet hoe ze het haar moest uitleggen. Maar Charly's blik maakte haar duidelijk dat de discussie voorbij was, en Kate vond het goed van haar dat ze toegaf dat ze pissig was, dat ze jaloers was. Misschien was dat uiteindelijk wel alles.

De deurbel ging. Charly sprong overeind. 'Kom, Katy,' zei ze en ze sloeg haar armen om haar heen. Ze rukte de haarborstel uit Kates handen. 'Je haar zit prima. Zullen we gaan? Anders komen we nog te laat voor Mister Loverman. Ik beloof je dat ik aardig zal zijn. Waarom zou ik de grote dag van de Millers bederven, hè? Het wordt super.'

Kate was daar niet zo van overtuigd. Niet lang nadat ze in Holland Park was gearriveerd, besefte Kate dat de bruiloft van haar vader niet in de eerste plaats ging om het smeden van de heilige huwelijksband. Het was meer een goede gelegenheid om te netwerken voor al haar vaders kennissen en de semi-beroemdheden die hij had leren kennen, nu Lisa zijn tweede bestijging van de ladder naar de roem managede. Vanaf het moment dat hun auto stopte voor de Orangery, het restaurant waar de receptie werd gehouden (Daniel en Lisa waren die ochtend getrouwd slechts in aanwezigheid van Lisa's zus en zwager), werd Kate bestormd door oude vrienden van haar vader die op zoek waren naar andere oude vrienden van hem.

'Kate, schat van me! Waar is Boris, heb je hem gezien?'

'Hallo, Kate! Hoe gaat het, lieverd? Heb je Elizabeth gezien?'

'Weet je of het waar is dat ze verhuisd is?'

'Ik heb gehoord dat Michael Ball komt. Is dat waar?

'Wauw,' zei Charly, terwijl ze in de stralende aprilzon door het nog zachte gras liepen. 'Michael Ball, ik zal me moeten beheersen!'

'Dit is komisch!' zei Steve die met zijn arm om Zoes schouders geslagen naar hen toekwam. 'Kate, al die jaren heb ik je als een keurig tutje gezien, en kijk nu eens, de dochter van een beroemdheid. Als je niet oppast, sta je straks in OK! en praat je over je borstvergroting.'

'Ze is geen tutje,' zei Sean, die haar trouw verdedigde. 'Ze is een prachtvrouw.'

'Je bent een beetje een tutje,' zei Zoe, niet onvriendelijk.

'Bedankt, schat,' zei Kate. 'Lief van je.'

Zoe lachte naar haar. 'Dat meende ik niet. Je weet wat ik bedoel.' Kate keek naar haar vriendin, keurig en chic in een groene jurk, die haar dikke buik nog meer accentueerde. Het kind was over twee weken uitgerekend. Zoe streek haar haar glad achter haar oren.

'Waar komt dat vandaan?' vroeg Kate, wijzend naar haar buik.

'Ik weet het,' zei Steve en hij spreidde zijn handen uit met de palmen naar buiten, alsof hij in opperste verbazing verkeerde. 'Echt waar, het lijkt of het pas verleden week was dat haar buik nog helemaal plat was... en moet je nu zien!' Hij streek over de buik van zijn vrouw. 'Ik denk dat het een jongen is.'

Als Steve iets vertelde, moest je dat eigenlijk nooit geloven, dus iedereen lachte. 'Ik weet zeker dat het een meisje is,' zei Zoe.

'Ik ook,' viel Kate haar bij.

'Ik ook,' zei Charly. Ze tilde haar haar met één hand op en gooide het achteloos naar achteren. 'Je draagt heel laag. Dat wijst erop.'

Kate keek haar nieuwsgierig aan. 'Ja, ik weet wat ik zeg,' snauwde Charly. 'Oké?'

Even bleef het stil. Iedereen knikte toen er gasten voorbijkwamen. Steve klapte in zijn handen. 'Hoe dan ook, Kate is echt een tutje. Ik herinner me nog de eerste keer dat ik Kate ontmoette in onze universiteitsbar en...'

'Dat is volkomen flauwekul,' zei Kate geërgerd. 'Dat vertel je altijd en het is absoluut niet waar! Dat heb ik nooit gezegd!'

'Ze vertelde me dat ze maar één drankje bleef drinken, omdat ze terug moest naar haar kamer om haar cassetteverzameling opnieuw te sorteren,' eindigde Steve triomfantelijk, met een liefdevolle glimlach naar Kate. Zijn groene ogen schitterden ondeugend, en Kate keek hem hoofdschuddend aan.

'God, je lijkt precies op...' begon ze, en hield toen snel haar mond.

'Op wie?' vroeg Steve. Hij keek naar Zoe, zijn hand nog steeds beschermend op haar buik, toen iemand hem zachtjes aanstootte.

'Niemand,' zei Kate. Sean gaf haar een por.

'Toe dan, op wie?' vroeg hij nieuwsgierig.

'Op niemand,' zei Kate. Dankbaar zag ze dat Charly haar mond open en weer dicht deed. 'In ieder geval ontken ik dat dat ooit gebeurd is, en, Charly, ik heb van jou geen commentaar nodig.'

Charly knikte. 'Ja,' zei ze, met een glimlach naar Steve. 'Weet je dat we twee jaar achter elkaar de pubquiz hebben gewonnen toen Kate in ons team zat? Er was een vraag bij over een totaal onbekende middeleeuwse dichter of zoiets, en niemand had zelfs maar ooit van hem gehoord, maar Kate wist wanneer hij gestorven was!'

'George Herbert was elizabethaan,' zei Kate. 'En hij is niet onbekend.'

'O, hemel,' zei Charly, en Steve lachte. Sean verdedigde haar.

'Hé,' zei hij geërgerd, zonder Charly echt aan te kijken. 'Doe niet zo vals. Ik heb geen tutje als vriendin.'

'Hallo, hallo, hallo!' klonk een luide stem achter hen. 'Wat heeft dit te betekenen?' Daniel kwam tussen Sean en Charly staan en gaf Sean een klap op zijn rug. 'Welkom, welkom!' riep hij vrolijk. Verschillende mensen draaiden zich glimlachend naar hem om.

'Hallo, Daniel,' zei Charly beleefd en ze gaf hem een zoen. 'Gefeliciteerd.'

'Dank je, Charly,' zei Daniel met een waarderende blik op Charly's zwarte, sexy gestalte. 'Hoe gaat het met mijn mooie meisje?' Hij kuste Kate.

'Pap.' Ze kuste hem terug. 'Wat een heerlijke dag.'

Door de grote glazen ramen van het restaurant scheen de zon naar binnen terwijl de gasten zich verspreidden over de gazons en de paden van de prachtig aangelegde tuinen. Rondom haar stonden mannen in linnen pakken en vrouwen in korte jasjes, mooie jurken en op hoge hakken te praten, lachen en drinken. Het leek op iets uit een lifestylemagazine, dacht Kate. Ze had het allemaal kunnen gebruiken voor het tijdschrift zonder inzet van modellen. De meeste mensen hier waren perfect gekapt. En als ze dat niet waren, zagen ze er 'gedistingeerd' uit, alsof ze allemaal rijk waren.

Sean gaf Daniel een hand en Daniel gaf hem weer een vriendelijke klap op zijn rug.

'Ah, meneer Lambert. Sean! Goed je te zien, bedankt voor je komst.'

'U wordt bedankt, meneer Miller,' zei Sean en hij pakte zijn hand in een berensterke greep.

'Sean, ik heb je al eerder gezegd, noem me Daniel.'

'Natuurlijk, Daniel,' zei Sean glimlachend. 'Sir.' Hij sloeg zijn arm om Kates middel en zij pakte zijn hand vast. Daniel keek naar hen.

'Ik ben zo trots op je, lieverd,' zei hij met een hapering in zijn stem. Kate besefte dat hij dacht aan wat er in het verleden allemaal gebeurd was, en ze kuste hem weer.

'Ik ben trots op jou, lieve papa.'

Kate zag dat Daniel over haar schouder heen naar iemand glimlachte. Zijn dikke, grijzende haar was naar achteren geborsteld als de manen van een leeuw, zijn grote, zware lichaam stak in een marineblauw maatkostuum van onberispelijke snit, met een roze zijden das en een roze roos in zijn knoopsgat. Hij zag er precies zo uit als Kate wist dat hij zou willen: gesoigneerd, mondain, aantrekkelijk, jong voor zijn leeftijd. Geen spoor van het arme Poolse jongetje dat hier na de oorlog was gearriveerd, zonder schoenen (zoals hij beweerde), en wiens ouders hun achternaam hadden veranderd, opdat Daniel op school niet gepest zou worden. Kates ogen volgden hem met trots en ze deed haar best zich op deze dag gelukkig te voelen voor hem.

Na de plechtigheid, en in de loop van de dag, besefte Kate dat ze plezier had, en voor één keer zegende ze Lisa omdat ze eraan gedacht had Kate te zeggen dat ze een paar van haar eigen vrienden moest meebrengen. Er was maar één wolkje aan de lucht: die middag deed Charly na een paar borrels werkelijk haar best met Sean te praten, maar Kate voelde dat het zinloos was. Ze sloeg hen beiden gade toen ze in de oranjerie stonden, en besefte dat de reden waarom Charly hem niet mocht doodsimpel was... hij mocht haar niet. En Charly was eraan gewend dat iedereen haar aardig vond, vooral mannen. Ze ruziede met ze als een kwaaie kat, behandelde ze als een stuk vuil... maar toch ging hun verlangen naar haar uit. Als Kate samen was met Charly zag ze een dromerige blik komen in de ogen van de mannen en dat was niet vanwege Kate. Charly's parmantige kleine borsten, haar verwarde haren, haar wipneusje, haar hooghartige blik: ze vielen ervoor als tinnen soldaatjes.

Maar Sean was er ongevoelig voor. Tijdens het feest zwaaide Charly met haar haar en deed haar best indruk te maken op Sean. Ze vertelde zelfs een paar van haar beste grappen over hun tijdschrift, onder meer over de vrouw die kwam opdraven met haar verzameling gebreide en met kapok gevulde poppen, met de naam 'Kate' geborduurd op de voorkant.

'Ze had Kate geschreven en haar opgebeld, ze was gewoon gek, en alleen Kate was zo aardig geweest om met haar te praten... En daar staat ze dan, met die gebreide poppen, maar Kate is niet op kantoor, en Josephine, de nieuwe hoofdredacteur, zegt alleen maar: "Handel jij dit maar af, Charly. Tenslotte is Kate jouw beste vriendin. Wanneer is ze jarig? Je kunt ze haar geven als verjaardagscadeau!" En...'

'Goeie genade,' zei Zoe met ingehouden adem, en Steve lachte en deed een stap achteruit. Hij sloeg zijn arm om Zoe heen, die hem op zijn borst klopte, en ze liepen samen weg. Charly keek hen na, met samengeknepen ogen, een ondefinieerbare uitdrukking op haar gezicht, en Kate besefte dat het geluk van anderen haar pijn deed. Want het was natuurlijk geweldig om Charly te zijn, dat kon niet anders, maar soms moest het toch ook wel triest voor haar zijn.

Kate had er veel over nagedacht, vooral sinds ze huisgenoten waren. Ze dacht dat Charly zich soms heel eenzaam moest voelen. Ze was niet zo hard als ze zelf graag dacht dat ze was. Charly wist niet van zichzelf dat ze soms eigenlijk heel aardig was: als ze eindeloos thee zette voor Kate en haar bijna dwong kleren te dragen die ze normaal niet zou durven aantrekken. Of ongewoon geestig: haar observaties waren bijna griezelig juist, en ze had een perfect geheugen voor de eigenaardigheden van sommige mensen, zodat Kate zich soms verslikte van het lachen. Maar het was de laatste tijd zo veranderd. Charly werkte nog steeds bij *Woman's World*, maar soms kende Kate de mensen niet over wie ze het had. Ze hadden minder met elkaar gemeen, minder om over te praten dan vroeger. Soms had ze het gevoel dat de rekeningen van het huishouden hen nog het meest bijeenhielden, dat ze uit elkaar groeiden, en dat vond Kate afschuwelijk.

'Kate!' Charly tikte haar op haar arm.

'Sorry. Ik luisterde niet goed,' verontschuldigde Kate zich. 'Wat zei je?'

'Ik zei dat hij aardig is. Vind je niet?' Charly knikte in de richting van Steve.

'Ja, erg aardig,' zei Kate. Sean legde zijn hand om haar middel en ze leunde tegen hem aan. 'Erg aardig. Absoluut.'

'Maar hij is ook zo alledaags. Dertien in een dozijn. Ik was er niet aan begonnen.' Geïrriteerd zwaaide Charly haar haar naar achteren. 'Hé,' riep ze naar Steve en Zoe, 'willen jullie nog wat champagne? Ik zal nog wat voor ons halen.'

Ze liep in de richting van een ober, maar draaide zich weer om met een verstarde glimlach. 'Kate!' siste ze. 'Ze komt eraan!'

In een waas van crèmekleurige chiffon en zijde kwam Kates nieuwe stiefmoeder, Lisa, naar hen toe geschreden, met een glimlach als een oosterse kat en een voorhoofd zo glad als een nieuwe appel, volledig rimpelvrij.

'Hallooo,' zei ze charmant en ze stak één hand uit naar Sean, die hem enigszins verbijsterd aannam. 'Hoi, Kate,' zei ze iets haastiger. – 'Heb je het naar je zin?'

'Ja, dank je,' zei Kate. Ze gaf Lisa een zoen op de wang. 'Geluk gewenst, Lisa.'

'Ooo,' zei Lisa, die opzijging. Ze gaf Kate een zacht tikje met haar hand. 'Pas op voor m'n make-up! Kijk eens naar mijn ring!'

Steve keek verbaasd en met grote ogen naar Zoe, die hem een scherpe tik op zijn arm gaf. Hij draaide zich om naar Lisa. 'Hoi, Lisa. Je ziet er schitterend uit.'

'Dank je, Steve,' zei Lisa vergenoegd.

'Bedankt dat je ons hebt uitgenodigd,' zei Steve, op zijn vlotte, beleefde manier. 'Dat was lief van je.'

'Nou, jij ook gefeliciteerd!' Lisa streek over Steves schouder en hij keek een beetje geschrokken op. 'Ik heb jullie niet meer gezien sinds jullie getrouwd zijn. Brengt herinneringen boven, hè?' Ze keek opzij naar Kate en toen weer naar Steve en Zoe, wier mond een rechte streep vormde, maar die heftig knikte.

'Hm,' zei Steve. 'We zijn getrouwd in het stadhuis en gaven een borrel in de pub om de hoek, dus niet echt. Alles bij elkaar kostte het ons ongeveer vijftig pond. Dus voor ons is dit een droombruiloft.'

Niets ervan was waar, maar hij had niets beters kunnen verzinnen. Lisa leek in de zevende hemel. Ze pakte Kates hand, en Kate reageerde op de hint.

'Mooi,' zei ze, en ze keek bewonderend naar de grote diamant aan Lisa's vinger, met de nieuwe ring ernaast, die bezet was met kleinere diamanten.

'Het is witgoud,' zei Lisa trots.

'Erg origineel.'

'Ja,' zei Kate.

'O, kijk. Daar is hij!' kirde ze. Kate keek op en zag haar vader naar hen toe komen.

'Nogmaals hallo, lieverd,' zei hij tegen zijn dochter.

'Schat,' zei Lisa. Ze betastte zijn das en schikte die met een bezitterig gebaar. 'Je moet met me mee om Gabi te begroeten. Ze is hier met Cole, je weet wel, van Funicular, de productiemaatschappij. Ze zegt dat je haar de hele dag genegeerd hebt...' Ze gleed met haar handen over zijn overhemd, ging op haar tenen staan en beet in zijn onderlip. Kate staarde haar aan, letterlijk sprakeloos dat ze dat deed waar Kate bij was, waar iedereen bij was.

'Natuurlijk,' zei haar vader, en hij kneep in Lisa's billen, kreukte de stof met zijn handen, en draaide zich vriendelijk om. Kate schudde haar hoofd tegen haar vrienden.

'Mannen...' begon Kate, maar Zoe wreef over de rug van haar vriendin en zei snel: 'Sst. Hij heeft nou eenmaal voor haar gekozen.'

Kate keek haar vader en zijn nieuwe echtgenote na; ze liepen over het grasveld en hij volgde haar braaf terwijl zij hem bij de hand hield. Lisa's zus Clare, die vandaag babysitter was, overhandigde Lisa de zestien maanden oude Danielle, die van top tot teen gekleed was in witte taft en kant, alsof het haar eigen huwelijksdag was. Gedrieën stonden ze onder een boom, en sommige gasten begonnen foto's te maken van dit perfecte gezinnetje, zo gelukkig en mooi, op deze verrukkelijke dag. Kate had geweten dat het haar een beetje verdrietig zou stemmen, maar het verbaasde haar hoe verslagen ze zich voelde. Ze herinnerde zich de trouwfoto van haar ouders, de foto die ze nog steeds had, haar moeder zo fris en argeloos, haar vader zo lang en mannelijk, beiden zo jong, alsof ze op weg waren naar een restaurant en niet naar het stadhuis. Je kon je nu zo gemakkelijk voorstellen dat het allemaal nooit gebeurd was. Dat haar moeder nooit bestaan had. Dat dit het echte huwelijk was, het maagdelijke huwelijk, en zij, Kate, een geest.

'Gaat het?' fluisterde Sean in haar oor.

'Ja.' Ze draaide zich naar hem om.

'Ik hou van je,' zei hij. 'Je ziet er zo mooi uit.'

'Dank je.' Ze wilde dat ze weer alleen waren, maar toen Sean haar naar zich toe trok en ze zo bleven staan, zich aan elkaar vastklemmend, keek ze naar haar vader en Lisa, met Danielle.

21

Charly en Kate liepen vermoeid de trap op naar hun flat. Charly hield haar schoenen in haar hand, en Kate stond onvast op haar benen. Het was halftwee, en Kate bedacht dat ze bijna twaalf uur lang gedronken hadden. Ze deed een paar vruchteloze pogingen om de sleutel in het slot te steken, maar ten slotte tuimelden ze allebei hun zitkamer in. De geur van de stoffige flat, waar de zon de hele dag naar binnen had geschenen, overmande haar. Ze nieste en plofte neer op de bank.

'Er is een bericht,' zei Charly, en pakte een kleverige, oude fles Limoncello uit de koelkast. Handig sloot ze de deur met haar billen en kwam zwaaiend de kamer weer in, met de fles en twee glazen. 'Oeps,' zei ze en ze drukte met haar elleboog op de knop 'Play' van het knipperende antwoordapparaat. 'Daar ga je.'

Ze overhandigde haar een vol glas. Kate lag languit op de bank. Haar ogen waren moe, ze voelde zich plakkerig. Het katoen van haar jurk was gekreukt, het bewoog op en neer op haar buik als Kate in- en uitademde. Ze keek ernaar.

Uit het apparaat klonk een onduidelijk gekraak, toen een gemompel en toen het geluid van pratende mensen, rinkelende glazen, het deed denken aan een drukke receptie.

'*Lieverd... Lieve Kate, hallo schat. Hallo!*' Een benevelde, lage vrouwenstem zweefde naar de bank.

'O, verrek,' zei Charly, en ze liep terug naar de keuken. 'Eerste-echtgenote-alarm.'

'Ssst,' zei Kate en ze ging overeind zitten.

'*Kindlief. Met je... Wat? Nee, Oscar. Ik ga niet zingen. Je bent vreselijk! Schat. Hou op! Ik praat met Kate. Nee, voor mij geen drank meer, dank je Dick. O, nou ja, vooruit dan, eentje nog.*'

'O,' kreunde Kate en ze streek met haar handen door haar haar. 'O, ik kan er niet tegen!'

'*Lieverd, hoe gaat het met je? Met je moeder, die wil weten hoe het met je gaat.*'

'Waarom praat ze over zichzelf in de derde persoon?' vroeg Charly. Ze leunde tegen de keukendeur, nam grote slokken Limoncello en probeerde haar lachen in te houden. Kate keek met een vertederde glimlach naar het antwoordapparaat.

'En waarom noemt ze me "kindlief"? Ik heb haar bijna een jaar niet gezien en ik ben zevenentwintig. Proost.'

'... Ik herinnerde me dat het vandaag je vaders tweede huwelijk is. Ik dacht dat je er misschien wel moeite mee zou hebben, dus bel ik je maar. Ik hou van je, lieverd! En hoop dat het allemaal fantastisch gegaan is. Bel mama morgen. Ik denk dat je nog niet terug bent. Ik ben bij Dick! We drinken een borrel met Vance en DJ! Een knuffel van Oscar. Kom gauw op bezoek in New York, lieverd, ik mis je.'

Er volgden nog dertig seconden achtergrondgebabbel, toen stilte.

'Ze is gek,' zei Charly. 'God, allebei je ouders zijn gek.'

'Ze is niet gek,' zei Kate, die niet in de stemming was voor Charly's pesterijtjes. Ze nam een slokje. 'Mijn moeder is alleen een beetje... Nou ja, om te beginnen was ze niet helemaal nuchter meer, per slot is het mijn vaders trouwdag...'

Hulpeloos haalde ze haar schouders op en probeerde te bedenken hoe ze aan een vreemde uitleg moest geven over haar moeder, hoe je van iemand kon houden die je heeft opgevoed en die je dan plotsklaps in de steek laat, van wie je echt dacht dat ze meer van je hield dan van wat ook, maar die in staat was je gewoon buiten te sluiten wanneer ze dat wilde. Toch was zij de enige, behalve Zoe, die kon begrijpen wat ze vandaag doormaakte. Plotseling miste Kate haar verschrikkelijk. Met één slok sloeg ze het zoete, stroperige vocht naar binnen. Het was een lange dag geweest.

'God,' zei ze. 'Ik ben afgepeigerd, ik zou...'

Plotseling hoorden ze lawaai in de gang, en Charly gaf een gil. 'Shit!' Ze sprong op. 'O, mijn god! De deur is open! Wie is dat verdomme?'

Sean verscheen in de deuropening.

'Verrek, hoe ben jij binnengekomen?' riep Charly uit. 'Wat...'

Ze keek beschuldigend naar Kate.

'Ik heb de grendel er niet voor gedaan,' zei Kate. 'Hij blijft vannacht hier. Ik hoóp dat je het niet erg vindt.'

Sean was nadat hij Zoe en Steve had thuisgebracht een laptop gaan ophalen die nagekeken moest worden. Kate had kunnen zweren dat ze Charly verteld had dat hij zou komen. Bovendien was het niet zó'n grote schok – hij was er zo vaak.

'Hoi,' zei Sean onverstoorbaar.

'O,' zei Charly. Ze staarde hem zo vol minachting aan, dat Kate zich voor haar schaamde. 'In orde.'

Ze deed een stap naar voren en Kate dacht dat ze zou weggaan, maar toen pakte ze de fles. 'Hier, drink wat,' zei ze. Ze schonk haar glas vol en wilde het hem geven. Bijtend op haar lip staarde ze hem aan.

'Laat maar.' Sean wapperde met zijn handen naar haar. Hij keek naar Kate, die op de bank zat, liep naar haar toe en hurkte op de grond. Zachtjes liet hij zijn hand over haar buik glijden, streek haar haar naar achteren en gaf een zoen op haar voorhoofd. 'Wat een dag vandaag! Moe, meisje?'

'Ja.'

Hij schudde zijn hoofd en mimede: 'Nee.' Kate ging rechtop zitten.

'Ik ga naar bed,' kondigde Charly aan en ze zette haar glas hard neer op de tafel. 'Goeienacht, Kate.'

'Tot morgen.' Kate bleef Sean aankijken.

'God, wat een secreet,' zei Sean. Hij kuste haar, duwde zijn tong diep in haar mond. 'Waarom is ze zo'n kreng?'

Kate duwde hem weg, beet in zijn oor, wilde in alles van hem bijten, hem opvreten. 'Dat is ze niet,' zei ze zacht. 'Ze is alleen...'

Seans hand kwam onder haar jurk, op haar borsten, trok haar slip naar beneden. 'Je bent verrukkelijk, liefste. Kate...' zijn stem ebde weg. Het leek alsof hij zich bedacht en ging verder: 'Ze heeft een man nodig. Ze moet eens een goeie beurt hebben.'

Vaag, terwijl hij haar streelde, haar hartstochtelijker kuste, haar jurk uittrok, haar overeind trok, dacht Kate aan de reeks mannen, die in de zitkamer verschenen na een nacht met Charly. Spaanse uitwisselingsstudenten. Stoere loodgieters. Bekakte, beleefde jongens. Geprikkelde, norse mannen die al tijdenlang naar haar hunkerden en beseften dat ze gebruikt waren en op het punt stonden te worden gedumpt. Vaak ging Charly weg en liet hen alleen achter. Kate moest dan maar zorgen voor hun ontbijt.

'Dat is het echt niet, geloof me,' fluisterde Kate. 'Maar...'

Hij trok haar mee naar haar kamer, en Kate knielde op het bed. Hij smeet de deur dicht. Zijn ogen stonden glazig, bijna onpersoonlijk, en Kate besefte dat ze allebei een beetje dronken waren.

'Ik wilde je wat vragen,' zei Sean plotseling. 'Ik denk er al een tijdje over na.' Hij beet in haar schouder. 'Kate...'

'Wat dan?' vroeg Kate, uit haar ooghoek kijkend naar de kamer waar een stapel kleren lag. Ze moest die opruimen. Hemel, wat een berg, en ze herkende de helft van die kleren niet. Ze was moe, ze wilde slapen. *Venus* had een pagina voor problemen, maar daar kon je niet het antwoord vinden op de vraag wat te doen als je je uitgeput voelde en niet in de stemming.

'Beste Marie. Ik hou van mijn vriend, en we zijn al drie jaar samen, en eerlijk gezegd kan ik me het leven zonder hem niet voorstellen, maar, weet je, soms breng je het bijna niet op om met hem te praten en wil je geen seks met hem. Is dat normaal? Maakt dat een vreselijk mens van me?' Nee, *Venus* beantwoordde liever vragen als 'Beste Marie. Ik denk erover mijn clitoris te laten piercen. Heb je een paar tips voor wat je wel en niet veilig kunt doen?'

'... met me trouwen?'

'Hm,' Kate beet op haar lip en staarde naar de kleren. Verdomme, de helft van die stapel was van Charly! Lui varken. Kate zuchtte geërgerd.

'Kate, luister je naar me?' vroeg Sean. Hij liet haar los en staarde haar aan.

'O...' Kate knipperde met haar ogen. 'Ja, ja, natuurlijk.'

'Echt waar?' Hij glimlachte vriendelijk naar haar. 'Ik geloof niet dat je luisterde, hè? Wat heb ik je net gevraagd?'

'Eh... Iets over het huwelijk?'

'Min of meer.' Sean schommelde achterover, zodat ze allebei geknield lagen, ieder aan een andere kant van het bed. Hij pakte haar hand in de zijne en klemde die stevig vast. 'Kate, ik vroeg je of je met me wil trouwen.'

'Wat?' Kate sperde haar ogen open. 'Wát zei je?'

Sean kuchte en sloot zijn ogen. Hij haalde diep adem. Ze zag dat hij beefde.

'Oké... Ik vroeg, mal, verrukkelijk kind van me, wil je met me trouwen en me gelukkig maken en doorgaan met de gekke verlegen mooie Kate te zijn voor de rest van ons leven?'

'O... mijn god,' zei Kate. 'O, mijn god... Sean...'

Ze greep zijn handen stevig vast en keek hem diep in de ogen. Vreemd, dacht ze. Elk meisje vraagt zich haar leven lang af hoe haar huwelijksaanzoek zal zijn, en wanneer... Het voelde niet als een aanzoek, als het belangrijkste moment van je leven. Het leek meer op... nou ja, twee mensen die een achteloos gesprek voerden. Misschien moest ze Marie vragen een column daarover te schrijven voor de volgende editie van *Venus*. 'Hoe voelt het als hij je achteloos ten huwelijk vraagt?' Maar natuurlijk was het niet achteloos. Het was Sean, natuurlijk was dit het belangrijkste moment van haar leven. Dus boog Kate zich naar voren, naar hem toe, en ze kuste hem en zei: 'Ja, ja, liefste. Natuurlijk.'

Hij zuchtte diep, en ze realiseerde zich hoe gespannen hij was.

'Ik heb zojuist met je vader gesproken,' zei hij. 'Ik kreeg hem nog te pakken voordat hij met Lisa vertrok.'

'Hij was je vast wel dankbaar dat je hem ophield vlak voor zijn huwelijksnacht,' zei Kate. Sean fronste zijn wenkbrauwen.

'Hé! Ik wist dat ik het vandaag wilde doen, oké?'

'O, Sean.'

'Ik zag je... jou en je vader, toen je met hem stond te praten, en je zag er zo mooi uit, zoals je daar stond met een glas in je hand, zo helemaal jezelf, zo verbluffend mooi en zelfverzekerd, en ik was zo trots op je.' Zijn ogen glansden vol emotie, vochtig van ongeplengde tranen. 'Kate, ik wist dat ik het ging doen. Je vader was verrukt.'

'Dat geloof ik graag.' Kate probeerde zichzelf te zien als het meisje dat Sean had gadegeslagen en dat hij ten huwelijk zou vragen. Ze had zich de hele dag een vreemde gevoeld in het leven van een ander, en het was bizar dat hij het tegenovergestelde had ervaren. Maar ja, ze wist dat het zo werkte tussen haar en Sean. Hij gaf haar het gevoel dat ze deel uitmaakte van de wereld, minder een eenling was, een mafkees. Hij toonde haar het leven dat ze hoorde te hebben, opende deuren voor haar, liet haar andere dingen beleven, en ze hield van hem.

'Kwam je dat vanavond zeggen?' vroeg ze bijna verlegen, niet wetend wat ze precies moest doen in een situatie als deze.

'Eh... ja,' fluisterde hij met zijn mond in haar haar. 'Natuurlijk. En nu is het gebeurd. Nu is het achter de rug.'

En dat was ook zo.

22

September 2003

Kate wilde niet in het wit trouwen en ze wilde geen grote bruiloft. Ze was niet goed op de hoogte van recepties, bruidstaarten, indrukwekkende witte jurken, en dat soort zaken. En ze had beslist geen verlovingsfeest gewild, maar Sean was zo enthousiast.

Later kon zij noch Sean zich herinneren waarom hun keus was gevallen op een bar in een zijstraat van Old Street, helemaal aan de andere kant van de stad voor a) hun beider flats b) de huizen van hun vrienden c) hun stamkroegen d) alles. Maar toen leek het een goed idee, de bovenzaal van een bar, met een nieuwe glanzende houten vloer, fuchsiakleurig behang op een van de muren, een kroonluchter van staal en glas, en onhebbelijk barpersoneel dat duidelijk liet merken dat ze stuk voor stuk studeerden aan de universiteit/de toneelschool/de filmacademie, of dat ze een plaat gingen opnemen en al min of meer beroemd waren. Dat deden ze door iedereen die iets bestelde achterdochtig aan te kijken en door het luidkeels tegen elkaar noemen van beroemde namen als ze zich omdraaiden naar de muur om de drankjes te bereiden.

'Ze zeiden dat het net Almodóvar was.'

'Ik heb een afspraak met iemand die Pam kent, je weet wel, van de National Film School.'

'Blijkbaar is het te meta-textueel. Ja, wat wilt u? Een mojito? We verkopen geen cocktails. Kijk even op de de lijst van de bar, alstublieft.'

Kate droeg smaragdgroene zijden schoenen, die ongemakkelijk zaten maar haar gelukkig maakten, en een recht jurkje van caramelkleurige zijde met enorme zakken aan de zijkanten, dat Juliet, de moderedactrice van *Venus*, de vorige dag had ontvangen. Ze had hem met een kus aan Kate gegeven. 'Trek die morgen aan!' had ze gezegd. 'Hij is gemaakt om gedragen te worden en niet om wekenlang in onze modellenkast te blijven hangen. Kom op! Het is jouw avond.'

Terwijl ze aan de bar stond te wachten om bediend te worden, bedacht Kate hoe aardig Juliet was geweest, hoe aardig iedereen was, en ze keek om zich heen naar de volle zaal, vol geroezemoes van de mensen die haar lief waren. Ze zag Zoe en Steve, Betty, Francesca, Bobbie, Jem, en haar oude groep van *Woman's World*, Sophie en Jo en George, in een hoek waar Charly hofhield, en Sue Jordan en haar man Alec, en alle lieve nieuwe mensen van *Venus*, Claire en Juliet en Tom – zelfs Priscilla deed aardig. Misschien was het achteraf toch een goed idee geweest.

Maar ze had al die aandacht niet gewild. Ze hadden besloten zeker een jaar lang nog niet te trouwen, niet voordat ze een woning hadden gevonden en Sean zijn baan had opgezegd en iets beters had gevonden. Kate had de hele zomer om het onderwerp van het feest heengedraaid, terwijl ze wel alle gelukwensen van vrienden in ontvangst had genomen. Want andere dingen waren belangrijker. Sean had zijn moeder in Texas gebeld over haar verlovingsring, die hij graag aan Kate wilde geven. Zoe had haar baby gekregen, Henry, die door iedereen Harry werd genoemd. Zij en Steve hadden de flat boven hen gekocht, wat betekende dat ze eigenaar waren van een echt Huis, en ze hadden hun Baby, wat allebei geweldig was, maar wel een beetje eng. Betty gaf een afscheidsfeest omdat ze een baan in New York kreeg en Kate was opgelucht dat er nu toch een feest was, zonder dat zij dat hoefde te geven. Dat had ze tenminste gehoopt, want iedereen op dat feest was het met Sean eens en bleef maar vragen: Waarom geef je geen verlovingsfeest?

Toen kreeg Sean het perfecte wapen in handen, want begin september belde Venetia en kondigde aan dat zij en Oscar een paar weken naar Londen kwamen. Een van Oscars musicals werd daar opgevoerd en ze bleven een maand in de stad. Gaf ze een verlovingsfeest? Want dat zou het ideale moment zijn.

Dus... gaven ze het feest. En nu waren 'zij' hier, weer bij elkaar. Het lukte Kate niet het woord te zeggen, het was raar, het tolde rond in haar hoofd... haar ouders. Haar vader en Lisa, haar moeder en Oscar, en ze hield meer van Oscar dan ooit omdat hij, die zich gewoonlijk heel tevreden op de achtergrond hield, de leiding nam in de conversatie. Hij flirtte luchtig met Lisa terwijl hij zijn hand voortdurend op de rug van haar moeder liet rusten, alleen om haar te laten weten dat hij er was.

Lisa lachte om iets wat Oscar had gezegd, en streek met haar vingers voorzichtig door de geföhnde haarlokken die haar gezicht omlijstten, toen Daniel zich naar voren boog en zachtjes iets tegen Venetia zei. Kate keek gefascineerd toe hoe Lisa Daniels hand pakte en die achter haar rug hield. Hij klemde die stevig vast. Maar hij staarde naar zijn ex-vrouw, en zij naar hem, glimlachend keken ze elkaar in de ogen, als twee tieners.

Kate had haar moeder niet meer gezien sinds zij en Sean haar hadden bezocht in New York, vlak voordat ze bij *Venus* begon. Ze vergat altijd hoe mooi Venetia was. Ze leek niets op Kate, ondanks Oscars herhaalde beweringen. 'Jullie zouden zussen kunnen zijn. Zussen, echt waar. Venetia, ik kan gewoon niet geloven dat je een volwassen dochter hebt!' Het was waar dat Venetia er veel jonger uitzag dan haar ex-man, maar dat was – en het gaf Kate een schok toen ze hen naast elkaar zag – omdat ze zich plotseling realiseerde hoe groot het leeftijdsverschil was tussen haar ouders, hoe jong haar moeder moest zijn geweest toen ze met haar vader trouwde.

De laatste keer dat Kate haar ouders samen had gezien, was toen ze veertien was.

Ze leunde op de bar en voelde zich even heel volwassen toen ze hen gadesloeg. Het was vreemd om te bedenken dat ze haar ouders waren; het was zo lang geleden sinds ze zichzelf beschouwd had als lid van een gezin, lid van een eenheid. Heel vreemd. Het gaf haar een bizar gevoel, alsof ze zichzelf niet meer herkende. Ze keek om zich heen, zoekend naar haar verloofde – alweer zo'n vreemd woord, al die vreemde woorden die ze moest zeggen, ouders en verloving en verloofde – en vond hem in een hoek van de zaal, luid lachend met zijn maten, op die luide, schallende manier van mannen in een groep.

Hun blikken ontmoetten elkaar, en ze keek hem quasigeërgerd aan, maar schudde haar hoofd toen hij zijn vingers heen en weer bewoog, en mimede: 'Wil je dat ik naar je toekom?' Maar ze voelde zich hier heel tevreden, besefte ze, in haar eentje, in de hoek van de zaal, betrekkelijk onopvallend, anoniem, althans voor een paar ogenblikken.

'Ja, wat kan ik voor u doen?' Een barkeeper keek even met een strak gezicht naar Kate. Met een schok kwam ze terug in de werkelijkheid.

'Zei u niet net tegen iemand dat u geen mojito's maakte?'

'Ja, dat klopt.'

De barman leek zich enorm te ergeren dat hij op zo'n manier ondervraagd werd.

'Eh... sorry,' zei Kate, 'maar u wordt geacht dat wél te doen. Toen we deze zaal boekten, zeiden ze dat we drie verschillende cocktails konden krijgen. Dit was er een van.'

De barman knipperde zelfs niet met zijn ogen. 'We kunnen ze nu niet maken. Er is alleen bier en wijn.'

'Maar we hebben betaald voor gratis cocktails voor iedereen.'

'Nou, dat kan niet.'

'Waarom niet?' zei Kate, die kalm bleef.

'Geen munt?' zei hij sarcastisch.

Kate draaide zich om, zodat ze hem recht in het gezicht keek, en leunde met beide ellebogen op de bar. 'Hier is de bevestiging van de boeking en hier is mijn creditcard.' Ze glimlachte beleefd naar hem. 'Het spijt me als u geen munt hebt, maar óf ga het nu halen, óf geef me mijn voorschot terug. Anders ga ik naar beneden om met de manager te spreken.'

Hij protesteerde niet eens, accepteerde het feit dat er niets anders op zat dan dit te regelen, draaide zich om en liep naar beneden. Kate haalde opgelucht diep adem en wenste dat hij haar iets te drinken had gegeven voor hij wegging.

'Mijn god,' zei een stem achter haar op geamuseerde toon. 'Kijk dat eens. Wie is die vrouw?'

Kate verstarde. Ze kende die stem. Die zou ze overal herkennen.

'Mac!' zei ze, oprecht blij. Ze ging op haar tenen staan en sloeg haar armen om hem heen. Hij drukte haar dicht tegen zich aan. Ze kon haar hart voelen bonzen toen ze zich even aan hem vastklampte en hoopte dat het niet te merken was. Stel je niet aan, gaf ze zichzelf een standje. Je wist dat hij zou komen.

'Hé,' zei Mac, hij liet haar los en deed een stap achteruit. 'Bedankt dat ik mocht komen. Ik had de vlucht al geboekt, maar realiseerde me niet dat het vanavond was...' Hij leek niet op zijn gemak.

'Doe niet zo gek.' Ze lachte naar hem, op de vlotte, zorgeloze manier die ze zich had voorgenomen. Het was gemakkelijker op die manier. 'Je logeert bij ze, je had toch moeilijk bij Harry en de babysitter kunnen blijven.'

'Dat had ik best kunnen doen, want hij is bij mijn ouders, zij zijn de babysitters.' Kate sloeg hem gade terwijl hij sprak. 'God, hoe gaat het met je, Kate? Ik heb je niet meer gezien sinds... wanneer was het?'

'Sinds de bruiloft. Bijna een jaar geleden.'

'We schijnen elkaar alleen bij belangrijke gelegenheden te ontmoeten,' zei hij. 'Housewarmings, verlovingsfeesten, huwelijken – en kijk eens wat er gebeurd is tijdens mijn afwezigheid.'

Op dat moment kwam de barkeeper terug en zette met een harde klap en een beledigd gezicht een mojito voor haar neer.

'Munt is onderweg, ik doe het er zo bij.'

'Dank u,' zei Kate. 'Heel erg bedankt.' Ze glimlachte beleefd toen hij achterdochtig zijn ogen samenkneep. 'Cheers,' zei ze, en ze draaide zich om naar Mac en hief haar glas. Hij klonk met zijn eigen glas en keek haar nieuwsgierig aan.

'De Kate Miller die ik kende zou dat nooit hebben gedaan,' zei hij. Hij leunde tegen de bar en keek haar recht in het gezicht, raakte even haar arm aan. 'De Kate Miller die ik heb gekend durfde nauwelijks boe te zeggen tegen een gans.'

'Onzin,' zei Kate lachend. 'De Kate Miller die je gekend hebt, heb je maar één nacht gekend.'

'Dat is niet waar. We hebben de ochtend ook samen doorgebracht, als ik me goed herinner,' zei hij achteloos. Kate keek ongerust om zich heen, ze wilde niet dat iemand het zou horen. Hij volgde haar blik en schudde glimlachend zijn hoofd. Alsof hij wist wat ze dacht.

Maar dat wist hij niet. Hij had echt geen idee. Geen idee hoe groot de schok was geweest toen ze hoorde dat Mac het weekend, dit weekend, in Londen zou zijn en moest worden uitgenodigd voor het feest waartegen ze zich maandenlang verzet had. Hij had geen idee dat ze soms 's avonds aan hem dacht, als ze alleen in bed lag en Sean er niet was, of als hij diep en regelmatig ademhalend naast haar lag en het maanlicht in haar kleine slaapkamer naar binnen scheen. Dat ze zich afvroeg hoe het met hem ging, of hij gezond was en zich gelukkig voelde, niet te hard werkte. Vreemd, heel vreemd, om zoveel tedere en beschermende gevoelens te hebben voor iemand die je nauwelijks kende. Ze vroeg zich af hoe het had kunnen zijn. Niet elke dag, natuurlijk niet... maar ze vroeg het zich toch af. En hij had geen idee, hoopte ze, hoe ze zich voelde nu ze hem voor zich zag staan, lang en slank, met zijn kortgeknipte bruine haar, zijn afgebeten nagels, zijn donkergroene ogen.

Kate schudde haar hoofd, zette resoluut die gedachten van zich af. Hou het luchtig, denk aan je voornemens. Nonchalant keek ze om zich heen, zoekend naar Sean. 'Denk je dat iemand ooit iets heeft vermoed?' vroeg ze. 'Van ons, bedoel ik.'

'Ik heb het nooit iemand verteld,' zei hij kalm. 'Jij?'

Ze zweeg even. 'Ik niet. Nou ja, Sean. Maar hij telt niet mee.'

'O nee?'

'Je weet wel wat ik bedoel. Het was... Het is verleden tijd, toch?' Ze klonk een beetje preuts, als een schooljuf, en dat vond ze vreselijk. Ze voelde zich niet op haar gemak.

'Harteloze vrouw.' Mac sloeg theatraal met zijn vuist op het houten oppervlak van de bar. Het verbrak de spanning. Ze staarde hem hulpeloos aan en begon toen te lachen. 'Je begon uit te gaan met je huisgenoot en nu trouw je met hem, om mij iets te bewijzen. Terwijl ik moest verhuizen naar een koude, ongastvrije stad zonder vrienden en uit de tweede hand van mijn eigen broer moest horen hoeveel je van Sean hield. Het gaat je om het scoren, hè, kleine versierster. Ik ken de ware reden voor deze schertsvertoning.'

'O, hemel,' zei Kate. Ze lachte weer, wipte van de ene voet op de andere. 'Het spijt me.'

'Ik vergeef het je,' zei hij met die vreemde blik van hem die ze zich nog zo goed herinnerde. Zwijgend bleven ze staan. 'Maar verder alles oké?' vroeg Mac rustig. 'Het lijkt er wel op.'

'Prima, dank je.'

'Daar ben ik blij om.' Hij klemde zijn grote hand om haar arm, vlak boven haar elleboog. 'Het is allemaal op zijn pootjes terechtgekomen, hè?'

'Ja, dat geloof ik wel,' antwoordde Kate. 'Ik geloof het wel.' Ze keek naar zijn profiel, gunde het zichzelf nog één keer te staren naar dat krachtige gezicht, de vage stoppelbaard, de schaduwen onder zijn ogen. 'En... hoe gaat het met jou? Zoe zei dat je misschien gaat verhuizen, is dat zo?'

'Terug naar hier? Dat weet ik nog niet. Ik heb net een aanbieding gekregen van een ziekenhuis in Zuid-Londen.'

'Zou je Edinburgh niet missen?'

'In sommige opzichten wel. In andere niet. Ik heb nog geen besluit genomen, daarom ben ik dit weekend hier, om iedereen weer te zien. Ik vind het hier prettig, maar ik voel me soms een beetje eenzaam sinds Alice en ik uit elkaar zijn.'

'Alice?' vroeg ze dom.

'Mijn ex.' Mac keerde zich naar de barman.

'Je ex. Ik wist niet...'

'Wát?' Hij draaide zich plotseling weer naar haar om. 'Je wist niet dat ik een vriendin had? Ooit gehad heb? Er zijn er meer geweest, weet je.'

Ze wist niet waarom zijn toon ineens veranderd was. 'Ik weet het wel, Zoe vertelde...'

Hij keek haar scherp aan. 'Is het heus? En jij was natuurlijk razend jaloers.'

Eén voet, de andere voet, een onbehaaglijk gevoel. 'Hm,' begon ze. 'Ik hoop dat je hierheen verhuist.'

'Dat weet ik nog niet zeker.' Hij dronk zijn glas in één teug leeg, veegde zijn mond af met de rug van zijn hand en bleef haar aankijken. 'Ik weet niet zeker of het wel de juiste oplossing is.' Hij zweeg even. 'God, Kate. Het spijt me. Ik vind het fijn je weer te zien.'

'Ik jou ook,' zei Kate met bonzend hart. 'Echt waar. Ik ben blij, weet je... Het was vreselijk dat we nooit...'

Haar stem stierf weg. Ze wist niet wat ze verder moest zeggen, was bang om verder te gaan. Haar gezellige, veilige wereldje, dit grootse feest, haar ouders met hun partners die vriendschappelijk stonden te praten – het leek plotseling zo'n vertekend beeld, leugenachtig, irreëel. Ze wist niet waarom. Ze vermande zich en haalde diep adem.

'Ik ga Sean opzoeken,' zei ze.

'Ja,' zei Mac.

'Tot straks dus.'

'Graag.' Mac schraapte zijn keel. 'Ik heb behoefte aan een borrel. Dubbele mojito met extra munt, als je even tijd hebt,' zei hij tegen de barman.

'Komt eraan,' zei de barman, en Kate leunde een beetje slapjes tegen de bar.

'Nee, hè?' zei ze.

'Wat is er?' vroeg Mac.

'Ik haat je. Naar mij luisterde hij niet. Hij negeerde me volkomen. Zag me niet staan aan de bar. En jij komt en zegt "spring" en hij vraagt "hoe hoog".'

'Je deed het prima,' zei Mac. 'Ik heb je gehoord. Je hebt hem keurig op zijn plaats gezet. Daarom is hij nu doodsbang.' Hij gaf een zachte por tegen haar elleboog. Ze draaide zich om en keek naar de barman die fanatiek munt stond te hakken en ijs te vergruizen, voor hij zich omdraaide en de cocktail aan Mac gaf. 'Dank je,' zei Mac.

'Graag gedaan,' zei de barman. 'Mevrouw, wilt u nog een mojito?' Kate aarzelde, keek opzij naar Mac. Hij glimlachte nietszeggend, alsof het moment voorbij was, en zei vriendelijk: 'Ga naar je verloofde, Kate Miller. Ik blijf hier.' Hij duwde haar weg en enigszins wankelend op haar hoge hakken liep ze naar Sean, die zijn armen naar haar uitstak toen hij haar zag.

23

Drie uur later was de bar nog in vol bedrijf, mojito's deden de ronde, en Kate was niet nuchter meer. Ze had een sigaret gerookt, wat ze nooit deed. Ze had Sean gezoend waar iedereen bij was, wat ze ook nooit deed. En het belangrijkste: ze had Sean de belofte afgedwongen dat ze samen de verlovingsring zouden kopen en dat ze niet die van zijn moeder zou dragen. Sean had een allerliefst, maar twijfelachtig plan om Kate de verlovingsring van zijn moeder te geven. Gerda Lambert kon hem niet meer dragen sinds haar vingers waren opgezwollen doordat ze vocht vasthield. Kate wilde geen verlovingsring als gevolg van opgezwollen vingers. Ze vond dat er meer energie in gestoken moest worden. Geen *Lord of the Rings*-speurtocht, maar toch, iets meer moeite.

En al die aardige mensen waren er nog; haar moeder en Oscar liepen rond in de zaal, babbelend met al haar vrienden. Het was fantastisch zich weer in hetzelfde vertrek te bevinden als zij. Ze miste haar moeder. En Lisa zat bij Kates vader op schoot en fluisterde in zijn oor alsof ze tieners waren. Jem en Bobbie waren in het overduidelijke pre-knuffelstadium. Kate zag het – overal om haar heen voelde ze liefde, liefde en mooie dingen.

Ze had Charly al een tijdje niet gezien; ze had haar begroet toen ze gearriveerd was met de anderen van het werk, en had zich toen met hen in een hoekje teruggetrokken, waar ze zich verschanst had.

Kate keek rond in de zaal om haar te zoeken. Het was onmogelijk te zien waarmee ze bezig was, maar dat was waarschijnlijk maar goed ook, dus wijdde ze haar aandacht weer aan haar glas. Het was leeg.

Sean stond achter haar, hun ruggen raakten elkaar terwijl ze met anderen stonden te praten. Ze kon de koesterende warmte van zijn lichaam voelen, zijn heup hard tegen haar rug. Met moeite hield ze zich staande en ze liep terug naar de bar voor een volgende cocktail. Waarschijnlijk had ze al genoeg gedronken, maar wat deed het ertoe. Per slot was het haar verlovingsfeest! Toen ze opkeek zag ze Mac, die zich een weg baande naar haar toe.

'Hallo!' zei ze.

'Ik zocht je,' zei hij met een vreemde uitdrukkking op zijn gezicht.

'Waarom? Kom mee, dan gaan we nog wat drinken.' Ze voelde zich plotseling euforisch, vrij, onoverwinnelijk, alsof niets haar kon deren. Ze schudde haar hoofd en lachte naar hem, te dicht bij hem, keek in zijn ogen, wetend dat ze te veel gedronken had, wetend dat ze met hem flirtte en dat niet hoorde te doen, het was verdorie haar verlovingsfeest. Ze wees naar Sean, die Francesca stevig tegen de bar drukte en haar om de een of andere reden deed schaterlachen. Toen draaide ze zich weer om naar Mac, die haar met een intense blik opnam. Ze keek hem recht in de ogen. Het was verontrustend, hem zo goed te kennen, hem helemaal niet te kennen – die blik in zijn plotseling meedogenloze ogen die zich koud in de hare boorden.

'Trouw niet met hem,' zei hij.

Kate knipperde met haar ogen. 'Wát?'

'Trouw niet met hem, Kate. Hij is niet de juiste man voor je.'

'Mac...!' Kate wist niet wat ze moest zeggen. Ze verplaatste haar gewicht van de ene voet op de andere. De smaragdgroene hakken glansden in het donker van de bar terwijl ze zich vaag ervan bewust was hoeveel pijn haar schoenen deden.

'Ik zeg dit maar één keer tegen je, en je zult me erom haten,' zei Mac. Hij keek om zich heen alsof hij de bar, de anderen aan de bar in ogenschouw wilde nemen.

Ze voelde zich plotseling volslagen nuchter. 'Misschien kun je het dan maar beter niet zeggen.'

'Ik móét het zeggen. Trouw niet met hem. Het is verkeerd.'

Kate knipperde niet-begrijpend met haar ogen, het leek of hij een vreemde taal sprak. De afgelopen paar maanden had ze alleen maar gelukwensen gehoord, vrolijke opmerkingen, aandacht... aandacht die haar bij uitzondering beviel, die ze opzocht, zich koesterend in de warmte van de goedkeuring en vreugde die het nieuws van hun ver-loving teweegbracht. Ze vond het nu zelfs prettig om over de bruiloft te praten, ze was eraan gewend geraakt. Naaisters, caterers, makelaars, ambtenaren, winkelbedienden, advocaten: een heel leger van mensen die gemobiliseerd werden om Kate met raad en daad bij te staan in dit volgende stadium van haar leven, haar volwassen leven met Sean.

En nu stond hier iemand die zei dat het allemaal verkeerd was... Ze kon de woorden nauwelijks verstaan, laat staan ze verwerken. Kate staarde naar Sean, die zijn arm om Francesca had geslagen. Alsof hij wist dat ze naar hem keek, draaide hij zich langzaam om en glim-lachte naar haar met zijn hand op zijn hart.

'En hoe kom je daarbij?' Kate probeerde het hooghartig te zeggen.

Hij keek haar aan en zei niets. 'Serieus, Mac,' ging ze verder op zachtere toon. 'Ik weet niet wat je bedoelt.' Ze had het gevoel dat ze probeerde redelijk te praten met een krankzinnige.

'Nogmaals gelukgewenst, lieverd!' Lisa kwam naar haar toe en gaf Mac een duwtje. Hij ging opzij, maar bleef Kate strak aankijken. Lisa legde haar wang tegen die van Kate en hield een glas champagne tegen haar borst. 'Geweldig feest!' kirde ze. Ze riep door de zaal: 'Daniel, hier is je dochter! De aanstaande bruid!' Toen: 'O, Kate, ik heb je zoveel dingen te vragen!'

Kate had haar nog nooit zo hartelijk, zo oprecht, gezien, en alweer raakte ze in de war. Ze glimlachte dankbaar naar haar stiefmoeder en pakte haar hand. 'O, Lisa, lief van je, maar...' Ze keek om zich heen, zoekend naar Mac, ze moest hem nog even spreken, wilde het hem duidelijk maken. 'Lisa, één minuut, wil je? Ik kom zo bij je.' Ze zwaaide naar haar vader. Keek naar Mac, die haar met een strak gezicht aanstaarde. Het feest had iets onwerkelijks, de kleuren, de drankjes, haar schoenen, het gelach... Het leek een rit in een draaimolen, alles was verwrongen, niets was wat het leek, en plotseling haatte ze het hele feest, wilde dat ze weg was.

'Natuurlijk,' zei Lisa stralend. 'We staan daar... Je vader wacht op je, denk eraan! En je moeder... Ik vind je moeder zo aardig! Ik geloof dat ze straks weggaan. O, kijk, daar is Sean om goedendag te zeggen... Hallo Sean!'

Haar stem verdween in het geroezemoes toen ze wegtrippelde, en Kate en Mac kwamen weer bij elkaar alsof ze er nooit geweest was.

'Je zei...' Kates stem klonk zacht, haar hoofd was plotseling weer helder.

'Hoor eens, Kate, dit is geen intrige.' Macs stem klonk ongeduldig. Hij schoof een cocktailglas heen en weer over de bar. Ze sloeg hem gespannen gade. 'Ik zeg... Ik zeg dit niet om dramatisch te doen. Ik ben eerlijk. Begrijp je me? Trouw niet met hem. Vertrouw me maar.'

'Waarom zou ik niet met hem trouwen?' vroeg Kate verbijsterd.

'Denk je echt dat hij de man voor je is?' Mac sprak dicht tegen haar oor, boog zich plotseling diep voorover, en Kate voelde haar maag omdraaien, vol van verborgen gehouden twijfel en verlangen. 'Denk je dat echt, Kate? Want als dat zo is, dan ga ik weg, maar als je...'

Zijn stem stierf weg en ze keken elkaar recht in de ogen.

Ze legde behoedzaam haar vinger op de revers van zijn jasje. 'Die avond dat we elkaar ontmoetten...'

'Ja.'

Haar hart klopte in haar keel. 'Ik dacht... Ik had het gevoel dat ik je al jaren kende.'

'Heus?'

'Ja,' zei Kate moedig. 'Ik dacht dat je...' Ze keek hem strak aan. 'Ik dacht dat ik verliefd op je zou kunnen worden.'

'Ik ook op jou,' zei Mac heel zacht.

Ze deed een stap achteruit. 'En toen... Toen vertelde je heel achteloos dat je de volgende ochtend naar een ander land ging verhuizen.' Hij stond voor haar, ze zei het echt tegen hem. 'Daarna... haatte ik je eigenlijk, weet je.'

'Ik weet het. Onze timing is totaal verkeerd. Ik heb wel zes keer op het punt gestaan je te bellen. Ik kon je niet uit mijn hoofd zetten.'

'Waarom deed je het dan niet, verdomme?' Ze siste het bijna.

'Geloof me, er gaat geen dag voorbij dat ik niet wens dat ik het gedaan had,' zei hij heftig, vlak bij haar oor. 'Maar jij deed het ook niet, weet je.' Ze schudde haar hoofd, sloot haar ogen. Hij had gelijk. 'Maar het leek zo... zo bizar, om iemand te bellen die je maar één keer ontmoet hebt en te vertellen dat je denkt dat je...'

Ze legde hem het zwijgen op, raakte zacht zijn hand aan. *De liefde van je leven.* 'Ja,' zei ze simpel, 'ik weet het.'

'En toen kwam ik er een paar maanden later achter dat je toch iets met Sean had, en het verbaasde me niet echt, ik dacht dat het in de sterren stond.'

'Ik weet het,' zei ze weer.

'Ik wilde dat het niet zo was.'

'Ik weet het.'

'Ik had je moeten bellen.'

Ze liet haar adem ontsnappen. 'O, Mac. Misschien wel, ja. Misschien had je dat moeten doen.' Ze wilde dat ze het niet gezegd had.

'Het is te laat, hè?'

Kate haalde diep adem, sloot haar ogen, die plotseling heel zwaar aanvoelden. Zijn geur... Zijn huid op de hare... Zijn gezicht, zijn armen, zij beiden samen, in elkaar verstrengeld... Het was zo intens geweest, haast angstig intens, en toen zo normaal, zo onverklaarbaar normaal... Langzaam deed ze haar ogen open.

'Het is te laat... Mac, ik hou van hem.'

'Doe het niet, Kate.' Hij pakte haar pols vast. Ze hoorde een boze klank in zijn stem. Ze schrok ervan.

'Waarom zou ik niet van hem houden?' zei ze fel. 'Wees wat...'

'Specifieker?' zei hij bijna lachend. 'Kom nou, Kate.' Hij draaide zich om, boog zijn hoofd en bleef even doodstil staan. Kate keek op, om te zien of iemand haar gadesloeg. Ze zag Sean en haar vader, die elkaar op de rug sloegen, en wenste uit de grond van haar hart dat ze naast hen stond, en niet hierin verwikkeld was.

'O, god,' zei ze zacht, niet wetend wat ze nu moest doen.

Plotseling leek de spanning verbroken. Mac schudde zijn hoofd en mompelde iets bij zichzelf. Ze draaide zich naar hem om.

'Dit was fout,' zei hij. 'Ik ga weg.' Hij gaf haar een zoen op haar wang en ze hield haar adem in. 'Kate, het spijt me. Ik had dat niet moeten zeggen.' Hij zweeg even. 'Wil je iets voor me doen?'

'Natuurlijk!' zei Kate alweer wat opgewekter, al voelde ze zich niet zo. Ze wilde dat ze naast hem kon zitten en een goed gesprek met hem kon voeren.

Achter hen gaf Bobbie een gil toen iemand drank op haar morste. Het was Charly, die lachend en zwierig naar Sean en Steve liep. Ze tikte Sean op zijn schouder.

'Hé!'

'Hallo, Charly,' zei Sean met dubbele tong.

'Ik wil je alleen even gelukwensen,' zei Charly. Ze keek hem aan, ze deed haar best. 'Oké?'

'Natuurlijk,' zei Sean. 'Bedankt.'

'Zie je gauw. Ja?'

'Zeker,' zei Sean.

'Ga je weg?' vroeg Kate en ze draaide zich om naar haar vriendin.

'Ja,' zei Charly met geveinsde spijt. 'Ik heb een afspraak met Jag in de stad, we gaan naar een club.'

'Cool.' Kate had geen idee wie Jag was. 'Bedankt...'

'Maak je geen zorgen,' zei Charly een beetje ongemakkelijk.

'Ga je met een taxi, Charly?' vroeg Steve.

'Ja.' Charly streek haar lange pony uit haar gezicht.

'Zoe is al naar huis, dus ik rij een eindje met je mee, als dat goed is. Cool.' Hij dronk zijn bier op en hoestte even.

'Slim,' zei Sean glimlachend en hij draaide zich naar hem om, zodat ze Charly aan het zicht onttrokken.

'Ik ga nu weg,' zei Charly.

'Oké!' zei Steve op dramatische toon. 'Hou je slipje aan!' Hij gaf Kate een afscheidszoen. 'Schat, het was een groots feest. Je bent een ster, weet je dat? Zoe zei dat ze wel wist dat je een feest toch leuk zou vinden.' Hij sloeg Mac op zijn rug. 'Tot ziens.' Hij vroeg hem niet of hij een lift wilde. 'Goed, kom mee, troel, dan gaan we.'

Charly keek hem fronsend aan.

'Dag, Charly,' zei Sean en hij beende weg naar de andere kant van de zaal. Charly liep naar buiten, gevolgd door Steve, en Kate stond weer alleen. Ze draaide zich om naar Mac en zag dat hij haar gespannen aankeek, met een ernstiger gezicht dan eerst.

'Sorry, Mac,' zei ze. 'Wat is er?'

De vraag klonk scherper dan haar bedoeling was.

'Hoor eens,' zei hij en hij knikte in de richting van Steves verdwijnende gestalte. 'Het... Het is Steve en Zoe. Pas op ze, wil je?'

'Eh, natuurlijk. Dat doe ik toch? Dat weet je.'

'Zoe, ja. Ik bedoelde hen allebei. Breng wat tijd met ze door. Doe het nou maar. Vooral met Steve.'

En met die vage opmerking kuste hij haar weer.

'Zorg goed voor jezelf, Kate Miller.'

De gedachten tolden door haar hoofd toen ze hem nakeek.

Natuurlijk bestond er geen twijfel dat Sean de man voor haar was, natuurlijk niet. Maar als ze moest kiezen zoals in de tijdschriften aan haar en vrouwen zoals zij voortdurend gevraagd werd, zou ze dan die ene nacht met Mac weer kiezen? Of zou ze kiezen voor een heel leven met Sean en voor wat er tussen haar en Sean was?

Bij de gedachte daaraan keek Kate om zich heen, naar haar vrienden die zo blij waren voor haar en Sean. De vraag alleen al was belachelijk, en dat was wat haar soms ergerde aan haar baan en aan de wereld van de glossy's. De hele dag werkte ze aan de illusie dat alles binnen het bereik van vrouwen lag, terwijl de werkelijkheid heel wat gecompliceerder was. Beloftes te koop voor 3,20 pond: een nieuw lijf, een nieuwe man, een nieuwe baan en een nieuw huis, alles wat je maar wilde was te koop voor de prijs op de omslag.

Haar ogen waren op Sean gericht en hij draaide zich om, alsof hij wist dat ze naar hem keek. Kate schrok op uit haar gepeins.

'Oké?' mimede Sean, met een handbeweging naar haar.

'Oké,' zei ze met een knikje. Ze sloeg Mac gade, die aan het eind van de bar stond en afscheid nam van een paar mensen. Toen opende hij de deur en verdween in de donkere, regenachtige nacht. Ze was blij dat hij weg was, en ook kwaad. Hoe kon hij zoiets tegen haar zeggen? Hoe langer Kate erover nadacht, hoe beledigender ze het vond. Ze baande zich een weg door de drom mensen die allemaal vriendelijk glimlachten naar de aanstaande bruid toen ze naar haar verloofde liep. Ja, zo was het precies. Haar verlovingsfeest. Haar verloofde. Haar leven.

24

Het plannen van een huwelijk, ontdekte Kate, was – zoals zoveel in het leven – niet precies zoals het in de vrouwenbladen werd omschreven. Ze moest in de loop van de tijd minstens tien arikelen hebben geschreven over blozende bruiden en de perfecte bruiloft, maar nu ze er zelf een plande, tja... dat was toch wel iets anders, en ze wist niet goed wat ze ervan moest denken.

Om te beginnen voelde ze zich geen bruid. Kate was niet het type meisje dat opgroeit met dromen over een witte bruidsjurk, een bruidstaart, in roze jurk gestoken bruidsmeisjes en dolgelukkige ouders. Om te beginnen was haar familie in feite uit het zicht verdwenen toen ze veertien was. De schijnwerpers waren gericht op haar vader, met zijn genie, zijn fans, zijn bijzondere leven, en op haar moeder, met haar schoonheid, haar onder alle omstandigheden charmante optreden, haar gevoel voor drama. En de combinatie van deze twee mensen had één kind voortgebracht, een dochter die zoveel mogelijk aan de aandacht probeerde te ontsnappen, die het idee om als eerste op de dansvloer een feest te openen net zo afschrikwekkend vond als karaoke moeten zingen voor publiek. Het kwam nooit bij haar op dat ze misschien wel iets van haar ouders geërfd kon hebben.

Dat beviel haar zo aan Sean: als ze samen uit waren was de aandacht gericht op hém. Hij was de joviale, luidruchtige, geestige kerel, de verhalenverteller, de rondjesgever. Als ze alleen waren, lag het anders, dan waren ze samen, maar daarbuiten was híj het middelpunt van de aandacht. Kate vond dat prettig. Ze had haar vrienden en ze had haar baan, waar mensen naar haar luisterden. Dus wat deed het ertoe als ze wel eens wenste dat Sean háár het verhaal liet vertellen over hun vakantie op Kreta, toen een oude bom was ontploft in de tuin naast hun hotel? Zij was er op dat moment bij geweest, niet hij, zij was degene die... Nou ja, niet belangrijk, het was prima zo.

Ze zouden in september trouwen, ze hadden eindelijk een datum geprikt, en met een bedrag dat Venetia hun had gegeven als vervroegd huwelijkscadeau, hadden ze de perfecte flat gekocht, in een bakstenen gebouw in Maida Vale. Haar baas, Sue, had familie die in dat gebouw woonde, en zij had terloops tegen Kate gezegd dat de flat onder hen, op de eerste verdieping, geveild zou worden omdat de eigenaar failliet was verklaard. De flat had grote erkerramen en glanzende parketvloeren. En de grote hal was indrukwekkend, met een zware, zwarte deur, waarvan de oude scharnieren luid knarsten, en die als een kluisdeur achter je dichtsloeg. Vijf dagen voor Kerstmis trokken ze erin; ze konden gewoon niet geloven dat ze eindelijk in hun eigen huis waren.

De eerste avond dronken ze champagne, elk zittend op een kartonnen doos, en keken om zich heen in de nog kale, maar toch al gezellige flat. Sean tooste met haar en stak zijn benen tussen de hare. Met zijn andere hand trok hij aan de oudroze sjaal rond Kates hals.

'Het is zover,' zei hij. 'Toch niet te geloven?'

'Nee.' Kate grinnikte. 'Onvoorstelbaar. Eindelijk!'

Hij knielde voor haar neer, keek naar haar omhoog met zijn schelmse, gulle lach, sloeg zijn armen om haar benen. 'Volgend jaar om deze tijd,' zei hij, terwijl hij zijn hoofd op haar borst liet rusten, 'hebben we een grote boom, met kerstcadeaus eronder, en dan zijn we vier maanden getrouwd. Een oud getrouwd stel.'

'Gek idee, hè?'

'Het is niet gek, dat is het mooie ervan. Het is geweldig.' Sean gaf haar een zoen. 'Kijk we stallen al onze kerstkaarten uit op die brede vensterbank daar. En de bank komt hier, met een grote otto – hoe heet zo'n ding ook weer?'

'Ottomane?'

'Precies. Een grote ottomane om onze voeten op te leggen. En we kunnen hier wat planken tegen de muur aanbrengen, wat vind je daarvan?' Kate knikte, sloeg hem opgewekt gade en probeerde tegelijkertijd niet te huilen. Ze wist niet waarom. Ze was moe.

'Op de planken kunnen we foto's neerzetten. Van ons op onze trouwdag. Van jou met je vader toen je klein was, en van mij en Doug in het honkbalteam. En hier de computer, en een bureau voor alle administratieve dingen, en daar de eettafel... We zullen een hoop etentjes geven. Toch?'

Zijn enthousiasme werkte aanstekelijk. Kate fleurde op toen ze naar hem keek. 'Ga door,' zei ze. 'Wat nog meer?'

'Wat nog meer. Hm...' Sean fronste zijn wenkbrauwen. 'Volgend jaar met Kerstmis – op Kerstavond misschien – vragen we Steve en Zoe, met Harry en de nieuwe baby.' Kate knikte. Een secondelang viel er een schaduw over haar zonnige wereld, de champagne smaakte plotseling wrang. 'Misschien is Betty terug uit New York. Francesca en Pav...'

'Als ze nog bij elkaar zijn.' Francesca had een heftige relatie met de handelaar van het kantoor naast haar.

'Als ze nog bij elkaar zijn.' Sean klopte op haar knieën, kwam dichter bij haar, zodat ze zijn adem in haar hals kon voelen. 'Wie nog meer?'

'Charly,' zei Kate behoedzaam. 'Je vergeet Charly.'

'Charly kan doodvallen,' zei Sean met een kwade klank in zijn stem. 'Ik wil het niet over Charly hebben. Vanavond niet.' Hij kneep hard in haar schouders en ging achteruit. De plotselinge spanning tussen hen was bijna tastbaar. Kate keek hem geërgerd aan, boos dat hun perfecte avond hierdoor bedorven werd. Het sinds kort vertrouwde gevoel van haat tegen sommige dingen, tegen Charly, kwam weer in haar boven, en dat vond ze verschrikkelijk. Zo wilde ze zich niet voelen in hun veilige, nieuwe huis.

Ze bleven doodstil midden in de kamer zitten, een bundel licht uit de kale gloeilamp boven hen scheen op hen neer. Sean deed zijn mond open om iets te zeggen en deed hem toen weer dicht. De angst sloeg Kate plotseling om het hart.

'Ik moet je wat vertellen,' zei ze met een benepen stemmetje.

Sean knikte. 'Mm-hm. Wat dan, lief?'

'Iets over Charly.'

Het was drie dagen geleden gebeurd. Zelfs toegeven dat de herinnering haar zo levendig was bijgebleven leek al oneerlijk, alsof ze loog tegen Zoe, zichzelf bedroog... Zij en haar ex-collega van *Woman's World* Sophie waren op bezoek geweest bij Georgina en haar baby. Min of meer tot ieders verbazing, niet in het minst van Claire, was Georgina getrouwd met Phil van kantoor (Charly was beslist niet op dat huwelijk uitgenodigd). Ze woonden in Hampstead, in een mooi klein huis vlak bij Keats Grove, achter de winkels in de buurt van de Heath. Sophie was een joviale meid, die nu werkte voor een uitgever van exclusieve reisgidsen, gespecialiseerd in vakanties in de jungle van de Amazone, een wildernis die door geen mens ooit was betreden. Ze had voorgesteld over de Heath naar het Gospel Oak Station te lopen.

'Frisse lucht,' had ze opgewekt gezegd toen ze uit het ooit zo kille, maar nu vooral rommelige huis van Georgina in de babyloze buitenlucht kwamen. Beiden slaakten inwendig een zucht van opluchting. 'Zal ons goed doen. Poeh!' Ze blies haar korte bruine haar uit haar gezicht. 'Blij dat ik daar weg ben. Jij niet?' zei Sophie op een toon alsof ze net ontsnapt waren aan een veldslag. Georgina, superefficiënt en energiek op kantoor, scheen maar niet te begrijpen waarom Ned, die schat van een baby, niet net zo makkelijk en volgzaam was als haar computer, en weigerde stil te zijn als zij dat wilde. Alles bij elkaar was het een nogal ontmoedigend bezoek geweest; Kate en Sophie hadden allebei het gevoel gehad dat ze in de weg zaten. Lopend langs de vijver wisselden ze van gedachten over Georgina's situatie, tot Kate plotseling Sophies arm vastgreep.

'Wat is er?' vroeg Sophie.

'Niks. Ik was bang dat ik zou uitglijden. Sorry.'

Haar hart bonsde, haar gezicht was verhit. Ze zette haar muts af, wikkelde haar sjaal los en deed net of ze luisterde naar Sophie, die uiteenzette hoe zij zou omgaan met de schijnbaar zeer simpele eisen die een baby stelde. Maar ze luisterde niet. Nee, natuurlijk niet.

Want voor haar stonden Charly en Steve, oog in oog, naast een bankje. Ze wist dat zij het waren, natuurlijk waren ze het. Hij hield haar ellebogen vast, alsof hij probeerde haar tegen te houden, haar in bedwang te houden, en zij stond tegen hem te schreeuwen, met een gezicht dat vertrokken was van woede. Haar mooie bruine haar was verstopt onder een gehaakte muts, een bijpassende sjaal was om haar hals gewonden, haar ellenlange benen als altijd in de voor haar zo typerende jeans en hooggehakte laarzen.

Kate zag hoe ze zich losrukte uit zijn greep en woedend tegen de metalen poot van de bank trapte. Ze wist niet wat ze moest doen; zij en Sophie liepen hun richting uit.

'O god,' zei Sophie plotseling. 'Shit!'

'Wat is er?' vroeg Kate, quasi-naïef.

'Het is Charly. Ze heeft enorme ruzie met een of andere vent. O god.' Sophie draaide zich om naar Kate. 'Hoor eens, ik weet dat ze jouw vriendin is en zo, maar...'

'Maar wat?'

'Ik heb echt geen zin om haar tegen het lijf te lopen, zeker niet nu ze zo aan het ruziën is. Absoluut niet.' Ze greep Kate bij de arm. 'Laten we doorsteken naar de andere kant van de vijver. Dan lopen we ze mis.' Ze huiverde. 'Sorry, Kate. Ik ben een vreselijk mens. Vind je het erg?'

'Nee,' zei Kate haastig. 'Natuurlijk niet.'

Steve stond druk te praten tegen Charly. Hij probeerde haar hand te pakken, maar Charly rukte zich snikkend los. Hij pakte haar schouders vast. Ze kon zijn gezicht niet zien, maar ze kende zijn stem, die vaag tot haar doordrong. Kate probeerde te horen wat hij zei, maar het lukte haar niet. Ze wist trouwens toch wel waarover het ging. Natuurlijk wist ze het. Ze kende Charly al vier jaar. En toen ving ze een flard op van Steves woorden – een afschuwelijke bevestiging van haar grootste angst, terwijl Sophie, wier gezicht verborgen werd door haar muts, haar meetrok.

'Er moet een eind aan komen, Charly. Het spijt me.' Wat Kate zou blijven achtervolgen was de uitdrukking op Charly's gezicht van een totale, blinde... wat was het? Verliefdheid? Obsessie? Ze wist het niet. Ze wist alleen dat Charly hier was, gillend als een waanzinnige, en dat Zoe, zorgend voor haar achttien maanden oude Harry en opnieuw in verwachting, thuis zat. Ze waren haar twee beste vriendinnen. Geweest.

De tranen rolden over Kates wangen toen ze haar verhaal verteld had. Sean sloeg zijn armen om haar heen in een stevige omhelzing. Hij zoende haar op haar haar.

'Maak je geen zorgen, liefste,' zei hij zacht. 'Daar heb jij niets mee te maken, schat...'

Ze rukte zich los. 'Natuurlijk wel,' zei ze kwaad. 'Sean, het zijn mijn twee beste vriendinnen.'

'Dat weet ik.' Hij streek met zijn hand over haar voorhoofd. 'En Zoe... de kleine Zoe. Hemel.'

Kates stem sloeg over. 'Steve moet je getuige worden... Wat moet ik in godsnaam doen?'

'Niks.' Hij sloeg zijn arm weer om haar heen en drukte haar dicht tegen zich aan, tot ze rustiger ademhaalde. 'Helemaal niks.'

'Ik kan niet niks doen.' Kate maakte zich los uit zijn armen, liep de kamer door.

'Ik zal met hem gaan praten,' zei Sean en hij stak zijn hand naar haar uit. 'Het komt allemaal in orde, Katy. Het is niets ernstigs. Dat weet ik zeker. Ik wil niet dat jij je zorgen maakt, oké? Kom hier.'

In de koude maar helverlichte kerstachtige flat was Kate plotseling bang voor de toekomst, een gevoel dat ze niet meer had gekend sinds ze met Sean samen was. Alsof het leven dat zij en Sean en al haar vrienden hadden opgebouwd niet meer dan een kaartenhuis was, fragiel, vergankelijk. Jarenlang had Kate gezocht naar structuur, orde, veiligheid. Hier, in haar nieuwe flat, in de armen van haar toekomstige echtgenoot, had ze plotseling het gevoel midden in een chaos te verkeren, alsof het behang op de muren elk moment kon afbladderen, het porselein in scherven op de grond kon vallen, en de lichten plotseling zouden kunnen doven.

25

Juli 2004

'Steve heeft vandaag vrij, zie je,' zei Zoe, die met haar voeten op een stoel op het terras van een café in Smithfield zat. 'Hij zei dat hij misschien bij jullie langs zou komen om Sean te zien.'

'Wát?' zei Kate verbaasd. Ze legde haar menukaart neer en keek knipperend tegen de zon naar Zoe.

'Weet je waar Sean is?' Kate keek verdwaasd op en Zoe zei geduldig: 'De tegels in de badkamer van jullie flat. Die zou hij vandaag toch doen? Steve helpt hem.'

Kate staarde Zoe aan. Er drong weer een stukje informatie tot haar door. Kate wilde dat ze al die stukjes op een of andere manier met elkaar in verband kon brengen, maar haar hersens schenen de laatste tijd niet goed te werken.

Kate wist dat ze pas over een paar weken met de tegels van de badkamer zouden beginnen. De levering van de tegels was vertraagd. Een of ander probleem met de fabrikant in Italië, dankzij de overdreven eisen die Sean aan de tegels stelde. Kate vloog uit ergernis bijna tegen de muur van de badkamer op. Simpel wit van Ikea was absoluut niet goed genoeg, nee, de tegels moesten uit een klein zaakje komen bij Modena, dat door een vakkundig ambachtsman geleid werd, en ze moesten dezelfde afmetingen hebben als die van een Japans ontwerp uit de jaren zestig. Het kon Kate geen donder schelen. Opgevoed door ouders die de voorkant van een stofzuiger niet van de achterkant konden onderscheiden, had Kate geleerd praktisch te zijn om te kunnen overleven. Het verbaasde haar te beseffen hoe goed ze was in het regelen van hun financiën, het invullen van hun belastingbiljetten, het organiseren van de bruiloft, al interesseerde haar dat eigenlijk minder dan andere dingen. Sean lachte haar uit, vond het grappig dat hij trouwde met een vrouw die meer belangstelling had voor belastingen dan voor badkamertegels of de typografie van de uitnodigingen voor hun huwelijk. Dat vond híj leuk werk, zei hij.

En het was waar. Het verbaasde haar dat Sean zo'n huismus was, en het verbaasde haar ook hoe onopvallend ze allebei veranderden.

Hij wilde als een oude man met zijn pijp en pantoffels bij de kachel zitten. Kate kon zich die grote, sterke Sean trouwens helemaal niet voorstellen met pantoffels... Hij was altijd bezig, altijd eerder op dan zij, altijd erop uit om ergens voorraden in te slaan, maar toch wilde hij tegenwoordig steeds vaker thuisblijven. Overdag was hij vaak weg voor zijn werk, ging naar andere kantoren, had vergaderingen in de hele stad, dus als hij vrij was wilde hij bij haar zijn en wilde hij graag dat zij bij hem bleef. Maar Kates baan nam haar tegenwoordig zo in beslag dat het soms een heel gevecht was om weg te komen – van kantoor, een party, de promotie van een nieuw parfum, de preview van een nieuwe film, en om naar huis te gaan.

Hoe beter ze werd in haar werk, hoe minder huiselijk ze werd, in tegenstelling tot Sean. Sean had genoten van het inrichten van hun flat. Ze had het roerend gevonden, al was die geestdrift en dat enthousiasme voor een huiselijk leven soms wel eens een beetje overweldigend, alsof hij een jas had gepast die te groot was, maar die hij toch wilde houden.

'We moeten er toch eens over denken om over een jaar of zo uit de stad weg te gaan,' had hij een paar avonden geleden gezegd, toen Kate in haar pyjama op de bank zat te werken op haar laptop om een paar laatste veranderingen aan te brengen in een artikel dat ze had geschreven.

Kate keek op. 'Wat zei je?' Het was niet helemaal tot haar doorgedrongen. Sean zat op zijn hurken bij de open haard met een paletmes in de hand. Hij had een paar antieke keramieken tegels gevonden die precies in de periode van hun appartement pasten en de saaie grijsgroene tegels rond de haard uit de jaren zeventig verwijderd, om ze te vervangen door mooie donkerrode tegels met bloemmotief. Ze sloeg hem liefdevol gade.

'Ik zei,' Sean kwam overeind, 'dat we er echt eens over moesten denken om over een jaar of zo uit Londen weg te gaan en buiten te gaan wonen.' Hij stopte het paletmes in zijn gereedschapsriem; Sean hield van zijn gereedschapsriem.

'Waarom?' vroeg Kate. Ze deed haar best niet te geschokt te klinken. 'We zijn hier net komen wonen.'

'Maar we willen de kinderen toch zeker niet in de stad grootbrengen?'

'Welke kinderen?'

'De kinderen die wij zullen krijgen, Kate.' Sean ging naast haar zitten. 'Hallo?' Hij gaf haar een klopje op haar arm. 'Even opletten, Kate.'

'O. Díe kinderen. Ja, maar... Sean, ik wíl niet buiten de stad wonen.'

'Ik wens geen kinderen hier in de stad groot te brengen.' Hij klonk beledigd. 'Zou je dat echt willen? We kunnen toch beter in een huis wonen? In een doodlopende straat? Waar ze op hun fietsjes kunnen rijden en... en zo,' eindigde hij vaag. 'Zou het niet leuk zijn in een gezellige stad te wonen?'

'We wonen al in een gezellige stad,' zei Kate. 'Ik dacht dat het je hier beviel. Je hebt nooit gezegd...'

'Lieverd, rustig maar. Het is toekomstmuziek.' Hij sloeg zijn arm om haar heen en trok haar dicht tegen zich aan. Ze kon zijn hart voelen kloppen toen haar hoofd op zijn borst rustte. 'We willen toch niet eeuwig in deze flat blijven wonen? Of wil je zeggen dat je de rest van ons leven hier wilt blijven, nooit verhuizen, nooit iets veranderen, vijftig jaar lang hier blijven wonen net als de Allans boven?'

Dat deed hij altijd, maken dat ze het met hem eens werd door dingen te overdrijven, haar argumenten de grond in te boren met milde spot en humor. Ze kon niet met hem argumenteren, had dat nooit gekund. Hij was net als de Teflon Man: niets beklijfde, hij ging gewoon door en deed wat hij wilde. Meestal vond ze dat juist zo goed van hem.

'Ik zou graag net zo willen zijn als de Allans,' zei ze. 'Ze hebben een fantastisch leven gehad.'

'Nee, een stom leven,' zei Sean, en ging rechtop zitten. 'Ze hadden al jaren geleden moeten beseffen hoeveel winst ze konden maken op hun flat. Beseffen ze dan niet dat de huizenmarkt straks een dieptepunt bereikt en ze een pracht van een cottage ergens op het land hadden kunnen hebben?'

'Dat heb ik ze nooit gevraagd.' Kate schoof een eindje hij hem vandaan. 'Misschien zou je nu naar boven moeten gaan om ervoor te zorgen dat ze zich dat goed realiseren.' Ze gaf hem een speels duwtje. 'Lieverd, kalm een beetje! Verleden week wilde je dat we naar de kerk zouden gaan, en nu dit. Komt het door het huwelijk, is dat de reden waarom je je zo opwindt en je plotseling gedraagt als een provinciaal?' Hij draaide zich met een ruk naar haar toe. 'Het is niet belangrijk,' zei ze zacht. 'Ik heb geen huis ergens in Epsom nodig om met jou gelukkig te zijn. Ik ben hier nu ook gelukkig.'

Hij fronste zijn wenkbrauwen, keek geërgerd. 'Kate, dat is niet wat ik bedoel. Dat weet je.'

'Ik...'

'Hé. Jij bent degene die zich anders gedraagt sinds onze verloving. Je bent de Carrièrevrouw in de Stad geworden.'

Ze hield haar adem in. 'Wat wil je daarmee zeggen?'

'Zoals je bent met je werk. Of niets anders er meer toe doet. "Mevrouw Miller? Mevrouw Miller?"' zei hij met een malle hoge stem, alsof hij een telefoniste nadeed.

'Doe niet zo stom.'

'Zo noemde Sues assistente je toen ze de taxi naar het vliegveld bestelde. "Is mevrouw Miller daar?" Sinds wanneer ben je een "mevrouw" geworden?'

'Dat weet ik niet!' Kate streek met haar hand door haar haar. 'Doe niet zo belachelijk. Wie kan het wat schelen of ik Ms of Miss of Mrs ben? Waarom is dat zo belangrijk?'

'Omdat je met me trouwt. Omdat je mevrouw Lambert wordt. Mevrouw Lambert!'

'Dat weet ik, maar...' Kate maakte een hulpeloos gebaar met haar handen. 'Sean, doe niet zo...' Ze stak haar hand naar hem uit. Hij was opgestaan en ze greep zijn been vast. 'Ik wil niets liever dan mevrouw Lambert worden, geloof me.'

'Echt waar?' Hij draaide zich om en keek op haar neer. Ernstig keek ze hem in de ogen. 'Ik heb alleen het gevoel... dat je werk op de eerste plaats komt, daarna het huwelijk, dan Zoe, dan de flat en wat daarmee samenhangt, en dat ik nummer vijf ben op je lijst.'

Ze wist niet hoe ze hem gerust moest stellen; het was allemaal waar, maar ze deed het voor hem. Hij had er bij haar op aangedrongen dat ze zo hard zou werken, om het geld te verdienen dat ze nodig hadden om rond te komen, om niet alleen de tegels uit Modena, maar ook de huwelijksreis naar de Malediven te bekostigen en, vermoedde ze nu, ook het huis in de forensendorp, met een oprit voor het parkeren van de auto, en een schouw waarop de foto's van de huwelijksreis zouden komen te staan. Ze zaten in een tredmolen en Kate besefte dat ze niet wist hoe ze eruit moesten stappen.

'Sean...' zei ze. Ze gleed met haar handen langs zijn lichaam omhoog en trok hem naar zich toe. 'Ga zitten, lieverd.' Hij gehoorzaamde. 'Jij bent altijd nummer één, dat weet je toch? Altijd.'

'Natuurlijk weet ik dat.' Zijn gezicht verzachtte. 'Het is alleen...'

'Laat me uitspreken,' zei ze, haar hand opstekend. 'Luister, ik wil bij jou zijn, ik wil met jou trouwen, niet om op feestjes tegen mensen te kunnen zeggen "mijn man staat daar". Daarom doen we dit toch? Omdat we bij elkaar willen zijn.'

Ze zei het met een vreemd stemmetje, op de manier van de oude Prudential-reclame, maar de in Texas opgevoede Sean snapte het niet, en even keek hij verward. Maar toen klaarde zijn gezicht op. 'Natuurlijk. Denk er maar niet meer aan.' Hij boog zich naar haar toe en kuste haar, bewoog haar armen om een eind te maken aan haar defensieve lichaamstaal. 'We zijn bij elkaar,' zei hij na een ogenblik. Zijn stem klonk gesmoord in haar haar.

Kate zuchtte.

Ze was zo moe na een lange dag op kantoor, waar ze elke dag opnieuw beslissingen moest nemen. Ze sliep slecht, werd door allerlei dingen wakker gehouden. Ze had de caterers niet gebeld om een definitieve afspraak te maken voor het menu, en had evenmin met Lisa gesproken over Danielles kleding (Lisa stond erop dat Daniels nieuwe album van Westlife Covers op de receptie werd gespeeld en dat Danielle bruidsmeisje zou zijn. Over het laatste waren ze het eens geworden.) En al die tijd bleef ze maar denken aan Charly. Steve en Charly. Ze had verder geen enkel bewijs, geen enkele aanwijzing dat er iets aan de hand was. Wilde ze de zwangere Zoe van streek brengen met iets waarvan Sean overtuigd was dat het slechts een misverstand was? Alles in gevaar brengen, Steves vriendschap verliezen – want hoe zou dat anders kunnen – als ze niet honderd procent zekerheid had?

Het probleem was dat ze er voortdurend aan moest denken. De gedachten maalden door haar hoofd en kwamen altijd op hetzelfde neer: had ze Charly daarom al maandenlang niet meer gezien? Speelden Sean en Steve daarom hun wekelijkse spelletje biljart niet meer? Leek Zoe zich daarom zo vreemd tegen haar te gedragen, alsof ze zich moest forceren? Alles leek erop te wijzen, en het leek Kate alsof zij de enige was die er iets aan kon doen, en tegelijk alsof zij de enige was die dat niet moest doen. Ze voelde zich als een rat in de val en wist echt niet hoeveel langer ze zo door kon gaan. Haar hersens functioneerden niet goed. Ze viel af, verloor te veel gewicht. De mensen vertelden haar steeds weer dat het de zenuwen vóór het huwelijk waren. Ze wist wel beter.

'Heb je met de fotograaf gesproken?' vroeg Sean. Zijn handen gleden over haar schouders, zijn lippen over haar wang.

'Nee,' zei Kate en draaide zich naar hem om, in de hoop hem verder af te leiden. 'Ik zal het morgen doen. Denk er nu maar niet meer aan.'

'Oké.'

'Oké.'

'Dus vandaag worden de tegels aangebracht, hè?' zei Zoe. Ze ging rechtop zitten boog zich dichter naar Kate toe om haar terug te brengen in de werkelijkheid.

Kate schudde haar hoofd, alsof haar gedachten luid gonsden, en keek om zich heen. Zij en Zoe zaten bij Smithfield Market, op het terras van een café met uitzicht op het grote, smeedijzeren marktgebouw. Ze konden het geroep horen van handelaren aan het eind van de werkdag. Hun stemmen weergalmden achter hen, terwijl ze beleefd naar elkaar glimlachten in de warmte van de zon.

'Ik denk het.' Kate probeerde uit te puzzelen wat haar dwarszat. 'Ik dacht dat het later zou gebeuren maar... misschien zijn ze eerder aangekomen. Dat zou heel fijn zijn.'

'Aardig van Sean om Steve de sleutel te geven. Ik zou hem niet... met wat dan ook vertrouwen,' zei Zoe opgewekt. Ze klopte op haar buik en zette één voet op de stoel tegenover haar. 'Kijk. Dat doet Harry als hij honger heeft.' Met haar hand maakte ze ronde bewegingen op haar gewollen buik. 'Hm, ik rammel van de honger. Zullen we bestellen?'

'Goed, ja.' Ze tuurde om zich heen, voelde zich plotseling misselijk. Ziek, door iets wat ze niet onder controle had. Het kon niet waar zijn. Nee toch? Was het mogelijk? Steve zou niet... Charly zou niet... Kate probeerde zich te concentreren.

'En,' zei Zoe, 'wat moet je nog allemaal doen?'

'Voor de bruiloft?'

'Ja, voor de bruiloft. Ik weet dat je de minst bruidachtige bruid ter wereld bent, maar er moet toch nog wel iets te doen zijn.'

'Niet echt,' zei Kate. 'Jurk, prima.' Ze zou een prachtige jurk dragen die ze bij Fenwicks had gekocht. Lichtblauw. 'Stadhuis geboekt. Locatie geboekt, band geboekt voor de muziek.' Lisa had de locatie gevonden, een ongebruikte ruimte in de kerk om de hoek van hun flat, op Shirland Road, en haar vader was zo vriendelijk geweest, toen het cd-debacle was opgelost, aan te bieden voor een goede band te zorgen. Hij had de Frank Walden Band voor hen ingehuurd. Het huwelijk was trouwens pas over twee maanden... Kate begreep niet waarom ze zich zo druk maakten. Ze bleef maar denken dat ze eigenlijk panisch hoorde te zijn, maar het was of ze alles van grote afstand bekeek, en ze had absoluut geen last van stress. Ze zouden een feest geven, hadden zij en Sean besloten. Sean maakte zich veel zenuwachtiger dan zij, dacht ze. Zijn familie kwam over, terwijl zij praktisch geen familie had. En hij was meer iemand om onder de indruk te zijn van grootse gebeurtenissen. Toen de ambtenaar, in een poging een beetje vlot gesprek aan te knopen, vroeg bij wie van hen de waterlanders zouden komen, hadden Kate en Sean allebei op Sean gewezen en in koor gezegd: 'Hij/Ik.' Toen de ambtenaar met een grijnslach en knipperend met haar ogen naar Sean keek, glimlachte hij en zei verontschuldigend: 'Ik ben een watje in dit opzicht. Ik... Ik kan gewoon niet wachten tot het zover is, ziet u?'

'En mij doet het niets,' zei Kate tegen Zoe. 'Ze keek me aan alsof ik een heks was die op de brandstapel hoorde.'

'Onzin,' zei Zoe energiek. Ze legde haar menukaart neer en keek haar vriendin van opzij aan. 'Harry is ontzettend opgewonden. Ik geloof dat hij denkt dat een bruiloft iets te maken heeft met de politie. Hij blijft maar op denkbeeldige dingen schieten als ik er met hem over praat, ik weet niet waarom.'

'Haha!' zei Kate, die voorwendde het menu te bestuderen.

'Steve zegt dat hij voor een driejarige een ongezonde belangstelling heeft voor huwelijken. Nou ja, hij zegt dat ik ook een ongezonde belangstelling heb voor huwelijken, en hij heeft gelijk, Kate, maar o, ik ben echt nerveus.'

Een ober liep langs; een duif streek naast hen neer; een auto toeterde op de achtergrond. Op dat moment drong het plotseling tot Kate door, het was geen bliksemflits, geen donderslag bij heldere hemel. Het was het ene gewone moment dat overging in het andere, maar het veranderde alles. Ze legde haar menukaart neer, staarde peinzend naar Zoe, zonder zich af te vragen of ze zich vreemd gedroeg. Het was haar beste vriendin die tegenover haar zat, het meisje met wie ze was opgegroeid, dat Kate feitelijk meer als familie had beschouwd dan haar eigen familie. Ze moest weten wat er gebeurde, moest de touwtjes in handen nemen. Dat besefte ze nu. Geen kleine Kate meer, die braaf wachtte tot Sean alles voor haar, voor hen beiden, had geregeld. In dat opzicht had hij iets niet goed gedaan, dat moest ze toegeven. Het was tijd dat zij iets deed, al sloeg de schrik haar om het hart.

Ze stond op.

'Ik moet weg,' zei ze plotseling. Ze pakte haar tas.

Zoe keek haar verbaasd aan.

'Hè?' zei ze. Even verscheen er een eigenaardige uitdrukking op haar gezicht.

'Ik heb... een bespreking,' zei Kate, geïnspireerd door een recente

herinnering. 'De Amerikanen. Die was ik vergeten. Shit, ik ben laat.'
Ze klonk niet erg overtuigend. Ze keek naar Zoe, bukte zich en gaf
haar een zoen. 'Blijf zitten, schat,' zei ze en ze gaf haar beste vriendin
een klopje op de schouder. 'Blijf hier. Ik red het wel.'

'Kate,' schreeuwde Zoe. 'Ga niet weg! Kom terug!' Haar stem
klonk vol ongeloof, bezorgd. 'Kate! Luister naar me!'

Maar Kate rende weg, door de straatjes van Smithfield, door Cow-
cross Street, langs de jongens met hoge kuiven en meisjes in pon-
cho's, langs de koffieshops en kleine restaurants, ze ging steeds sneller lopen, duwde jongens opzij, mepte al hollend haar pasje tegen de
ticketgate, sprong in een trein, zonder zich te bekommeren om haar
werk. Zoe zou waarschijnlijk denken dat ze gek geworden was, maar
ze wist alleen maar dat ze terug moest naar de flat, hen moest tegenhouden, omdat ze plotseling wist dat de flat de plek was waar
ze elkaar ontmoetten. En zij moest hen tegenhouden. Alleen zij.

Een halfuur later rende Kate de trap op van het station Maida Vale
en de weg over naar de flat. Ze wist nog steeds niet wat ze moest
doen als ze hen zag, en twijfel besloop haar. Steve was geen bedrie-
ger! Hij zou dat Zoe, Harry, de baby, niet aandoen. Onmogelijk!

En toen zag ze het, vóór haar en Seans flatgebouw. Steves auto, een
kleine rode MG, die hij ondanks Zoes protest dat ze een gezinsauto
nodig hadden, gekocht had. Daar stond hij dan, een klein glanzend
bewijs, vlak voor de voordeur geparkeerd. Kate moest een kreet onderdrukken over zoveel brutaliteit. Ze was razend. Met onhandige,
bevende vingers stak ze de sleutel in het slot.

Ze smeet de deur achter zich dicht en holde met twee treden tegelijk de trap op.

Toen ze bij hun flat kwam ging ze langzamer lopen, werd voor-
zichtiger. Stilletjes, behoedzaam, knarsetandend, met een hoofd vol
moordgedachten, draaide ze de sleutel om in het slot en opende de
deur zo zacht, dat niemand binnen haar gehoord kon hebben.

Misschien was er wel niemand, dacht ze. Ik moet me vergist hebben,
stommeling die ik ben. Maar op het moment dat ze dat dacht hoorde
ze iets in de slaapkamer, waarvan de deur op een kier stond. Kate deed
een stap naar voren. Het was of haar keel werd dichtgeknepen.

Steve...

O god. Nee. Nee nee nee.

Ze lag op bed, haar lichaam bewoog langzaam op en neer, haar haar
viel op haar schouders en over haar blanke, magere rug. Ze zou haar

overal herkennen. Ze zat boven op hem, ging omhoog en omlaag. Kate bleef staan bij de deur. Maar ze zag het nog steeds niet. Toen richtte hij zich op, trok haar naar zich toe, zijn mond gulzig tussen haar borsten. Hij kreunde, bewoog zijn hoofd heen en weer. Ze boog haar hoofd opzij en Kate zag zijn gezicht.

Het was niet Steve.

26

Ze hoorde Steves stem achter zich. Hij was buiten adem, drong het vaag tot haar door. Zijn stem klonk alsof hij onder water sprak, of van heel, heel ver weg.

'Kate... Kate, het is...'

Het was niet Steve die in bed lag met Charly, haar beste vriendin. Het was Sean.

Seans handen drukten hard op Charly's heupen toen hij in haar klaarkwam met een luid, kreunend gebrul. Steve greep Kates hand vast en wilde haar wegtrekken, maar ze bewoog zich niet. Waarom konden ze haar niet zien, waarom merkten ze haar niet op, waarom stopten ze niet?

'Shit. Shit,' zei Sean plotseling, en Kate keek hem aan, besefte dat hij haar gezien had terwijl ze in de deuropening stond. 'Kate. Kate! Hij kreunde weer, terwijl Charly wild met haar lichaam tegen hem aan wreef.

'Ik ben Charly, lul,' siste ze in zijn oor. 'Charly.'

Hij duwde haar van zich af. Ze viel achterover op het bed, draaide zich om en keek loom omhoog, haar verwarde haren vielen over haar naakte lijf. Ze haalde diep adem en keek op naar Kate.

'Verdomme,' zei ze en ze sperde haar ogen open. 'Verdomme.' Toen ademde ze weer diep in en sloot haar ogen. Ze huiverde even, streek met haar hand door haar haar, greep het vast. Sean stond op en trok zijn onderbroek aan.

'Kate, Kate,' zei hij en hij liep struikelend naar haar toe. 'Shit.'

Het was zo vreemd, hem zo naakt te zien, nadat hij een paar seconden geleden in Charly was klaargekomen; hij wist zich geen houding te geven, frutselde aan zichzelf, zijn kleren. Kate deinsde achteruit, alsof hij een enge, bezopen kerel was op straat. Ze botste tegen Steve aan, die haar opving.

'Ik dacht dat jij het was,' zei ze.

'Ik weet het,' zei Steve. Met een rood gezicht keek hij naar de twee mensen achter haar. Hij haalde diep adem, kneep in haar arm. 'Zoe belde me. Ik dacht wel dat je hiernaartoe zou komen. Ik belde met haar in de auto en jij holde voorbij...' Er blonk medeleven in zijn ogen. 'O, Kate.'

'Ik dacht dat jij het was,' zei ze weer, terwijl Charly het dekbed over zich heen trok.

'Ik weet dat je dat dacht,' zei Steve. 'Maar ik kon er weinig tegen doen.'

Ze wees naar hem. 'Maar je had een afspraak met haar... Ik heb jullie gezien...'

'Ik had met haar afgesproken om te proberen haar over te halen ermee op te houden, ze allebei te laten ophouden.' Steve schudde zijn hoofd. 'We hebben het over mij, Kate! Hoe kón je denken dat ik zoiets zou doen...'

'O, mijn god,' zei Kate. De gal kwam omhoog in haar keel. Ze wilde die inslikken, maar stikte bijna. Sean duwde haar naar de badkamer. De badkamer, met de tegels waarop ze zo lang hadden gewacht. 'Ga weg,' zei ze, en ze ging achteruit. Ze draaide zich om en gaf over. Sean en Steve stonden in de deuropening van de badkamer naar haar te kijken. Daarbinnen was het licht en zonnig, in haar mooie grote badkamer waar ze zo van hield. Kate fronste haar voorhoofd, terwijl ze onwillekeurig aan de badkamertegels dacht, en gaf weer over. Stomme gedachten gingen door haar heen, stomme vragen. Wat zou er nu met de badkamer gebeuren? Het duizelde haar. Ze zou hier niet meer kunnen terugkomen, dat wist ze zeker.

'Kate, het spijt me,' zei Sean, toen ze een paar seconden later overeind kwam. Zijn haren stonden bijna grappig overeind. 'Je... Het spijt me. Ik hou van je. Dit betekent... O, shit... Serieus. Ik weet niet hoe het gebeurd is.'

Hoe moest ze hem aankijken, welke houding moest ze aannemen in deze schandalige, afgrijselijke situatie? Ze wist het niet, kon niets bedenken. En Charly – die was er nog steeds, in háár bed.

Ze bleef onbeweeglijk staan. Ze veegde haar mond af, haalde zo kalm mogelijk adem. Haar hals, keel en borst voelden beklemd, alsof ze elk moment kon flauwvallen.

'Ga weg,' zei ze, zonder hem aan te kijken. 'Ik wil je niet meer zien.' Ze liep de gang door, keek door de deur naar Charly, die nog steeds stil bleef liggen, met een vreemd uitdrukkingsloos gezicht, en op dat moment sloegen de stoppen bij Kate door. Ze voelde het gebeuren, het was een bizarre ervaring. Met grote stappen liep ze de kamer door naar het bed, kaarsrecht en agressief. Ze pakte Charly vast aan haar lange haren, wilde haar pijn doen, haar doden. Een moordzuchtige woede maakte zich van haar meester. Ze sleurde Charly van het bed af en schreeuwde: 'Eruit! Eruit, valse hoer! Kreng! Secreet!'

Ze bleef Charly's haar stevig vasthouden en rukte het heen en weer, en Charly's hoofd, weerloos in Kates sterke vingers, schudde heen en weer. 'Mijn god, Charly, ik heb altijd geweten dat je een slet was, maar – dit! DIT! SMERIG SERPENT! ERUIT!' Ze smeet haar zo ver mogelijk van zich af. Charly rolde over de grond.

'Verdomd klotewijf!' gilde Charly, die ineens tot leven kwam. Ze viel uit naar Kate, haar lange, klauwachtige nagels krabden over Kates arm, maar Kate voelde zich plotseling onoverwinnelijk. Ze liep naar Charly toe en pakte haar weer beet, zonder na te denken, zonder iets te voelen. Charly struikelde en viel tegen de deurpost, terwijl Kate haar heen en weer slingerde en wenste dat ze haar de hele kamer door kon smijten, haar haren uittrekken, elk bot in haar lichaam breken... De adrenaline maakte haar duizelig. Ze had haar kunnen vermoorden. Ze had hem kunnen vermoorden... En al die tijd schreeuwde Charly scheldwoorden, smerige, pesterige woorden in haar oor, terwijl ze krabde en klauwde als een dier. Zonder daarop te letten, deed Kate haar voordeur open en smeet haar naakt de over-loop op. Charly gilde toen ze tegen de trapleuning sloeg en bijna ach-terover in het trapgat viel. Een secondelang bleef ze zo hangen, alsof ze elk moment omlaag kon vallen, maar toen ontblootte ze haar tan-den, haar donkere ogen glinsterden, ze keek naar Kate, richtte zich op en glimlachte.

'Ik heb altijd geweten dat hij van mij was, schat,' zei ze duidelijk. Kate sloeg de deur voor haar neus dicht toen Charly op haar afkwam en leunde er hijgend tegenaan. Sean en Steve stonden als aan de grond genageld en keken haar vol ontzetting aan. Charly begon op de deur te bonzen.

'Laat me binnen!' gilde ze. 'Laat me binnen, verwaand, stom, zielig kreng! Hij is van mij! Al maanden... jaren, als je het wil weten. Ik kan krijgen wie ik wil, Kate, stomme trut, waarom is dat nooit tot je doorgedrongen?'

Sean zat ineengezakt in de gang, met zijn hoofd in zijn handen. Hij keek niet eens naar haar, scheen daar niet toe in staat. Kate begon te beven. Ze moest daar weg, maar wist niet hoe. Steve duwde haar zachtjes opzij, en toen hij de deur opendeed om Charly binnen te laten, dook Kate langs haar heen, vloog de trap af, weg van die flat, weg weg weg. Ze hoorde de stem van Charly en de voetstappen ach-ter haar.

'Kate!' schreeuwde Sean plotseling. 'Kom terug!' Nee, ze zou zich niet laten inhalen. Nee, nee, nee. Ze rende de hal door, rukte de deur open. Ze gunde zich geen tijd om adem te halen, ze moest verder, ze moest, ze moest. De voetstappen achter haar werden luider en Kate holde de straat op, met wapperende haren, als een waanzinnige, alsof ze achtervolgd werd door honden. Ze voelde dat Charly haar inhaalde, en ze rende door, naar de winkels, naar geborgenheid, ze wist niet waarheen.

Ze bleef doorhollen toen ze in de hoofdstraat kwam, de voetstappen waren vlak achter haar, hard en luid, en ze spoorden haar steeds meer aan. De lichten stonden op groen, ze kon ze zien, maar die waren voor het verkeer, niet voor haar, die zag ze niet.

Er klonk een koor van claxons, bestuurders hielden hun hand erop om haar te doen stoppen, ze hoorde het gepiep en geknars van remmen, en minderde in paniek haar vaart, op hetzelfde moment dat iemand begon te schreeuwen.

'Kate! Kate, ga aan de...'

Toen ze zich omdraaide zag ze een enorme bus naderen, en iemand gaf haar uit alle macht een duw, zodat ze over de weg vloog en op haar rug op de grond terechtkwam. En van daaruit zag ze wat er gebeurde. Ze zag het gezicht vol afgrijzen van de chauffeur, hoorde het wanhopige remmen van de bus vlak naast haar, toen Steve geraakt werd, Steve, die haar vlak voor de bus had weggeduwd en haar leven had gered.

Kates been en arm zaten onder het bloed toen ze op de plek waar ze gevallen was op handen en voeten overeind kwam en naar de man holde die slap voor de bus lag, zijn nek in een onnatuurlijke, vreemde houding, zijn lichaam languit midden op het kruispunt. Ze staarden naar haar, durfden bijna niet te dichtbij te komen.

'Steve?' zei ze met hese stem. 'Steve? Nee! Nee! Steve?!'

27

Moet Harry op de begrafenis komen? was de vraag die iedereen stelde. Hij was vijftien maanden. Hij zou het niet echt begrijpen, hij was nog te klein. Zou Steve het gewild hebben? Het was de algemene vraag omdat het om een praktische kwestie ging. In die donkere, afgrijselijke dagen voor de begrafenis, toen er niets en van alles te doen was, en er geen antwoord bestond op de vraag waarom dit gebeurd was, hield iedereen zich bezig met die praktische kwestie om tenminste nog een beetje verstandig te kunnen denken.

Zoe wist het niet. Ze zei dat ze twijfelde. Toen Kate het haar vroeg en haar aankeek om een aanwijzing, een teken, op te vangen dat Zoe besefte wat er met haar gezin gebeurd was, zag ze niets. Met een wezenloos gezicht wreef Zoe over haar zwangere buik en schudde haar hoofd.

'Ik weet het niet. Beslis jij maar.'

Maar dat kon Kate niet. Aan Steves moeder Mary, die die ochtend was gekomen, vroeg ze: 'Wat denk jij...'

'Ik denk dat we het hier later over moeten hebben, lieve kind,' zei Mary met haar Edinburghse accent. 'Zoe, waarom ga je niet even liggen? Je moet wel moe zijn na al dat gedoe vanmorgen.'

Zoe had niet geslapen sinds Steve drie dagen geleden was gestorven. Want zelfs alleen maar zéggen dat Steve was gestorven, was zo afgrijselijk, zoiets onwerkelijks; die woorden klopten niet. Maar ze was nu heel meegaand en liet zich gemakkelijk leiden. In zwijgend protest stak ze haar handen op, alsof ze wilde zeggen dat het geen enkele zin had, maar stond toen moeizaam op van haar stoel in de keuken. Kate volgde haar naar de zitkamer.

'Wil je wat water? Thee?' vroeg ze. Ze keek om zich heen in de kamer terwijl Zoe op de bank ging zitten. Overal stonden foto's van hen beiden, foto's van Steve en Zoe op hun trouwdag, Steve en Mac, lachend, de armen om elkaar heen geslagen. Een van zijn dassen hing aan de trapleuning. Kate wilde dat Zoe naar buiten ging, vijf minuten op de stoep ging staan, zodat ze de kans kreeg alles op te ruimen, elk spoor van hem uit het huis te verwijderen. Ze wilde dat Zoe zijn aanwezigheid niet langer hoefde te voelen, niet ermee geconfronteerd hoefde te worden dat hij zo kort geleden nog bij hen was. Een ijskar reed langzaam door de straat en Harry krijste enthousiast in de tuin toen hij hem hoorde. Kate wreef in haar ogen en vroeg zich voor de honderdste keer af hoe alles zo prozaïsch kon zijn, hoe het leven normaal door kon gaan nu dit gebeurd was. Gedachten bleven zich aan haar opdringen, bijvoorbeeld dat Steve nooit zijn nieuwe baby zou zien, dat die baby nooit haar vader zou kennen. Dingen die Harry nu over zijn vader wist zou hij vergeten, omdat hij te klein was om die te onthouden. Het zweet droop langs Kates rug. Het was zo heet, zo walgelijk heet, dat hoorde niet, niet nu. Het hoorde te sneeuwen, of te regenen, te stormen. Ze hoorden geen dunne topjes en teenslippers te dragen terwijl ze bespraken in wat voor kist Steve begraven moest worden. Het was allemaal verkeerd, alles. Kate wist niet wat ze moesten beginnen, daarom concentreerde iedereen zich op de praktische vragen. Wie zou de sandwiches maken voor de receptie daarna? Moest Harry mee naar de begrafenis?

Zoe onderbrak Kates gedachtengang met de kalme vraag. 'Mag ik wat water?'

'Natuurlijk,' zei Kate haastig. 'Ik zal het meteen voor je halen. Wil je ook wat eten? Je moet...'

'Nee,' zei Zoe.

'Maar je hebt nog niets...'

'Ik wil niet eten,' herhaalde Zoe, met die metalen klank in haar stem die Kate er de laatste paar dagen in had gehoord. 'Ik eet later wel wat. Niet nu, oké? Wil jij op Harry passen?'

'Ja, natuurlijk. Blijf jij hier.' Kate liep naar de keuken.

Mary staarde uit het raam naar de tuin, waar haar kleinzoon op het grasveld speelde met zijn grootvader en oom. Ze draaide zich om toen Kate binnenkwam.

'Wil ze wat eten?' vroeg ze.

'Nee. Ze eet later, zegt ze.'

'Goed,' zei Mary. 'Goed dan.' Ze draaide zich weer om naar het raam, streek met haar vingers over het glas. Kate schonk het water in.

'Wat moeten we doen?' Mary sprak op kalme toon, alsof ze tegen zichzelf sprak. Haar ogen, met donkere kringen eronder, leken twee donkere gaten, haar huid had een vale, perkamentachtige kleur. Ze zag er plotseling oud uit. 'Morgen. Als het voorbij is. Wat moeten we doen?'

Kate knikte, want ze wist niet wat ze daarop moest antwoorden.

'Misschien moeten we hier blijven,' ging Mary verder. 'Hierheen verhuizen en Zoe helpen. O, lieve help, hoe moet het nu met haar?'

Kate liep naar haar toe en ging naast haar staan voor het raam. Voorzichtig raakte ze haar arm aan. 'Haar moeder is er, en ik ben er, Mary. Ik weet dat het...'

Maar Mary luisterde niet. 'Mac zegt dat hij die baan had moeten aannemen. Hij zegt dat hij nu hier moet komen wonen, een huis hier in de buurt kopen,' zei ze bijna achteloos. 'Misschien zou dat inderdaad beter zijn.'

Kate staarde naar Mac op het grasveld, en hij keek op alsof hij hen hoorde. Hij maakte Harry op hen attent. Harry had pas leren lopen en stond nog wankel op zijn beentjes; Mac pakte zijn arm vast, en beiden keken nu omhoog naar Kate en Mary. Ze leken op dat moment zo sprekend op Steve, dezelfde snelle blik, dezelfde kleur haar, dezelfde houding, dat het Kate een schok gaf. Ze vermande zich en zocht steun bij de keukentafel. Ze was bang dat ze misselijk werd. Een beker rolde kletterend in de gootsteen.

'Gaat het?' vroeg Mary kortaf. Ze keek even naar haar en staarde toen weer uit het raam.

'Goed, sorry,' zei Kate. 'Alleen... oef.' Haar arm en de wonden aan één kant van haar gezwollen, gekneusde lichaam deden pijn.

Ze zwegen weer en toen zei Mary: 'Ik moet met Jim praten. Ik weet gewoon niet wat we moeten doen.'

Kate bleef uit het raam kijken, haalde traag en moeizaam adem. Ze keek naar de gootsteen, vol mokken en bekers, en liet water uit de kraan lopen, toen de deur van de keuken geopend werd.

'Hoi,' zei Mac.

'Hoi!' zei Harry, die Macs hand vasthield. 'Mammie!' zei hij, wijzend naar de zitkamer, en hij holde naar haar toe.

'Hallo, schatje!' hoorde ze Zoe zeggen. Ze klonk vreselijk vermoeid en haar stem stokte. Kate draaide de kraan helemaal open. Ze brandde zich aan het hete water.

'Hoe gaat het met je?' vroeg Mac, en hij zette de waterketel aan. 'Kan ik helpen afdrogen?'

'Dank je.' Kate overhandigde hem de theedoek. Hij kwam naast haar staan en pakte een glas op. Hij keek haar van opzij aan terwijl hij het afdroogde.

'Gaat het goed met je?' Hij gaf haar een zachte por. 'Je ziet zo bleek.'

Kate slikte moeilijk. 'Een beetje misselijk, dat is alles.'

Hij nam haar met taxerende blik op. 'Doe het kalm aan, Kate. Je hebt een lelijke schok gehad. En dat ziet er niet goed uit.' Hij raakte even haar arm aan, met de half verbonden, diepe, bruinrode schrammen en ontvellingen. 'Probeer niet te veel te doen.'

'Het gaat prima.' Ze klemde haar kiezen op elkaar. Ze wilde geen medelijden.

Mac sloeg haar gade. 'Dus Sean gaat vandaag weg uit de flat?' vroeg hij met zachte, vriendelijke stem.

Hij gebruikt die toon voor patiënten, dacht Kate. Om ze gerust te stellen. Zodat ze zich beter voelen, ook al zal het nooit beter worden. Hij was zaterdagochtend vroeg aangekomen en ze had hem niet zien huilen, had hem alleen maar beheerst en efficiënt gezien. Hij had de begrafenis geregeld, zat naast Zoe en streek over haar haar als ze probeerde te slapen, had zijn vader in zijn armen genomen toen die gisteren instortte. Ze wist niet hoe hij dat kon. Hoe kán hij me die dingen vragen als ook zijn hele wereld is ingestort? Ze staarde hem aan.

'Sorry,' zei hij. 'Je wilt er waarschijnlijk liever niet over praten.'

'Dat is het niet.' Ze kwam wat dichter bij hem. 'Mac, hoe kun je zo...'

Mac staarde naar het aanrecht. 'Vraag daar niet naar.' Ze boog haar hoofd, probeerde zijn gezicht te zien. 'Ik meen het, Kate. Alsjeblieft.'

'Goed.' Ze knikte en raakte even zijn arm aan. 'Het spijt me.'

Hij schudde zijn hoofd. 'Nee, het spijt mij, maar het is mijn manier om me staande te houden.'

'Ja,' zei ze. Ze paste zich aan zijn toon aan. 'Sean, ja. Hij heeft gisteren zijn spullen gepakt. Ik weet niet goed hoe hij alles weg wil brengen.'

Het leek of ze het hadden over een kast die door de deur, de trap af, naar buiten moest. 'Heb je hem niet gezien?' vroeg Mac.

'Nee. Ik wilde niet...' Haar stem stierf weg. Sean had vier, vijf berichten achtergelaten op haar antwoordapparaat, samen met die van alle anderen, het ene nog triester dan het andere. Ze moest naar haar berichten luisteren, het konden vrienden zijn die belden over de begrafenis, over Zoe. Maar de meeste waren van Sean, die haar smeekte naar hem te luisteren, om met hem te praten, en die huilde over wat er gebeurd was. Maar wat kon ze zeggen? Ze kon zich zelfs niet aan hem vastklampen, hem troosten. Hem gaf ze nog meer de schuld dan zichzelf. Ze kon niet met hem praten. Ze schudde haar hoofd. 'Hij belt voordurend, hij wil weten hoe het gaat. Het is kinderachtig van me, maar...'

'Hé,' zei Mac zachtjes. 'Het is oké.'

'Nee, je begrijpt het niet...' begon Kate. Tranen sprongen in haar ogen, ze voelde iets in haar borst, een lichamelijke pijn, als ze zich steeds weer afvroeg waarom dit alles gebeurd was, hóé het gebeurd was, en waarom zij er nog was terwijl Steve dood was. Steves handen, die haar aan de kant duwden, haar hard op de grond gooiden, zodat zij bleef leven en nu hier stond.

Waarom leefde zij, waarom leefde Sean? Waarom mocht hij blijven leven en was Steve dood, lag zijn koude lichaam in het mortuarium in het ziekenhuis verderop in de straat? Ze wist het niet. Ze wist niet waar Sean nu heen zou gaan, of waar hij was. Zoe had haar hier nodig: om de telefoon te beantwoorden, sandwiches te maken, met Harry te spelen, boodschappen te doen. Dus bleef ze hier. Ze hoefde niet thuis te zijn. Per slot deed het er niet toe wat er nu met haar gebeurde. Ze bedwong haar tranen.

'Het spijt me, ik had het je niet moeten vragen,' zei Mac.

Hij was zo aardig. Ze wilde dat ze haar hoofd op zijn schouder kon leggen, dat ze eraan kon toegeven, maar ze kon het niet. 'Het is mijn schuld,' zei Kate. Ze schraapte haar keel en klemde haar kiezen op elkaar voor ze verderging. 'Sean was gisteren en vandaag in de flat. Ik denk dat hij bij... bij haar intrekt. Hij heeft niet veel spullen. Hij annuleert ook alles.'

'Jullie bruiloft.'

'Ja,' zei Kate. Het idee van een bruiloft, háár bruiloft, leek nu lachwekkend. Ze draaide zich om naar Mac. Hij hield een mok in zijn hand, draaide de theedoek eromheen, steeds opieuw, terwijl hij naar haar keek. 'Kunnen we niet...'

'Natuurlijk,' zei hij. 'Ik begrijp het. Wanneer ga je terug daarnaartoe? Vanavond?'

'Ja,' zei Kate. 'Zoe doet Harry straks in bad, en dan ga ik. We moeten allemaal vroeg naar bed vanavond.'

Mac knikte. Zijn mond stond strak. 'Het zal een lange dag worden.' Hij schudde zijn hoofd, glimlachte om de banale woorden. Hij legde de theedoek en de mok neer.

'O, Mac.'

Hij staarde haar aan met ogen vol verdriet.

'Ik kan er niet meer tegen,' fluisterde hij plotseling. Hij sloot zijn ogen en boog voorover, alsof zijn verdriet te zwaar op hem drukte. Ze sloeg haar arm om hem heen, in de lichte, zonnige keuken. Hij legde zijn handen op zijn knieën en liet een verstikt geluid horen. Hij beefde over zijn hele lichaam. Kate wreef over zijn rug, wilde de troost van lichamelijk contact niet verbreken. Ze wist niet wat ze anders konden doen, geen van allen, dan de armen om elkaar heen slaan en te proberen het volgende uur en het uur daarna door te komen. En dan de volgende dag en de dag daarna.

Het was Zoe die het moment verbrak. 'Hé, kun je even komen? Ik bedoel Mac, kun je hier komen?'

'Natuurlijk,' zei Mac. Hij schraapte zijn keel en stond op. Zijn brede gestalte verduisterde de zon die naar binnen scheen. Hij wreef in zijn ogen. Kate liep voor hem uit om hem even de tijd te geven tot zichzelf te komen.

'Hoi, lieverd,' zei ze. Zoe lag op de bank, Harry met wijdopen ogen naast haar.

'Waar is Mac?' vroeg Zoe.

'Hij komt eraan. Heb je iets nodig?'

'Ik wil hem iets vragen,' zei Zoe.

'Oké. Heb je al honger...'

'In godsnaam, Kate, hou op met voortdurend te vragen of ik honger heb, oké?' Zoe streek met haar hand door haar steile, doffe haar. 'Ik eet wanneer ik dat wil.'

'Sorry,' zei Kate. 'Zoe, het spijt me, ik wilde alleen zeker weten dat je...'

'Hoor eens, Kate,' zei Zoe kortaf. 'Het is fijn dat je hier bent en zo, maar je kunt het er niet beter op maken. Oké? Dus probeer het niet.'

'Dat probeer ik niet. Ik wil alleen voor je zorgen.'

Zoe staarde haar aan en beet op haar lip. 'Vooral jij kunt het er niet beter op maken, Kate.' Ze sprak langzaam, zoals ze deed wanneer ze tegen Harry praatte. 'Dat is alles.'

Toen Kate later naar de bushalte liep en op de bus wachtte, zoals ze elke dag had gedaan sinds het gebeurd was, verbaasde ze zich er weer over hoe irreëel het was dat ze dit deed. Weer een dag voorbij, kampend met zijn dood, met de totale instorting van alles om haar heen. De bus kwam vijf minuten later. Ze stapte in en ging op een lege plaats zitten. De bus was om deze tijd altijd vol, mensen die uit hun werk en kinderen die uit school kwamen, mensen die naar de stad gingen. Ze zou op willen staan en iedereen vertellen wat er gebeurd was, hoeveel verdriet en leed ze had achtergelaten in het kleine huis hier in de straat. Ze zou de passagiers in de bus willen vragen of zij de zin ervan inzagen, begrepen hoe het had kunnen gebeuren. Het was dezelfde route van de bus die Steve had gedood. De eerste dag had ze een stuk gelopen, ze kon de gedachte niet verdragen dat ze in deze bus zou stappen. Maar ze besefte dat het niet belangrijk was wat ze wel en niet deed, en niemand zou het trouwens iets interesseren.

Ze voelde zich alsof ze onzichtbaar werd, alsof delen van haar leven onzichtbaar werden. Toen ze bij haar halte uitstapte keek ze om zich heen, doodsbang dat ze hen zou zien. De bomen stonden roerloos in het licht van de avond. Er was geen ander verkeer in de straat. Ze liep naar de flat en klom de trap op. Ze deed haar best om niet bang te zijn, maar bad in stilte dat hij er niet meer zou zijn.

Hij was er niet. Zijn spullen waren verdwenen. Vier jaar samenleven in één middag verdwenen. De flat was nog precies zoals ze hem had achtergelaten, niet netter, niet rommeliger, behalve dat de helft van de dingen erin ontbrak. De helft van de kleren in de kast, de helft van de boeken en de dvd's en cd's. Geen tandenborstel in de badkamer, geen badjas aan de haak van de deur. En het deed haar niets. Kate keek om zich heen in haar flat en probeerde iets van verdriet te voelen, maar nee, niets vergeleken met al het andere nu, in deze vreemde nieuwe wereld waarin ze allemaal moesten leren leven.

Ze zag het briefje bijna over het hoofd; boven op de schoorsteen, die vol lag met uitnodigingen, foto's van hen allen, voordat dit alles gebeurd was. Het was op de achterkant van een rekening geschreven en dat maakte Kate om de een of andere reden kwader dan al het andere: dat Sean op deze manier afscheid van haar nam, met een paar woorden op de achterkant van een elektriciteitsrekening.

Kate,

Geloof me, ik heb zo'n spijt van wat er gebeurd is. Het is nooit mijn bedoeling geweest je te kwetsen. Ik hou nog steeds van je... maar ik verwacht niet dat je dat zult geloven.

Het is me duidelijk te verstaan gegeven dat ik niet naar de begrafenis moet komen, dus daarom zul je me daar niet zien. Maar ik hoop je spoedig te spreken, om je een paar dingen uit te leggen. Intussen zal ik morgen aan jullie allemaal denken. Hij was mijn beste vriend.

S x

28

De volgende dag om negen uur verliet Kate de flat, knipperend tegen het felle licht van weer een onverbiddelijk zonnige dag. De begrafenis was om twaalf uur. Mac had gezegd dat hij haar af zou halen om naar Zoe te gaan. Hij zwaaide naar haar uit de auto toen ze op stoep stond om te controleren of ze haar sleutels bij zich had. Ze zwaaide terug, toen twee gestalten voor haar verschenen, hun omtrek bijna zwart in het schrille licht van de ochtendzon. Kate droeg lange mouwen en een lange rok om haar letsel te verbergen. Ze wilde niet dat de mensen de wonden op haar benen en haar schouders zouden zien. Onder het zwarte katoen schrijnde haar huid van pijn en zweet.

'Hallo, lieverd.' Het was mevrouw Allan. 'Ik ben blij dat we je nog getroffen hebben.'

Ze pakte Kates hand.

'O, hallo,' zei Kate.

Meneer Allan gaf haar een zoen op haar wang.

'Ben je op weg naar Zoe?' vroeg hij. Ze knikte. 'We hebben gisteren met Sue gesproken. Vandaag is de begrafenis, hè?'

Hij had de *Guardian* en de *Telegraph* onder zijn arm en mevrouw Allan hield een boodschappennetje in de hand met wat tomatensap en melk erin. De belofte van een normale, gewone dag in hun flat, met kranten lezen, toastjes eten, in elkaars gezelschap vertoeven, zoals ze al tientallen jaren hadden gedaan. Mevrouw Allan streek over Kates wang, haar zilvergrijze haar bewoog zacht, toen ze zei: 'We zijn hier de hele dag. Het is maar dat je het weet. Goed? Ga nu maar gauw, maar we zijn er later voor je.'

'Dat is...' begon Kate.

'Misschien wil je liever niemand zien als je terugkomt, of juist wel. Ik wil alleen maar zeggen dat Graham en ik er de hele dag zijn.'

Meneer Allan wees naar Mac die in de auto zat te wachten. 'Je kunt nu maar beter gaan. Ik ben blij dat we je even gesproken hebben. We hebben je bijna niet gezien sinds het gebeurd is. Ik ben gisteren naar de flat gegaan; Sean was bezig daar op te ruimen.' Hij keek naar zijn vrouw. 'Hij zei dat je de meeste tijd bij je vriendin bent geweest sinds het gebeurd is.'

Kate knikte. Ze wist niet wat ze moest zeggen. Ze was bijna blij te horen dat hij er geweest was, dat ze dat briefje niet gedroomd had, het enige teken dat ze van hem had gehad.

'Laten we morgen een eindje gaan wandelen,' zei meneer Allan. 'We hebben al een tijdje niet meer samen gewandeld. Ik kom je opzoeken. Sue zei dat ze je vrijaf had gegeven zolang het nodig was.'

Werk. Kate knipperde met haar ogen, probeerde Mac te zien, die in de auto zat aan de overkant. Werk leek een ander universum. Het idee dat mensen naar hun werk gingen, dat ze haar kantoor en een bureau had, met uitzicht op de rivier, dat ze een baan had waar ze regelmatig naartoe ging, een leven vóór dit alles... Het was krankzinnig, niet te geloven, net als al het andere. Mac, die geduldig wachtte om haar naar de begrafenis te brengen. Het trof haar plotseling dat deze begrafenis een ommekeer betekende, dat na Steves dood de dingen zouden veranderen.

'Oké,' zei ze. 'Dank u. Heel erg bedankt.'

'We zijn er voor je, dat is het enige wat we wilden zeggen,' zei hij weer.

Mevrouw Allan omhelsde haar. 'Je moet gaan.'

Ze rook naar viooltjes en naar wol; geruststellend, veilig. Kate omhelsde haar ook, wilde haar niet laten gaan, maar liet haar toen los en zwaaide ten afscheid toen ze de deur van het flatgebouw openden. Toen liep ze de trap af naar de auto.

'Alles oké?' vroeg Mac toen ze instapte.

'Dank je,' zei ze. Ze keek naar hem. Hij zag eruit of hij geen oog had dichtgedaan. Hij was zo bleek, had zulke donkere kringen onder zijn ogen, dat hij bijna op een geest leek. Hij droeg een donker kostuum en zijn korte haar was keurig gekamd. Hij was onberispelijk geschoren, op een snee op zijn kaak na. Ze wees ernaar.

'Jij oké?'

Hij raakte het even aan en schudde zijn hoofd. Toen schakelde hij en ze reden weg. Kate zag dat de Allans nog op de stoep van het gebouw stonden. Ze zwaaiden, en ze begreep niet waarom.

De kerk in Willesden was stampvol. Het geroezemoes van gedempte stemmen klonk door het gebouw als het geritsel van dorre bladeren. Terwijl Kate naar haar plaats liep, staarden de mensen haar nieuwsgierig aan. Mensen die ze jaren en jaren gekend had, met wie zij en

Zoe waren opgegroeid, met wie zij en Steve aan de universiteit hadden gestudeerd. Ze hoorde sommigen fluisterend zeggen: 'Daar is ze.' Kate bleef doorlopen, zonder om zich heen te kijken.

Ze was alleen, ze had Zoe en Mac buiten achtergelaten. Hij was kistdrager en zij liep achter de kist aan. Ze hadden elk hun eigen rol, ze hadden het met de dominee besproken. Over het wanneer en waar en hoe, op deze zomerdag in Noord-Londen, in een kerk die niemand behalve Zoe ooit betreden had. Kate ging op haar plaats zitten en iemand pakte haar hand. Ze keek verbaasd op. Het was haar vader; ze was vergeten dat hij en Lisa zouden komen. Hij gaf haar een zoen. Lisa reikte langs haar heen en greep haar hand.

'Kindlief,' zei ze.

'Lieverd,' fluisterde Daniel in het oor van zijn dochter. 'Dit moet afschuwelijk zijn. Probeer niet je ertegen te verzetten.' Hij sloeg zijn arm om haar heen en knuffelde haar even. 'Ik ben er voor je, Kate.'

Kate leunde tegen hem aan toen de grote deuren achter in de kerk openzwaaiden en de dominee naar hen riep vanaf de drempel.

'Wilt u allemaal opstaan alstublieft.'

Ze wist dat ze zich zou moeten omdraaien om de stoet over het middenpad te zien komen, Mac en Zoe en Steves ouders. Mac staarde voor zich uit, de kist op zijn schouders. Zijn kaak stond strak, maar zijn adamsappel wipte op en neer door de inspanning van het slikken, en een laagje zweet bedekte zijn voorhoofd. Zoe leek kalm, ze had haar ogen neergeslagen, maar halverwege het altaar keek ze voor het eerst op, naar de kist, en toen pas leek de werkelijkheid tot haar door te dringen. Kate keek verontrust naar haar toen haar gezicht verstarde. Ze struikelde even, viel bijna, en er ging een ingehouden kreet door de aanwezigen toen Mary en Jim Hamilton haar overeind hielden en Zoes moeder naar voren kwam om haar te steunen. Zoes gezicht vertrok, haar zelfbeheersing was verdwenen; het was ondraaglijk om aan te zien.

En toen ze de kist hadden neergezet, nam Mac plaats naast zijn schoonzus. Hij trok haar naar zich toe, haar hoofd lag op zijn schouder terwijl ze zachtjes huilde en de dominee zijn toespraak begon. Op de rij achter hen zag Kate hoe Macs vingers hard in Zoes blote arm knepen, hoe hij probeerde haar te kalmeren terwijl ze met schokkende schouders zat te huilen.

'Het is goed,' fluisterde hij. 'Het is goed.'

Maar natuurlijk was het dat niet.

Mac hield de grafrede. Ze wisten niet wie ze het anders moesten vragen; de vrienden van zijn ouders kenden hem niet zo goed als zij allemaal. Steve en Zoe hadden heel veel vrienden, maar het was te veel gevraagd om een van hen te verzoeken deze verschrikkelijke taak op zich te nemen. Steve had zo'n groot deel van zijn leven, van zijn achttiende tot zijn achtentwintigste jaar, samen met Zoe doorgebracht, slechts zij beiden – en zij kon het niet.

Toen Mac opstond en naar voren liep, bleef er een lege plek naast Zoe, zodat ze alleen zat, aan het eind van de rij, helemaal op zichzelf. Ze was zo klein, haar buik was al zo dik, zoals ze daar in haar eentje voor in de kerk zat, de kist van haar man vóór haar. Kate reikte naar voren en hield haar hand vast, en Zoe omklemde die, perste haar nagels in Kates handpalm. Ze snikte zachtjes, en het geluid vulde de stilte in de kerk onder het hoge koepeldak, terwijl Mac zijn aantekeningen sorteerde, zich met een strak gezicht beheerste. Ten slotte keek hij op naar de congregatie, met een schijnbaar bovenmenselijke wilskracht.

'Onze harten zijn vandaag gebroken,' zei hij simpel. 'Steve is verleden week gestorven. Hij was veel te jong, en het enige wat ik kan zeggen, uit naam van Zoe, Harry, mijn ouders en mijzelf, is dat het ons hart heeft gebroken. Ik weet eigenlijk niet wat ik nog meer moet zeggen, omdat ik nog steeds niet geloof dat Steve er niet meer is, en het dus volkomen belachelijk lijkt over hem te spreken in de verleden tijd. Hij was mijn kleine broertje. Hij stopte een erwt in mijn neus toen ik vijf was omdat hij wilde zien hoe ver die naar binnen zou gaan. Ik moest naar het ziekenhuis om die erwt eruit te laten halen. Hij stal mijn fiets toen hij dertien was en reed hem in de vernieling en probeerde mij de schuld in de schoenen te schuiven. Hij bleef de hele nacht bij me toen ik de volgende dag de uitslag van mijn overgangsexamen zou krijgen en ik niet kon slapen. Verleden jaar kwam hij helemaal naar Edinburgh, alleen om een biertje met me te drinken, omdat we elkaar al een tijd niet gezien hadden. Hij maakte me tot oom.' Hij zweeg even. 'Hij was mijn kleine broertje, maar hij was een groter man dan ik, dan de meeste mensen. Ik denk dat hij feitelijk mijn grote broer was.

En hij en Zoe – hun leven samen, het thuis dat ze opbouwden, hun gezin en familie – het was zo'n genot dat te zien, deel ervan te zijn. Ze hadden niet alleen de beste feesten, ze hadden het beste leven.'

Zoe boog zich zover mogelijk naar voren, schommelde heen en weer op haar plaats en snikte jammerlijk. Kate keek om zich heen, keek omhoog naar Mac, en stond toen op, drong langs Zoes ineen-gedoken gestalte en ging naast haar zitten. Ze sloeg haar armen om haar heen, en Zoe legde haar hoofd op haar schouder. De tranen stroomden over haar wangen.

Mac knikte, keek naar haar, haalde diep adem en ging toen verder.

'Dus ik weet niet wat ik vandaag tegen jullie allemaal moet zeggen, nu het leven weg is. Nu hun nog ongeboren dochtertje nooit haar vader zal kennen, nu Harry zonder zijn vader zal opgroeien. En voor ons allen die dachten dat Zoe en Steve, hun leven samen, hun huis, alles vertegenwoordigden wat onze grootste wens was – het thuis vertegenwoordigde voor ons allemaal, ook al was het niet óns thuis – het is allemaal voorbij, en ik zie eerlijk gezegd niet hoe we ooit nog kunnen lachen.' Hij stond op het punt om in te storten. Hij balde zijn vuisten langs zijn lichaam.

'Dus misschien moeten we – Zoe, mam, pap, Harry – misschien moeten we onze toevlucht zoeken in vreugdevolle herinneringen, en dankbaar zijn dat hij in ons leven was, dankbaar dat hij Zoe heeft ontmoet, dat ze Harry hebben gekregen, die het evenbeeld is van zijn vader. Dankbaar dat hij hier geweest is.

'Maar om eerlijk te zijn, ik zie nu nog niet hoe dat mogelijk is. Want, zoals ik zei, ons hart is gebroken.'

29

Het was Betty die haar op het idee bracht. Ze was uit New York gekomen voor de begrafenis. Samen keken ze door de openslaande deuren naar Zoe, die met de Hamiltons in de tuin stond te praten, met
haar hand op haar rug, alsof ze daar pijn had. Harry zat aan haar voeten. Mac stond lang en stram naast hen en hield Zoe voortdurend in
het oog. Boven het geroezemoes in huis uit kon Kate Mary's zachte
stem horen.

'Ze lijken me zo aardig,' zei Betty rustig. 'Ik kan gewoon niet geloven dat ik ze nooit eerder ontmoet heb.'

'Ik weet het,' zei Kate. Ze staarde naar het groepje, onwillig haar
ogen van hen af te wenden. 'O, Bets.'

Betty's hand klemde zich om de hare. 'Kind toch,' zei ze.

'Hoe kan ze hiertegen opgewassen zijn?' zei Kate somber. 'Ik weet
domweg niet wat je met zoiets aan moet...'

'Dat weet ik ook niet. Maar het is Zoe. Ze zal het aankunnen. Ik
denk dat je wel moet als je kinderen hebt.'

'Ja.' Kate besefte dat het waar was. Ze hield zich vast aan de houten deurlijst.

'Hé, Katy.' Betty sprak nog steeds op zachte toon. 'En jij? Hoe gaat
het met jou?'

'Goed. Nu niet, maar dat komt wel.' Ze schoof een paar koekjes
naar Betty toe. 'Hier, neem er een.'

'Dat is niet wat ik bedoel. Ik denk alleen dat het voor jou moeilij-
ker moet zijn dan de meeste mensen zich realiseren.'

'Dat weet ik niet,' zei Kate gesmoord. 'Daar denk ik niet aan. Het
gaat niet om mij.'

Betty keek haar verbaasd aan. 'Nee.' Even bleef het stil. 'Alleen,
sorry, ik bedoelde, omdat hij je leven heeft gered. Omdat hij je opzij
duwde.' Ze sloot haar ogen en schudde haar hoofd. 'Sorry, dat klinkt
zo cru.'

Francesca stond naast hen te praten met een oude vriend van Steves
ouders. Nu keerde ze zich naar hen om. 'Niet doen, Betty,' fluisterde
ze. Ze gaf Betty een por. 'Kate, die koekjes zien er lekker uit.'

Kate keek van de een naar de ander en toen naar de schaal geglazuurde koekjes die ze die ochtend had gekocht. Ze zagen er opzichtig uit, bijna feestelijk, met streepjes geel en roze en chocoladebruin, verrukkelijk. Ze kreeg kippenvel; misselijkheid en een intense warmte overvielen haar. De wonden op haar lichaam jeukten pijnlijk in de hitte. Ze wilde dat ze haar truitje uit kon trekken, de korsten wegkrabben.

'Gaat het?' vroeg Francesca.

Kate keek om zich heen in de kamer vol mensen, die met elkaar stonden te praten, over hun schouder kijkend naar andere mensen. Ze fluisterde, bijna tegen zichzelf: 'Ik voel me alsof... alsof ik weerzinwekkend ben.'

'Hoor eens...' begon Francesca.

'Je moet je niet schuldig voelen,' zei Betty.

Dat had mevrouw Allan tegen haar gezegd, de dag nadat Steve gestorven was.

Ze had een cake voor haar meegenomen, thee gezet, haar hand vastgehouden. Haar vader had de vorige avond aan de telefoon hetzelfde tegen haar gezegd, toen hij haar belde om te vertellen dat hij en Lisa op de begrafenis zouden komen. Zelfs Zoe had het tegen haar gezegd, de dag nadat het gebeurd was. Kate huiverde nog steeds bij de gedachte dat Zoe zich verplicht had gevoeld dat te zeggen.

'Ik voel me niet schuldig,' zei Kate. Ze klemde haar hand om haar linkerarm, die het ergst gewond was. Maar het was niet waar. De dingen begonnen op hun plaats te vallen in haar moegestreden hoofd.

Betty keek naar haar en zei toen: 'Misschien zou je er een tijdje tussenuit moeten. Misschien naar New York, je moeder bezoeken. Heb je daar wel eens over gedacht?'

'Ik wil Zoe niet alleen laten.'

Francesca streek over haar haar. 'Je kunt er niet de hele tijd voor haar zijn,' zei ze. 'Ze zal verder moeten met haar leven. Mac is er toch? En haar moeder, en zijn ouders.' Kates blik bleef weer rusten op het groepje in de tuin. Haar keel deed pijn van het niet-huilen.

'Misschien zou je haar een tijdje met rust moeten laten,' zei Betty na een kort zwijgen. 'Je weet wel.'

'O.' Kate knikte. 'Misschien heb je gelijk.'

'Dat lijkt me een goed idee,' zei Francesca, knikkend alsof ze het al hadden besproken.

'Kom bij mij logeren,' zei Betty. 'Of ga naar je moeder.'

'En mijn baan? En de flat?' zei Kate langzaam. 'Die kan ik niet zomaar in de steek laten.'

Ze nam Betty aandachtig op, zich afvragend of die zich realiseerde hoe graag Kate wilde dat ze de oplossing voor dit alles zou weten.

'O, kind toch,' zei Betty. 'Ze hebben je twee maanden vrijgegeven. Weet je nog?'

'O, ja.' Kate vroeg zich af hoe ze dat vergeten kon zijn. Ze glimlachte naar Betty, alsof ze haar duidelijk wilde maken dat ze niet gek was.

'Ik heb je moeder gisteravond gesproken,' zei Kates vader terwijl hij vlak bij haar ging staan. Kate schrok op.

'Echt waar?' Normaal spraken haar ouders nooit met elkaar. Maar dit was ook niet normaal.

'Ja,' zei Daniel. Hij staarde naar het glas in zijn hand. Ze vond dat hij er plotseling veel ouder uitzag. Wanneer was hij ouder geworden en waarom was haar dat niet opgevallen? 'Ze heeft meteen gebeld. Ze wilde hiernaartoe komen voor de begrafenis om jou bij te staan. Ze houdt van Zoe, dat weet je. En ze was dol op Steve.' Hij kikte.

'Ze hoefde niet over te komen,' zei Kate. 'Het zou...' Haar stem stierf weg toen ze plotseling aan haar moeder dacht, hoe fijn het zou zijn haar bij zich te hebben, haar te zien. De herinneringen kwamen bij haar boven, hoe ze, toen Kate klein was, over haar haar streek, haar voorlas, verrukt om haar lachte, hoe ze haar troostte, hoe Kate wist dat alles altijd goed ging als zij er was... Tot ze er plotseling niet meer was. Na haar vertrek had ze nooit meer op diezelfde manier aan haar moeder gedacht – de wond die ze had geslagen was te diep. Maar in deze hete, zonnige zitkamer, waar iedereen in het zwart gekleed was, miste Kate haar moeder met een intensiteit die ze niet voor mogelijk had gehouden. Ze wilde haar zien, haar lange rode haar, haar glimlach, de warmte die ze uitstraalde. Ze keek naar haar vader en hield zijn hand krampachtig vast, kon plotseling geen woord meer uitbrengen.

'Dus hij heeft zijn spullen weggehaald?' vroeg Daniel grimmig.

'Ja. Alles was verdwenen toen ik gisteren thuiskwam.'

'En wat zijn jullie overeengekomen met betrekking tot de hypotheek?'

'Pap! Ik weet het niet. Ik wil er niet over praten.'

'Hoe lang heb je vrij van je werk, weet je dát?' vroeg Daniel nors.

Kate keek hem aan, deed haar best om kalm te blijven. 'Hoor eens, pap... het is nog te kort geleden om nu al over die dingen na te denken. Op het ogenblik gaat het niet om mij en om Sean en dat alles. Het gaat om Zoe.'

'Dat weet ik, kind, maar...'

230

'Alsjeblieft, pap, laten we er niet over praten.'

'Ik wil alleen dat je nu aan jezelf gaat denken.' Daniels stem klonk streng. 'Ik ben je vader. Je vader, Kate. Dus maak ik me zorgen over je. Je hebt een flat waarop een hypotheek rust en je hebt voor god weet hoe lang onbetaald verlof van je werk, en je hebt een verloofde die je smerig heeft behandeld en de benen heeft genomen. En de begrafenis is nu voorbij, het is al een week geleden sinds... sinds Steve is gestorven. Ik zeg alleen maar dat je over deze dingen moet nadenken. Niet nu...' Hij stak zijn hand op toen Kates ogen begonnen te fonkelen en ze iets wilde zeggen, '... maar op een gegeven moment zul je er toch echt over na moeten denken.'

'Nee. Ik denk op het ogenblik alleen maar aan Zoe. Aan haar en Harry en de baby.'

Daniel keek haar aan. Hij legde zijn hand op haar schouder en draaide haar langzaam om zodat ze met haar gezicht naar de tuin stond, waar Zoe en Mac met elkaar stonden te praten, terwijl Mary Harry vasthield. Hij leek zo sprekend op zijn vader, dat Kate haar adem inhield.

'Kate, luister naar me,' zei Daniel kalm. 'Je kunt niet hier blijven bij Zoe om te proberen de dingen op magische wijze beter te maken. Zo werkt het niet. Je kunt niet zorgen dat Steve niet gestorven is of dat het niet jouw schuld was.' Hij verbeterde zichzelf. 'Het was sowieso niet jouw schuld. Maar je moet ze ermee verder laten leven. Je kunt de beste vriendin ter wereld zijn, maar je zult nooit meer dan een vriendin zijn. Je bent Steve niet. Je bent haar baby niet. Je kunt hem ook niet meer terugbrengen. En je moet bedenken...' Hij zweeg.

'Wat?' vroeg Kae.

'Niets, niets.' Daniel kuste zijn dochter, gaf haar een klopje op haar schouder. Ze kromp even ineen toen zijn hand haar kapotte huid aanraakte. 'Daar is Lisa. Schat, we gaan nu, we moeten de kleine Dani ophalen. Ik bel je vanavond. Bel jij je moeder.'

'Ja,' zei Lisa onverwacht. 'Bel haar.' Tegen Daniel zei ze: 'We moeten gaan en Zoe goedendag zeggen.'

De mensen keken vaag nieuwsgierig op toen ze door het vertrek liepen: Daniel werd nu door veel mensen herkend. Ook Kate keek zonder iets te zien naar hen toen ze meelevend naar Zoe glimlachten en haar kusten, ze kusten ook Mac en Jenny, Zoes moeder, terwijl ze elkaars hand vasthielden. Ze stond in haar eentje aan de andere kant van de kamer en voelde zich zelfs in deze hitte plotseling heel erg koud.

231

Je hebt vaak het gevoel tijdens een begrafenis dat sommige mensen zich eraan vastklampen, als zijnde het laatste stadium van een herkenbaar proces. Want daarna is de periode van onwerkelijkheid tot op zekere hoogte voorbij, en moet je op de een of andere manier verder met je leven. De mensen bleven eindeloos lang op de receptie na Steves begrafenis, tot het avond en donker werd. De groep die vroeger, toen ze in de twintig waren, in dit huis had gewoond, in het begin op de eerste verdieping, en later in het hele huis, bleef het langst. Betty bleef die nacht bij Francesca slapen, Jem en Bobbie en de anderen verderop in de straat. Toen de mensenmassa uitdunde, stond Kate weer in de keuken en ruimde samen met Zoe de afwasmachine uit.

Zoes moeder had Harry naar bed gebracht. Hij was in diepe slaap; hij was die dag erg opgewonden geweest door de gebeurtenissen. Zoe was naar boven gegaan om een dutje te doen, maar ze kon niet slapen en was weer naar beneden gekomen.

'Er staat wat soep in de koelkast,' zei Kate. 'Denk je dat ze...'

Zoe, die achter een kast stond, keek naar het groepje mensen dat nog over was. 'Wacht nog even, als jullie straks hier nog zijn, warm ik hem wel op.'

'Ik doe het wel, geen zorgen.'

'We zullen zien,' zei Zoe. 'Ik ben nu trouwens toch moe, dus ik hoop dat iedereen straks vertrokken is.'

Kate deed de afwasmachine dicht. 'Zal ik ze wegsturen?' Ze veegde haar handen af aan een theedoek en hing die zorgvuldig aan een haak naast het aanrecht. Zoe keek naar haar.

'Om eerlijk te zijn, zou ik het prettig vinden als jullie straks allemaal weg waren.' Ze streek met haar hand over haar voorhoofd en zuchtte diep. 'Ik ga niet weer hysterisch doen. Ik ben gewoon doodmoe. Ik heb genoeg van al die mensen hier.'

'Natuurlijk,' zei Kate. 'Dat begrijp ik. Maar we willen je liever niet alleen laten.'

Zoe keek haar recht aan. 'Ja. Maar eigenlijk, Kate, wil ik op een gegeven moment niets liever dan alleen zijn.'

Kate begreep de hint. 'Hoor eens, ik zal even met ze gaan praten. Mac en zijn ouders – blijven die?'

'Ja. Maar alle anderen moeten weg.' Ze hief haar handen in de lucht, met een verslagen, wanhopig gekreun. 'Is dat goed.' Het was geen vraag.

Kate keek in de koelkast, waarvan ze de inhoud de laatste tijd beter

232

kende dan wie ook, tikte dingen op haar vingers af: 'Zo, je hebt te weinig melk, cheddar en groenten, en die kleine potjes waar Harry zo dol op is. Zal ik morgenochtend wat voor je gaan halen en het even langsbrengen? We kunnen...'

'Nee, dank je,' zei Zoe luid. Ze verbeterde zichzelf onmiddellijk. 'Ik bedoel... sorry, Kate. Je hoeft morgen niet te komen. Steves ouders gaan weg en we moeten nog een paar dingen regelen.'

'O, natuurlijk. Ik bel je 's middags. Misschien kan ik...'

Als in slow motion schudde Zoe haar hoofd. Ze zei niets, keek alleen maar naar Kate, terwijl een traan over haar wang rolde en ze weer over haar buik wreef. Haar ogen waren vochtig van de tranen, ze legde haar hand op haar rug en bleef zwijgend staan. Het begon Kate te dagen.

Ten slotte fluisterde Zoe: 'Nee, oké? Alsjeblieft, Kate, je moet me een tijdje met rust laten.'

Kate deed een stap achteruit en knikte. Ze wist het. Ze gaf haar vriendin een zoen op haar wang. Haar hart brak toen ze zich omdraaide. 'Natuurlijk. Ik hou van je. Oké. Maar ik wil je gauw weer zien.'

Zoe knikte ook, vermeed haar blik.

Vijf minuten later stonden ze allemaal buiten op het trottoir. De anderen gingen naar de pub, om over Steve te praten, herinneringen op te halen aan de goede tijden, zoals Mac het had uitgedrukt. Maar Kate ging naar huis. Ze trok de zwartkatoenen jurk uit en het lange vest. Er zaten spatjes bloed op haar huid waar een paar korstjes waren losgeraakt en de wonden weer open waren. Ze streek met haar vingers over de bultjes, die op uitslag leken, en zat urenlang op de bank in haar zitkamer in het donker voor zich uit te staren. Ze had de blik in Zoes ogen gezien, de klank in de stem van haar vader gehoord. Ze wist nu dat wat ze eerder op de dag tegen Betty en Francesca had gezegd, waarschijnlijk waar was. Het was haar schuld, ze was een vreselijk mens, ze hoorde hier niet, ze hoorde hier helemaal niet te zijn.

30

Dus zo gebeurde het dat Kate Londen verliet. Op een zonnige dag in september, juist toen de bladeren op hun mooist waren en de lucht boven Londen zo blauw was dat alles eromheen leek te verbleken, duwde Kate een bagagekar door de terminal van de luchthaven JFK, langs de douane, waar een besnorde beambte met een opvallend vriendelijk gezicht, alsof hij wist hoe belangrijk het was, zei: 'Welkom in New York'. Ze glimlachte automatisch naar hem, niet in staat te geloven dat ze hier was, dat ze het had gehaald, dat ze weg was uit de flat, weg van al het schrijfwerk, van de vragen van haar vrienden, het medeleven van haar collega's, de heimelijke blikken van haar buren, de verschrikte gezichten van voorbijgangers als ze naar buiten ging toen de wonden nog niet genezen waren en haar gehavende armen te zien waren. Dat alles lag nu achter haar.

De automatische deuren van de terminal gingen trillend open toen ze de grote glazen hal binnenliep. Kate keek om zich heen, maar ze had moeten weten dat dat overbodig was. Want vóór haar, zwaaiend met een bord 'MIJN DOCHTER KATE!' stond haar moeder. Kate holde naar haar toe, duwde de bagagekar uit de weg terwijl ze haar omhelsde. Ze begon te huilen en toen ze eenmaal begonnen was kon ze niet meer stoppen. Venetia nam haar in haar armen en zoende haar. 'M'n kleine meisje,' fluisterde ze. 'Je bent er nu. Het is oké. Het is oké.'

Kate werd de volgende dag laat wakker, het was al bijna tien uur. Ze keek om zich heen in de mooie, witte slaapkamer. Er heerste een vreemde stilte, op het luide gezang na van de vogels buiten. Ze was vergeten hoe luidruchtig ze waren, hoeveel er waren. Ze ging rechtop zitten en keek uit het raam, over Riverside Drive naar het park. Een man stond te praten met een vriend, beiden lieten hun hond uit op deze prachtige middag in september. Verder was het stil. Ze voelde niets. Ze staarde uit het raam en toen naar de kamer. Hij was schoon, klein, leeg, neutraal. Ze dacht aan alle spullen die ze had ingepakt en in haar flat had opgeborgen, aan de nieuwe bewoonster, die het nu haar eigen huis zou noemen. Het was drie uur in Londen. Juliet zou nu in Kates oude kantoor zitten en Kates werk doen. Gemma zou haar intrek nemen in

Kates flat, misschien had ze nu zelfs al uitgepakt. En Kate voelde zich volkomen thuis, voor het eerst in weken. Misschien zelfs maanden.

In de andere kamer begon Oscar op de piano te spelen. Kate luisterde. Het was 'I Remember You'. Ze herinnerde het zich. Dat zou ze altijd doen. Ze lag op haar rug op bed en staarde naar het plafond, luisterde naar de muziek, genietend van het gevoel van rust dat bezit van haar nam. Ze was veilig. Ze was thuis, weg uit Londen. Ze hoefde niet eens aan teruggaan te denken. Misschien ging ze wel nooit meer terug.

Toen Zoe een paar maanden later een dochtertje kreeg, Flora, stuurde Kate een babytas en een mand met babykleertjes en een kaart. Zoe liet niets van zich horen. Kate hield zich voor dat het was omdat ze het te druk had met de baby, maar ze was er niet van overtuigd.

Maar het volgende voorjaar stuurde Zoe haar een e-mail, een vriendelijke babbel. Met Flora ging het goed, met Harry ging het goed, met iedereen ging het goed. Francesca vertelde dat het uitstekend ging met Zoe. Mac, met wie ze het meeste contact had, hield haar op de hoogte, stuurde foto's, vertelde nieuwtjes. Hij maakte haar nooit een verwijt, gaf haar nooit een schuldig gevoel omdat ze naar New York was gevlucht. Hij gaf feitelijk nooit commentaar op wat dan ook, en dat kon ze ook niet van hem verwachten. Haar vader was een onregelmatige brievenschrijver, maar hij kwam nu en dan naar New York, en dan ontmoette ze hem, wat misschien nog beter was.

Het was meer dan twee jaar geleden dat ze uit Londen vertrokken was, het was bijna alsof Kate Miller daar nauwelijks had bestaan. Het was haar geboortestad, haar leven had zich daar afgespeeld, maar nu was het allemaal verdwenen. Ze probeerde net te doen alsof ze het niet miste, maar soms – zoals een keer in de Frick Collection toen ze zich omdraaide naar het landschap van Turner van de Theems bij Mortlake Terrace, of als ze Venetia hoorde lachen om comedy programma's van Radio 4 op Oscars computer, of soms als ze in de grauwe, chaotische straten van New York op een bagel liep te kauwen, haar koffie dronk, en aan thuis dacht, aan de groene parken en de grijze lucht en vooral aan de mensen van wie ze hield – bekroop haar een gevoel dat ze bijna ondraaglijk vond.

Ze beschouwde zichzelf niet als beschadigd. Ze dacht dat ze verwerkt had wat er gebeurd was en wat er daarna gebeurde. Kate had aan de rand van de afgrond gestaan, en dat mocht niet meer voorkomen.

Deel III

31

Kate belde aan bij het huis van haar vader en streek zenuwachtig haar jurk glad. Het was net acht uur geweest en ze had om tien uur met Sue afgesproken in het kantoor van *Venus*. Rillend in de koude maartse ochtend stond ze op de stoep; het was nu ongeveer een week geleden dat ze naar Londen was gekomen, en ze was elke dag naar haar vader gegaan, maar toch gaf het haar iedere keer weer een vreemd gevoel.

Lisa verscheen in de hal. Kate keek naar haar door de glazen ruit. Ze maakte geen oogcontact met Kate tot ze de deur opendeed.

'Hoi, Kate,' zei ze en gaf haar stiefdochter een zoen op de wang. 'Je bent er. Ik vroeg me al af waar je bleef.'

'Hoi,' zei Kate. Ze weigerde zich te ergeren. Ze was te moe om zich door Lisa te laten uitdagen; de vorige dag had ze haar vijfhonderd woorden voor Sue zo vaak geschreven en herschreven, dat het leek of haar hersens niet goed meer functioneerden. Ze had ze eindelijk gisteravond gemailed, maar ze had slecht geslapen, haar dromen waren vol scènes die ze wilde begraven. Ze had wakker gelegen terwijl de gedachten in haar hoofd rondtolden alsof ze daar gevangenzaten. Eén keer was ze wakker geworden omdat iemand naar haar geschreeuwd had en het had even geduurd voor ze besefte dat zij het zelf was geweest die in haar slaap had geroepen. Het was nog donker. Ze was blij dat meneer Allan er niet was; ze wist dat hij haar anders waarschijnlijk gehoord zou hebben.

Meneer Allan was de vorige dag met zijn zuster op vakantie gegaan. 'Hou het mooi,' had hij gezegd toen hij in de taxi stapte. 'We spreken elkaar als ik terugkom, kindlief. Wat moet ik zonder jou beginnen?'

Kate had niet willen zeggen dat zij hem waarschijnlijk veel meer zou missen. Behalve haar vader was hij de enige constante in haar Londense leven, meer dan Zoe of Francesca, de enige die ze iedere dag had gezien. Nu was dat alleen haar vader, en Lisa en Dani natuurlijk, maar ze kwam voor haar vader. Op de een of andere manier werd het gevoel dat ze in het huis van haar vader was nog benadrukt door het vertrek van meneer Allan en het afmaken van het artikel. Ze

voelde zich onbehaaglijk, niet op haar gemak, net als een week geleden. Het waren gewoon zenuwen vanmorgen, dacht ze, toen ze over
de drempel stapte.

'Je ziet er goed uit,' zei Lisa toonloos.

'O, dank je. Ik heb een bespreking...'

Maar Lisa had zich al omgedraaid en liep naar de keuken. 'Je vader
is hier,' zei ze kortaf.

Kate voelde een gespannen sfeer in de keuken toen ze haar stiefmoeder volgde. Ze keek verbaasd op toen ze haar vader volledig gekleed aan tafel zag zitten, terwijl hij ongeduldig de pagina's van The
Times omsloeg, een onaangeraakte stapel toast naast zich.

'Hallo, pap.' Kate bukte zich om hem een zoen te geven en hij
glimlachte beleefd. Kate keek vragend naar Lisa, die bezig was de afwasmachine te vullen.

'Het gaat goed met hem,' zei ze kalm. 'Hij is de hele ochtend al
zo. Hij heeft geen honger en wil niks eten. Hij wil naar buiten. Ik
heb hem gezegd dat hij daar nog niet aan toe is.'

Daniel keek op en streek met zijn hand door zijn dunne haar. 'Ik
ben geen klein kind. Praat niet over me alsof ik er niet bij ben,' zei
hij met heldere stem.

'Hé, pap. Geweldig dat je je weer beter voelt,' zei Kate.

'Dank je, lieverd. Bedankt dat je me komt bezoeken.'

'Dat is oké.' Kate tikte op de keukentafel. 'Pap, ik heb vandaag een
soort sollicitatiegesprek...'

Lisa smeet een kastdeur dicht en liet met een luid gekletter iets in
de gootsteen vallen. Daniel kromp even ineen.

'Luister, Lisa...' zei hij en deed zijn best zijn ergernis te onderdrukken, maar Lisa draaide zich kwaad naar hem om.

'Daniel, er wordt niet over gediscussieerd! Ik doe het niet voor
mijn plezier, geloof me! Je gaat niet naar buiten, en daarmee uit,'
eindigde ze op bijna hysterische toon en meteen holde ze de keuken
uit.

'Ik had je willen vragen het iets kalmer aan te doen, liefste,' riep
Daniel haar met hoge, kille stem achterna. 'Hemel, die vrouw,' zei
hij hoofdschuddend tegen Kate. Ze maakte zich bezorgd over de uitdrukking op zijn gezicht. 'Weet je, ze is echt geweldig, maar lieve
god! Zo temperamentvol, zo... zo verrekte...'

Kate wilde een hele reeks dingen opnoemen, maar in plaats daarvan zei ze: 'Ik denk dat ze gewoon moe is. Ze heeft heel wat te stellen gehad, met Dani en jouw niertransplantatie, en alles...'

'Ik weet het,' zei haar vader triest, en plotseling zou ze hem willen omhelzen. 'Ik ben vreselijk. Ik ben vreselijk geweest tegen haar. Ze is zo goed, en ik ben...' Zijn stem stierf weg. Hij keek uit het raam naar de tuin die de afmetingen had van een postzegel, waar de wind vrij spel had en de boom op de hoek van het keurige grasveldje heen en weer schudde.

Even schoot de boosaardige gedachte door haar hoofd, dat haar vader eigenlijk van dit alles genoot, ervan genoot om melodramatisch te doen, om invalide en weer het middelpunt van de aandacht te zijn. Ze schudde met haar hoofd en sloeg met haar handen op haar dijen. Ze voelde zich als de hoofdzuster in een bejaardentehuis toen ze luid en opgewekt zei: 'Mooi! En hoe voelen we ons vandaag?'

'Goed, goed,' zei haar vader en maakte een afwerend gebaar. Zijn stem klonk nog steeds geïrriteerd. 'Ik verveel me alleen een ongeluk, dat is alles. Niemand is bij me op bezoek geweest, helemaal niemand. Alsof je dood en begraven bent. Zo zie je maar weer wie je vrienden zijn, hè? En ik heb werk te doen, arrangementen voor het Manilow-album – niemand die het ook maar een bal kan schelen.'

'Mij wel, pap,' zei Kate behoedzaam. 'En ik ben toch op bezoek geweest?'

'O.' Daniel knikte vriendelijk naar haar. 'Ja, dat is zo. Maar jij telt eigenlijk niet mee. Ik bedoel, behalve de familie. Je weet wel, anderen.'

Geduldig zei Kate: 'Het spijt me, pap, Dit is, denk ik, het ergste stadium. Je voelt je beter, maar je bent nog niet helemaal genezen. Zullen we in de andere kamer gaan zitten en gewoon wat met elkaar praten?'

Haar vader fronste zijn wenkbrauwen. Hij wist niet zeker hoe hij op dat aanbod moest reageren, maar ten slotte zei hij nors: 'Goed. Ja, natuurlijk. Kom mee.'

Ze liepen de twee treden op naar de zitkamer annex eetkamer. Daniel bewoog zich langzaam en plotseling kwam Lisa tevoorschijn uit de grote, brandschone kelder, waar de reserve koel- en diepvrieskast waren opgeslagen voor hun gezinnetje van drie. Ze had Dani's lunchtrommel in de hand en ze zag er geagiteerd uit.

'O, Dan, ik bedacht net iets,' zei ze. 'Misschien willen jij en Kate Dani naar school brengen? Kate kan op je letten, en dan kan ik naar de stomerij.' De laatste zin kwam er haastig uit.

'Waarom moet je naar de stomerij?'

'Eh, ik ben vergeten je smoking op te halen,' zei Lisa, Daniels blik vermijdend.

'Wát?' vroeg Daniel op scherpe toon.

'Sorry. Ik was het vergeten. Ik was het vergeten. Oké? Door alles wat er gebeurd is.'

'Ik heb je eeuwen geleden gevraagd hem op te halen. Ik weet nooit wanneer precies ik die smoking nodig heb, Lisa, je moet dat soort dingen onthouden!'

'O, doe niet zo verdomd uit de hoogte!' Lisa streek met haar hand over haar voorhoofd terwijl ze Daniel aankeek. 'Het is niet zo dat je hem vandaag of morgen nodig zult hebben, wel?' Kate sloeg haar gade, geschrokken van de uitdrukking in haar ogen, en klemde haar hand steviger om haar vaders arm.

'Dat heb ik wél!' riep haar vader met zwakke stem. Hij klonk als een nukkig kind. 'Hou je mond! Je weet niks, helemaal niks! Ik heb hem wél nodig!'

'Oké, pap. Oké,' zei Kate, en gaf een klopje op zijn mouw. In een flits herinnerde ze zich dat haar moeder vroeger hetzelfde had gedaan. Op zijn arm kloppen, op hem inpraten om hem tot rust te krijgen, hem vertellen dat het in orde was, dat het haar speet.

'Het spijt me, schat,' zei Lisa toen ze zag dat hij werkelijk verontrust was. 'Het is niet belangrijk. Ik ga die smoking meteen halen, brengen jullie tweeën Dani maar naar school. Een wandelingetje zal je goed doen, denk je niet?'

Er klonk een gerommel boven en een daverend lawaai, en als geroepen kwam Dani de trap afgehold, zich met één klein handje aan de leuning vasthoudend. De laatste tree nam ze met een sprongetje, en toen keek ze stralend omhoog naar haar vader en naar Kate.

'Hoi!' zei ze luid. 'Kate! Hallo!'

'O,' zei Daniel. Hij draaide zich om en zei knorrig: 'Ze doet het weer. Dat stomme stemmetje. Ze doet het weer.'

'Hoi, Dani,' zei Kate. Ze had medelijden met Dani, die met deze twee moest leven. 'Hoe gaat het? Ik breng je samen met papa naar school, goed?'

'O, ja!' Dani sprong op en neer en rukte de lunchtrommel uit Lisa's hand. 'Laten we gaan!'

'Dag, lieverd,' zei Lisa. Ze nam het hoofd van haar beweeglijke dochter tussen haar handen, bukte zich en gaf haar een zoen op haar haar. 'Gedraag je netjes voor Kate. Ik zie je later, oké? Prettige ochtend. Dag, Daniel.' Ze keek naar haar man met een merkwaardige uitdrukking op haar gezicht, iets van triomf. 'Wil je nog iets zeggen?'

'Waarom zou ik?' zei Daniel, in de overtuiging dat hij de autoriteit bezat. 'Ik zie je wel weer als...'

Lisa keerde zich van hem af. Zachtjes zei ze: 'Vergeet het. Het spijt me van de stomerij, schat. Wees voorzichtig.'

Daniel was gesust. Hij fronste zijn voorhoofd. 'Nee, liefste. Het spijt mij. Ik ben een verschrikkelijk mens. En het is fantastisch van je dat je me tolereert.'

'Dat weet ik,' zei Lisa. Ze rammelde met haar sleutels. 'O, lieverd.' Ze zoende haar man teder op zijn wang.

'Prettige dag,' zei Dani, en ze hamerde met beide handen afwisselend op de muur en de trapleuning. Lisa deed de deur open en achter elkaar liepen ze de deur uit.

'We moeten langzaam lopen, voor papa,' zei Kate tegen Dani. 'Gaat het, pap?' Ze keek achterom naar haar vader.

'Prima,' zei Daniel grijnzend. 'Het spijt me dat ik zo onaangenaam was vanmorgen. Ik vind het alleen zo frustrerend, snap je?' Hij streek zijn haar uit zijn ogen.

'Dat moet wel. Misschien moet je een cadeautje meebrengen voor Lisa? Zullen we een bos bloemen voor haar kopen?'

Maar Daniel luisterde niet. 'Hm, heerlijk om weer buiten te zijn.' Hij haalde diep adem en kuchte. 'Die stomme longen van me, nog steeds niet helemaal de oude.' Hij sloeg hard op zijn borst. 'Aah.'

'Pap, doe voorzichtig,' zei Kate, maar Daniel genoot van zichzelf. Hij opende wijd zijn armen in de rustige straat, en struikelde bijna over een gebarsten tegel. Heel achteloos vroeg hij: 'En, Kate, vertel eens, heb je je moeder nog gesproken? Hoe gaat het met haar?'

'O,' zei Kate, van haar stuk gebracht. 'Eh... goed. Dani, wat doe je?'

Dani doorzocht haar grote plastic opbergmap die voor schooltas doorging, en haalde er een blauwe plastic haai uit, met ontblote tanden en ogen vol haat.

'Dit is mijn Migmog,' zei ze tegen Kate. Ze klopte op het speelgoeddier en bracht een zacht kirrend geluid voort. 'Ze is mijn vriendje.'

'Oké,' zei Kate. 'O. Hij is lief.'

'Zij! Het is een zij!' bulderde Danielle en zwaaide de haai heen en weer, gevaarlijk dicht bij Kates gezicht. Die draaide zich met een ruk om naar haar vader, met het gevoel dat ze heen en weer getrokken werd tussen twee gekken – die allebei bloedverwanten van haar waren, realiseerde ze zich tot haar verbazing.

243

'Sorry!' zei ze geïrriteerd. 'Zij! Oké!'

'Gaat het haar... goed?' vervolgde Daniel alsof er niets gebeurd was. 'Is ze gelukkig?'

Ze wist niet goed hoe ze die vraag moest beantwoorden. Natuurlijk ging het haar moeder goed, natuurlijk was ze gelukkig. Ze was altijd even positief en optimistisch, wist altijd de aandacht te trekken, speelde de hoofdrol in de miniserie van haar eigen leven, met de toegewijde Oscar naast haar, en woonde in een prachtig appartement in de meest inwonersvriendelijke stad ter wereld.

Nu ze naast haar vader weer in Londen liep, wist ze niet precies hoe ze het hem uit moest leggen. Want ze was in de tijd dat ze in New York had gewoond, gaan inzien dat haar moeder een groter mysterie was dan ze had bevroed. Er waren nog zoveel dingen die ze niet van haar wist – van onbelangrijke details, bijvoorbeeld wat haar lievelingsfilm was, tot de werkelijk belangrijke dingen, zoals de reden waarom ze haar man en dochter in de steek had gelaten. Waarom ze was weggelopen, en Kate wist dat ze was weggelopen, net als haar dochter zestien jaar later. En nu, met een snelle blik op Daniel, die naast haar voortschuifelde, zijn adem zichtbaar in de koude ochtendlucht, kon ze hen niet samen zien, kon zich niet herinneren hoe ze geweest waren. Hij leek zoveel ouder, spiritueel zoveel... zwakker, beperkter, terwijl Venetia een en al leven was, vol energie, en andere dingen die Kate niet echt begreep. Het leek krankzinnig dat ze ooit getrouwd waren, een kind hadden gekregen. Haar hadden gekregen. Ze waren haar ouders. Het was zo vreemd. Kate knipperde met haar ogen, voelde zich duizelig.

'Ach, je weet hoe mam is,' zei ze na een tijdje. 'Mam blijft altijd dezelfde.'

Ze glimlachte toen ze eraan dacht hoe mooi Venetia was toen ze plechtig reciteerde: 'Moge de weg omhoogrijzen om je tegemoet te komen.' Staande had ze haar glas geheven naar Kate, op de avond voor haar vertrek naar Londen, met haar nog dikke, glanzende rode haar tot op haar schouders. Oscar had vol bewondering naar haar gekeken, en toen ze uitgesproken was, had hij eerbiedig gezegd: 'Is ze niet fantastisch?' Venetia ging elegant weer zitten, alsof ze zojuist de hoofdrol had gespeeld in *Aida* en niet alleen maar hardop een gedicht had voorgelezen.

Even was Kate weer terug in het warme, rustige appartment dat uitkeek op de Hudson, met het knetterende haardvuur en de boeken op de planken langs de muren. Glimlachend schudde ze haar hoofd.

'Ze is geweldig, nog net als vroeger. Altijd het middelpunt. Je weet hoe ze is,' zei ze weer.

Daniel keek verbaasd. 'O.' Hij fronste zijn voorhoofd.

'O?' vroeg Kate nieuwsgierig.

'Zo herinner ik me haar helemaal niet,' zei hij. Even leek hij oud, verward, en een schok van angst ging door Kate heen. Ze kneep hard in Dani's hand, voelde de zachte, mollige vingertjes reageren. Ze had ineens geen zin meer om hierover te praten en probeerde weer een eind te maken aan dit gesprek.

'Maar weet je, mam is zo...' Ze zocht naar het woord '... nou ja, ze heeft zo'n onafhankelijk karakter, toch? Dat heeft ze altijd gehad.' Ze grinnikte even zachtjes, alsof ze haar vader wilde betrekken in de milde scherts, zoals ze deed met Oscar, in New York, maar Oscar doorzag de fouten van zijn vrouw en hield ondanks alles van haar.

Op vreemde toon zei Daniel: 'Zo was ze niet toen wij bij elkaar waren.' Zijn stem stierf weg en na een tijdje zei hij: 'Misschien was ze dat wel – misschien in het begin.' Hij vertraagde zijn pas en staarde omlaag naar het plaveisel. 'Maar niet echt, niet toen jij opgroeide en we nog bij elkaar waren.' Hij keek even naar Dani. 'Maar het was toen erg moeilijk allemaal.'

Kate probeerde zich iets te herinneren van haar ouders toen ze nog samen waren, maar het lukte haar niet, zoals het haar nooit lukte. Ze kon zich het huis herinneren, haar schoolboeken, het kerstspel toen ze klein was – maar ze kon zich niet haar ouders samen herinneren, hoe ze waren, hoe ze met elkaar omgingen. Het zat ergens in haar geheugen verscholen, ze kon er alleen niet bij. De enige herinnering die ze had was van meneer Allan, hoe ze de Royal Festival Hall verliet met haar vader en moeder toen ze acht was en blij de handen van haar ouders vasthield. Zij samen: het leek gewoon belachelijk, onmogelijk.

De laatste keer dat ze elkaar gezien hadden was op haar verlovingsfeest, drie jaar geleden, en ze hadden zich gedragen als oude vrienden. Feitelijk een beetje te veel als oude vrienden. Lisa had de hele week dat Oscar en Venetia er waren zo zuur gekeken alsof ze in een citroen beet. Kate herinnerde zich hoe ze die avond naar elkaar hadden gekeken: alsof ze onweerstaanbaar naar elkaar toe werden getrokken. Zo simpel was het. Alsof er niemand anders in de kamer was. Zo had zij nooit naar Sean gekeken, dat wist ze. Dat wist ze nu, maar toen niet. O, ze had van hem gehouden, maar ze had hem nooit echt begrepen, niet zoals ze wist dat haar ouders elkaar begrepen.

Maar toen ze erover nadacht, besefte ze dat, ook al begreep je iemand nog zo goed, voelde je je nog zo tot elkaar aangetrokken, zoals zij en Mac, het feitelijk niets bewees. Nergens toe leidde.

Dus zei ze niets. En Daniel zei heel zakelijk: 'Weet je, Kate, dit alles zet me aan het denken.'

'Denken waaraan?' Kate keek om zich heen, om te zien of ze er bijna waren.

'Aan je moeder.' Hij legde zijn vingertoppen tegen elkaar. 'Ach... laat maar.'

'Wat?' vroeg Kate.

'Ik zei laat maar. Heeft ze zelfs maar één keer gevraagd hoe het mij ging?' Daniel streek zijn haar uit zijn gezicht.

Kate dacht terug aan haar gesprek met haar moeder de vorige avond. 'Hij zal wel simuleren, zoals hij altijd heeft gedaan,' had Venetia gezegd, en op dat moment had Kate het een nogal hard oordeel gevonden over iemand die herstelde van een niertransplantatie. Maar nu ze haar vader deze ochtend had meegemaakt, kon ze het min of meer begrijpen. Ze vond dat ze maar beter van onderwerp kon veranderen en keek naar Dani, die zwijgend op haar vlecht liep te kauwen. Ze boog zich naar haar toe. 'Waar is je school, Dani?'

'Aan de overkant, Kate, we zijn er bijna,' zei Daniel met zwakke stem. Het verkeer suisde langs hen heen, en Kate draaide zich naar hem om. 'Ga hier even zitten, pap,' zei ze, wijzend naar een bankje. 'Ik breng haar wel weg. Wacht maar even.'

Zij en Dani staken over en bleven bij het schoolhek staan; voorbijgangers keken onderzoekend naar Kate. Ze hurkte op de grond en keek haar zusje recht aan.

'Je hebt echt blauwe ogen,' zei ze verbaasd.

'Blauwe ogen,' zei Dani. Ze gaf Kate een tikje op haar wang.

'Wat voor kleur hebben mijn ogen?' vroeg Kate haar.

'Bruin!' jubelde Dani.

'Ja. Die van jou zijn mooi,' zei Kate.

Dani gaf een rukje aan Kates rok. 'Maar ik ben lang. Ik vind het niet leuk om lang te zijn,' bekende ze plotseling.

Kates hart kromp even ineen bij de gedachte dat dit kleine ding vond dat ze lang was. 'Je bent nog steeds klein,' zei ze.

'Dat ben ik niet.' Dani schudde heftig haar hoofd. 'Ik ben het langste meisje in de klas. De jongens noemen me Vadertje Langbeen. Ik haat dat.'

'Weet je,' zei Kate, die even nadacht. 'Ze willen alleen maar net zo lang zijn als jij. Ik was heel lang toen ik zo oud was als jij. Lang en mager, en dat kwam me heel goed van pas. Weet je waarom?'

'Nee, waarom?'

'Mijn moeder kon mij altijd zien op de speelplaats,' zei Kate. Ze wist niet of dat een voldoende argument was voor Dani, die niet overtuigd leek. Dus voegde ze eraan toe, krachtiger dan ze echt meende: 'En, Dani, ik kan je één ding beloven. Als je opgroeit zul je zo blij zijn dat je lang bent. Eerlijk, dat is juist fijn. Je kunt laarzen dragen en wijde topjes zonder dat je eruit ziet als een dwerg. Of een houthakker.'

'O?' zei Dani verward.

'Laat maar,' zei Kate haastig. 'Ik beloof het je. Vertrouw me maar. Supermodellen zijn toch ook lang?'

'Ja!' Dani keek wat opgewekter, en Kate bukte zich om haar zusje nog een zoen te geven.

'Wens me maar succes met mijn sollicitatie morgen.'

'Veel succes,' zei Dani. 'Krijg ik een cadeautje, alsjeblieft?' Ze greep haar rok vast en hield haar hoofd schuin in een poging er koket en aanbiddelijk uit te zien.

'Kinderen die vragen worden overgeslagen.' Kate zoende haar zusje weer. 'Tot straks, Dani, ga nu maar gauw naar binnen, oké?'

'Daar is Olivia. Dag!' Met de opmerkelijke ongevoeligheid van heel jonge kinderen draaide Dani zich om en holde naar binnen. 'Hallo mevrouw Bateman!' riep ze, Kate volkomen vergetend.

Kate trok haar rok weer omlaag en zag haar zusje door de schooldeur verdwijnen. Ze voelde zich vreemd verloren, en ze keek naar haar vader, die aan de overkant van de weg op haar zat te wachten. Hij zag er moe uit en moest eigenlijk terug naar huis. Toen ze op haar horloge keek, zag ze dat het nog niet eens negen uur was. Ze voelde zich onwennig, zo vroeg op deze koude, winderige dag al helemaal opgetut. Onwennig en zenuwachtig; als Sue het artikel dat ze had geschreven eens waardeloos vond? Wat moest ze dan doen? Het was nu definitief, dacht ze. Ze kon niet meer terug, en feitelijk wilde ze dat ook niet.

'Ik kom, pap,' riep ze, terwijl ze stond te wachten om over te steken.

Bovendien moest ze zichzelf iets bewijzen. Ze had de pest in. Eindelijk. In haar tas zat de brief die ze vanmorgen ontvangen had. De derde.

Kate,

Het is nu meer dan een week geleden, ik weet niet waarom je me niet gebeld hebt. Hoor eens, ik weet dat je me haat. Ik wilde het je alleen maar vragen, maar heb je nooit beseft dat het je verdiende loon was? Zo zelfingenomen en volwassen met je VERLOOFDE en je FLAT en die verbluffend goeie verrekte baan van je. Je liet me in de steek, schat, ja toch? Ik dacht dat we vriendinnen waren, en je zette me gewoon aan de kant toen je wat beters vond.

Ik weet dat je denkt dat ik me schuldig moet voelen. DAT DOE IK NIET, oké? De reden dat ik blijf schrijven is, Kate, luister, ik moet je gewoon wat vertellen. Dus laat wat horen, we moeten een paar dingen op een rijtje zetten.

Charly

32

'Zal ik je dus maar vertellen wat hier fout aan is?'

Het grote glazen kantoor was onveranderd; de accessoires op Sues bureau waren onveranderd. In de keuken hing zelfs nog de oude poster, een vergeeld Gezondheids- en Veiligheidsvoorschrift wat je moest doen als iemand dreigde te stikken. Eronder had iemand geschreven *Laat ze met rust. Waarschijnlijk is het boulimia.* Kate had nooit geweten of het serieus bedoeld was of niet. Ze wist het nog steeds niet. De proeven die wachtten op Sues goedkeuring lagen er nog net als vroeger, een hoge stapel in Sues postbakje; Kate kon de opmerkingen zien die erop gekrabbeld waren. Maar toch voelde alles bij *Venus* anders, voornamelijk Kate zelf. Het was zoals ze zich voelde bij haar ouders. Ze kon zich niet herinneren dat ze ooit bij die besprekingen aanwezig was geweest, de anderen vertelde wat ze moesten doen, en vooral kon ze zich niet herinneren dat ze dat leven dan achter zich liet, naar huis ging naar Sean, naar hun flat. Kate zat tegenover Sue, die een uitdraai van Kates artikel in de hand hield. Haar pony viel in haar ogen, ze blies de haren zenuwachtig weg.

'Doe maar,' zei ze, heen en weer geslingerd tussen het gevoel van een diepe vernedering en plotseling, onverklaarbaar, het verlangen om hardop te lachen.

'Goed,' zei Sue, en ze klemde haar kaken op elkaar. 'Daar gaat-ie dan. "Het was de aanleg van de kanalen, samen met de opkomst van de stoommachine in Engeland, die de Industriële Revolutie bespoedigde en bijdroeg tot het ontstaan van het grootste – en meest controversiële – imperium sinds de Romeinse tijd."' Ze keek mismoedig naar Kate. 'En dat is nog een van de interessantere delen. De rest gaat allemaal over de goeie ouwe tijd van de rantsoenering! Hoe verzín je het! Dit is een prettig leesbaar, informatief lifestylemagazine voor jonge vrouwen. Dit wordt geacht een leuke, geestige column te zijn over de ervaringen van een jonge vrouw in Londen. Het is geen diavoorstelling met Isambard Kingdom Brunel en Dame Vera Lynn!'

'Ik hou van Dame Vera Lynn!' protesteerde Kate.

'Lieverd, ik ben dol op Dame Vera Lynn,' zei Sue. "A Nightingale

Sang in Berkeley Square" was de eerste dans op het huwelijk van mijn ouders. Ik ben dol op die vrouw. Ik hou van haar. Maar dat is verdomme niet waar het hier om gaat, oké?'

'Niet vloeken tegen Dame Vera Lynn,' zei Kate.

'Kate.' Sue schudde haar hoofd. 'Snap je dan niet waarover ik het heb?'

'Ja.' Kate beet op haar lip. 'Ik weet het.'

'Je bent een jonge Londense vrouw. Gedraag je ernaar.'

'Sue! Ik ben dertig, zo jong ben ik niet meer.'

'O, in godsnaam, stel je niet zo aan. Zie je, dat is het probleem.' Sue bonsde gefrustreerd op de tafel, boog zich half naar Kate toe. Kate wist niet of ze haar wilde slaan of omhelzen. 'Kate, Kate. Je bent jong, je bent echt nog jong. De helft van de opiniepagina of lifestylecolumns of wat dan ook, wordt geschreven door vijfenveertigjarigen die net doen of ze dertig zijn.' Ze kalmeerde enigszins, haar stem verzachtte en deze keer bereidde Kate zich op het ergste voor. 'Ik vergiste me in wat ik tegen je zei na tante Eileens begrafenis.'

'Wat heb je dan gezegd?'

'Ik zei tegen je dat je volwassen moest worden. Dat was fout van me. Je hoeft niet volwassen te worden. Je moet ophouden met je te gedragen als een oude dame. Je kocht vingerdoekjes voor Eileens begrafenis, je deelde miniquiches rond! En die afgrijselijke chips. Ik kon wel huilen. Eileen haatte vingerdoekjes! En oom Gray ook! En jij ook!' Sue schreeuwde bijna. 'Kate, toen ik je overhaalde met me mee te gaan naar *Venus*, was het omdat je alles was wat een moderne jonge vrouw geacht werd te zijn! Je kende de belangrijkste modellen van elke prêt-à-portercollectie van dat jaar en je lievelingsboek was *Middlemarch*! Je was de jonge vrouw par excellence!'

Kate, gefascineerd door die beschrijving van haarzelf, knikte mee op het staccato ritme van Sues toespraak. 'Je bent geen vrouw voor vingerdoekjes!' Sue werd weer wat rustiger. 'Het lijkt alsof je bent opgehouden contact te zoeken met de realiteit, met de wereld waarin je leeft. Doe eens iets wilds voor de verandering. Ga naar bed met iemand met wie je dat eigenlijk niet hoort te doen. Dans op tafel! Blijf de hele nacht op! Je wordt een oude dame terwijl je nog een jonge vrouw bent.'

Kate stak haar hand op, alsof ze in een klaslokaal zat en iets belangrijks te berde wilde brengen. 'Eh...'

'Dat bén je! Laat me uitspreken.' Sue zwaaide met haar potlood. 'Bij je moeder en stiefvader wonen bijvoorbeeld. Waar slaat dat op?'

Kate, die op het punt stond zichzelf boos te verdedigen, moest plotseling denken aan de laatste zaterdag voor haar vertrek, toen Oscar een spontaan pianofeestje had gegeven. Mevrouw Da Costa en de Cohens van verderop in de gang en Maurice de portier (praktisch, besefte ze, haar beste vriend in New York) waren langsgekomen om goedendag te zeggen. Maurice had enthousiast 'Making Whoopee' gezongen, en ze hadden gin fiz gedronken, die Venetia had gemixt, en Kate en Oscar hadden een duet gevormd met 'Baby, It's Cold Outside'.

'O, mijn god,' zei ze toen de schellen haar van de ogen vielen.

'En wat heb je gedaan sinds je terug bent? Ben je met iemand van je eigen leeftijd omgegaan?'

Ik hou niet van mensen van mijn eigen leeftijd, wilde Kate zeggen. In plaats daarvan zei ze verontwaardigd: 'Natuurlijk. Doe niet zo gek. Met Zoe... en...'

'Zoe? Die alleenstaande vrouw met kinderen?'

'Zo was het niet. Sue, we moesten bijpraten en...'

'Nou ja, wat dan ook. Een vrouw die in een twee-onder-één-kap woont en jam maakt en een huisjurk draagt telt niet mee. Nog iemand anders?'

'Eh... ik spreek meneer Allan regelmatig.'

Sues begonnen te fonkelen. 'Ja, natuurlijk. Maar hij is bijna jonger dan jij bent, lieverd. Hij is naar Mallorca, zal waarschijnlijk lid worden van een band en daar blijven, en voor vakantiegangers spelen. Wie nog meer?'

'Nou, mijn vader en Dani zie ik bijna dagelijks. En Lisa...'

'Wie is Lisa?'

'Mijn stiefmoeder.'

'Hoe oud?'

Kate dacht even na. Lisa deed geheimzinnig over haar leeftijd, maar Kate herinnerde zich te hebben gehoord dat ze haar veertigste verjaardag een paar jaar geleden gevierd had. 'Ongeveer tweeënveertig.'

'Precies,' zei Sue. 'Dus afgezien van mij en mijn onlangs weduwnaar geworden oom en de moeder van een stel kinderen, heb je voornamelijk in gezelschap verkeerd van je stiefmoeder. En dát is de reden waarom dit artikel niet deugt.'

Meer dan alleen dat artikel. Kate liet haar hoofd zakken, maar veerde plotseling weer op.

'Wacht, wacht!' zei ze. 'Mijn vriendin Francesca. Ik ben met haar uit geweest.'

'O?' Sue keek iets opgewekter. 'Wat doet Francesca?'

'Ze is bankier.'

'Cool. Waar zijn jullie naartoe geweest?' vroeg Sue.

'Eh... naar Kettners.'

Sue keek teleurgesteld. 'Hemel. Geopend in 1964 of zoiets. Deprimerend. En dat is alles?'

Nou, nee, wilde Kate antwoorden, ik heb ook Mac gesproken, die, denk ik, mijn grote liefde is, maar hij vertelde me dat hij me eigenlijk haat, en toen ben ik gillend als een idioot de straat op gerend en daarom was het eten op de receptie niet bijzonder geslaagd. Moet je hierop doorgaan?

O, en Charly, je oude assistente, herinner je je haar nog? Nou, ze schrijft me brieven die voortdurend persoonlijk in mijn flat worden bezorgd. En die zijn alarmerend.

Als je wist wat ik gezien heb op de dag dat Steve is omgekomen, als je de afgelopen drie jaar hebt geleefd met de wetenschap dat je verantwoordelijk was voor zijn dood, als je te horen had gekregen van zijn weduwe, je beste vriendin, dat het beter zou zijn als je hen met rust liet en wegging, als je dat alles wist, zou je misschien begrijpen waarom ik zo graag rondhang met meneer Allan en naar zijn verhalen luister over de avond dat hij met een of andere oude jazzlegende speelde in de 606 Club, of Dean Martin-liedjes zong met mijn stiefvader, of waarom ik mijn vierjarige zusje naar school bracht.

In plaats daarvan stak Kate haar hand uit over de glazen tafel en nam het artikel terug. Ze scheurde het doormidden en gooide het in de prullenmand.

'Begrepen,' zei ze. 'Ik zal het herschrijven. Je krijgt het aan het eind van de week.'

'Zo ken ik je weer.' Sue stond op en gaf Kate een hand. 'En ga je nu bezatten. Of ga naar een of andere club. Pik iemand op.'

Kate lachte. 'Hemel, Sue! Als ik hier nog werkte zou ik een aanklacht kunnen indienen wegens machtsmisbruik.'

Sue liep met haar naar de deur. 'Je werkt hier niet,' zei ze, terwijl ze iets overhandigde aan haar assistente. 'Reserveer bij Orso voor de lunch, wil je? Bedankt.' Ze gaf Kate een zachte por in haar rug. 'Ik breng je naar de lift.'

Toen ze door de wit met grijze, lichte, luchtige kantoren van *Venus* liepen, viel het Kate op hoeveel drukker het was, hoe het veranderd was. Catalogussen van vroegere edities stonden op planken langs de muur; archiefkasten waren gesleten; ze zag nauwelijks bekende gezichten. Het tijdschrift was nu drie jaar oud, praktisch een oudgediende op de markt.

'Kijk,' zei Sue achteloos. 'Dat is Rachel.' Ze wees naar Kates oude kantoor.

'Doet zij nu mijn werk?' Kate keek naar het tengere, pittige blonde meisje dat aan de telefoon druk tegen iemand zat te gebaren. Ze keek op, zag Sue en zwaaide.

Sue zwaaide terug. 'Nee, kind. Jij deed haar werk. Vroeger. Dus ga terug naar je bureau en ga die column schrijven. Je kunt het.' Ze stonden bij de lift. Sue gaf Kate snel een zoen op haar wang. 'Ik verheug me erop je artikel weer onder ogen te krijgen. Laten we het deze week rondmaken, anders moet ik naar andere opties uitkijken.'

Kate knikte. 'Dat is logisch.' Ze ging kaarsrecht staan, met het gevoel dat ze eindelijk voor het eerst in jaren door iemand weer werd uitgedaagd. 'Geweldig, Sue.' Ze legde haar hand op haar arm. 'Heel erg bedankt.'

'Goed, goed.' Sue ging een eindje achteruit. 'Dit is geen Celine Dion-video. Niet sentimenteel worden. Stuur me gewoon een e-mail als je het af hebt. Morgen?'

'Absoluut,' beloofde Kate.

'En denk eraan: amuseer je.'

Kate liep over Waterloo Bridge, terwijl de wind met haar haren speelde, en negeerde de gedachten die in haar hoofd om voorrang streden. De Theems stroomde grijs en woelig onder haar, de lucht erboven was al even grauw. Ze draaide zich om en keek over de South Bank en London Eye naar de Houses of Parliament en het witte Shell Mex-gebouw met het grote zwarte laadperron boven een balkon, waar Churchill tijdens de Tweede Wereldoorlog naar de Duitse bommenwerpers stond te kijken die zijn hoofdstad verwoestten. Een tijdje bleef ze staan en dacht na. Dacht aan het gesprek met Sue, aan haar vader. Maar vooral aan de brieven van Charly, aan haar woede op Kate. Het was vreemd. Kate had zich nooit goed gerealiseerd dat iemand die zo sterk en mooi leek, en die haar eigen leven zo onder controle leek te hebben, in werkelijkheid zo... zo zwak was, was dat het woord? Nee, waarschijnlijk niet. Ze wist niet wat het was met Charly. Maar gek genoeg, besefte ze, kon het haar niet zoveel meer schelen. Als ze dacht aan haar vader, Zoe, Dani – zelfs aan het orde op zaken stellen met Mac – trok ze zich het liefdesleven van Charly en Sean niet meer zo aan als vroeger. Ze draaide zich om en liep de brug over. Toen ze aan de andere kant was, haalde ze haar mobiel tevoorschijn en belde.

'Hoi, Francesca,' zei ze. 'Met mij, Kate.'

'De mysterieuze Kate Miller,' zei een sarcastische stem aan het andere eind van de lijn. 'Voor het laatst gezien toen ze een week geleden hysterisch mijn huis uit holde. Ze leeft nog.'

'Sorry dat ik je op je werk bel. Heb je even?'

'Ja, een minuut,' zei Francesca. 'Ik ben blij dat ik wat van je hoor. Ik begon al te denken dat je dood was. Wat is er in vredesnaam verleden week gebeurd?'

Het was een riskante strategie, maar Kate besloot te kiezen voor onbezorgd vergeetachtig. Na een paar woorden besefte ze dat het een verkeerde keus was. 'Wat, o, nadat we waren uitgegaan? De volgende dag bij jou thuis?' Haar stem ging de hoogte in. 'O, je weet wel. Herinner je je het niet meer? Ik moest weg, de vrouw van mijn buurman was gestorven en...'

'Goeie genade,' zei Francesca geamuseerd. 'Je bent net zo erg als hij.'

'Wie?'

'Hij. Mac. Jullie beiden.'

Jullie beiden.

'O, heus? Waarom?' Kate deed haar best om beleefd geïnteresseerd te klinken. 'Wat zei hij?'

'Hij zei niks. Hij zei dat hij er niet over wilde praten en dat ik er niet naar moest vragen. Bedankt dat je mijn paar vrije momenten thuis zo gespannen en stressvol maakte.'

'O, god, Francesca. Het spijt me, dat weet je. Ik had je moeten bellen. Ik was een beetje doorgedraaid en... je weet wel.'

'Nee, ik weet het niet. Dat is het 'm nou juist.'

'Hoor eens, het is verleden tijd. Het is oud zeer. Ik verzeker je dat je je nergens zorgen over hoeft te maken. Ik had me niet zo mogen gedragen. Het was... kinderachtig van me. Oude dame met vingerdoekjes misschien.'

'Hè?'

'Niks.' Kate ging haastig verder. 'Niks. Eh, ben je morgenavond te bereiken? Ik heb een freelancebaan.'

'Dat is fantastisch, Kate.' Kate hoorde de blijde toon in Francesca's stem. 'Bij wie?'

'Sue weer. Voor *Venus*... Ik zal je alles erover vertellen. Ik moet het vanavond schrijven, voor morgen. Kunnen we daarna een borrel gaan drinken, om te vieren dat ik de klus geklaard heb?'

Zelfs lopend over straat kon Kate de aarzeling in Francesca's stem horen.

'Eh,' zei ze na een tijdje. 'Weet je, ik zou eigenlijk naar Zoe gaan, en...'

'Nou, dat is toch prima. Ja toch?'

'Ja, alleen... Ik zou bij haar gaan eten.'

'O,' zei Kate. Ze wist niet goed hoe ze dit aan moest pakken. Ze liep Covent Garden in, wankelend op de verraderlijke keistenen, langs de Punch and Judy, waar Sean al die jaren geleden zijn verjaardag had gevierd. 'Tja...'

'Hoor eens, ik weet zeker dat Zoe het enig zou vinden als je meeging, alleen... misschien komt Mac ook. Ik bedoel, hij zei dat hij niet kon komen, maar dat hij misschien wel even langskwam, dus kan ik hem misschien maar beter zeggen dat hij niet...'

Kate was plotseling een beetje pissig op Francesca, omdat ze de dingen zomaar aannam. Hoe wist zij wat Zoe wel of niet prettig zou vinden? Zoe was immers háár beste vriendin? En zij en Mac waren volwassen mensen, toch? De onzekerheid maakte haar defensief.

'Francesca, ik zal wel met Zoe praten,' zei ze vastberaden.

'Weet ze het? Van jou en Mac, bedoel ik.'

'Nee. Het is gecompliceerd. Ik bedoel dat ik er met haar niet over wil praten. Ik bedoel... misschien heeft hij het haar verteld. Ik niet.' Ze wilde dat ze het hun allebei kon vertellen.

'Ik dacht dat jullie elkaar alles vertelden,' zei Francesca. 'O.'

Kate deed haar mond open om iets te zeggen en zweeg toen. Feitelijk praatten zij en Zoe tegenwoordig over niet veel dingen meer, niet hiervóór toen ze in New York was, en niet nu ze terug was. Ze had haar een paar keer gezien sinds ze terug was, die eerste avond bij haar thuis. Het ging goed, natuurlijk ging het goed. Maar niet geweldig. Heel naïef had ze gedacht dat het dat wel zou zijn als ze terugkwam. Maar ze wilde niet dat Francesca dat wist.

'Hoor eens, ik wil jou zien en ik wil Zoe weer zien, ik heb haar al een paar dagen niet meer gesproken. Mac en ik, dat is voorbij, en dat is goed. Als hij komt, prima. Eerlijk! Ik beloof je dat we in dezelfde kamer kunnen zitten zonder dat jullie je ongemakkelijk hoeven te voelen. Zo lastig ben ik nou ook weer niet. Bovendien is hij geen ex.'

'Dat is bijna letterlijk wat hij zei!' Francesca klonk geïmponeerd omdat ze zo op één lijn leken te zitten.

'O ja?'

'Ja! Tot morgen dus. Fijn. Ik wil je echt graag weer zien.' Toen ging Francesca verder. 'Maar mijn hemel, Kate. Wat heb je gedaan?'

Kate bleef staan en een auto toeterde naar haar. 'Ik? Wat bedoel je?' Ze holde naar de overkant, naar de Piazza, onder de bescherming van de kerk.

Francesca's stem klonk vriendelijk. 'Wat heb je in vredesnaam gedaan dat hij je zo erg haat?'

Kate staarde naar het plein, waar een goochelaar met een somber gezicht zijn kunsten vertoonde voor een stel onenthousiaste schoolkinderen. Ze wendden zich van hem af, naar de deur van de kerk. 'Goeie vraag,' zei ze kalm. 'Ik heb met hem gerotzooid. Je zou kunnen zeggen dat ik zijn hart heb gebroken.'

Even bleef het stil. 'Wanneer?' vroeg Francesca. 'O, ik wist het wel. Wanneer?'

'Het is een lang verhaal. Ik zal het je wel eens uitleggen.'

'Je hoeft niets uit te leggen, lieverd,' zei Francesca. Kate kon horen dat Francesca ondertussen zat te typen en wist dat de gesprekstijd voorbij was. 'Tot morgen.'

'Bedankt,' zei Kate.

'Wat ga je vandaag doen?'

Kate dacht nog een laatste keer aan Charly's brief. *Je was altijd al een loser.* Ze kon verrekken. 'O, ik ga naar huis om te werken. Ik zal Zoe ook even bellen. Tot ziens.'

33

'Ik ben sinds mijn elfde jaar niet meer bij het kanaal geweest.' Zoe las haar tekst zorgvuldig over. 'En nu, na een wandeling in Regent's Park en een lekkere kop thee aan het kanaal, raad ik het iedereen aan die een gezellig dagje in Londen wil doorbrengen. Je kunt bijvoorbeeld ook in een taxi springen en naar Fortnum and Mason gaan voor thee. Ook al ben ik nu volwassen, toch geloof ik dat het juist de simpele dingen zijn waaraan je vaak de plezierigste herinneringen overhoudt. Ik vind dit een heerlijk dagje uit omdat het ideaal is als je alleen bent, of als je kinderen hebt, of een weekend in Londen bent, of zelfs voor een romantisch afspraakje. En toen ik in New York was droomde ik ervan. Ik zou heel graag willen weten wat jullie suggesties zijn voor je eigen droomuitstapje. Tot de volgende keer. Liefs uit Londen van Katy'

Zoe keek op van het artikel. 'Heel goed,' zei ze. 'Wauw, ik heb nooit geweten van dat boottochtje op het kanaal. Of dat die mannen in de klok de heren Fortnum en Mason zijn. Hoe wist je dat?'

'Je kent me,' zei Kate. Ze tikte tegen haar hoofd. 'Ik ben een opslagplaats voor nutteloze informatie.'

'De enige die de lessen Algemene Kennis op school leuk vond. Dat was ik vergeten.'

Zoe legde het papier neer. 'Hm, je bent briljant. Kijk eens naar mij nu. Ik ben een Tevreden Consument. Meer niet.'

'En ik ben Katy in Londen die haar werk doet,' zei Kate en nam een slok wijn. Ze zaten in Zoes achtertuin te wachten op Francesca, en deden net of het juli was en geen april, terwijl een waterig zonnetje op het gras scheen en Flora en Harry achter een bal aanholden. Er was nog weinig groen te zien in de tuin, maar alles had knoppen, en de narcissen en hyacinten bloeiden volop, reikten omhoog uit de zwarte aarde. Een vogel zong loom in de avond en aan de andere kant van de afscheiding kon Kate een andere familie luid horen praten, en de keukendeur open en dicht gaan.

'Dus dit heb je geschreven in...'

'Anderhalve dag.'

'En wanneer hoor je weer van Sue?'

'Morgen.'

'Dus je bent pas twee weken terug en je hebt nu al een baan. Wauw.'

Kate hield van Zoes optimistische kijk op de dingen. 'Het is geen baan,' zei ze en ze boog zich naar voren om Zoe nog een zoutje aan te bieden. 'Het is één column. En waarschijnlijk vindt ze het vreselijk.'

'Dus je gaat ermee door?'

Kate dacht aan de baan die Sophie had gehad, het voorschot op het honorarium dat Sue had genoemd, zesentwintig columns per jaar plus tien artikelen, meer geld als *Venus* een weekblad zou worden, wat nu hun streven was. Ze zou er niet rijk van worden, maar ze had uitgerekend – heel terloops, op de achterkant van een envelop – dat het voldoende zou zijn voor haar hypotheek en rekeningen, en dat ze dan nog voldoende over zou houden voor nu en dan een glas wijn en een tochtje naar Zara's Delicatessen. Als ze hier bleef, wat ze niet deed. Maar als ze bleef, was het mogelijk. Ze had keuzes. Plotseling leek het haar nogal bizar.

Ze bofte, dat wist ze nu. Het was geluk, maar toen ze eraan dacht, hoe het gebeurd was – omdat mevrouw Allan was gestorven en ze Sue weer was tegengekomen op de begrafenis – verdween de zon even achter een wolk.

'Ik weet niet,' antwoordde ze. 'Ik geloof dat ik het wel zou willen. Het is alleen zo vreemd. Ik wou dat het niet gebeurd was... vanwege mevrouw Allan.'

'O, Kate,' zei Zoe toen Harry de keuken binnenkwam met een soort bol die onder de modder zat in zijn hand. 'Je moet leren het goede met... Hé, Harry, geweldig. Ben je aan het tuinieren geweest?'

'Ja,' zei Harry. 'Kijk.' Hij hield de bol nog iets hoger. Het ding zwaaide rond, raakte Kate en Zoe in het gezicht, zodat ze onder de modder kwamen.

'Nou, ik ben trots op je,' zei Zoe, half tegen Harry, half tegen Kate. 'Kate, vertel eens, hoe gaat het met je vader?'

'Steeds beter. Ze zeggen dat hij over een week of zo weer mag autorijden. Hij kleedt zich nu iedere dag aan en gaat naar buiten. Niet lang, maar het doet hem goed.'

Zoe nam nog een zoutje. Ze keek op haar horloge. 'Francesca zal zo wel komen. Ik zal het eten vast opzetten. Vertel eens, maakt Lisa je stapelgek? En hoe gaat het met Dani? Nog steeds lastig?'

Kate begon zich steeds meer verbonden te voelen met Dani en Lisa. 'Goed,' zei ze. 'Eigenlijk valt Lisa best mee, weet je. En Dani is echt heel lief.'

Ze had die middag met Dani gespeeld, in de gemeenschappelijke tuin van hun pittoreske straatje, genietend van de zon en de warmte. Dani was vuil geworden en Lisa had zelfs niet geklaagd, ze had gezegd dat het goed voor haar was om buiten te zijn.

Het was een prachtig voorjaar, dat al vroeg was begonnen. De zon scheen in de prille ochtend door de ramen, de knoppen barstten open en vormden groene bladeren, de mensen koesterden zich in de warme lentezon. Kate kon zich niet herinneren zo'n voorjaar te hebben meegemaakt. Ze was vergeten hoe groen en ruim en ontspannend Londen was, hoe wit en elegant de gebouwen waren, hoe heerlijk het was om er rond te lopen. Ze moest lachen als Londenaren klaagden over de drukte en het jachtige tempo van de stad. Ja, Londen was hooghartig en snoeverig. Ja, Londen was rommelig en chaotisch en vaak deprimerend, maar het was een welkome afwisseling na de non-stopanonimiteit en adrenaline van New York. Ze had het zich nooit eerder gerealiseerd, maar nu wist ze het.

En Londen in de lente was mooi, vooral deze lente. Later zou het in juni en juli de hele maand regenen, zou de atmosfeer vochtig en het weer onbetrouwbaar zijn, en zouden de mensen tegen elkaar snauwen en de pest in hebben vanwege het weer, maar nu was het april en de lucht was blauw, onbewolkt en warm, en de bloesems prijkten aan de bomen, en narcissen en vergeet-me-nietjes bloeiden in de parken. Nu was het een verrukkelijke, verfrissende plek om te vertoeven.

Het had haar veranderd, besefte ze. Ze was nu elf dagen terug en ze sliep goed, urenlang. En de zon scheen naar binnen op de parketvloer van haar flat. Ze voelde zich hier steeds meer thuis, vond het prettig in haar eentje rond te scharrelen. Ze zette bloemen in vazen, gooide ramen open, zette 's morgens fluitend thee. 's Morgens haalde ze de post voor meneer Allan uit de bus en gaf de planten in zijn flat water, ze ging elke dag op bezoek bij haar vader, en ruimde de rommel op in de keuken en de oude ladenkast in de zitkamer. Ze zat aan haar bureau en schreef en herschreef de columns van *Katy uit Londen* tot ze er tevreden over was. Sue had gelijk, ze was een oude dame. Ze at kool en dronk wijn en deed dingen waar ze niet over gepiekerd zou hebben in New York, waar ze alles onder controle had, waar ze in haar eigen wereldje leefde.

Maar er waren dingen die ze nog onaangeroerd liet liggen. De brieven van Charly lagen alle drie nog ongelezen op een stapeltje, en de makelaars voor de verhuur werden niet door haar lastiggevallen, en nog steeds belde ze Perry & Co niet; ze dacht bij zichzelf dat ze het morgen zou doen, nee overmorgen, en ze zou Charly bellen, al haar moed bijeenrapen en zeggen dat ze kon opdonderen, dat ze haar niet wilde zien, dat ze haar niets kwaads toewenste maar niet wilde weten dat haar kind op de wereld zou komen, het kind van iemand als Charly. Kate keek naar Zoes kinderen die ronddraafden in de tuin, en knikte bij zichzelf, bedacht weer waarom ze dat niet wilde, waarom ze niet kon...

'O, Mac heeft gebeld. Hij komt vanavond,' zei Zoe plotseling en ze stond op om nog een fles wijn te halen.

'Wát?' Kate schrok op. Ze was totaal vergeten dat Francesca had gezegd dat hij misschien langs zou komen. 'Hij... wat?'

Zoe pakte een paar schaaltjes met zoutjes, ze stond met haar rug naar Kate. 'Ik weet niet of Francesca je verteld heeft dat hij misschien zou komen. Nou, hij komt dus. Hij wil de kinderen zien. Hij heeft een cadeautje voor Harry.'

'Waarom?'

'Hij is hun oom, Kate,' zei Zoe langzaam, alsof Kate niet helemaal bij haar verstand was. Ze keek even naar haar vriendin en kwam met een zucht overeind. 'Oef. Ik ben kapot. Denk je dat die vitaminen die je neemt voor je huid iets helpen? Ik slik er ongeveer vijftig per dag en ik krijg nog steeds dat puistje op mijn kin... Hier, kun je het zien? Kijk.' Ze prikte met haar vinger tegen haar kin. 'Wat heeft het voor zin?'

'Doe het toch maar,' zei Kate sussend. 'Blijf die vitaminen maar nemen. Die zijn goed voor je. Vooral zink. Eh... Zoe? Weet hij dat ik... dat Francesca en ik komen?'

'Ja, natuurlijk.' Ze staarde Kate aan. 'Hij vroeg of het kon. Hij komt alleen maar even langs, hij wil niet blijven. We zullen hem moeten overhalen.'

Kate knikte, probeerde enthousiast te lijken, inwendig protesterend tegen het puur Engelse fenomeen van 'even langskomen'. In New York kwam je niet 'even langs' bij iemand. Hemel, nee. Je sprak af in een restaurant of een bar in de buurt. Je organiseerde het. Zelfs als je met iemand omging, organiseerde je waar en wanneer je met elkaar omging. Waarom had Mac niet meteen kunnen zeggen of hij kwam of niet kwam? Waarom kon ze, nu hij op ditzelfde moment onderweg was naar hen toe, nog steeds niet aan hem denken zonder het gevoel te hebben dat iemand letterlijk haar hart op tafel had gelegd en doormidden had gesneden?

'Oom Mac komt!' zei Flora, en ze gaf Kate plechtig een por tegen haar been.

'Ja,' zei Kate. Kate was bijna overdreven dol op Flora, die ze pas een week geleden had leren kennen. Ze leek een heel kleine versie van Zoe, van haar zwarte haar tot haar grote, vastberaden voeten, die zelden in schoenen staken en net als hun eigenaresse een eigen wil hadden.

'Jippie!' zei Flora, die op haar tenen ging staan en zich toen weer omlaag liet zakken, wat haar manier van springen was.

Er werd gebeld en Zoe ging opendoen. 'Dat zal Francesca zijn,' zei ze. Harry holde naar Kate, en Flora holde terug naar het grasveld, alsof ze stuivertje wisselden. Kate keek naar ze toen ze weer samen in de tuin speelden. Ze leken op Steve, allebei, zoveel dat het pijn deed. Ze zag een uitdrukking op Harry's gezicht die haar deed denken aan die keer, in hun beginjaren aan de universiteit, toen ze Steve had betrapt toen hij dronken thuiskwam, samen met Sean en Jem, terwijl hij eigenlijk met Zoe had afgesproken in een bar. Hij had toen net zo gekeken: angst vermengd met schuldbesef. Het resultaat was kluchtig en aanbiddelijk, alleen Steve kwam daarmee weg.

'Ik zal het tegen niemand zeggen,' had Kate hem gerustgesteld. Ze had zich toen een beetje schuldig gevoeld en wist niet zeker wat Zoe zou zeggen als ze het hoorde.

Francesca verscheen bij de ingang van de keuken en zwaaide. Kate zei kordaat: 'Goed, ga mee naar binnen en was je gezicht, zodat jullie klaar zijn als je oom straks komt.'

'Waarom wil hij dat we ons gezicht wassen?' vroeg Harry, die Kate kennelijk niet helemaal vertrouwde.

'Hij...' Kate beet op haar lip en pakte het handje van Flora. 'Hij vindt dat het in de wet hoort te staan. Om een schoon gezicht hebben. Eh... Vraag het hem maar als hij er is.'

'Ga jij ook je gezicht wassen, Kate?' vroeg Harry brutaal.

'Absoluut,' zei Kate. 'Schiet op, jullie.'

Ze liepen naar binnen, alle drie merkwaardig ingetogen.

'Jemig, die verrekte bussen,' zei Francesca toen ze door de openstaande tuindeuren de keuken binnenliepen. 'Ik haat die krengen!' Ze trok haar donkere, glanzende haar onder de kraag van haar jas vandaan en trok haar jas uit. 'Verdomme! Au! V...'

'La! Lalala!' zong Kate luid en ze pakte de handen van de kinderen. 'O, lalala!' schreeuwde ze, en ze rende bijna voorbij Francesca.

'Het is oké,' kwam Zoe tussenbeide, toen Flora en Harry om Kates benen heen tuurden en elkaar aankeken, alsof ze wilden zeggen: *Help, iedereen hier is gek geworden.* 'Harry, je weet dat het een lelijk woord is wat Francesca zei, hè?'

'Ja,' zei Harry. 'Heel erg lelijk. Dat mag je niet zeggen.'

'Ik weet het,' zei Francesca tegen hem. 'Vertel me eens iets anders, Harry. Waar is de wijn?'

'Oké,' zei Zoe hoofdschuddend. 'Harry, let maar niet op tante Kate en tante Francesca. Tante Kate speelt voor Mary Poppins, en dat jaagt me de stuipen op het lijf. En tante Francesca wordt boos als ze geen wijn bij de hand heeft. Ze is een ouwe zuipschuit.'

'Hm?' zei Francesca, plukkend aan een draadje van haar pakje.

'Ik zal *De kleine zeemeermin* opzetten,' zei Zoe, waarop de kinderen begonnen te jubelen. 'Jullie mogen er dertig minuten naar kijken terwijl wij praten en dan stop ik jullie in bed, en dan komt oom Mac jullie straks een nachtzoen geven. Oké?'

Flora knikte instemmend, maar dat deed ze bij alles. Harry zei: 'Ja, oké.'

Toen de dvd aanstond en de drie vriendinnen een paar minuten later rond de keukentafel zaten, haalde Francesca een fles champagne in een koelmanchet uit haar rugzak.

'Ik heb een goeie zaak afgesloten vandaag. Het is eindelijk gelukt. Dat moet gevierd worden.'

'Wauw,' zei Zoe en ze stond op om de glazen te halen. 'Geweldig! Gefeliciteerd. Wat was het voor zaak?'

'Duitsers,' zei Francesca kortaf. 'Hier...' Ze ontkurkte de fles geruisloos. 'Zoe, pak aan... Kate, jouw glas.' Ze schonk ook voor zichzelf in. 'Meiden, een toost.'

Ze stonden met hun glas in de hand.

'Ja,' zei Zoe.

'Op ons. En op mij.' Francesca's donkere ogen glinsterden boven het champagneglas. 'Ik verdien elke druppel van dit mooie schuimende vocht.' Ze nam een slokje. 'Wacht. En op jou, Kate. Op je artikel en je thuiskomst in Londen. Je gaat niet terug naar New York, we beginnen een campagne om je hier te houden. Feitelijk is dit de eerste bijeenkomst.'

'Oké,' zei Kate glimlachend, starend naar haar glas met de goudkleurige bubbels.

'En ten slotte, Zoe, op jou. Bedankt dat we mogen komen. En dit is een dronk speciaal op jou, omdat je zo fantastisch bent.' Ze glimlachte. 'Hm, ik weet dat je Kate waarschijnlijk alles erover verteld hebt, maar je zult het nog eens moeten vertellen, want ik wil alles weten. Hoe was je date?'

Zoe liet een dringend 'sssst' horen.

'Je wat?' Het duizelde Kate.

'Heb je het haar niet verteld?' vroeg Francesca, met haar glas naar Kate wijzend.

'Je had een date?' zei Kate. 'En daar heb je me niks van verteld?'

'Nou zoveel stelt het niet voor,' zei Zoe geprikkeld. 'Staar me niet aan alsof ik een buitenaards wezen ben. Het was gewoon een date. Meer niet.'

'Weten de kinderen het?' vroeg Kate. De andere twee draaiden zich naar haar om.

'Ben je gek?' vroeg Francesca. 'Doe niet zo raar. Nou,' ging ze verder tegen Zoe, 'heb je die blauw met grijze wikkeljurk gedragen?'

'Ja, en je had groot gelijk dat wikkeljurken me zo goed staan,' zei Zoe enthousiast. 'Duizendmaal dank. Ik dacht altijd, met mijn tieten en zo, dat het niks voor mij was, weet je, maar ze zijn perfect! Ze houden alles op...'

'Wacht eens even!' zei Kate. 'Wat is er in vredesnaam aan de hand? Je hebt een date gehad? Met wie?'

'Hij is...' Zoe pakte haar glas op en nam een flinke slok. 'Hij heet Diggory. Hij is tuinarchitect. Hij werkt met me in de kwekerij.'

'Hoe wordt hij genoemd?' vroeg Kate.

'Diggory. Zoals de jongen in *De geheime tuin*,' zei Francesca behulpzaam.

'Serieus?'

'Maar zijn vrienden noemen hem Digg.'

'Een of twee g's?'

'Lieve help, weet ik veel!' Zoe keek haar met een ongeduldige blik aan. 'Daar gaat het niet om!'

'En heb je met hem gevreeën?' zei Francesca.

'Wacht even,' zei Kate. 'Spoel eens een eindje terug. Waar zijn jullie naartoe geweest?'

'Naar een pub in de buurt van mijn werk bij Primrose Hill.' Zoes ogen schitterden. Kate sloeg haar gade, niet helemaal op haar gemak. 'Het was heel gek eigenlijk, want er was geen plaats.' Ze lachte bij de herinnering.

'En wat gebeurde er toen?' Francesca begon een beetje verveeld te kijken.

'O, toen kregen we een tafeltje. Er ging een stel weg. Bij het raam, dus...'

'Die verrekte plaatsen interesseren me niet,' zei Francesca. Ze sloeg met haar handen op tafel. 'Hoe was hij? Hoe was het? Was het gek om een date te hebben?'

'Supergek,' zei Zoe. De anderen knikten begrijpend. 'Weet je, ik vond het eigenlijk gek om met iemand uit te gaan die niet Steve was. Natuurlijk is het gek. Maar ik deed alsof het dat niet was en probeerde het van me af te zetten, de avond er niet door te laten beïnvloeden.'

Kate ging plotseling zitten. 'Wauw,' zei ze, en ze streek met haar hand door haar. 'Dat is reusachtig. Goed voor jou, Zoe.'

Zoe ging naast haar zitten. Ze keek haar bijna smekend aan. 'O, Kate, het spijt me dat ik het je niet verteld heb. Ik wilde het echt, wilde je raad vragen en zo, maar ik... ik wilde er niet zo'n ophef van maken, en dat is bijna onvermijdelijk als je het mensen vertelt. Begrijp je?'

Je hebt het Francesca verteld, wilde Kate zeggen. Ik zou willen dat je me in vertrouwen kon nemen. Maar in plaats daarvan zei ze opgewekt: 'Volkomen. Natuurlijk.'

'En?' vroeg Francesca. 'Wat gebeurde er daarna?' Ze schonk hun glazen weer vol. Kate klokte de inhoud van haar glas snel naar binnen.

'Nou, we hebben daar eeuwen zitten praten... Je weet wel, over het werk en zo, het is gemakkelijk als je al gespreksonderwerpen hebt,' zei Zoe. Haar ernstige, lieve gezicht was ontroerend. 'Diggy heeft veel tijd doorgebracht in Australië, hij heeft heel interessante ideeën voor irrigatiesystemen, want dat wordt in de komende jaren natuurlijk het grootste probleem in de tuin- en parkarchitecuur.'

'Natuurlijk,' zeiden Kate en Francesca in koor.

'En toen... Nou ja, ik was een beetje roekeloos, toen heb ik een taxi genomen naar huis.'

'Zoe Hamilton!'

'Is er wat gebeurd?' vroeg Francesca.

'Nee,' zei Zoe. Ze keek van de een naar de ander. 'Nou ja, nog niet.'

'Natuurlijk,' zeiden ze allebei. 'Nog niet,' voegde Francesca eraan toe.

'Goed zo,' zei Kate. 'Geweldig. Heb je gezegd dat je hem nog terug wilt zien?'

'We gaan dit weekend naar Hampstead met de kinderen.'

'Je weet van opschieten,' mompelde Francesca.

'Nou, nee. Iemand van ons werk is jarig en ze geven een picknick op de Heath, dus komen er een hoop mensen die we kennen, en heel veel kinderen. Het zal erg leuk zijn. Hij heeft ze trouwens al eens ontmoet, op Jools huwelijk, een paar maanden geleden.'

Zoe had er altijd hetzelfde uitgezien in Kates ogen: een energieke, vastberaden, pretentieloze jonge vrouw, vol levensvreugde. Maar sinds Kate terug was had ze gedacht dat Zoe er vermoeid begon uit te zien. Uitgeput. Moe van het lot dat het leven haar had toebedeeld. Maar nu keek ze naar haar vriendin en zag een sprankeling in haar ogen die ze er niet meer in gezien had sinds... Nou ja, sinds die noodlottige dag toen ze samen lunchten, bijna drie jaar geleden. Toen Zoe zwanger was van Flora, zo snel na Harry, en Kate verloofd was. En moet je nu zien, dacht ze. Kijk eens naar Zoe, die op een date is aangewezen. Het was nog steeds niet goed, ze zou er nooit anders over kunnen denken. Kate schraapte nijdig haar keel.

'En moet je ons nu zien,' zei Zoe, alsof ze Kates gedachten had gelezen. Hun blikken ontmoetten elkaar en ze staarden elkaar aan in een ogenblik van helder inzicht. Zoe schudde haar hoofd naar haar vriendin. Er ging een schok door Kate heen. Ze had op de tafel willen slaan en schreeuwen dat het leven niet eerlijk was.

Francesca voelde dat er iets aan de stemming gedaan moest worden, stond op en haalde een fles wijn uit de koelkast.

'Mac zal wel gauw komen,' zei ze als een niet al te subtiele herinnering voor hen beiden. 'Eet hij mee?'

Zoe sprong op. 'Het eten!' zei ze en ze sloeg zichzelf tegen haar hoofd. 'Ik moet als de donder gaan koken!'

'Dank je,' zei Francesca toen Zoe haastig de keldertrap af liep. 'Anders zouden we hier de hele nacht kunnen zitten. Ik kan niet lang blijven. Ik heb Mac gezegd dat ik vroeg weg moest.'

'Goed,' zei Kate, in de ruimte starend.

'Dus ga ik weg voordat Mac komt, bedoel ik,' voegde Francesca eraan toe.

'Ik snap het.'

'Dus gaat Mac in z'n eentje naar huis.'

'Ja,' zei Kate. 'Dank je. Ik wou dat ik kon ontcijferen wat je precies zei. Het lijken wel rooksignalen die je uitzendt.'

'Hou op,' zei Francesca vriendelijk. 'Ik probeer alleen maar te helpen.'
'Dat weet ik. Sorry.'

'Kom op,' zei Francesca, toen gekletter en gesmoord gevloek uit de kelder tot hen doordrongen, waar Zoe probeerde iets te vinden. 'Zolang ze weg is. Vertel eens wat er tussen jullie tweeën gebeurd is. Zij weet het niet, hè?'

'Nee.' Kate boog haar hoofd.

'Kan ik niet geloven.'

'Zoals ik al zei... Er zijn zoveel dingen waarover we niet meer praten.' Ze maakte een vaag gebaar. 'Diggory bijvoorbeeld. Digg.'

Francesca negeerde dat. 'Dus wat is er gebeurd?'

'Ik heb zijn stethoscoop gestolen en hij was woedend.'

'Kate.'

'Francesca.'

'Ik geef het op,' zei Francesca. 'Ik kan alleen maar zeggen dat je iemand niet zo intens kunt haten zonder nog iets voor hem of haar te voelen. Het tegenovergestelde van liefde is niet haat, het is...'

'Onverschilligheid, ik weet het,' zei Kate.

34

Om acht uur ging de bel van de voordeur; Mac was altijd punctueel. Zoe ging een extra mes halen en Francesca zat met Flora op schoot; ze maakte een beweging of ze haar wilde neerzetten en opstaan, maar Kate was haar voor.

'Ik laat hem wel binnen,' zei ze. 'Ik zal hem netjes begroeten. Blijf jij maar hier.' Ze streek even over Flora's zachte wangetje en liep naar de deur.

Hij liet geen verbazing blijken toen Kate opendeed. 'Hallo,' zei hij. Hij boog zich naar voren en zoende haar op de wang.

Toen Kate hem bij Francesca had gezien, had hij een broek aan met een hemd dat aan de hals openstond, en zo dacht ze altijd aan hem, maar nu droeg hij een pak met das. Hij zag er heel officieel uit, stijf. En moe.

'Francesca vertelde me dat je bent teruggekomen voor je vader,' zei hij onverwacht. Zijn Schotse accent gaf haar een schok. 'Sorry. Ik wist niet dat hij ziek was.'

'Dank je. Het gaat al veel beter. De operatie was een paar weken geleden. Het ziet er goed uit. Afkloppen.'

Hij knikte. 'Dat is meestal voldoende tijd om het te weten. Gelukkig. Hoe gaat het met jou?' Hij maakte zijn das los en zette zijn aktentas op de grond. Zijn stem klonk vriendelijk. Ze keek naar zijn handen.

'O, eh,' zei Kate, die niet goed wist hoe ze haar verbazing moest onderdrukken over deze beleefd-hartelijke conversatie. 'Ik... Met mij gaat het goed, dank je. En met jou?' Ze voelde zich als een personage in een Dickens-verhaal. 'Gaat het goed met je?'

Mac keek haar een beetje verbaasd aan. 'Ja. Prima.'

'Goed. Goed!' Kate deed de deur dicht. 'Hierheen.' Ze gebaarde naar de keuken, de enige mogelijke richting trouwens.

'Dank je,' zei Mac. Een glimlach speelde even om zijn lippen. 'Deze kant op dan,' en hij volgde haar naar de keuken.

'Hoi, Mac,' zei Zoe, terwijl ze haar vingers aflikte.

'Hoi, huisgenoot.' Francesca zwaaide met haar wijnglas naar hem, over Flora's slaperige hoofdje heen. 'Hoe gaat het?'

'Goed, goed,' zei Mac. Hij leek zich niet helemaal op zijn gemak te voelen, nu hij – nog in zijn trenchcoat – in het harde licht van de halogeenlampen stond. Kate, die naast hem stond, kon de frisse buitenlucht aan hem ruiken in de bedompte warmte van de keuken.

'Ik heb een fles wijn meegebracht.' Hij overhandigde hem aan haar terwijl hij aandachtig naar haar keek. Kate pakte de fles aan. 'Dank je. Ik zal... Ik zal hem in de koelkast zetten.' Ze moest even glimlachen om dit semi-huiselijke tafereeltje, dat niet erg bij haar paste, en hij glimlachte terug, en het ijs leek wat meer gebroken. Hij zou aardig zijn, dat had hij kennelijk besloten. Prachtig, goed van hem. Zij zou zijn voorbeeld graag volgen.

Hij trok zijn jas uit. 'Is Harry boven?'

'Ja,' zei Zoe, met een knikje naar haar dochter. 'Dit kind weigert te gaan slapen.' Ze zag dat hij een plastic tas bij zich had. 'Is dat voor Harry?'

'Ja. Een doktersuitrusting voor kinderen. Die hebben we in het ziekenhuis. Hij wil dokter worden.'

'Net als zijn oom.'

'Precies,' zei hij en hij wendde zijn blik af.

'Mac?' riep een stem boven. 'Hallo!'

'Hoi, Harry,' zei Mac met lichte stemverheffing. 'Ik kom zo.'

'Schenk vast een glas wijn in,' zei Zoe. 'Dan breng ik die dame hier naar bed.'

'O, ik ga met je mee,' zei Francesca plotseling, toen Zoe Flora oppakte. Gedrieën liepen ze de trap op.

Mac liep naar de buffetkast, trok een la open en haalde er een kurkentrekker uit; hij kende de weg hier in huis. 'Wil je wat wijn?' vroeg hij.

'Graag.' Kate kon niet geloven dat ze het geluk had weer met hem in dezelfde kamer te zijn. 'Waar zijn de...'

'Glazen. Hier.' Hij pakte een fles gekoelde wijn uit de ijskast. Het bleek er een met een schroefdop te zijn; hij glimlachte weer, met de kurkentrekker in de hand en daardoor leek de sfeer nog iets meer ontspannen.

Er viel een stilte in de keuken. Ze stonden tegenover elkaar, met de hoek van de tafel tussen hen in. Onhandig stopte Kate haar handen in de zakken van haar spijkerbroek. Hij deed hetzelfde.

Toen schraapte hij zijn keel en zei: 'Hoor eens, Kate, ik wil er niet weer over beginnen, maar... Ik wil je alleen zeggen dat het me spijt van verleden week.'

Omdat Kate voortdurend aan hem dacht, kon ze zich niet onmiddellijk herinneren wat hij bedoelde met vorige week. 'Hè?' Het duurde even voor het goed tot haar doordrong en ze knipperde langzaam met haar ogen. Hij nam haar aandachtig op.

'Ik dacht dat je geacht werd een briljant journalistiek verstand te hebben,' zei hij. 'Verleden week donderdag, of wanneer het ook was, in mijn huis. Ik was gemeen tegen je. Ik had niet verwacht je te zien, dat is alles. Wat er ook tussen ons gebeurd is, het spijt me. Ik had dat niet tegen je moeten zeggen.'

Kate boog haar hoofd. 'Dat moest je wél,' fluisterde ze. 'Ik verdien het.'

'Nee, dat doe je niet.' Hij kwam een eindje haar richting uit. Het was zo stil in de keuken dat ze Harry en Flora boven kon horen, en de sussende stem van Zoe. Hij pakte haar pols vast. Zijn huid voelde warm op de hare. 'Je verdient het niet, Kate. Je... Je hebt al genoeg doorgemaakt.'

Kate stond zichzelf tegenwoordig niet veel tranen toe. Bovendien was ze niet aantrekkelijk als ze huilde. Er trilden geen tranen op lange zwarte wimpers, haar grote donkere ogen glansden niet vochtig, zoals in boeken werd beschreven. Nee, haar ogen raakten bloeddoorlopen, ze kreeg een rode neus en opgezwollen oogleden, die dagenlang zo bleven, en er verschenen donkere plekken onder haar ogen. Gedeeltelijk omdat, áls ze een keer huilde, ze zich er met hart en ziel aan overgaf. Het was gek. Hij was alleen maar aardig tegen haar. Maar dat aardige had ze juist zo gemist en ze voelde hoe haar keel werd dichtgeknepen en de tranen in haar ogen sprongen.

'Niet doen,' zei Kate glimlachend.

Zijn hand verstijfde plotseling om haar pols. Hij liet haar arm vallen alsof het een giftige slang was en pakte twee glazen wijn op. De spanning tussen hen was weer terug. Kate liep naar de gootsteen, zag een mes liggen en waste het af, zich al die tijd bewust van Macs aanwezigheid achter haar. Ze voelde zich niet op haar gemak.

'In ieder geval, het spijt me,' zei Mac, met zijn rug naar haar toe. 'Het zette me aan het denken. We moeten erover praten. Over verleden jaar.'

'Niet nu,' zei ze toen ze Zoes stem boven hoorde.

'Wanneer dan?' vroeg Mac vermoeid. 'Wanneer, Kate? Dat is het probleem met jou en mij. Voornamelijk met jou, moet ik zeggen.' Hij keek haar met een grimmig lachje aan, maar ze had geen glimlach voor hem terug. 'Onze timing is verrekte slecht.' Hij wreef over zijn gezicht en weer zag ze bezorgd hoe moe hij eruitzag. Ze wilde dat hij ging zitten, wilde eten voor hem klaarmaken, voor hem zorgen. Maar dat mocht niet.

Ze hoorden Zoe en Francesca op de trap.

'Later,' zei Kate. Met een strak gezicht draaide ze zich naar hem om. Hij stond onder een van de spotlights in de keuken. Haar vingers klemden zich om de rug van een stoel.

Ga niet met hem in een taxi naar huis, waarschuwde ze zichzelf. Ga niet met hem naar bed. Open geen oude wonden, doe hem geen verdriet, doe jezelf geen verdriet. Ze draaide zich om, alsof hij die woorden hardop tegen haar had gezegd. Hij krabde over de lichtbruine stoppels op zijn wang. Zijn gezicht stond uitdrukkingsloos, maar zijn ogen waren strak op haar gericht, keihard, grijsgroen, onheilspellend.

'O, Kate,' zei hij. 'Verdomme!'

En Kate, met haar handen op de stoel steunend, terwijl ze terugkeek, wist het. Ze was bang, en tegelijk opgewonden door de macht die hij nog steeds over haar had, wilde er dolgraag aan toegeven. Ze kon het niet.

'Mac, Harry vraagt naar je, als je...' zei Zoe nogal luid toen ze de keuken in liep.

'Ik ga al,' zei hij meteen en hij ging naar boven.

Zoe maakte pasta en ze zaten in de keuken te eten, de tuindeuren op een kier, zodat ze de vogels buiten in de bomen konden horen. Mac bleef een tijdje boven om Harry welterusten te wensen en hem zijn cadeau te geven, en Harry probeerde op te staan om de doktersoutfit aan te trekken.

Daarna bleven ze met z'n vieren rond de tafel zitten, tot tien uur, toen Francesca weg moest: ze had de volgende dag om acht uur een vergadering.

'Ik ga ervandoor,' zei ze, en ze schoof haar stoel achteruit. Ze keek met een veelbetekenende blik naar Kate. 'Ik laat jullie alleen om herinneringen op te halen aan vervlogen tijden.'

Ze bleven met z'n drieën tot laat in de avond zitten, lang nadat ze alles hadden opgeruimd en alleen de wijnglazen nog over waren, en de tuindeuren dicht waren om de nachtelijke kou buiten te sluiten. Ze praatten over alles, maar voornamelijk over Steve. Hoe hij op de universiteit Kates bureaustoel had gerepareerd en ze erdoor was gezakt toen ze er de volgende keer op ging zitten. Hoe hij in hun huwelijksnacht een nachtmerrie had gehad waarin Zoe hem probeerde te vermoorden en hij luid schreeuwend 'Nee, Zoe, nee!' wakker was geworden. Hoe hij als kind Macs rekenliniaal had gebroken door er Disney-figuurtjes mee weg te wippen, tot hij in tweeën brak, en hoe hij hem toen had teruggelegd in Macs la, hopend dat hij het niet zou merken. Alleen al het noemen van Steves naam viel Kate moeilijk, en in het begin vond ze het zelfs onmogelijk. Ze praatte nooit over hem. Wie in New York had hem gekend? Bijna niemand. Aanvankelijk had ze dat prettig gevonden, maar nu, hier, de laatste paar dagen, met haar vrienden rond de tafel, begon ze te beseffen dat dat misschien verkeerd was geweest, alsof ze ontwaakte uit een lange slaap.

Lang nadat Harry weer in slaap was gevallen, weigerde Flora zijn voorbeeld te volgen, en zat in haar kinderstoeltje onverstoorbaar om zich heen te kijken, terwijl ze op kluitjes aarde kauwde die ze op de een of andere manier uit de tuin naar binnen had weten te smokkelen en die ze ongezien in haar mond stopte. Toen Flora met haar lepel zat te meppen om te proberen ook nog wat modder in haar oog te krijgen, zei Zoe ten slotte gelaten: 'O, Flora, schat... niet doen. Dat is modder. Bah. Dat moet je niet eten.' Toen, tot de andere twee volwassenen: 'Ik weet niet wat ik met haar moet beginnen. Ze wordt later vast zo'n vies vrouwtje met een plastic regenjas.'

Flora bonsde op haar hoofd met het dienblad dat op tafel lag. Haar gezicht vertrok en ze gilde.

'O, hemel, ze kán niet meer. Sorry,' zei Zoe en ze tilde een jammerende Flora op in haar armen. 'Ze is dood- en doodmoe. Ik moet haar echt naar bed brengen.'

Mac stond op. 'Ik zal je helpen.'

'Nee,' zei Zoe. Ze schoof haar stoel met één hand achteruit en deed haar best om er niet afgemat uit te zien. Ze glimlachte zo opgewekt mogelijk. 'Eerlijk gezegd, als ze ziet dat jullie weggaan, zal ze begrijpen dat de avond voorbij is. Jee, wat een vreselijke lastpost.' Ze klemde Flora dichter tegen zich aan. Mac keek naar hen beiden en zei toen: 'Natuurlijk, lieverd, we ruimen de boel op en... verdraaid, wat is het al laat.' Hij keek op zijn horloge. 'Ik zal alleen even...' Hij zette zijn wijnglas op het aanrecht.

Ook Kate keek op haar horloge. Het was halfeen. 'Wauw! Sorry, Zoe, ik had geen idee dat het al zo laat was.'

'Ik ook niet,' zei ze. Ze hield de worstelende Flora in haar armen. 'Ze wil gewoon niet slapen zoals andere baby's, ze houdt van de avond. Net als haar mama en papa, vrees ik. Hoor eens, gaan jullie

271

nu maar, oké? Ik breng haar naar bed en zet straks wel die paar borden en glazen in de afwasmachine.'

'Tja.' Mac keek weifelend, maar Zoe joeg hem weg.

'Vooruit, ik meen het.'

Hij bukte zich en kuste zijn schoonzus en nichtje. 'Dag, meiden,' zei hij zacht. Hij pakte Zoe luchtig bij de arm. 'Tot zondag. Bedankt, Zoe.'

Ze keek hem met een dankbare blik en glinsterende ogen aan. 'O, Mac. Dank je...'

Kate had zich op de achtergrond gehouden, maar kwam nu naar voren en gaf haar een zoen. 'Dag, Zoe. Heel, heel erg bedankt. Het was een heerlijke avond.' En dat was waar. Ze kneep even in Flora's armpje. 'Dag, Flo. Lief zijn voor mama.'

Ze werden bijna de deur uitgeduwd door Zoe. Toen de deur achter hen dichtviel, stonden ze huiverend op straat, weer met z'n tweeën in de koudere, heldere nacht.

Ze wist dat ze met hem naar huis zou gaan. Het was onvermijdelijk, ze had het geweten vanaf het moment dat hij haar pols beetpakte, voelde hoe sterk de band tussen hen was. Maar geen van beiden zei iets toen ze naar de hoofdweg liepen. Kate kon Macs adem horen. Ze draaide zich snel om en zag de donkere omtrek van zijn profiel in het maanlicht. Ze sloeg haar armen om zich heen en deed een stap opzij, bij hem vandaan, zodat ze naast elkaar liepen door de rustige straat, met de gebarsten tegels, vol geparkeerde auto's, met iets van een meter ruimte tussen hen

Herinnerde hij zich dat dit de plek was waar ze elkaar voor het eerst hadden gezoend, al die jaren geleden, na die housewarming? Toen was het ook maart. Herinnerde hij zich nog dat dit exact de plek was waar ze de taxi naar zijn flat hadden genomen? Speelde hij die scène weer af in zijn hoofd, wist hij hoe vaak zij dat al had gedaan? Zwijgend bleven ze staan, wachtend op de komst van de taxi, en toen die voorreed, staken ze beiden hun hand uit.

'Waarheen?' vroeg de chauffeur.

Kate keek niet naar Mac. Hij hield het portier voor haar open.

'Maida Vale, en dan verder,' zei ze tegen de chauffeur, die knikte terwijl Mac het portier achter haar dichtdeed.

Ze gingen in de taxi zitten. Zwijgend.

'En, hoe gaat het met je werk, Mac?' vroeg Kate. Misschien zou een interessant gesprek over de voor- en nadelen van de ziektekostenverzekering de beklemmende sfeer wat kunnen verbeteren.

272

Ze voelde zijn ogen in het donker op haar gericht. Ze wist dat hij naar haar glimlachte en draaide zich naar hem om.

'Je wist nooit erg goed om te gaan met pijnlijke stiltes, Katy,' zei hij.

'Niet waar.'

'Wél waar. Jij bent altijd de eerste die het opgeeft.'

Niet zoenen.

'Eh...' De wijn steeg haar naar het hoofd. Ze ging rechtop zitten tegen het harde leer van de achterbank en deed haar best om niet te glimlachen. 'Dat hebben alle enige kinderen. De sociale druk, weet je.'

'Hm,' zei hij en hij schoof naar haar toe. Ze kon zijn gezicht zien in het schemerige licht van de nacht. Ze had het warm en koud, haar hele lichaam tintelde, en ze glimlachte toen zijn lippen vlak bij de hare waren. 'Daar moet je je geen zorgen over maken,' zei hij en hij kuste haar. 'O, Kate.' zijn stem klonk nu hees. 'Ik hou niet van je om je conversatie, weet je.'

Zijn lippen waren op de hare, precies zoals ze zich herinnerde. Ze voelde zijn ruwe stoppels op haar wang, op haar mond, zijn sterke, lenige handen om haar hoofd. Macs zoenen hadden al eerder haar ondergang betekend, want het was een verpletterende ervaring geweest, alsof ze nooit eerder gezoend was. Dat ze fysiek nu zo hevig reageerde, bracht haar van de wijs, zoals altijd. Het was weer het oude liedje, en zich aan hem overgeven was een genot dat ze niet meer had gekend sinds ze hem die eerste keer in de steek had gelaten.

Ze duwde hem van zich af. 'Ik kan het niet,' zei ze. 'Ik kan het echt niet.'

Hij hield haar hoofd tussen zijn handen. 'Kom, Kate. Het is één nacht. Over een week ga je terug.'

'Maar de laatste keer...'

'Ik ben er overheen,' zei hij. Hij bracht haar hand naar zijn mond, kuste zacht haar vingers. 'Ben jij er niet overheen? Kom nou, Kate. Heb je niet hard gewerkt? Verdien je dit niet?'

'Niet als het...' begon ze, maar hij kuste haar opnieuw.

'Ik verlang naar je,' zei hij. Ze voelde zijn hete adem op haar ogen, haar lippen. 'En jij verlangt naar mij. Maak je niet bezorgd over de rest, Kate. Dat is allemaal verleden tijd.'

Alleen al de wetenschap dat haar voordeur zich aan het eind van de rit bevond, waar hij haar in de hal tegen de muur zou duwen en zich tegen haar aandrukken, zodat ze zich in het donker aan hem zou moeten vastklampen, haar armen om zijn hals slaan, om te beletten dat ze viel. Alleen al de gedachte dat achter die hal haar slaapkamer was, waar ze hem weer naakt zou zien, zijn lichaam boven op haar zou voelen, terwijl hij in haar kwam. Dat hij zich daarna om haar heen zou strengelen, zodat ze, als ze de volgende ochtend vroeg wakker werd en zich voorzichtig omdraaide, hem zag slapen, de harde lijnen in zijn gezicht uitgewist.

Nog één nacht met hem. Ze wilde er niet aan denken dat het verdriet om hem te missen groter zou zijn dan het genot dat haar nu te wachten stond. Nog één keer, dacht ze terwijl ze elkaar zoenden in de taxi, die rustig en zelfverzekerd zijn weg zocht door de maanverlichte straten.

Ze hoorde weer Sues woorden van de vorige dag: doe eens iets wilds. Hou op met je te gedragen als een oude dame. Maar voor het eerst sinds ze terug was in Londen had Kate datzelfde gevoel van lang geleden: dat ze aan de rand van een afgrond stond, op het punt erin te springen. Het idee dat Mac bij haar was, was iets ongelooflijks – Mac met wie ze een geheime geschiedenis deelde die alleen zij kenden, die ze voor hun vrienden verborgen hielden – het was nog niet voorbij.

'Oké,' zei ze en ze kuste hem terug. Ze waren bijna thuis. Ja, dacht ze bij zichzelf, terwijl zijn handen haar lichaam streelden, ze hem indringender zoende, wanhopig wenste dat ze alleen waren. Geniet nu maar van deze ene nacht. Denk niet aan het verleden. Denk niet aan die laatste leugen, dat laatste verraad.

Intermezzo

35

De vorige zomer, Londen 2006

'Kate?'

Ze zat aan een tafel in een gezellig Frans café even ten noorden van Grosvenor Square en draaide met haar vingertoppen het onderzettertje rond. Het kalme verkeer in Mayfair op een zomermiddag die overging in de avond, maakte slaperig. Kate staarde naar haar armen en zag hoe bruin ze waren geworden, wat ze vreemd vond, want ze was de laatste tijd niet veel buiten geweest. De armbanden om haar pols rinkelden toen ze meer suiker in haar thee strooide. Ze ademde de geur in van de hitte die omhoogsteeg uit de grond; de lucht van asfalt, auto's en pollen drong in haar neus.

De Amerikaanse ambassade was gesloten. Uiteraard. Het was de Fourth of July, waarom had ze daar niet aan gedacht? Stóm van haar; een ontmoedigend, angstig voorgevoel had haar overvallen toen ze dichter bij het plein kwam en zocht naar de rij mensen die gewoonlijk langs het lelijke, nuchtere gebouw stond.

'Kom morgen maar terug, mevrouw,' had de indrukwekkende bewaker tegen haar gezegd, met zijn AK47 in de arm en zijn onbewogen gezicht.

'Maar...' begon Kate. 'Ik ben hier maar twee dagen, ik ben speciaal gekomen om mijn visum te laten verlengen. Ik moet terug naar de Verenigde Staten. Ze beloofden dat ze mijn visum zouden stempelen en ik meteen weer terug kon naar huis.'

'Mevrouw, u zult morgen terug moeten komen. Ik moet u verzoeken weg te gaan.'

Kate was inmiddels gewend aan het humorloze optreden van de Amerikaanse veiligheidsbeambten. Na tweeëntwintig maanden daar, bijna twee jaar, kende ze het maar al te goed. Maar hier, op deze mooie Engelse zomermiddag, met de boomtakken wiegend en ruisend rond het grote, elegante plein, leek het volkomen niet op z'n plaats. Ze had naar hem geglimlacht, zonder precies te weten waarom, en was weggelopen, zoals hij had verzocht.

Nog één dag, had ze gedacht, terwijl ze naar Oxford Street slenterde. Nog één dag hier, en dan kun je terug, en niemand hoeft te weten dat je hier was. Haar moeder en Oscar waren twee weken in de Hamptons, ze zouden niet eens merken dat ze weg was. Gelukkig was Perry & Co dicht, niet alleen voor de Fourth of July, maar de hele week – heel ongewoon – terwijl Bruce hun melkkoe, Anne Graves, naar Ohio begeleidde, voor een eredoctoraat van de universiteit en een verblijf in haar buitenhuis daar. Bruce had het kantoor gesloten als een beloning voor zijn trouwe medewerkers, zoals hij iedereen verteld had, niet omdat hij een controlfreak was die het niet kon uitstaan dat hij er niet was terwijl anderen er wél waren. Kate vroeg zich af wat hij precies zou missen als hij hen vier dagen alleen liet; nog meer interessante verhalen van Doris over haar man, Mikey? De wekelijkse klacht van Nancy, de boekhoudster, over de keuzes van haar boekenclub? De spanning die werd veroorzaakt door Perry & Co's onvoorspelbare airconditioning?

Nog één dag hier, dacht ze, toen ze ging zitten om een kop koffie te drinken en dankbaar haar vermoeide benen uitstrekte. Niemand wist dat ze hier was, behalve Betty, die haar naar JFK had gereden, haar verteld had dat ze gek was, maar dat ze haar over twee dagen van het vliegveld zou halen, zodra dit visumprobleem was opgelost. Erin, eruit, snel en nauwkeurig, en niemand hoefde te weten dat ze hier was.

Niemand.

'Kate? Ben jij het?'

Ze hoorde de stem weer, maar verroerde zich niet. Ze keek naar de grond. Hij kon het niet zijn. Misschien zou hij gewoon doorlopen, haar hier laten zitten, alleen, ongezien, misschien zou het haar lukken...

'Kate.' Een lange gestalte keek op haar neer. 'Goeie god. Je bent het echt!'

Ze keek op, terwijl ze haar ogen beschermde tegen de zon, en ze wist wat ze zou zien.

Hij was het. Het was Mac. Een schok ging door haar heen, haar hart begon te bonzen. Ze legde haar hand tegen haar hals, duwde haar stoel bij hem vandaan, verbaasd over haar eigen instinctieve reactie op zijn aanwezigheid. Hij legde een koele hand op haar arm.

'Ga niet weg.'

'Ik... Ik...' Kate slikte, beheerste zich toen weer. 'Lieve help.'

Ze stond op en keek hem onbeholpen aan. Ze was vergeten hoe lang hij was. Maar verder was alles aan hem zo vertrouwd. Het was

278

alsof ze een gesloten deur opende van een kast vol herinneringen, die dreigden eruit te vallen. Ze wist niet wat ze moest zeggen.

Hij stak even zijn handen uit, alsof hij haar wilde omhelzen, en schudde zijn hoofd toen ze, bijna angstig, een stap achteruit deed. Toen stopte hij in een afwerend gebaar zijn handen onder zijn oksels. Ze zag dat hij het deed zonder het te beseffen.

'Dat is lang geleden,' zei hij zacht. 'Kate, waar was je?'

Kate schraapte haar keel, wilde wat zeggen, maar er kwam geen geluid uit haar mond. Ze keek om zich heen naar de andere koffieklanten, die met nauwverholen belangstelling naar haar keken. Hoe anders dan New York, waar zij en Betty verleden maand in een dronken bui tegen elkaar hadden staan schreeuwen over Betty's waardeloze vriendje Troy, en waar niemand naar hen toe was gekomen of hen zelfs maar had opgemerkt.

'Ga zitten,' zei hij zacht. Hij raakte met één vinger haar schouder aan, en dankbaar liet ze zich weer op haar stoel vallen. Mac nam haar onderzoekend op, alsof hij niet goed kon geloven dat ze er echt was. Kate knipperde met haar ogen, bang voor wat hij haar zou kunnen zeggen, niet wetend wat zij zelf zou moeten zeggen. Hij schoof een stoel bij.

Ze roerde met haar lepeltje in haar lege koffiekop. 'Dus... je woont nu hier?'

'Ik ben verhuisd, ja, kreeg een coschap in het St John's. Om dichter bij Zoe te zijn. Zoals je wel begrijpt.'

'Ja.' Kate staarde nietsziend naar de grond.

'Waarom ben je hier?'

'Visum. Ik moest weg en weer terug. Ik ben hier maar een dag.'

Hij keek haar even aan. 'Juist, ja.'

Hij bestelde koffie. Zwijgend bleven ze zitten. Toen zei hij: 'Je bent gestopt met het beantwoorden van mijn e-mails.'

'Jij bent gestopt ze te versturen.'

Mac wreef zijn handpalmen tegen elkaar. 'Ik dacht dat je niet meer van me wilde horen. Ik kan het je niet kwalijk nemen. Je wilde gewoon afstand nemen van alles.' Hij zei het zonder enige emotie.

'Dat is niet waar,' zei Kate heftig, al was het de waarheid, dat wist ze. 'Ik wist niet wat ik anders moest doen. Ik kon niet blijven.'

'Waarom niet?'

Zoes woorden galmden door haar hoofd. *Kate, je moet me een tijdje met rust laten. Alsjeblieft.*

'Ik kon het gewoon niet.' Eerlijkheidshalve voegde ze eraan toe: 'Het was mijn schuld. Dat vind ik nog steeds. En ik weet dat Zoe dat toen ook vond. Ik moest weg. Ik weet niet wat ik toen precies dacht.'

'Je was te...' Hij schudde zijn hoofd. 'O, Kate, dus je bent weg-gegaan en hebt nooit meer contact met haar gezocht,' zei Mac. Hij trommelde met zijn vingers op het aluminium tafeltje en staarde naar de grond. Ze zag de grijze haren in het lichtbruin bij zijn slapen. 'Of met mij. Ik begrijp gewoon niet dat je dat zo gemakkelijk kon.'

Ze keek vlug naar hem op, een paar haarlokjes vielen rond haar ge-zicht. 'Zeg dat niet,' zei ze fel. 'Dat is een idiote opmerking.'

'Had je dan niet met iemand anders kunnen praten?' Mac legde zijn hand op haar schoot, bracht haar bevende vingers tot rust. 'Met iemand praten, zonder meteen weg te lopen?'

Even werd het stil, een pauze die uitliep op een lang en diep zwij-gen, zo lang dat Kate de sirenes op de achtergrond kon horen van de ambulances die over Park Lane reden, een geluid dat ze waarschijn-lijk nooit zou vergeten. Ze haalde diep adem, ging rechtop zitten, probeerde het uit te leggen, en zakte toen weer slap neer op haar stoel. Haar ogen brandden en ze voelde zich doodmoe.

'Nou?' vroeg hij.

'Maar er was toch niemand? Ja toch? Nou ja, Francesca... maar ze was zo van streek over Steve dat zij me niet kon helpen. En het was niet eerlijk haar daarmee te belasten.'

'Kom nou,' zei Mac een beetje ongeduldig. 'Je vader?'

'Mijn vader,' zei Kate. 'Ja.' Ze probeerde zich voor te stellen wat er gebeurd zou zijn als ze werkelijk had geprobeerd met haar vader over dat alles te praten, in die afgrijselijke tijd na Steves dood en Seans vertrek. Op de een of andere manier had het samenzijn met haar vaders nieuwe gezin benadrukt hoe eenzaam ze was. Na een aan-tal onbeholpen, vage gesprekken en een halfslachtig aanbod om haar onderdak te verschaffen, had ze beseft dat ze liever zelf de strijd aan-bond dan zich schuil te houden in het nieuwe, neutrale, perfecte huis in Notting Hill, waar ze naartoe verhuisden. Behalve dat het geen strijd was: het was een vlucht. In de keuze tussen vechten of vluch-ten had ze gekozen voor de vlucht.

'Pardon. Mevrouw.'

Iemand trok aan haar mouw. Ze keek op. Voor haar stond een Japanse toerist, met een bril en een zonnehoed stevig op zijn hoofd geplant, en zijn vrouw naast hem, die een gids in de Japanse taal open en dicht sloeg.

'Diana paleis dichtbij?' zei de man. Kate keek naar Mac, die onge-duldig en niet-begrijpend zijn hoofd schudde.

'O,' zei Kate, en het begon haar te dagen. 'Diana's paleis. Waar prinses Diana woonde?'

Ze knikten. 'Alstublieft.' De vrouw tikte met haar vingeres op de gids.

'Het heet Kensington Palace, en u moet met een bus of de ondergrondse, naar...' Haar stem stierf weg toen ze besefte dat ze geen idee hadden wat ze bedoelde. De mensen aan het tafeltje naast hen staarden haar aan. Ook Mac staarde haar aan met een geamuseerde uitdrukking op zijn gewoonlijk zo ondoorgrondelijke gezicht.

Kate keek hem scherp aan. Ze bedacht dat ze zelf uiteindelijk ook een toerist was. Ze pakte de gids uit de handen van de vrouw, die verstarde en haar zenuwachtig aankeek, alsof ze bang was dat Kate hem van haar zou stelen. Achter in het boekje vond ze een plattegrond.

'Hier,' zei ze. Ze nam een pen van tafel en zette een kruisje bij Kensington Palace. 'Bus. Eind van straat.' Ze wees in de richting van Oxford Street. 'Nummers? U weet nummers?'

'Bus,' zei de man, enthousiast knikkend. 'Bus, ja.'

'Tien,' zei Kate, wijzend. 'Tien. Bus nummer tien.' Ze schreeuwde het bijna.

'Ze was een mooie vrouw,' zei de vrouw, zorgvuldig articulerend.

'Diana, ja,' zei Kate. Mac keek verontrust.

Het gezicht van de vrouw klaarde op. 'Mooie vrouw. Koningin van...'

'Ja, dat was ze, dank u,' zei Mac en hij klopte ongeduldig op de arm van de man, die het dichtst bij hem stond.

Ze liepen weg, na haar bedankt te hebben, en Mac draaide zich hoofdschuddend weer om naar Kate.

'Dat was ik vergeten van je,' zei hij.

'Wat?' vroeg ze glimlachend.

'Je bent net een padvindster. Een volwassen padvindster.'

'Aardig, hoor. Dat klinkt niet erg sexy.'

'O, maar dat is het wél.' Mac trok lachend zijn wenkbrauwen op. Ze lachte mee, maar toen zei hij, plotseling serieus: 'Je stond op het punt me te vertellen waarom je bent weggelopen. Ertussenuit bent geknepen.'

Er stond een koud, verfrissend briesje. Kate hief haar gezicht ernaar op. Het kalmeerde haar. Ze keek naar Mac.

'Ik moest weg. Dat is de waarheid. Bespaar je de moeite om me daarom te haten. Je kunt me niet meer haten dan ik mezelf haat.'

Lange tijd bleef hij haar zwijgend aankijken, nog steeds met zijn hand op haar schoot. Het was zo troostend, een tastbaar, prettig gevoel van troost, dat Kate maandenlang niet gevoeld had. Ze wist dat

Mac haar moest minachten, haar veroordelen, haar verafschuwen, maar toch, aan die tafel, met haar hand in de zijne, in de schaduw van de hoge bakstenen muur, voelde ze zich veilig.

'Arm kind,' zei hij na een poosje. 'Arm, arm kind.'

'We gaan een eindje lopen,' zei hij, terwijl hij achterom keek om zich ervan te overtuigen dat ze niets hadden achtergelaten. Dat beviel haar zo in hem, die nauwkeurigheid waarmee hij alles deed, en de manier waarop hij het deed, zonder ophef te maken. Het was een handeling, een deel van een proces, zoals het geven van een verdoving of het verwijderen van een tumor of een wond dichtnaaien of het schoonschrobben voor een operatie.

'Moet je niet...' vroeg ze.

'Ik hoef nergens heen. En jij ook niet, dus laten we maar gaan lopen. Waar logeer je?'

'Hotel in Bayswater.'

'Niet bij je vader?'

'Hij is er niet.' Ze loog, ze wist niet waarom. 'Niemand weet dat ik hier ben. Mac, ik wil niet...'

'Natuurlijk niet,' zei hij zacht. 'Het is oké. Ik denk trouwens dat je goed moe moet worden, wil je vannacht kunnen slapen. Laten we gewoon... wat wandelen, oké?'

'Oké. Waar gaan we naartoe?'

'Het park. Laten we naar het park gaan.'

'Dus vertel eens wat je hebt uitgespookt,' zei hij toen ze Hyde Park in liepen en de paden zich voor hen uitstrekten, met de bomen en gebouwen op de achtergrond.

'Het is gauw verteld,' zei Kate. 'Een saai verhaal.'

'Oké,' zei hij kalm. Hij keek haar even aan en liep toen door. Ze hoorde de kreten in de Speaker's Corner. Daar waren de mensen die net uit hun werk kwamen, zich ontspanden in de late middagzon, hun hoofd op hun rugzak lieten rusten en in kranten en boeken lazen. Daar groeide het lange, gelig-groene gras, waar nooit op gebouwd werd, en waar nooit een keurig aangelegd park van werd gemaakt zoals Central Park. Dit was het land waarop Hendrik VIII had gejaagd, waar Lady Emma Hamilton paard had gereden, waar in de Eerste Wereldoorlog zandzakken waren opgestapeld. Ze glimlachte bij de gedachte wat een afgezaagd, toeristisch idee dat was.

Ze wist dat daar de Serpentine was, waar boten op het kalme oppervlak dreven, en de Albert Hall, opgetrokken uit goud en marmer, belachelijk overdreven glanzend, en ze wist dat daar de geometrisch aangelegde tuinen waren, en Kensington Palace, en de plek waar Tyburn stond. Ze wist het allemaal omdat ze hier was opgegroeid en het haar thuis was, en ze het miste. Ze miste het zo erg, dat het pijn deed, en ze miste dit: met iemand wandelen, tijdens een rustig gesprek. Over dingen die belangrijk waren.

'Vertel me liever hoe Zoe het maakt,' zei Kate. 'En Flora. Hoe gaat het met Flora?'

De dochter van Zoe en Steve was nu achttien maanden. Mac glimlachte. 'Ze is mooi. Lijkt precies op haar moeder. Ze houdt van modder,' zei Mac terwijl ze naar Park Lane liepen.

'Modder?'

'Ja. Ze eet graag modder. Harry loopt voortdurend de tuin in en probeert handenvol modder in haar mond te stoppen. Het brengt Zoe tot wanhoop, ze weet niet wat ze eraan moet doen. Verleden week heeft ze een worm gegeten.' Ze draaide zich naar hem om. Zijn groene ogen lachten, al stond zijn gezicht net zo ernstig als altijd. 'Flora heeft een worm gegeten, bedoel ik.'

'Dat begrijp ik. Herinnert Harry zich...' Kates stem stierf weg.

'Zijn vader?' Mac staarde in de verte, waar een groepje vrienden een luidruchtig en ongedisciplineerd spelletje frisbee speelden. 'Harry herinnert zich hem nog. Hij vraagt soms waar Steve is.'

'Wat zeggen jullie dan?' vroeg Kate.

'Het is moeilijk. Je moet eerlijk zijn, maar niet té eerlijk. Zoe is verbluffend...'. Zijn stem klonk zachter. 'Ze is ongelooflijk.'

Ze is mijn beste vriendin, wilde Kate zeggen. Ik weet het. Ik weet het. Maar ze had dat recht verspeeld, het recht om een mening te hebben over Zoe, of over een van hen.

'Ze vertelt hem dat papa niet terugkomt, dat hij naar de hemel is, maar dat hij hen ziet en altijd van hen zal houden.'

Het was zo simpel.

Zwijgend liepen ze verder, tot ze bij de Serpentine waren.

'Weet je,' zei Mac plotseling. 'Ze hebben elkaar. Ze zijn nog steeds een gezin.'

Kate knikte dankbaar, niet in staat om de juiste woorden te vinden. Hij staarde haar aan terwijl zij naar de wind keek die het water in beroering bracht, naar de auto's die zich langzaam over de witte gestuukte brug bewogen, naar het Londense landschap dat zich voor haar uitstrekte.

'Liefde. Dat is wat zij hebben. Heel veel liefde. Het klinkt misschien sentimenteel, maar het is waar. Ze hebben dan wel geen vader, maar er zijn zoveel mensen die van ze houden, je moet je niet te veel zorgen maken.'

Ze pakte zwijgend zijn hand en kneep er even in, blij dat hij met haar over hen sprak. Ze liepen verder naar het eind van de Serpentine, over de brug naar het hek van het park. Nog steeds zwijgend kwamen ze langs de ijskarretjes, langs spelende kinderen, langs toeristen, die genoten van de zon. De kreten van onervaren boothuurders galmden over het water, de middagzon scheen glinsterend op het oppervlak. Ze waren klein, onwerkelijk, in de grote open ruimte, waar het groen en de lucht elkaar raakten.

Ze bleven elkaars hand vasthouden, met ineengestrengelde vingers, zonder iets te vragen, zonder te weten wat er zou gebeuren. Maar wandelend door het park terwijl de schaduwen langer werden en de dag overging in een zomerse, zonnige avond, voelde Kate zich meer ontspannen, gelukkiger, meer zichzelf dan sinds de dag waarop Steve gestorven was.

Die avond, toen hij haar had weggebracht naar haar stoffige achteraf hotelletje in een van de smalle straten achter Paddington, had ze zich uitgekleed in de kamer die zo klein was dat alleen het tweepersoonsbed erin paste, wetend dat ze onmogelijk zou kunnen slapen. In bed klemde Kate zich vast aan het dekbedovertrek, dat te groot was voor het dekbed. In het donker kon ze het rumoer van de stad horen. Ze was nog geen anderhalve kilometer verwijderd van haar voormalige flat, haar voormalige leven met Sean, haar voormalige geluk. Nu woonde daar een meisje dat Gemma heette, en zij lag hier in dit hotel te wachten tot het ochtend was en ze haar visum kon laten verlengen en vertrekken. Ze was maar een paar kilometer verwijderd van haar vader, haar stiefmoeder en haar zusje... Wat zouden ze doen op deze zomeravond? Ze had hen niet meer gezien sinds vóór Kerstmis, de laatste keer dat ze in New York waren geweest. Kate was geneigd het eens te zijn met haar moeder, wier opvatting van hun huwelijk was dat Daniel haar niet zou opmerken als ze niet voor zijn neus stond te zwaaien, maar toch... Ze werd plotseling overvallen door een schuldgevoel en door de angst dat ze de controle zou verliezen over het plan waarvan ze gedacht had dat het waterdicht was. Misschien moest ze gewoon weggaan...

Maar de herinnering aan Mac bleef aan haar knagen. Aan zijn

lange, brede gestalte, zijn heldere ogen, zijn ernstige, vaak zo sombere gezicht, naar haar glimlachend om haar te troosten in haar verdriet. Mac, die haar afhaalde van de ambassade en met haar ging lunchen. Hij zou de volgende dag al vroeg met vakantie gaan. Mac, die haar enige vriend was in Londen, die haar hand had vastgehouden, die... het begreep. Meer dan wie ook, al kon ze niet uitleggen waarom. En te midden van al die tegenstrijdige gedachten viel Kate, die vermoeider was dan ze beseft had, in een droomloze slaap, in het vrij gehorige, miezerige kamertje.

'Dus je woont bij je moeder en Oscar... en je hebt Betty en de mensen van je kantoor. En dat is alles.'

'Ja.' Kate bukte zich om een steentje op te rapen van het grindpad in het St James' Park.

'Dat is alles?'

'Nou ja, en vrienden van mijn moeder en van Betty. En soms is er een feest van mijn werk.' Kate voelde zich in het nauw gedreven. 'Het is... Zo wil ik het nu eenmaal.'

'O, natuurlijk.' Ze keek hem van opzij aan, verbaasde zich weer over de rust die ze voelde als ze bij hem was, zo uitzonderlijk als ze bedacht wat ze samen hadden doorgemaakt.

'Heerlijk is het hier,' verzuchtte Kate. Ze gooide het kiezelsteentje terug op de grond en keek om zich heen. Ze liepen over de Mall, die er vreemd rustig bij lag in de zomeravond; het enige echte verkeer bestond uit groepjes toeristen die op weg waren naar het paleis. Langs de brede avenue wiegden de bomen heen en weer. Vóór hen zag ze de witte façades van de privéclubs van Pall Mall, stuk voor stuk zelf bijna een paleis. Kate kwam hier nooit toen ze nog in Londen woonde, dat deed je gewoon niet, en toen ze naar de man naast haar keek, begreep ze nog steeds niet helemaal wat ze hier eigenlijk deed.

'Hoor je wel eens iets van Sean?' vroeg Mac plotseling.

'Nee.' Ze was verrast dat het antwoord er zo prompt uit kwam. Alsof ze de vraag verwacht had. Hij bleef staan en keek haar aan, en Kate volgde zijn voorbeeld. 'Nooit. Jij?'

'Ze zijn naar Oost-Londen verhuisd,' zei hij kalm. 'Hij heeft me ongeveer een maand geleden een e-mail gestuurd.'

'O.'

'Weet je wat Charly doet?'

'Nee.' Haar stem klonk een beetje onvast, maar ze zei het, kon erover praten zonder overstuur te raken, en dat was al heel wat, dacht ze.

'Nee, het was niet de bedoeling dat ik nog contact met ze zou hebben, maar ik moest Sean wat geld sturen, omdat we hem hadden uitgekocht.'

'We?'

'Mijn vader.' Kate glimlachte flauwtjes. 'Pap en Lisa. Zij hebben Seans aandeel in de flat gekocht. Ik ben ze zo dankbaar. Het Daniel Miller-album van Westlife Covers bleek een gouden greep te zijn. Zie je maar weer hoeveel verstand ik ervan heb.'

'Dat was aardig van hem.'

'Heel aardig. Ze waren geweldig. Lisa zei dat ze geweten had dat ik me niet met hem moest verloven.' Ze lachte kort. 'Wijsheid achteraf, hè?'

'Ja,' zei Mac redelijk. 'Maar iets wat niemand op het moment zelf wil horen.'

'Dat is zo.' Kate staarde naar een meeuw die boven het St James' Park cirkelde.

'Oscar zei die avond hetzelfde tegen me, weet je,' zei hij.

Ze begreep het niet. 'Welke avond?'

'Van de verloving.' Ze staken de brede weg over en lieten het park achter zich. Een fiets verscheen uit het niets, uit een van de zijstraten van de Mall, en kwam snel op hen af. Macs hand schoot uit en greep Kate vast. Kwaad rukte ze zich los.

'Sorry,' zei ze. Even ging er een uitdrukking van irritatie, wrevel over Macs gezicht. Kate zag het, herkende het, en kon het hem niet kwalijk nemen. Misschien was dit een vergissing geweest, dacht ze, en meteen maakte ze in haar hoofd een plan om te ontsnappen naar haar hotel en te gaan slapen.

'Wat zei Oscar op dat verlovingsfeest?' vroeg ze.

Mac keek om zich heen. 'Hetzelfde wat ik zei.'

'Ik... Wát?' Kate schudde haar hoofd. 'Dat herinner ik me niet.'

'O, nee?' vroeg Mac spottend. 'Herinner je je dat echt niet meer?' Hij pakte haar arm beet en leidde haar zacht naar Marlborough Road, de kleine straat die langs het St James' Park naar Piccadilly liep. Het was er rustig, zonder toeristen, en plotseling stonden ze in de schaduw. Ze knipperde even met haar ogen, niet gewend aan het schemerlicht.

'O,' zei ze. De herinnering aan die avond kwam weer bij haar terug.

'Wat heb ik toen gezegd, Kate?' Er lag een geamuseerde klank in zijn stem, maar ook nog iets anders, iets waar ze niet de vinger op kon leggen.

'Je zei dat ik niet met hem moest trouwen.'

'Aha.' Mac knikte alsof ze zojuist iets interessants had geconstateerd. Hij stopte zijn handen in zijn zakken. Zijn gezicht was ondoorgrondelijk. 'Oscar zei dat hij hem onsympathiek vond, en dat mocht híj zeggen omdat ze landgenoten waren. Ik ben erg gesteld op je stiefvader. Ze mogen dan landgenoten zijn, maar ik heb nooit twee mannen gekend die minder op elkaar leken.'

Kate wilde terug naar waar ze het eerder over hadden. 'Dus...'

'Hm, we hebben er een gesprek over gehad. Ik was onder de invloed van alcohol wat scherper, of misschien juist minder scherp, dat hangt ervan af hoe je het bekijkt, maar hij leek me heel verstandige dingen te zeggen. Ik was het met hem eens.'

'Nou, je had gelijk.'

'Ja. Ik heb je zelfs verteld dat je niet met hem moest trouwen.'

'Dat zei je, ja.' Ze hief haar handen op, met de palmen omhoog. 'Inderdaad, ja.'

De vraag kwam haar moeilijk over de lippen, maar ze kon niet anders. 'Wist... Wist je het?'

'Van Sean... en Charly?'

'Ja.' Ze had het nooit geweten, want ze had het nooit willen weten. 'Wist je het?'

Mac stak zijn handen in zijn zakken. Hij keek heel ernstig. 'Ik wist... dat ze met elkaar naar bed waren geweest. Steve had mijn raad erover gevraagd. Ik moest hem zweren dat ik het geheim zou houden. Hij wist niet wat hij moest doen.'

'O,' zei Kate.

'Charly was een obsessie voor Sean, weet je?' zei Mac zacht. 'Het was geen liefde. Het was... verliefdheid. Passie. Het was iets puur fysieks, meer niet. Steve probeerde hem over te halen om ermee op te houden. Haar op te geven. Maar zij was geobsedeerd door hem.'

Kate wilde er verder niets over horen. 'Oké.'

'Nog één ding,' zei Mac. 'Ik geloof echt dat hij van je hield. Hij wilde met je trouwen. Ik denk alleen dat hij er te diep in verstrikt was geraakt en niet wist hoe hij eruit moest komen. Tot...' Hij haalde zijn schouders op, met een pijnlijk verwrongen lachje. 'Ik kan niet anders dan dat geloven, ik weet niet waarom. Anders is het net alsof Steve zijn tijd volledig verspild heeft en die schoft in één dag het leven heeft verwoest van alle mensen van wie ik hou.'

Het bleef even stil.

'Neemt u mij niet kwalijk,' zei een stem achter hen. 'Kunt u mij zeggen waar prinses Diana's paleis is?'

Een echtpaar stond achter hen. De man zwaaide met een slecht op-
gevouwen plattegrond. 'Londen' stond er met grote letters op geschreven, de vrouw droeg een T-shirt met de opdruk 'Paris'.

'O, mijn hemel,' fluisterde Mac. 'Daar,' zei hij kortaf, en hij wees
in de richting van Buckingham Palace. Toen draaide hij zich weer om
naar Kate.

'Kate...'

De man leek niet overtuigd. 'Daar?'

'Ja,' zei Mac.

'Onzin,' zei Kate. 'Kijk...'

'Woonde ze daar toen ze stierf?' vroeg de vrouw met een ongeruste blik op Mac.

'Ja,' zei Mac.

'Onzin,' zei Kate. 'Luister...'

'Ja,' zei Mac vastberaden. 'Kate, ik wilde je wat zeggen,' ging hij
verder.

'Wacht,' zei Kate. Ze kon het niet helpen. Ze keek naar de vrouw
die met een bijna-fanatieke uitdrukking terugkeek. 'Nee. Niet echt.
Dat was Kensington Palace.'

Mac keek haar met opengesperde ogen aan en schudde vertwijfeld
zijn hoofd.

'Hier,' zei Kate, wijzend naar een punt op de plattegrond. 'Daar
was het.'

'Is dit waar de bloemen lagen?' vroeg de vrouw, heftig knikkend.

'Ja, waar de bloemen lagen.'

'Hebt u haar gezien?' vroeg de man.

'Eh, één keer,' zei Kate, bij wie de herinnering terugkeerde.

'U hebt prinses Diana gezien!' De vrouw sloeg haar handen ineen.

'Ja,' zei Kate enthousiast. 'In High Street Kensington.' Naast zich
hoorde ze Mac zachtjes kreunen. 'In Marks & Spencer. Dat is een winkel.' De vrouw knikte opgewonden.

'Ze... Ze was erg mooi.'

'O, ja, dat was ze,' zei Kate. 'Weet u, ik denk dat ze een beetje gek
was, maar goh, ze was beeldschoon.'

'De hartenkoningin!' jubelde de vrouw.

'Weet u,' zei Kate, die een stap naar haar toe deed, 'het was...'

'Oké!' zei Mac, en hij pakte haar elleboog. 'Prettige dag verder.'
Hij trok Kate mee de andere kant op en glimlachte naar de toeristen,
die luidkeels 'Dank u!' riepen. Zwijgend liepen ze verder. De sfeer
was plotseling weer gespannen. Ze hielden stil bij het St James's Park,

dat bijna een roze glans had in het licht van de ondergaande zon. Een zacht briesje woei in Kates gezicht en hals en door haar haar.

'Ik hoop dat ze het kunnen vinden,' zei Kate.

'Hm, zei Mac en hij keek wraakzuchtig naar hun verdwijnende ruggen. 'Ze moeten een beter moment uitzoeken.'

'Wij zijn hier, toch?' zei ze uit de grond van haar hart. Ze legde haar hand op de zijne. 'Wij zijn hier. Dat is het enige wat belangrijk is.'

Ze wendde zich even van hem af, staarde door St James's Street, langs Regency naar Piccadilly. Hij stond vlak achter haar en zei niets, maar Kate voelde dat zijn blik op haar gericht was.

Hij bukte zich en kuste haar blote schouder, ze was zich intens bewust van zijn lippen op haar huid. Hij sloeg zijn armen om haar heen en zoende haar weer, gaf tedere kusjes in haar hals en op haar haar. Ze omarmde hem op haar beurt. Dicht tegen elkaar aan stonden ze in de schaduw van het paleis. Niemand, niet de passerende toeristen, niet de stram in de houding staande paleiswachten, niet het stel in avondkleding dat haastig naar Pall Mall liep, schonk ook maar enige aandacht aan hen. Zwijgend bleven ze staan, in elkaars armen, starend naar wat er in hun omgeving gebeurde.

Eindelijk maakte ze zich los en keek naar hem, naar zijn ogen, zijn gezicht, het gezicht dat ze zo goed kende. Hij opende zijn mond om iets te zeggen, maar Kate wist dat zij de eerste moest zijn die sprak.

'Je bent lief,' zei ze, en ze legde haar handen op zijn borst toen hij haar weer naar zich toe trok. 'Ik heb je gemist.'

'Goed zo,' zei hij en hij zoende haar op haar mond. Ze sloeg haar armen om zijn hals en zoende hem terug.

Om vier uur de volgende ochend, in haar piepkleine kamertje, streek hij met zijn hand over haar buik en trok haar dicht tegen zich aan. Hij streek haar haar, dat krullend rond haar gezicht viel, uit haar ogen en zoende haar opnieuw.

'Zou je het een goed idee vinden als ik niet met vakantie ging?'

Het vreemde van Mac, dacht Kate, was dat niets eigenlijk als een verrassing kwam, een onthulling. Met Sean had ze altijd het gevoel gehad dat ze hem niet kende, zelfs niet in de alledaagsheid van hun leven samen, in de lange tijd die ze met elkaar hadden doorgebracht. Bij Mac wist ze wat er ging komen. Ze had geweten dat hij niet met vakantie zou gaan, had het geweten vanaf het moment dat ze elkaar kusten. Ze liet haar hand over zijn schouder glijden, langs zijn arm, greep zijn vingers beet.

'Prima.' Ze glimlachte naar hem in het donker. Hij haalde diep adem.

'Wanneer moet je terug zijn in New York, Kate?'

Het was donderdag. Donderdag, en ze moest morgen terug zijn op haar werk. Ze zou later op de dag moeten vertrekken.

'Ik... Ik weet het niet.'

'Zeg op.' Hij kneep in haar hand.

'Morgenavond,' zei ze.

Het bleef stil. Buiten hoorde ze de sirene van een ambulance die haastig naar het ziekenhuis reed.

'En als je eens zou jokken?'

'Jokken?' vroeg ze niet-begrijpend. Ze schoof dichter naar hem toe, ze lagen op hun zij, met het gezicht naar elkaar toe.

'Zeg...' Zijn stem klonk zacht in haar oor. 'Zeg dat er een probleem was met je visum en dat je langer moest blijven.'

'Dan kan ik niet,' zei ze onmiddellijk.

'Natuurlijk niet,' was hij het met haar eens. Zijn stem klonk luchthartig. 'Het is alleen dat ik vijf jaar lang van je gehouden heb, Kate. Ik had min of meer gehoopt dat nu... Misschien... Voordat je alles weer verknalt en terugvliegt naar New York, om daar rond te hangen met je moeder en een verzameling verbitterde schrijvers en maffe oude echtparen in je flatgebouw...' Hij fluisterde in haar oor, heel zacht in de doodse stilte van de hotelkamer, zijn lippen kriebelden tegen haar huid. 'Ik hoopte dat we misschien wat meer tijd voor elkaar zouden hebben. Hiervoor.'

'Hiervoor?'

'Voor dit.'

'Wat is dit?' Ze wilde wanhopig graag dat hij haar het antwoord zou geven, maar hij kapte het af toen ze uitgesproken was.

'Dat is van later zorg. Laten we zeggen dat het iets is wat we ons niet kunnen voorstellen, een intermezzo. Wat doet het ertoe wat er later gebeurt?'

Maar ze wist dat hij dat niet meende.

'Blijf, Kate. Ik hou van je. Ga niet terug. Blijf nog één week.'

'Oké.' Ze negeerde het bonzen van haar hart. 'Ik zal het doen.'

'Wil je het ook?'

Het leek alsof iemand alle lucht uit haar longen had weggezogen, alsof haar borst en haar hart, de dienst weigerden. Alsof ze alle gevoel voor realiteit verloor. Ze knipperde met haar ogen in een poging zich te beheersen. Ze legde haar hand tegen zijn wang.

'Meer dan je je kunt voorstellen.'

Dat is van later zorg. Ik hou van je.
Meer dan je je kunt voorstellen.
Ik heb vijf jaar lang van je gehouden, Kate.
Vijf jaar, Kate.
Blijf, Kate. Ik hou van je.
Blijf.
Oké. Ik zal het doen.
Blijf.

Als ze niet in bed lagen, wandelden ze door het park, en als ze niet in het park liepen, zaten ze in een café ergens tussen het park en haar hotel, Bayswater of Marylebone. In de hitte van juli viel niemand hen lastig. Op de massa's na die zich verdrongen in Westminster Abbey of Madame Tussaud of de Tower of Londen, was de stad leeg. Ze gingen een keer vroeg in de ochtend naar de Turbine Hall in het Tate Modern, maar die was stampvol bezoekers, terwijl het enige wat ze wilden was van elkaars gezelschap genieten. Dus maakten ze in plaats daarvan een wandeling langs de rivier, naar de oude werven rond Blackfriars Bridge, voorbij de Oxo Tower. Ze liepen verder naar Borough Market, waar ze pasteitjes en koude limonade kochten en picknickten op de banken voor de Southwark Cathedral. Ze liepen door Marylebone High Street, laverend tussen pubs in smalle straatjes. Op een terrasje aten ze Libanees voedsel, hummus met stukjes lamsvlees en pitta, ze wandelden over Clerkenwell Road, stopten om koude rosé te drinken in chique bars die gewoonlijk het trefpunt waren van werkende mensen. De stad was van hen, niemand stoorde hen en zij stoorden niemand.

Helemaal niemand, alleen zij beiden. Zoe was naar Edinburgh om Mac en Steves ouders te bezoeken, Francesca was met een paar vriendinnen op vakantie in Italië – wat een geluk. Ze had via een e-mail vastgesteld dat haar vader in de opnamestudio was; Dani en Lisa waren bij Lisa's ouders in Cornwall. Die zomer waren zij en Mac alleen, en ze wist niet wat er zou gebeuren. Maar bij uitzondering kon het Kate, de verstandige, verlegen Kate, niet schelen. Ze dacht alleen maar aan hem.

Zijn lachende, vriendelijke ogen... hoe had ze ooit kunnen denken dat ze kil waren?

Zijn kalme, autoritaire optreden: het hotel probeerde haar te veel te berekenen toen ze haar verblijf verlengde, tot Mac zich ermee bemoeide. Zijn methode van onderhandelen was veel en veel beter dan die van Kate (die eruit bestond dat ze zich opwond en woedend werd), en uiteindelijk betaalde ze een habbekrats voor het kleine, heerlijke kamertje dat hun hele wereld was geworden.

De manier waarop hij lachte – écht lachte, met hulpeloze uithalen en kreten die zijn hele lijf deden schudden, als ze hem een verhaal vertelde dat hem amuseerde – over Betty's nieuwe vriendje, of over vroeger, of over iets wat haar was overkomen in New York.

Hoe hij soms zo diep kon zuchten in zijn slaap – haar hart brak bijna als ze hem in rust zag, zo vreemd kwetsbaar. Ze wilde voor hem zorgen, hem beschermen, voorkomen dat hij ooit nog gekwetst werd, zeker door haar.

Zijn handen op haar lichaam... ze zag hoe hij ze over haar heen bewoog, keek naar hem, naar zijn gezicht, en ze wist dat ze nooit meer gelukkig kon zijn als hij niet bij haar was. En toen de dagen voorbijgingen, en een tweede week zich aankondigde, en ze stopten met dromen en beseften dat ze een of ander plan moesten maken, keerden de nachtmerries terug.

Ze had die voortdurend gehad na Steves dood, en alleen haar vertrek naar New York had er een eind aan gemaakt.

Ze droomde dat ze terug was in het eettentje waar ze die dag geweest waren, in een heel klein Italiaans restaurant in Soho, waar ze ravioli met salie en boter aten en rode wijn dronken, en waar ze Mac tussen het eten door zoende. En dan verscheen Charly aan het tafeltje naast haar, en daarna Sean. Of ze liepen langs het raam en staarden naar binnen. Ze zeiden nooit iets, sloegen haar alleen maar met een demonische glimlach gade. En ze wist nooit wanneer ze hun opwachting zouden maken. Soms leek de droom een oneindige tijd te duren, en pas aan het eind van de herinnering aan haar heerlijke wandeling met Mac in Battersea Park, kwam Charly plotseling nonchalant achter een boom vandaan, haar lange haren wuivend in de zomerse bries. En dan werd Kate wakker, transpirerend, bang. En werd opnieuw de herinnering aan een prachtige dag met Mac bedorven. Ze kon niet slapen, en hij merkte het niet, kon haar niet helpen, en ze haatte hem daarom.

Een paar dagen lang negeerde ze de stem in haar hoofd die gif in haar oren druppelde, maar ze wist dat het slechts een kwestie van tijd was voor ze eraan toegaf.

Toegaf dat als ze echt van Mac hield, de enige manier om hem geen verdriet te doen was nu weg te gaan.

Het werd steeds warmer naarmate augustus dichterbij kwam. Ze hadden nu bijna twee weken samen doorgebracht, nauwelijks een moment van elkaar gescheiden behalve om naar de wc te gaan of als Mac terug moest naar zijn flat om nog wat kleren te halen. Het kleine, kale hotelkamertje en het Londen vol toeristen was hun wereld. En ook al werd hun kamer iedere dag schoongemaakt, kleren, schoenen, bezittingen zwierven in het rond als ze 's nachts lagen te slapen, het beddengoed eraf gegooid, Macs arm over Kate heengeslagen.

Ja, was Kates conclusie als ze naast hem lag en naar hem keek tijdens die benauwde, bedompte, donkere nachten. Hij houdt van me. Ze wist het.

Maar Kate wist ook dat, al dacht Mac dat hij haar vergeven had, het slechts een kwestie van tijd was voor hij haar zou gaan haten, haar zou verwijten dat zij de dood van zijn geliefde broer had veroorzaakt. Dat ze haar beste vriendin, zijn schoonzus, tot weduwe had gemaakt... al die dingen. Het zou gebeuren. Het lag nu nog ver in de toekomst, maar het zou gebeuren, en langzamerhand zou het alles vergiftigen... daarom had ze Londen om te beginnen al verlaten. Ze had geprobeerd zich van alles te distantiëren, een oceaan tussen hen geplaatst, en nu begon het zich te wreken.

In de laatste paar dagen van hun samenzijn had Kate steeds minder geslapen, en Macs arm over haar lichaam, haar schouders, begon steeds zwaarder te wegen, en de nachtmerries kwamen steeds regelmatiger terug, en het weer werd vochtig en vrat nog meer aan haar zenuwen, en Mac oefende een steeds grotere druk op haar uit. Ze kon voelen dat hij zich aan haar vastklemde, zelfs als ze probeerde hem weg te duwen, ze wist dat hij geruststelling zocht omdat hij voelde dat ze hem afwees. Hij zoende haar, trok haar dicht naar zich toe, spreidde haar benen om bij haar binnen te komen, en ze liet het toe, verlangde wanhopig naar hem, deed haar best het niet uit te schreeuwen omdat ze zoveel van hem hield, zelfs al wilde ze dat hij haar alleen zou laten. Alleen, op zichzelf, zodat ze niet gehinderd werd door hem en haar gevoelens voor hem.

Dus moest ze weg.

De vraag was hoe. En wanneer. En op een avond, de dertiende avond dat ze terug was in Londen, wist ze het plotseling.

'Ziek? Je moeder? Hoe... Wat bedoel je?'

'Ze is vandaag flauwgevallen. In Saks. Ze stootte haar hoofd, ze is bewusteloos.' Kate stond aan de andere kant van het bed en deed haar best niet in paniek te raken. 'Er gaat een vliegtuig om zeven uur. Ik heb iemand gesproken bij Virgin. Ik heb geboekt.'

Mac was naar zijn flat gegaan om nog meer kleren te halen, zijn post en e-mail door te kijken, een paar boodschappen te doen. Hij had haar achtergelaten in de onwerkelijke wereld van het hotel, en had beloofd dat hij om drie uur terug zou zijn.

Maar toen hij kwam, was het om tot de ontdekking te komen dat alles veranderd was: Kate was omringd door haar kleren. Ze keek hem aan met rode ogen, merkwaardig afstandelijk.

Hij streek met zijn handen door zijn haar. 'Kate! Dit is afschuwelijk!' Hij liep naar haar kant van het bed terwijl ze de paar veelgedragen kleren in haar reistas stopte; aan elk ervan kleefde nu een herinnering.

'Wat zei Oscar?'

'Hij zei dat ik naar huis moest komen. Hij komt me afhalen van het JFK.'

De zonnejurk van zwarte broderie anglaise; die had ze aan toen ze een boot hadden gehuurd op de Serpentine. Mac had geroeid, Kate had hem verhalen voorgelezen van Sherlock Holmes en hem slokjes wijn gegeven.

Ze zag hoe hij zijn armen om zich heen sloeg, met zijn handen onder zijn oksels, zijn lichaamstaal gespannen, paniekerig. 'Maar wat vinden ze ervan... Zal ik met hem praten of met iemand van het ziekenhuis, om te weten te komen wat er aan de hand is?'

'O, nee. Nee, Mac, alsjeblieft niet. Ik moet gewoon naar huis. Ze denken dat het in orde komt, dat ze alleen maar een hersenschudding heeft, maar...'

De blauw met witte stippelblouse die ze aanhad op de avond dat het pijpenstelen regende, vijf dagen geleden; nat, doorweekt tot op het bot hadden ze het opgegeven om te proberen droog te blijven en waren teruggehold naar het hotel, zijn witte T-shirt bijna doorzichtig, haar haar in natte sliertjes, allebei onderdrukt, bijna hysterisch lachend.

Hij keek haar aan met een blik vol emotie, medeleven, bezorgdheid voor haar. Ze haatte dat, haatte hem om die gevoelens, haatte zichzelf omdat ze die bij hem wekte. Hij kwam naar haar toe en sloeg zijn arm om haar heen.

'O, Kate – lieveling...'

De rok die ze aanhad toen ze hem die eerste dag zag; ze beet op haar lip, boog zich over het bed toen hij haar losliet en haar handen in de zijne nam.

'Ik wou dat je niet wegging. Zal ik met je meegaan?'

Even leunde Kate tegen hem aan, gaf zich een ogenblik over aan de gedachte hoe ze zich zou voelen als ze ja zei. Als ze gewoon toe zou geven. Ja zou zeggen, ga met me mee, blijf bij me, laat me bij jou blijven. Ik hou van je, ik wil bij jou zijn, voor altijd. Hou van me, laat mij van jou houden.

Ze liet de woorden rondgaan in haar hoofd, onuitgesproken. Maar ze moest gaan, en als hij erachter kwam hoe ze tegen hem had gelogen, zou hij haar haten. En als ze weer terugkwam in Londen zou hij haar pas goed gaan haten, denken dat ze gek was, en dan zou haar taak voltooid zijn.

Twee jaren van alles verdringen, heel diep wegstoppen, gevoelens van schuld en rouw, niet alleen om de dood van haar vriend, maar voor de gebroken levens die ze achterliet, werden haar eindelijk te machtig. Ze wist het. En nu vond ze het fijn om gek te zijn. Zo ellendig voelde ze zich.

'Ik breng je naar de luchthaven,' zei Mac.

Kate woelde door haar haar. 'Nee.'

'Natuurlijk wel.'

'Nee.' Ze was verrast door haar stem. Ze draaide zich naar hem om. 'Alsjeblieft, Mac. Breng me naar Paddington en zet me op de Heathrow Express. Ik haat luchthavens. Ik wil daar geen afscheid van je nemen. Alsjeblieft.'

Dat was waar, het was de enige waarheid die ze had gesproken sinds hij was teruggekomen, en hij besefte het niet. Maar hij knikte verward.

'Natuurlijk.'

Ze wachtte tot ze in de trein zat. Hij stapte zelfs met haar in en legde haar koffers in het bagagerek. Hij had de conducteur weten over te halen hem zonder kaartje door te laten. Ze probeerde niet te huilen toen hij haar zoende, haar vertelde dat hij van haar hield.

'Ik kom zo gauw ik kan,' zei hij en hij gaf haar een zoen op haar haar, zoals hij had gedaan toen ze elkaar de eerste keer kusten voor St James' Cathedral. 'Bel me als je er bent, dan bel ik meteen terug.'

'Pardon, meneer,' zei de vriendelijke conducteur die hem samen met haar had laten instappen. 'We staan op het punt om te vertrekken. U zult moeten uitstappen.'

Hij stond op. Zij stond niet op. Ze zei slechts: 'Het spijt me.'

Hij keek haar verbaasd aan.

'Dag,' zei ze. 'Mac...' Ze stak haar hand uit. 'Ik heb je een brief geschreven. Daarin heb ik alles uitgelegd.'

'Deze trein staat op het punt om te vertrekken. Blijft u alstublieft uit de buurt van de sluitende deuren.'

'In de la van het nachtkastje. In het hotel. Het spijt me.'

Hij keek nog verwarder toen de deuren dichtgingen, en Kate leunde achterover, wilde niet opkijken om te zien of hij haar gadesloeg. Ze beefde zo hevig dat ze bang was dat ze misselijk zou worden. De trein reed weg, reed langzaam het station uit, en ze keek niet één keer om.

Lieve Mac,

Mijn moeder is niet ziek, dat heb ik verzonnen omdat ik weg moest. Het spijt me. Ik kan niet bij je blijven, niet op de manier zoals ik zou willen. Het zou heerlijk geweest zijn, maar het kán gewoon niet. Niet na alles wat er gebeurd is, maar vooral niet vanwege Steve. Kun je dat begrijpen?

Je zult me nu ongetwijfeld haten, maar trek je dat niet aan. Na alles wat ik je heb aangedaan zou het raar zijn als je dat niet deed.

Je zult nooit weten wat deze laatste twee weken voor me betekend hebben. In een ander leven hou ik van je.

Kate

Deel IV

36

Het was over vijven toen Kate wakker werd. Ze bleef in het donker liggen in haar flat en staarde in het niets.

Hoe lang wist ze niet, maar na een tijdje besefte ze dat Mac ook wakker was. Hij haalde diep adem, half in slaap, maar hij sliep niet. Ze wist het omdat zij ook niet sliep, en ze herinnerde zich hoe goed hij vroeger had geslapen, in die laatste zomer, terwijl zij wakker lag, wachtend tot het licht zou worden. Maar ze verroerde zich niet, ze wilde stil in zijn armen blijven liggen. Ze wilde zijn lichaam naast het hare voelen met hun benen ineengestrengeld, tussen slaap en wakker zijn in, ze wilde dit gevoel van veiligheid behouden en het daaropvolgende stadium van onzekerheid zo lang mogelijk uitstellen, tot het ochtendgloren door de jaloezieën naar binnen scheen

Ze draaide zich om, zodat haar rug tegen zijn borst drukte, en hij sloeg zijn arm om haar heen. Kate knipperde met haar ogen, die nu al pijn deden van vermoeidheid. Waarom had ze het zover laten komen?

Omdat het altijd zo zou gaan, zei een stemmetje in haar hoofd. Omdat er nog een onafgedane kwestie is tussen jullie.

Ze staarde naar de verfrommelde rand van het dekbed.

Omdat je eenzaam bent.

Omdat hij dat begrijpt.

Maar dat deed hij niet, dat was nu juist het probleem. Hij drong zich in haar privéruimte, bracht het verleden terug en maakte haar elke keer opnieuw van streek.

En zij hem. Het was als het korstje van een oude wond, dacht ze. Ze kon er niet afblijven, krabde eraan, wilde alles wat het bedekte openleggen.

Mac bewoog zich naar haar toe, trok haar dichter tegen zich aan, zodat er niets meer tussen hen was. Ze kon hem tegen haar dijen voelen, zijn spieren tegen haar rug. Hij zuchtte, ze wist niet of het bewust was of niet. Hij kuste haar zacht op haar schouder, de achterkant van haar hals en streelde haar arm, en lag toen weer stil. Stil en onbeweeglijk bleven ze liggen in de donkere kamer. Kate staarde weer voor zich uit en een koude, dikke traan rolde op haar kussen. Dit, deze tederheid, was wat ze het minst kon verdragen. Daarom was ze uit Londen vertrokken. De angst voor complicaties, verwikkelingen.

Toen deed Mac zijn mond open.

'Je bent wakker, hè?'

Kate schraapte haar keel. 'Ja.'

Ze draaide zich om en wreef in haar ogen, probeerde zich slaperiger voor te doen dan ze was, want in werkelijkheid tolden de gedachten, de mogelijkheden, door haar hoofd. Maar na een ogenblik zei ze: 'Hoe voel je je?'

Ze boog zich naar hem toe en gaf hem een zoen ergens op zijn kin. Hij reageerde niet, gaf geen antwoord. 'Hm,' zei ze en ze sloot bij wijze van grap weer haar ogen. 'Hé. Voel je je goed?'

Hij legde zijn hand om haar nek en trok haar naar zich toe. 'Ja, ik dacht alleen maar na.' Hij zoende haar rug.

'Waarover?' vroeg Kate. Hij zweeg weer. 'Nou?' Ze gaf hem een duwtje. 'Hé. Praat eens tegen me. Waarover?'

'Je flat. Ik krijg eindelijk je flat te zien.'

'Ja, natuurlijk. Je bent hier nog nooit geweest, hè?'

'Nee. Je was hier met Sean... en toen, later...'

Later.

'Bevalt hij je tot dusver?' zei ze zachtjes in zijn oor terwijl hij haar weer dichter naar zich toe trok. 'Bevalt het je wat je hebt gezien?'

Ze raakte hem aan, op een manier waarvan ze wist dat hij het prettig vond, iets wat alleen zij wisten.

'Hm?' Hij duwde haar weg, maar toen zuchtte hij en lachte zacht. 'O, Kate.'

'Ik zoek een nieuwe huurder,' zei ze. Ze drukte zich tegen hem aan, trok zijn armen om haar heen, voelde zich kalmer worden toen hij reageerde.

'Dat is toevallig,' zei hij. Hij knabbelde aan haar oor. 'Ik ben op zoek naar een flat om te huren.'

'Dat weet ik. We moeten het er eens over hebben. Ik kan je korting geven. Een vriendenprijsje.'

'Hm. Kates vriendenprijsjes.' Hij zoende haar op haar mond, haar hals, haar oor. 'Alleen... Ik geloof niet dat we vrienden zijn. Jij?'

'Wat jammer dat je er zo over denkt,' zei Kate. Ze liet zich boven op hem rollen, streek met haar handen over de spieren in zijn schouders. 'Het zou al mijn problemen oplossen.' Ze kuste hem, woelde met haar handen door zijn korte, borstelige haar. Hij verstarde.

Hij bleef roerloos onder haar liggen, duwde haar toen zachtjes van zich af. 'Leuk. Altijd hetzelfde liedje.'

'Hoezo?'

'Je gaat echt weer terug, hè?'

Ze had het gevoel dat hij haar handig wilde manoeuvreren. 'Wat bedoel je?'

'New York. Je wilt terug. Alweer. Ja toch?'

'Dat weet je.'

Hij duwde haar hand weg. 'Verdomme, Kate.' Hij ging rechtop zitten. Ze staarde hem verbaasd aan. 'Goeie god. Je wilt het ook nooit onder ogen zien.'

'Mac...!' Kate kwam ook overeind en keerde zich, steunend op één hand, naar hem toe. 'Jij was degene die gisteravond zei dat het een onenightstand was!'

Hij keek woedend en de woorden leken met geweld uit hem te worden getrokken. 'Natuurlijk is het geen onenightstand!'

'Schreeuw niet tegen me!' zei ze net zo kwaad als hij. 'Schreeuw niet. Je hebt gezegd dat het een onenightstand was! En ik zei dat we het niet moesten doen, dat het te veel pijn en verdriet zou doen, en jij zei alleen maar: "Nee, Kate, geef eraan toe, het is maar voor één nacht." En nu verwijt je mij dat ik over een paar dagen wegga. Hemel, Mac, zo doen mannen niet volgens de datingboeken!'

'Wat bedoel je?' Hij keek haar met een ijskoude blik aan.

Kate knielde voor hem neer, haatte het plotseling dat ze naakt was. Ze wikkelde het dekbed om haar lichaam. 'Waarom doe je dit, waarom probeer je me in een hoek te dringen, terwijl je gisteravond duidelijk zei dat het maar voor één nacht was?'

'Hoor eens, er is nooit sprake geweest van één nacht. Praat niet alsof je een advocaat bent, Kate. Hou op met om de essentie heen te draaien. En die essentie ben jij, Kate. Je loopt altijd weg. Die eerste nacht die we met elkaar doorbrachten.'

'Toen ben ik niet weggelopen!' Kate begon nu zelf bijna te schreeuwen. 'Jij liep weg! Je ging met me naar bed en toen ging je naar dat verdomde Schotland en je belde zelfs niet!'

'Dat hoefde ik ook niet, wel?' gooide hij eruit. 'Een week later neukte je met je huisgenoot, dus wat deed het ertoe?'

Ze legde haar handen voor haar ogen, probeerde de herinnering te verdrijven. 'Dat is niet waar...' zei ze.

'Ik ben zelfs op je verlovingsfeest gekomen. Ik zei je toen dat je niet met hem moest trouwen.'

'Dat bedoel ik nou!' schreeuwde Kate. 'Doe niet zo belachelijk! Jij wilt altijd alles naar je hand zetten, Mac. Wat had ik moeten doen? Hem waar iedereen bij was aan de kant zetten, alleen omdat jij na twee jaar plotseling uit het niets komt opdagen en halfdronken begint te insinueren over een of ander duister geheim? Ik dacht dat ik van hem hield! Ik dacht dat hij de ware was!'

'Maar dat was hij dus niet,' zei hij grimmig.

'Precies,' zei ze bevend. 'Ik heb nooit van hem gehouden zoals ik van jou hou. Nooit. Dus waag het niet me een schuldgevoel op te dringen!' Ze wendde zich van hem af, maar hij ging door, negeerde haar uitval.

'Kate, je bent zelfs weggelopen na het overlijden van Steve, en ik dacht dat jij de enige was die me zou kunnen helpen eroverheen te komen.' Hij sloeg met zijn vuist op de matras. Het gaf een dof, ruisend geluid.

'Dacht je dat echt?' fluisterde ze. 'Maar ik was wel de laatste die je...'

'En verleden jaar, toen we alles hadden wat we konden verlangen, deed je het weer.' Mac wreef over zijn gezicht, krabde over de schaduw op zijn kin. 'Alles. Ik hield mezelf voor dat je beschadigd was, dat je een moeilijke tijd achter de rug had. En nu, nu we samen in bed liggen, dacht ik werkelijk dat, ondanks alles wat we gisteravond gezegd hebben, het duidelijk was dat we bij elkaar horen. En dan draai je je om en bied me je verdomde flat aan.'

'O,' zei ze. 'Oké.'

'Ik snap je niet, Kate.' Hij stond naast het bed en keek haar strak aan. 'Ik snap je gewoon niet.'

'Nee,' zei Kate. 'Jij denkt dat je alles kunt fixen, en je snapt niet dat je dat niet kunt.'

'Wat bedoel je daarmee?'

Ze klom naakt uit bed, met haar rug naar hem toe en trok haar blauwfluwelen ochtendjas aan. Toen ging ze voor hem staan en zei: 'Ik ben weggelopen omdat ik de dingen voor mezelf op een rijtje moest zetten. Ik weet dat het lullig klinkt, maar zo was het.'

'Maar Kate... dat had je niet hoeven doen.'

'Maar zo was het nu eenmaal.' Ze wreef over haar neus. 'Mac, luister naar me. Ik ben degene die die dag dood had moeten gaan. Niet Steve.'

Hij kromp ineen. Ze vond het verschrikkelijk dit tegen hem te zeggen.

'Zo is het niet.'

'Zo is het wél.' Ze kwam dichter naar hem toe. 'Hij duwde mij opzij. Hij redde mijn leven. Ben je dat vergeten?'

302

'Dat doet er niet toe,' zei hij. Maar ze hoorde de aarzelende klank in zijn stem, en dat was voor haar voldoende. 'Kate, wat er is gebeurd, kun je niet terugdraaien. Dat moet je accepteren.'

'Ik héb het geaccepteerd,' zei ze heel kalm. 'Nu ik terug ben, merk ik dat ik eraan gewend raak. Maar dat wil niet zeggen dat ik me niet elke dag schuldig voel. Zie je dan niet dat het onmogelijk is dat wij bij elkaar zijn? Er zijn nu eenmaal dingen in het verleden waar je domweg niet overheen kunt komen. De rest van je leven zul je van Steve, van Zoe, houden. Maar als ik er niet geweest was, zou je leven heel anders zijn geweest. Beter.' Ze legde haar hand op zijn borst en hij greep die stevig vast. 'Ik wou dat ik dat kon veranderen. Meer dan wat ook. Maar het is de waarheid, en die kun je niet veranderen, hoe graag je het ook zou willen.'

Hij kneep in haar hand. 'Zo mag je het niet bekijken, Kate.'

'Maar zo bekijk ik het wel,' fluisterde ze. 'Het is niet anders. Je hebt de keus: je broer of de vrouw die verantwoordelijk was voor zijn dood.' Haar keel was droog, ze kon niet slikken.

Werd het lichter in de kamer of verbeeldde ze zich dat? Ze bleven doodstil, geen van beiden wilden ze zich bewegen, de volgende stap doen. Ze kon zijn hart voelen kloppen. Ze hoopte vertwijfeld dat hij het zou begrijpen.

'Ik begrijp het niet,' zei hij ten slotte. Hij liet haar hand los, die zwaar omlaagviel langs haar zij. 'Ik heb zo mijn best ervoor gedaan.'

Ze haatte de manier waarop hij haar in een hoek dreef, zoals die nachten aan het eind van de zomer als ze niet kon slapen, vastgepind onder zijn gewicht en het gewicht van haar gevoelens voor hem. 'Wat wil je, een beloning?' vroeg ze op scherpe toon.

'Waarom stoot je mensen altijd af?' zei hij, terwijl hij zijn overhemd aantrok en haastig dichtknoopte. 'Waarom wil je niet dat iemand voor je zorgt? Om je geeft?'

'Doe niet zo neerbuigend,' zei ze kwaad. 'Je weet dat het daar niet om gaat. Het gaat erom dat jij de dingen altijd probeert te regelen zoals jij dat wil.'

'Wat is daar mis mee?' Hij trok zijn jasje aan. 'Je hebt een verdomd vreemde manier om de dingen te bekijken, Kate. Ik probeer je te helpen.'

'Jij hebt een verdomd vreemde manier om te helpen,' zei ze bitter. Hij keek haar weer aan. Ze waren slechts enkele centimeters van elkaar verwijderd. 'Doe niet zo huichelachtig.'

'Hoezo doe ik huichelachtig?'

'Omdat je met me meegaat hierheen en we seks hebben en het fantastisch is en we weten dat het een onenightstand is en dan maak je weer dat ik me ellendig voel,' zei Kate gesmoord. 'Dat doe je altijd. Dat doe je altijd.'

'Dat noemen ze het leven, Kate!' zei Mac heftig. 'Zo is het leven! je kunt jezelf niet eeuwig opsluiten. Je kunt je hart niet in een kluis stoppen en hopen dat niemand het aanraakt, dat niemand bij je in de buurt komt! Je kunt niet met me naar bed gaan alleen voor wat menselijk contact zonder de consequenties daarna.' Hij legde zijn handen tegen zijn voorhoofd, masseerde het met zijn knokkels. 'Goeie god. Dit is krankzinnig.'

'Ik denk dat je maar beter weg kunt gaan,' zei Kate.

'Ik ga inderdaad weg. Maak je geen zorgen. Ik heb mijn les geleerd, Kate. Eindelijk.'

Ze pakte de sleutels van haar flat die op de kast lagen. Haar blik viel op de post. Ze had die meegenomen toen ze de vorige avond terugkwamen, over elkaar heen struikelend in de gang, met zijn handen onder haar jas, beiden dronken van de belofte van de komende nacht. Ze had de brieven verfrommeld in haar hand, ze neergegooid toen ze binnenkwamen... Ze pakte het stapeltje weer op.

Kate Miller
Flat 4
Howard Mansions
London W9

'Nee...' fluisterde ze, en ze beet snel op haar tong.

'Wat is er?' vroeg Mac. 'Wat is dat?'

'Niks.' Kate haalde snel de brief eruit. 'Rekeningen.'

Hij keek nieuwsgierig naar de envelop in haar hand. 'Ik ken dat handschrift. Van wie is die brief?'

Charly schreef aan haar en zij was degene die de klappen kreeg. Nee. Niet opnieuw.

'Van Charly.' Hij pakte de brief uit haar hand. 'Ze heeft me geschreven.'

'Ze... Wat?' Hij verstarde, de brief half geopend.

'Ze verwacht een baby. Mac, ze is...'

Hij sloeg haar gade. 'Heeft ze je dat verteld?'

'Ja, ze is zwanger. Dat stond in de eerste brief.'

'Wat stond in de andere?'

Ze had het koud in haar ochtendjas, het was nog pikdonker. En hij stond voor haar, aangekleed, op het punt om weg te gaan. Ze wilde hem de flat uit hebben, nu meteen.

'Kate, wat staat er in die brieven?'

'Dat is mijn probleem. Laat mij dat maar oplossen.'

Afgedaan, single, wonend bij je mammie. Ik heb altijd gezegd dat je een loser was, toch?

'Vergeet het,' zei Mac weer. Zijn stem klonk afschuwelijk in de oren. 'Je hebt gelijk. Het is allemaal te gecompliceerd. Het is voorbij. Ik heb er genoeg van te proberen je te helpen herstellen.'

'Ik hoef niet te herstellen!' zei Kate bijna krijsend. 'Ik ben verdomme niet een van je patiënten! Laat me met rust!'

'Dat zal ik zeker doen.' Hij pakte zijn tas en draaide zich naar haar om. 'Je had gelijk, Kate. Ik zie het nu in. Dit zou op een ramp zijn uitgedraaid. Bedankt dat je hebt aangetoond dat ik het mis had. Het heeft even geduurd, maar ik ben blij dat je gelijk had.'

Ze hoorde de voordeur zacht dichtvallen. Het was nog niet eens licht, en hij was verdwenen. Kate deed het licht uit, kroop weer in bed, bevend over haar hele lichaam. Ze had het ijskoud en kon niet ophouden met rillen, zelfs al had ze dat gewild. Ze had de brief nog in haar hand. Het licht door de jaloezieën viel in zwarte en witte strepen op het slordige handschrift.

Kate,

Je hebt me niet gebeld, Kate. Ik heb je nu vier keer geschreven, en niks. En ik wed dat je je afvraagt hoe we wisten dat je terug bent, hè? Zou je niet willen weten WIE HET ME VERTELD HEEFT? Nou, als je niet eens de beleefdheid hebt me te bellen, zal ik er iets aan moeten doen. Ik zal je moeten komen opzoeken. Wees maar niet bezorgd, ik ken het adres. Tot gauw.

Charly

37

Toen het eindelijk ochtend werd had Kate het nog steeds koud. Ze had niet genoeg winterkleren en hupte door de flat om warm te worden. Onder in de kast, onder een paar oude gymschoenen, lag een ingedeukte vilthoed. Ze zette hem dankbaar op en ging voor haar computer zitten. Ze was doodmoe, maar ze redeneerde dat ze niet beter verdiende. Met een uit ervaring geboren zekerheid wist Kate dat het een paar dagen zou duren voor de gebeurtenissen van gisteravond, van vroeg die ochtend, in alle hevigheid tot haar zouden doordringen. Op het ogenblik voelde ze zich alleen maar halfverdoofd.

Ze schonk koffie in en opende haar e-mails. Als ze iets nodig had om wakker te worden, dan was dit het.

De eerste e-mail luidde:

Beste Kate,

Ik hoop dat het goed gaat met je vader; doe hem mijn groeten. Ik heb een paar berichten achtergelaten op je mobiel en je een aantal e-mails gestuurd, omdat ik nog niet van je heb gehoord wanneer je terugkomt naar je baan bij Perry & Company. Wil je alsjeblieft zo gauw mogelijk contact met me opnemen, anders zal ik je arbeidscontract per eind van deze week als geëindigd beschouwen.

Vriendelijke groeten,
Bruce Perry

De tweede luidde:

Lieverd!? Waar ben je?!! Ik heb je al in dagen niet meer gesproken, wat heb je uitgespookt? Hoe is Londen? Ik zag gisteren in The Times een foto van Hyde Park met bloeiende narcissen. Dat deed me denken aan de tijd toen jij nog klein was en we na je fluitles door Kensington Gardens wandelden, weet je nog? Ik ging met je naar Barkers om in het café te lunchen, na je overgangsexamen naar de vierde klas, ja toch? Ik miste Londen plotseling verschrikkelijk. Mal, hè? O, lieverd ik mis je!! Bel me alsjeblieft, laat me weten dat het je goed gaat. Oscar stuurt je een paar stevige knuffels, hij staat achter me terwijl ik dit schrijf. *Schat, nog één ding, je bent toch terug voor zijn 60ste verjaardag, hè?* (Hij staat nu niet achter me.) *Hij zou het vreselijk vinden als je er niet was, Ik moet ervandoor, lieverd* xxxxxxxxxxxxxxxxxxx *mammie*xxxxxxxxxxxxxxxxxxxxxxxxxxxxxxx

En het derde was die ochtend om acht uur verzonden, met het onderwerp 'Perfect' en luidde simpel:

Kate. RAAK! Je hebt de spijker op zijn kop geslagen. Ik vind het artikel geweldig. Ik wist dat je het kon. Het is fris, leuk, het is allercharmantst! Onze lezers zullen het prachtig vinden.
Ik wil met je praten over een contract. En je volgende column voor ons. Boek nog geen vliegtickets! Bel me zodra je dit gelezen hebt.
Sue

Kate leunde naar achteren en strekte haar handen hoog boven haar hoofd, tot ze pijn in haar zij kreeg. Ze trok haar knieën op onder haar kin en haar rok over haar knieën. Haar hart ging wild tekeer. Ze had geweten dat die e-mail van Bruce zou komen. Ongeveer de hele afgelopen week had ze telefoontjes van het agentschap gemeden, met de gedachte dat het daar prima ging zonder haar en dat de ware reden waarom Bruce contact met haar zocht was dat hij haar wilde ontslaan en vervangen door de aanhankelijke, brutale Lorraine. Maar nu... peinzend beet ze op het topje van haar vinger. Had ze werkelijk het lef Bruce te e-mailen en hem te vertellen dat hij de pot op kon met zijn baantje? Was dat niet hetzelfde als zeggen dat ze niet terugging naar New York?

Ze wist dat dat niet waar was. Nee, als ze de laatste paar weken iets geleerd had, dan was het dat ze dit werk niet meer moest doen. Ze moest dapper worden en eropuit gaan, niet blijven hangen bij Perry & Co. Ze had rustig en ijverig gewerkt, maar niet met hart en ziel. Ze hield van geen van de boeken die Bruce vertegenwoordigde, ze geloofde niet in de wereld van Perry & Co. waar alles draaide om één auteur – Anne Graves – een auteur die lang geleden al was gestopt met te trachten goede boeken te schrijven en zich ermee tevreden stelde halfbakken werk te leveren, jaar na jaar, steeds weer, omdat miljoenen mensen in de Verenigde Staten door haar uitgevers ervan werden overtuigd dat ze op haar naam af konden gaan. Ze mocht Doris niet, en Doris haatte haar. Ze was er vrij zeker van dat Bruce haar ook niet bijzonder aardig vond, het trof haar plotseling als een vaststaand feit. Het was geen baan die haar aan het hart lag, waarom had ze zichzelf dan toegestaan het zo lang vol te houden?

Gisteravond had ze tegen Mac gezegd dat ze eindelijk bezig was de dingen op een rijtje te zetten. Hoog tijd om dan ook het woord in de daad om te zetten. Ze klikte op 'Beantwoorden' en tikte een lange, verontschuldigende e-mail aan Bruce waarin ze de volle verantwoordelijkheid nam voor haar gedrag en hem bedankte voor alles. Ze schreef ook nog een gewone kaart, die ze adresseerde en waar ze een postzegel op plakte. Goed. Klaar. En het gaf een goed gevoel. Bevrijdend zelfs.

Ze was halverwege een antwoord aan haar moeder, waarin ze haar zo vriendelijk mogelijk op het hart drukte om zich kalm te houden, toen de telefoon ging. Kate keek op haar horloge. Het was halfelf. Ze werd pas om een uur of drie bij haar vader verwacht. Ze klemde de mok met de inmiddels koud geworden koffie in haar hand en nam de telefoon op.

'Nou?' vroeg een opgewekte stem aan de andere kant van de lijn. 'Wat is er in vredesnaam gisteravond gebeurd?'

'Francesca,' zei Kate opgelucht. 'Hallo.'

'Ik had vanmorgen om halfnegen een vergadering, kom er net vandaan, anders had ik je wel eerder gebeld. Dus...?'

'Hoe zit het met onze vriendschap als je plotseling alleen nog maar geïnteresseerd bent in mij en Mac?' klaagde Kate. 'Hoe gaat het met jou, Francesca? En wat gebeurt er met Pav, heb je hem de laatste tijd nog gezien sinds je per ongeluk op het kerstfeest met hem naar bed bent geweest? Wat hoop je en waar droom je van?'

'Kalm een beetje,' zei Francesca. 'Pav is terug bij zijn vriendin, die stomme griet. En wat jou en Mac betreft, dat is praktisch het enige wat ik van je weet in de afgelopen twee jaar, sinds je van de aardbodem verdween. En ik weet nog steeds niet wat er gebeurd is!'

Kate nam een slok koffie en beet weinig enthousiast in de onaangeraakte toast, die koud en slap naast haar lag. 'Weet je, Francesca...' begon ze behoedzaam. Ze wilde niet nu al aan dat alles herinnerd worden. Ze zweeg even. 'Het is allemaal één doffe ellende, dus...'

Francesca sprak op mildere toon. 'O, Kate, het spijt me.' Ze klonk oprecht berouwvol. 'Ik belde je niet om je te dwingen het me te vertellen. Echt niet. Ik wilde alleen weten of het goed ging met je. Er was zo'n merkwaardige spanning tussen jullie toen hij gisteravond kwam. Ik kan gewoon niet geloven dat Zoe niet weet dat er iets aan de hand is. Praten jullie nooit met elkaar?'

Het was of ze Mac hoorde. 'Nou ja, we zijn samen weggegaan,' zei Kate, die zich in de verdediging voelde gedrongen. 'Ze zal wel denken...' Ze maakte haar zin niet af, plotseling overmand door nieuwsgierigheid. 'Hoe laat kwam hij vanmorgen terug?'

'Even na zessen,' antwoordde Francesca. 'Ik stond onder de douche toen hij binnenkwam. Hij was zo stil als een muisje. Maar ik heb hem niet gezien. Hij was in de badkamer toen ik wegging en ik riep "Dag" en hij riep iets terug.'

'Mmm. Wat riep hij terug?'

'Nou... ook "Dag".' Francesca's stem klonk verontschuldigend. 'Sorry.'

'Oké.' Kate wist dat hij niet zou hebben gezegd: 'O, weet je, ik hou van Kate, en ik ben vanmorgen bij haar weggegaan, maar ik ben alleen teruggekomen om te douchen en me te verkleden en dan koop ik een enorme bos bloemen voor haar en ga terug naar haar flat om haar suf te neuken en dan ga ik met haar lunchen in een goed restaurant, liefst aan de rivier.' Maar ergens in haar achterhoofd hoopte ze dat het waar was. Ze stampte met haar voet. Stomme trut die ze was.

Nieuwsgierig vroeg Francesca: 'Dus hij ging bij jou weg om – hoe laat? Vijf uur?'

'Halfzes, ja.'

'Wauw, dat is vroeg.'

'Ja. O, god, Francesca. Hij was zo kwaad.'

'Waarover?'

'Eh...' Kate zuchtte. 'Geef me een paar minuten om je op de hoogte te brengen. En als je er genoeg van krijgt, mag je me de mond snoeren. Oké?'

En dus vertelde ze Francesca alles. Over de nacht die ze al die jaren geleden samen hadden doorgebracht. Hun relatie verleden jaar. Gisteravond. De brieven van Charly. Hoe hij was weggegaan. Toen ze uitverteld was, bleef Francesca even zwijgen. Toen zei ze: 'Wauw.'

'Ik weet het. Sorry.'

'Ja, wauw.' Francesca liet hoorbaar haar adem ontsnappen. 'Jullie zijn een hopeloos geval. Allebei.'

'Dat is juist het probleem,' zei Kate. Triest voegde ze eraan toe: 'Zal ik je eens wat zeggen? Ik had mezelf beloofd dat ik er een tijdlang niet meer aan zou denken, maar toch blijf ik me maar afvragen of dit de laatste keer is dat ik hem heb gezien. En misschien zou dat ook maar beter zijn.'

Ze wist niet wat ze wilde dat Francesca zou zeggen. Ze wilde alleen maar dat ze eerlijk haar mening zou geven. Francesca liet een vreemd geluid horen en zei toen: 'Weet je?'

'Weet ik wát?'

'Ik denk dat je wel eens gelijk zou kunnen hebben.'

'O.'

'O, kind. Ik weet dat het moeilijk is, maar heus... Hoe zou dit nu ooit wat kunnen worden? Jullie hebben allebei een te beladen verleden. Hij heeft ook zijn eigen sores. Hij heeft het ontzettend druk met zijn werk... Hij zoekt een ander onderkomen, weet je.'

'Ja. Ik weet het.' Kate beet op haar lip. Ze dacht even na. 'Ik was er verleden jaar zo zeker van dat het goed zou gaan. Die dromen bleven maar terugkomen, ik bleef maar denken dat ik... Sean en Charly zag. Weet je? Ze waren overal, in mijn dromen, overal waar ik was.' Ze had hier nooit een woord over gezegd. 'Het leek of het mijn straf was. Ook al wist ik dat het dromen waren, toch waren ze zo reëel, het was... afschuwelijk.'

'Vergeet haar toch,' zei Francesca.

'Dat kan ik niet. En nu die brieven van haar...' Ze sloeg zacht met haar vuist op het houten bureaublad. 'Verdomme, ik wil haar niet zien.'

Francesca snoof verontwaardigd. 'Natuurlijk wil je dat niet! Maar ze heeft je wél een dienst bewezen.'

'Hoezo?'

'Omdat ze je bij Sean vandaan heeft gehaald, vind ik. Stel je voor dat je met hem getrouwd zou zijn.'

'Ja. Misschien heb je gelijk,' zei Kate aarzelend.

'Niks misschien. Je was zo'n grijze muis in zijn nabijheid. Je was jezelf niet. Je vertelde geen oenige dingen meer, geen grappige belevenissen in je werk... En jij had een echt belangrijke baan, terwijl hij stomme programmagegevens van de ene computer op de andere overzette! Jij keek naar hem op alsof hij een verrekte... Zeus was of zoiets!' Ze praatte luid en kennelijk besefte ze dat, want ze ging op vriendelijkere toon verder. 'En wat dat kreng van een Charly betreft, nou ja. Ik vind dat je gewoon pech hebt gehad. We krijgen allemaal wel eens vrienden die we helemaal geweldig vinden. Vooral op het werk. Jij bent gewoon tegen de verkeerde opgelopen. Ze was een loeder, je hebt altijd geweten dat ze een loeder was, maar je wist niet dat ze kwaadaardig was, hè? Wie had dat nou kunnen weten.'

'Je hebt gelijk, weet je,' zei Kate verbluft.

'Ik denk dat ze waarschijnlijk diep ongelukkig zijn met elkaar,' vervolgde Francesca. 'Weet je, Bobbie zag ze verleden jaar in een of ander Vietnamees restaurant in Dalston, zo'n tent waar je je eigen drank mee moet nemen. Sean was vergeten de wijn te kopen en Charly liet geen spaan van hem heel.'

'Goh.' Kate luisterde gefascineerd. 'Is dat echt waar?'

'Ja, en ze scheen er vreselijk uit te zien. Maar ik wist altijd al dat zij zo'n type is dat haar schoonheid snel verliest. Daar zijn we dan mooi vanaf. En god weet dat we niets liever zouden willen dan dat we de gebeurtenissen van die dag konden terugdraaien, maar het enige wat volgens mij niemand van ons zou willen veranderen is je breuk met Sean. Hij deugde niet voor jou. Hij is een zwakkeling. Zwak, zwak, zwak.'

Het was allemaal nieuw voor Kate, en ze hoorde het met verbijstering aan. 'Ik had geen idee,' zei ze, maar nog terwijl ze het zei, wist ze dat het heel zinnig klonk wat Francesca zei. 'Waarom heb je daar nooit iets over gezegd?' vroeg ze.

'Wanneer?' Francesca snoof verontwaardigd. 'Kate, wanneer?'

'Ja.' Kate knikte, verbaasd hoe vlot en eerlijk dit gesprek verliep. 'Ik weet het.'

'Ik wil je wat vragen,' zei Francesca. 'Heb je hierover wel eens met Zoe gesproken?'

'Nee. O, nee! Ze heeft al genoeg aan haar hoofd.'

'Ik denk dat dat jouw probleem is,' zei Francesca raadselachtig. 'Je had het haar moeten vertellen.'

'Misschien.' Kate schoof onrustig heen en weer op haar stoel. Ze voelde zich nog steeds schuldig tegenover Zoe, in meer dan één opzicht. 'Eén ding tegelijk, wil je? Hé. Laten we vanavond ergens gaan eten. Ik bied het aan. Bij wijze van bedankje. Je bent een fantastische vriendin geweest sinds ik terug ben. Ik weet niet wat ik zonder jou had moeten doen.'

'Hm,' zei Francesca ondoorgrondelijk. 'Dat weet ik nog zo net niet. Maar een etentje zou leuk zijn. Waar?'

'Mag jij zeggen.'

'Oké.' Ze zweeg even. 'Ja. Ik heb een idee. Ik zal je een sms'je sturen als ik ergens gereserveerd heb.' Ze veranderde plotseling van onderwerp, en Kate vergat de vreemde toon van haar stem. 'O, hemel, ik moet nog werken...'

Tegen lunchtijd voelde Kate zich een stuk beter. Ze had die ochtend meer bereikt dan ze ooit verwacht had, en het gaf haar een euforisch gevoel van bevrijding. Ze praatte met Sue, die zo aardig was en zo positief, en die haar vroeg weer een artikel te schrijven voor de volgende week. Ze belde Lisa, informeerde naar haar vader en zei dat ze van plan was die middag te komen.

Francesca had haar, op haar bruuske, hartelijke manier, inzicht gegeven in dingen waarvan ze zich nooit bewust was geweest. En ze had ook gelijk wat Mac betrof, al wilde Kate daar niets over horen. Misschien was het beter om schoon schip te maken, met haar nieuwe gevoel van doelbewustheid. Alles wat er gebeurd was moest ze voor eens en voor al verbannen naar het verleden. Ze begreep hem niet, al had ze gedacht van wel. Maar ze begreep zijn verlangen om zijn gezonde verstand te bewaren, niet weer in dat alles te worden meegesleept – ook al was het nog zo goed geweest tussen hen. Alsof ze met haar tong in een ontstoken kies porde, peilde Kate haar gevoelens – en was niet verbaasd dat het, zoals altijd, intense pijn deed. Misschien zou het dat altijd blijven doen.

Ze stond onder de douche toen ze de telefoon weer hoorde gaan, maar er werd geen bericht achtergelaten. Neuriënd kleedde ze zich aan en stopte de 'bedankt voor alles'-kaart die ze aan Bruce had geschreven in haar tas. Het opgeluchte gevoel liet haar niet in de steek. Ze holde de trap af, keek door de ramen naar de blauwe lucht; weer zo'n mooie dag. Wanneer zou er een eind komen aan dit prachtige weer? Want eens zou dat gebeuren.

Toen ze de deur opendeed, een klopje gaf op haar tas om zeker te weten dat ze haar sleutels bij zich had, gaf Kate een verraste gil. Op de stoep, met een maniakale grijns, precies zoals in die dromen, haar nachtmerries, stond Charly.

38

Kate staarde haar aan. Alsof ze zich in een museum bevond en naar een curiositeit keek.

'Hallo, Kate,' zei Charly.

Met een zekere kalmte zag Kate dat Charly's haar dunner was geworden. Maar misschien kwam dat door de zwangerschap, soms begon je haar daardoor uit te vallen. Dat wist ze, een van die stomme weetjes die ze ergens had opgepikt. Charly's haar viel steil op haar schouders, het was iets te lang.

'Wat doe jij hier?' vroeg Kate, die steun zocht tegen de deur. Alles leek zich in slow motion af te spelen. Ze keek omlaag, bang het bewijs van Charly's zwangerschap te zien, het kind dat ze droeg, haar en Seans baby. Charly had een bescheiden, mooi buikje. Ze droeg een gestreept topje, een mooie lange gouden ketting, platte schoenen, jeans met smalle pijpen, een kort jasje. Het uniform van duizend jonge vrouwen, alleen zag het er anders uit als een zwangere vrouw het droeg.

'Heb je mijn brieven ontvangen?' vroeg Charly. Kate was Charly's stem vergeten, die merkwaardig hese en toch hoge, enigszins spottend klinkende stem. 'Ik wist het niet zeker.'

'Ja,' zei Kate met een beleefd knikje. 'Ja, ik heb ze ontvangen. Alleraardigste brieven.'

'Ik meende niet wat ik...' begon Charly, maar Kate viel haar in de rede.

'Hoor eens, Charly, ik ben laat en ik moet...'

Als ze achteraf op deze ontmoeting terugkeek, vond ze het komisch dat ze gewoon weg had kunnen lopen omdat ze anders tien minuten te laat zou zijn voor Lisa. Al had ze dat natuurlijk wel moeten doen... wie was Charly om Lisa te laten wachten?

'Ik moet met je praten,' zei Charly simpel.

'Oké,' zei Kate en ze sloeg haar armen over elkaar. 'Steek maar van wal.'

Charly wachtte tot Kate er verder op in zou gaan. Toen ze dat niet deed, zei ze, duidelijk in verlegenheid gebracht: 'Eh... Ik wil zeggen dat het me spijt.'

Kate keek haar strak aan, haalde langzaam adem. Ze wist niet hoe ze moest reageren: waarom voelde ze zo weinig emotie? Waarom probeerde ze Charly geen schop te geven, waarom spuugde ze niet naar haar of rende ze weg, schold ze haar niet uit? Dat verdiende ze toch? Ze was nu kwetsbaar, zoveel kwetsbaarder dan toen ze bevriend waren. Maar ze kon het domweg niet.

'Hoe wist je dat ik terug was?' vroeg Kate plotseling.

'Dat doet er niet toe.' Charly maakte een ongeduldig gebaar met haar hand en Kate zag een flits van de oude Charly: gebiedend, onverschillig jegens anderen, alleen maar aan zichzelf denkend... niet deze kleurloze versie die nu voor haar stond. 'Kan ik... Kan ik binnenkomen? Ik wil alleen even met je praten.'

Kate staarde haar aan, eindelijk kwam er woede in haar op. 'Meen je dat echt? Binnenkomen... in de flat? Deze flat?'

'Ja,' zei Charly koppig. 'Even maar.'

'Geen sprake van!' zei Kate bijna lachend. 'Dit is een grap.' Hoofdschuddend liep ze de trap af. 'Ik ga weg, Charly. Dag.' Ze liep zo snel mogelijk.

'Sean heeft een relatie,' riep Charly haar na.

De woorden weergalmden door de griezelig stille straat. Kate bleef staan en keek om.

'Wát?' vroeg ze.

'Hij heeft een relatie.' Charly liep langzaam de trap af. Kate merkte dat ze schuifelde, dat ze zich moeizaam en pijnlijk bewoog. 'Met iemand van zijn werk. Ik ken haar niet, maar ik weet wie het is.'

Er waren rimpels rond haar mond die er vroeger niet geweest waren, smalle, diepe lijntjes die haar lippen op een rozet deden lijken als ze sprak. Door het roken, dacht Kate, door het met getuite lippen omklemmen van een eindeloze reeks sigaretten. Ze keek weer naar Charly en kon zich zelfs niet meer herinneren waarom ze vroeger zo close waren geweest, maar ze voelde iets van medelijden voor haar, voor deze jonge vrouw in deze situatie. Deze vrouw. Omdat Charly deze vrouw was, degene die haar had geleerd tequila slammers te maken, haar had geleerd hoe ze een conversatie gaande moest houden in een bar, haar had gezegd dat ze haar haar moest laten groeien en haar bril moest afzetten, haar op talloze winkeltochten had begeleid en geduldig 'ja' of 'nee' had gezegd bij alles wat Kate aanpaste. Die op hun huisbaas had ingepraat als er in huis iets kapot was, een fles terugstuurde die naar kurk smaakte, vrijdagavond bij haar bleef om naar *Friends* en *Frasier* te kijken. Ze had haar aan het lachen gemaakt, haar zelfvertrouwen gegeven, haar zelfbewust had gemaakt. Ze had haar leven gevormd, was een versterkende injectie geweest, de vonk die haar leven inblies.

Kate was dat alles vergeten.

Dat moest ze.

En nu...

Ze keek haar recht in de ogen. 'Wat wil je dat ik doe? Medeleven tonen? Ik weet precies hoe je je voelt.'

'Ja, dat moet wel,' zei Charly rustig. 'Kom...' Ze pakte Kates arm vast. 'Laten we daar even praten. Ja?' Ze wees naar de pub aan de overkant. 'Daarom heb ik je geschreven. Toen ik wist dat je terugkwam...' Ze likte langs haar lippen, haar ogen waren vochtig van nietgeplengde tranen. Kate bleef als aan de grond genageld staan. 'Ik moet vrede met je sluiten, voordat het kind geboren wordt. Ik heb het gevoel dat het alles goed zal maken.' Ze stond een beetje te zwaaien op haar benen.

'Gaat het?'

'Ik moet gaan zitten,' zei ze ongeduldig, met weer een flits van de oude Charly. 'O, verhip, één kop koffie of wat dan ook. Sean komt me over een uur halen. Kate sperde haar ogen open. 'Het is in orde. Hij wacht om de hoek, dan ben jij inmiddels al verdwenen. Jee, ik haat het om zwanger te zijn.' Kate zweeg. 'Echt waar. Ik wou dat ik...'

Zeg het niet, dacht Kate, zeg het alsjeblieft niet.

'Ik wou dat dit nooit gebeurd was. Ik wou dat ik hem nooit ontmoet had.'

Kate wilde weglopen. Ze walgde van haar, van haar woorden, van het feit dat Steves dood te wijten was aan haar en Sean. Maar ze kon haar niet zomaar achterlaten. Kon niet weglopen en dit niet afmaken.

'Oké,' zei Kate. 'Eén kopje koffie dan, maar ik moet eerst mijn stiefmoeder bellen.'

De pub was twintig meter verderop; anoniem, bruin, neutraal, waar ze hamburgers en tapas en koffie hadden voor een jong publiek. Het was een beetje een zielloos geheel. Kate was er nog nooit geweest, en daar was ze plotseling blij om. Ze keek naar Charly.

'Vijftien minuten max. Niet langer. Oké?'

'Absoluut.'

Zwijgend liepen ze naar binnen en gingen zitten.

'Het was aantrekkingskracht vermengd met afkeer, weet je,' zei Charly. Ze dronk haar koffie, wreef over haar buik, legde haar voeten op de rand van de bank. 'Ik was zo gewend dat ik iedereen kon krijgen, ik weet dat het stom klinkt, maar het was zo. Hij was anders, weet je. Hij haatte me, echt waar.'

Kate knikte. Ze had zich voorgenomen zomin mogelijk te zeggen. Ze zou als verdoofd toehoren, totdat de pijn zou toeslaan.

'Hij haatte me, en toen, op een dag dat jij niet in de flat was – je was naar een sollicitatiegesprek voor een nieuwe baan – kwam hij binnen; jij was laat. Ik zei dat hij een onhebbelijke eikel was. Hij negeerde me en bleef op jou zitten wachten.' Ze draaide een haarlok om haar vinger.

Lieve help, dacht Kate, ze is zich er niet eens van bewust dat ik hier ben.

'Toen kregen we hevige ruzie, en plotseling... Nou ja...' Haar stem stierf weg. 'We deden het. In de zitkamer.' Ze wendde haar hoofd af bij de herinnering.

'God, wat haatte ik hem. Ik verachtte hem omdat hij zich voordeed als een man die zo verschrikkelijk naar een gezin verlangde, poeslief was tegen jou, de hielen likte van je vader en al je vrienden, en dan dolde met mij als jij er niet was, of als Jem was weg of... wanneer we maar konden.'

Kate voelde geen woede. Ze vroeg zich bijna nieuwsgierig af waarom niet, waarom ze Charly zo kon horen praten zonder kwaad te worden. Ze voelde zich alleen maar bedroefd over de jeugdige, onvolwassen Kate, over de stupide indruk die ze moest hebben gemaakt.

'Die dag toen je vader trouwde, weet je nog? Hij behandelde me de hele dag als een stuk vuil, en toen werd hij woedend omdat hij me niet kon krijgen. En wat deed hij toen? In plaats daarvan deed hij jou een huwelijksaanzoek.' Ze schudde haar hoofd, verbaasd over zichzelf, over hem. 'Zijn gezicht de volgende dag, toen jij uit je kamer kwam en me vertelde...' Kate slikte moeilijk. 'Alsof het een spelletje was, weet je nog? We een rol speelden. We gingen zo in elkaar op, in wat we met elkaar zouden doen, het was als een drug. Het maakte me bang. Ik denk dat we op het laatst allebei betrapt wilden worden. Ik zeker!' Ze roerde in haar koffie en keek Kate recht aan. 'Ik was blij toen je ons samen in bed zag.' Ze sperde haar ogen wijd open. 'Verdomme, is dat niet vreselijk van me? Echt blij. Ik dacht, oké, in ieder geval komt het nu aan het licht. Ik was blij.'

Met een stem die schor was omdat ze zo lang had gezwegen, vroeg Kate: 'Maar... Charly, wat er daarna gebeurde... hoe kun je daar zo over denken?'

'Nou ja, natuurlijk was dat verschrikkelijk,' zei Charly. 'Natuurlijk.' Ze leek niet op haar gemak. 'Afgrijselijk. Absoluut.'

Dit is zo irreëel, dacht Kate. Ze is een robot. Ze is geen echt, levend mens. Hakkelend zei ze: 'Had je misschien het gevoel dat... misschien... na Steves dood en alles... dat jullie bij elkaar moesten blijven... na alles wat er gebeurd was? Om iedereen te bewijzen dat het echt was?'

'Natuurlijk niet,' zei Charly op scherpe toon. 'Sean en ik zouden altijd samen zijn geëindigd. We zouden alleen nooit hebben gewild dat het op deze manier gebeurde. Dat is alles.'

Kate wist niet wat ze moest zeggen Omdat ze haar gewoon niet geloofde.

Daarna voerden ze een beleefd gesprek. Waar wilde ze bevallen? In het Whittington. Leuk. Wat ging ze na de geboorte doen? Ging ze weer werken? Drie dagen per week voor *Woman's World*, ze zou wel zien hoe het ging. Ze woonden in de buurt van Bethnal Green, hoe was de flat? Mooi, geweldig, maar Sean moest wat doen aan de kinderkamer, hij rotzooide maar wat aan. Hij was nog steeds niet klaar met het stucwerk in de gang, het was om je dood te ergeren... Gek, terwijl Sean belachelijk perfectionistisch was geweest met het inrichten van hun flat. Hij had kennelijk genoeg van het doe-het-zelven. Kate vertelde haar dat ze Sue Jordan had gesproken, maar weigerde er meer over te zeggen. Iets aan Charly bracht haar van streek. Ze had iets wanhopigs, alsof een deel van haar was gestorven en de rest van haar het wist maar niet helemaal kon uitpuzzelen wat er misgegaan was. Ze leek ook gekrompen. Kate besefte dat ze altijd zulke hoge hakken had gedragen dat ze de indruk wekte dat ze zelf zo lang was. En toen ze een flat deelden... Nou ja, toen was ze een heel andere persoonlijkheid, vrijmoedig en enorm zelfverzekerd. Kate was vrijwel haar tegenpool geweest. Vreemd, dat Charly alles had wat Kate eens gewild had, maar wat ze nu niet meer zou willen. Ze wilde zelfstandig zijn, naar het station van de ondergrondse lopen en op bezoek gaan bij haar vader, haar zusje en haar stiefmoeder. Ze was zo heel erg blij dat ze niet in een auto hoefde te stappen om met Sean naar huis te gaan. Vreemd, dat ze nauwelijks aan hem dacht. Ze had het zichzelf niet toegestaan, zo kwaad was ze op hem geweest, maar het was toch wel heel merkwaardig dat hij zo gemakkelijk uit haar leven verdwenen was. Terwijl het achterlaten van Zoe, Francesca, haar vader, Dani en Lisa, om maar te zwijgen over Max... het achterlaten van al die

317

mensen in Londen zo verdrietig was, haar zoveel hartzeer bezorgde.

Ik dacht dat ik een beetje dood was van binnen, dacht ze, terwijl Charly in details de nieuwe baas bij *Woman's World* beschreef. Ik dacht dat ik dat alles van me af had gezet... en dat is de reden waarom het me zo ongelukkig maakte. Omdat ik van ze houd, van hen allemaal houd. En het buitensluiten van Charly en Sean – dat was gemakkelijk omdat ze... niet de mensen waren voor wie ik ze had aangezien.

Dat besef was pijnlijk, maar ook troostrijk, omdat het de essentie is van het leven. Het doet pijn om van mensen te houden, omdat je jezelf blootgeeft aan hen, en ze kunnen je zoveel verdriet doen. Hier, tegenover haar, zat het meisje dat Kate zo volledig vertrouwd en bewonderd had en dat haar hart had gebroken. Zij en Sean, allebei.

Charly's telefoon trilde op de tafel, verstoorde Kates gedachten. Ze schrok op.

'O...' zei Charly en ze pakte de telefoon. 'Hij wacht om de hoek.'

'Omdat hij bang is dat ik iets naar zijn hoofd zal gooien als ik hem zie?' vroeg Kate, en ze probeerde niet te klinken alsof dat precies was wat ze zou willen. Charly glimlachte vaag, alsof het niet tot haar doordrong.

'Ja...' Ze stopte de telefoon in haar tas, zonder op te nemen. 'Hoor eens. We moeten het erover hebben. Wist je het?'

Kate begreep niet wat ze bedoelde. Ze schudde nieuwsgierig haar hoofd.

'Wist je... dat hij je bedroog?'

'O.' Kate voelde zich niet op haar gemak. Het deed haar zo stom lijken. 'Eh... weet je? Ik zou niet weten waarom ik jou dat zou vertellen.' Ze ging met haar vingers over de lak van de houten tafel.

Charly boog even haar hoofd en streek over haar buik. 'Oké. Oké, ja. Natuurlijk. Ik kan begrijpen waarom.'

Blij dat je dat kunt begrijpen, had Kate willen schreeuwen, maar ze deed het niet, ze kon het niet. In plaats daarvan ontspande ze een beetje en zei: 'Luister, als je het zo graag wil weten... Nee. Ik had geen flauw idee. Ik vertrouwde hem, wat mijn grote fout was.' Ze zweeg even. 'Jij zult hem nooit vertrouwen, hè?'

'Hoe bedoel je?' Charly knipperde met haar ogen, alsof iemand met een fel licht in haar gezicht scheen.

'Ik bedoel, je kunt hem niet vertrouwen, want toen je hem leerde kennen was hij mijn vriend, mijn verloofde, en jij ging achter mijn rug om met hem naar bed – hoe lang, twee jaar? Terwijl ik je beste vriendin was, jij alles voor me betekende, hij alles voor me beteken-

318

de.' Ze glimlachte, om de tranen te verbergen die in haar ogen sprongen. Ze drong ze terug en keek alsof ze zich erover verbaasde. 'En jij
vraagt je af waarom je hem daarna niet meer kan vertrouwen? Hoe
heeft hij me zo kunnen bedriegen? Hoe kon jij dat? Nu zijn jullie dus
samen gevangen in een soort griezelig web van...' Kate kon geen
woorden meer vinden. '... web van iets, ik weet niet wat, en jullie
verdienen elkaar, jullie verdienen elkaar, Charly, en ik kan geen medelijden met je hebben. Omdat hij het al eerder heeft gedaan en het
mijn leven heeft verwoest en het zelfs iemands dood tot gevolg had.
Of ben je die kleinigheid vergeten?'

Charly maakte een gebaar met haar hand, ook al bleef ze vreemd
met haar ogen knipperen. 'Natuurlijk niet. Maar deze keer is het anders. Het is iemand van zijn werk. Ik weet wie ze is...'

'Hou je mond.' Kate stond op. 'Hou nu maar je mond. Ik ga weg.'
Ze pakte haar tas en haar sleutels en draaide zich om. En daar, in de
deuropening, stond Sean, twee keer zo lang en net zo American-foot-
ball-player-knap als ze zich herinnerde. Ze staarde hem slechts aan.
Onwillekeurig maakte ze een gebaar met haar handen en haar tas viel
op de grond. Ze bukte zich om hem op te rapen en hij zei: 'Kate.
Hoi. Dus...'

Hij nam haar aandachtig op. Kate hief haar hand op en klemde die
om haar paardenstaart. Ze klemde haar kiezen op elkaar.

'Hoi,' zei ze en ze hief zich in haar volle lengte op, dankbaar voor
die lengte, die ze op school gehaat had omdat die toen zo'n slungelige indruk maakte, maar waar ze nu zo blij mee was, net als met de
hooggehakte laarzen, die ze gelukkig die ochtend had aangetrokken.
'Ik ging net weg. Dag, Sean.'

En met die woorden draaide ze zich op haar hakken om, iets wat
ze altijd al had willen doen, en liep met grote passen naar buiten.
Haar laarzen klikten luid op de houten vloer en voor het eerst in haar
leven voelde ze zich zoals Charly zich vaak moest hebben gevoeld,
weg van al die vervelende situaties, volkomen beheerst. En de ontmoeting deed haar niets, helemaal niets. Ze bleef doorlopen, doof
voor de stem van Charly die haar naam riep.

39

Die avond ging Kate met de ondergrondse naar Holborn. Ze had een afspraak met Francesca in Exmouth Market, en ze was te vroeg. Met haar handen diep in de zakken van haar jasje slenterde ze door Bloomsbury en liet in het voorbijgaan haar blik ronddwalen. Het was druk op straat, zoals altijd in Bloomsbury. Studenten, toeristen, bejaarde echtparen, mensen die onder de terrasverwarming buiten zaten bij het Brunswick Centre. Ze liep langs de rand van Coram's Fields, over het bezadigde, stille Mecklenburg Square, en stak Gray's Inn Road over. Ze hield van dit deel van de stad, waar het leek of de huizen om en om voorzien waren van een blauwe plaat met de inscriptie dat een of andere bekende persoonlijkheid hier gewoond had. Vaak waren ze ongelooflijk beroemd, en dan bleef je even staan en zei: 'Wát? Heeft Thomas Hardy hier gewoond? Wauw!' verbaasd dat een van de grootste Engelstalige schrijvers had verkozen te wonen in een fatsoenlijke maar niet zó geweldige villa, die uitkeek op de spoorbaan richting Paddington. Maar net zo vaak waren het mensen van wie Kate nooit gehoord had, maar ook daar hield ze van, ze vond het leuk om te weten dat Mecklenburg Square 21 de woonstee was geweest van Sir Sayeed Ahmed Khan, een negentiende-eeuwse moslimreformist en geleerde, en van R.H. Tawney, Brits historicus en auteur (zij het niet tegelijkertijd). Kates eigen favoriet, als late bekeerlinge tot karaoke, was David Edward Hughes (1831-1900), die in Great Portland Street 4 had gewoond. Hij had de microfoon uitgevonden en daarvoor zou ze hem altijd dankbaar zijn.

Het was een lange dag geweest, en een nog langere nacht, maar nu ze wist dat haar tijd in Londen ten einde liep, was ze het aan zichzelf verplicht om te blijven doorgaan. De laatste paar dagen waren de stukjes op hun plaats blijven vallen. Misschien niet zoals ze graag gewild zou hebben, maar wel zoals ze het had kunnen voorzien. Mac had gezegd dat ze haar hart op slot hield. Nou, als dat nodig was om haar door die bizarre middag met Charly heen te helpen, prima. Ze dacht aan Charly, die niet verder kon kijken dan haar neus lang was, die absoluut niet veranderd was, behalve dat er een kind in haar groeide. Kate besefte nu, als nooit tevoren, dat ze in dat opzicht totaal verschillend waren. Charly had dat doorgehad, zij niet. Want Kate was uiterlijk veranderd, omdat ze zich beter kleedde en haar haar beter verzorgde en omdat ze bloemen kocht voor haar flat, en op feesten met mensen kon praten, beter dan toen ze tweeëntwintig was. Ze was nog dezelfde Kate, alleen wat volwassener. Per slot gebeurde dat met iedereen, of ze het leuk vonden of niet.

Maar ze wist dat de volgende fase, als ze dit alles intenser voelde, pijnlijk zou zijn. Ze vond het afschuwelijk om uit Londen te vertrekken nu haar verhouding met Zoe nog zo formeel was. Ze wist niet hoe ze die laatste kloof die hen nog scheidde moest overbruggen. Misschien had dat haar gedwongen Mac te verjagen. Maar daar kon ze nu nog niet aan denken.

Dus deed ze dat niet en wandelde gewoon verder en sloeg de mensen gade die langsliepen. Toen ze in Exmouth Market kwam, was ze nog steeds te vroeg, dus liep ze door naar Sadler's Wells, waar die avond *Rigoletto* werd gespeeld. Het publiek begon juist naar binnen te gaan. Ze bleef een tijdje naar hen staan kijken, liet de verwachtingen van de theatergangers tot haar doordringen, bewonderde de fraaie feestlichtjes in de bomen buiten. Vanaf de plek waar ze stond aan de overkant van de straat kon ze de uitdrukking op het gezicht van de mensen zien, ze kon raden of ze moe of enthousiast of gespannen waren, of een slechte dag hadden gehad. Het was een genot om mensen te kunnen gadeslaan zonder dat ze zich daarvan bewust waren. Ze voelde zich volkomen alleen, een eiland in de mensenzee; ze vond het heerlijk om aan de andere kant van de straat te staan en aan de zijlijn toe te kijken.

Toen ze bij het Ambassador aan Exmouth Market kwam, een paar deuren voorbij Moro, besloot ze naar binnen te gaan, al was het nog aan de vroege kant. Het was een sobere ruimte met witte muren, een houten vloer, meubels uit een uitdragerij, maar op het menu stonden verse, regionale producten, en ze hadden een uitstekende wijnkaart. Het was Francesca's lievelingsrestaurant. Maar toen Kate naar binnen wilde, hield iemand achter haar de deur voor haar open.

Ze draaide zich om.

'Zoe?' zei Kate verbaasd. 'Wat doe jij hier?' Ze kuste haar in de deuropening en ze raakten verstrengeld in elkaars armen, tot Zoe haar vriendin vastberaden over de drempel duwde.

'Ik ben hier om jou te ontmoeten,' zei Zoe. 'Francesca komt niet.'

321

'Hè? Waarom niet?'

Zoes gezicht stond strak. 'Ze heeft me gebeld. We hebben een lang gesprek gehad. En nu ben ik in haar plaats gekomen.'

'O,' zei Kate. Ze voelde zich schuldig.

'Francesca heeft het me verteld van Mac,' zei Zoe. Ze duwde Kate voor zich uit naar een wankel tafeltje, pakte haar schouder vast, dwong haar te gaan zitten en nam tegenover haar plaats.

'O,' zei Kate weer en ze wenkte een ober. 'Wat... Wat heeft ze je verteld?'

'Dat je met hem naar bed bent geweest en dat hij vanmorgen is weggegaan.'

Kate was zenuwachtig. Zoe keek boos. 'Zo is het niet gegaan. Hoor eens, Zoe, ik heb het je niet verteld omdat...'

De ober verscheen. 'Goedenavond dames.' Hij wreef kwajongensachtig in zijn handen. 'Wel, wel. Kan ik...'

'Wilt u ons een ogenblik alleen laten?' vroeg Zoe op ferme toon. 'Even maar. Oké?' Ze knikte naar hem. 'O, weet u, breng ons over een minuut of vijf maar een fles droge witte wijn.' Ze keek weer naar Kate. 'Waar was ik gebleven. Jij, Mac... Eh, jij... Ja.' Ze sloeg haar armen over elkaar. 'Je hebt me er helemaal niets van verteld. En ik wist ook niet dat je afgelopen zomer bent teruggeweest, en je hebt niemand van ons opgezocht.'

'Eh... Zie je, ik...' stotterde Kate.

'O, ik weet het,' zei Zoe. 'Jij en Mac. O, Kate.'

'Zoe...'

Zoe keek om zich heen in het restaurant, waar het niet druk was, en zei luid en duidelijk: 'Ze heeft het me ook verteld van Charly en Sean. Je hebt ze vandaag ontmoet. En van die brieven.'

Kates hart bonsde wild. Zoe maakte haar een beetje bang. Ze had haar niet zo meegemaakt sinds... sinds wanneer dan ook.

'Kate, waarom heb je me daar in vredesnaam nooit iets over verteld?' zei Zoe. Ze keek omlaag en streek met haar vingers over het vernis van de tafel.

'Waarover?' zei Kate hulpeloos.

'Juist.' Zoe schudde haar zwarte haar naar achteren. 'Juist, Katy. Over alles. Waarom vertel je me nooit meer iets?'

'Je hebt al genoeg te verwerken. Ik kan je niet lastigvallen met dat alles, dat wil ik niet na alles wat er gebeurd is...'

'Dat is het nou precies!' Zoe sloeg met haar vuist op tafel. 'Je bent mijn beste vriendin! We nemen elkaar in vertrouwen, oké?' Ze sloeg haar ogen neer. 'Nou ja, we horen elkaar in vertrouwen te nemen,' zei ze kalm.

'Ik kon je onmogelijk opbellen om je te vertellen over Charly en Sean, niet na wat ik jou heb aangedaan,' riep Kate uit. Ze had het gevoel dat haar keel werd dichtgeknepen. 'Ik kan niet zeggen: o, tussen haakjes, ik kwam vandaag mijn ex-verloofde tegen met zijn zwangere vriendin, die me enge brieven heeft geschreven, en het schijnt ze geen van beiden iets te kunnen schelen, en het is allemaal mijn schuld...'

Ze begon luider te praten. De ober sloeg hen gade, openlijk nieuwsgierig, en Kate temperde haar stem.

'Ik zei vanmorgen tegen Mac...' zei ze. 'Ik vertelde hem... Ik denk niet dat je begrijpt wat er die dag gebeurd is.'

'Dat begrijp ik wél,' zei Zoe. 'Kate...'

Kate stak haar hand uit. 'Hij heeft mijn leven gered. Hij duwde me opzij. Ik was degene die wegliep. Ik loop altijd weg. En Steve was degene die me redde.' Ze slikte moeilijk. 'En het had andersom moeten zijn.'

'Nee,' zei Zoe.

'Het is zo.' Kate duwde met gebalde handen tegen haar ogen. 'Ik had dood moeten gaan. Het was mijn schuld.'

'Het was jouw schuld niet!' onderbrak Zoe haar. 'Kate, het wás jouw schuld niet! Er is iets wat ik je nooit heb verteld.'

Er viel een stilte.

De twee vriendinnen keken elkaar aan.

'Het is jouw schuld niet,' zei Zoe en ze bedekte Kates handen met de hare. Ze boog zich naar voren en zei zacht: 'Kijk me aan.'

Kate bleef haar handen tegen haar ogen gedrukt houden. Ze kon haar vriendin onmogelijk in de ogen kijken.

'O, hemel.' Zoe mompelde iets. 'Ik had dit al lang geleden moeten doen. Kate, o, Kate.' Ze trok haar handen terug en staarde Kate met felle blik aan. 'Het is jouw schuld niet! Hoor eens, er valt jou niets te verwijten, en ik kan je dat blijven vertellen tot ik erbij neerval, maar je moet het zelf geloven.'

'Je zei dat ik weg moest gaan,' zei Kate zachtjes.

'Natuurlijk zei ik dat!' riep Zoe uit. 'Het was de dag van de begrafenis, ik had mijn man zes dagen eerder verloren en ik was vijf maanden zwanger! Natuurlijk zei ik dat je weg moest gaan, ik was volkomen van slag! Omdat je maar bleef komen en probeerde te helpen, en niemand kon me helpen, niemand, en je snapte het gewoon

323

niet, en ik... ik...' Ze schudde haar hoofd. 'Ik ga niet huilen. Ik wilde even rust hebben. Snap je? En jij had het zo druk met jezelf te haten, ik geloof dat je jezelf een monster voelde of zoiets, en je vond dat je maar beter alles achter je kon laten, en je ging weg zonder zelfs maar afscheid te nemen! Ik haatte je omdat je wegging!' Ze sloeg weer met haar vuist op tafel. 'Jij was mijn beste vriendin, ik had net mijn man verloren, en jij liet me in de steek toen ik op het punt stond een tweede kind te krijgen!' Haar stem sloeg over. 'Ik had je nodig, Kate, meer dan wie ook had ik jou toen nodig. En jij was er niet.'

'Je hebt nooit iets tegen me gezegd.' Kate probeerde zich te rechtvaardigen, maar zelfs in haar eigen oren klonk het zwak.

'Jij ook niet,' zei Zoe. 'Jij ook niet. En het is allemaal zo belachelijk, Katy. Want als iemand schuld heeft, dan ben ik het, weet je. Ik ben degene die mezelf moet haten.'

'Wát?' Kate moest bijna lachen. 'Jij? Dat meen je niet.'

'Dat meen ik wél.' Zoe boog zich weer naar voren. Haar ogen boorden zich vastberaden in die van Kate. 'Ik meen het! Het is nooit jouw schuld geweest. Veel meer mijn schuld. Zie je... Ik wist het van Charly en Sean.'

Het was stil in het restaurant. Kate staarde naar Zoe, zonder haar blik af te wenden, totdat haar ogen pijn begonnen te doen. 'Je wist... Je wist dat ze iets met elkaar hadden? Je...' Haar stem stierf weg.

'Ja.' Zoe knikte maar haar ogen bleven strak op Kate gevestigd. 'Ik wist het. Steve vertelde het me. We hebben er hevige ruzies over gehad. Ik wilde het je vertellen. Maar ik wist niet wat ik moest doen. Ik dacht dat het misschien vanzelf over zou gaan. Ik kon jouw wereld niet verwoesten. Je was zo gelukkig, je was altijd zo verlegen, had zo'n gebrek aan zelfvertrouwen, en toen werd je...' Ze glimlachte bij de herinnering. 'Je was plotseling volwassen, gelukkig en stralend en succesvol, en je had een fantastisch leven, en je adoreerde hem. Je lag aan zijn voeten.' Kate opende haar mond om iets te zeggen, maar Zoe hief haar hand om het haar te beletten. 'Ik kon dat alles niet verstoren. Dus bleef ik achter Steve aanzitten om te proberen haar te doen inzien waar ze mee bezig was.' Haar gezicht vertrok even, ze beet op haar lip, en haar stem klonk onzeker. 'Of om met Sean te praten, hem aan het verstand te brengen hoe stom hij zich gedroeg. Ik dacht dat het zou kunnen lukken... dat je het nooit zou hoeven te weten. Dus heb ik het je nooit verteld.

We wisten wat Sean uitspookte. We wisten dat ze er geen eind aan maakten. Steve was degene die de beslissing nam er die dag naartoe te gaan. Ik ging met jou lunchen om je af te leiden. En weet je, ik moet er steeds maar aan denken dat als Steve of ik het je maanden daarvoor had verteld, dit alles niet gebeurd zou zijn. Zie je? Jij bent de laatste die zichzelf iets moet verwijten. Hij...'

Zoes gezicht vertrok, ze streek met haar handen over haar wangen, drukte haar vingers tegen haar ogen, en begon te huilen.

'Ik had het zo heel erg mis,' snikte ze. 'Het was allemaal mijn schuld. Ik had het mis en daarmee zal ik moeten leven. Zonder Steve, de rest van mijn leven. O, god, het spijt me zo, Kate.'

Kate schoof haar stoel naar achteren, hurkte op de grond naast haar snikkende vriendin en sloeg haar armen om haar heen. Zo bleven ze zitten, zonder iets te zeggen, hielden elkaar alleen maar heel lang vast. Buiten op straat liepen de mensen voorbij, en Kate keek naar hen, zonder iets te zien, terwijl ze Zoe stevig omhelsde. Haar ogen waren vertroebeld door tranen. Ze kon geen woord uitbrengen.

'Ze zei dat we moesten praten.' Zoe veegde de tranen van haar wangen.

Kate schraapte haar keel. 'Wie zei dat?'

'Francesca. Ze zei dat we allebei stom waren. Dat waren we ook, hè?'

Kate knikte. Ze veegde met haar duim een traan van Zoes wang en ging weer op haar stoel zitten. 'Dat waren we,' zei ze. 'Nu niet meer, maar we waren het wél.'

Dit was de apotheose, het uitpraten van alles wat al twee jaar en nog langer geleden gezegd had moeten worden, en vreemd genoeg viel er verder weinig meer te zeggen. Zoe leunde naar achteren en liet haar adem ontsnappen.

'Pff!' zei ze, met een betraand lachje. Ze snoot haar neus in het papieren servetje. De ober keek op toen hij het hoorde, naar die rare meiden die binnen kwamen vallen in een rustig eetcafé, begonnen met tegen elkaar te schreeuwen en toen hysterisch gingen huilen. Zouden ze eindelijk eens iets bestellen? Hoopvol klemde hij zijn blocnote onder zijn arm.

Kate streek met haar vingers over haar wangen. Ze zwegen allebei, staarden elkaar aan, terwijl de ober naar hen toe kwam met een fles witte wijn en een paar glazen.

'Wilt u de wijn nu hebben?' vroeg hij vriendelijk.

'O, ja,' zei Zoe. 'Graag.' Toen hij wegliep zei ze: 'Nou, nou.' Maar ze negeerden de wijn.

Kate deed haar mond open om Zoe iets te vragen, maar sloot hem toen weer en glimlachte naar haar vriendin. Het was allemaal zo nieuw en het zou altijd een punt van discussie blijven. Ze was alleen maar opgelucht dat het eindelijk eruit was. Wat een dag, wat een dag, dacht ze.

'Nou,' zei ze. 'Jeetje.'

'Echt wel,' zei Zoe.

Kate greep Zoes pols vast. 'Het is nu toch goed tussen ons, hè?'

'Natuurlijk,' zei Zoe een beetje verontwaardigd. 'Dat is het altijd geweest, als jij je lippen niet zo stijf op elkaar had gehouden. Het was altijd goed tussen ons. O, Katy, ik hou van je. Er is heel wat meer voor nodig dan een Charly Willis en een Sean Lambert om ons uit elkaar te krijgen. Bah!' zei ze vol walging. 'Ik kan het gewoon niet geloven. Ik wed dat hij haar ook bedriegt. Let op mijn woorden.'

Iets weerhield Kate ervan Zoe te vertellen dat ze gelijk had. Ze wist niet waarom, ze wist alleen dat ze niets meer met hem te maken wilde hebben, wilde Zoes leven ook niet vergiftigen met iets wat die twee betrof. Ze kon dit alles beter de rug toekeren, dat was het. Toen de ober brood op tafel zette, vroeg ze: 'Wie past op de kinderen?'

'Mac,' antwoordde Zoe kortaf.

'O, mooi.' Kate schonk de wijn in. 'Dat is aardig van hem.'

'Erg aardig van hem om twee keer te komen in twee dagen, maar zo is Mac,' zei Zoe. Ze haalde diep adem. 'Poe! Ik voel me tien jaar jonger.'

Kate hief haar glas. 'Zo zie je er ook uit.'

'Nou, nu we het er toch over hebben,' zei Zoe, niet geheel naar waarheid. 'Jij en Mac. Hoor eens, ik weet dat jullie een rare seksrelatie hebben...'

'Het is geen rare seksrelatie,' zei Kate haastig. 'En het is niet...'

'Laat me uitspreken.' zei Zoe gebiedend. 'Wat het ook is, het is in ieder geval raar. En denk maar niet dat ik niet wist dat er iets gaande was tussen jullie. Hij verstarde elke keer zodra iemand je naam zei...'

'Leuk,' zei Kate.

'Ik wou alleen dat jullie het eens konden worden.' Zoe wapperde met haar handen. 'Ik weet dat het gek is, maar het is waar... Ik weet dat hij je erg aardig vindt, zie je, en het is duidelijk dat jij iets voor hem voelt.'

Kate plukte aan een stuk brood. 'Dat hebben we gehad,' zei ze vastberaden. 'Hoor eens, Mac en ik hadden altijd... Hebben altijd... Nou ja, we zijn altijd close geweest. Toch? Maar het is een kwestie van timing. Ik geloof gewoon dat we niet voor elkaar bestemd zijn.'

'Waarom denk je dat?' Zoe plantte haar ellebogen op tafel.

'Het is de timing,' herhaalde Kate. 'We hebben onze kans gehad. Ik geloof dat er te veel gebeurd is om terug te kunnen en opnieuw te beginnen.'

'Geloof ik niet,' zei Zoe.

'Het is zo.' Francesca dacht het ook. En ze had gelijk, dat wist ze. Ze begon nu alles een stuk duidelijker te zien. 'Kijk naar mijn vader en moeder. Ik geloof echt dat ze nog gevoelens voor elkaar hebben, of dat althans denken. Maar de timing is verkeerd. Ze kunnen niet meer bij elkaar terug, zelfs al zouden ze dat kunnen. Ze hebben nu een ander leven, ze wonen duizenden kilometers uit elkaar...' Ze dacht aan de woede van haar vader, zijn afkeer van Venetia vermengd met zijn openlijke begeerte en bewondering voor haar, die haar tienerjaren hadden beïnvloed. Haar moeder had hem verlaten, zoals Kate Mac had verlaten... Misschien om dezelfde, misschien om andere redenen, Kate was er nog steeds niet achter.

'Nee, Kate,' zei Zoe. 'Het is precies het tegenovergestelde. Ik ken je al sinds je vijf was. Je gaat niet dezelfde fouten maken als je ouders, oké? Je lijkt in niets op ze.'

'Dat is niet waar. Ze zijn mijn ouders.'

'Ja, maar genetica is niet alles. Ik denk dat veel eigenschappen een generatie overslaan. Vooral nu ik zelf kinderen heb. Ik zie dat zij hebben wat wij geen van beiden hadden. En ik kan je alleen maar zeggen dat jij en Mac niet je vader en moeder zijn. Serieus.'

'Hij probeert altijd alles te regelen,' zei Kate. 'Daar ben ik nog niet klaar voor. Ik wil de dingen zelf oplossen.'

'Dat is niet meer dan redelijk. Maar je kunt het hem niet kwalijk nemen dat hij het probeert, toch? Niet als hij van je houdt? En ik heb hem met jou samen gezien. Dat doet hij echt. Van je houden.'

Kate wendde haar blik af. 'O, lieverd. Dat is niet waar. Hij wil alleen maar alles in orde maken. De dingen oplossen, de lei schoonvegen. Eerlijk, na vannacht – nou ja, vanmorgen – is het voorbij. Echt waar. Ik ga terug naar New York en daarmee uit.'

Zoe keek teleurgesteld. 'Wil je dat echt?'

'Ja,' zei Kate vastberaden. 'Maar deze keer wil ik het goed doen. Ik zoek een eigen flat, ga weg bij mijn moeder. En ik kom vaak terug. Als die column voor *Venus* doorgaat. En jij komt naar New York om mij te bezoeken. Hé! Je zou Diggory kunnen meenemen! Je kinderen een paar dagen bij je moeder onderbrengen!'

'Kalm een beetje.' Zoe lachte. 'We gaan niet voor korte uitstapjes heen en weer vliegen naar New York. Maar ik kom beslist! Reken maar!'

'Geweldig. Zelfs mijn vader komt over een paar maanden, als hij beter is, en hij neemt Lisa en Dani mee.' Even dacht ze aan haar moeder. 'Ik zal het mijn moeder vertellen als je in de stad bent. Ze zal je dolgraag willen zien. Maar ik zal haar nooit durven vertellen dat mijn vader bij me logeert.'

'Je moet je moeder vragen wat er tussen hen gebeurd is.' Zoe scheen haar gedachten te kunnen lezen. 'Ik heb het, eerlijk gezegd, nooit begrepen. Wil jij het niet weten?'

'Min of meer,' antwoordde Kate, die haar wijnglas tegen haar wang hield. Ze had het warm.

'Waarom niet?'

Kate probeerde het uit te leggen. 'Als de laatste jaren me iets geleerd hebben, dan is het dat... je sommige dingen beter niet kunt begrijpen.'

'Daar drink ik op,' zei Zoe. 'Cheers.'

Ze klonken lachend. De ober kwam terug met de menukaarten.

'Blijven de dames eten?'

'Nou en óf,' zei Zoe. 'En... wilt u ons twee glazen champagne brengen? We moeten het glas heffen,' ging ze verder tegen Kate toen de ober wegliep, 'niet op alles wat er gebeurd is, maar op ons. Serieus. Vergeet nooit dat ik van je hou, Kate. We houden allemaal van je, ik en Flora en Harry.'

Binnen een minuut stonden de glazen champagne op tafel, en Zoe pakte haar glas op. 'Op Steve, op jou, en op mij.' Ze hief haar kin op. 'Steve, lieveling, we zullen altijd op jou drinken.' Ze keek naar het plafond en toen weer naar Kate. 'Op ons allemaal.'

'Op ons allemaal,' herhaalde Kate en ze dronk.

40

'En, hoe laat gaat je vlucht morgen? Haar vader streek zijn haar uit zijn gezicht.

'Om halftien.' Kate beschermde haar ogen met haar hand tegen de zon. Ze rekte zich uit op de brede trap. 'Ik heb zoveel te doen, en ik heb het nog steeds niet gedaan. Ik moet naar meneer Allan nu hij weer terug is, en natuurlijk moet ik mijn koffer pakken, en ik moet zorgen dat alles keurig is opgeborgen.'

'Natuurlijk,' zei haar vader, die niet de minste belangstelling had voor dagelijkse zorgen, tenzij ze rechtstreeks met hem te maken hadden. 'Weet je, Kate...'

Kate boog zich naar voren. 'Dani, ga liever niet te ver weg, wil je? Het verkeer is hier heel druk.' Ze draaide zich weer om naar haar vader. 'Ik dacht er juist aan. Ik moet ook de reservesleutels nog afgeven bij de makelaar. Volgende week willen ze mensen rondleiden.'

Haar vader had niets gezegd over het zoeken naar een nieuwe huurder sinds ze hem de eerste keer had gezien en ze vroeg zich af of hij het vergeten was of alleen maar tactvol. Ze wist het niet zeker. Hij keek haar glimlachend aan.

'Ik ben blij toe,' zei hij. 'Mooi. Dus je gaat hem weer verhuren?'

'Ja.' Kate hield haar handen op haar rug en keek naar de heldere blauwe lucht. 'Ik kan hem niet leeg laten staan, ik heb het geld nodig, jij hebt het geld nodig. Je bent zo lief geweest, pap, heel erg bedankt. Ik geloof niet dat ik je ooit goed ervoor bedankt hebt dat je Sean hebt uitgekocht na zijn vertrek.'

Haar vader keek verward en een beetje verlegen. 'Doe niet zo belachelijk,' zei hij. 'Geen dank. Dat zou iedereen toch doen?'

'Ik weet dat je er weer een huurder in wil hebben,' zei Kate. 'Ze zeggen dat het niet langer dan een paar weken zal duren, heus...'

Daniel legde zijn hand op die van zijn oudste dochter, terwijl Dani aan hun voeten zat, een paar treden lager. 'Kate, je begrijpt me verkeerd. Ik wilde je uit die flat hebben omdat ik niet dacht dat je daar ooit gelukkig kon zijn... na alles wat er gebeurd is. Niet omdat ik de huur wilde. Alsjeblieft, zeg.' Hoofdschuddend leunde hij naar achteren. Kate voelde een grijns opkomen toen hij het effect min of meer bedierf door eraan toe te voegen: 'Kom nou! Mijn dochter die geen huis zou hebben? Nooit!'

'Nooit,' schetterde Dani aan hun voeten. 'O nooit!'

Kate lachte. Haar vader tilde zijn jongste dochter op in zijn armen. 'Aapje,' zei hij en hij kriebelde haar.

'Aapje,' zei Dani dramatisch. 'O, aapje, aapje, aapje.'

'Dat deed jij vroeger ook,' zei Daniel, terwijl hij de kronkelende en gillende Dani kietelde.

'Wat deed ik?'

Dani krijste van plezier en Daniel liet haar los, waarbij Kate een glimp van irritatie bespeurde. 'Sst, Dani,' zei hij. 'Je deed me na toen je nog klein was.'

'Net zo?' vroeg Kate verbaasd.

Haar vader krabde aan zijn kin. 'O, ja. Je kwam naar de keuken nadat we je naar bed hadden gebracht en herhaalde die afgrijselijk hoogdravende dingen die ik overdag had gezegd maar kennelijk was vergeten.' Hij grinnikte. 'Ik werd er helemaal gek van, maar je moeder zei dat je er wel overheen zou groeien.'

'Wat grappig, dat herinner ik me helemaal niet.'

'Nou, ze had gelijk. Je bént er overheen gegroeid.'

Hoog boven in de lucht trok een piepklein, bijna onzichtbaar vliegtuig een witte streep door het heldere blauw. Kate schudde even haar hoofd.

'Dank je, pap,' zei ze.

Even bleef het stil, terwijl Dani hen gadesloeg.

Daniel zuchtte. 'Verrukkelijk is dit, hè?'

Ze zaten op de trap aan de voorkant van de Albert Hall, waar het bijna griezelig stil was voor een donderdagmiddag. Bij de Patisserie Valerie in Brompton Road wilde Dani een frambozentaartje hebben, waarvan ze slechts drie happen had genomen. Lisa haalde Daniels medicijnen op en deed een paar boodschappen in haar enorme suv, en Daniel had daarom een paar uur lang de verantwoordelijkheid voor zijn dochters. Later waren ze naar de Albert Hall gewandeld, waar Daniel en Kate met nostalgie terugdachten aan vroeger. Ze keken omlaag naar de Royal College of Music, Daniels alma mater, rustig pratend en wachtend tot Lisa hen zou komen ophalen. Danielle holde over het terras, langs de balustrade, en zong zachtjes voor zich uit. Ze had Kate verteld dat ze een prinses was, óf Maria in The Sound of Music, daar was ze niet helemaal uit.

'En wat ga je doen in New York als je weer terug bent?' vroeg Daniel.

'Dat weet ik nog niet zeker. Ik krijg van Sue wat freelancewerk en ik zal wat gaan netwerken...' Ze zweeg even. 'Mijn column staat volgende week in *Venus*, dus we zullen zien.'

'Hoe kan "Meisje in de stad" een column schrijven over New York?' vroeg haar vader cynisch.

'Dat zou heel goed kunnen. "Meisje in de stad"...' zei Kate. Daniel zei niets. 'Interviews misschien. Ik zou hun correspondent kunnen worden, en artikelen schrijven vanuit New York, ik zou contact kunnen opnemen met andere mensen die ik van *Venus* ken, zien wat zich voordoet... We zullen moeten afwachten.'

Eerlijk gezegd was het al zo lang geleden dat ze in de tijdschriftenwereld had gewerkt, dat ze niet wist of iemand zich haar nog zou herinneren. Kate Miller, op haar zevenentwintigste een van de jongste featuresredacteuren in de stad, die van de aardbodem was verdwenen: ze had enorm geluk gehad dat ze die column voor Sue had kunnen schrijven, ze wist het, en ze wist bijna niet hoe ze haar dankbaarheid tot uiting moest brengen, ook al had Sue gezegd: 'Je verdient een beetje geluk, Kate, dus maak je niet zo druk.'

Nu was ze ouder, verstandiger, rustiger, evenwichtiger, en ze wist niet hoe haar toekomst in New York zou zijn. Ze wist alleen dat ze terugging, ook al...

'En hier blijven is geen optie?' vroeg haar vader. Hij zat rechtop en frutselde aan zijn manchetten, onderbrak Kates gedachtegang. Dani had hen gehoord en kwam naar hen toe gehuppeld.

'Hoi, Kate,' zei ze. 'Blijf je hier?'

'Nee,' zei Kate en ze tilde haar kleine zusje op in haar armen. 'Maar ik zal jullie heel vaak komen opzoeken en volgende keer neem ik je mee naar de dierentuin om de giraffes te zien.' Dani had op het moment een passie voor giraffes. Kate blies in Dani's hals, en ze gilde. Daniel zag er plotseling vermoeid en een beetje verveeld uit.

'Ik ga daar ook een eigen flat zoeken,' zei Kate. 'Je moet gauw komen als je beter bent.'

'Ja, ik zal wel moeten, met het Manilow-album,' zei haar vader vol bravoure. Hij keek achterom naar de Albert Hall, die in een rode gloed lag. 'En ze willen dat ik een nieuwe serie doe van *Maestro!* voor Kerstmis, als ik ertoe in staat ben.'

'Ik weet niet of dat wel een goed idee is,' zei Kate fronsend, maar Daniel negeerde haar.

'... Ja, het zal nogal hectisch worden... Dus,' ging hij achteloos verder. 'Je gaat dus weg bij je moeder?'

'Het zal tijd worden,' zei Kate, en ze liet Dani los die een tree lager tussen haar benen klom. 'Arme mam en Oscar, ik denk dat ze er wel naar zullen verlangen wat tijd voor zichzelf te hebben, nu ze eraan gewend zijn geraakt dat ik er niet ben.'

Impulsief zei haar vader: 'Wil je haar een boodschap van me overbrengen?'

De toon van zijn stem deed Kate denken aan volslagen wanhoop, aan de manier waarop ze zich tot het uiterste moest beheersen om Macs naam niet te noemen tegen mensen, niet te vragen hoe het met hem ging, te proberen iets over hem te weten te komen. Ze staarde Daniel verbaasd aan.

'Mam? Ja... Natuurlijk, pap, wat moet ik haar zeggen?'

Haar vader tuitte zijn lippen en staarde met een strak gezicht voor zich uit. Hij zag eruit als een Romeinse buste in een museum, dacht Kate. Hij bleef zo lang zwijgen dat Kate dacht dat hij niets meer zou zeggen. Ze stond al op het punt de stilte te verbreken met een verhaal dat meneer Allan hem al die jaren geleden had zien spelen, toen hij plotseling zei: 'Zeg haar dat ik nog steeds aan Sheffield denk.'

Kate was teleurgesteld. Ze had een meer romantische boodschap verwacht. Jij bent de sleutel tot mijn vioolkist en mijn hart. Nou ja, zoiets tenminste. 'Je denkt nog steeds aan Sheffield?' herhaalde ze aarzelend.

'Ja.'

'Goed... Maar, pap, weet ze wat dat betekent?'

Daniel legde even zijn hand op zijn hart. 'Ja,' zei hij simpel en hij zweeg weer.

Dani klemde haar handen om Kates enkels, terwijl Kate naast haar vader zat en bedacht hoe vreemd het was dat hij plotseling zo menselijk op haar overkwam. Ze vroeg zich af wat dat betekende.

'Ja, het gaat nu een stuk beter,' zei Lisa, terwijl ze een bocht nam met de reusachtige auto. 'Hij slaapt de hele nacht door en heeft – goddank – nu een goed humeur.'

'Ja,' zei Kate. 'Zo was hij vandaag ook.'

'Is dit de goede richting?' vroeg Lisa plotseling.

'Ja,' zei Kate. 'Bedankt, Lisa, aardig van je om me weg te brengen.'

'Graag gedaan.' Lisa's stem klonk geïrriteerd. Kate nam haar aandachtig op, maar haar gezicht was ondoorgrondelijk achter de spiegelende glazen van haar enorme zonnebril. Kate schraapte haar keel.

'Lisa,' begon ze. 'Ik wilde alleen maar zeggen... Dank je.'

'Dat héb je gezegd.'

'Nee, ik bedoel... voor de afgelopen maand of wat dan ook. Het was...' Kate zocht naar woorden en besefte dat ze die al wist. 'Het was heerlijk. Echt fantastisch. Ik had geen idee hoe...' Dit zou uitpakken, had ze willen zeggen, maar ze realiseerde zich dat je dat niet kon zeggen als het ging over je vader die het bijna niet gered had. 'Ik vond het zo fijn pap te zien en Dani beter te leren kennen en... en jou, Lisa.' Ze klonk als een tienjarig kind; ze zweeg. 'In ieder geval bedankt,' eindigde ze. 'Ik denk niet dat het altijd even gemakkelijk was.'

'Je hebt gelijk,' zei Lisa nuchter.

'O...' zei Kate, een beetje beduusd.

'Je was krengerig tegen me in het begin, Kate, dat weet je toch, hè?'

'Nee, dat was ik niet!' protesteerde Kate. 'Dat was ik niet!' Ze wist dat het niet erg overtuigend klonk.

'Dat was je wél,' zei Lisa. 'Het is een feit, dus laten we er niet over zeuren. Het lag trouwens niet zozeer aan jou. Die vriend van je – walgelijk! Hij behandelde me alsof ik een Thaise prostituee was, de jonge maîtresse van je vader.'

'Nee toch!' zei Kate gefascineerd. 'Hemel, dat spijt me. Ik was toen anders, alles was toen anders... Ik... Hij...'

'Zo anders was je niet,' zei Lisa toen ze Edgware Road in reed. 'Je was dezelfde Kate. Hetzelfde nurkse, slungelige, onnozele kind dat de oogappel van haar pappie was. Dat ben je nog steeds...' Ze stak haar hand uit toen Kate haar mond opendeed. 'Maar toen leefde je zoals je dacht dat je hoorde te leven. Nu... Tja, ik weet zeker dat je niet zou vragen om alles wat je hebt meegemaakt, maar het heeft je goed gedaan.'

'Eh...' zei Kate. 'Bedankt?'

'Je hoort me te bedanken,' zei Lisa ronduit. 'Je vader is een nachtmerrie om mee te leven, dat weet je.' Ze grinnikte. 'Stel je voor dat je dat allemaal in je eentje het hoofd had moeten bieden. Ik begrijp precies wat je moeder had te verdragen. Je zou van me moeten houden, weet je.'

'Ik hou van je,' zei Kate, en ze besefte dat het waar was.

'Goed, mooi,' zei Lisa, en ze stak haar onderlip naar voren. De zon weerspiegelde in de glazen van haar bril. 'Goed,' zei ze weer toen ze over Maida Vale naar de flat reden.

Kate keek uit het raam naar de straten die ze zo goed kende; morgen om deze tijd was ze terug in New York, zou ze in de eetkamer zitten met haar moeder en Oscar. Gek om daaraan te denken, en toch...

'Hij praat nog steeds over haar, weet je,' zei Lisa. Haar stem klonk heel kalm, bijna fluisterend.

'Wie?'

'Je vader. Hij praat nog steeds over je moeder. In zijn slaap. Heel vaak. Zegt alleen maar haar naam, ik weet niet waarom.'

'Echt waar?' Kate kon het niet geloven.

'Ja,' zei Lisa en ze sloeg de hoek om naar Elgin Avenue. 'Ja, je moeder is een soort geest uit het verleden. Hij zal altijd van haar blijven houden, weet je.' Ze stopte aan de rand van het trottoir.

'Dat geloof ik niet,' zei Kate.

'Ik weet het,' zei Lisa, en ze zette de motor af. Ze gaf een klopje op Kates hand. 'Je lijkt zo op haar tegenwoordig. Heel vreemd.'

Toen boog ze zich naar haar toe en gaf haar een zoen op haar wang.

'Loop niet weer weg, zoals zij heeft gedaan. Kom gauw terug. Niet alleen voor je vader. Ook voor Dani en mij. Oké?'

'Oké.' Ze probeerde Lisa's ogen door de donkere glazen heen te zien en omhelsde haar. 'Dank je... voor alles.'   ,

'Tuurlijk,' zei Lisa met een achteloos gebaar. 'Heb een goede vlucht. Bel ons, wil je. En wacht er deze keer niet zo verdomde lang mee.'

Het was zes uur; haar laatste nacht in de flat, in Londen, wie weet voor hoe lang. Kate ging voorzichtig naar binnen en keek verbaasd naar de grond. Onder de deur door geschoven lag een met de hand geschreven briefje. Er liep een rilling over haar rug, angst kwam in haar op. Ze keek nog eens. Het was vastgemaakt aan een tijdschrift.

Dit is het soort post dat ik graag ontvang. Hierbij je eerste artikel voor Venus. Gefeliciteerd, Kate. Ik heb altijd geweten dat je een ster was.

Sue Jordan

41

Het was zaterdag en de dag brak aan, bewolkt, regenachtig, het soort weer dat je alleen in Engeland kunt verwachten, waar je je niet kunt voorstellen dat er ooit iets heeft bestaan als een blauwe lucht of een zon die schijnt op die trieste narcissen, platgewaaid door de wind van de vorige nacht. Het paste bij Kates stemming. Ze dronk thee in de keuken, keek in het grauwe licht om zich heen in haar flat. Haar koffers waren gepakt, ze stond op het punt om te vertrekken, er viel niets meer te doen... Behalve meneer Allan bezoeken die haar zou vergezellen in de Heathrow Express.

De dag had een sombere sfeer van terug-naar-school, alsof de afgelopen paar weken van lente en zon niet echt hadden bestaan, al wist Kate dat ze er wel degelijk waren geweest. Ze besefte dat ze veranderd was, dat de tijd in haar geboortestad haar in gunstige zin had veranderd. Ze was sterker, ze was weer als vroeger... Nee, misschien niet zoals vroeger, maar op weg om een onafhankelijk en zelfstandig mens te worden, waarschijnlijk voor het eerst sinds ze een jong meisje was.

Terwijl ze haar eigen exemplaar van *Venus* weer in de la van haar kast borg en zich afvroeg wanneer ze naar meneer Allan zou gaan, werd er aan de deur gebeld.

'Geraldine Garley,' klonk een luide stem door de intercom. 'Van Prince, het makelaarskantoor. Ik wil graag de flat even opmeten, dat is mijn collega gisteren vergeten. Mag ik bovenkomen?'

'Natuurlijk.' Kate drukte op de knop om de deur te openen.

Geraldine was klein, gezet en vastbesloten om indruk te maken. Ze was kennelijk ook kwaad was dat ze dit moest doen.

'Het is een druk seizoen voor ons, Kate,' zei ze, wijzend naar het elektronische meetapparaat aan de tegenoverliggende muur. Ze drukte er krachtig. 'En ik snap niet waarom ik Nigels rotzooi moet opknappen, alleen omdat Nigel een volslagen – O!' Ze herinnerde zich plotseling weer waar ze was. '7,35 meter. Prachtig. Mooie flat,' zei ze, om zich heen kijkend.

'Dank je,' zei Kate. Ze ging op de rand van de bank zitten en keek toe. 'Wil je thee of zo?'

'Thee? Nee, dank je, Kate. Ik wil alleen – 4,5 meter. Oké, en 22,5 cm. Nou, je weet wat ze zeggen over 22,5 centimeter, hè?' grapte ze.

'Ja,' zei Kate, en ze probeerde niet te knipogen, zoals iemand op een dubieuze ansichtkaart.

'Waarom ga je eigenlijk verhuizen?' vroeg Geraldine. Ze haalde een klembord tevoorschijn. 'Jemig! Zelfs dat heeft hij niet ingevuld... mannen! Typisch iets voor een man! Onbruikbaar! Die verdomde Nigel! O, verdraaid, nu heb ik gevloekt in jouw bijzijn, Kate. Dat mogen we absoluut niet. Mijn excuses.'

'Maak je geen zorgen,' riep Kate vanuit de slaapkamer. 'Doet er niks toe. Echt niet.'

'Waar ga je naartoe?' vroeg Geraldine, die haar gevolgd was.

'Terug naar New York. Daar woon ik. Ik was maar een tijdje hier, dus ik verhuur de flat weer als ik er niet ben.'

Geraldine luisterde maar met een half oor. 'Geweldig, Kate. Hou je van New York?'

Kate vond het prachtig zoals mensen in Londen dat soort vragen stelden. Het was in wezen een beleefde manier om te zeggen: 'Ben je op je achterhoofd gevallen? Waarom woon je daar?'

'Ja, ik hou van New York. Het is een heerlijke stad. Ben je er wel eens geweest?'

'Paar keer.' Geraldine maakte nog een paar notities en keek toen op. 'Maar, weet je, als je het over steden hebt, dan prefereer ik Parijs.'

'Echt waar?' zei Kate. Ze was verbaasd, ze wist niet waarom. Ze had gedacht dat Geraldine meer een Las Vegas-type was. 'Meen je dat?'

'Ja. Parijs is verrukkelijk. Een prachtstad. Hondenpoep en zo, en het stinkt er naar rook, maar het is een fantastische stad. Je kunt overal wandelen. En het is kleinschalig. Dat vond ik prettig. Mijn vriend en ik zijn er verleden jaar vlak voor Kerstmis geweest.' Haar gezicht begon te stralen. 'Langs de rivier gewandeld. Al die leuke straatjes en zo. Een droom. Je moet er eens naartoe. Parijs is zo romantisch.'

'Leuk,' zei Kate.

'Ja, dat is het.' Geraldine sloeg haar armen om zich heen. Ze kwam bij uit haar overpeinzingen. 'En dat wordt het weer zodra ik mijn bonus heb gekregen. Ik ben degene die betaald heeft.'

'Ik zal voor je duimen,' zei Kate.

Schertsend voegde ze eraan toe: 'Als jij deze flat verhuurt, kun je misschien weer naar Parijs.'

'Daar dacht ik ook aan, en als Nigel probeert het in zijn verdom- de handen te krijgen, dan vermoord ik hem!' Geraldine grinnikte. 'O, nou doe ik het weer. Hemel! Mijn excuses.'

'Het is al goed. Heus,' zei Kate, toen ze zag dat Geraldine echt er- van schrok.

Geraldine sloeg zich zachtjes met haar klembord op haar hoofd. 'Ik ga er maar vandoor voor ik mezelf in de problemen breng.' Ze keek naar Kates koffers. 'Leuk je ontmoet te hebben. Ga je al gauw weg?'

Een stem in de open deur deed haar plotseling opschrikkken.

'Ze gaat over vijf minuten, en ik kom haar halen.'

'Meneer Allan!' zei Kate, die zich omdraaide naar haar buurman. Ze gaf hem een zoen op zijn wang. 'O, u bent er al. Ik moet er echt vandoor. Nogmaals bedankt, Geraldine.'

'Bedankt dat je ons kantoor hebt gekozen,' zei Geraldine, die bijna buigend de deur achter zich dichtdeed.

'Wie was die jongedame?' vroeg meneer Allan, die de zitkamer binnenkwam en verbaasd om zich heen keek.

'Makelaarskantoor,' zei Kate, terwijl ze de afstandsbediening op de tv legde.

'Ik kon haar stem boven in de flat horen. Tja, een trieste dag van- daag, hè?'

'O, niet doen, meneer Allan. Anders ga ik nog huilen.' Ze stak haar hand naar hem uit. 'Ik wil helemaal niet weg. Ik krijg nu al heimwee.'

'Huilen? Nonsens. Je bent een vreemde meid, Kate. Je gaat terug naar New York, waarvan je me voortdurend vertelt dat het de heer- lijkste stad is die je ooit hebt gezien, en plotseling wil je er helemaal niet meer naartoe?' Hij pakte een koffer op. 'Je moet nadenken over wat je wil.'

'Ik neem die koffer. Die is...' Kate had willen zeggen: 'te zwaar'. Ze bedacht zich en zei: 'lichter'.

'Nonsens,' zei meneer Allan weer. 'Voor we gaan wil ik je nog wat geven.' Hij zocht in de ruime zakken van zijn overjas. 'Een cadeautje voor je. Waar heb ik het nou gelaten?'

Hij haalde een papieren zak tevoorschijn met iets erin wat verpakt was in een plastic doosje. Kate pakte het uit.

'Chorizo!' zei ze. 'Bedankt.'

'Vers van de vruchtbare vlakten van Mallorca.' Meneer Allan smakte met zijn lippen. 'Maar dat kun je niet meenemen naar de Verenigde Staten. Je krijgt boomlange immigratie-ambtenaren over je heen als je daarmee probeert het land binnen te komen. Dus dacht ik dat ik hem maar zolang voor je moest bewaren.'

'U gaat een Spaanse worst voor me bewaren?'

'Ik heb nog een cadeautje,' zei hij, haar opmerking negerend. 'Eh, waar... Ah, in het doosje. Vooruit.'

'Chappel Quartet: Songs for Lovers,' las Kate hardop. 'Van u?'

'Van mij en de band, ja. Die plaat hebben we gemaakt in 1960. Op mijn tiende huwelijksdag. Op de dag af.' Hij knikte. 'Dacht dat dit het helemaal was, en drie jaar later was die muziek absoluut verleden tijd. We werden wat we nu zijn,' zei hij, terwijl hij de cd liefdevol vasthield en naar de lijst van uitvoerenden keek. 'Een band van ouwe sokken. Zelfs toen al, toen we nog betrekkelijk jong waren. Haha.'

Kate keek naar de titels van de songs. "That's Al," las ze hardop. 'O, natuurlijk. "There's a small Hotel", "I get along Without You Very Well", "I Remember You" – dat is Oscars lievelingslied. O, meneer Allan... en wat een prachtige cover.' Ze zweeg even. 'Bedankt. Heel erg bedankt.' Haar vinger bleef rusten op het laatste lied. "It never Entered My Mind" – dat ken ik niet.'

'Rodgers and Hart,' vulde hij aan. 'Het droevigste liedje ter wereld. Zo mooi. Luister maar.' Zacht zong hij een paar regels, schor, een beetje beverig, maar zuiver.

Ze stopte de cd in haar tas, zodat hij niet kon zien dat tranen van medelijden in haar ogen sprongen. Er viel een stilte.

'Wat gaat u nu doen?' vroeg ze hem, om de spanning te verbreken. Ze wilde het echt weten.

'Ik? Ach, ik weet het nog niet zeker.'

'Blijft u hier wonen?' vroeg Kate.

'Alweer: ik weet het nog niet zeker.' Hij knipperde met zijn ogen en keek om zich heen in de kamer alsof hij iets zocht. Plotseling besefte ze angstig dat hij ouder was dan ze bereid was toe te geven. 'Sheila wil dat ik bij haar kom wonen, en dat is prima, ik kan goed met haar opschieten. Maar ik voel me hier ook wel gelukkig. Ik heb hier meer dan veertig jaar met Eileen gewoond. Natuurlijk zal het vreemd zijn dat ze er niet meer is. Me niet meer op mijn kop zit.' Hij glimlachte. 'Maar ik heb mijn vrienden. En ik zal nog een paar keer optreden, denk ik, als herinnering aan de oude tijd. Ik moet ook de flat wat leegruimen, maar niet te veel. En weet je... Ik heb mijn herinneringen, en, net zoals in dat lied, "I've Got My Love to Keep Me Warm", ik heb mijn liefde om me warm te houden.'

338

'Maar als u...' begon Kate, en hield toen haar mond.

'Ik ben oud genoeg om voor mezelf te kunnen zorgen. Ik heb niemand nodig.'

Kate wilde dat hij het zou begrijpen. 'Ja, maar geloof me, meneer Allan. Geen mens is een eiland. Je moet op mensen kunnen vertrouwen, mensen die om je geven.'

'Nou, dat kan ik,' zei hij een beetje geprikkeld. 'Behalve op jou natuurlijk.'

Kate deed een stap achteruit, alsof hij haar een klap had gegeven.

'Sorry, kindlief,' zei hij vergoelijkend. 'Zo bedoel ik het natuurlijk niet. Ik bedoel alleen... weet je?' Hij zette zijn bril af en keek haar strak, maar vriendelijk aan.

'Wat?' vroeg Kate, die zijn blik beantwoordde.

'Ik zal je missen. Dat is alles. Ik zal je verdomd erg missen, Kate. Je kwam terug in mijn leven op het moment dat ik je het hardst nodig had... Een beetje als een engel, zei de dominee. Je bent een engel.'

'Ik?' vroeg Kate verbaasd. 'Weet u zeker dat hij mij bedoelde?'

'Ik bedoel jou,' zei hij serieus. 'Je kwam toen ze Eileens lichaam weghaalden. Als dat niet betekent dat er iemand over me waakt op het moeilijkste moment in mijn leven, dan weet ik het niet meer. Ik dank God ervoor.'

'Ik geloof echt niet...' begon Kate, maar zweeg toen.

Hij liep naar het midden van de kamer. 'Je kunt zeggen dat ik een dwaze ouwe baas ben, die niet weet waarover hij praat. Zijn vrouw is gestorven en hij heeft iets met God, maar er zijn dingen die we niet begrijpen, en er zijn dingen die verschrikkelijk zijn en om een bepaalde reden gebeuren, een reden die ons begrip ver te boven gaat. En ik geloof oprecht dat iemand je gestuurd heeft om op me te passen in de dagen na Eileens... heengaan.' Hij pakte de zwaarste koffer op. 'Jij gaf me kracht. De kracht om door te gaan. Denk daaraan, lieve Kate, als je jezelf weer wijsmaakt dat alles jouw schuld is en niemand van je houdt.'

Hij sjouwde de koffer naar de deur.

'We gaan nu,' zei hij. 'Anders komen we nog te laat. Ik wil niet dat je hier rond gaat lopen om van alles afscheid te nemen. Ik wil dat je met opgeheven hoofd naar buiten wandelt, en dan gaan we in stijl naar de luchthaven. God zegen je, Kate.'

Terminal Drie van Heathrow deed denken aan Armageddon. Overal waren plastic doeken, muren waren opengebroken, boren dreunden, koffers lagen achteloos op bagagekarretjes – van wie waren die koffers en waarom waren ze zo nonchalant achtergelaten? – en rijen en rijen mensen, van wie sommigen niet eens schenen te weten waarvoor ze in de rij stonden. Toen meneer Allan bleef staan bij een oude dame en haar vroeg of dit de rij was voor de vlucht naar JFK, antwoordde ze met zwakke stem: 'Ik zou het niet weten. Ik sta hier al bijna een uur en er gebeurt helemaal niets. Zo wil ik niet langer leven.'

Op het scherm stond dat het toestel op tijd zou vertrekken, om twee uur, maar om één uur had Kate nog steeds niet ingecheckt. Zij en meneer Allan stonden huiverend te wachten in de wind die door de open muur achter hen naar binnen woei, en Kate zei: 'Zal ik ze gaan zeggen dat...'

'Dat heb ik al gedaan, als u ook naar New York wilt,' zei een man vóór haar op strenge toon, alsof hij er een grimmig plezier in had om haar van het idee af te brengen dat ze een uitzondering vormde. Typisch Engels, dacht ze. Geërgerd voegde hij eraan toe: 'Ik heb ze een uur geleden al verteld dat mijn toestel om twee uur vertrekt, en ze zeiden dat ik over een minuut zou kunnen inchecken.'

'Wat een leugenaars,' zei Kate. Ze probeerde het op luchtige toon te zeggen, maar voelde zich steeds gestrester. Ze wilde weg, ze had het besluit genomen om weg te gaan, ze moest weg. Alsjeblieft, smeekte ze in stilte, laat er niets tussen komen. Daar ben ik geestelijk niet op voorbereid. Ik ben geestelijk ingesteld op mijn vertrek naar New York, dus belazer me niet, God.

'Heus,' zei ze voor de derde keer tegen meneer Allan, toen ze een halfuur hadden staan wachten. 'U moet naar huis. Met mij gaat het prima. Ga nu maar.'

'Nee, nee, nee,' zei hij, wiebelend op zijn voeten, met stralende ogen. Hij hield wel van een beetje drama. 'Ik wacht tot je door de beveiliging bent. Kom nou, wie zit er thuis op me te wachten?'

'Nou ja...' Kate stampte ongeduldig met haar voeten om warm te blijven. 'Dit is geen behoorlijk afscheid. Het duurt te lang. En ik wil niet dat u kouvat.'

'Dat is erg aardig van je, maar ik ben geen kind meer. Niks aan de hand.'

Een kwartier later, juist toen Kate begon te accepteren dat ze misschien haar vlucht zou missen – wat als zij en de man vóór haar eens de enigen waren die niet hadden ingecheckt en ze het vliegtuig niet zouden laten wachten? – kwam de redding. Een vrouw met een klembord, die vol begrip leek, en Kate en haar lotgenoten naar de tot nu toe lege eersteklasbalie bracht om te worden ingecheckt. Meneer Allan keek ongerust om zich heen.

'Gaat het?' vroeg Kate. 'We zijn er bijna.'

'Ja, ja,' zei hij. 'Zal tijd worden.'

'Wauw,' zei Kate en ze hees haar koffers op de transportband. 'Eindelijk.' Ze deed haar best om niet pissig te klinken tegen de vrouw achter de balie. 'Is het toestel vol?'

'Ja,' zei de vrouw en ze tuitte afkeurend haar lippen. 'Het is vol, mevrouw, en u bent erg laat met inchecken.'

'Maar...' begon Kate. Ze deed best om er niet iets onvergeeflijks uit te flappen.

'Kalm blijven,' fluisterde meneer Allan in haar oor. 'Doe je ogen dicht en tel tot tien, Kate.'

Omdat er maar twee mogelijkheden waren – woedend worden en gaan schreeuwen of haar lippen op elkaar klemmen en tot tien tellen – en omdat ze in wilde stappen en geen toestanden wilde riskeren, deed ze haar ogen dicht en telde tot tien.

Toen ze haar ogen weer opendeed, staarde de vrouw haar bevreemd aan, en toen Kate zich omdraaide, was meneer Allan verdwenen.

'Waar is hij naartoe?' vroeg ze.

'Wie?'

Kate maakte een vaag gebaar. 'De man die bij me was. De oude... de heer op leeftijd. Waar is hij naartoe?'

De vrouw haalde haar schouders op. 'Ik weet het niet. Sorry. Ik heb hem niet gezien.'

'Ja, maar hij kan niet zomaar zijn verdwenen,' zei Kate, die probeerde haar kalmte te bewaren. 'Hij kan niet in de lucht zijn opgelost. Hebt u hem helemaal niet gezien?'

'Het is erg druk vanmiddag, voor het geval u dat ontgaan is,' zei de vrouw geïrriteerd. 'Heeft hij voor dezelfde vlucht geboekt als u? Want dan is hij ook te laat en moet hij omiddellijk naar de balie komen. Anders kunt u beter doorlopen naar de gate.'

Kate keek zenuwachtig om zich heen. 'Maar... Hij was net nog bij me! Ik kan niet zomaar weggaan.'

'Neem me niet kwalijk,' hoorde ze een stem achter haar. Ze draaide zich met een ruk om.

'Als u niet opzij gaat,' zei een vrouw met een kwaad gezicht, een tas onder haar arm en een gegeneerd kijkende man naast zich, 'missen we ons vliegtuig en dan heb ik het recht compensatie van u te eisen.'

'O,' zei Kate. 'Meent u dat serieus?' Ze zei het zo fel, dat de vrouw een stap achteruit deed, zich blijkbaar afvragend of ze met een psychopaat te maken had. 'Mijn vriend – meneer Allan – wordt vermist, hij was hier nog een seconde geleden en nu is hij weg, en deze dame weigert me te helpen, en omdat u daarom tien seconden moet wachten, wilt u me voor het gerecht slepen?'

'Neemt u me alstublieft niet kwalijk,' zei de vrouw met een onaangename, zelfingenomen grijns. 'Maar sommige mensen moeten dat vliegtuig halen.'

'Stom wijf,' mompelde Kate. Ze haatte dit land, ze was blij dat ze vertrok. Ze pakte haar paspoort op, keek verontwaardigd naar de vrouw achter de incheckbalie en liep met bonzend hart weg.

Waar was hij toch? Hij kon niet zonder iets te zeggen zijn weggegaan... nee toch? Ze wist niet wat ze moest doen; ze kon niet weg zonder afscheid van hem te nemen, maar ze wilde haar vlucht niet missen: wat zou hij zeggen als dat het geval zou zijn? Of misschien wilde hij zo graag dat ze zou blijven dat hij dit met opzet had gedaan?

Kate schudde haar hoofd; dat was niets voor hem. Of wel?

Ze bleef een paar minuten staan bij de herentoiletten en keek angstig op haar horloge. Maar hij was nergens te bekennen en vijf minuten later liep ze haastig en hevig ongerust door de vertrekhal. Ze was laat, verontrustend laat, en ze wist niet wat ze moest doen. Het krioelde van de mensen, die elkaar nu en dan verdrongen om een stewardess met bagage of luchtvaartpersoneel in fluorescerende overalls door te laten. Ze had gelijk in haar mening over vliegvelden, dacht ze. Ze waren stressig – en in dit geval afgrijselijk chaotisch – en behoorden tot de minst romantische plaatsen ter wereld.

Het was vijfentwintig minuten over één. Ze moest naar de gate, ze kon niet langer wachten. Ze hees haar tas over haar schouder, haalde diep adem en ging in de rij staan voor de securitycheck.

Ze zocht in haar spullen, om zeker te weten dat haar flesje parfum niet in haar handbagage zat, toen een stem zei: 'Goddank. Daar ben je.'

Verward keek ze op. 'Meneer...' De woorden bestierven op haar lippen.

Mac stond voor haar, achter de beveiligingsambtenaren. Hij haalde hijgend en enigszins bevend adem. Kate schrok op en sloeg haar hand voor haar mond,

'Jij...' zei ze, maar verder kwam ze niet. Ze legde beide handen op haar wangen en staarde hem aan.

'Waar was je?' vroeg hij bijna kwaad. 'Ik zoek al twintig minuten naar je!'

'Wat in hemelsnaam...' begon Kate weer. 'Waar is meneer Allan?' vroeg ze toen verward. 'Heb je hem gezien?'

'Ja, natuurlijk,' zei Mac. 'Ik zag je in de rij staan. Ik zwaaide naar hem om te komen, en toen heb ik hem alles uitgelegd en hij ging opzij zodat ik je kon verrassen...' zei hij met een spottend lachje. 'Hij zei dat ik je de groeten van hem moest doen en dat ik op moest schieten, maar toen we uitgepraat waren, was je verdwenen. Het is hier ook zo verdomde druk,' zei hij nijdig. 'Ik zag je nergens meer, en ik was je bijna misgelopen, en Kate...' Hij haalde haar handen weg van haar wangen en hield ze vast 'Ik wilde je zien.'

'Gaat u alstublieft opzij, juffrouw,' zei iemand achter haar. Kate keek op haar horloge en deed een stap opzij. De andere passagiers liepen langs haar heen.

'Ik weet dat je maar een minuut de tijd hebt,' zei hij, haar gedachten lezend. 'Ik weet het... Dit is helemaal verkeerd, veel te gehaast, zo had het niet moeten zijn. Ik heb god weet hoe lang op je gewacht, maar ik hoorde van Zoe hoe laat je vliegtuig ging en ik wist dat ik hierheen moest omdat, Kate... ik hou van je. Het spijt me van die avond.'

'Geeft niet,' zei Kate. 'Het spijt mij – je had het recht ertoe. Na de manier waarop ik je behandeld had...' Ze bewoog zich iets naar voren en iemand drong zich langs haar heen, duwde haar nog dichter tegen hem aan.

'Kate, het is geen spelletje voor me, dat is het nooit geweest. Ik wilde geen onenightstand met je. Ik ben blij dat je verleden week wegging. Ik wilde je niet weer tot iets dwingen.'

'Maar je had gelijk,' zei Kate ademloos. 'Ik sloot je buiten. Ik moest wel, Mac. Daarom verdien ik je niet.'

Macs gezicht was uitdrukkingsloos, maar zijn ogen boorden zich in de hare. 'Het was stom van me. Zielig. Ik denk dat ik je deels wilde krenken, weet je.'

'Ik heb jou gekrenkt. Jij...'

'Dat doet er nu niet toe.'

'Dat doet het wél,' zei Kate snel, te snel. Ze wilde zoveel mogelijk zeggen in de korte tijd die ze nog hadden. 'Dat doet het wél. Jij en ik... We zijn nooit jij en ik geweest, hè? We hebben nooit een echte date gehad... Tenzij je die twee weken non-stop samen als een date beschouwt.' Ze glimlachte en hij glimlachte terug. 'Dat is wat me dwarszit, denk ik.'

'Ik weet wat je bedoelt,' zei Mac. 'Dat het nooit beter dan dit zal worden voor ons, dat we niet voorbestemd zijn een stel te zijn, niet meer dan schepen die elkaar passeren in de nacht?'

'Ja,' zei ze, opgelucht dat hij het begreep.

'Maar ik geloof niet dat dat waar is.' Hij schraapte zijn keel. 'Al die tijd heb ik geprobeerd het goed te doen, en ik deed het verkeerd. Jij had gelijk. Dat is alles wat ik je wilde zeggen. Ik kwam hier om je te zeggen...' Hij glimlachte behoedzaam. 'We hebben alles verkeerd gedaan. Ik wilde vragen of je een keer met me uit wil.'

'Een date?' De menigte achter haar zwol aan, duwde haar naar voren.

'Ja.' Hij hield haar hand vast. 'Als we eens een keer afspraken voor een kop koffie. Of voor een pizza. Er is een heel leuk restaurant in Battersea, waar ik veel over gehoord heb. Of naar een film of een toneelstuk.'

Het lawaai om hen heen scheen luider te worden; iemand sleepte een krat mineraalwater naar de kioskhouders achter hen.

'Hé,' zei een stem naast haar. 'U stond toch vóór mij? Gaat u niet mee?' De man die achter haar had gestaan in de rij verscheen naast haar. 'Weet u dat ze de gate direct gaan sluiten?'

Hoofdschuddend liep hij door. Kate staarde naar Mac. Ze pakte zijn handen steviger beet.

'Dit is... onmogelijk,' zei ze.

'Ik weet het. Ik weet het, liefste. Ik zal dit heel gauw zeggen. Oké?'

'Oké,' zei Kate glimlachend. Hij boog zich naar voren en kuste haar.

'Ik heb een idee,' zei hij. 'Zie je, jij weet en ik weet wat er fout is gegaan met jou en mij. We hebben het in de omgekeerde volgorde gedaan. We zijn de eerste nacht verliefd op elkaar geworden en toen zijn we steeds verder achteruit gegaan, tot we elkaar bijna als vreemden voorbij liepen. Ja toch?'

Ze kon geen woord uitbrengen; ze knikte slechts. Hij sloeg zijn arm om haar middel. 'Ik weet het niet, maar misschien moeten we weer bij het begin beginnen. Ik blijf in Londen, ik ben op zoek naar een flat. Blijf hier ook. Ga met me uit op een eerste date. Laten we het nu op de juiste manier doen.'

'Dit is de laatste oproep voor het boarden van vlucht BS080 naar New York. Willen alle passagiers voor vlucht BS080 zich begeven naar Gate 27. Gate 27 voor vlucht BS080 naar New York.'

'Hoe kun je daar zo zeker van zijn?' riep ze uit. 'Als het lot eens probeert ons te vertellen dat we nooit bij elkaar zullen zijn? Dat we het hebben geprobeerd – je weet dat we het hebben geprobeerd – en dat het nooit zal lukken?'

Hij zweeg en slikte even. 'Ik geloof je niet,' zei hij heftig. Hij klemde zijn vingers om haar polsen.

'Dat doe je wél. Daarom ben je weggegaan. Je gelooft het. En ik denk dat ik dat ook doe. Ik denk dat het te laat is.'

'Kate.' Mac zag spierwit, hij sperde zijn neusvleugels open. 'Doe het niet.'

'Ik hou van je,' zei ze. De tranen stroomden over haar wangen. 'Ik wil niet weg.'

'Maar je gáát weg, toch?' Hij liep bij het koord vandaan dat hen scheidde en draaide zich om. 'En zal ik je eens wat zeggen? Ik geloof dat ik vandaag niet had moeten komen. Misschien heb je gelijk en is het te laat.'

Ze keek naar hem, net als haar medepassagiers, die hem nieuwsgierig aanstaarden. Haar handen vielen langs haar zij, maar hij kwam terug, pakte haar linkerhand, legde de palm tegen zijn gezicht en drukte een zachte kus op de muis van haar hand.

'Misschien heb je gelijk.'

Toen was hij verdwenen. Kate slikte en draaide zich weer om naar de rij. Halftwee. Ze keek naar een van de veiligheidsbeambten, liet hem haar ticket zien. Hij keek haar strak aan.

'Ik zou maar gauw gaan,' zei hij en hij duwde haar naar voren, naar de snelle rij, en ze liep door de poort naar de gate, weg van Mac, een stap verder weg van Londen.

42

Er stond een bord op de weg van JFK Airport naar Manhattan, Kate had het al eerder gezien, het stond er al een tijdje. WELCOME HOME! Uw vrienden van American Airlines.

Kate had door haar emotionele uitputting tot New York geslapen, en was wakker geworden met ogen als van een panda en, zoals ze zich voorhield, een helder hoofd. Voordat ze bij de paspoortcontrole kwam dook ze de damestoiletten in, waste haar gezicht, bracht wat gekleurde make-up en lipgloss aan en deed haar lenzen weer in. Ze wilde JFK niet binnenlopen alsof ze een wilde nacht achter de rug had.

Ze voelde zich prima, prentte ze zich in. Ze was terug. Ze wilde tegen iemand praten, ze wilde zeggen: 'Hallo, ik ben Kate, en weet je wat er met me gebeurd is? Weet je waar ik geweest ben?' Want plotseling verlangde ze ernaar te praten. Te vertellen hoe ze zich voelde, haar taxichauffeur zacht op zijn rug te kloppen (zacht, om zijn toch al twijfelachtige rijkunst niet nog meer te verstoren) en te zeggen: 'Hoe bevalt uw baan u? Want ik heb mijn baan net opgezegd en daar ben ik blij om, al zal ik verdraaid gauw een nieuwe baan moeten vinden!' Ze wilde hem iets interessants meedelen, toen de fraaie, staalgrijze skyline van New York voor hen opdoemde, ze wilde zeggen: 'Hebt u de fluistermuur in Grand Central Station wel eens uitgeprobeerd? Waar je op dertig meter afstand kunt horen wat iemand zegt? Verbazingwekkend.'

Of: 'Toen ze de Brooklyn Bridge bouwden, deed zich het eerste geval van caissonziekte voor, omdat de bouwers van die brug te diep doken en te snel weer bovenkwamen. Is dat niet interessant?'

Of: 'Mijn beste vriendin Zoe had gisteren een derde afspraak met die man die Diggory heet en ik moest zo nodig hierheen en ik weet niet hoe het afgelopen is! Het is haar eerste date sinds de dood van haar man, drie jaar geleden, is dat niet ongelooflijk van haar?'

Of: 'Ik zal mijn moeder weer terugzien en ik heb het gevoel dat het voor het eerst is in jaren, wat raar is, want ik heb haar een maand geleden nog gezien. Maar ik heb het gevoel dat ik haar nu wat beter begrijp, meneer Taxichauffeur, luister je, kan het je wat schelen?'

En ten slotte: 'Kunt u me alstublieft terugbrengen naar het vliegveld? Ik geloof dat ik een verschrikkelijke fout heb gemaakt.'

Maar ze zei helemaal niets — natuurlijk niet.

En toen reed ze door Manhattan De lucht was blauw en de taxi's waren geel en de bomen waren groen, en het was het oude, schitterende Manhattan. Ze reden door het park, dwars door de stad naar de Upper West Side, en Kate hing uit het raam, wilde nu niet meer praten, maar nam alles in zich op van de stad die haar zo lief was. De supermoeders achter de kinderwagens, de zakenvrouwen in kokerrokken en op solide sportschoenen, die flink stappend uit kantoor kwamen, de gezinnen die naar huis gingen na school, de gekwelde zakenlieden, de rijen toeterende auto's. Ze had het zo gemist, had er zo naar verlangd weer hier te zijn, het was de troost die ze altijd nodig had, en vandaag meer dan ooit.

Gek dus, dat het zo vreemd aanvoelde om weer terug te zijn. Toen ze hiernaartoe verhuisde, was ze hevig verliefd geworden op de stad, op alles van New York, op de Upper West Side, op het feit dat ze in vijf minuten naar de beste deli ter wereld kon lopen, dat ze kon winkelen bij Anthropologie, haar favoriete kledingzaak, dat ze wanneer ze maar wilde burrito's kon eten van Chipotle, dat de trottoirs breed en schoon waren en de mensen vriendelijk en beleefd, dat apparaten functioneerden en dat, als er iemand kwam om iets te repareren, ze dat ook werkelijk deden, in plaats van aan hun kont te krabben en te zeggen: 'Ik zou het kunnen maken... maar ik ben bang dat het een hoop geld gaat kosten... U kunt beter een nieuwe kopen.' Maar toen de taxi naar Riverside Drive reed, keek Kate uit het raam en glimlachte, het gaf haar een ander gevoel, ze wist niet waarom. Ze had het hier heerlijk gevonden, had van alles hier gehouden, maar het was niet waar ze thuis hoorde. De gedachte flitste trouweloos door haar heen, voor ze die van zich af kon zetten.

Ze staken Amsterdam Avenue over. Was het ook zo voor Venetia? vroeg ze zich af. Hoorde haar moeder hier echt thuis of zou ze altijd terugverlangen naar Londen? Kate wist het echt niet. Ze stopten voor het appartementsgebouw, waar de chauffeur de kofferbak opende om haar bagage te pakken. Ze betaalde hem en hij reed onmiddellijk weg en liet Kate achter op het trottoir. Ze staarde omhoog naar het gebouw en vroeg zich voor de tweede keer in een paar weken af, zij het op een andere plek, waarom ze hier was.

De eerste keer dat Kate op bezoek kwam bij haar moeder in New York was ook de eerste keer dat ze ooit in de stad was geweest, en ze herinnerde het zich met een duidelijkheid die niet minder was geworden door haar erop volgende verblijf hier. Ze was vijftien. Het was zomer, schoolvakantie, en iedereen zei dat het veel te warm was, vochtig, ondraaglijk zelfs. Maar Kate had het heerlijk gevonden. Maurice, de portier, was net aan het werk gegaan in het gebouw, een maand nadat Venetia en Oscar er kwamen wonen, en hij noemde Kate 'de nieuwe', en zei dat ze hem ook zo kon noemen. Haar moeder nam haar mee naar Bloomingdale's en kocht kleren voor haar – sweatshirts in primaire kleuren en in Benettonstijl, die haar absoluut niet stonden maar waar ze dol op was en die ze nog jarenlang in haar laden bewaarde. Ze aten ijs en huurden een bootje in het park. De stad was opvallend leeg, iedereen was weg, New York behoorde hun toe; Oscar leerde haar alle 'Manhattan'-liedjes die over datzelfde onderwerp gingen. Ze zagen *A Chorus Line*, een musical die Kate en Oscar prachtig vonden, maar die Venetia verafschuwde. En ze was – het belangrijkste van alles – drie weken lang bij haar moeder. Ze had de tijd om haar een hele hoop te vertellen, over haar slaapkamer thuis, over school, over Zoe, dat ze na de vakantie *Macbeth* gingen opvoeren, dat ze Gavin Roberts nu al twee keer gezoend had, één keer op de party die Jude in de tuin van haar ouders had gegeven toen die afwezig waren, en de volgende keer voor de bioscoop in Finchley Road, waar ze *Dave* hadden gezien. Wilde dat zeggen dat Gavin haar vriendje was? En misschien konden ze praten over haar vader, hoe triest hij was zonder haar, hoe geschokt al hun vrienden waren dat ze ervandoor was gegaan, dat ze Kate had achtergelaten en vertrokken was.

Maar natuurlijk praatten ze daar niet over. Ze praatten over alle andere dingen, behalve daarover, want Venetia begon er niet over en iets in de houding van haar moeder waarschuwde Kate het haar niet te vragen. Ze shopten, kletsten en wandelden, en luierden op de bank in het snikhete appartement, en zongen terwijl Oscar piano speelde, en na drie weken ging Kate weer naar huis, heel volwassen in haar eentje in het vliegtuig. Toen ze de volgende ochtend terugkwam in het gammele huis in Kentish Town, vond ze haar vader slapend op de bank, terwijl het zonlicht naar binnen scheen door het gat in het kleed dat als een geïmproviseerd gordijn voor het raam van de zitkamer hing. Daniel wilde alles weten over haar moeder, maar Kate liet niet veel los. Ze wilde de herinnering veilig bewaren, hij was haar bijna heilig. En zo kwam haar relatie met haar moeder na de scheiding tot stand, en zo was die sinds die tijd gebleven.

Staande onder aan de trap naar het appartementengebouw kwam Kate tot het besef dat ze geen van beiden perfecte ouders waren, al leden ze beiden onder haar verafgoding van hen. Ze hadden het geprobeerd, hadden haar niet met opzet verdriet willen doen, ze waren gewoon een beetje onmogelijk, niet beter en niet slechter dan zoveel ouders. En het betekende niet dat ze minder van hen hield. Maar er was heel wat gebeurd sinds ze hier voor het laatst was, al was dat niet eens zo lang geleden. Waar had ze dat eerder gehoord? Huiverend liep ze de trap op.

Toen ze de hal in liep, sprong Maurice op achter de receptie en zei met een brede glimlach: 'Kate! Waarom heeft je moeder me niet even verteld dat je vandaag terugkwam? Nou, nou. Geef mij die koffers maar, jongedame. Ik zal de lift voor je roepen. Geweldig om je weer te zien! Heb je een goede reis gehad? Hoe gaat het met je vader?'

'Veel beter, dank je.' Kate gaf een kneepje in zijn arm. 'Hoe gaat het met jou?'

'Goed, goed.' Maurice zette haar koffers bij de lift. 'Het is hier een dolle boel geweest. Mevrouw O'Reilly is ziek geweest, maar is herstellende. Je moeder heeft een nieuwe zomerjas, Kate, prachtig. Weet je dat het bestuur eindelijk gaat stemmen over de renovatie van de vloeren? Ja, ik weet het.' Hij knikte plechtig toen Kate hem aanstaarde. 'En,' besloot hij, 'dan heb ik het nog niet eens over de nieuwe koffiemachine die ze bij Rick's hebben geïnstalleerd.'

De liftdeuren gingen met een schok open. 'Bedankt voor de nieuwtjes,' zei Kate.

'Graag gedaan,' zei Maurice. 'Het is prettig om weer een jong gezicht in het gebouw te zien!'

'Dank je, Maurice! Tot ziens.' Kate stapte in de lift. 'Het is prettig om weer terug te zijn.'

'O, HET IS NIET WAAR!' riep een luide stem toen ze uit de lift kwam. 'MIJN KLEINE MEID IS TERUG!'

Een pastelkleurige wervelwind van kasjmier en roodblond haar kwam op haar af en wikkelde zich om haar heen. Venetia stond klaar nadat ze van Maurice had gehoord dat haar dochter er was. Met stralende ogen deed ze een stap achteruit en nam het gezicht van haar dochter tussen haar handen.

'Hoi, mam.' Kate gaf zich dankbaar over aan de omhelzing van haar moeder, toen Venetia haar weer knuffelde. 'Hoe gaat het met je? O, wat goed je weer te zien!' Ze vlijde zich in de armen van haar moeder en herinnerde zich weer hoe ze rook: een mix van Chanel-parfum, shampoo en een of andere handcrème. Venetia's kasjmier-mouw was zacht, haar wang was zacht, haar haar was zacht – maar haar jukbeenderen waren scherp; ze drukte Kates gezicht tegen haar eigen hoekige beenderen en klemde haar armen om Kate heen.

'Ik heb je ZO ERG gemist!' riep Venetia uit en ze streek zo hard over Kates haar dat het pijn deed. 'Ik heb je gemist! Is dat niet zo, Oscar? Is dat niet zo?'

'Ja,' zei Oscar, die in de deuropening was verschenen en liefdevol en geamuseerd naar zijn vrouw en stiefdochter keek. 'Hallo, Kate, lieverd.' Hij gaf haar een hartelijke zoen op haar wang, ging achteruit en veegde zijn handen af aan de theedoek die over zijn in overhemd gestoken schouder hing.

'Laat me je eens bekijken,' zei Venetia, die haar nieuwsgierig aanstaarde. 'Je bent veranderd. Heb je een nieuw kapsel?'

'Nee,' zei Kate en ze wikkelde een haarlok om haar vinger.

'Je lijkt wel... Ben je afgevallen?'

'Was het maar waar.'

'Je bent een beetje magerder in je gezicht.' Venetia nam haar taxerend op. 'Schat, ik geloof echt dat je wat bent afgevallen. Wat vreemd is, omdat niemand in Engeland groente eet.'

'Ja, dat klopt,' zei Kate, die haar jasje uittrok. 'Ik heb niet één keer groente gegeten in al die tijd dat ik er was. Die verbouwen ze daar niet, weet je.'

Venetia ging er niet op in. 'Oscar heeft voor de lunch gezorgd,' zei ze met een stralende glimlach. Ze hing Kates tas over haar schouder. 'Hij heeft burrito's gemaakt.'

Kate rammelde van de honger. 'Heerlijk,' zei ze.

'Laten we gaan eten,' zei Oscar. 'Eerst eten en dan praten. We willen weten hoe het met je gaat. Hoe was het om weer in Londen te zijn? Niet al te erg, hoop ik? We hebben ons zorgen gemaakt over je.'

'Je bent een lieverd,' zei Kate toen ze in het appartement waren.

350

Het leek haar plotseling zo klein, net een poppenhuis. Ze staarde om zich heen alsof ze er in jaren niet meer geweest was.

'We moeten over morgen praten,' zei Venetia. Ze hield de hand van haar dochter vast.

'Morgen?' vroeg Kate niet-begrijpend.

'Het feest!' zei Venetia. 'Kom nou, Kate, dat ben je toch niet vergeten! Een maand in Londen en je bent alles vergeten, hè?'

Waarom denk je dat ik ben teruggekomen, wilde Kate boos opmerken. Voor dat stomme feest. Waarom zou ik anders hier zijn? Ze keek nieuwsgierig naar haar moeder, probeerde zich haar voor te stellen in Engeland, probeerde haar te beschouwen als een echte moeder, of in een kamer met haar vader. Het lukte haar niet. Venetia veegde het haar uit haar ogen met haar arm en glimlachte naar haar dochter. Haar mooie huid glansde in de zonverlichte gang.

'Het is oké,' zei ze toen met haar lage, sexy stem, en Kate herinnerde zich hoe ze dat altijd deed, het altijd min of meer begreep. Ze staarden elkaar even aan. Ze lijkt zelfs een beetje op me, dat is me nooit eerder opgevallen.

'Kom,' zei Oscar hartelijk, hen beiden opnemend. 'Als het eten mislukt, is het jullie schuld.'

'Ha!' zei Venetia, die hand in hand met Kate naar de eetkamer ging. 'Je moet me alles vertellen. Heb je Zoe gesproken? En is Francesca nog steeds zo keihard? Hoe gaat het met je vader? Is dat kind nog steeds een nachtmerrie?'

'Zoe had vorige week een date. Francesca maakt het heel goed en Dani is verrassend lief,' zei Kate terwijl ze ging zitten. 'Het spijt me, mam, maar dat is ze.'

'Waarom zou dat je spijten?' vroeg Venetia met een onoprechte klank in haar stem. Ze nam een slok water en neuriede zacht.

'Geen idee.' Kate schonk wijn in voor haar moeder. 'Met pap gaat het ook veel beter. Volgende maand gaat hij weer naar de studio om een album op te nemen voor Kerstmis.'

'Echt?' vroeg Oscar. 'Nu al? Wat gaat hij opnemen?'

'Het is... Het is een album van Barry Manilow-muziek. Kom nou. Je weet dat hij heus een goede songwriter is,' voegde ze er defensief aan toe, toen Oscar en Venetia in een honend gelach uitbarstten. 'Oscar, je vindt hem aardig!'

Oscar hief ter verdediging beide handen. 'Ik geloof graag dat hij "een goede songwriter" is,' zei Venetia glimlachend. Haar gezicht straalde een emotie uit die Kate niet kon thuisbrengen. 'Het is alleen... Ach, kom nou, lieverd. Toen we getrouwd waren deed hij Paganini's meest onbekende Concerti voor de Deutsche Grammophon. Het is... eh... het is een beetje anders, dat is alles.'

Kate herinnerde zich plotseling de boodschap van haar vader. *Ik denk nog steeds aan Sheffield.* Ze keek onderzoekend naar haar moeder, speurend naar een aanwijzing. Ouders, peinsde ze, en ze beantwoordde haar glimlach. Ze zijn zo vreemd. Ze dacht aan Lisa gisteren, en aan Oscar, en hoe die feitelijk ouders voor haar waren, in een hoop opzichten zelfs betere ouders. Haar vader en moeder waren vreemd, besefte ze, al wist ze dat natuurlijk al. Ze knikte slechts naar Venetia en praatte verder, met opzet van onderwerp veranderend.

'Maar ja, het gaat ze allemaal goed.'

'Mooi,' riep Oscar verzoenend uit toen Venetia peinzend wat water dronk. 'En wat is er verder voor nieuws?'

'O, ik heb Charly en Sean gesproken,' zei Kate achteloos.

'Je hebt wat?' vroeg haar moeder, die met haar waterglas in de lucht verstard bleef zitten. 'Je... Wát? Hoe kwam dat? Wát zeg je...?'

'Ik heb Charly gesproken. En Sean.' Kate glimlachte.

'Wat? O, mijn... grrr,' zei Venetia. Ze gooide haar haar naar achteren en liet een vreemd dierlijk geluid horen. 'Mijn god, als ik die afschuwelijke... die afschuwelijke slet zag, ik zou haar kunnen vermoorden... Wat is er gebeurd?'

Kate gaf een summier verslag van de brieven en de ontmoeting zelf. Toen ze uitgesproken was, keek ze haar moeder nieuwsgierig aan. Venetia zag bijna rood van woede.

'Hoe durft ze!' mompelde ze. 'Dus, wat is er gebeurd?'

Kate dronk haar glas leeg en zweeg even. 'Zal ik je eens wat zeggen? Ik ben eroverheen, dat is wat er is gebeurd. Het was de meest bevredigende kop koffie die ik in lange tijd gedronken heb.'

Haar moeder keek niet overtuigd, maar Oscar, wie niets ontging, kwam op dat moment uit de keuken met de burrito's en de kommetjes guacamole, zure room, kaas en chili, en zei simpel: 'Zo, dat klinkt alsof alles goed is afgelopen.'

Dit was niet het moment om te zeggen: 'Ik ben van plan om te gaan verhuizen.' Dit was niet het moment om hun te vertellen over Sues aanbod. Ze was weer thuis, terug in New York, ze had besloten terug te gaan en ze zou zorgen dat het een succes werd, al voelde het nog zo vreemd. 'Ja,' zei Kate, en onderdrukte haar gevoelens.

'Ja,' ging ze verder, 'ik denk van wel.' Haar nagels drongen in haar handpalm toen ze dacht aan Macs gezicht, zijn lippen op haar hand, aan zijn woorden... Ze voelde een pijn, een scherpe steek van pijn. Ze had haar besluit genomen, of het nou goed was of niet, en ze was terug.

43

Wat was het heerlijk om terug te zijn, wakker te worden in New York in het voorjaar, bijna het begin van de zomer. Het was niet te warm, ze hoefde niet terug naar Perry & Co, en dus besefte Kate de volgende ochtend dat ze vrij was om haar fijne leventje in New York voort te zetten, te beginnen met Oscars langverwachte verjaardagsfeest die avond. Ze stond vroeg op, belde Betty en liet een bericht achter; ze wilde haar alles laten weten, niet helemaal zeker hoe ze het haar zo goed mogelijk uit moest leggen. De laatste keer dat ze Betty gezien had, was op haar laatste avond in New York. Ze had bijna die Andrew gezoend; vreemd zo ver weg als dat alles leek, alsof het een ander leven was.

Overdag hielp Kate haar moeder; ze gingen naar de kruidenier, gingen langs bij de cateraars om de decoratie af te geven voor de taart die Venetia had gekozen: een klein plastic mannetje achter een piano natuurlijk, met *Happy Birthday* er bovenuit stekend. In New York waren zelfs de taartdecoraties beter.

Ze haalde Oscars cadeau af, de complete pianosonates die ze door een winkel bij Columbus Avenue had laten inbinden, met Oscars initialen in goud reliëf op de omslag, en zij en Venetia lieten hun haar föhnen, terwijl Venetia de *Times* las en vrolijk lachte met de kapster. Kate bladerde gretig door *People*, om de roddels over de beroemdheden in te halen die ze had gemist sinds ze in Londen was.

De kapsalon was een paar blokken voorbij het appartement. Kate en haar moeder liepen arm in arm terug naar Amsterdam Avenue. Het was ongewoon stil op straat, maar alles stond in bloei, licht en frivool. Toen ze wegging waren de knoppen van de bladeren nauwelijks open, maar nu was het volop lente. Dit had ze altijd het mooiste seizoen gevonden, waarin ze zich het meest van New York hield. Kate had het gevoel dat ze zich in een film bevond. Ze liepen onder de witte en groene bomen als actrices in een Fred Astaire-film.

'Ik heb je gemist, schat,' zei Venetia. Ze keken van links naar rechts toen ze overstaken. 'Gek dat dat nog steeds zo is!' zei ze, en ze hield de bedrukte sjaal vast die ze om haar hoofd had gebonden om haar haar te beschermen tegen de Manhattanwind.

'Wat?' vroeg Kate.

'Naar links en naar rechts kijken.' Venetia pakte Kates hand en trok haar bijna hollend de brede weg over. 'Ik heb je echt gemist, schat,' zei ze weer, toen ze aan de overkant stonden.

'O, mam, sorry. Ik heb jou ook gemist... Ik heb zo geboft dat je me hier hebt laten wonen...' Ze klemde haar hand om de arm van haar moeder. 'Eerlijk... Wat had ik moeten doen als ik drie jaar geleden niet bij jou was gekomen?'

'Doe niet zo mal. Hoewel,' zei ze op haar ongekunstelde, dramatische manier. 'Soms denk ik wel eens dat je beter af zou zijn geweest.'

'Hoe bedoel je?' vroeg Kate verbaasd.

Venetia maakte haar arm los uit Kates greep.

'Nou,' zei ze weloverwogen. 'Ben je de dochter van je moeder?'

'Dat lijkt me nogal duidelijk.'

'Ik bedoel, misschien is weglopen niet de oplossing. Voor mij was het dat wel, ik geloof voor jou niet.'

Kate begreep wat ze bedoelde. Ze stonden op een straathoek; ergens speelde iemand piano. Ze bleef staan, spande zich in om de noten te onderscheiden.

'Wat is het?' vroeg ze.

'Weet ik niet,' zei Venetia kortaf. 'Ik kan het niet horen.'

Maar Kate hoorde het wél. Het was 'Rhapsody in Blue'. Wat prachtig, bijna kitsch, iemand in het appartement op 77th en Broadway die Gershwin speelde, omkaderd door kersenbloesem. Het was bijna te veel New York. Maar daarom had ze altijd zoveel van de stad gehouden; een cliché, een wonderland. Ze herinnerde zich iets terwijl ze naar haar moeder keek, die haar sjaal rechttrok.

'Mam,' zei ze, en ze ging behoedzaam verder. 'Pap vroeg me je iets te zeggen.'

Venetia bleef staan.

'Wat?' vroeg ze. 'Had hij... Had hij een boodschap voor me?'

'Ja.' Kate vroeg zich af hoe ze dat wist. Venetia's hand fladderde naar haar wang, naar haar borstbeen.

'Laten we doorlopen,' zei ze zacht. 'Vertel het me.'

Ze liep verder met grote, ferme passen. Kate hield haar bij, paste zich aan. Ze leken fysiek op elkaar, besefte ze, dus ze had haar lengte van haar moeder kunnen erven of, zoals Dani, van haar vader, of van allebei. De muziek stierf weg, de zwoele klanken vervaagden terwijl ze verder liepen. Een paar seconden zwegen ze en toen zei Kate: 'Nou, hij vroeg me je te vertellen dat hij nog steeds aan Sheffield denkt.'

Het klonk zo prozaïsch toen ze dat zei. 'Sheffield'. Zoiets als 'Terminal Drie.'

'Sheffield,' zei haar moeder. Ze keek naar de grond. 'Wauw.'

'Ja.' Kate haatte dit, ze wilde dat ze thuis waren. Maar het was niet anders.

'Weet je het zeker?' vroeg Venetia. 'Verder niets?'

'Nee,' zei Kate met een schuldig gevoel. 'Sorry.'

'Sheffield...' zei Venetia. Ze keek even met een ondoorgrondelijke blik naar haar dochter. 'Dank je, Katy. Dank je.'

'Maar mam... Wat betekent het?' Kate kon haar nieuwsgierigheid niet onderdrukken.

Venetia liep nog een eindje door, langs een volgend blok, langs een overdaad van roze bloesem. Haar moeder zuchtte en hield haar hoofd achterover.

'Kate... Kate,' zei ze. 'Mag ik je wat vragen?'

'Ja.' Kate knikte heftig.

'Weet je waarom ik je vader in de steek heb gelaten?'

'Eh.' Kate wilde niet te gretig overkomen. 'Nee, eigenlijk niet, mam.'

'Tja, ik had nog een jaar moeten wachten,' zei haar moeder, bijna alsof ze een gezellige babbel hadden. 'Ik had moeten wachten tot je een jaar of vijftien was of zo. Je was te jong en het was verkeerd van me. Daarmee zal ik de rest van mijn bestaan moeten leven. Weet je...'

'Mam, ik...'

Venetia kletste door, haar stem miste volkomen de gebruikelijke meisjesachtige toon. 'Ik boet er iedere dag voor, op de een of andere manier. Als ik eraan denk hoe ik je in de steek heb gelaten, breekt mijn hart iedere keer opnieuw, maar ik kon het gewoon niet langer verdragen.' Ze haalde diep adem. 'En, hemel, dat je vader dat zegt, is het beste bewijs.'

'Wat?' vroeg Kate. 'Dat over Sheffield? Wat, mam. Wat betekent dat?'

Venetia draaide zich naar haar om, en Kate zag haar moeder als een vrouw, de vrouw die ze geweest moest zijn.

'Het is de reden waarom ik je vader heb verlaten,' zei ze met een kort lachje. 'En het was egoïstisch van hem om je te vragen dat tegen me te zeggen, vals en egoïstisch.'

'Zo is het niet gegaan.' Kate voelde zich niet op haar gemak. 'We hadden het over jou en ik vroeg me altijd af...'

'Het is geen groot geheim,' zei Venetia. 'Je denkt dat er een groot geheim achter schuilgaat, hè?' Ze rimpelde haar sproetenneusje en zuchtte even diep. 'Hemel, Kate, ik heb hem verlaten omdat hij een nachtmerrie was om mee te leven. Hij maakte dat ik me ellendig voelde. Ik zocht altijd een excuus om naar de winkels te gaan, even melk te gaan halen, en dan huilde ik aan één stuk door op de weg erheen en terug.' Ze begon op haar vingers af te tellen. 'Hij had altijd kritiek op me, ik wist nooit waar hij was. En als ik het hem vroeg – pfff! Dan werd hij woedend. Hij kleineerde me waar iedereen bij was. Hij ging met ontelbare andere vrouwen naar bed, hij had vreselijke woedeaanvallen, hij deed nooit boodschappen...' Terwijl Kate naar dat alles luisterde, flitste het door haar heen dat naar bed gaan met ontelbare andere vrouwen schijnbaar op één lijn stond met geen boodschappen doen. '... en op een bepaald moment kon ik er niet meer tegen.'

Tranen glinsterden in haar ogen en Kate streelde haar arm. 'O, mam. Ik had geen idee.' Ze probeerde de juiste woorden te vinden. Ze wist dat haar vader een nachtmerrie was om mee te leven, dat was hij nog steeds, maar ze was ertegen gewapend... Door haar moeder, door hem, omdat ze, tot ze volwassen was en een eigen oordeel had, nog steeds zijn kleine meisje was.

'Hij is een monster, Kate.' Venetia lachte, bijna hysterisch. 'En ik mag het zeggen, want ik hou nog steeds van hem. Ik zal altijd van hem houden. Ik kan alleen niet met hem leven. We deugden niet voor elkaar. We maakten elkaar ongelukkig. Daarom ben ik weggelopen.'

'Dat is alles?' Haastig verbeterde Kate zichzelf. 'Ik bedoel niet of dat alles is... Het is heel veel, mam, het is alleen dat ik altijd gedacht heb dat er een of ander vreselijk geheim was...'

'Op onze dertiende trouwdag speelde hij met de Hallé in Sheffield. Mendelssohn. Ik betrapte hem vóór de uitvoering in zijn kleedkamer. Hij was samen met de eerste tromboniste,' zei Venetia. 'Ze zat bij hem op schoot.' Ze schudde haar hoofd. 'Hemel, het klinkt als een Franse klucht. Het was zo belachelijk.' Ze richtte zich op en zei met ontroerende waardigheid: 'En ik bén niet belachelijk. Maar ze was een van de velen, en god, ze was zo jong! Rond de twintig! Ik kon er niet meer tegen.'

'En dat was "Ik denk nog steeds aan Sheffield"?' vroeg Kate ongelovig. 'Ik dacht dat het een prachtig romantisch verhaal zou zijn.'

'In Sheffield? In een kleedkamer met afbladderend behang en een goedkope kleine koperblazer met grote tieten?' zei Venetia bitter. 'Hemel, nee.' Ze sloeg haar arm om Kate heen. 'Bedriegt hij Lisa?'

'Ik heb geen idee.' Kate voelde een steek van loyaliteit jegens Lisa. Ze begreep nu nog beter dat haar leven soms moeilijk moest zijn. 'Maar ik geloof het niet.' Venetia keek haar aan.

'Jij en ik... We zaten in hetzelfde schuitje. Daarom, toen je hier opdook, heel vreemd, wilde je niet praten over Sean en Charly, of Steve, of Zoe, of over wat dan ook... Daarom liet ik je gewoon maar blijven, oefende geen druk op je uit. Ik wilde dat je het gevoel zou hebben dat je hier een thuis had, dat je je absoluut geen zorgen hoefde te maken.'

Het was zonnig in de brede straat, maar Kate voelde een plotselinge kilte toen ze zag hoe vooruitziend haar moeder was geweest. Venetia gaf haar een arm en ze liepen verder.

'En toen je verleden jaar terugkwam na die geheimzinnige afwezigheid van twee weken... Ik weet dat je zo lang weg was, lieverd, Maurice vertelde het me, heus, ik ben niet stom... Nou ja, ik heb niks gezegd omdat ik vond dat je het zelf moest verwerken.'

'Ja,' zei Kate, heftig knikkend. 'Dat moest ik. Ik geloof dat ik dat nu wel gedaan heb, mam... Maar ik vrees dat ik het allemaal nog meer verknald heb.'

'Hoezo?'

'Nou, zo. Ik ontmoette die man. Ik had van begin af aan bij hem moeten blijven.' Ze keerde haar gezicht naar de zon. 'Hij is degene met wie ik samen was in Londen. Zoes zwager. Mac.'

Venetia knikte. 'Ik ken Mac. Ik herinner me Mac. Die knappe dokter die de hele avond van je verlovingsfeest net deed of hij niet naar je keek. Aardige man.'

Natuurlijk wist ze het, dacht Kate. Venetia ontging niets. 'Ik heb hem in de steek gelaten. Ik was er nog niet klaar voor... En nu denk ik dat het te laat is.'

'Waarom denk je dat hij de ware is?' vroeg Venetia bijna achteloos. Ze zwaaide met een gehandschoende hand naar iemand die op het trottoir aan de overkant liep. 'Hallo, Karina!'

'Eh...' Kate probeerde duidelijk te articuleren. 'Je kent Sean?'

'Ja.'

'Nou, hij was de verkeerde man voor me, en dat zag ik niet. Omdat alles van hem nep was. Hij zag er goed uit, maar hij was slecht van binnen. Hij was lang en kalm en gemakkelijk in de omgang, maar hij liet me heel erg in de steek.' Kate praatte verder, al deed haar keel pijn. 'Ik dacht dat ik iemand nodig had die voor me zorgde, maar in feite was ik beter af in mijn eentje.'

Venetia knikte. 'Ga door.' Ze gaf een troostend klopje op de arm van haar dochter. Kate hoorde de vogels zingen in de bomen.

'Mac... Hij is de juiste man voor me, en hij wilde ook voor me zorgen, maar dat wilde ik niet. Ik begreep het niet. Het is precies het tegenovergestelde. Klinkt krankzinnig, ik weet het.'

'Het is niet krankzinnig.' Haar moeder keek bedroefd. 'Ik wou dat het zo met je vader was geweest.'

Ze stonden nu tegenover hun gebouw. Ze gaf Kate een zoen op haar wang.

'Laten we naar binnen gaan. Dat lieve mannetje van me zal zich af- vragen waar we blijven.'

Venetia trippelde de trap op, bijna huppelend. 'Hallo, hallo,' riep ze toen Maurice achter zijn balie vandaan kwam.

'Ik zie u beiden straks nog,' zei hij. 'Meneer Fienstein zal heel blij zijn.'

'Dat zal hij zeker,' zei Venetia.

Maurice zei: 'Hij is een gelukkig man, mevrouw Fienstein.'

'O, dat weet hij,' kirde Venetia en ze keek onder haar wimpers door naar Maurice toen de liftdeur openging. 'En óf hij het weet!'

Kate zuchtte. 'Kom, mam,' zei ze, en ze probeerde haar lachen in te houden. 'Het is bijna tijd voor het feest.'

Toen ze terug waren in het appartement, hoorden ze dat de Robert- sons hadden gebeld dat ze definitief kwamen, maar Joel Robertson wist niet wat hij aan moest trekken, en mevrouw Cohen kwam nu in haar eentje, omdat meneer Cohen zich niet goed voelde, en mevrouw Da Costa was langsgekomen om te vragen of ze kon helpen. Oscar had a) een lijst opgesteld van de songs die hij, indien gevraagd, mis- schien bereid zou zijn te spelen voor de (hopelijk enthousiaste) gas- ten b) streepte alles door en begon opnieuw, diverse keren.

'Ik weet niet wat ik als toegift moet spelen,' zei hij geërgerd, toen Venetia en Kate terugkwamen. 'Als ze eens iets... je weet wel, echt jazzy willen horen?'

'Schat, geef ze gewoon de ouwe succesnummers,' zei Venetia, die de draagtassen op de bank mikte en haar sjaal afdeed. 'Je bent so- wieso fantastisch. Ja toch, Kate?'

'Vanzelfsprekend,' zei Kate trouw en ze haalde de pakken koffiebonen die ze hadden gekocht uit de zakken en borg ze op in de kleine bijkeuken, terwijl Venetia Oscar omhelsde en hem zoende.

'O, Oscar, schat van me,' zei ze en ze bleef hem op zijn wang zoenen.

'Morgen jarig, vanavond feest, ooh la la! Kijk eens aan!'

Oscar pakte haar handen en hield ze voor zich uit. Kate sloeg hen gade, heen en weer geslingerd tussen gêne en oprechte genegenheid, en voelde iets binnenin zich, hoorde een stemmetje dat niet meer weg wilde gaan.

'Ik heb een cadeautje voor je, m'n lieve Venetia,' zei hij plechtig.

'Kate, ook voor jou. Wacht even.'

Hij verdween door de lange gang naar hun slaapkamer. Kate stond naast haar moeder, een beetje opgewonden – nieuwsgierig.

Een minuut later kwam hij terug met twee kleine zakjes.

'Tiffany?' zei Venetia. 'O, Oscar, nee.'

Kate keek naar het lichtblauwe zakje dat hij haar overhandigde. 'Oscar. Wauw!' Ze nam het aan en haalde er een klein doosje uit dat met een wit lint was dichtgebonden. Nerveus maakte ze het open.

In de witzijden voering lag een ketting met een hanger. Een platina ketting en een hartvormige hanger, bezet met diamanten... een kleinood dat schitterde in het licht van de lamp.

'Oscar!' riep Kate uit. 'O, lieve help, dat had je niet moeten doen!' Ze keek op en zag dat haar stiefvader haar gadesloeg met een merkwaardige uitdrukking van droefheid vermengd met... Wat was het? Liefde? Vriendelijkheid? Emotie? Al die dingen stonden op zijn gezicht geschreven. Ze omhelsde hem.

'Ik hou van je, Kate,' zei hij met verstikte stem. 'Kindlief, bedankt dat je bent teruggekomen voor mijn feest.'

'Dat spreekt toch vanzelf. Ik zou...'

Hij pakte haar arm vast. 'Ik weet wat het je heeft gekost,' zei hij. Hij schudde zijn hoofd, verbood haar verder nog iets te zeggen. 'Je had gelijk om terug te komen, maar ik weet wat het je heeft gekost. Ik hou van je...' ging hij verder toen Venetia, die grote moeite had met haar doosje, er eindelijk in slaagde het open te krijgen. Het bevatte een diamanten armband, en het gegil van vreugde waarmee het cadeau begroet werd, kon, zoals mevrouw Cohen tegen meneer Cohen zei, op de verdieping eronder, tot in Hackensack worden gehoord, maar wat wou je ook? Aardige meid, die Venetia, maar, hemel, wat was ze luidruchtig.

Dus vanaf halverwege de middag was er een stroom van cateraars, kelners en helpers, die het appartement in en uit liepen, het buffet inrichtten, ijssculpturen maakten, bloemen schikten en meubels verplaatsten, zodat de grote zitkamer in tweeën werd verdeeld, met de piano en ruimte om te dansen aan de ene kant, en stoelen aan de andere kant, waar de mensen konden zitten en eten.

Kates moeder, al hield ze ervan zich voor te doen als een dramaqueen, was in feite in velerlei opzichten enorm praktisch. Kate moest lachen om de wederzijdse afhankelijkheid die ze elkaar opdrongen; beiden gedroegen zich alsof ze voor de ander moesten zorgen, maar feitelijk waren ze meer dan capabel de sladressing te maken en een afspraak met de dokter te regelen (Oscar) en een auto te huren en een belastingaangifte te doen (Venetia).

Dus waren Venetia en Oscar om zeven uur gereed om hun gasten te ontvangen, die vanaf halfacht zouden arriveren. De cateraars waren vertrokken, maar de kelners waren gebleven. Boven het park begon de zon als een vurige rode bol onder te gaan; het laatste daglicht scheen naar binnen in de grote, luchtige kamer. Alleen Kate ontbrak.

Omdat Kate in haar kamer was en naar de telefoon staarde. Eén kant van haar haar was naar achteren geborsteld en vastgestoken, de andere kant hing als een gordijn voor haar gezicht. Ze had haar jurk aangetrokken, maar ze liep nog op blote voeten en haar kamer was bezaaid met make-up, schoenen, kleren, half uitgepakt, half nog in tassen en dozen. Ze drukte weer op '121' en luisterde naar het bericht, nauwelijks in staat te begrijpen wat ze hoorde.

'Hallo, Kate. Met Geraldine Garley, van Prince's. Het makelaarskantoor. We hebben elkaar vrijdag gesproken. Ik wilde je alleen even laten weten dat ik de flat vandaag heb laten zien aan een heer, en ik denk dat we een huurder hebben, Kate. Hij kan maandag zijn intrek nemen!'

Kate had al vier keer naar het bericht geluisterd. Ze was vooral blij met het volgende deel.

'Ik moet zeggen dat ik nog nooit zo snel iets verhuurd heb, niet in al die jaren dat ik hier werk. Nou...' (Er klonk wat lawaai op de achtergrond; het geluid van lachende collega's.) 'Ik ben hier pas achttien maanden, zie je. Maar... toch is het ongelooflijk snel.'

Er volgde geritsel van papier; Kate hield haar adem in, al kende ze het einde van het bericht.

'Hij is arts, hij zegt dat hij je kent. Kate, wat is het toch een kleine wereld... Zijn naam is dokter Mac Hamilton. Trouwens, hij zei dat hij het appartement vorige week

361

al had gezien. Ik wist niet dat je het al eerder getoond had. Hij wil het vanaf maandag huren en daarom moest ik het je laten weten... Eh...' (ze schraapte haar keel, enigszins verbaasd) '... en hij wilde per se dat ik je zou bellen en je iets vertellen – hij zei dat hij je kende? Oké. Hij zei dat hij het nog een keer wilde zien om te beseffen dat hij het zich niet wilde laten ontglippen. Hij zei dat het niet opgeknapt hoefde te worden, dat het perfect is zoals het nu is. Nou, ik hoop het maar. Nog één ding, wat zei hij nog meer? Wacht even...' (nog meer papiergeritsel) 'Eén seconde. Ik heb het opgeschreven. Hier. Hij zei... "Vertel haar dat ik graag een keer met haar ga eten om het te bespreken."' Even bleef het stil. 'O, dat stuk heb ik niet. Ik hoop dat hij de flat nog wil. Nigel, waar heb je dat gelaten...'

De deurbel ging. Kate sprong op en de telefoon viel uit haar hand. De eerste gasten waren gearriveerd.

'Kate, lieverd?' riep Oscar. 'Kom je? Wat doe je daar?'

Kate staarde om zich heen in de kamer. 'Ik weet het niet,' zei ze in paniek. 'Ik ben een idioot. Ik weet het niet.'

44

Vijf maanden later

De herfst kwam na een afschuwelijke, vochtige zomer, en verraste iedereen met een mooie, zachte septembermaand. Kate ergerde zich altijd aan mensen die arrogant beweerden dat ze 'van de herfst hielden'. Wat een onzin, dacht ze altijd. Niet alleen dat het 's avonds vroeger donker begon te worden – was dat zo plezierig? En het regende. Het was glibberig buiten. De bladeren vielen van de bomen en maakten de grond nog glibberiger. Het was onmogelijk je behoorlijk aan te kleden, want je wilde graag je nieuwe herfstkleren aantrekken, vaak bruine of grijze modieuze wol, en als je dat deed, kwam je buiten tot de ontdekking dat het drieëntwintig graden was.

Daarover schreef Kate in haar column de laatste week van september. Ze staarde uit het raam naar de ondergaande zon, kauwend op haar pen (een slechte gewoonte, die ze zichzelf kwalijk nam; één keer kreeg ze een splinter van een balpen in haar keel en was bijna gestikt) en klikte op 'Opslaan'. Het weer was vandaag aan het veranderen, dacht ze. De zomer was definitief voorbij. Het was bijna oktober.

Ze wilde niet te laat komen. Ze keek op haar horloge: zes uur. Ze schoof haar stoel weg van het bureau, stond op en rekte zich luid geeuwend uit. Ze ging naar haar badkamer, die nog steeds naar nieuw behang rook – het prachtige zwart-witte Zweedse design dat ze in een hotel in New York had gezien. Het was waterbestendig en ze hield ervan. Ze had Hollywoodse lichtjes laten aanbrengen rond de spiegel; ze knipte ze aan, sloeg tegen haar wangen en bekeek zichzelf kritisch in de verlichte spiegel. Ze glimlachte, al vond ze het nog steeds verkeerd dat ze haar pony had laten groeien. In ieder geval kon ze die langzamerhand op een nonchalante manier vastzetten met een mooie haarspeld.

Verrassend snel deed Kate wat poeder op, bracht mascara en lipgloss aan, en trok toen haar korte zwarte kreuklinnen jasje aan, de oplossing voor haar zomer/herfst jasje/jas-dilemma (ze had er de vorige week over geschreven in haar column en was nog steeds bezig de e-mails van lezers te beantwoorden die haar vroegen waar ze het konden kopen en wat ze moesten doen als het kouder werd). Ze wikkelde haar sjaal om haar hals, deed zachtjes de deur dicht en bleef bovenaan de trap even staan.

'Dag, meneer Allan,' riep ze naar boven.

Na een paar seconden ging de deur open.

'Prettige avond, Kate,' klonk een hartelijke stem. 'Ik hoorde je geeuwen en dacht dat je op het punt stond weg te gaan. Veel plezier. Vertel het me morgen, wil je?'

'Zal ik doen. Waar luistert u naar?'

'Miles Davis. Miles Davis, onwetend kind. Dag.'

'Dag!'

De deur ging dicht en ze holde de trap af.

Het rook naar regen en natte bladeren toen ze buiten kwam. Ze snoof de geur op van brandend hout uit de tuinen langs de weg. Mensen dromden haastig uit het Maida Vale-station van de ondergrondse toen ze de weg overstak en naar binnen holde, blij met de warmte van de meestal bedompte metro. Hm, dacht ze, het wordt nu echt herfst als ik het hier lekker warm vind. Dat is het bewijs.

Ze ging in de trein zitten en sloeg haar boek open. Haar moeder had haar kort geleden *The Talented Mr Ripley* gestuurd, dat ze nooit gelezen had, en dat ze nu verslond met de verslaving die je gewoonlijk hebt bij chocola of, in Kates geval, voor Marmite. Het was stil in de trein, die in de verkeerde richting de stad in reed. Toen ze bij Marylebone kwamen, gleed iemand uit op een gratis krant die op de grond lag. Hij bleef even wankelend, zwaaiend met zijn armen, bleef staan en greep zich toen vast aan de paal naast Kate. Geschrokken deinsde ze achteruit, stak een hand uit om te beletten dat hij zou vallen. Hij hervond zijn evenwicht en glimlachte verlegen naar haar. Omdat ze bijna contact hadden gehad en hij bijna een dwaze indruk had gemaakt glimlachte ze verlegen terug. Maar verder was het rustig, bijna slaapverwekkend, en Kate sloot even haar ogen.

Ze was moe. De vorige avond had ze opgepast bij Harry en Flora, terwijl Zoe en Diggory gingen eten omdat hij jarig was. Ze was nog steeds aan het bijkomen. Verleden week had ze ook opgepast, toen ze naar het laatste concert van Prince gingen. De kinderen waren toen uitgeput na een lange middag in het park en waren meteen in slaap gevallen. Maar gisteravond was een nachtmerrie geweest van opstaan, weer naar bed brengen, nare dromen, ruzies, onderhandelingen en beschuldigingen (wat Kate betrof, in gedachten). Ontstemd dacht ze dat hoe eerder Diggory zijn intrek nam bij Zoe en ze stopten met hun dates, hoe beter het was. Francesca wist altijd te ontsnappen aan het babysitten, in verband met de lange uren die ze maakte op haar werk. Mac scheen het wel te willen, de gek, maar hij was hun oom en werd vaak verhinderd door zijn werk. Kate werd er vaker dan haar lief was mee opgezadeld en ze beklaagde zich luid bij Zoe. Maar het was een feit dat ze het dolgraag deed.

Ze herinnerde zich het rijmpje dat Flora de vorige avond had opgedreund, het *pattacake pattacake*, dat precies overeenkwam met het ritme van de trein. Ze zou gemakkelijk haar halte hebben kunnen missen, als haar boek niet op haar schoot was gevallen, en ze met een schok wakker werd. Haastig sprong ze de trein uit.

Kaartjes voor *Much Ado about Nothing* waren uitverkocht sinds er was aangekondigd wie erin zou spelen: een beroemde Hollywood-ster, die nog nooit in het West End was opgetreden. De recensies waren juichend, en men zei dat ze de rol van Beatrice uitstekend vertolkte, en dat de chemie tussen haar en de grijze, ervaren acteur van de Royal Shakespeare Company zo verbijsterend goed was dat je het moest zien om het te geloven. Kate popelde van ongeduld om erheen te gaan; het was haar favoriete toneelstuk. Ze stapte een halte eerder uit, bij Oxford Circus, en liep door de stad, langs Liberty, over Soho Square, bleef staan om de etalages te bekijken, glimlachend om de geharde drinkers die nog buiten stonden met het glas in de hand. Ze liep snel door, baande zich een weg door de menigte, vermeed oogcontact, genoot van het buiten zijn, het opbotsen tegen mensen, hier wonen, lopen naar het theater, naar hem...

In de zijstraat, voor Great Windmill Street, was het theater, en daar stond, zoals ze had geweten, Mac op haar te wachten. Hij hield twee programma's in de hand.

'Hallo,' zei ze. Haar hart begon sneller te kloppen. Ze kuste hem, en hij sloeg zijn arm om haar heen, trok haar naar zich toe.

'Ik heb twee programma's, kijk,' zei hij terwijl hij een stap achteruit deed. 'Na het debacle van onze date in het Open Air Theatre leek het me beter niets te riskeren.'

'Je begint het te leren,' zei ze. 'Ik heb je gemist.'

Hij sloeg beide armen om haar heen. 'Ik jou ook.' Hij zoende haar weer. 'Hoe ging het vandaag? Is je column klaar?'

'Bijna.' Ze pakte zijn hand. 'Ik heb morgen ook nog. En hoe ben jij gevaren? Heb je die craneotomie nog gedaan?'

'Tracheotomie. Hou op met naar *Grey's Anatomy* te kijken,' zei Mac grijnzend. Hij raakte met zijn knokkels luchtig haar wang aan. 'Waar gaan we daarna naartoe?'

'Naar mijn flat?' zei ze.

'Ik bedoelde om te eten, maar jouw flat is prima.' Hij zocht in zijn zak. 'Hoewel ik je van Francesca moest vertellen dat ze het hele weekend weg is. O, en mijn kamer moet dringend worden gestofzuigd.'

'Waarom denkt zij dat ik dat moet weten?' vroeg Kate.

'Sorry, dat waren twee verschillende opmerkingen. Heel verschillend,' legde Mac het misverstand snel uit. 'Francesca is het hele weekend weg. Dat was de eerste opmerking. De tweede opmerking is dat ik moet stofzuigen.'

'Prima,' zei Kate. 'Dus jij gaat vanavond met mij mee, en als ik vrijdag bij jou ben, heb jij gestofzuigd.'

'Ik beloof het.' Hij lachte naar haar en ze lachte terug; ze keken elkaar heel lang aan.

'Laten we naar binnen gaan,' zei hij ten slotte. 'Ben je er klaar voor?'

'O, ja,' zei Kate. 'Ik ben er klaar voor.'

Dankwoord

Allereerst mijn dank aan mijn geweldige ouders. En zoals altijd, voor alles, aan Pippa en Rebecca, en aan Brendan en Caroline O'Reilly, Thomas Wilson, Jo Roberts-Miller, Sophie Hopkin, Nikki Barrow en Clare Betteridge. Dank aan de volgende mensen voor de gesprekken die we hebben gevoerd over de vraag waarom we wonen waar we wonen: Vicky Watkins, Pamela Casey, Nicole Vanderbilt, James Coleman, Lance Fitzgerald, PJ Mark en Simon, Megan en Jasper Mulligan. (Speciale dank aan Bea, Felix en Harriet voor de bloemen.)

Ik had dit boek nooit kunnen afmaken zonder de steun en aanmoediging van Clare Foss, mijn favoriete ster. Heel erg bedankt, Clare, en ook zoals altijd, Jane Morpeth. En Marion voor haar inkortingsadviezen!

Zoals altijd gaat mijn dank uit naar Mark Lucas en iedereen bij LAW, Kim Witherspoon en David Forrer (en naar Mr. Forrer voor zijn informatie over het Chrysler Building). En naar Louise Burke en Maggie Crawford bij Pocket Books, die hebben gemaakt dat ik nog meer van New York City ben gaan houden.

Ten slotte mijn enorme dank aan iedereen bij HarperCollins, vooral aan Victoria Hughes-Williams, Helen Johnstone, Sarah Radford, Lucy Upton, Leisa Nugent, Lee Motley, Clive Kintoff, Wendy Neale en Amanda Ridout. Ik ben de supertalentvolle Claire Bord eeuwig dankbaar voor alle details, heel erg bedankt CB. Ten slotte, Lynne Drew, die verbluffend is. Bedankt voor je begrip dat de diamond zich in mijn zitkamer bevindt.